美国女性文学：
从殖民时期到 20 世纪

徐颖果　马红旗　主撰

南开大学出版社
天　津

图书在版编目(CIP)数据

美国女性文学：从殖民时期到20世纪／徐颖果，马红旗主撰. —天津：南开大学出版社，2010.6
　ISBN 978-7-310-03424-6

Ⅰ.①美… Ⅱ.①徐…②马… Ⅲ.①妇女文学－文学研究－美国－17世纪~20世纪 Ⅳ.①I712.064

中国版本图书馆CIP数据核字(2010)第083639号

版权所有　侵权必究

南开大学出版社出版发行

出版人：肖占鹏

地址：天津市南开区卫津路94号　邮政编码：300071

营销部电话：(022)23508339　23500755

营销部传真：(022)23508542　邮购部电话：(022)23502200

*

河北省迁安万隆印刷有限责任公司印刷

全国各地新华书店经销

*

2010年6月第1版　2010年6月第1次印刷

880×1230毫米　32开本　23.25印张　2插页　664千字

定价：38.00元

如遇图书印装质量问题，请与本社营销部联系调换，电话：(022)23507125

撰写者（按姓氏笔画排名）：

马红旗　王庆超　冯　佳
胡晓红　刘晓秋　姜玲娣
徐颖果　曹丽丹　谭秀敏

Acknowledgments

This study of American women writers was conceptualized in the 1990s, when I was on a research visit to the United States, auditing classes on women's history, rummaging through materials at some major university libraries, and meeting scholars in the filed. This trip broadened my horizons about the American society and allowed me to gain a better understanding of American women's literary articulations as a crucial component of American history and culture. I would like to thank all the people and institutions that had helped me in the process; without such help, my research would not have been fruitful.

I am indebted to all the electronic sources cited, which are extremely valuable since most of them are not available in bookstores in China. And I don't want to see that as an obstacle for Chinese students to approach American women's literature. All the identifiable sources are indicated with great appreciation.

Besides all the sources and authors that could be identified, I want to thank those authors whose writings or sources could not be identified from our Internet research, or in any other ways. And my special thanks go to the photographers of the photos of the authors. While I regret not being able to identify these authors or photographers, I want them to know that they are welcome to contact me at their convenience if they want, and that I appreciate their works. Their works are valuable contributions to the book. The photos make the authors included more vivid to Chinese readers.

I want to thank Nankai University Press, especially Ms. Zhang Tong, for their academic insights to publish this book on American women's literature, which for the first time introduces to Chinese readers over one hundred women writers from the year 1650 to 2000. Many of the writers have been unknown to Chinese students of American literature.

I also want to say thanks to Mr. Ma Hongqi from Nankai University, for his involvement in the writing of this book. Due to the reason that I had engaged in several projects after I returned from the United States, it was not possible for me to focus entirely on this project, which had already been postponed for too long. Mr. Ma and all others who contributed to the project are appreciated.

I am grateful to The Tianjin Planning Office of Philosophy and Social Sciences (Tianjin zhexue shehui kexue guihuaban) and the College of Foreign Languages at Tianjin University of Technology for financing the book. It is their financial support that made the publication of this book possible. Everyone who worked on this book—from the editor to the publisher—has contributed to making American women's literature known to Chinese readers, and to having Chinese students learn more about the history and the current state of American women's writings. I want to express my heart-felt gratitude to all of them. Their support is crucial to making this book available to Chinese readers.

Xu Yingguo
February, 2010

目 录

Acknowledgments ··· 1
绪论 ·· 1

第一章　17 世纪的美国女性文学 ································· 23
1. 安妮·布拉兹特里特（Anne Bradstreet，1612–1672）············ 32
2. 安妮·芬恩奇·康威女士
   （Lady Anne Finch Conway，1631–1679）························· 38
3. 玛丽·罗兰森（Mary Rowlandson，1636–1711）··············· 44
4. 萨拉·肯布林·奈特（Sarah Kemble Knight，1666–1727）····· 49
5. 伊丽莎白·汉森（Elizabeth Hanson，1684–1737）············· 55

第二章　18 世纪的美国女性文学 ································· 60
6. 摩西·奥蒂斯·沃伦（Mercy Otis Warren，1728–1814）······· 70
7. 夏洛特·雷诺克思（Charlotte Lennox，1730?–1804）········· 75
8. 阿比盖尔·亚当斯（Abigail Adams，1744–1818）·············· 80
9. 阿比盖尔·阿布特·贝利（Abigail Abbot Bailey，1746–1815）····· 85
10. 朱迪思·萨贞特·默里（Judith Sargent Murray，1751–1820）····· 89
11. 菲丽丝·惠特利（Phillis Wheatley，1753?–1784）············ 93
12. 汉娜·亚当斯（Hannah Adams，1755–1831）················· 99
13. 汉娜·弗斯特（Hanah Foster，1758–1840）················· 104
14. 玛丽·沃斯通克拉夫特（Mary Wollstonecraft，1759–1797）······ 108
15. 莎拉·温特沃思·莫顿（Sarah Wentworth Morton，1759–1846）·· 114

16. 苏珊娜·哈斯韦尔·罗森
（Susanna Haswell Rowson，1762－1824）·················· 120
17. 凯瑟琳·塞奇威克（Catharine M. Sedgewick，1789－1867）······ 125
18. 莎拉·摩尔·格莱姆克（Sarah Moore Grimké，1792－1873）··· 129

第三章　19世纪及世纪之交的美国女性文学················ 133
19. 莉迪亚·玛丽亚·蔡尔德（Lydia Maria Child，1802－1880）···· 145
20. 伊丽莎白·皮博迪（Elizabeth Peabody，1804－1894）········· 150
21. 玛格丽特·富勒（Margaret Fuller，1810－1850）············· 155
22. 哈丽雅特·比彻·斯托（Harriet Beecher Stowe，1811－1896）·160
23. 哈丽雅特·安·雅各布斯（Harriet Ann Jacobs，1813－1897）··· 166
24. 伊丽莎白·斯图亚特·菲尔普斯
（Elizabeth Stuart Phelps，1815－1852）····················· 170
25. 苏珊·布朗内尔·安东尼（Susan Brownell Anthony，1820－1906） 174
26. 玛丽·切斯纳特（Mary Chesnut，1823－1886）·············· 178
27. 哈丽雅特·威尔森（Harriet E. Wilson，1825－1900）········· 182
28. 弗兰西斯·哈泼（Frances E. W. Harper，1825－1911）········ 186
29. 艾米莉·狄金森（Emily Dickinson，1830－1886）············ 190
30. 丽贝卡·哈丁·戴维斯（Rebecca Harding Davis，1831－1910） 197
31. 露易莎·梅·奥尔科特（Louisa May Alcott，1832－1888）····· 202
32. 奥古斯塔·简·埃文斯（Augusta Jane Evans，1835－1909）···· 207
33. 萨拉·威妮姆卡（Sarah Winnemucca，1844－1891）·········· 213
34. 伊丽莎白·斯图亚特·菲尔普斯·沃德
（Elizabeth Stuart Phelps Ward，1844－1911）················ 217
35. 萨拉·奥恩·朱厄特（Sarah Orne Jewett，1849－1909）······· 222
36. 玛丽·诺艾尔斯·默飞立
（Mary Noailles Murfree，1850－1922）····················· 227
37. 凯特·肖邦（Kate Chopin，1851－1904）···················· 232
38. 玛丽·埃莉诺·威尔金斯·弗里曼
（Mary Eleanor Wilkins Freeman，1852－1930）·············· 237

39. 波琳·伊丽莎白·霍普金斯
（Pauline Elizabeth Hopkins，1859 – 1930） ················· 242
40. 夏洛特·帕金斯·吉尔曼
（Charlotte Perkins Gilman，1860 – 1935） ··················· 246
41. 伊迪丝·华顿（Edith Wharton，1862 – 1937） ············ 251
42. 埃迪丝·莫德·伊顿（Edith Maude Eaton，1865 – 1914） ······ 255
43. 伊伦·格拉斯哥（Ellen Glasgow，1873 – 1945） ············ 259
44. 威拉·凯瑟（Willa Cather，1873 – 1947） ················· 263
45. 格特鲁德·斯泰因（Gertrude Stein，1874 – 1946） ········· 268
46. 艾米·洛威尔（Amy Lowell，1874 – 1925） ··············· 273
47. 佐纳·盖尔（Zona Gale，1874 – 1938） ···················· 279
48. 格特鲁德·鲍宁
（Gertrude Simmons Bonnin (Zitkala-Sa)，1876 – 1938） ······· 283
49. 苏珊·格拉斯佩尔（Susan Glaspell，1876 – 1948） ········· 287
50. 伊丽莎白·马多克斯·罗伯茨
（Elizabeth Madox Roberts，1881 – 1941） ··················· 292
51. 杰西·赖德蒙·弗塞特
（Jessie Redmon Fauset，1882 – 1961） ······················· 296
52. 萨拉·蒂斯代尔（Sara Teasdale，1884 – 1933） ············ 300
53. 安吉娅·叶吉斯卡（Anzia Yezierska，1885 – 1970） ········ 304
54. 希尔达·杜立特尔（Hilda Doolittle，1886 – 1961） ········· 308
55. 玛丽安娜·莫尔（Marianne Moore，1887 – 1972） ········· 315
56. 莫凝·达夫（Mourning Dove，1888 – 1936） ··············· 320
57. 安尼塔·卢斯（Anita Loos，1888 – 1981） ················· 325
58. 凯瑟琳·安·波特（Katherine Anne Porter，1890 – 1980） ··· 329
59. 佐拉·尼尔·赫斯顿（Zora Neale Hurston，1891 – 1960） ···· 334
60. 奈拉·拉森（Nella Larsen，1891 – 1964） ·················· 340
61. 狄琼拿·巴恩斯（Djuna Barnes，1892 – 1982） ············· 345
62. 赛珍珠（Pearl S. Buck，1892 – 1973） ····················· 351
63. 艾格尼丝·史沫特莱（Agnes Smedley，1892 – 1950） ······· 358

64. 多萝茜·帕克（Dorothy Parker, 1893–1967） ……………… 363

第四章　20世纪的美国女性文学 …………………………………… 369
65. 麦丽德尔·勒绪尔（Meridel Le Sueur, 1900–1996） ……… 385
66. 玛格丽特·米切尔（Margaret Mitchell, 1900–1949） ……… 390
67. 阿耐斯·宁（Anaïs Nin, 1903–1977） ……………………… 394
68. 莉莉安·海尔曼（Lillian Hellman, 1906–1984） …………… 400
69. 安·佩特里（Ann Petry, 1908–1997） ……………………… 405
70. 尤多拉·韦尔蒂（Eudora Welty, 1909–2001） ……………… 410
71. 伊丽莎白·毕肖普（Elizabeth Bishop, 1911–1979） ………… 415
72. 约瑟芬·迈尔斯（Josephine Miles, 1911–1985） …………… 422
73. 梅·萨顿（May Sarton, 1912–1995） ………………………… 426
74. 玛丽·麦卡锡（Mary McCarthy, 1912–1989） ……………… 431
75. 梯丽·奥尔逊（Tillie Olsen, 1913–2007） …………………… 435
76. 梅·斯温森（May Swenson, 1913–1989） …………………… 439
77. 玛格丽特·沃克（Margaret Walker, 1915–1998） …………… 443
78. 雪莉·杰克逊（Shirley Jackson, 1916–1965） ……………… 448
79. 格温多琳·布鲁克斯（Gwendolyn Brooks, 1917–2000） …… 453
80. 艾米·克拉姆皮特（Amy Clampitt, 1920–1994） …………… 457
81. 山本久枝（Hisaye Yamamoto, 1921– ） …………………… 460
82. 黄玉雪（Jade Snow Wong, 1922–2006） …………………… 465
83. 格雷斯·佩里（Grace Paley, 1922–2007） …………………… 469
84. 丹妮丝·列维尔多夫（Denise Levertov, 1923–1997） ……… 473
85. 弗兰纳里·奥康纳（Flannery O'Connor, 1925–1964） ……… 478
86. 伊丽莎白·沃诺克·费尔尼
　（Elizabeth Warnock Fernea, 1927–2008） ………………… 483
87. 辛西娅·奥兹克（Cynthia Ozick, 1928– ） ………………… 489
88. 安妮·塞克斯顿（Anne Sexton, 1928–1974） ……………… 495
89. 艾德里安娜·瑞奇（Adrienne Rich, 1929– ） ……………… 501
90. 波尔·马歇尔（Paule Marshall, 1929– ） …………………… 505

91. 玛利亚·伊莲·弗尼斯（Maria Irene Fornés，1930— ）·············· 510
92. 劳瑞恩·汉斯伯雷（Lorraine Hansberry，1930—1965）········· 513
93. 托尼·莫里森（Toni Morrison，1931— ）······················· 518
94. 奥德丽·洛德（Audre Lorde，1934—1992）····················· 525
95. 索妮娅·桑切斯（Sonia Sanchez，1934— ）···················· 530
96. 琼·迪迪恩（Joan Didion，1934— ）··························· 535
97. 玛吉·皮尔斯（Marge Piercy，1936— ）······················· 540
98. 苏珊·豪（Susan Howe，1937— ）····························· 544
99. 乔伊斯·卡洛尔·欧茨（Joyce Carol Oates，1938— ）·········· 550
100. 保拉·冈恩·艾伦（Paula Gunn Allen，1939—2008）·········· 555
101. 巴拉蒂·慕克吉（Bharati Mukherjee，1940— ）··············· 560
102. 汤亭亭（Maxine Hong Kingston，1940— ）···················· 565
103. 格洛丽亚·安莎杜娃（Gloria E. Anzaldúa，1942—2004）······ 570
104. 帕特·莫拉（Pat Mora，1942— ）····························· 574
105. 露易丝·格吕克（Louise Glück，1943— ）····················· 579
106. 尼基·乔万尼（Nikki Giovanni，1943— ）····················· 583
107. 玛丽莲·罗宾逊（Marilynne Robinson，1943— ）·············· 586
108. 艾丽斯·沃克（Alice Walker，1944— ）······················ 591
109. 谢利·安·威廉姆斯（Sherley Anne Williams，1944—1999）·· 596
110. 凯茜·艾克（Kathy Acker，1947—1997）······················· 601
111. 玛莎·诺曼（Marsha Norman，1947— ）······················· 607
112. 莱斯丽·摩门·西尔科（Leslie Marmon Silko，1948— ）········ 610
113. 丹尼斯·查韦斯（Denise Chávez，1948— ）··················· 614
114. 诺扎克·山格（Ntozake Shange，1948— ）····················· 618
115. 牙买加·金凯德（Jamaica Kincaid，1949— ）················· 623
116. 盖尔·琼斯（Gayl Jones，1949— ）·························· 627
117. 埃凡吉莉娜·维吉尔-皮农
（Evangelina Vigil-Piñón，1949— ）···························· 632
118. 杰西卡·海格多恩（Jessica Hagedorn，1949— ）·············· 635
119. 格洛丽亚·内勒（Gloria Naylor，1950— ）··················· 640

120. 乔伊·哈约（Joy Harjo，1951— ）·················643
121. 谭恩美（Amy Tan，1952— ）······················647
122. 爱丽丝·弗顿（Alice Fulton，1952— ）············651
123. 丽塔·达夫（Rita Dove，1952— ）··················654
124. 切莉·莫拉加（Cherrie Moraga，1952— ）·········658
125. 哈丽叶特·玛伦（Harryette Mullen，1953— ）·····662
126. 海伦娜·玛丽亚·维拉蒙特
（Helena Maria Viramontes，1954— ）··············666
127. 路易斯·埃德里奇（Louise Erdrich，1954— ）······669
128. 罗娜·迪·塞万提斯（Lorna Dee Cervantes，1954— ）·······674

参考文献···678
作家索引···686
后记···689

附录一　美国女性历史大事年表·····························691
附录二　美国女性文学创作年表·····························709

绪 论

美国学者阿奇·H.琼斯曾在《1607—1783 美国文学史》中写道："每一代人都应该至少产生一部美国文学史，因为每一代都必须用自己的语言定义过去。这是关于历史本质和目的的一个基本真理。"这个基本真理同样适用于美国女性文学。

20 世纪 70 年代美国女权主义运动引起对美国女性文学的全面发掘和对美国文学的历史反思。发掘女性文学、重读女性文学和重新评价女性文学成为美国文学研究领域长达数十年的发展特点。历史被重新定义，女性文学、女性历史、女性文化成为新的学术研究点。美国女性文学的思想性和艺术性得到前所未有的认可，女性历史开始成为独立的研究领域。突出的一个例子是由美国国家人文基金赞助的一项女性历史资源调查，研究资料多达三千五百部，多数是尚鲜为人知的典藏，该项目的目的是要确定并编撰美国女性历史研究的资源指南。该项研究动用了大量的历史学家和档案员，规模空前[1]，显示了女性研究如今在美国人文研究中的分量。

关于美国女性历史及女性文学史

美国女性主义对传统历史的挑战之一就是主张女性有自己的历史。女性主义者认为，历史学家按照传统方式所记录和诠释的历史是按照男性的价值观所反映的男性活动史，实际上是一部"男人的历史"。格尔达·勒纳指出："从根本上讲，他们从传统的历史中寻找问题并应用于女性，试图把女性的过去嵌入到历史的空白中去。这样做的局限在于把女性放置在

---

[1] Gerda Lerner, *The Majority Finds Its Past-Placing Women in Hisory*, Chapel Hill, NC:The Univesity of North Carolian Press, 2005, p. 137.

了一个由男性定义的社会之中,并且试图把她们置于以男性为衡量标准的范畴与价值体系当中去。也就是说,他们迄今为止采用的一直都是传统的概念框架。"①

在传统的历史教科书中,女性很少被提及。少数受到注意的女性几乎都是些身居要职的男性的家属或亲属,身兼男性角色的女性可谓凤毛麟角②。女性主义认为,女性至少是美国人口的一半,而且在美国历史上女性的人口经常占大多数,所以她们认为女性的历史其实是多数人的历史。女性遍布各个阶层和不同群体,她们反映了不同的经济、阶级、种族、宗教和种族划分等问题③。

女权主义者们所以提出要"重新发现妇女",是因为她们认为美国历史并不等同于美国妇女历史,认为美国妇女在历史上与男性所起的作用不同,所以女性文学表现出在主题、体裁和关注的问题等方面与男性作家有所不同,因而美国女性史在很多方面与人们看到的美国史是不同的,从而提出女性文学的独特性问题。她们认为,如果作家的经历在作品中起到任何作用的话,如果作品是关于作家与社会的关系和他们在社会中所起作用的话,那么妇女的作品一定会不同于男作家的,因为男女作家的经历不同。琼·凯利指出:"女性历史有两个目标,即把妇女还原到历史中去,并以女性的立场还原女性的历史。"④ 而要重新发现未被发现的妇女历史和被误读的妇女历史,妇女文学作品是一个重要的来源。所以,受20世纪60年代和70年代美国的民权运动和妇女解放运动的促进,人们开始重新发现被遗忘和被忽视的女性文学作品,并从性别、种族和阶级的层面重新审视美国文学。

可以看出,女性文学史研究成为一种战略需要,它反映女性在历史中的重要性,以及女性在历史中被误读和误解的原因。为了验证女性的历史经历不同于男性的说法,人们从各个方面对男性和女性的生活进行考察,

---

① Gerda Lerner, p. 119.
② Gerda Lerner, p. 133.
③ Gerda Lerner, p. 132.
④ Joan Kelly, *The Social Relation of the Sexes*, Chicago & London: The University of Chicago Press, p. 1.

甚至包括男性与女性作为个体的生命周期与人生转折点等问题。比如男女在童年期、教育、成熟方面是否存在有显著差异？社会对男孩、女孩的期望是否不同？对于这些相关的问题，人们在信件、日记、自传等一手资料中寻找依据和答案。对于以前已经被发掘出的资料，人们也开始从女性的视角加以重新解读，使其产生新的意义[1]。可以说，女性文学研究是向着女性文化和女性历史研究的方向延伸的。

传统的历史以男性为主，充斥着战争、革命、重大的文化和宗教变革等社会事件，与此不同，女性历史是对女性经历的描述。女性经历包括女性意识的发展和女性文化。其中女性意识指女性对人权、平等与公正的追求行为，而女性文化则指妇女的职业、地位、经历、宗教仪式和她们内化父权主张的意识和行为[2]。也有学者认为，女性的历史具有与男性不同的心理成分，女性是通过情感和感情的力量来形成其历史的[3]。由于女性的经历是构成女性历史的重要组成部分，因此有历史学家强调不同的性别领域能够产生差异，认为美国女性的历史不能仅从历史实践方面来理解，而且还要从思想意识所反映出的东西来理解[4]。将女性历史独立划分为一个研究领域的理由不断被揭示。

除了历史构成，文学史的断代也明显不同。传统的历史是根据历史事件断代的，而这些活动都是以男性为主体进行的，因此，研究女性史的历史学家认为这种断代方法扭曲了人们对女性历史的了解。有学者提出，与政治历史相比，女性历史需要不同的历史划分标准。她们举例为证：文艺复兴时期与妇女在普选中获胜的时期，都并不是妇女经历地位提高的时期[5]。由于这些原因，我们有理由认为，女性文学史在时代划分、文类划分以及创作主题等重大问题上需要不同于传统文学史的书写。

---

[1] Gerda Lerner, p. 128.
[2] Gerda Lerner, p. 126.
[3] Linda K. Kerber, *Towerd an Intellectual History of Women*, London: The University of North Carolina Press & Chapel Hill, 1997, p.64.
[4] Linda K. Kerber, p. 162.
[5] Linda K. Kerber, p. 122.

关于美国女性的历史及社会地位

由于女性在史书中长期缺失,美国女性在历史上的各种身份和作用并没有被充分认识,在一些重要问题上甚至存在误解。

首先,女性并不是一直被局限于家庭范围。通常认为由于历史上"男主外,女主内"的格局,美国妇女的活动范围基本局限在家里,从而对社会少有贡献。事实并非如此。女性虽然被社会机制排除在公共领域之外,但她们仍然在自己的空间内对美国的建国及发展作出了不可忽视的贡献,历史上甚至还出现过女性直接参战的情况。这种极具美国特色的情况在19世纪女作家伊丽莎白·埃利特(Elizabeth Ellet)的作品中有详尽的描述。埃利特是第一位广泛涉及美国独立战争的女性历史学家,1848年她出版了两本传记体小说,其中描写了六十位经历过独立战争的妇女。埃利特用不同的方法记载了她们的战争经历,并试图重新"找回妇女的观点"[①]。埃利特展示了许多鲜为人知的女性历史:她们联合抵制英国商品,为作战部队筹集大量食品,并筹集钱粮和补给,为美国的建国作出了相当大的贡献。在战争进行中,军队之间的冲突伴随着妇女的拥军活动与声援。美国南北战争之前的这一代妇女活动积极分子能够阅读这样一些美国历史,这些历史既向旧的法规进行挑战,同时也承认妇女的存在及妇女行为的重要性[②]。据琳达·格兰特·德·鲍乌(Linda Grant De Pauw)估计,美国独立战争时期,前后大约有两万美国妇女服务于军队[③]。在一个时期内,当医院伤病员人满为患和军需供应不足时,她们追随部队并照顾身边的士兵,为军队护理、做饭、浆洗以谋求生计。然而,女性虽然被卷入战火并作出贡献,但是她们的作用却因政治原因在历史教科书上被忽视。

第二,家庭在美国文化中扮演着重要作用,而妇女在家中对社会同样有不小于男性的建设作用。家庭是研究美国女性文学应该关注的一个重要焦点,因为它是构成美国女性生活主要内容的领域。对于19世纪美国女性的家务内容,有这样的具体描写:"女性家务包括准备食物,比如无休止地烤面包、装罐头、保持瓜果蔬菜的新鲜,花费半天或一整天去采购货

---

① Linda K. Kerber, pp. 63–64.
② Linda K. Kerber, p. 243.
③ Linda K. Kerber, p. 71.

物；做饭，生火，清洁地板、毛毯、窗户、家具和帐帘；缝补洗熨，做针线活；照料老幼；辅导孩子读书、写作和算术，以及教导孩子如何做人，传授给他们宗教教义。女人有可能还得担当园艺工的工作。如果她生活在农场里，还得分担照料和屠宰牲口的工作，并且自己制造一些家用物品，比如肥皂、蜡烛、布料和纱布等。除了这些日常生活的重担外，女人还不得不款待来访的客人，有的客人会待上几个星期甚至长达数月。扶助贫弱群体也是她们的义务之一。每一个成家的女人都得承担如此繁重的家务。而且，即使待字闺中的青年女子也很少能免于家务之类的工作。繁忙的家务和生养孩子的重担极大地损害了美国女性的健康。有人统计过，"有一个健康的女人就有三个生病的女人"[1]。有人认为，如此繁重的家务，致使结婚生子对女性的自我发展具有严重的负面影响："在美国，婚姻生活的禁锢将无可挽回地使女性的独立性消亡。"[2] 即便如此，大多数女性最终还是选择嫁人。比如，美国内战导致结婚率比之前大幅度下降，未婚女性急剧增多，但是绝大多数最终还是结婚。在19世纪90年代前，女性结婚率已经达到了百分之九十的正常水平[3]。婚后繁忙的家务生活对女性的负面影响并没有使她们选择远离婚姻，相反，女性被认为是心甘情愿地加入到结婚的行列中的。

这种情况与两个因素有关。第一，当时的文化给女性的教育是：结婚能使她们步入生命中体验幸福的阶段，女性最终的幸福就是成为妻子和母亲。第二，小说、生活指南、歌曲、杂志等书刊宣扬的浪漫爱情也潜移默化地使得女性愿意为幸福付出代价。婚姻不但是女性文学的主要内容之一，也是研究女性文学的核心内容之一。事实上婚姻成为美国女性主要关注的焦点，特别是中产阶级女性。在19世纪，当女性权利与义务日益成为公众讨论的话题时，关于女人何时出嫁、是否出嫁、嫁给什么样的人等诸如此类的讨论十分盛行，婚姻成为当时文学创作的流行题材。内战前描写女性的大部分小说都是讲述男女之间的求爱故事，通常以有情人终成眷

---

[1] Anne E. Boyd, Writing for Immortality—Women and the Emergence of High Literary. Culture in America, the Johns Hopkins University Press, 2004, p.65.

[2] Anne E. Boyd, p. 66.

[3] Anne E. Boyd, p. 64.

属为大结局。但是战后很多小说开始审视女性在作出这些决定之后的后续情况，而没有止于浪漫的爱情[1]。由于女性的家庭生活与社会建构相关，因此女性文学中反映的家庭生活的变化，是构成女性文化和历史的重要来源，同时也反映了社会的发展变化。

第三，男性和女性并非一直是二元对立的两个群体，女性文学得到过男性的积极支持。并非所有的妇女在所有的时候都受到所有男性的压制。美国历史上不乏女性得到男性理解和支持的例子。事实上美国男性在女性文学地位的提高和女性文学的发展中起到过积极的作用。早在18世纪，当伊丽莎白·罗宾逊·蒙塔古（Elizabeth Robinson Montagu）为文学创作而创建了类似现代文学沙龙的"蓝袜子"（Bluestockings）时，参加文学沙龙的不但有女性，也有男性，甚至得到过一些重要男性作家的热诚支持。"蓝袜子"的目的是组织对文学有兴趣的男女作家进行智性讨论，男作家也借此机会表示对女作家的支持，其中包括塞缪尔·约翰逊（Samual Johnson）、约瑟夫·约翰森（Joseph Johnson）等，他们认为女性和男性一样有写作能力，这在当时堪称重大突破[2]。因为从英属殖民地开始，美国社会就对女性的智力存在偏见。比如学校不给女生教拉丁和希腊文，借口是女性不具备严肃思考和思想的能力，不具备做知性和艺术工作的能力。这种偏见认为，女性的身体虚弱正是意味着她们的智性也处于弱势，她们不能聚精会神于严肃的智力训练，因此只适宜在家生养儿女，操持家务。妇女也不得进入政府部门，不得独立旅行、经商或做店主、从事法律工作、当医生，如此种种，这也使得大部分女性失去信心，放弃出版小说的努力[3]。在这种背景下，男性的支持非常关键。

另一个重要事实体现在先验主义对女性的影响。对女性文学有重要推动作用的当属先验主义的代表人物。以19世纪诗人艾米莉·狄金森的经历为例，爱默生到马萨诸塞州的艾莫斯特市做讲座时，曾在狄金森的哥哥家做客，与世隔绝的艾米莉·狄金森见到了爱默生，爱默生送给18岁的狄金森一本他的诗集，狄金森从此受到了爱默生的诗歌及其学说的深刻影

---

[1] Anne E. Boyd, p. 63.
[2] Sharon M. Harris, *Online Higher Education Comment Card: American Women Writers to 1800*.
[3] Anne E. Boyd, p. 63.

响，这在她的诗中有很多的体现。另一个是露易莎·奥尔科特（Louisa M. Alcott）。奥尔科特成长在波士顿和康科德，这两个地方是先验主义的圣地，也是美国文化氛围极其浓厚的地方。爱默生、霍桑、梭罗和奥尔科特的父亲等众多著名人士都在此地定居，使得此地闻名天下。这样的环境使她认识到她所具有的天赋，而且认识到挖掘和发展不仅仅是重要的，还是必须的。奥尔科特的父亲布朗森在孩子们成长时就用他自己的理论和方法指导她们学习，使这个家变成了教室或者像辛西娅·巴顿说的那样，成为了"实验室"。孩子们在家中交谈、阅读、讨论经典著作、讲故事、表演她们最喜欢的狄更斯的小说片段，或演露易莎创作的话剧等，在教学活动中也给孩子们灌输了共和思想和浪漫主义思想。奥尔科特的父母亲对她的事业都十分支持，认识奥尔科特的人对于她的家庭如此支持女儿的事业都不免感到震惊。奥尔科特早期的生活对她很有意义，使她明白在19世纪的美国一个年轻的女性应该怎样看待自己的作家身份。奥尔科特将关于自由和生活目标的思想逐渐灌输给了她的姐妹们，其中有两个受到她的鼓舞，也开始追求自己的艺术事业。奥尔科特的第一部也是最为成功的作品《心情》就是用爱默生的话来开场的："人生就是载满各种心情的一列火车"。此书讲述一个年轻女性自我发现的痛苦历程。爱默生的劝诫："坚持自我，不模仿别人"，以及"哪里有老师可以教得了莎士比亚呢？……人人生而不同……莎士比亚若是也研究莎士比亚，他又怎么成为莎士比亚呢"，这些都使女性深受鼓舞[1]。

爱默生提供给女性作家所需的智力支持，使她们认识到自己的价值，从而接受成为了艺术家的身份。他首次提出一个人应该认识到自己的独特价值。对于想要投身于文学事业的女性，爱默生的理念是极大的鼓舞。在19世纪50年代的美国，随着女性读者的增多，人们逐渐承认写作也是属于女性的领域。内战前的女作家就已经使家内和家外的界限变得模糊，也使得女性参与公共事业变得合法化。同时许多女性对于成为女作家的担忧也减小了很多。

女性之所以曾经活跃在社会上，这是基于两个理论基础，而这两个问

---

[1] Anne E. Boyd, p. 24.

题都与男性有关：一个是启蒙主义关于个人权利的理论；一个是共和民主学说，即所有人作为臣民所拥有的个人权利，包括妇女[1]。在1828年，美国的一位重要女编辑萨拉·约瑟芬·黑尔（Sarah Josepha Hale）在《戈蒂女士丛书》(Godey's Lady's Book)中大胆指出："天才的天赋与性别无关。"启蒙运动的男女平等思想让许多女性勇敢地视自己为创作者或精英人物[2]。尽管女性作家不能摆脱在文学领域里男性强势地位的压迫，但并不是说女性从来没有得到过任何男性的支持，或者说男性和女性在文学界一直处于敌对的状态。我们在研究女性文学史时需要有一种历史发展的眼光，要看到美国历史上的多种因素。

19世纪美国女性文学的大力发展与一个刊物的存在是分不开的，而这个刊物却是男性创办的。1857年《大西洋月刊》的成立给许多女性提供了展示才能的平台，使她们参与到美国高层文化建设的理想变成现实。这个杂志社对女性作家非常友好，为她们的文学创作营造了一个稳定的市场[3]。该刊物刊登的斯波弗德和戴维斯两位女性的小说给人留下深刻的印象，许多读者甚至不相信这些作品是出自女性之手。她们的成功鼓舞了许多其他的女性像她们一样向高层次文学领域进军。这两位女作家在当时红极一时，名气仅次于霍桑、爱默生、约翰·格林立夫·威蒂尔、亨利·华兹华斯·朗费罗、奥利弗·文戴尔·洪姆斯及詹姆斯·罗塞尔·洛威尔等《大西洋月刊》的核心作家[4]。总而言之，美国的个人主义、先验主义、早期成功女作家的榜样力量，以及《大西洋月刊》推出的杰出女性，为内战时期及其以后的女性提供了投身于高层文化发展的学术氛围，也鼓舞了年轻一代女性树立成为女艺术家的志向。一些女作家充分发挥了自己的文学才能，成为了杰出的艺术大家。她们不仅是女性的代表，而且也引领着公众的认识和观念。她们自信对国家的高层次文学能作出意义深远、成绩卓越的贡献，尽管她们的道路充满困难艰险。

第四，女性文学并非一直是边缘的和无足轻重的，事实上曾有几度相

---

[1] Anne E. Boyd, p. 35.
[2] Anne E. Boyd, p. 35.
[3] Anne E. Boyd, p. 36.
[4] Anne E. Boyd, p. 38.

当强势。从第一代开拓者到今天的将近四个世纪的历史长河中，美国女性文学从初级阶段的文学水准发展成为出现了许多有高度文学性的文学作品，女作家的写作也从17世纪初期毫无功利目的的个人写作（极个别的作家除外，比如埃芙拉·贝恩，和达拉薇尔·曼利[①]）发展成了为出版而写作和为艺术而写作的对文学性的自主追求。各个不同历史阶段的美国女性文学都体现了这些变化。早期美国女性写作的内容紧扣她们的生活内容，很多日记和家书是她们对生活的记录和感想，写作的对象不是公众，写作的目的也不是发表。到了18世纪，女性开始在小说中书写自己的思想感情，但这时她们仍没有把整个社会作为自己的书写目标和读者。在18世纪50年代之前，女性写作大都不是为了名利，这是因为一方面妇女被教育要谦虚，不要出风头；另一方面是她们的社会地位决定她们只能依附男性，不应该热衷于发表自己的见解。当时的妇女很多是因为生存的需要不得已才嫁人的，这就意味着她们对男性有很高的依赖程度。只有丈夫同意，她们才能获得受教育的机会，也才能写书或出版。这反而形成了一种情形，即一些没有男性控制的女性反而受过教育，比如修道院的修女或出身上层阶级的妇女[②]。到了18世纪50年代之后，女性开始不满这种状况而公开抗争，此时也出现了女性作品新的出版高峰。据计，从1650年到1760年间共有一百零八位妇女出版了作品，而从1760年到1810年有约二百零九位妇女出版过作品，出版人数几乎翻了一番[③]。

贝母发现："在19世纪之前，女性作家没有称自己为艺术家或用艺术的语言来证实她们的艺术家身份的倾向。"[④]在19世纪50年代的美国，随着女性读者的增多，人们逐渐承认了写作也是女人的领域。尽管劳伦斯·布尔在《新英格兰文学和文化》中记载，南北战争之前和战后（during

---

[①] 埃芙拉·贝恩（Aphra Behn）和达拉薇尔·曼利（Delariviere Manley）为了解决家人的吃饭问题而写作、出版。她们为了生计而写小说、戏剧，虽然作品如愿出版，却付出损坏自己名声的代价，因为她们的所作所为与妇女被期望的谦虚的美德相悖逆。引自 Sharon M. Harris, ed., *American Women Writers to 1800*, New York: Oxford University Press, 1996, p. xii.

[②] Sharon M. Harris, ed., *American Women Writers to 1800*, New York: Oxford University Press, 1996, p. xii.

[③] Sharon M. Harris, ed., p. xii.

[④] Anne E. Boyd, p. 4.

the antebellum and the Civil War），新英格兰只有百分之二点六的作家是女性①。当女性作家还没认为她们可以引导文学潮流时，她们已经引导了公众的思想。斯托夫人的《汤姆叔叔的小屋》成为了公共文学领域及文学市场中重要的贡献者。这使得许多人开始认真考虑文学创作。一些人相信一旦女性作家在文学市场成为重要作家，她们就可以在全国性的高雅文学建构中获得一席之地②。女作家如塞奇威克（Sedgwich）、范尼·弗恩（Fanny Fern）、哈丽雅特·比彻·斯托（Harriet Beecher Stowe）、莉迪亚·辛格尼（Lydia Sigourney）的成功已经证明，对于妇女来说，作家是一份受人尊敬的职业。这些作家也树立了有能力参加国家大事讨论的权威，而且她们也创作了在当时非常畅销的作品，从而扩大了妇女有可能被接受的范围，有些作品也挑战或修正了对妇女这个概念的传统认识。

由于女性在文学领域的成就，女作家的身份也开始发生变化。在南北战争及其以后，一些女性作家开始用新的眼光看待作家这一身份。她们把作家看成是自己的核心身份，树立起发掘自己艺术潜能的雄心壮志③。19世纪是美国女性文学大发展的时代。丽贝卡·哈丁·戴维斯（1831－1910）、海伦·亨特·杰克逊（1830－1885）、艾米莉·狄金森（1830－1886）、哈里特·普利斯科特·斯泼福德（1835－1921）、夏洛特·福特恩·格瑞姆克（1837－1914）、艾玛·拉扎如斯（1849－1887）、及舍伍德·波恩（1849－1883）、海伦·亨特·杰克逊（1830－1885）、艾米莉·狄金森（1830－1886）、哈里特·普里斯科特·斯泼福德（1835－1921）、夏洛特·福滕·格莱姆克（1837－1914）、萨拉·皮亚特（1836－1919）、萨拉·奥恩·朱厄特（1849－1909）、爱玛·拉扎路（1849－1887）以及舍伍德·波纳（1849－1883）这些人不是一个绝无仅有的群体，她们的生活和作品具有广泛的代表性。许多妇女已经成了著名作家，有些男作家甚至认为美国的文学领域将要被女性占领④。从没有文学性意识的写作，到对文学艺术性的努力追求，女性对文学的态度一直在发生变

---

① Anne E. Boyd, p. 25.
② Anne E. Boyd, p. 36.
③ Anne E. Boyd, p. 2.
④ Anne E. Boyd, p. 2.

化，女性文学也从幼稚走向成熟。

虽然美国女性在17世纪就开始写作，但是真正在美国文坛形成力量始于19世纪。19世纪形成的庞大的描写家庭生活的女作家群构成了19世纪文学的主体。著名的作家有哈丽特·比彻·斯托（Harriet Beecher Stowe）、苏珊·沃纳（Susan Warner）、E. D. N. 索思沃思（E. D. N. Southworth）、苏珊娜·罗森（Susannah Rowson）、汉娜·福斯特（Hannah Foster）、凯瑟琳·塞奇威克（Catherine Sedgwich）等。南北战争之前的小说从主体和风格上都常常被冠以"文学的家庭生活"（literary domesticity）或"感伤派小说"（sentimental novel）[①]。可以说，在19世纪中叶，美国女作家就已经在美国文学领域里占主导地位了。

美国女性还在美国文学史上具有里程碑意义的"南方复兴"文学运动中起到中坚作用，形成了强大的文学流派。20世纪20年代以伊伦·格拉斯哥和凯特·肖邦为先驱的"南方复兴"文学运动在美国兴起。南方文学占主导地位的局面持续了至少四十多年，不仅得到了人们对南方作家的广泛认可，还引起了人们对女性作家的注意。这种认可首先来自美国国外，法国是第一个发现这个流派的国家。1954年《伦敦时报》的文学副刊发表文章说："南方的文学稳固地奠定了它在美国文学中的地位。它是最重要，最有天赋，最有意义和价值的文学。""南方复兴"的妇女作家有凯瑟琳·波特、尤多拉·韦尔蒂、卡罗琳·戈登和莉莲·赫尔曼。"后南方复兴派"中的女作家有弗兰纳里·奥康纳、奥利夫·安·伯恩斯、苑妮·弗拉格、李·史密斯和艾丽斯·沃克，她们中的大部分都被纳入美国主流文学。

关于历史上的美国女性文学

在美国历史上两次重大的运动中，女性文学都发挥了强有力的推动作用。一次是19世纪的废奴运动，另一次是20世纪60年代的民权运动。19世纪的妇女比美国历史上任何一个时期的妇女参与的政治活动都要多，反对奴隶制也成为妇女联合起来的一个重要因素。在成千上万的废奴

[①] Elaine Showalter, *Sister's Choice: Tradition and Change in American Women's Writing*, Oxford: Clarendon Press, 1991. p. 14.

主义者中就出现了第一批女性主义者,这些妇女在为解放奴隶而斗争的同时也开始为妇女的平等权利而斗争。她们组织起来举行集会,进行请愿,规模最大的一次是由"全国妇女忠义会"的组织者们组织的向美国国会请愿的活动,要求废除奴隶制。到南北战争结束时,她们已经收集到多达四十万请愿者的签名。作为废奴主义者,她们赢得了在公众场合讲话的权利,也开始了对妇女社会地位和基本权利进行诉求的长期斗争。废奴运动和妇女解放这两大运动极大地加强了妇女的力量,它意味着性别作用的转换。此时越来越多的妇女开始被公众所接受。内战时有影响的妇女作家有妇女要求参政运动的领导人之一苏珊·B. 安东尼（Susan B. Anthony, 1820—1906）；战时著名的护士克拉拉·巴顿（Clara Barton, 1821—1912）；生在蓄奴家庭,然而积极参与反对蓄奴并支持女权运动的姐妹莎拉·格莱姆克（Sarah Grimké, 1792—1873）和安吉丽娜·格莱姆克（Angelina Grimké, 1805—1879）；作家和改革家朱丽亚·沃德·霍厄尔（Julia Ward Howe, 1819—1910）；女权主义者和废奴主义者露西·斯通（Lucy Stone, 1818—1893）；女权和黑人权利的得力发言人索吉纳·特鲁斯（Sojourner Truth, 1797—1883）。其中最有影响的就是亚伯拉罕·林肯曾经说到的"一个小妇人掀起了一场大战"的《汤姆叔叔的小屋》的作者哈丽雅特·比彻·斯托（Harriet Beecher Stowe, 1811—1896）。

　　20世纪60年代的民权运动推动了美国社会的进步,它进一步打破了白人统治美国的局面,而使少数族裔、妇女和黑人的社会地位有了一定的提高。有观点认为,如果没有许多人,特别是妇女的帮助、支持和投入,民权运动的象征马丁·路德·金就不会取得他所取得的成就。如果没有乔安·吉布森·罗宾逊和蒙奇马利妇女政治会的幕后工作,实际上点燃了全国性民权运动之火的罗莎·帕克女士的抗议行为很可能不会那么成功。埃洛伊斯·格林菲尔德、族拉·贝克、玛丽·麦克劳德、贝休恩、罗莎·帕克、埃莉诺·罗斯福、玛丽·丘奇·特雷尔和艾达·韦尔斯-巴尼特等女作家的作品中都反映了妇女对民权运动所做的工作,包括用写作的方式所做的舆论工作[①]。

---

①Gordon Sayr, "Early American Personal Narrative," http://www.lehigh.edu/~ejg1/sylx/gsayre.html.

20世纪70年代以来对美国女性文学重新发现的成果是巨大的。人们发现美国妇女由于种族、宗教、阶级和文化等方面的原因,创作的作品是多样化的。它表现出多族裔特点、多宗教特点和多元文化特点,女性文学中反映出的阶级、性别、地域、种族、族裔和宗教等因素都作用于妇女的身份。不仅如此,女性文学还有体裁多样化的特点。除了传统意义上的小说、诗歌、戏剧和随笔等文学形式以外,女作家用日记、书信、表白文学、被俘记等形式的写作,更新了人们对文学的旧有概念。妇女研究者还把出自妇女之手的诸如墓碑纪念文、家务手册、刺绣小诗,甚至法庭记录、遗嘱、病例等文字记录也列入研究女性作品的范畴之内,以便研究性别是如何在多种族的、不同经济、地域和宗教的背景下作用于妇女的社会文化身份以及写作身份的[①]。19世纪和20世纪的妇女作品无论在形式上,还是在内容上都更加呈现出多声音和多样化的特点,特别是少数族裔女作家的涌现,改写了美国文学以白人文学且主要是男性白人文学为主导的文学历史。

美国的女性文学现象在很大程度上受了20世纪60年代和70年代的民权运动和妇女解放运动思潮的影响。因为种种原因,在美国长期被边缘化的女性文学和少数族裔文学一样,是作为一种反叛既有机制的力量发展起来的,即使在今天女性文学在美国仍然是有争议的话题。反对派认为,把女性作品包括在美国主体文学中的做法与其说是出于文学方面的考虑,不如说是出于政治上的考虑(为了"政治上正确")。有的文学批评家认为,将女性作品加入主体文学主要是由于这些女作家的种族、性别、题材或政治倾向等原因,而并不是因为她们作品的创造性、原始性,以及她们驾驭语言的能力和作品的深度。尽管有这样那样的辩论和争议,然而越来越多的大学甚至中学都把女性文学搬入课堂。在英语系、妇女研究、历史系、社会学等学科的课堂上,女性文学正在越来越多地被用做教材。正如美国女性文学并不仅仅是关于文学的,还是关于妇女史的,美国女性文学除了对美国主体文学有贡献以外,还对美国人的妇女观产生着不可忽视的

[①] 此处参考了 Northern Michigan University 的 David Mitchell 网页上的课程大纲: Indigenous Genres: American Literary Forms, 1492-1850, http://www.lehigh.edu/~ejg1/syllabus2.html。

影响。

关于女性文学史的书写

美国女性是一个复数的概念,不应该认为女性的身份是统一的、一致的、没有差异性的,女性也因阶级、种族、年龄和宗教的不同而有差异。单数的"妇女"(woman)和复数的"妇女们"(women)之间的关系,是女性主义学者寻求处理的实际问题之一。她们认为,单数的"妇女"是他者通过多样性的呈现话语(科学的、文学的、法律的、语言的、电影的等)建构的一个文化和意识形态的构成;而复数的"妇女们"则是她们集体历史的真正的、物质的主体[①]。女权主义强调说,历史书上个别有名的女性并不能代表广大的女性,她们并不是女性历史的全部,因为女性历史是由千千万万个不同的妇女建构的。正是无数无名的妇女构成了美国女性的历史,她们的文学作品构成了美国女性文学史。必须认识到女性并没有一个统一化一的身份,女性的身份是多样的、动态的、有差异的。因此,能够反映女性历史和文化的女性文学史,一定是由各种不同的阶层、群体、文类和内容组成的,而不仅仅是个别女性的创作。正是在这个意义上,真正能表征女性的历史和文化的必须是一个无论在主题还是在文类上都表现出多样性的女性文学,而不是少数女性的作品。我们之所以选一百多位女性作家,正是为了尽量表现这样一个特征。

近三十年来对美国妇女文学的再发现,发掘出了大量的女性作家和作品。仅香农·M. 哈里斯(Sharon M. Harris)于1996年编辑出版的《1800年之前的美国女性文学》(*American Women Writers to 1800*)一书就收入1800年以前的九十多名女作家,而且大部分作品以前从来没有发表过。美国女性对美国文学作出过巨大的贡献,历史上也出现过许多出色的女作家,她们的作品极大地丰富了美国文学。本书收入的作家所创作的作品可谓形形色色,有书信、日记、回忆录、诗歌、被俘记、土著叙事、随笔、布道文、自传、小说、戏剧、科技及政治檄文等多样文类。这些不同历史时期的女作家从不同的题材、体裁和主题方面表现出了不同时代的妇女生

[①] Bill Ashcroft, Gareth Giffiths, Helen Tiffin, eds., *The Post-colonial Studies Reader*, London: Routledge, 2002, p.259.

活和不同女性群体的特点，对我们了解一个多样性的美国妇女的历史、文化和文学很有帮助。通过这本书，读者了解到美国历史上都有哪些重要的女性作家，以及她们都书写了什么，美国女性文学的历史发展和成就也变得十分具体、明晰。读者可以从本书中了解到第一位在新大陆发表诗歌的女性是安妮·布拉德斯特里特（Anne Bradestreet, 1612 – 1672），她于1650年开始发表作品，标志着美国女性文学的开始；第一位美国女性剧作家是夏洛特·雷诺克思（Charlotte Lennox, 1730? – 1804），她发表过三部剧本，她于1762年发表的《姊妹》（*The Sister*）和于1775年发表的《老城风俗》（*Old City Manners*）甚至被搬上舞台；摩西·奥蒂斯·沃伦（Mercy Otis Warren, 1728 – 1814）被誉为美国革命的第一夫人，于1805年出版了三卷本的《美国革命战争史》；汉娜·亚当斯（Hannah Adams, 1755 – 1831）是为数不多的一位以写作为生的职业女历史学家，著有多部历史著作；第一位美国黑人女诗人是菲丽丝·惠特利（Phillis Wheatley, 1753? – 1784），她首次发表作品是在1767年。美国的第一位畅销书女作家是苏珊娜·哈斯韦尔·罗森（Susanna Haswell Rowson, 1762 – 1824），她的代表作《夏洛特——一个真实的故事》（*Charlotte: A Tale of Truth*, 1791）曾再版多达二百次，与同时代的华盛顿·欧文（Washington Irving）和詹姆斯·库珀（James Fenimore Cooper）齐名。作家兼编辑萨拉·约瑟芬·黑尔（Sarah Josepha Hale, 1788 – 1879）使《戈蒂女士丛书》（*Godey's Lady's Book*）成为19世纪影响最大，也是发行量最大的刊物。她四十年坚持不懈的努力还使得感恩节成为官方节日，并因此受到林肯总统的赞扬。索杰纳·特鲁斯（Sojourner Truth, 1797 – 1883）是19世纪最有影响的演说家之一，她提倡废奴和妇女竞选。莉迪亚·蔡尔德（Lydia Child, 1802 – 1880）曾经享有盛名，因其创造性和多样性而闻名遐迩。伊丽莎白·帕尔默·皮博迪（Elizabeth Palmer Peabody, 1804 – 1894）是19世纪最重要的先验主义作家。萨拉·玛格丽特·富勒（Sarah Margaret Fuller, 1810 – 1850）被称为"19世纪最重要的女性"，她发表了第一篇女权主义宣言。迪莉亚·索尔特·培根（Delia Salter Bacon, 1811 – 1859）早在1857年就对莎士比亚作品的真正作者提出过质疑。苏珊·沃娜（Susan Warner, 1819 – 1885）的畅销书《宽阔的世界》（*The Wide, Wide World*, 1851）广为流传，并被翻译成七种文字。哈丽雅特·比彻·斯托（Harriet Beecher Stowe，1811－1896）的《汤姆叔叔的小屋》与南北战争的发生有密切关系，其小说对历史的影响少有作家能与之匹敌。伊丽莎白·卡迪·斯坦登（Elizabeth Cady Stanton，1815－1902）是第一代女权活动家中重要的女权主义哲学家。玛丽·切斯纳特（Mary Chesnut，1823－1886）是南北战争时期最有影响的作家之一，以其日记闻名。《玛丽·切斯纳特的内战日记》（*Mary Chesnut's Civil War*）被认为是现存的对联邦时期的生活最为精彩的描写。伊丽莎白·斯图亚特·菲尔普斯·沃德（Elizabeth Stuart Phelps Ward，1844－1911）于1868年发表的小说《虚掩的门》（*The Gates Ajar*）在美国发行了八万册，在英国发行了十万册，并被翻译成四种文字。玛丽·诺艾尔斯·默飞立（Mary Noailles Murfree，1850－1922）是19世纪南方文学的先驱之一，擅长各种文体。波琳·伊丽莎白·霍普金斯（Pauline Elizabeth Hopkins，1859－1930）是后结构主义的先驱之一，但在黑人文学中长期被忽视。伊迪丝·华顿（Edith Wharton，1862－1937）是第一位获得普利策小说奖的女作家。格特鲁德·斯泰因（Gertrude Stein，1874－1946）是美国先锋派作家，对一战和二战期间的艺术家和作家产生过很大影响。艾米·洛威尔（Amy Lowell，1874－1925）是美国意向派诗人，她的诗改变了美国人对诗歌的看法。内利·布来（Nellie Bly，1864－1922）是记者、企业家和改革家，还是19世纪末20世纪初进步女性的楷模，被认为是美国最好的记者。伊伦·安得森·戈尔森·格拉斯哥（Ellen Anderson Gholson Glasgow，1873－1945）获普利策小说奖。杰西·赖德蒙·弗塞特（Jessie Redmon Fauset，1882－1961）曾在哈雷姆文艺复兴（the Harlem Renaissance）运动中起到中枢作用，但长期被忽视。佐纳·盖尔（Zona Gale，1874－1938）是第一位获普利策戏剧奖的女作家。剧作家苏珊·格拉斯佩尔（Susan Glaspell，1876－1948）是普罗文斯顿剧社（the Provincetown Players）的奠基者之一，被认为给美国戏剧界带来了一次革命。萨拉·蒂斯代尔（Sara Teasdale，1884－1933）是第一位获普利策诗歌奖的女作家。伊丽莎白·马多克斯·罗伯茨（Elizabeth Madox Roberts，1886－1941）是南方乡土文学作家，也是南方文艺复兴的先驱者之一。玛丽安娜·莫尔（Marianne Moore，1887－1972）在20世纪上半叶被称为"诗人中的诗人"，曾获多项奖项。多萝茜·帕克（Dorothy Parker，1893 – 1967）曾多次获奖，也是最有影响的作家之一。安尼塔·卢斯（Anita Loos，1888 – 1981）是小说家和电影剧本作家，参与过六十多部无声电影的制作。奈拉·拉森（Nella Larsen，1891 – 1964）被 W. E. B. 杜波依斯（W. E. B. DuBois）称为"20 世纪 20 年代最优秀的小说家"。埃德娜·圣·文森特·米莱（Edna St. Vincent Millay，1892 – 1950）曾获得了普利策诗歌奖。赛珍珠（Pearl Sydenstricker Buck，1892 – 1973）曾获诺贝尔奖，她也是东西文化的友好使者。安·佩特里（Ann Petry，1908 – 1997）的《街区》（*The Street*）是黑人女作家写的第一本销售量超过一百万册的作家。尤多拉·韦尔蒂（Eudora Welty，1909 – 2001）是享誉世界的名作家。梯丽·奥尔逊（Tillie Olsen，1913 – 2007）从根本上拓宽了小说创作的可能性，她对其他作家，尤其是女性作家的影响无论用什么样的词语来形容都不为过。缪里尔·凯泽（Muriel Rukeyser，1913 – 1980）在语言和形式的探索上曾影响过很多的作家。由于玛格丽特·沃克（Margaret Walker，1915 – 1998）的成就，使每年的 7 月 12 日被定为玛格丽特·沃克日（Margaret Walker Day）。格温德林·布鲁克斯（Gwendolyn Brooks，1917 – 2000）是第一个获得美国艺术文学院奖（American Academy of Arts and Letters Award）的非洲裔美国作家，以心理小说见长。格雷斯·佩里（Grace Paley，1922 – 2007）是第一位由官方任命的"纽约洲作家"。玛丽·弗兰纳里·奥康纳（Mary Flannery O'Connor，1925 – 1964）曾获得多项奖项，其中就包括美国国家图书奖。辛西娅·奥兹克（Cynthia Ozick，1928 – ）是第一位雷氏小说奖（the Rea Award）获得者。劳瑞恩·汉斯伯雷（Lorraine Hansberry，1930 – 1965）的作品《阳光下的葡萄干》（*A Raisin in the Sun*）是首部在百老汇上演的黑人作家的作品。托尼·莫里森（Toni Morrison，1931 – ）是第一位在常青藤学校任系主任的非洲裔美国人，诺贝尔文学奖得主。乔伊斯·卡洛尔·欧茨（Joyce Carol Oates，1938 – ）获得过国家图书奖。艾丽斯·沃克（Alice Walker，1944 – ）是美国最著名也是最受人尊敬的作家之一。索妮娅·桑切斯（Sonia Sanchez，1934 – ）是最有影响的黑人女作家之一，她既是诗人也是一名剧作家。尼基·乔万尼（Nikki Giovanni，1943 – ）是享誉世界的著名诗人、作家、评论家、社会活动家、教育家和出版商。汤亭亭（Maxine Hong Kingston，1940— ）是著名华裔美国作家，曾数次荣获各项大奖。玛丽莲·罗宾逊（Marilynne Robinson，1943— ）被公认为美国最优秀的当代作家之一。凯茜·艾克（Kathy Acker，1947—1997）是著名后现代小说家。桑德拉·西斯内罗斯（Sandra Cisneros，1954— ）是主流文学中知名度最高的墨西哥裔美国作家。这些作家构成的是一部生动而丰富、不同于传统美国文学史的美国女性文学发展史。正是在这个意义上，本书定名为"美国女性文学：从殖民时期到20世纪"。

女性文学挑战传统的文类划分

传统史书往往是线性的组织模式。这种组织模式按照事件发生的时间顺序来揭示事件的因果关系，确定时代划分，发现重要的转折点，并提供当时情况的演变过程[1]。女性文学研究对传统的文学史及文类划分提出了挑战。女性主义提出，正典文集的出版普遍以男性文学的划分方式为依据，由此将文学划分为诗歌、戏曲、小说和纯文学，而女性被认为只是偏爱小说，小说甚至被描述成唯一的"女性"文学形式[2]。对女性文学的发掘有力地颠覆了这种认识。深入的发掘表明美国早期女性文学由多种文类构成，而这些文类的意义也需要重新阐释，比如日记和书信。研究发现，17世纪寻求精神升华的人往往有保持记日记的习惯，这不仅使写日记的人能够借以审视自己的生命历程，而且还能向其他基督徒提供范例。在那个时期，精神自传是所有文学形式中最为广泛发表的一种形式。像书信一样，日记的写作也有范本与正式的传统可以遵循。不难看出信件与日记在文艺复兴与17世纪所占据的文学地位与19世纪不同。19世纪时人们已经倾向于把信件当做一种我们今天所讲的私人表达方式[3]。玛格丽特·J. M. 埃赛勒（Margaret J.M. Ezell）指出，"书信"的概念在17世纪和19世纪完全不同。在文艺复兴时期和17世纪，书信是一种既定的文学形式，而不是"私人"意义上的个人家书。书信体是一种非常传统的演说形式，书信

---

[1] Margaret J. M. Ezell, *Writng Women's Literary History*, London: The Johns Hopkins University Press, 1993, p. 44.

[2] Margaret J. M. Ezell, p. 44.

[3] Margaret J. M. Ezell, p. 35.

作者对重要的事件发表见解，并展示作者修辞的优雅，因为这样做有益于这些文章的发表和发行。"只需浏览一下 1600 年与 1700 年之间出版的文章标题，就可以看出'致……的书信诗'，或'致……的信'这样的题目在当时相当流行。……书信决不是一种被藐视的文学形式，作为一种文学类型它受到了广泛的注意与尊敬。"[1] "公共的文学形式"与"私人的文学形式"在概念上开始有分别，是发生在 19 世纪文学的商业环境之中的[2]。对女性文学的发掘不但使许多之前不被视为文学的作品得以归属到文学的范畴，而且对之前就被熟知的一些文类也有了新的认识。所以重新发现未被发现的女性文学和被误读的女性文学，成为 20 世纪 70 和 80 年代美国文学研究的一个重要特点。

由于将女性文学从传统的文学中分离出来的做法暗示着女性作品有一种自然属性[3]，因此女性文学研究者从女性文学的历史与作品中试图发现女性创作的相似性，并以此界定女性文学的自然属性，甚至发现女性文学可能具有的传统。因而，女性的书信、日记、自传和口述历史资料等都成为研究女性生活状况的历史资料。这些资料使历史学家得以用女性过去的实际经历来描述妇女的情况，而不是从男性撰写的文献的角度。这一做法具有重要的意义，因为它形成了从以男性为主到以女性为主的意识转变，导致了从新的视角对历史和文学进行诠释。研究的资料甚至扩大到医学教科书、医院病人的病历这样的资源，用它们来研究女性行为及其从女性的角度看待事物的规则。涉及女性经历的问题还引起对节育、怀孕、女性疾病及影响女性健康和女性生活经历的风俗、态度、时尚等问题的研究。女性关系也进入了研究视野：女性的友谊、女同性恋关系，以及女性在群体中的经历，如女性乌托邦式的社区，还有女性娱乐、教育中心以及一些特殊的女性礼仪[4]。女性文学（women's literature）研究实际上成为女性作品（women's writing）的研究，女性作品被赋予了历史和文化的内涵。

琼·凯利指出："在寻求将女性角色增加到历史中去的过程中，女性

---

[1] Margaret J. M. Ezell，p. 34.
[2] Margaret J. M. Ezell，p. 34.
[3] Margaret J. M. Ezell，p. 24.
[4] Gerda Lerner，p. 122.

历史振兴了理论学说，因为它通过质疑以下三个历史思考的基本关注，动摇了历史研究的概念基础：（1）时期的划分，（2）社会分析的归类，（3）社会变革的理论[①]。对女性文学史的断代是另一个新的课题。本书希望能对这一课题做一些基础工作。

关于《美国女性文学：从殖民时期到20世纪》一书的框架及特点

本书以近几十年间发掘出的新作家为主体，研究的作家始于17世纪初，止于20世纪末。通过对新发掘的和之前已经纳入主流的新老女作家进行梳理和评价，用百余名女作家在各个历史阶段的各种文学作品为支撑，体现美国女性文学的多元化和丰富性。本书按17、18、19和20世纪四个部分分为四章，所论作家在美国女性文学史上均有历史性建树。由于女性文学史的断代不同于传统史书，女性文学中的许多内容也非传统文学中所有，因此本书避免定义和分类，所论作家全部按出生年月的顺序排列在目录中（因此会出现类似虽然作者出生在19世纪，但是集中发表的时间却在20世纪的情况。由于本书并没有人为的断代，因此，这种排列应该不会影响到对作家的评价和归类）。每个世纪为一章，每章前插有一个分析该历史时期女性文化、女性文学以及女性社会地位的序言，作为对该时期的评价和总结。全书共收入一百二十八名作家，以此分为一百二十八篇。为了突出重点并便于查找，每篇统一分为四部分：（1）作者介绍，（2）代表作介绍与评价，（3）对作家的整体评价，（4）参考材料（为了节省篇幅，重复参考的文献不在此部分重复，统一在书后的"参考文献"部分列出）。通过不同题材、体裁和主题，表现出了不同时代不同女性群体的文化和历史，用不同于传统的手法书写美国女性的文学发展史。

美国女性文学研究大发展的20世纪80年代，是新历史主义在美国引领潮流的时期，它主张将历史考察带入文学研究。新历史主义强调文学的社会意识形态功能，关注文学与其他文化成分的互动，致力于恢复被主流话语所掩盖的边缘性声音和主流历史忽视的边缘性文本等。本书正是基于新历史主义的这些理念，通过女性文学来表现女性历史，又用女性历史作

[①] Joan Kelly, *The Social Relation of the Sexes*, Chicago & London: The University of Chicago Press, p. 1.

为阐释女性文学的参照。

其次，本书并没有划定一个以主流历史变革为主线的叙述框架，再用现有的文类和风格模式将女作家及其作品定位于其中。本书用了不同于以往任何文学史书的新的书写方式，作为一个尝试。

本书一个重要的特点是将文学史和文学选读相结合的构造。虽然本书不是作品选读，但是每篇后附的参考资料提供了下载作品的网址及连接，还有进一步研究的参考资讯，因此兼具文学史和文学选读的功能。这些网络资讯便捷、经济，是直接与国际上的女性文学研究接轨的有效途径。参考资料部分提供的参考文献和相关网址既方便读者查找，又有利于我们节省刊登作品的篇幅，还有助于读者下载相关作品和研究文献。我们充分利用了网络时代带来的便捷，随着读者阅读资源的变化而变化了文学史和选读的书写划分，带领读者发现一个广阔的研究领域。

长期以来，国内外的学界极少关注美国17世纪女性文学，对美国早期女性作家的创作所知甚少。本书对17世纪美国女性文学的发掘和研究，是本书的一个亮点。本书不但对美国女性文学进行了必不可少的整体勾画，而且对于如何阐释美国女性文学也有重要的意义，特别是本书对20世纪女性文学的讨论，展现了20世纪女性作家作品多样性的重要特征。在20世纪80年代和90年代，许多女性作家开始从不同的经济、语言、宗教、种族、政治角度来描述现代女性的多样化生活。而且这种趋势也伴随着学术界在女性研究方面的不断创新，如对于非裔女性、亚裔女性、拉丁裔女性、印第安族女性以及同性恋女性的研究都有了很大发展。少数族裔女作家的涌现，改写了美国文学以白人文学，且主要是男性白人文学为主导的文学历史。这一特点也是本书的重要关注点。本书对女性文化和历史在女性文学建构中作用的揭示，不但展现了女性文学与传统的美国整体文学之间的区别，而且提出了解读女性文学的视角和发掘女性文学的必要性。

希望《美国女性文学：从殖民时期到20世纪》一书的出版，对我国的美国女性文学研究是一个必要的补充，对我国高校本科生和研究生层面的美国女性文学乃至美国文学整体的教学和研究有推动作用。该书适用于不同阅读目的的读者：对美国女性文学有兴趣的研究生可以通过该书提供的内容、参考资料和网址进行更深入的研究；英语专业学生可以把它作为美国文学的补充读物，因为没有女性文学的美国文学是不完整的美国文学；广大的英语学习者通过阅该读书中各种文体的文学作品、丰富的背景知识、多角度的文学评论，来增加对美国文学和历史的了解，并有效地提高自己的英语能力。美国女性文学的内容及其研究成果多不胜举，令人目不暇接，加之我们能力有限，不足之处还请多加指正。

徐颖果
2010 年春节

参考文献

1. Cheryll L. Brown and Keren Olsen. *Feminist Criticism: Essays, Theory, Poetry and Prose*. New Jersey: Scarecrow Press, 1978.

2. Adrienne Rich. "On Lies, Secrets, Silence." New York: W.W.Norton & Company, 1995.

3. Blanche H. Gelfant. *Women Writing in America: Voices in College*. Hanover: University Press of New England, 1984.

第一章 17世纪的美国女性文学

尽管早在1607年第一个英属殖民地就在弗吉尼亚建立，可是第一批居民中并没有妇女。首批来自欧洲的妇女移民的出现是在1619年。1620年"五月花号"抵达新英格兰的普利茅斯港时，这些为宗教自由和经济富裕而背井离乡奔赴北美的一百多人中，就有十一名女子，从1岁到16岁不等[1]。尽管生活条件艰苦，欧洲女性还是源源不断地来到北美，随着第一批开拓者在新大陆的定居，美国女性开始了在北美的新生活。

17世纪女性的社会地位

17世纪的英国《普通法》是殖民地时期人们依循的主要法律。此法给妇女规定了很多的职责、很少的权利。根据当时的法律，已婚妇女没有财产权，不是法律实体，无权签约。事实上妇女随着结婚时停止使用娘家姓氏而改姓夫姓，就完成了将自己归属于丈夫的合法程序，包括自己的财产，无论是嫁妆还是继承来的财产。在分居和正式离婚之后，妇女对孩子没有监护权。妇女没有社会地位，不享受法律、政治和经济上的平等权利，这种状况一直持续到19世纪。来到新大陆的男人们在他们追求精神和宗教自由的同时，并没有放弃旧的传统观念，也没有改变对待妇女的态度。有学者甚至认为，生活在新大陆的妇女较之在她们故国的妇女受到的性别歧视更多。

尽管如此，到北美后不少妇女还是开始学习文化。一些妇女利用做女佣的机会向别人讨教，以工换学，不少姑娘则是在随母亲做针线活时由母

---

[1] "All American Girl," Susan Norwood, *Colonial American Women 1607–1770*, http://women.eb.com/women/index.html.

亲教她们读书写字,而来自上层社会的姑娘更是有机会在附近的学校学习。这些学校开设有女红、音乐、舞蹈、绘画等课程,以及作为社交技能的茶道、乡村舞蹈和音乐。虽然比起男孩来她们远远落后,但是妇女毕竟开始读书写字,提高文化水准。殖民地时期对青年女性的教育基本是在技术层面。土著青年女性在家里接受的部分教育就是如何把他们的传说、原始故事以及其他的族群的事件口口相传的技巧[1]。在没有书面文字的族群,女性的口头文学传统与欧洲裔美国人的散文、诗歌和小说的编辑有同等重要的作用。这些技术使得文化永久流传。这些技术的流传方式也向我们展示那个时代的女性接受教育的方式和内容。欧洲裔的美国女性接受教育的第一阶段也包括学习做家务和学习宗教以及文化习俗。然而,由于殖民者的文化是有文字记录的文化,因此欧洲裔美国女性的教育史一直有教女性读书写字的议题。由于女性被认为在智力上低于男性,所以在革命前的历史时期,女性的教育总体上是被忽视的,尽管并不是完全忽视,因为中上层阶级出身的女性通常受过良好的教育[2]。

  殖民地时期妇女的活动领域主要限于家庭。妇女的家务非常之繁重,她们的职责主要是做饭、做乳制品、喂养家畜、种花除草、酿制苹果汁和蜂蜜、屠杀家禽并腌制肉食。她们还要制作蜡烛和肥皂,自己缝制衣服和被毯。城区的妇女还要纺织更多的布[3]。父亲是姑娘们的全权代表,替她们完成社区的职责,选举时替她们投票。男人掌管经济,家里事由男人说了算,妇女在家里操持家务,是典型的"男主外,女主内"家庭格局。殖民地时期婚龄是从17岁到25岁。除了由于家庭需要照顾而离不开的姑娘,大多数姑娘最终都能如期嫁人。当时的孕令使妇女通常大部分时间都处在怀孕状态。据史料记载,第二代妇女移民平均生育八个孩子[4]。因此,生育和婚姻是女性最为关注的问题之一。这个时期的女性文学也反映出女性

---

[1] Sharon M. Harris, ed., *American Women Writers to 1800,* New York: Oxford University Press, 1996, p. 3.

[2] Sharon M. Harris, p. 3.

[3] "All American Girl," Susan Norwood, *Colonial American Women 1607 – 1770,* http://women.eb.com/women/index.html.

[4] "All American Girl," Susan Norwood, *Colonial American Women 1607 – 1770,* http://women.eb.com/women/index.html.

的这些生活特点。

早期美国妇女历史研究曾经认为工业化对妇女的影响是19世纪妇女史的研究重点,然而20世纪70年代后史学家们发现,要想了解中产阶级白人妇女,最重要的一个概念就是历史学家称之为"家庭生活崇拜"的概念(cult of domesticity),这也是数以千计的妇女杂志都极力宣扬过的关于妇女位置的思想,那就是妇女的位置是在家里,妇女应该热爱家庭生活,套用中国的一句成语,就是要在家"相夫教子"。原因之一是妇女被认为天生就比男人虔敬、温柔和顺从,所以在家庭以外的公众世界里没有她们的位置。

在19世纪及其之前美国社会性别角色分工较为明显,除极少数妇女例外,大多数妇女的活动范围都是在家里。如何看待妇女在家里的作用就成为如何看待妇女在美国历史上的作用和如何看待妇女历史的关键问题。家庭生活小说(domesticity novels)也成为女性文学的特色之一。

殖民地时期女性主义的思潮已经有所表现。有的妇女虽然没有文学作品流传下来,但是她们的生活和行为本身提出了与男性平等的要求,挑战了殖民地生活的性属本质,比如麻省的德博拉·穆迪女士(Lady Deborah Moody, ? – 1659?)。1639年大法庭拨给她四百公顷的土地。她将其加入自己的财产,建造了一座大房屋。但是由于宗教方面的问题她受到排挤,几年后她离开当地,移居他处。17世纪40年代她在长岛建立了一个居住区,该地区成为宗教自由的代号。德博拉·穆迪女士所表现出来的自立、自尊和自强就具有明显的现代女性主义色彩。在马里兰州,有位叫玛格丽特·布伦特(Margaret Brent, 1601 – 1671)的妇女也有同样的经历。她的智慧和聪颖以及在动荡时期表现出的外交能力,给州长留下深刻印象,以至于州长在逝世前任命她为遗嘱执行人。她获得执行马里兰州领主权法的权利,后来成为在殖民地时期第一个提出妇女选举权要求的女性。1647年1月,她要求拥有两个选票的权利,一个选票是以她地主的身份,另一票是因为她执行律师职务所表现出的杰出能力。虽然她的要求被否决了,但是在一个妇女普遍被忽视的时代,她的能力在挑战男权的历史上留下了不同寻常的印记①。

17世纪的女性文学

在1977年之前，美国文学课堂上讲的美国文学正典基本不包括女性文学。自从女性文学被重新发掘，人们发现女性作家其实从殖民地时期就很活跃，无论是在商业层面还是在出版数量层面，从19世纪中期开始，女性作家也许就已经占主导地位了②。在由香农·M.哈里斯主编的《1800年之前的美国女性文学》（1996）一书中，女性作家写作范围之广泛、涉及题材之多样令人惊叹。女性作家几乎涉及了男性作家涉及的一切题材。她们在作品中描写了新大陆的自然特点和资源、对宗教的新认识、土著人与欧洲裔美国人的关系、爱国热情或保皇立场，以及对作为美国人的认识。除此之外，她们还表现了妇女的教育问题、青年女性的社会及心理的复杂心态、婚恋、婚姻、生育、婚后生活、性趋向、妇女的法律地位、妇女在家做家务的经济情况，以及18世纪末期出现的对堕胎的支持和女性主义思潮的兴起，等等。当然，虽然女性书写了如此丰富的作品，但是她们一直处于被忽视状态，直到20世纪70年代、80年代和90年代对女性文学的再发掘，才使她们被发现③。

女性在17世纪书写过形式多样的作品，比如诗歌、日记、散文、游记等。她们很早就开始作诗，因为在欧洲裔美国文化中，作诗是很个人化的行为④。有大量女性之间的书信被发现，这些书信对于了解当时的家庭关系和社会关系提供了很好的信息，并能以此进一步发现当时的社会、宗教、政治以及经济情况。女性甚至通过相互写信建立和维系某种女性之间的联系网络。女性的日记能够反映许多在公共场合无法反映的看法。女性的游记通常包含一些反映她们走出传统的家庭领域和在外面世界的活动，这些文本描述了女性旅游的经历和能力。早期女性个人的和集体的请愿书提供了她们后来不断增加的参与政治活动的渠道，以及表达她们对法定权

---

① www.questia.com.

② Nina Baym, *Feminism and American Literary History*, New Brunswick, New Jessey: Rutger Univervisty Press, 1992, p. 3.

③ Nina Baym, p. 3.

④ Sharon M. Harris, p. 3.

利的要求。讽刺作品也是女性在寻求进入公开发表的抗议时一个有效的工具。曾有个成员来自当时已经建立的几个州的被称为"青年女士"的团体，利用请愿的形式对婚姻和婚恋以及政治领导等问题中表现的文化意向进行讽刺。由玛丽·罗兰森（Mary Rowlandson，1636-1711）开创的被俘叙事，长期以来被认为是女性擅长的一种文类。这种文类无论在广度和深度方面都在18世纪得到很大的发展。女性自从踏上新大陆的土地就开始了她们创作的历史，早期的美国土著女性通过各种叙事形式记录和保存了她们的历史，诸如传说、创世纪故事、歌曲等。据最近的发掘证明，除了以上这些文类，美国女性还书写了回忆录、自传性叙事、传说、布道文、赞美诗、对话叙事、被俘叙事、政治文献、历史、随笔、戏剧和小说，以及科技短文和其他形式的作品，这些都成为现在我们研究美国女性文学、文化和历史的资源。

17世纪的美国女性不但要学文化，甚至还被鼓励去创作，并发表她们的作品，比如新英格兰地区的教友派妇女。这是因为宗教在妇女生活中具有重要的作用。史料记载，从1650年到1760年，约有一百零八名妇女正式发表过她们的作品[1]。当时读《圣经》是每天必做的功课，很多社区都是以宗教信仰为基础建立起来的，正因为此，美国早期的女性文学在题材和风格上都具有浓厚的宗教色彩。当时的女性大部分都能读书写字。她们之所以能有接受教育的机会，是因为社会认为宗教对女性也十分重要。清教徒认为女性应该学习文化，因为这样可以使她们接近基督，能读诵《圣经》，从而在生活中遵循主的教导[2]。这对当时女性的写作产生了重要的影响。为了能准确地记录自己追随上帝的心路历程，女性必须首先学会准确地记录。她们会用装在口袋里的小本子随时记下生活中的细枝末节，甚至记录下自己身体的周期性变化。由于日常生活被认为处处有圣灵存在的证明，因此将实际的和精神上的经历和感受准确地记录下来被认为是十分必要的。比如在新英格兰地区，教友派女性被鼓励记录并发表自己追随上帝

---

[1] Sharon M. Harris，p. 11.
[2] Cathy N. Davidson，etc.，*The Oxford Companion to Women's Writing in the United States*，New York：Oxford University Press，1995，p. 203.

的亲身经历①。其中有代表性的是伊丽莎白·阿什布里基（Elizabeth Ashbridge）的作品。因此，早期美国女性的文学写作与社会对女性在宗教方面的期望有直接的关系，这也从内容和风格方面影响了女性的写作。这一时期女性的写作有浓厚的宗教色彩，女性作品大多是表现自己在宗教方面的内心经历和个人生活经历的自传性文字，比如日记、书信和自传性叙事。

美国在20世纪70年代开始的重新发现女性文学的努力所取得的最重要的成果之一就是把早期妇女写作的一些主要体裁划入女性文学的研究范围之内，比如日记和书信，事实上美国女性文学研究正是从对早期殖民地时期妇女日记和书信的研究开始的。日记在传统的意义上并不被看成是文学，然而在美国女性文学研究中，日记因其不加虚饰、非正式的叙事方式和亲密无间的写作内容而被认为是文学中最有价值的表现形式之一，并被冠以"日记文学"的名称。文学史学家认为日记常常比历史学家的记载更能准确地反映历史，日记文学对于现代人了解女性文学的重要主题和妇女所关注的问题从历史的视角提供了大量的信息。由于日记的内容大都是关于作家的个人生活和个人感受的，因此，这种文学形式对于了解美国妇女的生活和活动以及美国妇女文化具有其他文学形式所不能替代的作用，因此很有研究价值。

在美国，日记这种表达形式源于美国早期的宗教自传体文学（spiritual autobiography）。宗教自传体文学记载了来到新大陆的开拓者追随上帝的心灵历程，日记中多有这种内容。此外日记还有更为实用的目的。对于移民到这个国家的妇女来说，日记是保持社会关系网络的一种方式。这些妇女写的日记起到家信的作用，经常寄给家乡的人们。所以早期的美国妇女记日记的情况很普遍，日记成为女性写作的重要形式之一。日记可以像玛丽·霍利约克的日记那样是家庭生活的流水账，也可以是像萨兰·肯布尔的日记那样记录历史，或者像玛丽·麦克雷的日记那样是心理日记。所有这些都能表明美国妇女在个人领域的活动和她们自我意识觉醒的过程②。

---

① Cathy N. Davidson, etc., p. 204.
② 徐颖果：《19世纪美国妇女日记文学与美国妇女文化》，《文化研究视野中的英美文学》，人民文学出版社，2008年，第13～20页。

日记作为妇女个人领域的产物，最能反映出妇女在个人领域的思想和生活，对于我们了解美国妇女文化、文学文化和女性文学很有帮助。对美国女性文学的发掘和重新评价使得日记被划入文学范畴，这不但更新了文学的概念，也丰富了美国文学，并且对妇女史研究作出了贡献。

女性写作的另一个重要的文类是书信写作。书信是早期妇女在表达她们对社会、文化和政治问题的见解时使用最多的一种文体，但是一直没有被看做严肃的文学或得到承认。随着妇女在18世纪转向小说创作，她们把早期的书信和被俘叙事两种文体带入了小说。据统计，大约三分之一的早期美国小说是用书信体写作的。这其中当然也有英国作家像塞缪尔·理查逊等人的影响，但是它反映出妇女通过书信往来对政治和社会加以评论这一传统已经达到很高的程度。对于像汉娜·弗斯特（Hanah Foster，1758-1840）这样的女作家来说，书信体是她们故事的一个有机的构成部分。无论是日记、书信、被俘记，还是游记、表白叙事，这些早期的文类都有明显的自传特点。虽然"自传"（autobiography）通常被认为是19世纪初期（1808年）才造的词，真正流行起来是在19世纪30年代[1]，然而自传体作为一种文学形式，在19世纪的新大陆颇为普遍。妇女用这种文学形式创作了大量的作品，并且在形式和内容上有很大的发展和创新。从早期美国到1850年，美国文学中最重要的叙事作品，诸如宗教表白（spiritual confession）、奴隶叙事（slave narratives）、被俘叙事（captivity narratives）、新大陆游记和日记等都是自传体的变体。常见于妇女要求参政运动时期的文学体裁表白叙事（confession writing）就是妇女常用的文学形式之一，妇女用这种形式创作了大量的作品。

表白叙事可分为两大种。第一种是自传体作品，它展示作者的个人生活和妇女参政运动对作者的积极影响和作用。此类文学的现代代表作有宾哥斯的《厄洛吉诺斯地带之战》、米利特的《飞着》、霍华德的《不同的女人》和布郎的《红宝石果丛林》。老一代作家的作品有达尼韦的《开辟道路》、斯威富尔姆的《半个世纪》、帕克赫斯特的《我自己的故事》、斯坦

---

[1] Gordon Sayr, "Early American Personal Narrative," http://www.lehigh.edu/~ejg1/sylx/gsayre.html.

顿的《埃吉顿的岁月及其他》。

第二种是用社会学的方法来研究社会，特别是研究妇女的表白叙事。在这种作品中，作者总是出现在作品里，通过她自己生活的经历作为实例进而提出理论。妇女要求参政运动时期的这类作品的代表作有沙诺利特·珀金·吉尔曼的《妇女与经济学》，近代的代表作有伊丽莎白·简维的《男人的世界女人的地方》、马蒂·埃尔曼的《想一想妇女》、贝蒂·弗里登的《女权主义的奥秘》和杰曼·格里尔的《女阉人》。这些作品因触动了社会最敏感的神经而非常流行。妇女作家们创作的新大陆游记、被俘记、奴隶叙事、表白文学、日记、书信等对传统的文学形式概念是一种挑战。

美国土著的口传文学是最早的美国文学形式，其历史长于美国建国史。来自欧洲的新大陆开拓者们创作的带有浓厚的欧洲文学传统的文类，对美国土著文学传统是极大的丰富，也极大地提升了美国文学的表现形式。

至今为止发掘出的17世纪殖民地女性文学虽然不多，但是这些作家和作品揭示的问题却很有意义。它们涉及的问题反映出17世纪美国文化、社会和政治方面的一些特点，值得研究。比如，妇女在没有社会地位的情况下却能做到出版她们的作品；作为妻子、母亲或女儿的女性，她们有大量的家务要做，而她们仍然能够书写并发表。显然，女性在法律承认的层面与女性在家庭内部层面的社会地位有一定的差异，女性的社会地位和身份与她们的实际处境也有一定的差异，其中反映出的问题有宗教的和文化的背景影响。

另外，殖民地时期女性群体的构成是多种族和多文化的。从族裔角度看，女性中有美国土著、欧洲裔美国人、非洲裔美国人、拉丁美洲裔美国人等；从宗教信仰看，有清教徒、天主教徒、贵格会教徒等各种宗教或教派的。17世纪的女性在社会地位低下的情况下如何做到书写并出版作品？女性作品如何反映多种族、多文化的美国社会？假如女性文学从17世纪就有一种多元文化的声音，那么这种声音与三百多年之后的美国文学中的多元文化的声音有什么样的传承关系？当时的女性是如何看待并面对文化适应问题的？殖民地时期的女性作品是否反映出一种女性共有的可以称为女性传统的东西？它是什么？这些问题都是极具挑战性的、有意义的课题，值得进一步研究。

参考文献

1．http://www.ilf.cn/Article_Show.asp?ArticleID=2907&ArticlePage=5.
2．http://womenshistory.about.com/library/weekly/aa020920a.htm.
3．http://www.library.csi.cuny.edu/dept/history/lavender/rownarr.html（The Sixth Remove）．

1. 安妮·布拉兹特里特
(Anne Bradstreet)

一、作家介绍

安妮·布拉兹特里特（Anne Bradstreet，1612 – 1672），美国首位正式发表作品的女诗人，出生于英国一个清教徒世家，是家中的长女。父亲托马斯·达德利（Thomas Dudley）信仰清教，是林肯伯爵四世家的大总管，移居北美后四次被推举为马萨诸塞海湾殖民地总督，并创立了"达德利·温斯罗普"政治家族。家境的优越使安妮接受了良好的家庭教育，受到宗教和英国文学的熏陶。

体弱多病的安妮 16 岁便嫁给了同样受林肯伯爵庇护，后来担任过马萨诸塞州州长的西蒙·布拉兹特里特（Simon Bradstreet）。两年后的 1630 年，在殖民者乘"五月花号"首次在北美登陆的十年之后，18 岁的安妮随家人在约翰·温斯罗普（John Winthrop）的带领下也来到了美洲。他们为了追求宗教自由而乘坐"阿贝拉号"（Arbella）离开了英国，率领一支由十一只船、七百名殖民者组成的船队飘洋过海，经过六十多天的漂泊在荒无人烟的北美马萨诸塞州塞勒姆（Salem）登陆。当时这个地方才建成两年多，房屋不足二十座。登陆后，他们仿照印第安人建茅舍或挖山洞居住。但仅仅住了一个月就迁往别处，几经辗转，最终定居在安多佛（North Andover）。当时殖民地的自然条件、物质条件和社会环境对一家人来说仍是异常恶劣。

安妮本人的生活也是一部奋斗史，除了要适应新世界的严酷环境，还要与各种自身及流行的疾病作斗争。在这种情况下，顽强的安妮仍成功抚养了八个孩子，同时还艰难地从事当时并不适宜于女性的文学创作。当时主导着社会的清教主义追求宗教自由，然而新大陆的妇女却并没有呼吸到多少自由的空气。家庭的清教背景使安妮一方面被牢牢打上清教主义的烙印，一方面却渴望自由的天空。她一直深陷爱上帝与爱家人的矛盾中，只有在完成相夫教子使命的同时去从事当时被认为不适宜于妇女的诗歌创作，借此抒发心中的困惑。作为一个女人，她的困惑是具有普遍性的。

她的作品大多是在亲朋好友间传阅。安妮的诗歌主题广泛，包括各种社会、政治和哲学问题，许多冥想题材的诗说教意味较强，表现了她对灵与肉、现实与理想，以及世俗生活与宗教信仰的思考。但她的有关家庭生活的诗歌最受欢迎。此外，由于当时的文坛奉行传统，她也有一些模仿之作，明显带有伊丽莎白时代作家的痕迹。

由于当时社会处于神权和父权的双重统治之下，女性处于第二性的地位，因此安妮总体上是尊崇男性的，常把丈夫比做太阳，但也发出过颠覆传统的男女等级的声音。她记录了妇女在开拓新大陆中的卓越贡献，塑造了独立自主的新女性形象，对女性受到的歧视与压迫进行了反抗。《对至高无上的女王伊丽莎白的快乐记忆》（*Happy Memory of Queen Elizabeth*）一诗语气高昂，借对女王的赞颂，表现了女性的创造力和聪明才智，是一首具有女性主义意识的诗作。

二、代表作

《美洲出现的第十个缪斯》（*The Tenth Muse Lately Sprung Up in America*，1650）是在安妮不知道的情况下由其兄弟带到英国出版的，后来在美国出版了它的增补版《充满机智和学识的快活诗歌》（*Several Poems Compiled with Great Variety of Wit and Learning，Full of Delight*，1678），这是作者生前发表的唯一一部诗集，一出版便深受欢迎，一年内再版五次，曾排名英国最畅销的十部书籍之中。该诗作是殖民者的处女作，也是殖民时期英语诗歌最重要的两部作品之一[①]。

[①] 另一部是 Edward Taylor（1644 – 1729）的作品，参见 Janet M. Labrie, *Masterpieces of Women's Literature*, ed. Frank N. Magill, New York: Harper Collins Publishers, 1996, p.496.

诗集开头是几首由新英格兰知名人士所写的赞颂安妮的短诗,接着是一首安妮献给父亲的诗,然后是一些篇幅稍长的关于数字"四"的具有学术研究特点的诗歌:人的四种心境(身体的四种体液)、人生的四个阶段、四个君主国(简短的世界史)、一年的四季、构成世界的四种元素(空气、水、火、土)等。这些学术性诗歌反映出她受到父亲的影响,以及她有渊博的知识。接下来是献给诗人菲利浦·席得尼爵士的挽诗《新旧英格兰的对话》和一首歌颂法国诗人和传教士杜巴尔塔(Guillaume du Bartas)的诗。最后是有关各种题材的一些短诗。在美国出版的增补版中安妮作了一些补充和修订,其中包括一些最受欢迎的作品。缪斯女神出自古希腊传说,意为"灵感的源泉",是万神之主宙斯的九个女儿,分管历史、歌唱、悲剧、喜剧、舞蹈等九项艺术,是诗人所崇拜的偶像,常赐予诗人灵感,而安妮被赋予了"第十位缪斯"的美名。

安妮的诗歌中最受喜爱的是她的"家庭诗歌"。这类诗歌在整个诗集中的比例虽然不大,却展现了她作为一个女性的感性的一面,驳斥了清教主义的禁欲苦行思想,赞美了对尘世生活的热爱,具有很强的艺术感染力。孩子和丈夫是其中常出现的主题。在《她的一个孩子出生之前》(*Before the Birth of One of Her Children*)中,想到可能会在分娩中丧生,孩子们将会落入继母之手,她表达了对亲人和生活无尽的眷恋。《致孩子们》(*In Reference to My Children*)把孩子们比做小鸟,四雄(男孩)四雌(女孩),第一次用诗歌形式表达了母亲对远离的孩子的深沉的母爱。一些家庭诗歌也表达了她坚定的清教信仰,如《写在我家失火之际》(*Upon the Burning of Our House*)描写了1666年的一场大火无情吞噬了她在安多佛的家的情景。痛苦的思考过后她明白房子应属于上帝,上帝施舍给了自己这一切,又取走一切,也没有什么可抱怨的,只有天国之光才是永恒的。《纪念我亲爱的孙女伊丽莎白》(*In Memory of My Dear Grandchild Elizabeth*)写道,水果蔬菜皆顺应时令而瓜熟蒂落,可不到两岁的孩子竟然要死去,这一定是上帝的某种旨意。还有两首哀悼孙子/女的诗歌,诗中写道:"三朵花,两朵刚开,最后一朵还是花蕾,/都被全能神的手剪平了;然而他是善的。"其中对家人的依依不舍之情感人至深。

由于丈夫经常外出,对丈夫的感情和思念出现在多首诗歌当中,如《致我充满柔情的亲爱丈夫》(*To My Dear and Loving Husband*) 没有清教妇女的压制和贵妇的矜持，淋漓尽致地表达了对丈夫炽热的爱，并期待彼此因为这种爱而得以获得永生。《写给供职在外的丈夫的一封信》(*A Letter to Her Husband Absent Upon Public Employment*) 表达了她盼望丈夫能像夏天的太阳靠近地球一样尽快回到她身边的热切心情。在另一封信中，她把自己比喻成一头失去了雄鹿的 (hartless) 雌鹿，因为双关技巧，也可以理解成伤心的 (heartless) 雌鹿。

诗集中更多的作品是关于对宗教信仰与世俗生活之间的矛盾的思考。当时的人们在这个新生的国家开拓疆土，艰苦奋斗，"上帝的选民"、上帝赋予的神圣使命、天堂的召唤，这样的信念时刻在激励着他们，给予他们无穷的力量，然而这种信念也抑制并否定了人们寻求快乐生活的本能需要。安妮通过诗歌隐晦地质疑了这种现象。

《灵与肉》(*The Flesh and the Spirit*) 则描绘了两个世界的冲突。将灵与肉化身为两姐妹，代表精神世界和物质世界。"肉"质问道："冥想那么使你满足，/世界都可以不顾吗？"而"灵"斥责"肉"罪孽深重。而当她意识到肉体摆脱俗世虚华的意志又正是来自对天堂更强烈的欲望时感到更加困惑。她的诗表现了安妮作为女性的自我和作为清教徒的超我之间的矛盾和困惑，写作似乎具备疗伤的作用。《沉思》(*Contemplations*) 被认为是安妮最出色的作品，它展现了精神和物质这两个世界和谐共存的状态。这首诗像是一条思想的河流，一气呵成，引人入胜，首先以对秋天的赞美开场，提出疑问，也是思考的主题："地上的景色都如此惊人，那天上的辉煌将会多么令人叹为观止呢？"然后由古老的橡树和伟大的太阳联想造物主的荣耀。就在她想歌颂造物主的时候，才发现自己的声音竟不如蚂蚱响亮。与自然美和神圣美相比，人类竟然如此渺小。思绪随河水流向大海，又被海鸟带回天上。最后她得出水到渠成的结论：时间是世上所有生灵的敌人，只有与上帝合一，才能得到永生。

安妮的诗歌不仅有对生活细节的直接观察，而且充满想象和激情，读者从中看到的是一个充满温情与激情的人性化的女性形象，这与传统清教徒的刻板形象截然不同，表现出安妮温柔外表下的叛逆个性。男性批评家们抨击安妮说她的手"更适合做针线"，安妮为了调和内在和外在的冲突，作品的语气变得非常低调、谦卑和隐晦,因为她知道"我令那些吹毛求疵的人讨厌"①。就连当时的政治领袖约翰·温斯罗普谈起安妮时也语带讥讽,说她"因为长期致力于读书和写作,虽著作颇丰,但身体和才智却已经衰退……如果她专心于家务,做一些妇女份内的事,就不至于此"②。

总而言之,安妮的诗歌反映出她作为虔诚的清教徒和顽强的母亲的内心世界,她的作品较少有浪漫主义和感伤主义的色彩。初版中的早期创作的诗歌与作者激情蓬勃的内心世界相违背,刻意采用了传统、乏味、刻板的节奏,因此难以引起普通读者的兴趣。这也促使安妮开始发掘自己的内心,创作属于自己的诗歌,而这些作品后来收录在安妮故去后面世的美国版本中。这部作品创造了历史,它是美国出版的第一部诗集,也是美国第一部出自女性笔下的作品。

三、评价

对于17世纪的妇女而言,通过作品表达自己的内心是很困难的,而安妮实现了这一点。"身处一个对诗歌从来都是漠然置之的国度,作诗需要克服无以伦比的困难。"③安妮凭自己的努力和才情赢得了清教徒的认可,她被认为是新英格兰最有成就和影响的女人,并被誉为"第十位缪斯"("The Tenth Muse")。她去世后,人们为她创作了许多"哀歌"以表达对她的敬仰。清教主义统治下的妇女仍然处于弱势地位,她的作品记录了一个清教徒妇女与新英格兰殖民地艰苦的生活和社会处境所作的斗争。她发挥了清教主义自立与自救的基本原则,培养了战胜困难的积极乐观精神、女性的自立精神和独立思考的勇气,揭示了清教主义和人本主义之间的对立。反映了当时女性的社会意识形态的形成,以及对平等和自由的理想追求的萌芽。

她对创作一丝不苟,着力表现人的内心和精神领域。之前的文学以布道辞、心灵日记和拓荒实录等以说教为主要目的的宗教文学为主,而安妮则开创了美国诗歌写作的先河。虽然安妮本性中的自我意识每每都妥协于

---

① Rose Shade, *Artifax*, Vol. 1, Scotland: Dundee Media Publishing Limited, 1971, p.2.

② Marcus Cunliffe, *The Literature of the United States*, Beijing: China Translation and Publishing Company, 1985, p.11.

③ John Berryman, *Collected Poems, 1937-1971*, U.S.Farrar, Straus & Giroux, LLC, 1989, p.ii.

强有力的男权社会所定义的超我模式的枷锁,有其历史局限性,但这种女性自觉地敢于向主流文化质疑的行动精神已经具有了历史性的意义,代表了美国女性主义的初步萌芽,对研究北美女性文学传统具有深远意义。她为家庭写诗,却获得了全世界的读者[①]。她被认为是美国文学史上最重要的人物之一,被誉为"美国文学之母"。

参考文献

1. Bradstreet, Anne. *Several Poems Compiled with Great Variety of Wit and Learning, Full of Delight*. Boston: Printed by John Foster, 1678.

2. Bradstreet, Anne. *The Tenth Muse Poetry. The Complete Works of Anne Bradstreet*. Eds. Joseph R. McElrath and Allan P. Robb. Boston: Twayne Publishers, 1981.

3. 黄杲炘:《美国抒情诗选》(译著),上海译文出版社,1989年。

---

① Janet M. Labrie, *Masterpieces of Women's Literature*,. ed. Frank N. Magill, New York: Harper Collins Publishers, 1996, p.498.

2. 安妮·芬恩奇·康威女士

（Lady Anne Finch Conway）

一、作家介绍

安妮·芬恩奇·康威女士（Lady Anne Finch Conway，1631-1679），也称康威女勋爵（Viscountess Conway），美国殖民时期著名女作家、哲学家，于1631年12月14日生于伦敦。其父亨利基·芬恩奇爵士（Sir Heneage Finch）是英国下议院议长，在其出生的前一周突然去世。母亲伊丽莎白·克拉多克（Elizabeth Cradock）是父亲的第二任妻子。关于安妮·芬恩奇·康威女士童年的记载不多，她在位于肯辛顿（Kensington）的家中长大，缺少了父爱的安妮幼时便喜欢独处，乖巧懂事。虽然家庭教育不太系统，但她敏而好学，先后学习了拉丁文、希腊文和希伯来文。

作为家中最小的孩子，她与同父异母的哥哥约翰·芬恩奇感情深厚。哥哥曾将自己的哲学书籍拿给康威阅读，最终引出了她与哲学的一生因缘。1645年哥哥进入了剑桥大学基督学院，并选择了柏拉图主义者亨利·莫尔（Henry More）作导师。随后康威也开始了与亨利·莫尔的通信交流。他们探讨笛卡尔（Rene Descartes）的哲学思想，交流哲学观点。笛卡尔的思想是安妮哲学思想的基础。她通过书信热诚地向老师求教，而莫尔也并没有因为她的女性身份而忽略或者轻视她的学习热情和潜力。后来哥哥出游，安妮只得更多地写信向莫尔老师请教。1655年她搬到了丈夫的家乡居住，自此莫尔成了康威家的座上客，在那里度过了剑桥大学教亨利·莫尔在哲学上对康威女勋爵的影响至关重要。课之余的许多有过书信来往，也把安妮带入了笛卡尔的哲学世界，但他本人曾与教信仰，在拥护笛卡尔哲学上有所保留。而康威女勋爵经后来因交流后，最终也在自己的著作中对笛卡尔及莫尔的观点进行过

勋爵短暂的一生饱受病痛的折磨。幼年时期的一次高烧使她终脱头疼的痛苦。为此她曾尝试各种疗法，包括使用烟草、鸦片、危险物品，也曾经历过切开颈动脉这样的大手术，但头疼并没有缓反而愈演愈烈。为了减轻痛苦，她整日躲在阴暗的屋子里，感受到了亡的威胁。剧烈的疼痛使她忘却了对死亡的畏惧，反而使她以超脱的视角来看待她所处的那个纷繁的世界。就这样，她开始了对哲学的深层思索。疼痛成了她试图建立的神正论哲学思想的一个灵感来源，即人类生活在一个仁慈的上帝与各种痛苦共存的世界。她把疼痛当做了心灵升华的一种契机，因此她作品中宗教色彩的浓厚程度远甚于同时代或稍后的作家。

1658年顽强的安妮忍受着病痛的折磨生下了一个儿子，这是她唯一的孩子。然而不幸的是，1660年10月，年仅3岁的儿子因感染天花不幸夭折。她再次经历了致命的打击，差点也撒手人寰，但她再一次战胜了死神。同年夏天，哥哥返回了英国与安妮团聚。

1665年，新一轮疼痛的袭击使安妮求助于当时有名的爱尔兰神医，然而却没能得偿所愿。后来的十多年间，一位炼丹术士的儿子、医生兼哲学家凡·海尔蒙（Van Helmont）住在安妮家中，悉心护理着她，使她的病情时而得以缓解，但往往接着又是更严重的爆发。在海尔蒙的引导下，安妮的哲学思想有了巨大转变。她开始抛弃笛卡尔思想，渐渐接受了卡巴拉教义（Kabbalism，中世纪后期兴起的犹太教的一个神秘教派。源于Kabbalah 一词，意为"得到上帝真传的教派"），并在去世前不久加入了贵格教（Quaker）。

安妮的丈夫虽然很支持安妮，但却因工作原因常常外出，无法陪伴在她左右，即使是到了安妮生命的最后尽头。1679年2月，安妮终于无法继续忍受身体的痛苦，年仅47岁便离开了人世。海尔蒙为安妮办理了后

事，而闻讯后的莫尔感叹安妮为"耐心和理性的最卓越[...]"。①

二、代表作

她的作品多为与人合作的结果，独著只有这一部，即《古[今哲学原理》]（*The Principles of the Most Ancient and Modern Philosophy*）。该[书]最后的岁月著成，在她死后也是历经磨难，最先以拉丁文译本的[形式于]1690年在阿姆斯特丹匿名问世，后才于1692年以《古今哲学原理》[为名推]出了英文版。由于原稿遗失，英文版只能由拉丁文版再转译而成。如今[该]书已被译成现代英语，并配有详细注释，包括她的生平、文献年表和前言，以帮助读者在当时的历史背景和哲学语境下解读康威女勋爵，并能够让后人清晰地认识这位忍受着极大病痛但仍留下宝贵思想的哲学家。

全书分为七章，详细分析了上帝、耶稣、世间万物及其相互关系，也就是作为所有哲学问题之根本的物质与精神的关系，阐述了她建立在上帝美德基础上的"精神本体论"思想②。作品从上帝的存在与作用出发，在不触犯伊斯兰教、犹太教及其他宗教的前提下，巧妙解释了"三位一体"的观点：上帝减弱了他刺眼的光芒，为其生灵提供了生存空间，而这个空间并非贫瘠荒芜之所，而是充满了犹太教称为先知的灵魂。灵魂与神灵的光芒相结合，进一步传播到造物的身上，最终达到了圣父、圣子与圣灵的结合。

作者的本体主义哲学世界建立在上帝的存在和美德基础上，分为三个层次。最上层是作为万物之源的上帝，第三层为造物，中间层为耶稣，联结着上帝和造物。上帝作为至善至美的代表，他胸怀宽广、智慧、公正，是永恒、统一与不朽的象征。他根据对自身意象的认识创造了世间万物，而这并非出自外在物质的需要，而是缘于他内心的宏恩。上帝与生物之间具有相似性。除了形体上的相似，上帝的善良、公正也决定了创造物的仁慈、热情。但是，上帝与创造物之间也存在差异，后者是由"单孢体"分子构成。他们拥有躯体和灵魂，有生命，能够运动和感知，并处于不断的

---

① Anne Conway, *The Conway Letters: the Correspondence of Anne, Viscountess Conway, Henry More and their Friends, 1642-1684*, ed. Marjorie Nicholson and Sarah Hutton, Oxford: Clarendon Press, 1992, p.450.

② http://plato.stanford.edu/entries/conway/.

变化之中。然而这种变化只会带来其存在方式的不同,并没有本质的迁移。康威女勋爵反对绝对静止的存在,认为惰性的有形物质与代表生命的上帝相矛盾。然而,单孢体在数量上的多样性和形式上的易变性又与上帝所代表的统一、无限、不朽与守恒恰好形成对立。

上帝与生物之间的延续是通过中间层次耶稣实现的。上帝通过耶稣对生物发布指令、发挥作用。耶稣同时拥有上帝和生物的特性:作为神,他不受时间的约束,青春常驻,没有病痛和死亡的折磨;而作为人,他带着血肉之躯从天堂降到人间,又必须经受死亡这一关。然而,死亡并未长期地约束他,第三天他又得以复活。他的神性拯救了自己,自此以后他也可以拯救人类,使人类不再受时间的限制,因而耶稣成了上帝与生物之间的桥梁。然而,康威女勋爵力图避免被带上泛神论的帽子,尽管她相信造物是上帝的延续,然而造物不是神,人类并不像上帝一样完美无缺,造物的反复变化是向至善至美的不断演变。

康威女勋爵的精神至善论(spiritual perfectionism)有两层意思:一方面,所有事物在精神上都能够不断完善;另一方面,所有事物在道德上也可以不断提高。她把邪恶看做是对完美的上帝的偏离,任何错误都将受到地狱之火的惩罚,而忍受苦难在她看来是对精神升华的漫长考验。此外,康威女勋爵反对地狱永恒论,因为上帝用永恒的地狱来惩罚有限的犯错者,这显然是不公正的。相反,她将痛苦和忍受看做是对心灵的净化,以达到人类道德和精神上的完美境界。从这个意义上说,康威女勋爵的理论体系不单单是本体论,其中也有神正论(theodicy)的思想。

康威女勋爵的哲学体系是对当时哲学思想的一个回应。作品中她用了几章的篇幅来反对莫尔和笛卡尔的二元论(dualism)。她对霍布斯(Thomas Hobbes)和斯宾诺莎(Baruch Spinoza)的思想也作了评论,认为他们把上帝和造物混淆,犯了物质泛神论(material pantheism)的错误。她的物质观念受到了柏拉图哲学和卡巴拉教义的影响,而其宗教思想也显示了神学家奥瑞根(Origen, c.185-c.254,早期东部基督教派最伟大的神学家和《圣经》学者,早期基督教神秘主义的代表之一)的观点的痕迹。

这部著作思维新颖,论证充分,宗教色彩浓厚,是本体论与神正论的结合,也是反映柏拉图形而上学思想的代表作之一。它是17世纪出自女性之手的哲学作品中最有趣和最具原创性的著作,而康威女勋爵也被认为是早期形而上学思想的首位女性重要代表。

三、评价

康威女勋爵的一生可谓命运多舛。然而她却凭借自己顽强的毅力和不羁的个性,在17世纪那个女性备受忽略的时代进入了哲学的领地,并取得了卓越的成就。康威女勋爵所走的是一条不同寻常的求索之路,这条路不仅对于妇女而言不同寻常,对那时的所有人来说也是人迹罕至。她的一生中先是信仰笛卡尔哲学,然后又钻研并精通了复杂的卡巴拉哲学体系,她的"单孢体"概念就是从卡巴拉思想而来。她还撰文批评过笛卡尔、霍布斯和斯宾诺莎的哲学理论,最终又力排众议,于1677年转向了贵格教。当时人们对贵格教极其反对,避之唯恐不及。这些无不显示出她独立的思维和执着的精神。虽然她激进且非正统的独立观点和个性在当时看来很不合时宜,但她的观点却预示了"启蒙时代"更宽容、更广泛、更积极的哲学观的到来。

她的一生是拼搏的一生。她不断咀嚼着自身的痛苦,吐出的却是智慧的果实,滋养了后世大批的读者和学者。17、18世纪之交德国举世罕见的科学和哲学天才莱布尼兹(Gottfriend Wilhelm Leibniz, 1646 – 1716)的"单孢体"的概念就是受到了她的思想的直接影响[①]。1653年莫尔在自己的重要哲学著作《消解无神论》(*An Antidote Against Atheism*)中明确提出把此书献给康威女勋爵,称赞她"有沉思的禀赋,深刻的洞见,在自然和神学各个方面的知识不仅仅超越了同时代的任何女性,也超越了同时代的所有男性"。但由于她出版的唯一一部著作是匿名的,再加上作者的女性身份,她同很多女性作家和思想家一样被深深埋没。然而,她作品中闪现的熠熠光彩是终究无法被彻底掩盖的,后来终于得以重新被人们发现。

参考文献

1. Coudert, Allison. *The Impact of the Kabbalah in the Seventeenth Century. The Life and Work of Francis Mercury van Helmont*, 1614-1698.

---

① http://users.ox.ac.uk/worc0337/authors/anne.conway.html.

Leiden: Brill, 1998.

2. Conway, Anne. *The Conway Letters: the Correspondence of Anne, Viscountess Conway, Henry More and their Friends, 1642-1684.* ed. Marjorie Nicholson and Sarah Hutton. Oxford: Clarendon Press, 1992.

3. Conway, Anne. *The Principles of the Most Ancient and Modern Philosophy.* trans. Taylor Corse and Allison Coudert. Cambridge, 1996.

4. Hutton, Sarah. *Anne Conway. A Woman Philosopher.* Cambridge: Cambridge University Press, 2004.

5. Merchant, Carolyn. "The Vitalism of Anne Conway: its Impact on Leibniz's Concept of the Monad," *Journal of the History of Philosophy* 17, 1979.

6. http://users.ox.ac.uk/worc0337/authors/anne.conway.html.

7. http://www.earlham.edu/~peters/courses/re/women.htm.

8. http://www.ucalgary.ca/~mamaes/17thwomen.html.

9. http://www.undelete.org/woa/woa06-30.html.

3. 玛丽·罗兰森

（Mary Rowlandson）

一、作家介绍

玛丽·罗兰森（Mary Rowlandson，1636 – 1711），别名玛丽·怀特·罗兰森，美国殖民时期女性主义作家。她出生于英国，是家里十个孩子中的老六。1639年她随父母远航至北美马萨诸塞州的兰卡斯特，1656年与毕业于哈佛大学的清教牧师约瑟夫·罗兰森（Joseph Rowlandson）结婚，二人共育有四个孩子，长女名叫玛丽，然而3岁就夭折了，其余三个孩子都活下来了。长子随父亲名叫约瑟夫，次女也叫玛丽，小女儿名叫莎拉。

1675至1676年间，北美殖民者与印第安部落之间爆发了菲利普王战争（King Philip's War）。菲利普王是殖民者对一位强悍的印第安部落首领梅塔科梅（Metacom）的称呼。1676年2月10日，也就是在战争即将结束前，约瑟夫前去为兰卡斯特请求军事援助，求助没有得到回应，而印第安一个部落却趁机向兰卡斯特发起了袭击。他们焚毁了整个城镇，杀害了四十八人，还俘虏了二十四人，包括玛丽和她的三个孩子，他们分别是14岁、10岁和6岁。被俘后，两个大点的孩子分别关押，小女儿不幸夭折。在约一百五十英里行程途中，玛丽经历了无尽的艰难、饥饿、疲惫和恐惧。十一周后，也就是1676年5月，她的丈夫以二十英镑将她赎出，随后两个孩子也很快被解救。然而，他们在兰卡斯特的家园已经被摧毁，一家人于1677年辗转迁居至康涅狄格州。在那里玛丽·罗兰森写下了被俘的整个经过，并将其整理成了一部自传性质的叙事小说，但一直没有发表。后来该作品在剑桥出版，书名是《国家主权和上帝的仁慈，以及上帝承诺之显现；罗兰森的被俘与被释》。小说受到热烈欢迎，后在大西洋两岸再版三十多次。

这本书的出版开辟了美国文学的一个新领域：被俘叙事。被俘叙事自玛丽·罗兰森开创以来就作为一种文类得到承认，并成为妇女作家的强项。根据理查德·斯洛特金的观点，在被俘叙事中，通常是某个人，常常是位女性，处于邪恶势力的打击下，等待上帝的援救。被俘者代表整个饱受磨难的清教社会，与印第安人之间的奴役关系具有双重意义——既代表灵魂受制于肉体和来自原罪的诱惑，又象征英国人像以色列人一样从英格兰自我流放。最终由于上帝的仁慈和清教地方官员的努力，他们获得了拯救。最终的救赎象征着灵魂的再生，而严酷的考验则象征着痛苦、邪恶和最终救赎的希望。通过讲述被俘者的故事，虔诚的读者感受到类似的获救希望。同时，被俘者的种种痛苦也继续折磨着那些一味堕落却执迷不悟的信众。被俘叙事小说的鲜明特点是真实性。对玛丽作品的研究，不仅大大加强了我们对于该文类中体验及表达宽度和多样性的理解，而且有助于我们了解该文类在18世纪的演变过程。

重聚后不久的玛丽一家人并没有度过太多的幸福时光，丈夫在1678年11月24日做了一次关于妻子被俘经历的精彩有力的布道，三天后便溘然辞世。次年，玛丽改嫁给塞缪尔·泰尔考特船长，此后的生活便罕为人知。塞缪尔和玛丽先后于1691和1711年身故。

二、代表作

《国家主权和上帝的仁慈，以及上帝承诺之显现；罗兰森的被俘与被释》(The Sovereignty and Goodness of GOD, Together with the Faithfulness of His Promises Displayed; the Narrative of the Captivity and the Restoration of Mrs. Mary Rowlandson) 以玛丽·罗兰森的亲身经历为模本写成，是一部带有自传性质的小说，以二十件从一地到另一地的迁移或旅行事件为线索，记述了她被俘和被释放的经历，具有文学、历史和宗教等多方面的价值。玛丽·罗兰森作为一个清教徒和一个普通的母亲，一生中仅发表过这一部作品，而正是这一部作品为她带来了永久的声誉。这本书是美国第一部正式出版的女性文学作品，同时也开创了被俘文学这一新的文学流派。同年该作品又以《玛丽·罗兰森的被俘与救赎》为名出了英文版。它记录了作者亲眼所见的印第安人的生活，同时又是不可多得的记录美国早期殖民者生活和思想的第一手资料，虽然篇幅不长，但已经成为世界文学宝库中的经典之作。

作品揭示出了深刻的主题。由于作者的清教徒身份，其中的宗教因素不容忽视。它不仅是历史的再现，更是一个清教徒的心路历程。在玛丽被俘期间，一本印第安人劫掠来的《圣经》成为了她唯一的精神支柱。"精疲力竭之时，我想自己恐怕要沉入沼泽之底，万劫不复了；但就在我即将跌倒下沉之际，仁慈的主啊，您伸出了援救之手！"可以说，它记录了一个清教徒在荆棘密布的丛林中所经历的崎岖不平的心灵之旅，那是她对存在于自身和世界中的人性与神性之间复杂关系的思考。作者通过这段经历揭示出了她作为一个生命体所感受到的整个所属群体，即北美殖民者生命的软弱与现世的脆弱本质。她感到了生命的短暂和无常。世界上没有一样是确定的，她甚至不清楚下一刻死亡是否就会来临。罗兰森的叙述也表现了北美早期殖民者在面对新大陆时的犹豫和恐惧。虽然她和其他的被俘者在随印第安人迁移中积累了不少有用的生活常识，但同时也感到不安，因为她觉得自己似乎离现代文明越来越远了，印第安人，连同他们所代表的黑暗与荒蛮，似乎已经战胜了理性和文明。

然而另一方面，尽管现实残酷，玛丽却凭借着坚定的清教信仰和顽强的清教品质存活了下来，她灵魂中的神性发挥了重要作用。她经常把自身的情况与《圣经》故事联系起来，这也是美国宗教情结的一个体现。例如，在书中她把自己和《圣经》中的约伯、以色列等人物作比。在清教徒的思想中，他们认为自己是上帝的选民，与上帝建立了盟约，他们要建立一个山巅之城，成为全人类的楷模。只要他们恪守这个盟约，上帝的恩惠就必定降临在他们身上，来保护他的选民。书中还提到了《出埃及记》中约瑟夫的兄弟把约瑟夫卖到埃及去当奴隶，后来受到上帝惩罚的故事。在罗兰森看来印第安人的这场袭击正是上帝的刻意惩罚，因为这些殖民者违反了与上帝的盟约。这些惩罚本身就是爱的体现，所以她要更好地坚守与上帝的盟约，而她最终的救赎也更坚定了她对上帝的信仰。

在这次深入荒野最终回归文明的过程中，罗兰森的心灵与头脑中经历了人性与神性、野性与文明的交锋。首先，关于文明和野蛮的概念原本清晰，但在旅程中变得模糊了，人身上原始的人性在面临生存考验时似乎占了上风。"被俘"阶段可以说象征着作者的肉体痛苦、信仰软弱和精神迷茫时期，此时她对自己以前的想法产生了怀疑。曾经她认为文明就是一切与野蛮相对的概念，但是随后印第安人和白人的相同点又凸显出来。

然而，后来她得到了不仅仅是肉体上，更是精神上的"救赎"。经历了肉体的痛苦和迷茫，最后还是在精神上战胜了这个世界，坚定了自己的信仰。最后虽然失去了肉体的居所，却重归到了天上的精神家园。从结果来看，野蛮与文明、人性与神性之间的界限又回归清晰，她明确了自己的归属和身份，确定了自己没有被上帝抛弃，还是由上帝所选的"神圣选民"：他们远离不义的欧洲，穿过象征"红海"的大西洋，来到"应许之地——迦南美地"美洲大陆，来完成重建神的圣殿这一使命。从这个角度看，这本书具有显著的宗教意义，可以看成是宣传清教教义的一个见证作品。该书得到当时著名清教牧师科顿·马瑟（Cotton Mather）的大力推荐就可说明这一点。该作品中既有真实事件，还将这些事件与《圣经》中的相关内容巧妙地融合到一起。

此外作品中也有对战争、历史和精神世界的真相的描绘，尽管这些领域过于宏大，作者也并没有对其进行全方位、多角度的详细记录，但至少可以为我们提供其中一个角度的真实记录。

三、评价

被俘叙事在文学流派中尽管没有占据主要位置，然而它在美国文学的发展中却是令人瞩目的。罗兰森通过自己的亲身经历向人们展示了北美早期殖民者的生活风貌，同时也记录了北美土著印第安人的真实生活，已经成为美国文学中的经典之作，同时也为研究那一时期美国社会生活的研究者们提供了丰富的史料。

同时，玛丽的立场和声音也对处于动荡中的美国社会产生了重大影响。当时的美国面临欧洲大陆和印第安人的双重压力，在精神导向和社会走向上举步维艰：既要成功脱离欧洲征服北美大陆，又要为其迫害印第安人的行径找到合理性。在这种情况下清教主义便是他们的依靠，而玛丽·罗兰森这部作品的发表则让北美读者相信，是上帝赋予了殖民者独立治理北美的权力，因此他们有能力完成这项任务，这也为美国未来的政治独立奠定了基础，同时也为他们今后成为真正的"美国人"提供了思想、观念和舆论准备。

参考文献

1. Barnham, Michelle. *Captivity and Sentiment: Cultural Exchange in American Literature, 1682-1861.* Hanover: University Press of New England, 1997.

2. Derounian, Kathryn Zabelle. "The publication, promotion, and distribution of Mary Rowlandson's Indian captivity narrative in the 17th century." *Early American Literature,* 1988, (3).

3. Pearce, Roy Harvey. "The significances of the captivity narrative." *American Literature,* 1947, (4).

4. Rowlandson, Mary. *A True History of the Captivity and Restoration of Mrs. Mary Rowlandson, 1682.* Kathryn Zabelle Derounian. *Women's Indian Captivity Narratives.* New York: Penguin Books, 1998.

5. http://history.hanover.edu/hhr/hhr4-2.htm.

6. http://www.bio.umass.edu/biology/conn.river/mary.html.

7. http://www.cwrl.utexas.edu/~maria/cooper/warbegin.htm.

8. http://www.gonzaga.edu/faculty/campbell/enl310/captivet.html.

4. 萨拉·肯布林·奈特
（Sarah Kemble Knight）

一、作家介绍

萨拉·肯布林·奈特（Sarah Kemble Knight，1666－1727），美国殖民时期日记体作家、著名教师、商人。她于1666年出生在波士顿，是家中的长女。其父托马斯·肯布林（Thomas Kemble）是一位成功的商人，母亲伊丽莎白·特莱瑞斯（Elizabeth Trerice）来自马萨诸塞州一个古老而显赫的家族。1689年，萨拉嫁给理查德·奈特，一位比她年长许多的船长，兼美洲一家公司的伦敦代理商。萨拉是他的第二任妻子，两人膝下只有一女，名叫伊丽莎白·奈特。萨拉中年即开始孀居，之后开办了一所写作学校，在波士顿颇有知名度，据说本杰明·富兰克林曾经是她的学生，同时她还是法庭公证人和公共文献记录员。世人尊称她为"奈特夫人"。

早在父亲去世前，奈特夫人就早早地开始打理家族的生意。1689年父亲去世，丈夫又经常外出经商，她便接管了父亲的全部生意，另外她还热衷于法律，这些在当时都是妇女很少涉足的领域，这些使她锻炼出了充沛的精力和体力，以及独立顽强的品质。她熟悉法律问题，再加上她一贯的独立精神，这两个因素可能促使她于1704年决定出发前往康涅狄格州的纽黑文（New Haven），代表堂兄的遗孀处理堂兄的遗产。当时她的丈夫正在外出经商，她把15岁的女儿托付给年迈的母亲，独自踏上了当时还未被开辟的一条艰难但又新鲜的路途，虽然看似有点自私，但她的决定使她和女儿都收获了更多的精神成果。

在18世纪早期，从波士顿出发经陆路到纽黑文需要长途跋涉，而且道路崎岖难走，即使是对于最强悍的男人而言，这一旅程都可以说是极大的考验，更何况是对于一个独自旅行的38岁妇女。奈特夫人于1705年结束了旅行，安全返回波士顿，而且她还将自己的见闻记成笔记，回家后整理成了一部日记作品，记述了她从1704年10月2日至1705年3月3日这五个月间从波士顿到纽黑文和附近的纽约的旅途，共长达二百英里。

奈特夫人记日记时十分细心，在每一天旅行结束的时候"记下所思所想的点点滴滴"。她的努力成果是一份很有价值的文献，里面记载了她独特的经验。她改变了传统妇女依附于男性、温顺保守的形象，转而树立了社会转型时期敢作敢为、坚定勇敢的新型妇女形象。同时她在日记中生动的讲述和幽默的叙事语调也打破了以往清教徒日记和叙事中沉重而阴郁的气氛。这本私人日记就其内容、语气和风格而言都有着很浓厚的生活气息，很少有说教成分，几乎没有涉及精神反省的内容。奈特夫人机智风趣、见多识广，对殖民地时期新英格兰社会的社会差别和阶级差异十分敏感。她通过自己所处的中产阶级对于社会和经济的视角来观照她的所有经历，反映了正在悄然变化的美国社会面貌。

1717年，女儿伊丽莎白嫁给康涅狄格州新伦敦的约翰·利文斯顿，奈特夫人也随着女儿和女婿搬到了康涅狄格州，继续经营自己的生意和土地买卖。1727年她去世时留给了女儿一大笔财产，充分显示了她在生意场上的精明强干。同时，她的日记从此也被私人珍藏，直到1825年才发表。她在现实生活和日记中所表现出来的坚强、勇敢和智慧，无疑也是留给女儿的一笔更加可贵的精神财富。

二、代表作

《1704年波士顿——纽约旅行之私人日记》（*Private Journal of Journey from Boston to New York in the Year 1704*）又名《奈特夫人的日记》（*The Journal of Madam Knight*），由西奥多·德怀特（Theodore Dwight）编辑整理，并于1825年出版。该日记写于1704年，被认为是对18世纪美国殖民时期最真实的记录之一。自问世以来，《奈特夫人的日记》一直都被视为是早期美国文学的里程碑和经典之作。一方面，在人物刻画和内容上，它揭示了高于生活的人物个性，记录了一个妇女所经历的艰苦旅程——这种旅行在当时实属少见；另一方面，在语言上，大量使用方言、幽默和有点粗俗的比喻，生动有趣地描述了所见之人和所到之处，这使得她的日记生动而富有生活气息，同时也是对清教主义主宰的殖民地严肃文风的反叛。她坦率的幽默、对所遇之人的偏执、对沿途所住旅馆的不满，以及她本人将经历的诗歌化等，都呈现在她的日记之中，形象地反映出新英格兰偏僻落后地区的风貌和中产阶级建功立业的社会理想。

许多清教徒都只看到了边疆危险的一面，奈特夫人也的确在书中详细记述了自己的冒险经历。然而她更欣赏这次冒险富于挑战性的一面。她笔下的荒野充满了浪漫气息，到处是拓荒的人们。荒野上虽危险，却令人乐在其中。虽然她也在日记中坦诚描述了自己面对死亡时的恐惧感，但最终她克服了种种难以想象的困难，胜利到达目的地。此外，她观察的重点并不在于美丽的风景和探险的刺激，即使写到危险之时，也只是一笔带过，然后很快用她的乐观幽默，把读者吸引到她的经历和感受上。她重点描绘的是沿途的社会风貌，并对沿途所遇的人都作了一番评论。作为一个典型的中产阶级，她鄙视乡下人、黑人和印第安人，崇拜上层社会，这也表现出了一定的历史和阶级局限性。

然而，作品也体现了作者的反叛精神和时代进步性。从作品中可以反映出，当时清教主义思想正在衰落，人们正在从虔诚信仰宗教向世俗化转变。作者在日记中显示出与同时代清教徒不同的特点，表现出了唯物主义思想的萌芽。她判断事物完全依靠自己，几乎不包含道德评价，宗教对她不具有约束力，对上帝也很少提及。与清教徒作家玛丽·罗兰森的被俘叙事相比，她认为今世所做的一切都会在今世得到回报，而不是来世，因此她热衷于今世，不关心天堂的来生。另外，她们二人援引的典故也不同：玛丽·罗兰森主要参照《圣经》，奈特夫人则大量引用当时广为流传的诗歌。

评论家们对该作品的文类归属颇有争议。它常被归入清教徒日记文学，但其内容、风格和语调又似乎远离了清教精神。首先，它的内容不是一段历史，主要是由一系列故事构成。女主人公也不像默默无闻的清教妇女。其次，她的文笔老道、颇具文学韵味，而清教文风则朴素简单。第三，她的语调幽默，而清教作品则多严肃阴郁。不少批评家认为该书属于流浪汉史诗、戏仿史诗，或者被俘叙事的传统，但是也有人认为它应被视做美国旅行文学和喜剧传统的开山之作。还有学者指出应把它归为"旅行日志",而非"日记",因为日记更具私人性,是写给作者自己看的,没有目标读者,主要记录客观外部世界的见闻,时间跨度往往很长,情节和结构也呈现松散的形式,西沃尔(Samuel Sewall)的作品是典型例子[1]。相反,奈特的作品则不同,它有目标读者,主要是为娱乐自己的家人和朋友而创作。另外创作时间较短,集中于一次旅行事件,描写内容也比较统一和连贯,而这些都是日志的特征。这些争论说明了该作品所具有的丰富性。

罗伯特·史蒂文斯(Robert O. Stephens)在《萨拉·肯布林·奈特的冒险旅行》中说:"该日记表达了善于思考的妇女把荒野作为外部世界和内心世界,并试图将二者紧紧掌握在手中的情感体验。"[2]在奈特夫人看来,荒野既反映了地方特色,又体现了整个世界的特征,既有趣可笑,又让人害怕不已。日记表明,外部荒野的那种既诱人又致命的东西其实正是内心世界的映射。这是一种愧疚和自我破坏的力量,它来源于现代心理学家所揭示的内心世界。这种复杂事物无论是一个教条主义者,还是一个理智的人都难以理解,而对这种事物的深刻洞察将萨拉·肯布林·奈特的内心与后来霍桑的传统紧密地联系在了一起。

三、评价

奈特夫人在饱受清教主义思想意识压制的年代,顶住生活、精神和舆论的压力,在父亲和丈夫相继去世后,身兼数职,经过自己的努力,成为了一名出色的作家、教师和商人,是新型妇女的典范。奈特夫人的创作目的并不在于发表或说教,而是娱乐亲朋。因此她的记述坦率而幽默,真实地流露了她思想上的一些历史和阶级的局限性,反映了当时中产阶级的真实心态和意识,但同时也减损了该作品的伟大。然而,她的日记还是为后世了解17、18世纪的美国社会生活提供了十分珍贵的资料,是我们了解殖民地风土人情,特别是当时客栈状貌的不可多得的材料。

这种由清教徒用日记文学形式所创作的旅行记事受到17和18世纪新英格兰读者的热爱,许多妇女起而效仿这种创作形式。然而,一般的日记

---

[1] http://www9.georgetown.edu/faculty/bassr/heath/syllabuild/iguide/knights.html.

[2] Robert O. Stephens, "The Odyssey of Sarah Kemble Knight," *College Language Association Journal* (7 March 1964), pp. 247-55.

都会记载精神上的成长,或是悲剧性的经历,而奈特夫人的日记却充满了讽刺和幽默,因此说她极大地推动了日记体这一文学体裁的发展,并且是为美国幽默文学发展作出重要贡献的第一位女性。

此外,富于冒险精神的奈特夫人的骑马旅行给后世的妇女树立了勇敢和独立的典范。尽管奈特夫人偶尔也流露过恐惧和无助,但她都没有退却。她以非凡的乐观、自信和冒险精神,驳斥了传统妇女被动、脆弱的刻板形象。她在精神上、身体上和经济上都实现了妇女难有的独立,摆脱了对男性和家庭的依赖,实现了像男性一样独自出游的梦想,而不像过去的妇女那样,不知道或不敢追求自己的价值,只能被动地固守家庭,或者跟从不断外出的丈夫,忍受背井离乡之苦。奈特夫人可以说为妇女实现了新的历史性壮举,她不仅踏过了一条尚未开辟的崎岖山路,更开辟了一条通往光明未来的,使妇女获得自由和解放的新大路。同时,作为一个清教徒,她的实践和作品也大大改变了清教徒在人们心目中严厉、忧郁、阴沉、不苟言笑和过度虔诚的固定模式。奈特夫人将以自己的冒险精神和独特的日记作品永载美国文学的史册。

参考文献

1. Allen, Stacy. "Sarah Kemble Knight: Early Gossip Colmnist." http://www.associatiatedcontent.com/article/13280/sarah_kemble_knight_early_gossip_columnist_pg5.html?cat=38 2005 (09).

2. Derounian-Stodola, Kathryn Z., ed. *Early American Literature and Culture: Essays Honoring Harrison T. Meserole.* Newark: U of Delaware P, 1992.

3. Duke, Maurice, and others, eds. *American Women Writers: Bibliographical Essays.* Westport: Greenwood, 1983.

4. Elliott, Emory, ed. *American Colonial Writers 1606-1734.* Detroit: Gale, 1984.

5. Mulford, Carla, and others, eds. *American Women Prose Writers to 1820.* Detroit: Gale, 1999.

6. http://college.hmco.com/english/lauter/heath/4e/students/author_page

s/eighteenth/knight_sa.html.

7. http://historymatters.gmu.edu/d/6524/.

8. http://www.associatedcontent.com/article/13280/sarah_kemble_knight_early_gossip_columnist_pg3.html?cat=38.

5. 伊丽莎白·汉森

（Elizabeth Hanson）

一、作家介绍

伊丽莎白·汉森（Elizabeth Hanson, 1684–1737），别名伊丽莎白·米德·汉森（Elizabeth Meader Hanson），美国殖民时期作家。她是一名欧美混血儿，信仰贵格会，丈夫约翰·汉森（John Hanson）也是贵格会信徒。1724年，她曾被美洲印第安人俘虏，经历了五个月的被俘生活。获得自由后，她根据自己的被俘经历创作了叙事作品《人类的残忍不敌上帝的仁慈，有例为证：伊丽莎白·汉森的被俘与被释》（*God's Mercy Surmounting Man's Cruelty, Exemplified in the Captivity and Redemption of Elizabeth Hanson*，1728），这部作品也使她闻名后世。

在被俘期间，伊丽莎白"耐心、苦行、善良终将战胜残忍"的贵格会信仰成为了支持她活下去的动力。这一信仰使她拒绝用暴力去回应暴力。即使在最困难的时候，在她的孩子被人从她身边抱走，生死未卜，她心中恐惧与疑虑交加的时候，她也不断地告诫自己，尽量避免在上帝面前发牢骚，而是要"保持稳定的情绪，对注定要发生的事情泰然处之"。直到最后她的印第安主人也几乎没有伤害她和孩子们，对此她十分感激，认为是天意使然，并虔诚许诺要永远因此对上帝表示感激。

从17到19世纪，居住在北美新英格兰边境处的妇女们有时会被当地的印第安人俘去作为人质，这些被掳走的妇女们被置于一种她们完全不了解的文化中。被俘叙事（captivity narrative）作为一种文学体裁就应运而生，它是美国文学中特有的一支。它们一般是有事实根据的，讲述的通常是人类被"野蛮人"俘获的故事。其中一个常见的主题是主人公在面对一种陌生的、异族的生活方式,及其带来的威胁和诱惑时,仍然保持着自己的信仰,并最终得到救赎。被俘叙事常常会描写主人公的心路历程,再加入一些带有冒险色彩和表现忧愁心情的故事。当时几乎约三分之一的白人妇女在被印第安人俘虏后都皈依了天主教,而伊丽莎白在到达加拿大后却仍然坚持自己的信仰,坚守自己的贵格会教徒身份,没有向法国人投降。被俘叙事吸引了一代又一代的读者,它们是美国历史的一部分,是对人们当时生活的翔实纪录与真实写照,因此具有很大的研究价值。

二、代表作

伊丽莎白被俘的这一段经历最初是以《人类的残忍不敌上帝的仁慈,有例为证:伊丽莎白·汉森的被俘与被释》(God's Mercy Surmounting Man's Cruelty, Exemplified in the Captivity and Redemption of Elizabeth Hanson)为书名,于1728年由塞缪尔·鲍那斯(Samuel Bownas, 1676–1753)撰稿、编辑,并出版。由于当时的汉森并不识字,因此她只有请人把这段经历整理成了一份四页的文字,以第一人称的形式讲述出来。塞缪尔是当时著名的贵格会传道者,1726至1727年间正在美国访问。他在新罕布什尔遇到了伊丽莎白,成就了这一历史性著作。他为这部充满正义、叙述精炼、经得住历史考验的作品进行了编辑和修订,因为他认为这部作品超越了当时写作艺术的水准。对优秀作品进行互相探讨和校正,正是贵格会的惯例之一,这也是信任的体现。之后它又被扩展、再版,更名为《上帝的仁慈战胜人类的残忍:伊丽莎白·汉森的被俘与救赎为证》(An Account of the Captivity of Elizabeth Hanson, Now or Late of Kachecky, in New-England who, with four of her children and servant-maid, was taken captive by the Indians, and carried into Canada),后来又多次再版,这些后来的版本同最初的版本有些出入。

1724年6月27日,经过了安妮战争(Queen Anne's War)洗礼后的英国定居者们刚刚享受了几年的安宁。然而,噩梦袭来,伊丽莎白和她的孩子们,还有女佣,被一群新英格兰的印第安人掳走并带至加拿大。当时那群印第安人已在周围藏匿数日,当他们看到伊丽莎白的丈夫及家中其他男人们外出后,便上前围攻。在场的有伊丽莎白与她的女佣以及六个孩子,最小的孩子是女儿玛西，当时只有十四天。其中两个儿子埃比尼泽（Ebenezer）和盖尔波（Caleb）当场被印第安人杀害。剩下的四个孩子，连同母亲、女佣一起被俘获，其中有两个稍大一点的女儿，即 16 岁的萨拉（Sarah）和 14 岁的伊丽莎白（Elizabeth），还有 6 岁的儿子丹尼尔（Daniel）和襁褓中的小女儿玛西（Mercy）。他们开始艰苦跋涉，向当时的法国殖民地加拿大行进。

很快大女儿、二女儿和女佣相继被带离了汉森。他们一路忍饥挨冻，曾一度有三天没有进食，只靠喝水维持生命。伊丽莎白和两个最小的孩子在一起，一路上不但要忍受思念和担心女儿的痛苦，还要经历饥饿、寒冷、疲劳，生命随时受到自然和印第安人的残酷威胁，可谓九死一生。这一场场考验和救赎，以及遭到的灾难和得到的帮助，在伊丽莎白看来似乎都是出自上帝的旨意。途中，由于食物极度匮乏，伊丽莎白奶水干枯，是在印第安妇女的帮助下才成功救活了嗷嗷待哺的玛西。她同当地的印第安妇女建立了友好的关系，这也是她能够幸存下来的重要原因之一。到了目的地新斯科舍省（Nova Scotia）的皇港（Port Royal），伊丽莎白和小玛西，还有小丹尼尔被印第安人卖给了当地的一个法国人。这个新主人对待伊丽莎白母子非常友好，令她不甚感激。最终，伊丽莎白的丈夫约翰从他手中将妻子和两个孩子赎出，并带她们返回了多佛。而失散的两个稍大的女儿也被卖掉。约翰想方设法，终于赎回了二女儿伊丽莎白。大女儿萨拉几经周折，最终也获得了自由。

汉森对自己被北美印第安人俘获这一经历的叙述很有研究价值，原因之一便是它同其他被俘叙事一样为我们提供了大量的史实信息，包括一个生活在 18 世纪初新英格兰边境的欧美混血妇女所处的文学环境，以及当时美洲居民与欧洲殖民者的关系。作为被俘叙事的主要特征之一，宗教因素不容忽视。但是需要指出的是，作为本书的主要叙述者，贵格会信徒汉森的立场不同于清教徒玛丽·罗兰森。汉森表现的不是清教思想，而是贵格会信仰。贵格会中文意思为"震颤者"，是基督教的一个分支，创始人为乔治·福克斯（George Fox），因一名早期领袖的号诫"听到上帝的话而发抖"而得名。贵格会实际上受到清教的压迫，该派反对任何形式的战争和暴力，主张和平和宗教自由；倡导人人平等，任何人之间要像兄弟一样[1]；反对奴隶制，反对清教主义对待黑人和印第安人的立场；反对争取独立的战争，倡导包容、平等以及对上帝的绝对信任和敬畏。本书正是了解这一思想的重要文献。在书中，她表达了对上帝的绝对服从、无限信任和敬畏。她不止一次地描述自己内心世界的动态，从未对上帝所施予她的苦难表现出怀疑和抱怨，即使遭遇各种人间悲剧，包括在丈夫死去，一个女儿无法救回时，仍平静对待，始终如一，最终凭借这份虔诚得到了上帝的救赎。

作品的另一个突出特点便是对印第安人的人性化描写。当时的清教徒社会反对称赞和模仿印第安人"未开化的"生活方式。然而伊丽莎白眼中的印第安人却自有其友善的一面。她的主人尽管脾气暴躁、反复无常，多次威胁要取她们母子的性命，但最终都没有实施，而且伊丽莎白也并没有对此怀恨在心，并解释这都是因为他出于饥饿的原因才会这样的，他本质上还是和善、热情的，并且他们还有着一颗对上帝的敬虔的心，知道悔改，这表现了印第安人文明的一面。她还描写了印第安妇女的高尚和善良："俘获我们的印地安女主人非常文明，除了喝醉酒时之外，她从未对我们有过任何无礼的举动，至今仍感到难能可贵。"[2]虽然印第安人曾给她们带来无尽的灾难和痛苦，但伊丽莎白的字里行间显露出了贵格会信徒对异教徒宽容、平等和友爱的态度。

该书一出版就十分畅销，并且在贵格会众人之间传阅不衰。它为我们了解18世纪早期生活在新英格兰边疆地区的欧洲移民妇女的生活状貌，以及在美利坚合众国形成的初期欧洲新移民和当地美国人之间关系等提供了重要信息。另外，作为一名贵格会信徒，汉森的叙述也使我们深刻了解了贵格会对美国印第安人的态度和立场，它是18世纪贵格会妇女写作的一个杰出代表[3]。

三、评价

伊丽莎白·汉森是一位虔诚的贵格会教徒，她的作品反映了她对上帝

---

① http://zh.wikipedia.org/wiki/%E8%B2%B4%E6%A0%BC%E6%9C%83.

② http://members.shaw.ca/caren.secord/locations/NewBrunswick/Hanson/Elizabeth(Meader)Hanson.html, *An Account of the Captivity of Elizabeth Hanson, Now or Late of Kachecky, in New-England*.

③ http://www.bookrags.com/biography/elizabeth-hanson-dlb/.

的信任、敬畏、服从和无限的爱，即使是在巨大的痛苦的考验面前，也从未对上帝有丝毫的不满和抱怨。她面对困难和灾难时的勇气和坦然无疑为人们，尤其是为妇女树立了榜样。她在作品中对印第安人的真实描述在一定程度上破除了人们对他们所持的偏见，表现了贵格会信仰对平等、友爱、和平的追求，为后人了解时殖民时期新英格兰的种族、宗教和历史问题留下了宝贵的资料。

她的作品《伊丽莎白·汉森的被俘与被释》与她之前的清教徒女作家玛丽·罗兰森的作品《国家主权和上帝的仁慈，以及上帝承诺之显现：罗兰森的被俘与被释》 相比虽然不及后者的知名度高，但她以贵格会信徒的独特视角书写了独特的经历，很早就赢得了历史和文学等领域的关注。两者都有着浓厚的宗教意味，都受到了当时各自教派著名牧师的大力推荐，但表现的信仰的具体内容是有差异的，揭示了新英格兰时代复杂的社会形态和信仰体系。但在文风上，伊丽莎白·汉森的作品要优美得多。

参考文献

1. Bownas, Samuel. *An Account of the Captivity of Elizabeth Hanson: Now or Late of Kachecky, in New-England.* London, 1728.

2. Hanson, Elizabeth. *Discovering the Subject in Renaissance England.* Cambridge, U.K., New York: Cambridge University Press, 1998.

3. Hanson, Elizabeth. *The Remarkable Captivity and Surprising Deliverance of Elizabeth Hanson.* Ottawa: Canadian Institute for Historical Microreproductions, 1984.

4. Henry L. Carrigan, Jr., ed. *Boundless Faith: Early American Women's Captivity Narratives.* Brewster, Mass.: Paraclete Press, 2003.

5. http://members.shaw.ca/caren.secord/locations/NewBrunswick/Hanson/Elizabeth(Meader)Hanson_background.html.

6. http://onlinebooks.library.upenn.edu/webbin/book/lookupname?key=Hanson%2C%20Elizabeth%2C%201684-1737.

第二章 18世纪的美国女性文学

由于传统的历史是根据历史事件断代的,而这些活动都是以男性为主体进行的,因此长期以来存在有两个基本误区:一个是美国妇女被认为与基于军事和政治发展的历史并无太大的关系,另一个是认为美国妇女自始至终社会地位低下,在20世纪中期之前极少参与历史变革。本章通过描述18世纪美国妇女在独立战争中所起到的积极作用以及对美国文学的贡献,试图澄清上述两个误区,同时展示18世纪美国独立战争给妇女的生活带来的巨大变化,以及女性传统的角色受到极大的颠覆,女性的社会角色开始多元化,社会对女性的态度也发生了积极的变化等社会问题。以下从四个方面论述。

跨越女性领域的疆界

在18世纪的美国,由于战争需要,男人们都上了战场,妇女们面临着比以往更大的挑战。除去照顾家庭,还要经营农场,甚至经营工厂等家庭企业,里里外外的重担落在她们的肩上。生活固然艰难,然而战争却也为妇女提供了走出家门的机遇和与外界交往的机会。在当时,是否支持战争是一个是否爱国的问题,涉及女性对政治身份的选择。大多数女性为了用实际行动证明自己的爱国之心而参加了一系列的斗争,这也使女性有了满足自己政治诉求的需要。由此,女性活动的范围扩大了。她们跨出家门,通过各种方式参与独立革命:禁运英国商品、生产战争所需的物资、对英国人进行监视、跟随部队、为士兵和长官洗衣做饭、担任护士、裁缝等工作,甚至传送情报、女扮男装参军作战。在为前线的战士提供物质保证和精神支持的同时,妇女自身的爱国热情和参与政治的信心受到前所未有的激发,妇女的潜能得以发挥。爱国妇女抵制从英国进口的服装原料,用自己纺织的布料为家人做衣服。她们用"不进口、不消费"作为强有力的武器来反抗英国无理的税收。通过拒绝用丝绸以及其他奢侈品而改穿自纺衣物，妇女发出了反抗英国压迫的强有力的声音。家纺运动不仅仅禁运了英国的纺织品，也为陆军生产了必需的衣物和毛毯。作为爱国者，她们用纺织、缝纫的技术支持了革命事业；作为家庭经济的女主人，她们的购买选择支持了爱国事业。相同的抵制也扩展到其他英国商品。妇女们选择购买和生产"美国"货，虽然"不消费"抵制策略是由男人们制定的，但是女人们在家庭这块她们掌权的领域实施了这种策略。女性的行为对于美国社会之前一直教育她们的行为模式是极大的颠覆。

美国女性首次在家庭之外直接参与社会活动的规模是空前的。妇女通过组织例如费城的"女士协会"来帮助爱国事业，鼓励每一位女性为支援战争发挥能力。费城女性首先为战争筹款，其他州的女性也纷纷仿效。通过这些女性组织，1780年整个殖民地筹款额高达三十四万美元。18世纪的报纸杂志不乏赞扬妇女在战争中作出贡献的报道。妇女在社会中的积极作用得到社会的肯定。对此，20世纪70年代的女权主义观点认为，美国革命时期妇女在家庭范围内的活动具有政治意义。她们从后方支持了美国革命。无论在北方还是在南方，妇女组织起数以千计的支援小组，为军队提供资金或各种军需；组成自愿医护小组支援美国军队；当男人都在打仗的时候，妇女在后方承担起以前由男人们做的工作——管理农场、牧场，经营生意，到工厂做工。在非常贫穷的条件下妇女不但努力生存下来，还以自己的方式为美国革命作出了贡献，甚至还有女性参军的事例发生。德博拉·萨姆森（Deborah Samson, 1760–1877）是现有史料记载的第一位女扮男装参军的女性，后来为奖励她对战争的贡献，萨姆森被授予了老兵退休金和土地。更有一位名叫萨利·克莱尔（Sally St. Clair）的女士，她一直隐藏自己真实的性别，直到壮烈牺牲。还有女性骑马穿越敌区为自己的同胞传送重要情报的事迹。很多女性的表现显示了她们对国家的忠诚，以及为独立战争愿意付出任何代价的坚定决心。在革命期间忠于大英帝国的盎格鲁女性在政治上属于少数派，如果没有邻居和朋友的帮助，她们的生活会非常艰难。很多保皇派女性选择离开她们的社区移居加拿大，当然也有少数保皇派女性选择反抗。女性甚至为了政治的选择需要决定是否应该为忠于自己的丈夫而坚守婚姻。在战争之前，妇女对丈夫的忠诚只涉及他们个人的关系问题，但在战争时期已经上升成了政治行为，对于那些丈夫忠于英国的女性尤为如此。

有色女性的情况不太一样。战争对美国印第安女性最重要的影响之一就是对她们住所、家庭和农业生活产生的破坏。印第安社会一直由女性负责农业生产，但是美国的决策者认为如果女人作为农业的主要从业者，农业肯定不会成为印第安社会重要的一部分。因此美国政府鼓励印第安妇女从事纺织，试图强迫男人们从事农业。这样转换性别角色的做法引起了严重的社会问题，因为这违反了印第安社会的传统习俗。易洛魁族（Iroquois）很多女性在战争中被杀以及在后来的灾荒中饿死，切罗基（Cherokee）妇女也饱受战乱之苦。战争中断了她们同白人居民或者欧洲商人和印第安人不同部落之间的贸易往来，可以说印第安女性深受战争之苦。

对于非裔美国人来说，革命所许诺的许多改变也并没有兑现，非裔美国妇女的地位几乎没有什么变化。虽然黑人妇女无论在爱国者这一边还是在保皇派一边都作出了巨大贡献，但她们几乎不被人所关注。然而总体来讲，经过了美国独立革命之后，人们开始用不同于以前的态度看待女性。战争期间女性享有了更多的政治言论自由，也得到了男性更多的尊敬，这段时间对于提升女性的社会、政治地位非常重要。虽然战后男人们继续着他们对所有公共机构的控制，但是历史不会再回到以前的轨道。女性开始为杂志和报纸创作越来越多的政治社论和文学作品，发出她们自己的声音，这在殖民地时期对她们来说是不可能的。

18世纪妇女的社会地位

在美国，"男主外，女主内"的格局是在18世纪逐渐被打破的。由于妇女加入到反对英国殖民者斗争的行列，与男性一起为美国的独立作出了努力，妇女的社会地位明显提高。以"纺织蜂"活动为例，1769年《波士顿晚报》在头版刊登了对"纺织蜂"的报导[1]。文章对城市的妇女组织的大规模"纺织蜂"活动予以赞赏，称赞妇女的这一行为对战争具有重要的意义。参加纺织蜂的妇女通常称她们是"自由之女"（Daughter of

---

[1] Sharon M. Harris, ed., *American Noman Writers to 1800*.

Liberty)。纺织蜂活动通常在当地的牧师家里举行。从一大早开始，妇女就开始纺织直到夜晚，然后她们把一整天纺织出来的东西全都捐献出来。社区其他的人也会为整天纺织的妇女提供娱乐或食物，整个社区都因此而动员起来了。纺织蜂运动表明了妇女也能和男人们一样为反对殖民者作出贡献。到了1783年，一批自称为"伟大的政治家"（The Great Politics）的妇女对于她们读到的关于战争的消息极感兴趣，表示她们也要和男性一样关心和了解战争的进展。因此，妇女走出家庭，参与国事的情景非常普遍，一些妇女还跟随丈夫到前线。这些妇女被称为"军营跟随者"（Camp Followers），这是一项非常危险的工作，引起部队极大的焦虑。妇女成为部队的厨师，洗衣工，她们安抚战士，提高部队的士气。虽然也有妇女随军是因为她们在丈夫走后无法养活自己[1]。

妇女地位提高的另一个重要因素是"共和国母亲"理念的提出，该理念被认为与一个在英国发起、于18世纪30年代传入美国的"觉醒运动"（The Great Awakening）的宗教运动有关。这也是一个宗教复兴运动，该运动提出妇女是"共和国母亲"的新概念，这对于重新定义妇女的职责起到了积极的作用。根据这个倡议，妇女可以通过把自己的子女教育成为有良好道德品质的、遵纪守法的公民，来表现自己的爱国热情。革命之后进入19世纪早期，对教育子女的极高的期望落在母亲的肩上，这个职责的范围超出了妇女传统的洗衣做饭的家务范畴，赋予了妇女一个公民的职责，从理念和实践层面都使得妇女跳出了旧时的职责范围而担当起新的社会角色。然而与现实有矛盾的是，妇女自己受教育的程度是否足以充当称职的"共和国母亲"呢？共和国需要能自律、有主见的男女公民。在共和国中，妇女应该对自己的命运有更大掌控权。显然，一味地教育妇女去依附男性是不可行的了。妇女要想在政治上有独立的想法，就必须在经济上成为不依附男人的独立的人。"共和国母亲"的概念与孟德斯鸠的看法十分相似，即国家的稳定取决于公民道德的持久性，而有高尚品德的公民的创造力取决于妻子和母亲的良好表现[2]。西方的政治理论很少关注女性的

---

[1] http://women.eb.com/women/index.html. All American Girl by Susan Norwood.
[2] Linda K. Kerber, *Toward an Intellectual History of Women*, London: the University of North Carolina Press& Chapel Hill, 1997, p. 58.

文化角色，即使是在启蒙运动时期。历史上并没有任何通过妇女可能会对政府有政治影响的模式设计，因为通常人们认为妇女仅仅是作为妻子和母亲存在的。所以"共和国母亲"的思想为妇女的政治社会化进程提供了一个展示的平台[1]。这个思想不但是社会对妇女认识的重大变化，也说明在美国的政治文化中，家庭的自主性是一个非常重要的因素。在美国文化中，家庭是政治交流体系的基本组成部分[2]。在前现代文化中，母亲并没有明确的政治功能。从这方面来说，"共和国母亲"的概念是革命性的，是一个发明。它改变了女性的传统领域，证明妇女开始参与到市民文化中去了[3]。从此之后，共和国的妇女以母亲的角色进入了历史时代和政治理论之中[4]。"共和国母亲"的概念开始被启蒙主义思想理论家们填充起来。

史学家很早就已意识到妇女是殖民地经济非常重要的组成部分。大部分已婚妇女主要的经济地位体现在家庭中。妻子准备饭菜，缝补衣物，照顾病人，照管整个家庭的消费模式。除了家庭作用外，许多已婚女性也为丈夫的生意提供直接的帮助。只要对家庭有好处，她们在必要的时候扮演"副丈夫"的角色，在家庭农场充当了管理伙伴的角色，尽管法律赋予了丈夫所有的法律上的决策权。殖民地时期丈夫们经常长期外出，这就给妻子以相当大的自由处理的机会和权力，甚至有人允许妻子独自做生意。实际上，殖民地时期就有美国女性开小客栈、做女商人、健康护理人、土地所有人、印刷工人、裁缝、鞋匠、面包师、酿酒师、画家、镀金工、裱糊匠等多种职业，也有许多女性从事大都是提供给男性的工作，如医生、律师、布道者、教师、作家或歌手。无论是作为"副丈夫"或单身，殖民地女性都需要知道如何计账，如何进行现金交易和管理账目。有的女性在生意方面甚至非常成功，比如玛丽·亚力山大（Mary Alexander），一个具有荷兰血统、非常有实力的纽约城商人。当时女性商人热衷于服装和种子行业，1774年在波士顿的八大种子零售商中就有六个是女性。但到19世纪早期，女性只被允许从事工厂和家庭工作，除了写作和教书，女性在其

---

[1] Linda K. Kerber, p. 59.
[2] Linda K. Kerber, p. 61.
[3] Linda K. Kerber, p. 61.
[4] Linda K. Kerber, p. 94.

他职业中都会受到排挤。

当时革命大力倡导"家庭生活崇拜"或者"真正女性特性的崇拜",极力颂扬贞洁、顺从和家庭生活,这些观念将妇女贬低到和男性市场导向分开的"单独的领域"。但这些对女性的经济地位并没有太大影响。虽然女性忙于家务,但她们依然有时间作为工人和生产者参与市场经济。独立革命后,女性工作的领域更加扩大,许多女性的经济传记为我们了解早期美国女性在经济上的重要作用提供了有力的证据。如缅因州的马萨·巴拉德(Martha Ballard),一个家庭主妇和助产士,她的经济传记详细记录了她从1785到1812年的生活,显示了早期共和国妻子享受了相当的经济独立。当然,这些事件并不能说明美国妇女的社会地位从此改变了,从此实现了与男性的平等。事实上女性受迫害的实例时有发生。开国元勋所倡导的自由、平等和独立的思想对于改善妇女生活的作用几乎是微乎其微的。她们继续被贬低回家庭的领域,在政治和经济领域不受欢迎。辉格派政治理论家认为男性的选举权基于他们对于土地的所有权,而女人依靠她们的丈夫、儿子和父亲,所以不能在政治和经济领域有自由行为。只有为数很少的几位女性作为公众人物进入政治舞台,如阿比盖尔·亚当斯(Abigail Adams)和摩西·沃伦(Mercy Otis Warren)。

在北美那种艰苦险恶的环境下,性别比例失衡的时期女性人数少,这些对提高妇女的社会地位也有一定的帮助。1735年以来不断增长的财富,引起殖民地女性地位的变化,许多妇女在觉得丈夫与自己实在不合适时选择了离开丈夫。当时报纸上经常报道逃跑的妻子和私奔事件。此外,妇女的权利在某些情况下也受到法律的保护。她们的财产权、继承权、婚姻权、订约权和出庭作证权等,逐渐越过《普通法》(Common Law)的限制而有所扩大。战后女性对社会的服务及改革主要表现在通过家庭道德来促进共和国的发展。总之,女性的地位在某些方面还是有提高的。历史学家施韦卡特的研究成果显示,美国比其他社会给予了女性(包括已婚妇女)更多的选择和权利。他引证了委托人法律权利、婚前协约、教育,甚至教会集会作为提高早期妇女状况的步骤,这些措施是美国独有的,提升了美国女性的地位,虽然这些没有改变男性比女性享有更大的选举权、财产权和更高的社会地位。施韦卡特说:"虽然美国妇女在政治和经济上不能同男性平等,但是在盎格鲁——美国法律的保护下美国妇女比世界上大部分女性享有更多的保护和权利。"

18世纪妇女文化状况

在18世纪,美国女性接受教育不再只有阻力了,女性接受教育的议题提上了日程。后来不但出现了认同男女同校或专为女孩子建立新学校的主张,而且"女校到处都在建",苏珊娜·罗森(Susanna Rowson)女校和费城女校这样的学校成为时尚的先锋[①]。一位名叫拉什(Rush)的人在费城女校的一个名为"游客的船舱"的演讲中展示了他的课程模型。这个学院被认为是美国第一所有女性特点的学院[②]。这所学院的课程包括阅读、写作、算术、英语语法、作曲、修辞学和地理课程,虽然没有包括拉什所希望的自然哲学课程,也不包括先进的数学和古典课程。18世纪和19世纪的医学坚持认为,由于女性较孱弱的身体及其生理结构,因此她们不具有足以支撑从事启发性思考的工作和成为富有创造力的天才所需的头脑。他们认为女人的精力和血液是从子宫中输送到脑子当中的,这使她们不可能连续集中地使用脑子,否则会带来生理和心理上的危险[③]。这些课程在《游客的船舱》中被称为"完全足够充实女性的意识"[④],这种举措也使女性意识空前高涨。比如,马萨诸塞州的城镇也有为女孩办的小学,被称为"女校",尽管大部分家庭还是让女儿们在家接受教育。女孩被教会读书写字主要为了她们可以阅读《圣经》和写信。她们也学基本的算术以帮助做好家庭主妇的角色,因为她们需要平衡家庭开支和结算账目。女孩子也会被鼓励从事一些被认为很女性的消遣,例如缝纫、音乐、写信和款待客人的技巧。

玛丽·沃斯通克拉夫特(Mary Wollstonecraft, 1759-1797)的名著《女权辩》(*Vindication of the Rights of Woman*)表达了妇女的心声,启迪了女性的心智。有人认为,虽然不能把当时妇女地位的提高归功于沃斯通克拉

[①] Linda K. Kerber, p. 29.

[②] Linda K. Kerber, p. 30.

[③] Anne E. Boyd, *Writing for Immortality – Women and the Emergence of High Literary Culture in America*, Johns Hopkins University Press, 2004, p. 131.

[④] Linda K. Kerber, p. 31.

夫特，但是不能否认，当时任何一本书的影响都没有这本书大。1792 年在费城她的书出版后不久被重印。因为妇女认为"她就如同我们的朋友那样，说出了我们想说的话"①。沃斯通克拉夫特为"错误的教育体系"感到痛惜，认为它使得妇女们"只渴望激发爱，她们应该珍惜更高贵的雄心，发挥她们的能力和令人受尊敬的品格"。妇女的职责虽与男人不同，但是她们同样需要理智和品格的历练；如果不教育她们必须依附于愚昧和无知，她们会是更好的母亲和妻子。沃斯通克拉夫特进而建议妇女应该学习医学、政治和商业，但无论她们学什么，她们都不应该被剥夺公民的政治权利，不应该只靠婚姻来保证经济支持，不应该"囚禁在家中在黑暗中摸索"②。18 世纪末期，人们热烈讨论个人自由。1789 年法国大革命期间，奥林皮亚·德·古奇（Olympe de Gouges）发表了《女性权利宣言》，抗议革命者没有在他们的《人类权利宣言》中谈及女性。最早的女记者之一的玛格丽特·富勒（Margaret Fuller）在 1845 年写了《19 世纪的女性》，她指出每个人都有无限的能力，如果以性别来界定人们的地位，人类发展会严重受限。

18 世纪女性文学的特点

　　18 世纪的女性成为美国出版业的新生力量，涌现了一批以妇女为读者的女作家和妇女杂志。流行服装、大众科学、家庭小窍门等生活文章充斥着各类妇女杂志，这些杂志的读者主要是家庭妇女。许多妇女还自己创办杂志，而且非常成功。萨拉·黑尔作为"戈蒂女士丛书"的编辑就是其中的一位。她利用专栏宣扬妇女应该接受高等教育，建议培养妇女成为医生和护士。她的杂志是同类杂志中最有影响的一种，发行量达十五万册。写作在这一历史阶段给女作者和女读者都提供了迈出家门、走向社会的机会。这对于提高妇女意识有积极作用，而妇女意识是妇女要求平等、争取解放的第一步。作品涉及当时的宗教运动、印第安人和非洲裔美国人与从英国来的移民之间的种族关系、美国革命战争、妇女受教育的问题、婚嫁和性取向的问题，以及 18 世纪末兴起的女权主义思潮等，题材广泛，内

---

① Linda K. Kerber, p. 34.
② Linda K. Kerber, p. 35.

容丰富。自18世纪80年代至19世纪20年代，这一时期的美国文坛气氛以其生机勃勃而著称。建国后，美国本土的思想开始形成，美国本土的风格已露雏形，美国人民认识到建立自己的民族文学的重要性，开始打造具有美国特色的美国文学。黑尔率先在美国出版美国人原创的稿件并取得版权，极大地推动了美国本土文学的发展。

18世纪的美国女性文学在17世纪的基础上有了很大的发展。17世纪的文学形式主要包括日记和宗教书写，如宗教布道词和记录人的精神世界的神学作品。布道词直接面向大众，通过口头和书面两种形式流传，是一种影响十分广泛的文学形式，在1639到1729年间北美出版的书籍中，百分之四十属于这类作品[①]。还有精神自传、历史记述、印第安人"被俘叙事"，其中包含大量关于印第安人文化和种族关系的信息，以及表白叙事。表白叙事流行于妇女争取选举权运动，多见于19世纪中到20世纪20年代[②]。18世纪后的一些文学作品在文学内容和形式上都有所提升，尽管美国文学在当时还处在少儿期。

随着人们读写能力的增强和休闲时间的增加，以及在印刷和交流方面技术的增进，书籍和报刊的市场不断扩大，1704年，殖民地出现了第一份报纸，但到了革命时期已经有五十种报纸和四十种杂志，这个市场在当时深受中上层妇女影响，因为正是她们构成了休闲的主体。这就对为满足妇女读者群而创作的女性作者提出了确切要求。据尼·贝姆（Nina Baym）估计，从1812年到内战之间，女性的创作几乎占了美国文学的一半[③]。

当时一些流行的出版社也积极鼓励女性读者写作。女性作家的增加得益于写作不需要任何证书，并且可以在家中完成，对女性来说可以说是最好的职业。不幸的是，也正是由于同样的原因导致这块领地过于拥挤。竞相发表使得女性出版竞争相当激烈。萨拉·帕顿（Sara Parton）和范妮·弗恩（Fanny Fern）在其自传体小说中说得很清楚，即便是最有才华的作家

---

① 埃默里·埃利奥特主编：《哥伦比亚美国文学史》，纽约：哥伦比亚大学出版社，1988年，第56页。

② Gordon Sayr, "Early American Personal Narrative," http://www.lehigh.edu/~ejg1/sylx/gsayre.html.

③ Nina Baym, "The Rise of the Woman Authors," in *Columbia Literary History of the United States*, ed. Emory Elliott et al., New York: Columbia University Press, 1988, p. 305.

也要努力奋斗才能发表，甚至最成功的作家也会在经济上被剥削。散文家玛莉·阿比盖尔·道奇（Mary Abigail Dodge）于1867年发现她的出版商定期给她的版税比给男作家的要少。

女性写作开始涉及重要题材，比如历史写作，而最有成就的要数摩西·奥蒂斯·沃沦（Mercy Otis Warren），她发表了三卷本的《美国革命史》。汉娜·亚当斯（Hannah Adams）撰写过数本历史研究方面的书，其中包括宗教研究。朱迪思·萨贞特·默里（Judith Sargent Murray）发表过四卷本的《关于性别平等》，这是一部国际女性文学史。据记载，从1790到1820期间，历史书籍如此之多，以至于小说从数量上都退居其次了[①]。从1800到1860年期间，撰写历史书籍的女作家达百余人之多[②]。不难想象，这些书对妇女进入公共领域有多么大的影响。妇女也因这种写作行为而极大地缩小了公共领域和私人领域的界限。然而，当男人们从战场上回来后，妇女的地位又一次被定位于家庭。走出家庭的妇女被再次呼吁走回家庭。在经历了战争的召唤和对爱国主义的实践之后，美国女性重归家庭。美国妇女要真正实现在政治、经济和社会上与男性平等的目标，还有很长的路要走。

参考文献

1. Elliott, Emory. *Columbia Literature History of the United States*. New York: Columbia University Press, 1988.

2. Hodgins, Francis and Silverman, Kenneth. *Adventures in American Literature Heritage Edition, Curriculum and Writing*. Harcourt Brace Jovanovich Inc, 1980.

3. Urdang, Laurence. *The Timetables of American History* (Updated edition). Simon & Schuster, 1981.

4. http://www.eaww.uconn.edu/main_pages/author_list.html.

5. http://www.pikle.demon.co.uk/diaryjunction/data/baileyabi.html.

6. http://colonial-america.suite101.com/article.cfm/.

[①] Nina Baym, *Feminism and American Literary History Essays*, New Jersey: Rutgers University Press, 1992, p. 107.

[②] Nina Baym, p. 122.

6. 摩西·奥蒂斯·沃伦
（Mercy Otis Warren）

一、作家介绍

摩西·奥蒂斯·沃伦（Mercy Otis Warren，1728-1814），剧作家、历史学家、爱国人士，1728 年生于马萨诸塞州的邦斯特伯市（Barnstable）。父亲詹姆士·奥蒂斯是个农场主、商人兼律师，任当地民事诉讼法院的法官，后来于 1745 年进入马萨诸塞州众议院。母亲玛丽是"五月花号"船上乘客、普利茅斯殖民地的创始人爱德华·多提（Edward Doty）的后代。摩西·奥蒂斯智慧超群，兴趣广泛，喜欢政治和文学，生长在一个生机勃勃的爱国人士家庭中。父亲直言反对英国的统治，沃伦家的孩子都是在"革命理想的熏陶下长大的"。她的父亲有条件为自己的孩子提供最好的教育，在清教徒掌控的新英格兰，摩西得到了对于大多数女孩来说绝对不可能的机会。她很小便跟从母亲开始读书，并在父亲的鼓励下，跟随两个准备考哈佛的哥哥詹姆士和约瑟夫一起师从乔纳森·拉塞尔（Jonathan Russell）牧师（曾就读于耶鲁大学的牧师，对于文学、历史、神学及经典著作颇有造诣）读书。沃伦在阅读和辩论的过程中，意识到虽然自己身为女性，但是并不输给聪明的哥哥们。在此期间她广泛接触了历史和经典著作，还学习了写作的基本原理。沃伦不断练习写作，很快就可以随心所欲地表达复杂的观念和想法了。由于共同接受教育，摩西和哥哥詹姆士格外亲密，詹姆士成了她最好的朋友和知识方面的伙伴。在哥哥的不断鼓励下，摩西意识到在智力上她和男人是平等的。当然摩西也知道自己接受教育和走出家庭追求事业的机会是很受限制的,所以她让哥哥带她进入政治和文学圈子中去。1743年,她在哈佛大学的毕业典礼上遇见了詹姆士·沃伦,他是"五月花号"的乘客理查德·沃伦的后裔。1754年11月,她嫁给了沃伦,并搬到沃伦家族在俄尔河的庄园中居住。他们共有五个儿子。

丈夫詹姆士·沃伦在政治上表现活跃。在独立革命期间,他一度担任乔治·华盛顿军队的军需官。摩西积极参与到丈夫的政治生活中。丈夫鼓励她写作,她在自己的创作中表达自己的观点和想法,这些书使她成为声名远扬的作家。她同时也参加了爱国者革命,当她的哥哥詹姆斯成为一个前革命领导人的时候,摩西成为许多政治领导人的通讯员和顾问,包括塞缪尔·亚当斯(Samuel Adams)、约翰·汉考克(John Hancock)、帕特里克·亨利(Patrick Henry)、托马斯·杰斐逊(Thomas Jefferson)、乔治·华盛顿(George Washington)。沃伦夫人的敏锐及文学才华给约翰·亚当斯留下了深刻印象,称赞她是"真正的天才",并鼓励她创作讽刺剧、诗歌。由于摩西·沃伦与绝大多数革命的领导人都有联系,所以从1765年到1789年她一直处于革命事件的中心。她利用自己的有利地位和写作天赋,成为了革命年代的一名诗人和历史学家。1765年左右,摩西开始写爱国诗歌,这个时候她的诗歌只是用于她和朋友的娱乐。她发表的《马塞诸塞自由之歌》(*Massachusetts Song of Liberty*)很快成为殖民地的流行歌曲。1772年的3月26日至4月23日,摩西写的《献媚者》(*The Adulateur*,1772)选集出现在《马萨诸塞谍报》(*Massachusetts Spy*)上,该剧意在反对马萨诸塞州州长托马斯·哈奇森,将州长刻画成企图以暴力强夺殖民地的恶棍。1773年的《失败者》(*The Defeat*)也是以哈奇森为原型角色塑造的。紧接着,在1775年正当武装反抗愈演愈烈时,沃伦出版了《组织》(*The Group*,她用这个标题比玛丽·麦卡锡早了整整两个世纪),这部讽刺作品预测了如果英国国王废除马萨诸塞州权力宣言会产生何种结果。她匿名发表了《大笨蛋》(*The Blockheads*,1776)和《乌合之众》(*The Motley Assembly*,1779)。摩西认为妇女应该有选举权,她始终坚信独立、自由以及文字的力量。在当时大部分美国人认为民主只不过是愚蠢的乌合之众无法实现的奇思怪想而已,摩西已经理解到蕴含于《独立宣言》中的天赋人权这一哲学思想必然意味着民主和平等。

她62岁时发表的《诗选杂集》(*Poems, Dramatic and Miscellaneous*, 1790)是第一部以自己的名字("摩西·沃伦夫人")署名的作品。她的其他诗作在她去世近两个世纪后才得以出版。《诗集》包括了十八首政治诗和两部戏剧——《罗马之掠夺》(*The Sack of Rome*)和《卡斯特里女士》(*The Ladies of Castille*),主要关注对新共和国的成功非常必要的自由、社会和道德价值问题。在她晚年时,她对强加于女性身上的约束规范非常愤怒,集中精力于教育改革。在丈夫于82岁去世之后,80岁高龄的摩西也终于败在了她抗争了一生的抑郁症下。1814年,沃伦以86岁高龄与世长辞,葬于马萨诸塞州普利茅斯的旧葬礼山。现在摩西·沃伦被认为是首位女性剧作家和政治评论家(也许最重要的是她是当时最主要的女性知识分子和文学创作者)。1943年二战中一艘自由舰以摩西·沃伦的名字命名,2002年她进入美国国家女性名人廊。

二、代表作

《美国革命的发起、进程和终止史》(*History of the Rise, Progress, and Termination of the American Revolution*)是摩西用了三十年的时间写就的三卷本历史著作,这是第一部由美国女性发表的主要历史著作,也成为她个人出版的传世之作。原稿有一千三百一十七页之长,第一卷从最初开始到1778年的佛杰山谷(Valley Forge),第二卷从1778年的萨拉托加大战到1781年约克镇之役的前夕,第三卷从1781年到1801年,其中有对1783年《巴黎条约》及其随后发生事件的评论,和对1787年宪法、1789年法国大革命的评论,还有对华盛顿、亚当斯总统的评价。

这本书的前几章提供了导致革命的一些有趣的细节,特别是发生在她的家乡普利茅斯附近的波士顿的一些事件。第六章她描述了在南方英国人解放奴隶的故事,这个故事很少有人知晓。1775年,维吉尼亚州州长邓莫尔伯爵(Lord.Dunmore)给他的殖民地的奴隶自由,并将他们武装起来,以此来胁迫殖民地的叛乱者。第七章她刻画了早年华盛顿极具天赋的有趣形象:华盛顿在1775年到达波士顿去带领一支刚组建的军队,这支军队装备极差,没经过训练,也没有足够的弹药,而对手是装备精良、经验丰富的老兵。英军如果知道他们装备极差,就会不费吹灰之力把他们的军队打败。因此他封锁了关于自己军队缺少弹药的消息,并在英国军队占领的波士顿周围构筑工事,使敌人误以为他们弹药充足。最后华盛顿通过各种方法解决了弹药问题。教科书中描述这场革命战争在约克镇(York Town)结束,但摩西的叙述中有三分之一的篇幅说到了约克镇之后的战争,还有关于后来导致法国、西班牙、荷兰等国帮助美国革命事业的一些至关重要的谈判方面的描写。

在创作这本书时,当时还没有其他女性作家写过关于历史方面的书。她的写作模仿了博克(Burke)的演讲和吉本(Gibbon)撰写罗马历史的风格,并且像亚历山大·蒲柏(Alexander Pope)一样,强调她提供的是所有自己对男人、战争和政治本性的卓识,而不是基于这些结论的第一手原始观察资料。她的声音贯穿了战争的始末,并且在战争结束时变得越来越响亮、清晰。在她表达对年轻共和国未来命运的关心时,她敢于批评华盛顿所依靠的军队,同时严厉警告她的好友约翰·亚当斯(John Adams),不要对民主失去信心而倾向于独裁。这本书用第三人称叙述,在倡导她所信仰的共和主义时,摩西尽量避免个人偏见。

沃伦的这部作品从一个知情者的角度表达了对国家诞生的观点,这些观点非常宝贵。沃伦也成为美国第一位出版作品的女性历史学家。她的工作不仅仅为我们提供了一个知情者对于革命的看法,同时也为女性作家树立了重要的范例。

三、评价

从新近提名为2009年乔治·华盛顿图书奖的《革命的缪斯:摩西·奥蒂斯·沃伦的秘密写作和国家的建立》中我们也可知道,身为美国之母,同时也是美国独立战争的第一位女性历史学家、第一位女剧作家的摩西·奥蒂斯·沃伦之所以为人钦佩,不仅仅因为她支持了美国人民的自由,"也为她自己的性别努力奋斗"。沃伦夫人极具感染力的写作使得她与18世纪大部分保持沉默的女性不同,作为诗人、剧作家、学者,她撰写小册子,号召人们为自由而斗争,将独立革命载入编年史,完善了美国宪法,为《人权法案》高声呐喊,勇敢地面对并成功挑战由男性主宰的世界。

她是一位"表达能力强、雄辩的诗人、剧作家、政治思想家、传统的清教徒式的持家人，她极具说服力地表明了性别不是智力平等的障碍"（《世界历史中的女性》，*Women in World History*，第214页）。也有人称她为"美国反对联邦制的创始人中最老练的人"。托马斯·杰斐逊评价她"天才中的天才"，约翰·亚当斯认为她是"美国最具才华的女性"，亚历山大·汉密尔顿评论她的作品"至少在戏剧创作领域，女性天才已经超越了男性"。"摩西·奥蒂斯·沃伦结合了传统妻子和母亲的角色和她那个时代最著名的女知识分子身份而成为宣扬美国独立、自由、平等和民主原则的有力的演说家。"（《世界历史中的女性》，第214页）在美国独立革命时期和建国初期，在由男性主宰的社会中，沃伦以她的才华、精神和决心博得了人们的关注。她的一生提醒人们，并不是那些建国之父独自孕育了独立战争，独立的理想在美国广大女性中同样产生了普遍的共鸣。

参考文献

1. Davies, Kate. *Catharine Macaulay and Mercy Otis Warren*. Oxford: Oxford University Press, 2005.

2. The Gale Group. "Mercy Otis Warren." *Women in World History*.

3. Warren, Mercy Otis. *The History of the Rise, Progress and Termination of the American Revolution, Interspersed with Biographical and Moral Observation*. New York: AMS Press, 1805.

4. Waters, Kristin. *Women and Men Political Theorists: Enlightened Conversations*. Malden: Balckwell Plublishers Inc., 2000.

5. Zagarri, Rosemarie. *A Woman's Dilemma: Mercy Otis Warren and the American Revolution*. Wheeling: Harlan Davidson, Inc., 1995.

6. http://www.samizdat.com/.

7. http://www.english.uiuc.edu/-people-/emeritus/baym/essays/warren.htm/.

8. http://www.americanrevolution.com/MercyOtisWarren.htm/.

9. http://www.mercywarren.com/.

10. http://www.pinn.net/~sunshine/whm2002/warren.html/.

7. 夏洛特·雷诺克思

（Charlotte Lennox）

一、作家介绍

夏洛特·雷诺克思（Charlotte Lennox，1730？—1804）是 18 世纪中晚期一位坚强、机智、观察力敏锐的作家。关于她的身世说法不一，她大约于 1729 年在直布罗陀或纽约出生，据说她的父亲詹姆士·拉姆齐（James Ramsay）是苏格兰裔，是皇家海军的一名船长，母亲是苏格兰和爱尔兰后裔，雷诺克思受洗名为芭芭拉·拉姆齐（Barbara Ramsay）。也有资料显示其父亲可能是英国军官，时任英国殖民地纽约州的副总督。夏洛特在纽约州首府奥尔巴尼长大，1738 至 1742 年同父母住在纽约，随后她回到英国，不得已开始自谋生路，后来开始学习创作。1747 年她与苏格兰人亚历山大·雷诺克思（Alexander Lennox）结婚，但婚姻并不幸福。她生活拮据，积劳成疾。在生命的最后十年，她数次向皇家文学基金组织要求经济援助并多次获得经济上的支持。雷诺克思在离开丈夫后做过剧作家、小说家、翻译及家庭教师。她与当时文学界的一些著名人士如塞缪尔·约翰逊（Samuel Johnson）、塞缪尔·理查逊（Samuel Richardson）、演员戈瑞克（Garrick）结为朋友，简·奥斯丁（Jane Austen）很喜欢她，并模仿她的风格，安娜·芭博德（Anna Barbauld）也把她包括在 1810 年著名的小说家之内。夏洛特一生的写作近乎都在饥饿的困境下完成，她做了她同时代的女性很少有人能够做到的事情，那就是靠自己的劳动生存。她于 1804 年 1 月 4 日在英国伦敦去世，结束了孤独穷困的一生。

夏洛特·雷诺克思在美国生活的时间不长，但她仍被称做第一位美

国小说家,主要是由于她的第一部小说《海瑞尔特·斯图亚特的一生》(*The Life of Harriot Stuart*,1750)和最后一部小说《尤菲米亚》(*Euphemia*,1790)都是以美国作为背景的。[①] 夏洛特一生著作颇丰,她的作品受到了当时文学界领袖塞缪尔·约翰逊、小说家塞缪尔·理查逊及亨利·菲尔丁(Henry Fielding)的赞赏,然而夏洛特的书大多销路并不好。她写作的高产期是在1750到1761年间,她大多数受到好评的作品都是在这一时期问世的。

虽然夏洛特·雷诺克思生平材料遗留下来的很少,然而她的作品却闻名遐迩。她年纪轻轻就成了小有名气的诗人。1747年她出版了《感言诗选》(*Poems on Several Occasions*)。她最出名的诗作《卖弄风情的艺术》(*The Art of Coquetry*)发表于1750年的《绅士杂志》(*Gentleman's Magazine*)上,随即引起轰动。这首诗以战争作比,提出要讲究策略,教导青年女子运用女性技巧让男人臣服于"自己的帝国"。

当今评价夏洛特·雷诺克思最重要的一点就是她在散文极其繁荣的时期为公众写了大量的散文作品。在四十年里,她写了五部小说(一说六部),包括《海瑞尔特·斯图亚特的一生》(*The Life of Harriot Stuart*,1751)、《女堂吉诃德》(*The Female Quixote*,1752)、《亨利埃塔》(*Henrietta*,1758)、《索菲亚》(*Sophia*,1762)和《尤菲米亚》(*Euphemia*,1790)。批评家邓肯·艾尔斯(Duncan Isles)把《伊莱莎的一生》(*The History of Eliza*,1766)也归到雷诺克思的名下。

夏洛特·雷诺克思也写过其他体裁的作品。她在各种刊物上发表了大量的译作,并著有文学评论《莎士比亚探源》(*Shakespeare Illustrated*,1753)。她得出结论说莎士比亚的原始素材("小说与历史著作")应受到更大的重视。但夏洛特对莎士比亚的批评使她陷入不利的地位。夏洛特和她的同代人一样把很多作品译成英文,其中有历史著作、传记和小说。

夏洛特·雷诺克思编辑了十一期《女士专刊》(*The Lady's Museum*)(1760-1)杂志,并为其写了大量的稿子。这个杂志不仅连载了小说《海

[①] Robert W. Jones, *Gender and the Formation of Taste in the Eighteenth-Century*, Britain: Cambridge University Press, 1998.

瑞尔特与索菲亚传》(*The History of Harriot and Sophia*，1751，1762 年集结出版更名为《索菲亚》，*Sophia*)，而且还刊登地理、哲学与历史方面的文章。它连载的文章还有讨论英国原初居民的，有讲述奥尔良少女审判案的，有描述罗马天真少女的，以及各式各样的书信、散文、译作和诗歌。雷诺克思也想像她的同代人那样依靠纯文学谋取生计，于是专心于办杂志，但结果并未如她所愿。

18 世纪六七十年代，夏洛特·雷诺克思转向戏剧创作。她写了三部较为成功的剧本：《风情万种：戏剧田园诗》(*A Dramatic Pastoral*，1758)没有搬上舞台，但有评论家认为这部作品具有独创性、典雅、质朴、措辞变化多端、富有生机而且恰如其分；《姊妹》(*The Sister*，1762)是基于她的一部小说改编的；第三部《老城风俗》(*Old City Manners*，1775)根据乔治·谢普曼(George Chapman)、本·琼生(Ben Jonson)和约翰·马尔斯通(John Marston)的《向东挺进》(*Eastward Ho!*，1604)改编。《老城风俗》与《女堂吉诃德》一样都是对流行作品的改写，这是她最成功的剧本，连续上演了七个晚上。

二、代表作

夏洛特·雷诺克思一生最为成功的作品是《女堂吉诃德》(*The Female Quixote*)。这本书在当时颇受欢迎，在短短几个月内再版，后来又译成德文、西班牙文与法文。1783 年前，书的封面没有夏洛特·雷诺克思的名字，但人们都知道是她写的，并且有几篇书评提到了她的名字。《女堂吉诃德》被菲尔丁誉为是对浪漫主义体裁的绝妙讽刺，该小说自此也被视做直白的反浪漫主义小说。今天《女堂吉诃德》引起人们的注意，一是因为其威严有力的女主人公阿瑞贝拉(Arabella)，二是因为它是一部以女性为中心的小说，而不是一般的传奇故事。

《女堂吉诃德》副标题为"阿瑞贝拉历险记"(The Adventures of Arabella)，主要描述了一个继承了大笔遗产、过着优越生活的女子阿瑞贝拉(Arabella)，她过着远离主流社会的生活，整日读 17 世纪的法国浪漫主义小说，她的思想深受这些小说中主人公的影响，甚至行为都变得怪异起来，在生活中犯了很多错误。例如她认为一个年轻的园丁是一个伪装的贵族公子，想对她图谋不轨，而他的真正目的只不过是想偷房子里的鱼。

另外她还怀疑她的叔叔想和她乱伦,她还想象自己是陶醉的公主。最终,她走火入魔跳到河里,想逃避那个想象中的令她迷幻的人,结果大病一场。一个牧师治愈了她的幻想症。她嫁给了一个苦苦追求她并耐心等她回到正常生活的年轻人。小说中一位明智的伯爵夫人告诉阿瑞贝拉,任何一个体面的18世纪的妇女都不应该有什么"冒险行为",任何一个女人如果被人诱骗或为放浪的男人所追逐,她的名声都将不可挽回地毁于一旦。当时社会对于女性生活的期望与她们实际生活之间的悬殊差距对于雷诺克思来说是非常痛切的。小说的结论反映了社会约束的力量之巨大。阿瑞贝拉的幻想症最后被治愈,并且认识到无论是指挥男人们围着自己转,还是立下自己的规矩并让围着自己转的男人服从这些规矩,或者是逃离社会对女性的束缚,否定已经确定的秩序规范,无论这一切多么有趣,都是自取灭亡。女性要在一个男人的世界里生存,就必须服从男人的统治。

该小说在社会批评方面可以说是既机智又情趣横生,还有一丝狡诈,有时似乎又有点过头。这对于女权主义者来说可是鼓舞人心的。阿瑞贝拉的妄想症使她试图跨越阶级和道德规范的藩篱达成女性的团结一致。不幸的是,她身边的女性深受当时社会的规范所困,对她的尝试无动于衷。就像雷诺克思本人一样,阿瑞贝拉也被她的同性们抛弃了。阿瑞贝拉同时也忙于女权主义者感兴趣的事情,如帮助名誉受损的女性恢复声名。另外,她希望女性在压力巨大的情况下,可以有权利采取任何行动以缓和局势,在一定条件下甚至可以逾越习俗离家出逃。

除了在女性主义方面的贡献外,该小说也论及了当时一些重要的知识分子话题。它深入探究了文学的目的及定义,以及女性教育的性质及范围,而这些实际上都是文艺复兴后社会精英们才考虑的问题。关于女性灵敏性及女性教育的话题常常出现在被认为是女权主义的保护神——玛丽·沃尔斯通克拉夫特(Mary Wollstonecraft)的写作中;女性教育也一直是乔治·艾略特(George Eliot)关心的话题;弗吉尼亚·伍尔夫(Virginia Woolf)对于女性受教育的机会更是非常关注,从她的《一个人的房间》(*A Room of One's Own*)和《三个几尼》(*Three Guinea*)中可见一斑。总之,雷诺克思参与到具有跨时代重大意义的辩论中,可以说在英语女性作家传统中占据了非常重要的地位。

三、评价

夏洛特·雷诺克思不仅提出了女性权利新的表达方式，还暗示了所有对性别行为的规定其实都是残酷社会的自然产物。夏洛特·雷诺克思对18世纪典型的礼仪、谈吐和穿衣规则模式等进行了控诉，认为这些规则模式误导了一个"具有良好教养"的女人的行为，并限制了女性行为和她们的生活。在过去二十年间，对于夏洛特·雷诺克思的持续不断的兴趣导致了更多对于《女堂吉诃德》以及它对女性主导地位和社会权利的关注的复杂争论。近期关于该小说的女权主义辩论主要围绕在浪漫世界女人所能拥有的相对权利和在18世纪社会所能给予女性的权利方面展开。

雷诺克思的地位具有非常重要的历史意义，对于要寻找"知识分子母亲"的现代女性来说也是非常重要的。今天的女性在事业发展和教育方面当然有很多机会。在追寻这些机会的时候，她们也在寻找可以追随的榜样，她们需要某种传统以使她们感觉自己在追随、扩展或重塑传统。值得关注的是这种女性知识分子传统并不仅仅局限于英国，只不过在18、19世纪重新连贯起来，这种传统甚至可以追溯到公元前6世纪前后的希腊女诗人莎孚（Sappho），或者更远。这种传统的价值在于它为每个人提供了一个更平衡、更准确地审视历史的观点。它为女性提供了可能与她们自身生理特点、家庭关系、恋爱关系、世界观相关的更加明达、理智的观点，而不仅仅是限于男性描述的观点。

参考文献

1. Small, Miriam Rossiter. *Charlotte Ramsay Lennox: An Eighteenth Century Lady of Letters*. New Haven：Yale University Press；London：H. Milford, Oxford University Press, 1935.

2. http://www.english.lsu.edu/dept/fac/prof/gjustice/.

3. http://www.mantex.co.uk/ou/a811/download/lennox.doc.

4. http://www.cwrl.utexas.edu/~ulrich/CharlotteLennox/LennoxLinks. html#crithttp://web.missouri.edu/~justiceg/lennox/index.htm.

8. 阿比盖尔·亚当斯
(Abigail Adams)

一、作家介绍

阿比盖尔·亚当斯（Abigail Adams，1744–1818），1744年生于马萨诸塞州的韦茅斯，父母双方都来自殖民地有影响力的家族。父亲威廉·史密斯（William Smith）是一名富有的波士顿商人的儿子，毕业于哈佛大学。父亲和其他祖先都是公理会的牧师，在当时社会中非常受尊重，并被公认为是社会的领导者。母亲伊丽莎白·昆西·史密斯则来自新英格兰昆西家族，该家族家境富裕，子女都受过良好教育，极具声望。像她那个时代的大部分女孩子一样，阿比盖尔没有接受正规教育。但史密斯家的女儿们比较幸运，因为她们有一个热爱学习和读书的父亲。威廉·史密斯让女儿和儿子充分利用他藏书颇丰的图书馆。阿比盖尔在父亲的图书馆广泛阅读了诗歌、戏剧、历史、哲学、神学和政治理论。阿比盖尔的母亲和祖母昆西则负责教授她社交礼仪、持家以及手工技巧。她家里客人来往不断，他们有趣又有才智、并受过良好教育，这些人也帮助她成为了一个有学问的、机智的年轻女子。她才思敏捷活跃、观点激进、表达直率，具有很强的政治意识。这些背景使她后来成为一名敏锐的政治观察家、多产的作家，以及有影响力的第一夫人。随着她日渐长大，阿比盖尔更加坚定要培养自己。长大成人之后，她已成为当时学识最高的女性之一。阿比盖尔对自学产生了极大的兴趣，这对于她那个时代的女性来说是非常勇敢的。18世纪的女性的主要人生目的就是婚姻和家庭，而教育常被认为是实现这个目标的路障。女性害怕变得过于有学问,认为追求者会不喜欢那些过于聪明的女孩,而喜欢那些无忧无虑的、喜欢调情的女孩。然而阿比盖尔的博学却博得了后来成为美国第二任总统的约翰·亚当斯(John Adams)的关注。1764年,她与当时身为律师的约翰·亚当斯结婚并在布伦特利市(Braintree)定居下来。

  除自学外,她还非常注重开发自己的智力,挑战自己的思维。生活在18世纪80年代,她创造机会自学科学,这一领域在当时并不允许女性涉足,也很少有女性敢于涉足。她报了十二种课程,后来参加了五门,包括电力学、磁学、流体静力学、光学、压缩空气学。这些经历启发了她,并使她对这些女性没有权利涉足的广大的思想领域更是由衷地欣赏。阿比盖尔经常对已婚妇女的财产权,尤其是为争取女性受教育的机会发表观点。她认为妇女不应该屈服于没有考虑她们利益的法律,也不应该满足于做丈夫的贤内助,她们应该培养自己,并要凭借她们的知识才能和管理家庭、经济方面的能力,以及她们从道德上指导和影响孩子和丈夫的能力而得到认可。

  在婚后第二个十年里,丈夫约翰成为大陆会议的成员,并为殖民地的独立而斗争。阿比盖尔随从约翰于1784年和1785年分别到英国和巴黎任职。无论在哪里她总是细心观察,并对当地的政治、习俗和社会作出评论。从她在伦敦、巴黎的信里可以看到她对包括英国王权、法国习俗和美国安静惬意的农场生活等的思考。从1789年至1801年,阿比盖尔作为副总统的妻子以及后来的第一夫人,一直是约翰非常信赖并很有影响力的政治顾问。尤其是约翰·亚当斯在刚当选为第二任总统后急切地在信中写道:"我一生从未像现在这样更加需要你的建议和支持。"她坚定不移地支持丈夫的事业,在私下和公开场合都敢于发表自己的观点。在丈夫离职后,阿比盖尔和丈夫退休回到马萨诸塞州的家。1818年10月28日她去世于马萨诸塞州,葬在昆西的第一教堂。八年后,她的丈夫也与世长辞,埋葬在她的旁边。直到20世纪,没有哪个女性能像阿比盖尔那样对政治感兴趣。她成千上万的信件使她广为人知,这些信对她的一生和那个时代作出了生动的、引人注目的描述。

二、代表作

  阿比盖尔被人们牢记,主要是因为她写给丈夫的大量书信。她的孙子查理斯·亚当斯于1841年与1876年出版了她几乎所有的信件,她的书信集多次再版,而她写给亚当斯的信收在《亚当斯家庭通信集》(*Adams Family Correspondenc*)中。结婚后约翰由于职业的原因经常不在家。在他们长期分离期间,阿比盖尔和约翰写了大量亲密而直率的信件以保持紧密的联系。约翰·亚当斯经常就许多事情寻求妻子的建议,所以他们的信件多是关于政府和政治事件的理智讨论。这些信件是从后方平民的角度,作为独立革命的目击者留下的对革命非常宝贵的纪录,也是非常好的政治评论资料。阿比盖尔·亚当斯对她的丈夫亚当斯产生了有目共睹的影响。她曾伴随他出使欧洲。作为第一夫人,她在政治上也是得心应手,虽然自己强烈的联邦思想曾得罪了不少人。阿比盖尔·亚当斯确信她的信在形式上并不是一团糟。虽然她不讲究拼写与标点符号,但细节详尽,通俗易懂,因而受到人们的欢迎。她对人物个性的评价简洁准确。例如,她对华盛顿赞赏有加:"威严尊贵而不失亲切和自我满足感,集绅士的修养和士兵的勇敢于一身。"她对李将军的赞誉就不能与此相比:"李将军文笔出众,然而其人就相对逊色得多了。"

阿比盖尔·亚当斯是一位多产的书信体作家。她的信件讲述了她的一生,也讲述了美国历史上重要的四十年。从18世纪60年代到亚当斯退出政坛,她的信件对年轻共和国进行了生动细致的刻画。对读者而言,他们描述了革命年代人们的政治热情和繁忙的妇女生活。和她通信的人还有摩西·奥蒂斯·沃伦(Mercy Otis Warren)和凯瑟琳·麦考利(Catherine MaCaulay)等。她在给摩西·奥蒂斯·沃伦的信中热情洋溢、饱含激情地谈及家庭事务和爱国主义。在1774年写给凯瑟琳·麦考利的信中她大加赞扬凯瑟琳·麦考利对美国民族独立的支持。阿比盖尔·亚当斯口气率真、风格凝练。在亚当斯卧病在床时,她提醒他:"仍然要小心,现在好人难找。"信中还体现出了她的风趣幽默。1764年4月她写道:"我想我每天给你写信,是不是使我的信变得一钱不值呢?你是不是用它们点烟抽了呢?"结婚后,她的信仍然轻快而充满爱心,但有时她也写到自己的孤独。爱情与分离之苦是信的主题,当然还有家庭的不幸。

通过书写信件,阿比盖尔·亚当斯得以表达自己的思想,砥砺自己的观点,并和自己志趣相投的人分享知识、家庭以及政治方面的一些兴趣。

阿比盖尔的信体裁多样，程度迥异，具有很强的新闻意识和洞察力，文字上激情洋溢，同时由于其中蕴含着丰富的知识，对于读者而言也很有挑战性。在她的写作中可以看出阿比盖尔是一名自信、有远见、积极参与当时社会活动的泼辣女性。他们的通信充分展示了他们的行为和思想，以及他们相互之间的爱和奉献。正是从这些信里，阿比盖尔的孙子查理斯·亚当斯（Charles Francis Adams）断定阿比盖尔在她丈夫的职业生活中起着重要作用，特别是在管理家庭农场和生意方面。正是由于她，亚当斯一家避免了财政危机，而这些财政方面的危机常降临到一些离职后的总统身上，如托马斯·杰斐逊（Thomas Jefferson）。

三、评价

在美国历史上，阿比盖尔·亚当斯是一位有着坚定信仰、出色才智、精湛写作技巧和杰出智慧的女性。她不仅仅对丈夫和儿子（美国第六任总统）的政治生涯帮助很大，也是为女性权利和进步奋斗的先驱，这使得她成为美国最卓越的女性之一。阿比盖尔认识到在这个世界上女性被许可扮演的角色权力有限，对此她总体上是接受的。她认同依赖型妻子的角色，并表现出极度的热心。坚定的基督信仰使她忍辱负重，相信来生会有所补偿。如果说她在政治与社会上坚持过某种原则的话，那就是任何人包括总统和丈夫都不能掌握过大的权力。然而，她坚持认为女人的地位和男人的一样承载着相同的重要性和责任。在这个建立在平等和独立理想上的国家，阿比盖尔·亚当斯也促使男人和女人们开始考虑女人的权利和地位。

阿比盖尔坚定地认为教育对于男女同样重要。阿比盖尔认为受过教育的女性可以更出色地履行好家庭方面的责任，包括育儿、持家，以及"保持一个有理解力的男人对自己的感情"。她同意她朋友摩西·奥蒂斯·沃沦所说的：既然女人要为孩子的早期教育负责任，那她们自己必须受过良好的教育，如此方可胜任。在阿比盖尔的很多信件中，她都热情地提到女性需要接受教育的信念。由于理解力强以及思想开明，阿比盖尔的很多思想都超越了她那个时代。她反对奴隶制度，主张男女平等接受教育，将她儿时学到的一句话——幸运者的责任就是帮助那些不是很幸运的人——付诸于实际。她的写作显示了对于原则的恪守、对于女性和非洲裔美国人权利的争取、对于丈夫和家庭利益的极度维护。

参考文献

1. http://www.pbs.org/wgbh/aia/part2/2h23t.html.
2. http://www.gale.cengage.com/free_resources/whm/bio/adams_a.htm.
3. http://www.aboutfamouspeople.com/article1049.html.
4. http://www.abigailadams.org/.
5. http://www.whitehouse.gov/history/firstladies/aa2.html.

9. 阿比盖尔·阿布特·贝利
（Abigail Abbot Bailey）

一、作家介绍

阿比盖尔·阿布特·贝利（Abigail Abbot Bailey，1746-1815）生于新罕布什尔（New Hampshire）州，父亲是公理会执事詹姆士·阿布特，母亲名为莎拉·阿布特，兄妹九人。在印第安人与法国人的战争结束后全家搬到纽伯里（Newbury），并帮忙在当地成立了一所基督教会。1767 年，她与亚撒·贝利（Ása Bailey）结婚，共养育了十七个孩子。贝利后来成了著名的土地所有者和行政委员，在美国独立革命中入伍。在阿比盖尔·贝利死后，人们发现了她的手稿，里面记录着与丈夫的诸多斗争。她的朋友与家人将手稿交给了伊桑·史密斯牧师（the Reverend Ethan Smith），他对这些手稿进行了编辑，并予以出版。

这些文献以日记体的形式记述了她对自己的反思。在内容与风格上，日记里的叙述表现了妇女宗教自传的传统和美国"奴隶叙述/被俘叙事"的传统。她与亚撒结婚共二十六年，然而婚姻不幸。在 18 世纪，离婚后的妇女在社会与经济上都很难立足，因此，阿比盖尔选择了继续与丈夫呆在一起，然而丈夫的乱伦行为使她再受打击。阿比盖尔永远没有原谅他。她于 1793 年与其离婚。离婚时，她的家乡新罕布什尔正在进行一场宗教复兴运动。由于受到宗教复兴运动的影响，阿比盖尔的回忆录既记录了她与上帝的关系，也讲述了她与丈夫之间的纠葛、丈夫长期对她的虐待、阿比盖尔遭受的身心折磨和她在努力要和亚撒分开时所面对的现实和情感上的困难。

二、代表作

1815年出版的这本《阿比盖尔·贝利夫人自传》(*Memoirs of Mrs. Abigail Bailey, Who Had Been the Wife of Major Asa Bailey, Formerly of Landaff, (N.H.)_Written by Herself*) 是在她去世后从她的遗物中发现的几份文件之一，也只有这一份被保留下来，其他的都遗失了。第一位对这部作品进行编辑的是伊桑·史密斯牧师（the Reverend Ethan Smith），他从贝利夫人的日记中发现这些内容并把它们编辑成书。以下是阿比盖尔·贝利自述的部分节选：

我祈祷和考虑的结果就是确信（他）有罪，我应该和我邪恶的丈夫分开，永远不能再和这个做了最卑鄙无耻的事情的魔鬼住在一起了。（尽管我非常相信他的罪，就像我相信我自己的存在一样）但我还没有证明他法律上有罪的充分证据。我认为还未到上帝把他的罪行公布于众的时候，但我相信这个时刻会到来的。上帝会把他的罪行置于阳光之下的，也会给我脱离他的机会。

在上面提到的贝利的几个罪行之后，几个月过去了，什么事情也没发生。下面的事情接着发生了：我的一个小女儿尽管年纪尚小，还做不了合法证人，但还是足以能够讲出事实真相的。她把自己在大约一年前的那个安息日所看到的和听到的事情告诉了她的一个姐姐。这个姐姐对听到的事感到非常吃惊，也十分悲伤，然后她又把这件事告诉了她们的大姐。大姐听到后简直不能相信，吓得晕了过去。那时大姐正在我这里，她晕倒后我就掐她的手指，这对她倒是很管用，很快她就醒了。醒来后，她就告诉我她晕倒的原因。在这件事情上我没有足够证据来证明贝利的大恶。虽然我已做好了最坏的打算，但没想到这最坏的事情竟如此可怕。曝光的这一天终将到来。对于人类的堕落，我以前想过，也听过，这一次对我来说真是深刻的一课。我决定去看这个遭罪的女儿。贝利知道了我的意图，把她藏起来不让我去看她，但仁慈的上帝给了我机会。她住在她一个非常和蔼可亲的大伯家里。贝利不能忍受我到他的家里的想法。毫无疑问，他充满了罪恶感，害怕我了解情况，他心中也布满了恐惧。在她的阿姨的帮助下，我费劲周折了解到了大量信息。我现在知道对贝利的行为无论怎么往坏处想都不为过。我这个女儿的事情对任何人来说都是个可怜的事情。我想这个灾难的制造者怎么能好意思在这个世上活着，我想这种负罪感一定会让他离开，羞愧会成为他的翅膀，以最快的速度让他离开这儿。我的问题是：我该怎么办？毫无疑问，我不能再和这个灾难的制造者一起生活了。我下定了决心。但是否能一直让他离开这儿，而不承受民事审判，这也是一个问题。后者对我来说使我感到一种无法言传的痛苦。我说服我自己，如果他能做一些对我们有利的事情并且远离这儿，不再带给我们苦难，这就够了。我也许能宽恕他，使他不致遭受被起诉的厄运。

我回到家，告诉贝利我听到了一些关于男人的可怕故事。我提到了一些细节，我没有明确说出这个男人的姓名，也没说受到伤害的家庭是哪一家，但我立刻注意到他变得不安起来。他脸色发白，浑身颤抖，就像死亡临近一样。他说话都困难了，他没问我这个男人是谁，是谁做了这个邪恶的事情。但过了一会儿他又说：我知道你相信这件事，孩子们也相信，但这不是真的！他矢口否认，但又说不会因为我这么想而怪我。他问我准备怎么办，我告诉他有一点可以肯定，那就是我绝不可能再和他住在一起！很快他变得痛苦万状，问我能不能告诉他该怎么做。这就是他的表现。对他的怜悯在我心里油然而生，他曾是我亲爱的丈夫，是他自己毁灭了他自己。现在我看到了他的悲惨处境，我感到我需要用基督徒的坚韧精神来坚持自己的做法。我告诉他，他的所做所为令我既恐惧又绝望。长久以来我一直想让他悔过自新，然而他从来没有听进去过。他总是我行我素，现在他尝到后果了。

关于他应该怎么做这个问题，我告诉贝利他应该知道我的想法，那就是远离这儿。我告诉他没有比这更好的法子了。我不想看到他被带上法庭，受到法律的制裁，使我的家庭受到折磨。只想让他永远不再回来，逃离这儿是唯一的出路。他又问我他该怎么走，是骑马还是步行，带什么财产，诸如此类。我告诉他我希望他骑马走，并带上能够使他过上舒适生活的财产。我真诚地请求他真心悔过，不要再生罪孽，通过为罪恶深重的人而死的耶稣来顺从上帝。我建议贝利如果他能悔过自新，并且再不伤害这个家庭，我能够以神圣的上帝的名义真诚地祝愿他过得好而平安。但如果他继续伤害我们的家庭和孩子，他肯定要受到惩罚，上帝不会放过他。我请求他善待他的家庭、财产和家人。

这本书对于人们理解基督教的教义和精神是如何深刻影响一个受虐待的妻子很有帮助。它使我们动态地、自然地观察虐待和基督教这两种关系。这些自述是站在受虐待者自己的立场上，对阿比盖尔生活的社会、政治和历史环境也作了一个透彻的分析。唯一的缺陷就是这本书读起来很吃力，因为阿比盖尔用的语言是古英语，因此读者必须付出比平时阅读更大的努力去理解它。尽管如此，这本书还是很值得一读的。

三、评价

阿比盖尔·阿布特·贝利是18世纪公理会的一名女性，她的自传描述了她在宗教上对丈夫与其十几岁的女儿长期乱伦这件事情的反思。作为少数几个能出版自传的女性之一，这部作品刻画了女性在日常生活中是如何用公理会的信仰来处理问题的。阿比盖尔·贝利倾诉了她对自己糟糕的婚姻的想法和思考。阿比盖尔的观点是历史的，因为她生活在美国早期的新英格兰；她的观点也是当代的，因为她写出了她对丈夫虐待她所感到的痛苦，以及她自己的希望和她的奋争，阿比盖尔·贝利的信念贯穿于她作出决定的始终。而作为在美国出版的第一部描写家庭暴力的自传，贝利从历史的角度给我们提供了理解家庭暴力的重要渠道，包括父女乱伦等。伊桑坚信："如今很少有基督徒能提供如此难得而有教育意义的自传性材料。"

参考文献

1. Bailey, Abigail Abbot. *Memoirs of Mrs. Abigail Bailey, Who Had Been the Wife of Major Asa Bailey, Formerly of Landaff, (N.H.)* ed. Ethan Smith. Boston: Samuel T. Armstrong, 1815.

2. Taves, Ann. "Abigail Abbot Bailey." from *Dictionary of Literary Biography*. Thomson Gale, 2005-2006.

3. http://historymatters.gmu.edu/d/6589/.

10. 朱迪思·萨贞特·默里
（Judith Sargent Murray）

一、作家介绍

朱迪思·萨贞特·默里（Judith Sargent Murray，1751 – 1820），诗人、随笔作家、剧作家、小说家，1751年出生于马萨诸塞州格洛斯特（Gloucester）一个声势显赫、政治上非常活跃的家庭，人们认为"在玛格丽特·福勒（Margaret Fuller）之前，无论是在智性才华、创作体裁的广泛度，还是在公众认可程度方面，任何美国女作家都无法与之匹敌"[1]。尽管她小小年纪就表现出超常才华，但由于她是女性，所以并没有受到很好的教育。最后父母看到她的才华和努力，允许她与哥哥一同学习。她的哥哥当时在当地做牧师，准备去哈佛求学。她学习了拉丁、希腊文学和天文学。尽管如此，她仍因自己未受到较好的正规教育和早期教育而感到遗憾。后来她嫁给了一个名叫约翰·史迪文森（John Stevens）的船长，开始在期刊上发表诗歌和散文。后来在美国信普救说者（Universalist）教会创始人约翰·默里牧师（Reverend John Murray）的劝说下，她和她的家人改信普救（Universalism）。史迪文森死后，朱迪思于1788年嫁给了约翰·默里，婚后育有两子。1793年他们搬到了波士顿。

1789年到1794年，朱迪思定期在当时最有声望的期刊杂志《马萨诸塞州杂志》上发表文章，她后来的文章于1798年结集成《拾穗集》（*The Gleaner*），署名康斯坦婷（Constantia）。随后她又出版文章达八篇以上。

---

[1] Sharon H. Harris, ed., *Selected Writings of Judith Sargent Murray*, Oxford: Oxford University Press, 1995, p. xv.

此后他们的经济状况每况愈下，1809 年默里又罹患中风。迫于经济困难，朱迪思编辑了丈夫的《书信和训诫概略》(Letters, and Sketches of Sermons 1812 – 1813)。他们的经济困境在 1812 年女儿嫁给了富有的种植园主亚当·路易斯·兵格曼（Adam Louis Bingaman）后有所缓解，尽管这门亲事遭到双方家长的反对。1816 年，朱迪思编辑出版了当时已经去世的丈夫的自传，同年末她搬到那齐兹（Natchez）与女儿同住。朱迪思于 1820 年去世，终年 69 岁。

朱迪思的文章涉猎甚广，从宗教自由到拥护联邦主义政治，从法国大革命到礼仪问题，以及发展民族文学的必要性，在谈论各类问题时都能挥洒自如。她对于妇女的进步饶有兴趣。在其后的文章中，朱迪思详述了女性的能力，为应当给予女性足够的教育而争辩，并力陈女性应当接受培训，以寻求经济上的自足（虽然她并未点明这点如何达成）。朱迪思作品的主题是：学习历史知识对每个人都是很重要的，而了解早期女性的能力和成就对于在新共和国成长起来的年轻女性尤为重要。同时她坚信美国应该发展本土戏剧，她极力称赞若尔·泰勒（Royall Tyler）和摩西·奥蒂斯·沃沦（Mercy Otis Warren）二人的戏剧，并且自己也写了两部戏剧，虽演出但未获成功。

二、代表作

在《关于性别平等》("On the Equality of the Sexes")这篇向传统社会挑战的檄文中，朱迪思用她的笔名康斯坦婷大声疾呼："傲慢的男人们，我们的灵魂与你们是一样的。"[1]她坚信从开天辟地开始直至今日，本该有同样多的女性与男性应该因为天生的能力而赢得人类赞扬的桂冠，不靠任何外力的支持而获得荣誉的花环[2]。她呼吁女性不应因赞美而沉迷，而应立刻同男性展开斗争，而且应该要击败男性最擅长的花言巧语这些技巧。她要求女性时时警惕，必须严谨周密。她承认女性在体力上不能同男性相匹敌，但在家务上女性比男性有优势。在文中，她又附上 1780 年写给一个朋友的信。从信中可以看出，这是她写给一位男性朋友的。她在信中写

---

[1] Katharine M. Rogers, ed., *The Meridian Anthology of Early American Woman Writers: from Anne Bradstreet to Louisa May Alcott*, 1650-1865, p. 185.

[2] Katharine M. Rogers, p. 186.

道,你们在性别上的优势已成过去,这是不容置疑的,而教育的每一个环节又都在巩固男性的优势。随后她举亚当和夏娃的故事为例,对基督教认为是女性的罪恶导致了人类的堕落这一思想进行了彻底的驳斥。

在《关于孩子的家庭教育》("On the Domestic Education of Children")中,她主张对于孩子要采取温和的方式,坚决反对用粗暴的方式对待孩子。她用一名叫马逊萨(Martesia)的妇女教育孩子的例子,说明了用宽容和人道主义的同情对待孩子的重要性。

朱迪思指出,女性拥有和男性同样的想象力、推理力、记忆力、判断力,但她们一出生就被灌输了男尊女卑的思想。由于女性被剥夺了获取知识的机会,所以女性被剥夺了很多展示自己才能的机会。她还谈到由于男女教育的差异导致了男女智慧的差异。在忙于针线和照顾家庭的同时,女性依然有着反思的头脑和丰富的想象力。如果在早期能够接受正规的教育,女性同样能够成为理性的群体。

《关于性别平等》(On the Equality of the Sexes,1779)是美国文学中第一篇系统的女权主义声明。之后贝蒂·弗莱丹(Betty Friedan)在《女性秘法》(The Feminine Mystique)中的表达内容与《关于性别平等》非常相似,但是朱迪思·萨贞特·默里的作品领先了贝蒂·弗莱丹近二百年。

三、评价

朱迪思认为女人天生就是具有智慧的生物,针线和厨房不足以发挥女性所拥有的智力。在她看来,男人和女人生来就应该是平等的,否则上帝就不会赋予他们相似的灵魂。朱迪思仔细考察了男人用来说明男女不平等的手法。她观察到,社会对于男人和女人的塑造有很大的不同:社会鼓励男人去进取,而女人则受到限制,妇女的成长也受到限制。最后她指出,男人们建立的社会规则是为了自身的利益,而没有考虑女人的愿望和需求。

朱迪思对造物故事的诠释作为短文《关于女性的平等》("On the Equality of Woman")的附录部分出现在《拾穗集》中。该文使用了大量的辩论来倡导对女性进行教育,它的发表要比沃斯通克拉夫特(Wollstonecraft)的名著《女权辩》(Vindication of the Rights of Woman)早了至少一年。朱迪思的散文发表的时候通常都会遭到抨击,从表面上看是由于她的这些辩论都没有基于《圣经》条文展开。为了表达她对《圣经》条文的关注，朱迪思在将该文收入《拾穗集》时给它增加了这个附录。她对造物故事的解释仅仅只是利用经文对女性受教育的权利进行辩论的一部分。短文和附录充满了智慧和讽刺。

参考文献

1. Murray, Judith Sargent. *The Massachusetts Magazine* (March, April, and May 1790). *The Gleaner: A Miscellaneous Production,* Vol.2. Boston:L. Thomas and E.T. Andrews, 1798.
2. Rogers, Katharine M., ed. *The Meridian Anthology of Early American Woman Writers: from Anne Bradstreet to Louisa May Alcott*, 1650-1865.
3. http://www.pinn.net/~sunshine/whm2000/murray2.html.
4. http://www.hurdsmith.com/judith/.
5. http://www.uua.org/uuhs/duub/articles/judithsargentmurray.html.
6. http://womenshistory.about.com/od/judithsmurray/p/judith_murray.htm.

11. 菲丽丝·惠特利
（Phillis Wheatley）

一、作家介绍

菲丽丝·惠特利（Phillis Wheatley，1753？－1784）是美国第一位正式发表作品的黑人女诗人，约 1753 年生于现在非洲的塞内加尔或冈比亚。1761 年 7 岁左右的菲丽丝作为奴隶被卖到波士顿颇有名望的惠特利家族。菲丽丝很小就表现出超常的智慧，被视做天才，惠特利夫妇发现了以后，就让女儿教她读书识字，又让儿子教她英文、拉丁文、历史、地理、宗教和《圣经》，尤其是亚历山大·蒲柏（Alexander Pope）和约翰·弥尔顿（John Milton）等的经典作品。奴隶接受教育在当时是很少见的。菲丽丝很快被惠特利一家接受，成为这个家庭的一员，可以自由地进行写作。但她从未忘记自己的地位，从未真正和周围的任何一个群体完全融合。菲丽丝进步迅速，经过十六个月的学习，已经能够阅读英语，并理解"《圣经》中难懂的段落"。12 岁时即能读希腊文和拉丁文的著作。13 岁发表了第一首诗，开始逐渐用诗在白人文化圈中表达自己。1770 年发表了为广受喜爱的牧师乔治·怀特菲尔德所写的第一首挽歌之后开始声名鹊起。通过惠特利一家，菲丽丝得以结识许多波士顿的社会名士，有更多机会接触书籍和圣典。由于没有受过正规教育，菲丽丝便得以尽情抒发自己的所思所想，开创自己的风格。她的许多挽歌都是应邀而作。理查蒙德（Richmond）称她为"一个善于思维的装饰品"、"波士顿社会的新奇人物"、"一个吸引人的奇人"，惠特利一家更是一直以她为傲。理查蒙德也指出，与菲丽丝的黑皮肤形成对比的是"她清教徒式的白人思想"。菲丽丝虔诚信仰清教，并在惠特利家族的教堂受洗。

她的第一首诗《赫西与科芬先生》（On Messrs. Hussey and Coffin）发表在1767年的《纽波特信使》（Newport Mercury）上。1770年菲丽丝为深受大众欢迎的传道者乔治·怀特费尔德写了一首挽歌《牧师乔治·怀特费尔德之死》（On the Death of the Rev. Mr. George Whitefield, 1770），"似用弩炮发射一样，将菲丽丝从地方名人一下子提升到享誉整个殖民地，甚至远及海外的著名诗人"。这首诗表现了诗人在文学上的成熟，并有着浓厚的基督教色彩。在以后的几年里，她在波士顿的多家杂志上又发表了一些诗歌。也许是受到了她的非裔美国部落群体中那些妇女们教给她的演说风格的影响，她非常喜欢挽歌诗体。由于她精通拉丁语，她开始创作小型史诗（短叙事诗），后来发表了《悲痛的尼俄伯》（Niobe in Distress）。1775年她为华盛顿将军写了一首诗，并赠予了华盛顿将军。也正是由于这首诗歌，她于1776年3月见到了华盛顿将军，这首题为《致尊敬的华盛顿将军阁下》的诗最后于1776年4月发表于《宾夕法尼亚杂志》。

惠特利夫妇先后去世，殖民地又开始了战争，丈夫的生意难以为继，为了维持一家人的生活，菲丽丝在"她生命中最后几年像奴隶一样劳作"，做着她在做奴隶时也不需要做的苦工。但她没有放弃写作。1779年，她登出广告，希望有出版商愿意出版自己的诗集与信件，未能如愿。

她的一生为后来的美国黑人树立了榜样。1830年，废奴主义者重印了她的诗，并宣传诗中反对蓄奴制的思想。菲丽丝·惠特利于1773年在波士顿创作的《海洋——大海的颂歌》手稿于1998年5月30日在克里斯蒂拍卖行售价高达六万八千五百美元，这首诗没有进入她1773年发表的诗集中。毫不夸张地说，今天的读者更能设身处地对她的作品和生活进行更好的理解。通过重新的审视，证明了菲丽丝是一位捍卫自己信仰的人，她勇敢而精明地表达了自己的政治主张，并在很早就参与到美国独立革命和废奴运动当中。

二、代表作

菲丽丝发表的仅有的一部诗歌集是献给亨廷顿夫人的《关于宗教和道德各种话题的诗集》（Poems on Various Subjects, Religious and Moral, 1773），其中包括三十九首诗。据理查蒙德考察，这是有史以来第一部由黑人妇女出版的书籍，并且出自一位20岁的女性奴隶之手，这在当时实属罕见。当时的美国社会正在兴起关于黑人是否有人性、是否有能力进行科学和艺术上的智力活动的问题的讨论,她的诗证明答案是肯定的。当时社会实行审查制,为了让大众相信,十八位名望颇高的波士顿名流共同签署了一份证明,证明菲丽丝就是作者,外加一份由她的主人签署的个人声明。这两份证明作为前言附在她于1773年发表的诗集里面。菲丽丝作为诗人的盛名在美国和英国都得到认可。尽管仍然处于蓄奴制度下,她仍于1773年10月18日获得了自由。

菲丽丝诗歌的主题包括宗教、道德、哀悼、自由、庆祝、战争以及死亡,反映了她的宗教信仰和古典的新英格兰教养。

挽歌占据了她诗歌的大部分,这是一种对某一深刻的事件或主题进行思考的严肃的诗歌形式。菲丽丝最擅长的就是挽歌,也常受命为各类人撰写此类诗歌。除了挽歌,诗集里还有改写成英雄双韵体的《圣经》中的两则故事、一首拉丁语的翻译、几首歌颂爱国情怀的诗,以及献给各种自然景观和人物的诗。她的挽歌的内容大致如下:首先,强调死亡本身是出自上帝,如在《献给一个失去三个亲人的女士》中,她说道,"他的权杖掌管整个宇宙的生杀大权";然后,含蓄描绘哀悼者的哀容;接着,请求吊唁者节哀顺便,"向墓碑笑一笑吧,平息那灼人的痛",有时会以死者的口吻模拟其在天上讲话,有时也会列举死者生前的事迹;最后,重新审视死者遗容。当然,有时顺序有所变动。

形式上,菲利丝的诗歌的节奏多采用五步抑扬格,韵脚为新古典主义的双行押韵的韵脚。为了符合格式的要求,她经常使用缩写词。此外,她熟练运用拟人、比喻、暗指、头韵和首语重复法等各种修辞手法。

其他的诗歌则强调基督救赎的问题,拯救与重生是她的许多挽歌的核心。虽然当时的教会也进行了黑人和白人的划分,但菲丽斯最终在人身上和艺术上能够获得自由仍是源自她的宗教信仰,因此精神救赎也是她的诗歌的常见主题。她认为所有的男人和女人都需要拯救,无论种族和阶级。

因为英语里面认为新古典主义表现了古希腊的理性与艺术规范性的理想,她的诗歌多采用新古典主义形式。新古典主义认为人类是有局限的、不完美的动物,需要引导、秩序与和谐,并且高度重视想象,但并不以想象代替艰苦的现实,并且避免高度想象的事物,菲丽丝的诗歌也是如此,这符合菲丽丝的作为一个低下的奴隶和谦卑的基督徒的身份。她的诗常以新古典主义式的向缪斯神的呼求开始，频繁引用希腊诸神的典故和传说，常常提及希腊文化中井井有条的宇宙，而上帝则是其中最大的神。从秩序井然的宇宙到人间的痛苦，甚至是婴儿的死亡，这一切皆是上帝的旨意，应该正视。

尽管菲丽丝·惠特利的诗并未以种族平等作为主题，但也有的批评家认为菲丽丝向奴隶主发起了一场没有硝烟的战争。许多诗歌，例如《从非洲被带到美洲》，运用《圣经》典故来劝导信奉基督教的奴隶主，驳斥当时广泛传播的认为黑色等同于罪过的观点，认为黑人也是可以得到上帝的救赎的。她还把非洲看做《圣经》中的伊甸园，用"埃塞俄比"指称非裔美国人，把非洲人和《圣经》中古老的埃塞俄比亚人联系起来，以此来提升非裔美国人的身份。她的很多诗歌有说教意义，同时标志着她的特殊身份，如《致新英格兰的剑桥大学》，还有一些诗表达了对自己的非洲血统的骄傲和对非洲同胞的爱与敬佩[1]。

三、评价

有人批评菲丽丝的诗模仿气息太重，特别是模仿亚历山大·蒲柏（Alexander Pope）。她也确实是以当时的新古典主义风格从事创作。针对这一观点，有人针锋相对地指出，菲丽丝的创作与当时殖民地诗人是一脉相承的，且更胜一筹，她的诗是当时最好的诗之一。还有人批评她和她的诗缺乏热情和情感，不太关注黑人、非洲和蓄奴制，然而批评家最近推翻了这种观点。他们在菲丽丝的著作中发现了大量的民族情感。事实上，她年轻时就反对蓄奴制。在写给达特茅斯伯爵的诗中，她明确地谴责蓄奴制。而且，奴隶身份的菲丽丝承受了更多的审查和责任压力以及更多的孤独。

正如作者本身身份的复杂性，她的诗集的内涵和所起到的作用也是复杂而深刻的。她的一切都属于别人，包括她的身体，就连她的写作权利也属于别人，受到审查制度的制约，她的诗似乎也总是服务于他人，美国奴隶主用它说服黑人奴隶皈依基督教，废奴主义者用它证明非裔美国人的人

---

[1] Janet M. Labrie, *Masterpieces of Women's Literature*, ed. Frank N. Magill, New York: Harper Collins Publishers, 1996, p.407.

性[①]。

　　《大英百科全书》评价她的诗"成熟到令人惊奇的程度"。她之所以为人们所铭记，某种程度上也正是源于她的身份的特殊性，她创下了她那个时代女性成就的许多个第一：她是第一位出版书籍的美国黑人；第一位富于想象力，并有所建树的美国黑人女作家；第一位以写作谋生的美国黑人妇女；还是第一位获得女性（惠特利夫人、玛丽·惠特利和瑟琳娜·黑斯廷斯）支持和资助的女作家。她对于文学的贡献不可否定：首先，在她的种族处于隶属地位、受人压制的时代，她向许多人证明了黑人在智力上同白人是平等的，甚至比他们更优秀；其次，她的写作风格完全受英雄双韵体的"严格限定"，运用的诗韵及押韵格式精确合适，并且采用当时通用的"词藻华丽的新古典主义"的体式，结合了宗教及新古典主义的影响。

　　菲丽丝·惠特利开创了美国黑人的文学传统，同时也开创了美国黑人女性写作的先河。她是美国历史上第一位重要的黑人作家，但讽刺的是，她的成功似乎只在于向世界证明黑人也是有人性和智商的，在她生前并未引起她以后的美国黑人作家和女性作家的关注，作品发表后的家庭生活也是每况愈下。但她的一生对于后代的非裔美国人是非常具有鼓舞意义的，后来美国黑人的创作就是在她的推动下展开的。

参考文献

1. *Phillis Wheatley and Her Writings*, 1984.
2. Gates, Henry Louis, Jr. *The Trials of Phillis Wheatley: America's First Black Poet and Her Encounters with the Founding Fathers*. New York: Basic Civitas, 2003.
3. Mason, Julian D., Jr., ed. *The Poems of Phillis Wheatley: Revised and Enlarged Edition*. Chapel Hill: University of North Carolina Press, 1989.
4. Odell, Margaretta Matilda. "Memoir." *Memoir and Poems of Phillis Wheatley*. Boston: Geo. W. Light, 1834.
5. Robinson. *William H. Critical Essays on Phillis Wheatley*. Boston:

[①] Janet M. Labrie, p.407.

Hall, 1982.

6. Wheatley, William H. Phillis. *A Bio-Bibliography*. Boston: G.K. Hall, 1981.

7. Wheatley, Phillis. *Poems on Various Subject Religious and Moral*. Boston, 1773.

12. 汉娜·亚当斯
（Hannah Adams）

一、作家介绍

汉娜·亚当斯（Hannah Adams，1755 – 1831），美国宗教史编辑，1775年生于马萨诸塞州，与美国第二任总统约翰·亚当斯（John Adams）是远亲。汉娜的家中有五个孩子，她排行第二。在她12岁时母亲去世，留下她和几个姐妹。由于身体不好，汉娜没能去上学，但她坚持自学。后来汉娜回忆说："我最初对于天堂的想象就是一个可以满足我们知识渴望的地方。"她继承了父亲爱读书的习惯和超人的记忆力。父亲鼓励她对知识要如饥似渴。在她的一生中，父亲是她最喜爱的交谈对象。她学识丰富，还有着顽强的毅力。汉娜·亚当斯的父亲是个书籍收藏家。尽管他继承了大笔财产，但在生意上一直不顺利，一家人总是穷困潦倒。后来父亲为了营生，就从哈佛大学接一部分学生到乡下寄居生活。汉娜虽然没有受过正规教育，但从这些学生身上学到了很多知识，独立革命期间在她家寄居的一名学生给汉娜一本托马斯·布洛顿（Thomas Broughton）编写的《宗教历史字典》（*Historical Dictionary of All Religions*，1742）。布洛顿的书唤起了她对宗教历史的好奇心。

1784年，为了贴补家用，她发表了《自基督教起源直至现在出现的不同教派依字母顺序排列的纲要》（*An Alphabetical Compendium of the Various Sects Which Have Appeared from the Beginning of the Christian Era to the Present Day*）。第一版面世后，获得丰厚收益的是她的代理人。这次教训使她深刻意识到出版行业潜在的利益和陷阱。后来她办了几年乡间学校，同时寻找其他的出版商，还为1790年通过的美国第一部版权法进行过游说。波士顿新任职的一位牧师詹姆士·弗里曼（James Freeman）为她作品第二版的出版四处奔波。1791年第二版得以发表，题为《对宗教的观点》（A View of Religions）。这次她得到了较高的报酬。由于英国和美国对她的字典的需求量增加，因此不得不额外加印，而亚当斯也开始和住在其他地方的牧师和宗教学者通信往来。这些书信往来增强了她对神学的诠释能力。之后她决定以写作谋生，并开始创作《新英格兰简史》（Summary History of New-England），该书于1799年问世。为了方便教师授课，1801年该书编辑成了教科书，即《新英格兰史节略本》（An Abridgment of the History of New England），并予以出版。简写本含有较多的说教内容，强调每件历史事件背后的道德训诫。此后她和一位加尔文派的坚定信徒杰迪第尔·摩尔斯（Jedidiah Morse）就该作品的著作权问题诉诸法律。这场法律纠纷直到1814年才告一段落，最终汉娜获胜。在这场法律纠纷期间，亚当斯收集了对于基督教不同观点的作品。1804年她发表了《基督教的真理与完美》（The Truth and Excellence of the Christian Religion Exhibited），书中包括1600年以来六十位著名非神职人员的简介、他们作品的片断以及这些作品为弘扬基督教精神所作的辩护。她还写了《基督教的证据》（Evidences of Christianity，1801）。

汉娜的写作使她结交了许多朋友，其中就有传教士格列高利。他们之间通信频繁，她在酝酿《犹太史》（History of the Jews，1812)期间得到格列高利的帮助。1814年，她发表了《同摩尔斯的论战》（Controversy with Dr. Morse），谈到她同后者之间于1801年一次法律上的争论。汉娜·亚当斯里程碑式的作品《犹太民族史——从耶路撒冷的陷落到十九世纪》（History of the Jews from the Destruction of Jerusalem to the Nineteenth Century）是最早对犹太人表示同情与敬佩的历史著作之一，但她同时又认为犹太人遭受的无数痛苦是上天的决定，因为他们抛弃了基督。《福音书信集》（Letters on the Gospels）是写给外甥女的三十封信，其目的是使《新约》（New Testament）更容易让年轻人接受，提高他们的修养，增加他们的快乐。其他作品还有《争论始末》（Narrative of the Controversy）、《伦敦社会为提高犹太人的基督精神所作努力之概要》（A Concise

Account of the London Society for Promoting Christianity Amongst the Jews》)。她还编辑了《汉娜·亚当斯回忆录》(A Memoir of Hannah Adams, Written by Herself, 1832), 该书在她去世后出版, 以及《所有宗教和宗教教会字典》(A Dictionary of All Religions and Religious Denominations, 1817), 即她第一部作品的最后一个版本, 以及其他作品。

在当时重视精英教育和信仰的新英格兰社会, 汉娜成为宴会和乡间别墅派对的名角。由于知识信息传播较慢, 家中一旦来了客人, 往往会挽留客人多呆些时日, 和主人进行交谈, 了解外面的情况。一些特殊的客人, 特别是能活跃家庭气氛的客人, 往往被有钱的主人留上几周甚至数月。这种行为对女性尤为有利, 因为她们可以了解到在她们封闭的世界里不知道的事情, 从而增加见识。汉娜丰富的知识使她成为自由主义的新英格兰社交圈的主角。她喜欢在远房表亲家里住上两周, 也就是第二任总统约翰·亚当斯(John Adams)家。尽管她患有眼疾, 深受视力下降的困扰, 但她仍然度过了幸福、多产而又漫长的一生。她于1831年逝世于马萨诸塞州的布鲁克林, 被安葬在剑桥新奥本尔山的一座公墓里。这座公墓很有名气, 而她也是第一位葬于此公墓的人。

二、代表作

亚当斯主要的作品是《宗教观点评述》(View of Religious Opinions), 这部书对于世界上的不同宗教进行了一个全面综合的回顾, 介绍了世界上的各种宗教, 及其主要派别的主要观点, 以其坦诚和公正而著称。从结构上这部作品分为六个部分, 第一部分是"自基督教起源直至现在出现的不同教派依字母顺序排列的纲要"(An Alphabetical Compendium of the Various Sects Which Have Appeared from the Beginning of the Christian Era to the Present Day, 1784)。如果说她的第一本纲要相当于对她所撰写的欧洲文本的进一步改编, 那么她后来的版本就是描绘她那个时代变化的宗教风景画。最值得一提的是她对新出现的一神派的拓展性描绘, 她主要吸收了英国一神派神学家、科学家约瑟夫·普里斯特利的观点。第二部分"新英格兰历史概要"(A Summary History of New England, 1799)从"五月花号"远渡重洋起一直写到联邦宪法被世人接受, 这样的跨度在当时可谓前无古人。第三部分是"基督教的真理与完美"(The Truth and Excellence of the Christian Religion Exhibited, 1804）。第四部分名为"异教、伊斯兰教和自然神教派的简述"（A Brief Account of Paganism, Mohammedanism, Judaism, and Deism）。第五部分是"世界不同宗教描述"（An Account of the Different Religions of the World），这本书几经再版，并在英国重印过。是一本先驱之作。在书中她没有把自己的态度强加给读者，而是从不同宗教的拥护者各自的角度描述了不同的宗教。在第四版时她将书名改为《宗教字典》。最后一部分是"福音书信集"（Letters on the Gospels, 1824; 1826年第二版）

《所有宗教和宗教教会字典》（A Dictionary of All Religions and Religious Denominations）是她的另一部力作，汉娜·亚当斯可谓是宗教学术研究的先驱。这部字典的研究范围涉及各个宗教派别，对于基督教各教派和历次运动的历史和现状研究固然占了大多数的篇幅，然而这部作品之所以意义非凡，是因为它也兼顾了犹太教、穆斯林教派，以及一些所谓的"异教"。亚当斯的这部作品的可贵之处还在于她在作品中力求做到对各个宗教、各个教派平等对待，尽量避免流露出任何主观判断，或者任何引导读者评判各个教派孰优孰劣的暗示。在对各个教派进行评价时，她大多都是通过各个教派自己的语言来进行描述，避免主观臆断的结论。正是由于亚当斯遵循了这种中立、客观的创作原则，使得她的这部作品具备了很高的历史意义和学术价值。《基督教世纪》（The Christian Century）杂志在评论《所有宗教和宗教教会字典》时认为，这部作品在各个方面都堪称优秀，在宗教学术研究方面是当之无愧的先驱。

三、评价

汉娜·亚当斯是美国早期的一位历史学家，她是比较宗教领域的先驱，也是美国第一位专职作家。她是第一位试图从宗教拥护者的角度，并采用宗教支持者的措辞来表现宗教各教派的宗教史学家。在她之前的作家在处理宗教信仰方面的问题时往往带有敌意或偏见。她谈到"那些虔敬的、有学识的男人们在辩护他们各自的宗教体系时产生了各种矛盾的论点。在研读这些观点时，我总是犹豫不定，感到非常痛苦"。在回应这些观点时她写道："我查阅到一些缺乏诚意的作者，我很快就对他们感到厌恶。"难能可贵的是她在编写宗教书籍时能不落窠臼，心中有自己的原则，她决心"避免对任何宗派厚此薄彼",而是根据"普遍的、集体的感觉",用信徒的语言展现每一宗派的论据及观点。

汉娜·亚当斯选取题材时旨在"对公众有用"而不是自得其乐,所以她的作品通常与神学有关,或是历史与神学的结合。与汉娜同时代的宗教界学者对她治学的毅力、获取并提炼知识的精神以及她的理论,都给予了很高的评价。后来的人们仍在重印她的著作。近年来,她对比较宗教领域的贡献再度引起学界的关注。

参考文献

1. Adams, Hannah. *A Memoir of Miss Hannah Adams, Written by Herself with Additional Notices, by a Friend*. Boston: Gray and Bowen, 1832.
2. Adams, Hannah. *A Narrative of the Controversy between the Rev. Jedidiah Morse, D. D., and the Author*. Boston: Cummings and Hilliard, 1814.
3. Adams, Hannah, and Hannah Farnham Sawyer Lee. *A Memoir of Miss Hannah Adams*. Boston: Gray and Bowen, 1832.
4. Berkin, Carol. "Adams, Hannah." *American National Biography*. New York: Oxford Uninersity Press, 1999.
5. Curtiss, Elizabeth. "Hannah Adams: Biographical Sketch." Dorothy Emerson, ed. *Standing Before Us*. Boston: Skinner House Books, 1999.
6. Wright, Conrad C. "Adams, Hannah." *Notable American Women 1607-1950*. Cambridge: Belknap Press of Harv ard University Press, 1971.
7. http://virtualology.com/hannahadams/.

13. 汉娜·弗斯特
（Hanah Foster）

一、作家介绍

汉娜·韦伯斯特·弗斯特（Hanah Webster Foster，1758-1840），美国最早的小说家之一，1758年出生于美国马萨诸塞州索尔兹伯里（Salisbury）一个波士顿商人之家。母亲于1762年去世后，汉娜被送到一所寄宿学校，在那里生活了几年，这段经历后来成为了她第二部小说的创作素材。汉娜·弗斯特受到的教育是当时专为女孩设立的。18世纪70年代她开始为波士顿的报纸撰写政治性文章。1785年她嫁给了毕业于达特默斯学院的一位一神派传教士约翰·福斯特（John Foster），随后他们定居于马萨诸塞州的布赖顿，在那里约翰·福斯特任第一教堂牧师。1827年前，福斯特牧师在布赖顿独自管理着这里唯一的一座教堂。作为这个镇子唯一一位牧师的妻子，同时还是波士顿商界名流的女儿，汉娜成为了这个社区公认的社交领袖，她也非常认真地承担着自己的社会责任。

1797年，她出版了书信体小说《卖弄风情的女人》（*The Coquette*），该书又名《伊莱扎·沃顿的一生》（*The History of Eliza Wharton*）。小说获得了极大的成功，成为当时最畅销的小说之一。《卖弄风情的女人》基本上以一个真实事件为基础：主人公被诱骗而私奔，最终悲惨死去。这本书信体小说的素材来源于当时一件广为人知的事件，即福斯特的一个远房堂（表）姊妹伊丽莎白·惠特曼（Elizabeth Whitman）被皮尔庞特·爱德华兹诱奸的真实故事。这部小说最初的版本作者署名为"马萨诸塞州的一位女士",直到1866年汉娜的名字才出现在小说的标题页。这本书在作者生前出了三十版,弗斯特也由于这部著名小说的出版而被人们所铭记。

1798年她发表了小说《寄宿学校》(*The Boarding School*),又名《一名女教师对学生的训话》(*Lessons of a Preceptress to Her Pupils*),是美国最早关于教育主题的小说之一,主要是一些道德方面的训诫。当时评论家认为该书死板而枯燥无味,但现代评论家却非常重视弗斯特在其中提出的男女平等的人生观,包括她对女性教育的支持,以及对于两性双重标准的批评。在创作了这两部书以后,她又重新开始为报纸写文章。1829年丈夫死后,她搬到加拿大魁北克的蒙特利尔,同两个女儿哈里特·沃恩·切尼(Harriet Vaughan Cheney)和伊莱扎·兰斯福德·库欣(Eliza Lanesford Cushing)同住,这两个女儿都是在19世纪颇受欢迎的作家。弗斯特于81岁高龄在蒙特利尔辞世。

二、代表作

汉娜·弗斯特于1797年出版的书信体小说《卖弄风情的女人》(*The Coquette*)被认为是第一部由美国本土出生的女作家创作的小说。作品一经发表,就在文学界引起了极大的轰动。《卖弄风情的女人》讲述了两个有趣而复杂的主人公。牧师的女儿伊莱扎(Eliza)意志坚强,性格叛逆,垂涎财富,渴望刺激;而另一个角色桑福德(Sanford)少校是理查逊小说中拉维莱斯的翻版。他为得到了卖弄风情的伊莱扎而洋洋得意。伊莱扎虽然知道桑福德很危险,但"枯燥乏味的日常生活"无法使她感到满足,因此投身于桑福德的怀抱,被桑福德始乱终弃,最后在一个小客栈分娩时悲惨死去。

按照以往同类小说的套路,人在偏离正道以后肯定会得到可怕的报应,而且当时的美国清教徒思想根深蒂固,他们乐于接受一个纯洁女孩因"堕落"而结局悲惨的故事。亚历山大·考伊(Alexander Cowie)在《美国小说的崛起》(*The Rise of the American Novel*, 1948)中指出,说教实际上是"早期小说必不可少的部分"。然而这部小说在一些细节上超越了这一模式。弗斯特突出了作品"基于事实的特点",有效地对年轻女性起到警示的作用。

这部小说的受欢迎程度在19世纪早期的新英格兰仅次于《圣经》。最近又有评论家称它是 18 世纪最畅销的两部小说之一，特别是在 1824 年到 1828 年间最为流行。《卖弄风情的女人》并非粗制滥造之作，它有自己文学上的优点。1970 年再版时的主编威廉·奥斯本曾写道："福斯特夫人赋予了美国小说它所不曾有的东西，一个是对社会问题坦率的讨论，另一个是对人物切合实际的描写。" 弗斯特在《卖弄风情的女子》中用同情的笔触描写了中产阶级女性面临的困难，以及美国社会如何对女性的生活进行重重限制。密歇根州立大学教授凯茜·戴维森在《卖弄风情的女人》的最新版（1986）中介绍道，这本小说实际考察了 18 世纪晚期美国社会中"女性没有权利的程度，以及当时社会对女性的限制"。

三、评价

在 20 世纪后期，《卖弄风情的女人》又重新引起重视，许多评论家认为它是美国早期文学中的重要作品。人们认为它不仅是一部关于诱骗的小说，还运用了明智的、艺术的、有说服力的方式重新审视了大家所熟悉的一些矛盾问题，如个人性格与社会责任、个人自由与普遍自由、热情与理智等。戴维·沃德斯奇（David Waldstreicher）对《卖弄风情的女人》的语言颇为重视。他从中观察到了感伤语言的原则，以及弗斯特用语言来揭露美国公众中大男子主义的根源。现代的评论家也赞美弗斯特在小说中对书信体的灵活运用，她用书信来表达不同的视角，并且在小说中用书面体和口语体来区分角色间关系的亲疏。在对《卖弄风情的女人》的评论中，最令人关注的是其对于美国早期政治环境的认识。凯若尔·史密斯（Caroll Smith）分析了这本小说对新近出现的中产阶级的定义，即通过对个人主义和冒险精神来对中产阶级进行刻画。

把汉娜·弗斯特的小说《卖弄风情的女人》放在当时的社会环境下阅读，有助于了解当时历史、文化和文学的发展情况。正如沃尔特·温斯卡（Walter Wenska Jr.）在《美国早期文学》中《〈卖弄风情的女人〉和美国自由梦》一文中所指出的，《卖弄风情的女人》提出了"自由的问题，以及自由在一个刚刚获得自由的、全新的土地上的意义和局限性"，这些问题随后被许多美国作家所讨论。温斯卡认为，伊莱扎·沃顿不仅是一个努力寻求女性享受的自由的反叛者，更是女性为寻求自由而反叛的典型代表，她坚决反对朋友们让她在婚姻的"适度的自由"中度过余生的建议。

像温斯卡一样，凯丝·大卫德逊（Cathy N. Davidson）在《革命和世界——美国小说的升起》（*Revolution and the World: the Rise of the Novel in America*，Oxford University Press，1986）中观察到《卖弄风情的女人》是"简单的诱骗寓言"。大卫德逊认为它"是研究婚姻的报应，而不是罪恶的报应"，并且"采用了对话体裁，要求读者也参与进来"。正是因为这些独到之处，汉娜·弗斯特在美国文学史上留下自己的印记。

参考文献

1. http://etext.lib.virginia.edu/eaf.
2. http://www.chadwyck.com/products/viewproduct.asp?key=773.

14. 玛丽·沃斯通克拉夫特
（Mary Wollstonecraft）

一、作家介绍

玛丽·沃斯通克拉夫特（Mary Wollstonecraft，1759－1797），作家、哲学家、教育思想家，启蒙时代自由女性主义的奠基人之一，于1759年出生在伦敦的一个没落的农场主贵族家庭。父亲脾气暴躁，且重男轻女，这使得玛丽没有享受到应有的家庭温暖，也形成了叛逆的性格特征。从1780年母亲去世，她终其一生都在照顾着两个妹妹，并帮助妹妹摆脱了悲惨的婚姻，从一个侧面展现出了她敢于挑战社会准则的勇气。少年时期的玛丽就具有坚强、果断、稳健和不屈从的性格，这种性格在她整个一生中都有鲜明的体现。

玛丽早年生活中与简·阿登（Jane Arden）和范妮·布拉德（Fanny Blood）的两段真挚的友情对她形成理性的思维和以后的人生都产生了重要影响[1]。在从事了一段时间的教育工作后，她决定成为职业作家。1787年，玛丽开始为《分析评论》杂志写一些评论与小说，并由此实现了经济上的独立。通过广泛阅读和交友，她的理性思维得到了充分发展。在经历了一段无果的感情后，为了投身到法国大革命中，她1792年12月动身前往巴黎，并写就了一本描述早期大革命的历史著作《法国大革命起源和进展的历史观和道德观》（*Historical and Moral View of the Origin and Progress of the French Revolution*，1794）。此外，她在途中还写下的大量

---

[1] Janet Todd, *Mary Wollstonecraft: A Revolutionary Life*, London: Weidenfeld and Nicholson, 2000, pp. 22-24.

书信，后来在《瑞典、挪威和丹麦短居书简》(*Letters Written during a Short Residence in Sweden, Norway, and Denmark*, 1796) 中出版。在那里她还结识了美国冒险家吉尔伯特·伊姆利，二人陷入热恋。之后玛丽怀孕并生下第一个女儿范妮。但伊姆利最终却离开了她，她因此两次自杀未遂。尽管遭遇打击，但玛丽又重新开始写作生活。

玛丽写过两篇辩论性文章，即《男权辩》(*A Vindication of the Rights of Men, in a Letter to the Right Honourable Edmund Burke*, 1790) 和《女权辩：关于政治和道德问题的批评》(*A Vindication of the Rights of Woman: with Strictures on Political and Moral Subjects*, 1792)。《男权辩》是她的成名作和第一部政论性及女权主义作品。《女权辩》则是她最著名和最具影响力的作品，并因此而被后人称为女性主义思想的先驱。

玛丽早期的大部分作品都围绕着教育这一主题，她曾编写过一本面向年轻女性的文学选读《女性读者》(*The Female Reader*)，并翻译了两部儿童文学作品，它们是玛丽亚·海特勒伊达·范德韦肯·德康邦的《小格兰迪森》(*Young Grandison*) 与克里斯蒂安·扎尔茨曼的《道德素质》(*Elements of Morality, for the Use of Children; with an introductory address to parents*)。另外，她自己的著作也涉及了这一主题。在她的行为手册《女儿教育论》(*Thoughts on the Education of Daughters: With Reflections on Female Conduct, in the More Important Duties of Life*, 1787) 与儿童文学《来自真实生活的原创故事》(*Original Stories from Real Life: With Conversations Calculated to Regulate the Affections and Form the Mind to Truth and Goodness*, 1788) 中，她提倡要通过教育让儿童拥有新兴中产阶级的特质：自律、诚实、节俭和知足。她强调了儿童接受理性教育的重要性，并提倡让妇女接受教育[①]。

二、代表作

1791 年，在美国革命和法国大革命的时代背景下，法国政治家德塔列朗发表了一篇报告，认为女性只应接受家庭式教育，这激发了玛丽开始

---

① Gary Kelly, *Revolutionary Feminism: The Mind and Career of Mary Wollstonecraft*, New York: St. Martin's, pp. 58-59.

写作《女权辩：关于政治和道德问题的批评》一书。她通过对这一特定事件的评论，展开对性别双重标准的广泛批判，谴责了男性对女性的一些偏见。

《女权辩》虽然不是最早的女权主义作品，但它是最早的女性主义哲学作品之一，并且是女性主义的经典之作和一部革命性的书籍。它提出女性并非天生就比男性差，而是因为被剥夺了受教育的权利而使然，因而呼吁女性在法律、政治和社会上的平等权利。玛丽首先提出问题所在，并树立起自己的权威性，以便进行控诉。她要解决的问题是当时的社会对女性的制度化压迫，有史以来女性一直被降格为"第二性"的地位，被误认为在道德上和智力上不如男性，根据这一假设迫使女性在社会中处于从属地位，没有思考和行动的权利。并对这一现状从制度化的角度批判，指出强行剥夺女性接受理性教育的权利，促使其仅仅关注如何取悦于男性，始终保持"童年状态"，从而依赖于男性，而独立性是实现真正平等的基础。既然女性在道德和智力上和男性是平等的，那么就应当"对女性的举止进行革命"，从而实现独立。而玛丽在书中对18世纪那些试图否认女性教育的教育家和政治理论家进行了回击。玛丽的思想来源主要是美国托马斯·杰弗逊的《美国独立宣言》、英国哲学家约翰·洛克（John Locke）、法国著名启蒙思想家、哲学家、教育家、文学家、18世纪法国大革命的思想先驱让·雅各·卢梭（Jean-Jacques Rousseau）以及凯瑟琳·麦考利的教育思想。

这些论点的权威性主要在于其立论的起点是宗教。她指出男女都是上帝按照神的样子塑造的，因此被赋予了同样的理性。理性不仅是人类区别于动物的标志，而且是人类获得知识和美德、完善自我的手段。这种精神上的平等保证了道德和智力上的平等，因此女性应享有与男性平等的基本权利。这正是玛丽立论的基本原则。女性是国家的必要成分，她们不仅仅教育子女，而且是丈夫的伴侣，因此，女性的教育程度应与其社会地位相称，而不应被视做社会的装饰品，或是婚姻交易中的财产，成为附属于男性的次要性别。她认为近一半的人类即女性不具备理性的这一说法不仅是错误的，而且是对上帝的背叛。纠正这一错误的唯一方法便是抛弃性别差异，赋予男人和女人平等的教育机会。《女权辩》中的一个中心论点是女性应该受到理性教育,以给予她们为社会作出贡献的机会。主张自由伦理哲学的玛丽认为,理性的运行是超越了性别意识的,与性别和社会环境无关[①]。在18世纪,人们普遍认为女性不具备理性和抽象思维,并认为女性太容易受到感性的影响,很难表达清晰的思维。玛丽也针对当时的女性所特有的虚假泛滥的感性化进行了十分严厉的批评,她认为理性应与感性相辅相成,女性的独立应从改变自身的行为方式开始。

玛丽主要采用类比的方法进行论证,把性别压迫放在社会整体环境中考察,指出这种压迫同社会中广泛存在的各种压迫一样将导致权利的滥用,因此,性别压迫最终将使男女都受害,对社会发展造成不可逾越的障碍。女性权利要通过彻底地、全面地消除整个社会各个层面和方面的压迫来实现,这也是玛丽的宏大的理想。

除了广泛的哲学辩论外,该书第十二章"论国民教育"也为国民教育勾勒出了具体的计划。她呼吁所有的儿童都应在"乡下的走读学校"进行学习,同时"为了激发他们对家庭的热爱",还应该在家庭中接受教育。她还主张学校教育应该男女同校,认为成年男女的婚姻是"社会的纽带",他们也应"依照同一模式接受教育"[②]。

《女权辩》是《男权辩》一书中论点的延伸。在《男权辩》中,玛丽将焦点集中于18世纪的英国男性这一特定群体的权利上。而在《女权辩》里,她的关注对象是"女性"的权利,这一类别更为抽象,且不仅限于18世纪的女性或英国的女性。然而,书中也体现出了玛丽世界观的局限性。尽管她的确呼吁在各个领域的性别平等,她的作品或许也可以被称做"女权主义宣言",但她并没有从家庭内部着手彻底改变女性从属于家庭的地位,没有看到女性需得从放弃母亲这一角色来改变自己在家庭中的位置。但她看到了女性在家庭教育和社会发展中所发挥的独特和重要的作用,并在理论上建立了一个由中产阶级女性掌管的理想的中产阶级家庭模式。她从不认为家庭是女性唯一的位置,但她同时认为家庭是文明进步最显著的地方。因此,有人认为她在性别平等上的这种暧昧态度让后人很难

---

① Sophia Phoca, *Introducing Postfeminism*, Totem Books, 1999.

② Mary Wollstonecraft, *A Vindication of the Rights of Woman*, Chapter 12, 原文为"educated after the same model".

将其归入现代女权主义者的行列。另外,《女权辩》在许多方面都受到资产阶级世界观的影响,也没有表现出对穷人的同情,例如在她的国民教育方案中,她认为在9岁后穷人的子女应与有才气的年轻人区分开来,应该与富人分开接受教育。

三、评价

玛丽·沃斯通克拉夫特的著作涉猎很广,从早期的教育问题到政治和历史,她关注到了各个流派的各个方面,作品有评论、翻译、宣传册子和小说等。她根据对斯堪的纳维亚半岛的旅行而创作的旅行记录也作为一种独特的文学体裁影响了浪漫主义运动。

玛丽是女权主义哲学家的先驱之一,女权主义者们也经常提到她的生活与作品。20世纪70年代早期,玛丽的六位主要传记作者认为她"集富于激情的生活与激进而理性的行为于一体"[①]。80年代到90年代,她更多地被描述为"她所属时代的产物"。克劳迪娅·约翰逊、加里·凯利以及弗吉尼亚·萨皮罗等学者从感性、经济和政治学说等方面论证了玛丽的思想与同时代其他重要思想的连续性。随着法国大革命的失败,玛丽和她的作品开始受到非难,此后她被视做妇女教育和解放思想的反面例子。她的进步的人性化思想却遭到忽略或忽视,直到20世纪60年代的妇女运动时期,玛丽才重新引起正面的关注,被女性主义者评价为"在人类争取自由的斗争中的强有力的力量"。进入21世纪,玛丽的作品对女性主义产生了广泛的影响。女性主义者艾阿恩·希尔西·阿利在批评女性和伊斯兰教的文章中引用了《女权辩》一书,写到她"受到女权主义的先驱思想家玛丽·沃斯通克拉夫特的鼓舞。玛丽告诉女性:她们拥有与男人一样的能力,并应该享有相同的权利"。玛丽作为女性主义的先驱之一被载入史册。

参考文献

1. Wollstonecraft, Mary. "Mr. Creswick." *The Female Reader: or*

[①] Cora Kaplan, "Mary Wollstonecraft's Reception and Legacies," *The Cambridge Companion to Mary Wollstonecraft*, Cambridge: Cambridge University Press, 2002, p. 254.

Miscellaneous Pieces, in Prose and Verse: Selected from the Best Writers, and Disposed under Proper Heads: for the Improvement of Young Women. London: Joseph Johnson, 1789.

2. Wollstonecraft, Mary. *A Vindication of the Rights of Men, in a Letter to the Right Honourable Edmund Burke*. London: Joseph Johnson, 1790.

3. Wollstonecraft, Mary. *An Historical and Moral View of the Origin and Progress of the French Revolution; and the Effect it has Produced in Europe*. London: Joseph Johnson, 1794.

4. Wollstonecraft, Mary. *Thoughts on the Education of Daughters: With Reflections on Female Conduct, in the More Important Duties of Life*. London: Joseph Johnson, 1787.

15. 莎拉·温特沃思·莫顿
(Sarah Wentworth Morton)

一、作家介绍

莎拉·温特沃思·莫顿（Sarah Wentworth Morton，1759 – 1846），美国诗人，1759 年生于马萨诸塞州的波士顿。她的诗具有典型的美国风格，在她的时代广受赞誉。莎拉的父亲是一个富商，因此她在接受教育方面有较好的物质条件。在童年时代，莎拉就养成了写诗的习惯。9 岁的时候，她随父母搬到了朴瑞垂（Braintree），在那里他们与邻居亚当斯（Adams）、昆西（Quincys）、汉考克（Hancocks）等人交往密切。在这样良好的文化和政治环境下，莎拉受到的教育自然也和别人不同。1781 年，她和佩雷兹·莫顿（Perez Morton）结婚，育有五个孩子。1797 年，他们搬到多切斯特（Dorchester），莎拉也成为了当地文学和政治圈内的中心人物。但是她的财富和地位并未使她的生活远离痛苦，她的三个孩子先后夭折。1789 年，她的妹妹怀了自己丈夫的孩子，妹妹服毒自杀，莫顿的生活也因为家庭悲剧成为文学描写的对象。这个丑闻成为第一本美国小说《同情的力量》（*The Power of Sympathy*）的情节，而这本书的作者却被误传成了莫顿，实际上真正的作者是她的邻居威廉姆·黑尔·布朗（Willam Hill Brown）。虽然莎拉从未在自己发表的作品中明确提到这桩家庭悲剧，但此事在她的许多首诗中都有隐现。尽管发生了这样的丑闻，最后她还是与丈夫和好，并继续生活在一起，也许正由于此，促使她后来作出成为一名严肃诗人的决定。感情上的伤痛是她的诗歌中反复出现的主题，似乎不断激发着她的创造力。

1789 年，她开始向一家新创办的杂志《马萨诸塞州杂志》（*Massachusetts Magazine*，1789–1793）上的"缪斯的坐席"（Seat of the Muses）栏目投稿。莫顿的第一首诗以笔名康斯坦莎（Constantia）发表在《马萨诸塞州杂志》和《哥伦比亚人》（*Columbian Centinel*，1788–1793）上，她之所以选这个笔名，是因为它能代表自己不屈不挠的精神，后来她改名菲尔尼亚·康斯坦莎（Philenia Constantia），而后又改为菲尔尼亚（Philenia）。菲尔尼亚的作品很快引起了国内甚至包括英国评论家的注意，他们热情地赞扬她的第一部诗集——长篇叙事诗《奥比或自然之美：一个印第安故事》（*Ouâbi or The Virtues of Nature: An Indian Tale In Four Cantos*，1790）。她用"高贵的原始人"的形式讲述了美国土著人的故事。《奥比》也许是第一首美国"印第安"诗歌。诗中讨论了一个现代问题，即朴素的美国道德的存在不断受到世故及奢侈浮华的困扰。她的诗后来还刊登在《哥伦比亚人》、《纽约州杂志》（*New York Magazine*）、《写字板》（*Tablet*）等杂志上。《佛罗港》（*Port Folio*）、《诗选月刊》（*Monthly Anthology*）以及其他的很多期刊和诗刊上也刊登了她的作品。这些诗确定了她作为当时最重要的诗人的地位。

1792 年 11 月，莫顿成为波士顿图书馆协会的创始人。从协会的账本记录来看，她阅读了大量的书。她的财产明细包括二百五十多本书，其中有二十多本莎士比亚的著作和九本蒲柏的书。她的文学兴趣还扩展到了戏剧方面。1750 年，殖民地一项禁止演出戏剧和其他娱乐剧目的法律被废除，这其中也有他们夫妻二人的功劳。1793 年，她领导了马萨诸塞州废除反戏院法的斗争，并捐助了波士顿的第一所戏院。同时莫顿支持美国最早的废除奴隶主义组织，并一直对年轻作家进行资助。在她的有生之年，莎拉的名声主要源于她对自由的拥护，在这一主题上她最有名的诗是《非洲酋长》（*The African Chief*，1792），这首反对奴隶制的诗后来还进入了学校的低年级读物，并被 19 世纪的废奴主义者不断传诵。莫顿写作的主题很宽泛，她最早的诗都是运用了新古典主义的写作技巧，都是伤感的悲歌或挽歌。她在 1800 年后的作品主要是应景诗，主要着眼于道德和政治问题。在她的许多作品中，莫顿通过一个憔悴又有点造作的女性之口，大量运用华丽的词藻，叙说自己伤感的苦痛。莫顿伤感的新古典主义风格也表现在她的《致沃伦夫人的颂歌》（*Ode to Mrs. Warren*）中，这是一位美国早期女诗人称赞另一位女作家的典型例子。从她对于女性态度和行为的关心，莫顿可以称得上是另一位"沙孚"（女诗人的象征）。然而，莫顿也是一位"美国"诗人，因为她的作品是关于这个年轻的国家的思想，她在这一题目下的佳作显示了她发展全面的社会道德心和独立的思想。莫顿的姊妹篇诗歌《奥比或自然之美：一个印第安故事》以及《社会之美德，一个基于事实的故事》（*The Virtues of Society: A Tale Founded on Fact*，1799）进一步显示了她对于道德和社会问题的兴趣。它们体现出了她多愁善感而又兼具历史主义英雄感的复杂内心。另外，《灯塔山：当地诗，描写历史》（*Beacon Hill: A Local Poem, Historic and Descriptive*）和《社会的美德：基于事实的故事》（*The Virtures of Society: A Tale Founded on Fact*，1799）都是具有强烈思想意识的美国作品（后者是献给阿比盖尔·亚当斯的，是由《灯塔山》引发，讲述了一个传奇故事，故事是基于美国独立革命战争期间发生的事件）。1823 年，她发表了自己的最后一部作品《我的思想散记》（*My Mind and Its Thoughts, in Sketches, Fragments, and Essays*），也是她唯一一本用真名署名的作品。这是一本合集，其中有诗、散文和一些片段，包含了无数的格言警句、小散文和诗，其中有些是以前发表后来又重写的，有些是新出版的。她在"致歉"中解释道，她做这个集子是为了缓解自己的悲痛（因为她儿子当时刚刚去世）。这本书是一本奇妙的杂糅：有公开事件，也有秘密情感；有爱国主义，也有儿女情长，概述了莫顿的生活爱好。她这部作品的观点、风格，以及对基督教的虔诚，和安妮·布雷兹特里特（Anne Bradstreet）的作品极为相似。在她的一篇散文《性别》（*The Sexes*）中，她写道，"男人来到这个世界是为了享乐，而女人则是为了经受苦难和考验……这样的话女人怎能分享基督教的信仰和慰藉？"她还写了一些美国早期的十四行诗，如《致林肯的诗》（*Sonnet to Gen. Lincoln*）和《回顾》（*The Retrospect*）。

她是唯一一位入选美国第一部诗歌选集的女性，而且是废奴主义主要的女性发言人。她在晚年写了一些随笔和赞美诗，这些诗表现出了她对宗教的宽容。莫顿在 18 世纪 90 年代很受欢迎。但在她有生之年，她的新古典主义风格和后革命主题后来已渐趋式微。她的最后一本书之所以受到好评，不是因为作品本身的成就，而更像是因为人们怀旧的心理。1837 年她的丈夫去世，莫顿夫人返回朴瑞垂（当时已改为昆西），她在那里生活到 86 岁去世。

二、代表作

莎拉·莫顿的作品主题包括个人和公共事务、爱国题材、庆祝美国的诞生及国家理想和领导人的确立等。她的作品也关注杂志上一些热门话题的讨论，如美国土著人的情况。她的第一首长诗《奥比或自然之美：一个印第安故事》给汉斯·格莱姆（Hans Gram）带来了灵感，后者于 1791 年创作了一篇管弦乐乐章《一个印第安首领的死亡之歌》（*The Death Song of an Indian Chief*），该诗同时还为路易斯·詹姆士·培根（Louis James Bacon）的戏剧《美国印第安人》（*The American Indian*，1795）的创作奠定了基础。这首诗围绕着"真正的勇士对于痛苦是无所畏惧的"这样一个观点，讲述了一个伊利诺斯战争的首领阿扎凯（Azâkia）、他的妻子齐斯玛（Zisma）和一个年轻的盎格鲁后裔塞拉里奥（Celario）三人之间的三角恋。塞拉里奥爱上了齐斯玛，他跟随阿扎凯一起战斗直到负伤回来，受到了齐斯玛的照顾。在诗的结尾，阿扎凯选择了死亡，以此来保持自己的尊严，并成全了齐斯玛和塞拉里奥，使他们能够没有罪恶感地彼此相爱。如副标题所示，这首诗探索并歌颂了一种可能存在于英美社会文明习俗之外的道德正义。虽然莫顿夫人的诗明显受浪漫主义影响，但她对于印第安人生活的描写则是基于对历史的研究。

1797 年，莎拉·温特沃思·莫顿发表了《灯塔山》（*Beacon Hill: A Local Poem, Historic and Descriptive*），以庆祝在美国独立革命中所体现出的对自由的热爱。莫顿的父亲对保守党情有独钟，而她的丈夫则更像《圣经》中的雅各，《灯塔山》作为一首政治哲理诗就处于这两种倾向之间。莫顿夫人认为社会秩序最好是由政治自由来促进，并且政治自由可以培育激情和正义。《灯塔山》运用简洁的新古典主义对句，庆祝独立革命时期发生在灯塔山上那些神圣而庄严的事件。后经过修改和扩充，这首诗定名为《灯塔山：当地诗，历史描写》（*Beacon Hill: A Local Poem, Historic and Descriptive*, Book I, 1797），于 1797 年再版。在此莫顿努力重新赋予革命年代以生命力，体现了她对"文学应用"的辩护。这首诗献给在乔治·华盛顿（George Washington）领导下英勇作战的革命士兵，描绘了华盛顿在邦克山（Bunker Hill）之战后包围波士顿英军的战斗以及独立宣言，并赞扬了华盛顿和各个殖民地的革命领袖。诗的开首部分重现了早期的一些事件：沃伦的死、邦克山、华盛顿在剑桥的露营。中间的部分讨论了殖民地"自然、道德和政治方面的历史"。第一本书的结尾是一个牧羊人一样的士兵守卫着"他世袭的庄园"，而预言家式的哥伦比亚缪斯带着"平等、自由"的讯息围绕着大地。这部作品渗透着强烈的民族主义思想，其中也有她对于南方奴隶制度的评论。

莫顿于1823年出版的《我的思想散记》编入了诗歌、散文等作品，这是她第一部以真名署名的作品。这部作品除了一些关于庆祝国家和地方的历史事件外，还回顾了她以前在报纸和杂志上用笔名发表的诗作。这部作品的散文话题覆盖面很广，如婚姻、性别、年龄等。就像她在这部作品的介绍中说的，写书不是为了娱乐和显示才能，而是为了写出自己的想法和回忆。在后来订购这部诗集的名单上先后列有约翰·亚当斯（后来的美国总统）和约翰·布鲁克斯（John Brooks，马萨诸塞州州长）。共有三十四位女士和一百二十五位男士在出版前订购了这本书。这个诗集里的许多诗，如《献给最近和好的丈夫》(Stanzas to A Recently Husband)，还有《在唯一一个儿子墓上的不幸母亲的的哀歌》(Lamentation of An Unfortunate Mother, Over the Tomb of Her only Son)都充满了个人的极度哀伤。她在文末的"致歉"中说道，写作可以给她生活中经历的许多失望和悲伤带来安慰。

三、评价

她的传记作者将她誉为"在安妮·布雷兹特里特和悉谷妮（Sigourney）之间最值得赞誉的美国女诗人"。她的诗歌着力于对自由的歌颂，因此在当时广受欢迎。和安妮·布拉兹特里特一样，她也书写道德观点和心灵感受；和莉迪娅·悉谷妮一样，她也写思想感情，写诗也同样富有激情，但不同的是莫顿夫人的浪漫主义受理性主义的影响，现实主义克制着她的多愁善感。

塞勒姆（Salem）第二公理堂的牧师威廉·宾利（1759–1819）于1797年在日记里写道："就莫顿夫人的诗《灯塔山》而言，没有哪个女性的诗作能超过它。她是美国的沙孚（Sappo，公元前6世纪前后的希腊女诗人）。"她得到这一称号一方面是因为她出众的诗歌创作才华，另一方面也因为她非常美丽。她曾三次成为吉尔伯特·斯图亚特肖像画的主角。但1846年5月莫顿去世的时候，她的诗名已被遗忘，在她的讣告中没有提到她的文学生涯，只是说她是佩雷兹·莫顿（Perez Morton）的遗孀。

参考文献

1. Lauter, Paul, ed. "Sarah Wentworth Morton (1759 – 1846)." *The Heath Anthology of American Literature.* Belmont: Wadsworth Publishing, 2004.

2. Field，V. B. *Constantia: A Study of the Life and Works of Judith Sargent Murray.* Maine: University Press, 1931.

3. Pearce，R. H. *The Savages of America* (revised edition). Baltimore: The Johns Hopkins Press, 1953.

4. Pendleton，E. and Philenia M. Ellis. *Philenia: The Life and Works of Sarah Wentworth Morton，1759-1846.* Orono: University of the Study Press, 1931.

5. http://www.novelguide.com/a/discover/aww_03/aww_03_00860.html.

6. http://www.bookrags.com/biography/sarah-wentworth-morton-dlb.

16. 苏珊娜·哈斯韦尔·罗森
(Susanna Haswell Rowson)

一、作家介绍

苏珊娜·哈斯韦尔·罗森（Susanna Haswell Rowson，1762–1824），小说家、诗人、剧作家、宗教作家、舞台剧演员、教育家。大约1762年她生于英国的朴茨茅斯（Portsmouth），父亲威廉·哈斯韦尔（William Haswell）是英国皇家海军上尉。苏珊娜出生几天后，母亲苏珊娜·马斯格雷夫（Susanna Musgrave）就亡故了，后来父亲驻扎在波士顿任海关官员，还在那里续娶了雷切尔·伍德沃德（Rachel Woodward），后来又将女儿苏珊娜接到马萨诸塞州，一家人住在赫尔。1778年，她父亲的健康状况与日俱下，而生活也愈发艰难，苏珊娜不得不去做女家庭教师以养家糊口。1786年，她嫁给了威廉·罗森（William Rowson）。在做女家庭教师时，她就写了她的第一部作品，献给得文郡公爵夫人，婚后不久又发表了小说《维多利亚》（*Victoria*）。1786年她同一批伦敦演员在布赖顿登台演出，两年之后，她又发表了《一次去帕纳塞斯山的旅行》（*A Trip to Parnassus*）。虽然这本书是匿名发表，但评论家都知道是罗森的作品。罗森也开始写抒情诗歌，在以后的生活中她也从未停止过抒情诗歌的创作。在1793年搬到美国前，她已经写了五本小说，包括《夏洛特——一个真实的故事》（*Charlotte，a Tale of Truth*）。

1793年罗森和丈夫以费城托马斯·维格纳尔（Thomas Wignell）的戏剧公司签约演员的身份来到美国，在两季之内演出了五十七个角色。由于1796年黄热病爆发，费城剧院关闭，罗森一家搬到波士顿，此时罗森已经发表了另外一本小说《人类心灵的考验》（Trials of the Human Heart，1795）、一部喜剧《阿尔及尔奴隶或为自由而奋斗》（Slaves in Algiers; or, A Struggle for Freedom，1794）和两部表达强烈爱国情感的戏剧——《女爱国者》（The Female Patriot，1795）和《在英国的美国人》（American in England，1796），该剧后更名为《哥伦比亚的女儿》（The Columbian Daughter，1800）。在此过程中，她也推动了美国表演艺术的发展。当时她还给《夏洛特——一个真实的故事》找到了一家出版商，那就是费城的企业家马修·凯里（Matthew Carey），他出版的书在建国初期发行量高居榜首。然而遗憾的是，由于当时盗版非常严重，罗森并未因她的小说而获得多少收益。1797年在波士顿她最后一次登台演出，随后她开始了一项全新的事业，又获得了成功：她在波士顿创办青年女子学院，并亲自担任总负责人。这是当时最好的女子学校之一，也是美国第一批专为具有初级文化水平的妇女开办的学院之一。罗森运营该学院二十五年之久，直至1822年。她的这一举措与后来19世纪主要的女权主题——妇女接受正规教育的问题遥相呼应。在她从事办学这一新工作期间，她为她的学生编写教材：历史、地理、拼写书、读物。此外她还写了一本畅销的历史小说《鲁本和雷切尔》（Reuben and Rachel，1798），包括美国从哥伦布到独立革命的历史课程，该书是这种文体最早的一个范例。她还负责编辑《波士顿周刊》（Boston Weekly Magazine，1802—1805），并为其后的《波士顿杂志》（Boston Magazine）以及其他出版物撰写文章。她在晚年更加笃信宗教。在罗森去世后，她的遗嘱执行人发现了《夏洛特》续篇——《夏洛特的女儿》（Charlotte's Daughter）或称《三个孤儿》（Three Orphans）的手稿。这部书在作者去世后的1828年发表，后来书名改为《露西·坦普尔》（Lucy Temple），颇为有名。在1852年斯托夫人的《汤姆叔叔的小屋》出版前，罗森的《夏洛特·坦普尔》是美国最畅销的小说。她还创作了其他一些作品，包括《各种主题的诗歌》（Poems on Various Subjects，1788）、《调查者》（The Inquisitor，1788）、《玛丽或荣誉的考验》（Mary; or, The Test of Honour，1789）、《门特里亚或年轻女士的朋友》（Mentoria; or, The Young Lady's Friend，1791）、《志愿者》（The Volunteers，1795）、《诗歌杂记》（Miscellaneous Poems，1804）、《莎拉或模范妻子》（Sarah; or,

The Exemplary Wife，1813），还有一些教科书，如《拼写词典》(*A Spelling Dictionary*，1807）和《一个父亲和其家人之间的圣经对话》(*Biblical Dialogues Between a Father and his Family*，1822）。她于1822年从自己的学校退休，两年后，也就是1824年逝世于波士顿。

二、代表作

《夏洛特·坦普尔》(*Charlotte Temple*)初版于1794年，是美国首部畅销小说。它讲述了一个关于引诱和悔恨的传统伤感故事，一个天真的英国姑娘夏洛特接受了她邪恶的法国老师的建议而导致了悲惨后果。她被一个浮华的海军上尉蒙特维勒（Montraville）诱奸，蒙特维勒说服她和他一起到美国。15岁的夏洛特离开了她敬慕的父母，和上尉乘船私奔到了纽约。在这块充满机遇的土地上，夏洛特被蒙特维勒无情地抛弃。她孤身一人、身怀六甲，却勇敢地和穷困进行着斗争，最后在悔恨、疾病和贫困中死去。

诱奸和背叛是《夏洛特·坦普尔》最主要的主题，而其中有一点非常明显，那就是年轻姑娘凡是为了爱人虚假的承诺而抛弃了父母，是注定会早早死亡的。诱骗小说在18世纪非常流行，而她对夏洛特的描写也是非常成功的，夏洛特幼稚天真的性格非常令人信服地呈现在读者面前，罗森以同情的口吻和敏锐的心理洞察详述了她被诱奸的过程。很明显，这本书是一位女性写给其他女性的，从19世纪到20世纪，这本书的主要读者都是女性。痛苦的反思充满夏洛特的脑海，这也是对年轻人草率冲动的警示。罗森在她的作品中运用了道德说教和情节剧式的语言，这是因为她要武装那些单纯幼稚的女孩子们的头脑，帮助她们逃脱社会上那些诱奸者、伪君子和虚伪朋友的圈套。作者也借这个故事警告年轻的女性要对男人保持警惕，以免给自己带来痛苦。

《夏洛特·坦普尔》(*Charlotte Temple*)在第三版时已经声名鹊起，成为美国第一部畅销书，截至19世纪末已再版200多次，读者群遍布各个阶级、地域、年龄段、宗教信仰，以及各种政治倾向。许多人并未将此书看做虚构，他们甚至还到纽约的三一墓园来祭拜，认为那里是夏洛特被埋葬的地方。甚至到了1903年，这个城市的一位居民仍感言"这是我第一次看到成年人为她掉眼泪"。

美国独立革命对罗森的生活和工作都产生了巨大影响。她也是最先将其作为小说背景的作家之一。帕特里夏·帕克（Patricia Parker）在罗森的书的"前言"中说道：罗森生活在美国历史中一个非常重要的阶段，那时美国正在从偏狭的殖民地向前工业化国家过渡。她认识到新共和国的政治目的，因此尽管自己出生于英国，她仍将自己认同为美国人。她的写作反映了她在政治上和性别上对于自由和民主原则的关注。如果能认真学习她写于18世纪90年代的抒情诗歌和舞台剧作，就可以理解当时刚刚获得独立的美国大众的欣赏情趣。罗森经常被评论家拿来同创作了《帕梅拉》（Pamela, or Virtue Rewarded, 1740）和《克拉丽莎或一位年轻女士的历史》（Clarissa, or, the History of a Young Lady, 1747–48）的英国作家塞缪尔·理查逊（Samuel Richardson）相比较，也有人把她的这部畅销书和20世纪的小说家西奥多·德莱赛（Theodore Dreiser）的《美国悲剧》（The American Tragedy）作比较。德莱赛和罗森都描写了"一个非常坏的世界"，但他们的分析却不同。罗森对于邪恶的解决方法不是去改变这个世界，而是要女性以自身获得的力量、智慧和常识来应对这个世界，而德莱赛将他小说中的人物看成是社会和经济不平等的受害者。罗森将夏洛特看做是个人弱点的受害者，德莱赛的小说则是对所谓人人平等的美国社会阶级制度的控诉，而罗森的小说只是对于个人的邪恶和软弱的控诉。

三、评价

尽管《夏洛特·坦普尔》非常受欢迎，但是在20世纪初，也就是美国文学研究在大学开始变得日益重要的时期，罗森的小说却未受青睐。但作为一部重要的文学作品，作为一部出自一位天才美国女作家之手、有着巨大影响力的作品，《夏洛特·坦普尔》中对爱、背叛、充满掠夺心的男人和被剥削的女人、对美国式的纯真和英欧式的世故，以及对有关于两性间在社会道德和经济实力上的不平等的叙述都给人留下了深刻印象，这也使这部小说重回经典殿堂。

在拥护联邦制的时期，罗森的声誉之高简直令人惊叹。她的小说称得上美国第一部专为女性读者而写的作品，但作为美国第一部畅销书的作者，罗森到了20世纪时已经被出版界忽略了，在回顾美国文学的课程上也几乎不被人提及了。埃伦·布兰特（Ellen Brandt）说她变成了"我们的文化历史档案中一位被遗忘的女性"。现在《夏洛特·坦普尔》的历史背景,以及罗森作为一位美国早期主要的文学人物的重要性日益受到人们的重视。在美国独立革命之后的早期文学史上,罗森绝对占有重要的一席之地。

参考文献

1. Brandt, Ellen B. Susanna Haswell Rowson. *America's First Best-Selling Novelist*. Chicago: Serba Press, 1975.

2. Davidson, Cathy N. *Introduction. Charlotte Temple*. New York: Oxford University Press, 1986.

3. Fergenson, Laraine. "Susanna Haswell Rowson (1762-1824)." *Heath Anthology of American Literature*. Belmont: Wadsworth Publishing, 2004.

4. Parker, Patricia. *Susanna Rowson*. Boston: Twayne, 1986.

5. Rourke, Constance. *The Roots of American Culture*. New York: Harcourt, Brace & Co., 1942.

6. Vail, Robert. "Susanna Haswell Rowson, the Author of Charlotte Temple: A Bibliographical Study." *American Antiquarian Society Proceedings*. n.s. v. 42 (1933): 47-160.

17. 凯瑟琳·塞奇威克

(Catharine M. Sedgewick)

一、作家介绍

凯瑟琳·塞奇威克(Catharine M. Sedgewick, 1789 – 1867)在马萨诸塞州出生、成长。她虔诚信教, 很有洞察力。虽然成长于加尔文教的氛围之中, 但她却反对加尔文教义, 并于1821年加入了一神教派。她的父亲是当时声名显赫的律师和政治家西尔多·塞奇威克(Theodore Sedgwick), 后来成为马萨诸塞州高级法院审判官和美国众议院发言人。凯瑟琳被送到波士顿的女子精修学校就读, 年纪轻轻就成了一名学校的负责人。在从加尔文派皈依到一神教派以后, 她写了一本小册子, 谴责宗教的狭隘, 这部小册子后来就成了她第一部小说《一个新英格兰故事》(A New-England Tale, 1822)。

她24岁时父亲去世。她开始掌管马萨诸塞州皮茨菲尔德的一所女子学校, 她从事这一工作达五十年之久。她的第二本小说《莱德伍德》(Redwood, 1824)也是匿名出版的, 后来被翻译成四种语言。紧接着她又创作了另外六部小说。她还在杂志上发表了自己的《草稿和故事集》(Sketches and Tales), 这是一组描写日常生活的文章, 其中包括《贫穷的富人和富有的穷人》("The Poor Rich Man and The Rich Poor Man")和《生存和允许生存》("Live and Let Live")。她曾在一年的时间内游遍整个欧洲, 写出了《海外来鸿: 致亲友书》(Letters from Abroad to Kindred at Home)。她还写过很多历史随笔和传记, 并为一些文学出版物编辑和撰写了很多文章。她的作品在思想上和感情上都带有鲜明的美国色彩, 很好地把握了人物的形象和新英格兰的风土人情。

二、代表作

《一个新英格兰故事》(*A New-England Tale*)描写了一个被信仰加尔文教的姑姑虐待的孤儿。这部小说和当时 19 世纪 20 年代盛行的模仿和伤感的文风迥然不同,批评家也对《一个新英格兰的故事》的新颖独特赞赏不已。之后由于她的小说在商业上的成功,也使她成为了当时一位著名的小说家。从现在的角度看来,该作品由于其在人物、风格和新英格兰方言的运用方面颇具独创性而成名。虽然早期评论家认为她的作品过于感伤,但人们仍然认为她是当时的一位重要作家。

《莱德伍德》(*Redwood*)写的是一个年轻女子艾伦·布鲁斯的故事。她的父母身份不明,她了解到他的父亲是一个南方的奴隶主,名叫莱德伍德。她的父亲之所以和她保持距离,是因为他在读了伏尔泰和休姆的作品后开始反对基督教的信仰。小说结尾,莱德伍德走向皈依,艾伦嫁给了一个南方绅士。威廉·布赖恩特在称赞这本书的同时,也给出了这样的评论,他认为闺房小说无法与探险和战争小说相比。

凯瑟琳的《霍普·莱斯利》(*Hope Leslie*,1827)、《克莱伦斯》(*Clarence*,1830)和《林伍德一家》(*The Linwoods*,1835)都以当时纽约的社会生活为背景。她的第三部小说《霍普·莱斯利》又名《马萨诸塞州的早期时代》(*Early Times in the Massachusetts*),是一部历史演义。小说以康涅狄格地区欧洲移民的生活为主线,以当时马萨诸塞州的皮阔德战争为背景,通过霍普·莱斯利和一个美国本土印第安人马戈维斯卡(Magawisca)这两个主要人物来观察清教徒对待美国本土印第安人的态度,再现了英国殖民者和美国本土印第安人之间的冲突。霍普的妹妹菲丝被当地的佩科人(印第安人的一支)俘获后嫁给了印第安人,不愿意再回到白人社会中去。由于这场婚姻,佩科人与移民的关系得到改善,后来一位佩科女子还奋不顾身救出了小说中的男主人公埃弗利尔。《克拉伦斯》(*Clarence*,1830)又名《我们时代的一个故事》(*A Tale of Our Own Times*),是她著名的讽刺小说,关注的是纽约的精英社会。她对贵族进行了歌颂,但并不是因为他们具有高贵的血统和丰厚的财产,而是因为他们天生的能力和优点。霍桑称她为"我们当中最注重真实性的小说家"。

她终生未婚。在她的一生中，有很多人上门求婚，但都被她谢绝了。她在自己的小说《结婚还是单身？》（*Married or Single?*）中大胆地表达了她的观点：如果妇女结婚就会失去自尊，那么宁可不结婚。小说讲述了已婚妇女和单身妇女保持尊严的故事。凯瑟琳并未投身于妇女权利运动，因为她坚持认为妇女可以确保自身的社会和政治权利，不必非要参加有组织的民众骚动。创作《结婚还是单身？》目的是要说明单身的正确性。小说认为未婚妇女可以有各种各样的追求，然而女主人公最后还是在婚姻中找到了幸福。这也是她的最后一部小说。《北美评论》（*North American Review*）认为"无论在艺术上还是在道德上，这部作品都称得上是她的巅峰之作"。

三、评价

作为一位美国小说家，她的作品通常被认为是闺阁小说（domestic fiction）。她的作品以美国为背景，反对清教徒对人的迫害，其中还包含着爱国情愫。她所探讨的问题在美国文学的创作中占据着重要的地位。她的作品讲究对于细节的刻画，但也有些训诫成分。她的作品中最引人注目的是她塑造的人物颇具活力，在当时文学作品中的人物普遍比较呆板，这也使她的作品在当时独树一帜。在19世纪20年代到50年代期间，她定期为许多刊物撰稿，因此她的生活条件也很好。然而从她于1867年去世直到19世纪末，她都被人冷落，现在对于这位作家的研究也很少。从她的作品中，我们可以窥见当时的社会风情，预见后来如火如荼的妇女解放运动。无疑，她的地位是不容忽视的。

参考文献

1. "Catharine Maria Sedgwick to Charles Sedgwick, February 25, 1825." *Catharine Maria Sedgwick Papers*, Massachusetts Historical Society.

2. "Catharine Maria Sedgwick to Elizabeth Sedgwick, June, 1827." *Catharine Maria Sedgwick Papers*, Massachusetts Historical Society.

3. Beard, James Franklin, ed. *The Letters and Journals of James Fenimore Cooper.* Cambridge, MA: Harvard University Press, 1960-1968, Vol. 1, #74.

4. Dewey, Mary E., ed. *The Life and Letters of Catharine Maria Sedgwick*. New York: Harper and Brothers, 1872.

5. Martineau, Harriet. "Miss Sedgwick's Works." *London and Westminster Review* 28 (1837):42-65.

6. Wallace, James. *Early Cooper and His Audience*. New York: Columbia University Press, 1986.

7. Franklin, Wayne. *The New World of James Fenimore Cooper*. Chicago: University of Chicago Press, 1982.

18. 莎拉·摩尔·格莱姆克

(Sarah Moore Grimké)

一、作家介绍

莎拉·摩尔·格莱姆克（Sarah Moore Grimké，1792－1873），美国废奴制度的女性倡导者，1792 年 11 月 26 日出生于卡罗莱纳州（Carolina）。她是南卡罗莱纳州最高法院法官的女儿，成长于查尔斯顿（Charleston），她的家族在当地最为显赫。她在很小的时候就亲眼目睹奴隶遭受鞭笞刑罚，这使她坚信奴隶制度是错误的。她的父亲和兄长对古典文学、数学和法律理论教育颇为推崇，然而她接受的教育只是淑女社交及家政等方面的才艺训练，这使她开始意识到女性在社会生活中所受到的限制。她转而开始培养比她小十二岁的妹妹安杰丽娜·格莱姆克（Angelina），安杰丽娜也是家中十四个孩子中最小的一个。由于受社会压力所迫，莎拉只得像典型的南方女性那样生活，但她常对这种生活方式感到厌恶，转而开始对宗教产生了热爱。

在陪同病重的父亲去费城治病期间，她结识了基督教教友派教徒，并被他们的信仰所打动。教友派认为所有人，不论男女，都应该自己诠释《圣经》，她还研究了贵格派的教义。最后她坚持要搬到费城，成为一名布道者，妹妹安杰丽娜也加入了她的行动中。1832 年姐妹俩搬到了北方，此后一直在那里居住、布道。后来安杰丽娜成为了废奴主义者，1835 年莎拉也加入到废奴制度的行动中，她们成为第一批能够向公众传播废奴主义思想的女性。她们吸引了很多人，不仅是因为她们是雄辩的演说家，也不仅是因为她们曾经也是蓄奴主义者，更因为这是第一次由有身份、有地位的妇女在男女听众面前进行演说，即听众中既有男性、也有女性。她们尤其强调女性奴隶所遭受的痛苦,并且对奴隶和女性的无助非常关注。尤其是在有人诋毁她们是在狂妄自大地向男性听众演讲时,更加深了她们对妇女处境的体会。自从一封来自马萨诸塞州公理会牧师委员会的主教信出现以后,强烈反对她们的声势达到了极点。该信被全州公理会教士传阅、宣读。莎拉在写给波士顿妇女废奴主义协会会长玛丽·帕克(Mary Parker)的一系列信件中对此作出了回复。这些信件先是刊登在《新英格兰观察家》(The New England Spectator)上,随后收录于《关于性别平等及妇女状况的信》(Letters on the Equality of the Sexes and the Condition of Woman, 1838)中。

1838年,安杰丽娜嫁给了废奴运动领导人西奥多·维尔德(Theodore Weld),之后两姐妹将更多的精力放在了家庭生活上。然而,莎拉继续笔耕不辍,为废奴运动呐喊。后来她们都加入了争取妇女选举权的斗争当中。1870年,莎拉和安杰丽娜分别以78岁和65岁高龄,带领四十二名妇女冒着暴风雪抗议违法投票。

二、代表作

莎拉·摩尔·格莱姆克在《关于性别平等和女性状况的书信》(Letters on the Equality of the Sexes and the Condition of Woman)的第二封信《女人只隶属上帝》(Letter II Woman Subject Only to God)中写道,从人类始祖亚当和夏娃开始,历代女性一直被男性当做满足自己愿望、感官享受和舒适生活的工具,男人从未给予女人应得的幸福。在1837年的第三封信《马萨诸塞州公理教会牧师协会主教来信》(Letter III The Pastoral Letter of the General Association of Congregational Minister of Massachusetts)中,莎拉对于谴责女性在公开场合为废奴或其他事业发表演说进行的言论一一进行了反驳。她把此事件同萨莱姆(Salem)女巫事件作了比较,以其人之道还制其人之身。

在第八封信《关于美国妇女状况》(Letter VIII On the Condition of Woman in the United States)中,莎拉将美国妇女分为几个阶层,分析她们各自所处的状况。她讲到人们一直教导上流社会的女性要取悦男性,要学会跳舞、化妆,懂得时尚,并学会将自己置于优越的地位。由于妇女所受到的教育和所处的环境不同,也就有了很多不同的阶层。另外一些女性虽然没有条件接触到时髦的娱乐活动，但从小她们就受到这样的教育，即婚姻是她们的归宿，要学会持家、伺候丈夫。大部分女孩接受的都是这样的培训，培养她们的目标就是使她们认为自己是处理家务的机器，而不是男人的伙伴，更不会告诉她们其实她们在智力上可以与男性相媲美。莎拉认为男性应该多鼓励妻子在智力培养上多投入精力，而不是把全部精力都花在如何装饰桌子等家务琐事上。她引用了凯瑟琳·玛利亚·塞奇威克（Catherine Maria Sedgwick）在1837年发表的《生存和允许生存》(*Live and Let Live: Domestic Service Illustrated*)中的观点：一个智力上有很高天赋的女性肯定会是一个很好的家庭主妇。同时她又引用了她的大哥托马斯·格莱姆克（Thomas S. Grimké）在《西敏寺评论》(*Westminster Review*)上发表的关于女性教育的观点：女性应该接受最好的教育，应该和目前男性接受的教育一样。身边有一个受过教育的母亲或者姐妹，更能帮助一个人取得成就。莎拉还讲到了男女同工不同酬的问题。她认为女奴隶不得不忍受凌辱和欺压，但有些白人妇女对于黑人女奴所遭受的苦难却无动于衷，这些都是有罪的。另外莎拉还认为女性不应整天无所事事，只知道享受男人劳动所得的果实。如果男人将女性看成同他们一样的、有思维、有智力的人，他们将从中获益。

通过这些信件，格莱姆克指出，在上帝创造人类时，男女是平等的，因此妇女受压迫的状况不是上帝造成的，而是男人强加到女人头上的，这也是这些信件的中心思想。她指出要改变目前这种罪恶的状况，只能依靠广大妇女团结、组织、行动起来。在她的信件中，莎拉·摩尔·格莱姆克提到了女权方面的各个问题，包括家务劳动的价值、男女之间报酬的差异、女性的教育问题、时尚问题，以及应该允许妇女布道等问题。另外，她进一步探讨了黑人妇女的问题，以及依然处于奴隶制度下的妇女所受的特殊压迫等问题。

亚马逊网站将这部作品列入了他们专设的"文化遗产重印书系"（Legacy Reprint Series）。在谈到这部作品的重要意义时，亚马逊网站编辑作出了这样的评论：这部作品年代久远，在市场上已经很难见到它的踪迹了，但是不可否认这部作品在文化方面具有相当重要的意义，如果能将这部作品呈现给读者，就意味着对世界文学的一种传承和发扬[①]。由此可见这部作品的重要地位。

三、评价

莎拉·摩尔·格莱姆克不仅是一位废奴主义者，同时也是一位女性主义者。在废奴运动的斗争中，她越来越意识到了女性被剥夺的权利。为了不生活在男性的阴影下，她甚至终生未婚。莎拉和安杰丽娜都积极投身于废奴运动，并就这一问题进行创作，包括书信和文学作品等。随着她们的声望不断提升，她们开始在全国进行关于废奴运动的巡回讲演。妇女在公众面前进行演讲，这在当时看来几乎不可想象，因此不得不承认在为女性争得话语权方面莎拉扮演了先驱者的角色。

参考文献

1. Grimke, Sarah Moore. *Letters on the Equality of the Sexes and Other Essays*. ed. Elizabeth Anne Bartlett. New Haven: Yale University Press, 1988.

2. Learner, Gerda. *The Grimke Sisters from South Carolina: Pioneers for Woman's Rights and Abolition*. New York: Schocken Books, 1971.

3. http://www.aaregistry.com/african_american_history/1126/Sarah_Moore_Grimke_fought_for_slaves_and_women.

4. http://ocp.hul.harvard.edu/ww/people_grimke.html.

5. http://college.hmco.com/english/lauter/heath/4e/students/author_pages/early_nineteenth/grimke_sa.html.

6. http://www.pinn.net/~sunshine/book-sum/grimke3.html.

[①] http://www.amazon.com/Letters-Equality-Sexes-Condition-Woman/dp/0548182051/ref=sr_1_5?ie=UTF8&qid=1253461537&sr=1-5-spell.

第三章 19世纪及世纪之交的
美国女性文学

在经历了法国民主革命、英国工业革命,以及美国的独立革命等一系列18世纪革命风暴的洗礼之后,可以说美国是带着一种革命的激情进入到19世纪这个新纪元的。牛顿的科学研究和发现冲击了人们的传统观念,开拓了人们的视野;约翰·洛克的实用主义哲学使人们的自我意识得到了进一步的强化,所以不难理解,为什么"上帝从人们的日常生活中消失了"的观点在这一时期就已经广为流传。在美国,乔纳森·爱德华兹(Jonathan Edwards)面对这样的一个社会面貌感到非常地恐惧和担忧。他十分严肃地对民众们大声疾呼:"上帝很生气,后果很严重"。为了唤起人们的宗教热情,他还非常努力地致力于所谓的"伟大的觉醒"的运动。然而,爱德华兹本人对于圣灵的阐释——圣灵存在于万事万物之中,每个人都可以将自己置身于大自然的怀抱,以求得与圣父和圣子的直接沟通——却反过来提升了人们对个体自我的信心。再加上站在爱德华兹对立面的他的同时代的另一位巨人本杰明·富兰克林(Benjamin Franklin)的影响,19世纪的美国人越来越关注自我的生存状态、关注自我在社会中的发展、关注自我与他人的关系等,这些已经成为了不可逆转的趋势。这样的背景和趋势自然会影响到整个19世纪妇女的工作、家庭、生活等各个方面,尤其会影响到生活在这一时期的女性作家的艺术思想和艺术创作。

第一节 1800年至19世纪80年代中期前后

一般来讲,我们概念中的19世纪主要就是指1800年至19世纪80年代中期前后,其后的时期到20世纪最初十年左右的那个阶段通常因其特点鲜明而被划分出来,称之为世纪之交时期。为了能够对19世纪的美国女性作家有一个更好的认识,我们有必要对那一时期的女性形象以及女性的实际生活状况作一个概括性的描述。

文学作品中的女性形象

尽管各种革命的风暴必然会带来人们世界观的变化,但是妇女在社会生活中的地位和形象却没有得到多大的改观。尽管在18世纪末,玛丽·沃尔斯通克拉夫特就出版了《女权辩护》(*A Vindication of the Rights of Women*,1792)一书,但是八年后,当人们在迎来19世纪的曙光时,并没有看到这方面的任何改变。更为糟糕的是,一些非常有影响力的思想家也在为所谓的"女性地位"(women sphere)的建立添砖加瓦。从某种程度上看来,这些自由思想家对于女性的所作所为无异于中世纪僧侣们的厌恶女性以及理性主义时代的反女权主义所造成的影响。

对于女性形象的设计,影响最为深远的当数著名的法国思想家让·雅克·卢梭在《埃弥儿》(*Émile*,1762)中对于所谓的理想女性的描述:"所有的针对女性的教育都要围绕男人来进行。去取悦他们,对他们有用,让他们感觉到被爱和被尊敬,在他们年轻的时候教育他们,在他们长大以后关心照顾他们,去安慰他们,有事向他们求教,努力使他们的生活充满甜蜜和和谐——所有这些应该成为女性一辈子的职责;所有这些应该从她们一降生到这个世界上就教给她们。"于是便有了所谓的理想的女性形象(the ideology of femininity)。卢梭倡导的这种理想的女性形象可谓影响深远。在他的影响下,其后的女性形象的塑造都是在这样的基础上展开的。在这样的理想的女性形象的引领下,妇女们被要求成为"家中的天使",就像科文特里·派特莫尔在一首同名诗里所描述的那样。远在德国的歌德也喊出了"永恒的女性引领我向前"的口号。而歌德的所谓"永恒的女性"(eternal feminine)就是要能够帮助男人进入到一个更高的境界。

所以,不难看出,在这些伟大的思想家的头脑中,女性的楷模要么是"天使",要么至少也得是"女王"——她们为男人操持家务,并使他们的家成为一个乐土。在那个男性主宰一切的时代,这样的观点可谓深入人心。妇女自己也默认了男人们为她们设计的这一理想的形象,并且作出她们自己的呼应。露易莎·梅·奥尔科特(Louisa May Alcott)在她的《小妇人》(*Little Women*，1869)中就在不停地告诉人们"家是女人最幸福的王国"。

"天使"也好，"女王"也罢，在这些冠冕堂皇的名称背后，男人真正要求的所谓理想的女性又要是"心细如发、脆弱娇小、稀薄缥缈如空气"一样的人。这样情况到了19世纪，甚至发展成为追求一种所谓的女性的病态的美——似乎只有垂死的或者已故的女人才能享有这份荣耀，就像埃德加·艾伦·坡的诗歌中所描绘的女人那样。之所以会出现这样的女性形象，主要还是根源于主导一切的男人们想要让所有的女性都始终被禁锢在一个被动的、一切以男人意志为转移的生活之中。如果她们对他们没有能够做到像"天使"或"女王"一样的话，那么她们就会沦为"魔鬼"或"婊子"，成为一切罪恶的渊薮，从而必须承担起造成男人堕落、失败和痛苦的罪责。

妇女的真实生活

19世纪生活在北美大陆上的妇女的生活状况真的就可以简单地归类为要么是"天使"或者"女王"，要么是"魔鬼"或者"疯婆子"吗？当然不是。其实在整个19世纪的绝大部分时间里，美国妇女的生活状况仍然存在着极为严重的问题。即使是表面上最有权威，或者最有"天使"和"女王"风范的已婚女子，实际上也没有什么受到法律保护的权益。

由于美国早期的法律建设基本上还是沿袭了英殖民帝国时期留下的基础性框架和主要的条款，所以19世纪美国的妇女和英国的妇女一样，在结婚以后只能依附于她们的丈夫。除此以外，在家庭和社会当中，她们的生活没有任何法律上的保障。自1800年起，直到19世纪后期，已婚妇女是不可能拥有她们自己的财产的。她所有的一切，包括结婚时陪嫁而来的嫁妆，都成为了她丈夫的财产，她的丈夫甚至可以完全占有原本属于她本人因继承而来的财产；而如果她的丈夫先她而去，在没有立好遗嘱的情况下，妻子的财产继承权也可以被降到最低。这就是妇女在家庭中的经济地位。

不仅如此，如果夫妻一旦离婚，不管出于何种原因，孩子的监护权永远属于男方。妻子的一切都由丈夫来控制。当然，妻子的行为可能会造成的某种不良后果也都由丈夫来承担。直到19世纪晚期，美国都还有这样的司法惯例，即无论从道义上还是在法律上，妇女都不可以提起法律诉讼，也不可以被诉诸法律。妇女实际上是被当做未成年人，或者心智不健全的人来对待的。所以，她们哪里是什么"家中的天使"，说她们是"笼中的小鸟"也许听起来更加确切一些。

姑娘们在结婚以前所受到的有限的教育大都由一些慈善学校提供，就像小说《简爱》中所描写的那样，而这些教育的目的只是为了让那些女孩子以后能够更好地服务于男人，能够更好地扮演好作为女人的角色。所以给她们提供的所谓教育其实剥夺了她们成为其他角色的可能，这样造就出来的女子自然也就只能呆在家里，她们与男人所代表的外面的世界之间的鸿沟是不可逾越的。在这样的女子教育的基础上，19世纪中上层社会的已婚妇女们通常都遵守着这样的行为规范：一个人不出门，尤其是一个人不逛街，当然更不能走夜路；一天所要做的就是操持家务，即管理好仆人、做些针线活、串串门、接待客人等；同时她们还需要了解大的社会动态、时尚趋势，也许还要适当地做一些善事——这些主要是为了提升男主人的社会形象。

可以想象的是，与上述的那些处于中上层社会的女性相比，那些来自社会下层的妇女的境遇只能更为糟糕。如果她既没有社会地位较高的家族背景，又没有真正属于自己的一笔微薄的收入的话，那么她只能寻求找到一份所谓的体面的工作来养活自己了。而且她们还被灌输了这样一种意识——只有结婚才是她们唯一的救赎。与英国不同的是，美国的妇女们并不会去做类似于保姆身份的家庭女教师，而是选择去做学校的教员（这一点在后面的作家介绍中也可以看出来：有不少女作家，她们无论是在结婚前还是在结婚后，都是通过在学校担当教员来挣得一份微薄的收入，以补贴家用）。但是不管是家庭女教师还是学校的女教员，她们的收入都非常低下，所受到的训练也不够充分，而且往往都要面对超负荷的工作量。也许，作为学校教员的唯一的不同之处就在于，最起码女教师在课堂上还能够享有一定权威。

所以，文学作品中所塑造的中上层社会中的女性原型的理想生活（尽管这些中上层女性的真实生活与理想化的描写也是相去甚远）根本不能代表那一时期的美国劳动妇女的真实的生活面貌。对于劳动妇女来说，无论是结婚与否，都被要求既要做家务活，又要出去工作。进入19世纪以来，越来越多的劳动妇女进入各种各样的工厂矿山去工作。和男人们一样，她们得要去面对各种非常艰苦恶劣的工作环境，有时候她们的工作强度甚至比男性还要大，工作时间还要长，可是她们的收入却要比男性少很多。然而她们越是这样不讲条件地辛苦劳作，生活状况却反而变得越发地恶劣——一方面是因为即使她们是家庭中唯一的经济来源，她们仍然是属于男人的财产，自主的权利是根本不存在的；另一方面是因为很多工厂愿意雇用她们这样廉价的劳动力，这就使得社会上的男性产生更多的抵触，他们认为是她们抢走了自己的工作机会，于是便把怨恨倾注到无辜而又无助的劳动妇女的头上。如果说已婚的太太们没有什么个人权利可言的话，那么劳动妇女们的权利就更加无从说起了。她们挣来的工资当然得归她们的丈夫所有，她们自己没有支配的权利。当然她们也没有权利提出要离开她们的丈夫，或者与她们的丈夫离婚；而在丈夫那一方，只要他对妻子的劳动不满意就可以肆意地鞭打她。对此，妻子只能忍气吞声，因为她们从小就被告知这就是她们的生活。在美国，穷苦人家的女孩子从小就要承担起家中缝补浆洗之类的家务活，而她们的哥哥弟弟们则可以去上学读书。一言以蔽之，女孩子们实际上成了家务奴隶，因为无论在结婚前还是在结婚后，她们的劳动都得不到任何的回报。

妇女革命

19世纪美国妇女的形象在文学作品中是天使，是女王；而在实际的生活中，她们却毫无权利可言，普通的劳动妇女甚至就直接沦为了家务奴隶。如此巨大的反差自然会引发人们越来越多的对于改善女性生活状况的呼吁。与此同时，随着历史进程的不断深入、社会的不断发展，尤其是随着各种社会变革的层出不穷，女性要求得到高等教育以及进入到更为广泛的社会活动当中去的呼声可谓此起彼伏。妇女为了自身的权益而进行斗争的帷幕终于在进入到19世纪以后被徐徐拉开了。

有意思的是，美国历史上的第一次女权运动的高潮是由反对奴隶制运动引发的。早在19世纪30年代初期，大量的美国妇女都积极地投身到帮助美国南方的黑人奴隶获得解放的活动当中。到1837年，便有了"全国妇女反奴隶制协会"的成立。在这个团体中就有很多对女性的社会地位有着清醒认识的女性代表（如格莱姆克姐妹、莎拉和安杰丽娜等），她们提出女性也应该可以参与更多的社会活动。她们的观点是，如果不允许妇女作公开的演讲，那么她们怎么能够去证明她们所了解的公正？

1840年，世界反奴隶制大会拒绝让几位美国的妇女代表列席会议。这一事件进一步使得更多的女性认清了整个社会上的男人们对于女性的深深的蔑视，也激发了女性为争取自身权利进行不懈努力的斗志。1845年，玛格丽特·富勒（Margaret Fuller）出版了她的激情澎湃的《19世纪的女性》一书，对当时的妇女运动产生了巨大的影响。同时，露茜·斯通（Lucy Stone）开始了她为争取妇女权利而进行的一系列演讲。她不停地告诉人们说，"我希望我们不仅仅为这里的奴隶们祈求平等自由，我希望我们为世界各地的忍受痛苦的生灵祈福，尤其要为我们女性社会地位的提高而努力"。她们的工作进展缓慢而又充满艰辛，但最终还是取得了一定的成效，她们为1851年在英国威斯敏斯特召开的"妇女权利大会"起到了很大的推动作用。其后，由于她们的不懈努力，美国逐步推出了早期的各种维护妇女权益的法律，如1856年的《已婚妇女财产法》、1857年的《婚姻法和离婚法》等。但是妇女投票选举权的获得还要等上若干年，直到第一次世界大战以后，妇女才真正拥有了选举权。无论如何，从接受教育和从事职业这两个方面来看，到19世纪中期，美国妇女还是较之以前有了很大的改善。

19世纪的女性文学

19世纪既是妇女运动蓬勃兴起的历史时期，也是女性文学发展的黄金时期。在经历了由早期的女性作家如安妮·布拉兹特里特（Bradstreet）、芬奇（Finch）和沃斯通克拉夫特（Wollstonecraft）所建立起来的女性进行文学创作的传统之后，在这个辉煌的时期又涌现了一大批优秀的女性作家，这些人中不仅仅有那些活跃在纯文学领域的女性，也包括那些活跃在政治和准政治领域的女性，如玛格丽特·富勒（Margaret Fuller）、哈丽雅特·比彻·斯托（Harriet Beecher Stowe）、玛丽亚·埃奇沃斯（Maria Edgeworth）、弗兰西斯·哈泼（Frances E. W. Harper）、佛罗伦斯·耐亭盖尔（Florence Nightingale）以及伊丽莎白·盖斯凯尔（Elizabeth Gaskell）等。

当然，说到19世纪的美国女性作家，一个不可否认的事实就是，她们最初的创作影响仍然来源于男性文学的创作传统。她们的创作发展轨迹似乎是为了呼应和补充男性文学创作的阶段性特征。有意思的是，正是在这样的状态下，女性文学创作经过几代女性作家的努力，到19世纪中期，已经显现出了她们自身创作传统的鲜明个性——她们的创作不仅仅有虽然默默无闻但却坚持不懈地进行创作的先驱，也有大量涌现出来的创作实践者。女性作家的数量在19世纪不断增长。而且19世纪中后期的社会变革也有利于进一步推动妇女在文学领域创作方面的发展，从而使得19世纪出现了女性的文学创作呈现出空前繁荣的景象。

第二节　19世纪80年代中期前后至1910年前后

把这一时期单独从19世纪和20世纪中提取出来加以讨论，当然是因为它的独特的过渡性质。站在女性文学发展的角度来看，这个时期的过渡性主要表现在以下几个方面：首先，社会上两性之间的性别关系发生了显著的改变。就像一位女性主义历史学家蕾伊·斯特拉凯（Ray Strachey）所指出的那样，到1900年为止，美国的妇女在社会上已经获得了"个人行为与拥有财产的自由、支配金钱与个性意识的自由、享有控制自己的身体与灵魂的自由"。当时的很多人都认为这一时期主要的社会问题是妇女问题，这个问题在不少领域甚至是决定性的问题。第二，这一时期的文学创作呈现出了百家争鸣、百花齐放的繁荣局面。传统的经典的作家们仍然在进行着他们传统的经典的创作，而新涌现出来的作家们则冲破了传统的羁绊，开始了他们新的创作实验，开创了文学创作的新风格、新技法、新理念，对社会的独特关注等方面也都有所突破。第三，不断加快的工业化步伐使得社会的变革跟不上节奏，造成各种问题益发凸显——社会的、道德的、心理的，各种问题让人应接不暇，忧郁、悲观，甚至绝望的情绪开始出现在人们的精神世界之中。第四，如果说19世纪之初的人们发现"上帝消失了"的话，那么处于这个阶段的人们则开始发现"上帝死了"。"上帝死了"给人们留下的空虚和恐慌几乎无所不在。所有这些似乎既可以理解为一个世纪行将结束时自然产生的骚动，又可以理解为是为新世纪的到来作好铺垫。所有这些都决定了世纪之交这个特定时期的过渡性特征。

女性的文学形象

探讨这一时期的女性文学，我们仍然从女性的文学形象说起。笼统地讲，这一时期的美国妇女不仅仅参与了几乎所有大的社会政治活动，而且也在积极地推动着改变两性关系的社会变革。尽管仍然有为数不少的教育家和卫道士们在喋喋不休地宣扬妇女应该作为花瓶和没有自我的妻子和母亲的必要性，但是已经有很多的艺术家或义愤填膺或兴高采烈地注意到了这样的一个社会现实，即妇女们已经不是完全被剥夺了自我的花瓶了。

世纪之交的文学作品中有大量的非常自以为是、拼命地追求所谓高雅、严格遵守种种清规戒律的妇女，但是，她们绝不是以所谓的理想女性的形象出现的。相反，她们总是令生活变得难以忍受。与此同时，早先以丧失自我、脆弱感伤形象出现的所谓"理想女性"在此时看来都是那么病态。当然，文学中的"天使"女性还存在着，但是与"天使"相对的越来越多的女性叛逆形象也在不断出现。就像之前被描绘成的疯女人一样，这些女性叛逆要么被描绘成"荡妇"（femme fatale），要么被塑造成"新女性"（new woman），总之，她们已经脱离开了社会赋予她们的生儿育女、操持家务的职责。基本上，大多数美国的作家，无论是男性还是女性，多对这样的女性形象持宽容的态度，像斯蒂芬·克兰（Stephen Crane）对妓女麦琪（*Maggie, A Girl of the Streets*，1893）表示出的同情一样，这样的作家并不在少数。

还有一个非常重要的方面就是，对于无论是所谓的"荡妇"还是所谓的"新女性"，女性作家和男性作家的态度和处理方式之间的区别也越来越大，而由此所造成影响绝对不容小觑。正如批评家拉泽尔·奇夫（Larzer Ziff）所指出的那样，"妇女由于有了大量可以自由支配的闲暇时间从而成为最大的小说阅读群体。她们自己也因此而形成了一支快速增加的小说创作队伍。脱离了男性影响的女性的态度和立场正越来越多地充斥于小说之中，这已经是一个不争的事实了"。无论如何，世纪之交的文学作品中大量的所谓"荡妇"和"新女性"的描绘不仅仅说明了妇女问题在当时的社会生活和家庭生活中的重要程度，同时也表明了女性阅读群体的不断壮大以及女性作家的受关注度及其所取得的成就的不断提升。

妇女的现实生活

妇女在这一时期也在经历着现实生活中的一系列变革,她们正在获得越来越多的解放和越来越多的权利,而她们现实生活中的一个最为显著的改变就是她们在服饰上的变革。她们脱去了束缚她们身体的繁重的围环裙,取而代之的是轻便飘逸的裙装。这种象征意义是显而易见的(事实上,到第一次世界大战爆发时为止,几乎所有的女性解放所需要的必要条件都已经出现了)。

和她们的母亲或者是她们祖母辈不同,这一时期的已婚妇女已经享有了一定的财产拥有权和对孩子的监护权。当然,离婚法条款对男女双方的执行标准仍然存在着差异。尽管如此,法律针对妇女在财产、离婚和监护权等方面所作的微调还是表明,妇女已经不再被当做其丈夫的私有财产来看待了。

一个更为可喜的变化出现在教育方面:女性开始享有越来越多的受教育的机会。而且在社会改革活动家安娜·朱丽娅·库珀(Anna Julia Cooper)推动的"女性的高等教育"改革的促进下,就连黑人妇女也开始享有了更多的接受学校正规教育的机会。在男女享有同等的基础教育机会的基础上,各种致力于改善女性新移民的生活状况的公共社会教育活动也在推广。一些公立学校和教堂主动去组织起那些妇女新移民,教授各种生活技能,以期让她们尽快地融入这个社会。此外,还有为数不少的社会工作者积极地投身到这一推动改善妇女生活状况的社会变革活动中来。

妇女的形象大大地改变了,妇女的社会问题开始得到越来越多人的关注,妇女在社会上越来越多的领域里都有了参与的机会,妇女解放的程度在不断加深,于是各种妇女组织也开始应运而生。虽然不像男性社会团体那样组织严密、数量众多,但是各种妇女组织团体的产生以及她们所作的努力还是为妇女社会活动范围的拓展作出了巨大的贡献,为妇女的解放起到了不可估量的推动作用。

女性的创作

在女性作家的作用变得越来越显著的同时,她们所取得的独特的成就也为整个社会所瞩目。她们的成就首先体现在她们为了获得选举权而发表的一系列有关妇女问题的作品方面。例如夏洛特·帕金斯·吉尔曼

(Charlotte Perkins Gilman)的《妇女与经济学》一书由于其反映社会问题的全面和深刻使得女权主义者和反女权主义者都积极地对其进行推广发行。此外还有一批从事妇女问题研究的女性学者也纷纷推出她们的研究成果,如玛蒂尔达·珠斯林·盖奇(Matilda Joslyn Gage)的《妇女、宗教和国家》(*Women, Church and State*, 1893)、茜茜莉·汉密尔顿(Cicely Hamilton)的《作为交易的婚姻》(*Marriage as Trade*, 1909),以及埃玛·古德曼(Emma Goldman)的《妇女的交易》(*The Traffic in Women*, 1910)等。这些作品通过它们深入的调查研究,充分揭示了这一时期妇女所处的文化环境,加深了社会对于妇女问题的认识。

除了这些在女性社会问题研究领域所取得的成果以外,由女性作者推出的各种妇女传记、自传和日记也是层出不穷。在很多这样的出版物中,女性公开地讨论她们对自己的身体、生儿育女、从事家务劳动、女性之间的友谊以及女性的生老病死等问题的感受。例如爱丽丝·詹姆斯(Alice James)在《日记》(*Diary*, 1892)中不仅仅谈到了她对两个非常有名的哥哥威廉·詹姆斯(William James)和亨利·詹姆斯(Henry James)的看法,还谈到了她对那个所谓的可以让她不用去过女性的病态生活的医疗体制的厌恶。而吉尔曼的《黄色糊墙纸》(*The Yellow Wallpaper*, 1892)则从妇女对于男人以及母性的矛盾情感的角度分析了女性的所谓疯狂。女性作家在面对妇女的心理问题的同时,也在从她们自己的角度去营造一个真正属于她们自己的乌托邦世界。她们向往着在这样的乌托邦世界中能够享有真正完全的自由。诗歌、戏剧、小说、散文,她们利用任何一种文学形式来描绘她们的乌托邦图景。

在世纪之交这一特定的历史时期,男性作家在各种文学运动和技巧创新方面居于统治地位,如自然主义、象征主义、地方主义等。但是女性作家们由于将她们注意的焦点放在这一特定过渡时期的种种社会问题上,她们也同样没有失去人们对她们的关注。

在这个特定的历史时期,女性作家们目睹了哈丽雅特·比彻·斯托所代表的女性文学传统走向衰落,也深深地感受到了这个时期的过渡性特征,当然她们的感受与她们的男性同行们的感受是完全不一样的。就像世纪的更迭一样,她们经历了从深深庭院步入广阔的、公共的社会领域的转变。女性作家也不再只是局限于记录她们自己的反抗和诉求,而是扩展到整个人类所关注的一些普遍的议题之上了,例如她们对种族问题的敏感关注以及妇女在更高层次上的解放,等等。她们的努力和成就无愧于亨利·亚当斯对于她们的评价——"恰如其分的人类的研究者是女性"。

参考文献

1. "Women Writers: 19th Century." *About.com: Women's History.* http://womenshistory.about.com/od/writers19th/Women_ Writers_19th_Century.htm(2008/10/27).

2. *African American Women Writers of the 19th Century.* by Schomburg Center for Research in Black Culture,Digital Schomburg,New York Public Library. http://digital.nypl.org/schomburg/writers_aa19/(2008/10/27).

3. Auerbach,Emily & Laurel Yourke. *The Courage to Write,Women Novelists of 19th-century America: A Guide for Readers.* Board of Regents of the University of Wisconsin,1993.

4. Buck,Claire. *The Bloomsbury Guide to Women's Literature.* Prentice Hall General Reference,1992.

5. Clark,Linda L. *Women and Achievement in Nineteenth-Century Europe.* Cambridge University Press,2008.

6. Coultrap-McQuin,Susan Margaret. *Doing Literary Business: American Women Writers in the Nineteenth Century.* University of North Carolina Press,1990.

7. Edwards,Jonathan. *The Works of Jonathan Edwards*,Vol. I. Hendrickson Publishers,1998.

8. Elbert,Monika. *Enterprising Youth: Social Values and Acculturation in Nineteenth-Century American Children's Literature.* Routledge,2008.

9. Gray,Janet, ed. *She Wields a Pen: American Women Poets of the 19th Century.* University of Iowa Press,1997.

10. Homestead,Melissa Jay. *Imperfect Title: Nineteenth-century American Women Authors and Literary Property.* University of Pennsylvania,

1998.

11. Kilcup, Karen L. *Nineteenth-Century American Women Writers: An Anthology*. Blackwell Publishers, 1997.

12. Knight, Denise D. & Emmanuel Sampath Nelson. *Nineteenth-century American Women Writers: A Bio-bibliographical Critical Sourcebook*. Greenwood Press, 1997.

13. Lichtenstein, Diane Marilyn. *On Whose Native Ground?: Nineteenth-century Myths of American Womanhood and Jewish Women Writers*. University of Pennsylvania, 1985.

14. Maik, Thomas A. *Fiction by Nineteenth Century Women Writers: A New England Sampler*. Routledge, 1999.

15. Palmer, Kristi. *Maine Women Writers of the 19th Century: A Learning and Resource Guide to the Fogler Library Special Collection*. s.n, 1999.

16. Rogers, Katharine M. *The Meridian Anthology of Early American Women Writers: From Anne Bradstreet to Louisa May Alcott, 1650-1865*. Published by Meridian, 1991.

17. Rousseau, Jean-Jacques. *Emile: Or, On Education*. Trans. & Noted by Allan Bloom. Basic Books, 1979.

18. Smith, Gwen D. "Women writers: an Exhibition of Works from the 17th Century to Present." http://www.library.unt.edu/rarebooks/ exhibits/ women/default.asp(2008/10/27).

19. Strachey, Ray, et al. *"The Cause": A Short History of the Women's Movement in Great Britain*. G. Bell & Sons, 1928.

19. 莉迪亚·玛丽亚·蔡尔德
（Lydia Maria Child）

一、作家介绍

　　莉迪亚·玛丽亚·蔡尔德（Lydia Maria Child，1802 – 1880），原名莉迪亚·弗朗西斯（Lydia Francis），1802 年出生在马萨诸塞州梅德福。她在七个兄弟姐妹中年龄最小，父亲是一名虔诚的清教徒，母亲在莉迪亚 12 岁的时候就去世了。母亲去世后，莉迪亚迁到缅因州诺利奇沃克与已成年的姐姐一起生活。她小的时候在女子学院读过书，在哈佛大学神学院当教授的哥哥也常对她的学业进行辅导。在莉迪亚 22 岁那年，一次偶然的机会她在哥哥家读到当时《北美评论》上的一篇描述殖民地时期菲力普王战争的长篇叙事诗。谁也没有想到，这篇叙事诗改变了莉迪亚此后的命运。她当即以早期新英格兰的历史为背景，构思了一部有关清教徒少女与土著印第安人联姻的长篇小说。六个星期后，历史题材浪漫小说《霍波莫克》(*Hobomok: A tale of Early Times，by an American*，1824) 问世，莉迪亚也因此成名。《霍波莫克》成为在美国出版的首部历史小说。一年后，她又出版了反映美国独立战争的长篇小说《反叛者》(*The Rebels*，1825)，又获得成功。

　　1826 年，莉迪亚与长她八岁的戴维·蔡尔德结婚，并于第二年共同创办杂志《青少年杂录》(*Juvenile Miscellany*)。此后，她积极投身于社会活动，与玛格丽特·富勒（Margaret Fuller，1810 – 1850）一同研究约翰·洛克的哲学，同时她还和皮博迪（Peabody）姐妹以及玛丽娅·怀特·洛威尔（Maria White Lowell）保持密切联系，成为了一位著名的废奴主义者。1833 年，莉迪亚·蔡尔德发表作品《为美国黑人呼吁》(*An Appeal in Favor*

of That Class of Americans Called Africans），这部作品同她以往创作的小说和儿童作品完全不一样。在这本书中，她描述了美国奴隶制的历史及现状，提出要消除奴隶制靠的不是把非洲的奴隶送回非洲大陆，而是把原来的奴隶融合到美国社会中。她还倡导通过教育和种族通婚的方式将美国建立成一个多民族国家。这部作品的发表在当时产生了重大影响，它让更多的美国人意识到了废除奴隶制的迫切需要，但由于在当时看来这些观点颇为极端，莉迪娅的作品销量大减，她甚至失去了《青少年杂录》编辑的职位。莉迪亚被一些评论家认为是第一位就废除奴隶制问题著书的白人。莉迪亚于1835年重返文坛，出版了《菲洛忒娅》(*Philothea*，1836)。

1841年，莉迪亚·蔡尔德同丈夫一道去了纽约，共同编辑杂志《全国反奴旗帜》(*National Anti-Slavery Standard*)，同时发表各种废奴作品，如短篇小说《奴隶制的欢乐之家》("The Merry House of Slavery"，1843)和短篇小说集《事实和虚构》(*Reality and Fiction*，1846)。《自由人之书》(*The Freedmen's Book*，1865)是她自费出版的诗集。19世纪60年代，莉迪亚·蔡尔德为印第安人的权利出版了一系列小册子，其中最著名的是《为印第安人呼吁》(*An Appeal for the Indians*，1868)。蔡尔德的最后一部小说《共和国传奇》(*A Romance of the Republic*，1867)涉及了不同肤色的人种之间通婚的问题。美国内战结束后，蔡尔德积极支持社会普选运动，她是美国马萨诸塞州妇女参政协会（Massachusetts Women Suffrage Association）的创始人。她再度重申了她的政治立场：对要求切罗基（Cherokees）部落离开自己部落土地的规定她深感痛惜，她认为各少数民族部落有捍卫自己语言和风俗习惯的权利。蔡尔德夫人于1880年在马萨诸塞州的韦兰镇去世，享年78岁。

二、代表作

《霍波莫克》(*Hobomok: A tale of Early Times, by an American*)是莉迪亚·蔡尔德的处女作，也是她的成名作。这部小说通篇洋溢着她一贯倡导的博爱精神，充分体现了作家的人道主义关怀。故事的主人公霍波莫克是个土著印第安人，他对来新英格兰塞勒姆定居的清教徒十分友好，和女主人公玛丽一家更是交往甚密。当定居点移民和当地印第安人发生冲突时，他坚持帮助玛丽一家，不顾背上"叛徒"的罪名。在一次血腥屠杀中，玛丽失去了最亲爱的母亲和未婚夫。关键时刻，霍波莫克向玛丽伸出了援助之手，给予她无私的关怀。出于感激，玛丽嫁给了霍波莫克，两个人在随后的几年里过着幸福的生活。然而命运总是捉弄人，玛丽的那位"溺死"的未婚夫原来并没有死。为了玛丽的幸福，霍波莫克忍痛割爱，悄然离去。故事的最后，在整个部落灭绝之际，霍波莫克自杀身亡。

莉迪亚·蔡尔德在《霍波莫克》中塑造了一个颇具浪漫色彩的印第安人形象。这个印第安人如同库珀在他的《开拓者》中塑造的"皮袜子"一样，有血有肉却又充满神秘主义和英雄主义色彩。事实上，莉迪亚·蔡尔德以及凯瑟琳·塞奇威克（Catharine Maria Sedgwick, 1789-1867）、威廉·希姆斯等作家都注意到了库珀作品的通俗性，并有意无意地借鉴了其中若干具有轰动效应的因素，创作了许多通俗的西部小说。这部小说探索了加尔文教义对人的心理产生的影响，揭示了爱可以超越信仰和种族。在作者的笔下，土著人霍波莫克不是传统作家笔下所描绘的野蛮人形象，他集善良和勇敢于一身。虽然他同玛丽的婚姻并没有一个很圆满快乐的结局，但是霍波莫克这个形象还是在读者心中留下了很深的印象。

有评论指出，这部作品无论在文学质量还是语言表达上均属上乘，而且作品中包含了丰富的历史背景材料，这些都确保这部作品得以跻身名著之列[①]。在当时以白人为主导的社会，作者大胆表达了与当时的主流社会不同的声音，并将其在这部作品中表达出来，这也注定了这部作品是一部具有里程碑意义的著作。

三、评价

19世纪20年代到30年代中，当启蒙主义男女平等的说法在美国仍不被普遍接受时，蔡尔德已经开始了自己的写作事业。她相信性别是无法把她和她的理想生生分开的。在1828年，莎拉·约瑟芬·黑尔——美国的一位重要女编辑，在《女人杂志》中推崇了这一观点："天才的天赋与性别无关。"启蒙运动的男女平等思想从此才让许多女性勇敢地视自己为创作者或精英

---

① http://www.amazon.com/Hobomok-Writings-Indians-American-Writers/dp/081351164X/ref=ntt_at_ep_dpt_1.

人物[1]。

从美国内战到一战期间，美国女作家在废除奴隶制和争取妇女权益方面大显身手，各显神通。她们有的直接参加社会活动和政治运动，为正义奔走呼号；有的奋笔疾书，写出犀利的政论文；也有的则以文学作品的形式表达女性的感受，呼吁社会的理解和支持。这些女作家的声音最终汇聚成一股不可忽视的力量。在她们的积极努力下，美国社会各方面正朝着这些作家设想的那样一步步得到了改善，蔡尔德夫人就是这样一位女作家。种族间通婚的问题也是蔡尔德创作的反对奴隶制的小说的主题之一，她认为种族之间的通婚是改变男性至上、白人至上的社会制度的一个有效的方法。

她是女权运动的积极分子，她认为白人妇女和黑人奴隶在某些方面是极为相似的，因为他们都处于社会边缘地位。因此女性如果想取得社会地位，改善自己的处境，就必须先废除奴隶制。她同其他女权主义废奴者共同致力于社会改良运动。19世纪30年代她打算出版一套"女性家庭图书"系列，并写出了四部作品，其中以《妇女境况史》(*History of the Condition of Women, In Various Ages and Nations*)最为著名。到1830年末，她积极参与加里森废奴运动，并率先在小说中描写抗奴画面。她的作品如《为美国黑人呼吁》遭到了白人文学界的反对，她的作品也因此而受到抵制，她办的儿童刊物也订户锐减。她在自费出版的诗集《自由人之书》中强烈呼吁给予黑人选举权，并强调黑人要坚持树立自信心。19世纪60年代，莉迪亚·蔡尔德的《为印第安人呼吁》明确要求政府官员以及宗教领袖公平对待印第安人。她的演讲使得彼得·库伯对印第安话题产生了兴趣，促成了美国印第安问题委员会的成立，以及一些涉及印第安人的相关法律的通过。

参考文献

1. Karcher, Carolyn L. *The First Woman in the Republic - A Cultural*

---

[1] Anne E. Boyd, *Writing for Immortality-Women and the Emergence of High Literary Culture in America*, the Johns Hopkins University Press, 2004, p. 35.

Biography of Lydia Maria Child (New Americanists). Duke University Press, 1998.

2. http://www.clements.umich.edu/Webguides/C/Child.html.
3. http://www.spartacus.schoolnet.co.uk/USASchild.htm.

20. 伊丽莎白·皮博迪

（Elizabeth Peabody）

一、作家介绍

伊丽莎白·皮博迪（Elizabeth Peabody，1804–1894）生于马萨诸塞州的比勒利卡，是19世纪美国最重要的超验主义作家和教育改革家之一，也是一位积极的社会活动家。皮博迪的家学渊源甚深：她的父亲是一位医生，母亲是一位博学的老师，阅读过大量的书籍。皮博迪从小就努力要证明获取知识没有男女之分，掌握才能没有性别之分。

1834~1835年，伊丽莎白·皮博迪在波士顿任教，后来出版了《学校的纪录》（*Record of a School*，1835），勾勒出学校的规划和阿尔卡特对儿童早期教育的哲学框架。为了改善人们的阅读条件，满足人们的阅读需求，1840年伊丽莎白·皮博迪相继开设了一家图书馆和一家书店。伊丽莎白·皮博迪的图书馆很快成为了新英格兰超验主义者的沙龙。从1836年起，他们组成了一个非正式的，后来被人们称为"超验主义俱乐部"的团体，不定期地在爱默生等人的家中聚会，就哲学、神学、文学等领域内的问题展开讨论。她的图书馆一直都是超验主义者们活动的中心。由于超验主义的巨大影响，有人甚至把皮博迪女士看做是美国思想文化的"保姆"。1841年，皮博迪作为《日晷》的编辑有机会参与到超验主义文学运动当中，成为超验主义运动的主要活动者之一，并且也主要藉此稳固了她在美国文学史上的地位。超验主义运动日趋衰败之后，皮博迪一度全身心地投入到了她的书店和图书馆的经营和管理之中。直到1845年以后她才又重新投身到了教育事业当中。

1860年她和妹妹玛丽在波士顿开办了美国的第一所幼儿园,为6岁以下的孩子提供正规的教育。这所幼儿园遵循了德国教育家福勒贝尔(Friedrich Froebel, 1782–1852)的教育思想。伊丽莎白·皮博迪认识到当时的课堂教学枯燥无味,缺乏生气,很可能成为学习的障碍。她亲自到德国去观摩幼儿园,并聘请最好的老师回来帮她在美国建立更多的幼儿园。伊丽莎白·皮博迪为幼儿园的教育事业办杂志、写文章。在她的努力下,幼儿园成为美国教育管理部门认可的正式机构。1867年,皮博迪出访欧洲,学习办学经验。1870年回到美国后,她创办了美国第一家免费的公立学校。皮博迪一生中对知识如饥似渴,从来没有停止过学习。她在84岁高龄时的还曾拜师学习中文。

伊丽莎白·皮博迪乐善好施,交友甚广。她曾为当时由奥尔科特①(Bronson Alcott)开办的学校捐款,还为霍桑谋到一份在波士顿海关的工作,以资助他的写作事业。亨利·詹姆斯(Henry James, 1843–1916)曾写过一部小说《波士顿人》(*The Bostonians*),其中的女主角便是以皮博迪女士为原型创作而成的。皮博迪女士有两个妹妹,大妹玛丽(Mary Peabody)嫁给当时著名教育家贺拉斯·曼(Horace Mann),小妹索菲娅(Sophia Peabody)嫁给了著名的浪漫主义作家纳撒尼尔·霍桑,两人感情深笃,被誉为美国文学史上少数的几桩最幸福的婚姻之一。

伊丽莎白·皮博迪一生写过很多著作、文章和宣传手册,她的巅峰之作可能是在她生命中的后几年写成的《琐忆威廉·埃勒里·钱宁》(*Reminiscences of Dr. Channing*, 1880)。这是一部传记小说,是在她和自己的孩子们之间的往来书信的基础上完成的。伊丽莎白的写作并不局限于写小说,她还写过儿童作品,分别是《骨灰盒》(*The Casket*)和《学校纪录的例证》(*Record of a School Exemplifying the Principals and Methods of Moral Culture*)。她还为儿童教育积极编写教材和教学辅助读物,如《婴幼儿教育指南》(*Moral Culture of Infancy and Kindergarten Guide*)。

---

① 布隆森·奥尔科特是小说家,小说《小女人》(*Little Woman*)的作者,路易莎·梅·奥尔科特(Luoisa May Alcott)的父亲,也是当时超验主义文学杂志《日晷》的创始人——作者注。

伊丽莎白·皮博迪通过自己在教育和改革方面的努力，实现了自己坚持的应用型超验主义的愿望。她是这场运动的先知。她一生勤奋工作，永远充满活力，然而却终生未婚。皮博迪女士品行高尚，享有高寿，活到90岁高龄。

二、代表作

《琐忆威廉·埃勒里·钱宁》(*Reminiscences of Dr. Channing*)是伊丽莎白·皮博迪创作的一部传记作品。传记描写的威廉·埃勒里·钱宁（William Ellery Channing, 1780–1842）是基督教一神教派最早的领导者。钱宁对传统意义上居"正统"地位的加尔文教义并不以为然，他主张上帝与人的关系是温和的、充满爱的。钱宁生逢宗教自由派和保守派激战正酣的时代，然而他认为这两派的思想都过于极端。相对这两派而言，他的理念更为温和。

1819年，史学家雅里德·斯巴克斯（Jared Sparks, 1789–1866）就任巴尔的摩一神派第一独立会（First Independent Church）的牧师。在就任仪式上，钱宁作了一次著名的布道，正式将这一思想命名为"一神派基督教"（Unitarian Christianity），此后他成为了一神派的代表人物，他宣传和解释一神派理念的权威也由此确立。在布道词中他阐述了一神派的教义，首先一条就是对"三位一体"（Trinity）思想的驳斥。此外，教义中还提出人性本善的思想，以及将神学观点和理性相联系等重要理念。

1928年他进行了另一次著名的布道，题目是"与神的相似性"。在布道词中，他提出人是能够像神一样的，这一点在《圣经》中是可以找到确凿根据的，但正是这一思想在当时的加尔文宗教机构看来无异于异端邪说。钱宁在这次布道中首次提出人们能够通过理性思考来获得宗教上的启示，而不仅仅是靠《圣经》。作为一位独立的思想家，钱宁的影响涉及自由主义宗教、美国文学、反对奴隶制运动，以及超验主义各个领域。

自从皮博迪于1832年在萨勒姆听了钱宁的布道以后，便对他钦佩有加。钱宁让皮博迪结识了很多后来的超验主义者，而皮博迪则担任了钱宁的助理，帮助他进行布道材料的准备、印刷和分发工作，从而帮助钱宁确立了在一神教派和超验主义发展过程中的巨大影响。

伊丽莎白·皮博迪在她的这部传记中记录了钱宁对她本人的事业及

思想上的影响。其中包含了大量钱宁写给皮博迪的信件,还有很多两人之间的谈话记录,以及钱宁与其他自由派宗教人士和杰出作家之间的谈话和交流,并非常真实而又生动地再现了当时美国知识分子的生活面貌。这部传记发表以后得到了很高的赞誉,被称为一部充满了非凡魅力的作品,是了解新英格兰思想史的一把钥匙。

三、评价

伊丽莎白·皮博迪一生致力于教育改革。直到去世前,她仍然在继续从事自己所追求的事业。莱拉·罗森(Leila Rosen)在《艺术现实主义和伊丽莎白·帕尔默·皮博迪》("Aesthetic Realism & Elizabeth Palmer Peabody: Is Kindness Intelligent – Selfish – Strong?")中高度评价了皮博迪对教育的贡献:"伊丽莎白·帕尔默·皮博迪希望当时的妇女和今天的美国妇女一样,能够明白教育的目的是和爱的目的与生命本身的目的一样的……只有这样我们才能真正地成为我们自己,才能获得智慧,才能真正做到个体的实现……无论是整个世界,还是生活在世界中的每一个人才会变得更善良、幸福。"[①]此外她对妇女选举权运动的影响也是不可估量的。她被认为是一个充满了坚毅和慷慨的同情心的女人。皮博迪女士对文化极其热心,致力于启发人们培养博爱的道德情操,这与当时美国超验主义思想家爱默生所倡导的"博爱、自由、回归自然"的精神相呼应。

皮博迪女士关心妇女,爱护儿童,她致力于教育,宣扬人性自由,帮助有文化创意的人,提倡社会改良,主张废除黑奴制。她为这些工作奉献了自己毕生的精力,对美国文化产生了深远的影响。她是一位伟大的作家、教育家和社会改良家,被学术界推崇为美国文化的"保姆",这是她当之无愧的殊荣。

参考文献

1. Hoyt, Edwin P. *The Peabody Influence*. Cornwall: The Cornwall Press, 1968.

2. Ronda, Bruce A., ed. *Letters of Elizabeth Palmer Peabody: American*

---

① Leila Rosen, "Aesthetic Realism & Elizabeth Palmer Peabody: Is Kindness Intelligent – Selfish – Strong? – a discussion of the 19th century educator and Transcendentalist," 2004.

Renaissance Woman. Middletown : Wesleyan University Press，1984.

3. Ronda, Bruce A. *Elizabeth Palmer Peabody: A Reformer on Her Own Terms*. Cambridge: Harvard University Press，1999.

4. http://www.newenglandchinese.com/Essay2.htm.

5. http://www.xxxueshu.cn/fbwz/zhuye_xxxueshu_new.asp?ID=190.

6. http://www.concordma.com/magazine/junjuly99/peabody.html.

21. 玛格丽特·富勒

（Margaret Fuller）

一、作家介绍

玛格丽特·富勒（Margaret Fuller，1810 – 1850），美国女作家、记者、评论家、演说家、妇女运动活动家。她于 1810 年 5 月 23 日出生在马萨诸塞州的剑桥。玛格丽特是富勒家七个幸存的孩子中年龄最大的。父亲狄莫西·富勒（Timothy Fuller）毕业于哈佛大学，是马萨诸塞州参议院、众议院以及美国众议院的代理律师。玛格丽特很小的时候就表现出了超人的智力，这也使父亲狄莫西决定亲自监管女儿的教育。玛格丽特 5 岁就开始学习拉丁语法，随后又学习了希腊语、法语、意大利语、德语等多国语言。这些教育训练都非常严格，甚至损害了小玛格丽特的身体健康。但是从另一个方面来讲，早期的教育也让她受益匪浅。1821 年，富勒夫妇把她送到波士顿去读书。1824 到 1826 年期间，玛格丽特还在苏珊·普雷斯柯特（Susan Prescott）女士在格罗敦（Groton）创办的青年女子学校就读过一段时间。

玛格丽特·富勒从小就生活在波士顿和剑桥的文化氛围之中。她的智慧与博学给哈佛的许多学者都留下了很深的印象。1833 年，富勒一家搬迁至格罗敦。两年后，父亲死于霍乱。父亲去世后，玛格丽特·富勒在著名思想家、教育家布朗森·奥尔科特（Amos Bronson Alcott，1799 – 1888）开办的学校里任教，并将所得收入补贴家用。1836 年，她与爱默生、梭罗、奥尔科特、霍桑等人组成了一个非正式的团体，也就是著名的"超验主义俱乐部"。他们不定期地在爱默生等人的家中聚会，就哲学、神学和文学等领域内的问题展开讨论。1836 年至 1839 年，她先后在波士顿的坦普尔学校和罗得岛的普罗维登斯任教。1839年时,玛格丽特·富勒家中的经济状况得到了改善,她又回到母亲身边,一家人共同生活在一起。在那里,她和爱默生、霍桑等超验主义者建立了深厚的友谊。同年,她开始编写年刊《对话》(Conversations),这是给成年妇女阅读的一系列报告和讨论丛书。同时,她开始编辑超验主义杂志《日晷》(The Dial)。在编辑《日晷》的前两年,她并没有获得任何报酬。1842年,富勒离开了这家杂志,两年后《日晷》停刊了,由此可见富勒对《日晷》的重要作用。1844年,富勒搬到纽约,开始担任《纽约论坛》的文学编辑。同年她发表了《湖上的夏天》(Summer on the Lakes,1844),这是她在1843年和朋友旅游归来之后创作的小品文集。在这本小说集中,富勒将目光投向了印第安人,批驳了旅行者、传教士和商人对土著人所作的贬低性描写。在她看来,土著印第安人绝不像传教士所贬抑的那样是个静止、单一的社会,恰恰相反,她所看到和听到的印第安人和白人并没什么两样,他们也是充满生机和活力的群体。1846年,富勒到欧洲旅行,成为当时美国最早的外国通讯记者,并将《文学与艺术论文集》(Papers on Literature and Art,1846)以期刊的形式发表。这本论文集涵盖了不同的主题,包括书评等。另外,富勒还曾作为外国通讯记者被《纽约论坛》派遣到欧洲。在那里,她采访了许多欧洲著名的作家,包括乔治·桑(George Sand,1804—1876)、托马斯·卡莱尔(Thomas Carlyle,1795—1881)等。

1847年,富勒在意大利遇到了革命家乔万尼·欧索理(Giovanni Ossoli)。两人于同年结婚,他们有一个儿子。夫妇两人非常支持朱塞佩·马志尼(Giuseppe Mazzini)在1849年为建立罗马共和国而进行的革命。乔万尼投入到了这场革命之中,而玛格丽特·富勒则在一家医院担任志愿者,同时她还写信向《纽约论坛》(New York Tribune)描述革命的状况。1850年,在返回美国途径纽约的火岛时,轮船发生了意外,富勒一家溺海身亡。亨利·大卫·梭罗曾前往纽约,试图找到她的尸体和遗稿,但一无所获。丢失的稿件中就包括玛格丽特关于罗马共和国历史的论述。她的部分作品在她去世后被她的弟弟阿瑟收录在《国内外》(At Home and Abroad,1856)和《生前死后》(Life Without and Life Within,1858)这两部作品当中。此外,玛格丽特的情书也由她的第一位传记作者朱丽娅·沃德·豪（Julia Ward Howe）编辑校订并予以出版。玛格丽特·富勒纪念馆位于马萨诸塞州剑桥的赤褐山公墓。

二、代表作

玛格丽特于 1845 年发表了《19 世纪的女性》(*Woman in the Nineteenth Century*)，这是一部关于妇女地位的扩展性论作，曾在两年前以《伟大的诉讼》为题发表在《日晷》上。《19 世纪的女性》是一部专门剖析男性主义社会思想偏见的著作，提出了"女性气质"、"社会协作意识"和"基于妇女相互之间广泛而深沉的姐妹情谊"等女权理论观念，主张以女性为中心，弘扬女性情感中积极、仁慈的特点，进一步凸显母亲的力量，以及作为社会内聚力的母爱精神："母亲很乐意把巢筑得更暖、更舒适。大自然本身就是这样，它没有必要为能唱歌、飞翔的鸟儿修剪羽翼，也无需担心它们是否能长出搏击长空的翅膀。不按自然规律或是强迫出来的东西大多是不适宜的。"[1]

玛格丽特·富勒呼吁男女间应该完全平等。她把女性争取权利的斗争比作废奴运动，坚决主张所有的职业都应该对女性开放。她还主张女性不应屈服于身边的男性，无论是她们的丈夫，还是父亲，或者兄弟。这本书在当时引起了争议，评论家认为富勒的观点将会有损于家庭的安定与圣洁。然而值得注意的是，富勒对自己是否是女权主义者并不感兴趣。即使在《19 世纪的女性》中，她也没有直接使用女权这样的字眼，而是从更深的哲学、社会学和政治学层次探讨女性观念的形成及其变化，探讨的是男女两性对灵与肉的平等诉求，追求两性在教育、文化和生活各个方面的绝对平等，敦促男女双方各自尊重对方，互相视为"一种思想的均衡两半"[2]。

《19 世纪的女性》标志着女性主义这一弱势话语的发轫，同时也对美国文学的多元化发展产生了深远的影响。虽然富勒本人的作品基本上是政论文，以及包括一些游记和文学作品在内的其他散文，然而她那些在当时看来十分激进的，关于女性应该拥有的在政治、社会、经济、教育，乃至

---

[1] Robert D. Richardson Jr，*Emerson: The Mind on Fire*，University of California Press，1996.

[2] Ralph Waldo Emerson，*The Journals and Miscellaneous Notebooks of Ralph Waldo Emerson*，16 vols.，ed. William Gillman et al.，Vol. 11, Cambridge: Belknap Press，Harvard University Press，1960–1982，p.454.

性等方面的平等的观点,无疑对日后女性受教育机会的提高,鼓励女性进行独立思考,参与包括文学创作在内的社会活动等都起到了重要作用。在19世纪40年代中期,富勒还组织了妇女集会,讨论有关艺术、教育和女性受教育的权利等一系列问题。妇女权利运动的许多重要人物都参加过这些讨论,而讨论中的许多观点都在富勒的主要作品《19世纪的女性》中有所提及。

三、评价

玛格丽特·富勒是当时美国评论界最具影响的人物之一。虽然富勒曾被认为是霍桑《福谷传奇》(*Blithedale Romance*)中的季诺比亚(Zenobia)的原型,但是富勒从来没有对布鲁克农场(Brook Farm)的生活方式表示赞同。詹姆士·拉赛尔·洛维尔(James Russell Lowell)曾在《批评家神话》(*Fable for Critics*)中将她戏仿为米兰达(Miranda)的形象。贺拉斯·格锐雷(Horace Greeley)为她的作品所吸引,于1844年邀请她加入《纽约论坛》,从而成为这家报纸的第一位主要女批评家。富勒意识到,由于妇女从小所受的教育就是不信任自己的能力,而是靠男人,因此没有特别帮助的女人不能自食其力——这种教育在她们的文化中一再受到强化。

玛格丽特·富勒生前享有一定的声誉,尤其在新英格兰的文人雅士圈内。她是超验主义俱乐部的少数成员之一。她积极参与各种社会改革活动,宣传男女平等思想,并与爱默生、帕克和钱宁等新英格兰思想名流保持密切的联系。她创作了不少诗篇,也撰写了数目可观的散文、文学评论、旅游札记和演说词等。她以对话讲座的方式表达自己的思想,开启了美国女性主义话语的先河。她关于女性应享有政治、社会、经济、教育乃至性平等的激进观点直接唤醒了当时美国女性的自我意识,鼓励她们独立思考,积极参与包括文学创作在内的各种社会活动。富勒在以男性为中心的现实世界和象征秩序中为自己争得了一席之地,也为妇女争取平等的写作和研究权利作出了可贵的尝试。作为美国文艺复兴时期一名杰出的思想家,富勒的女性意识、文学观念和社会改革思想是19世纪美国精神文学宝库中当之无愧的一朵奇葩。

参考文献

1. Chevigny, Bell Gale. *The Woman and the Myth: Margaret Fuller's Life and Writings*, 1976.

2. Emerson, R. W., et al. *Memoirs of Margaret Fuller*, 1852(repr. 1972).

3. Hudspeth, Robert N., ed. *The Letters of Margaret Fuller*, 4 vols.

4. Karcher, Carolyn L. *The First Woman in the Republic - A Cultural Biography of Lydia Maria Child (New Americanists)*, Duke University Press, 1998.

5. McMaster, Helen Neill. *Margaret Fuller as a Literary Critic.* University of Buffalo Studies, Vol. VII, No. 30; Monographs in English, No. 1.

6. Stern, Madeleine B. *The life of Margaret Fuller*. New York: E. P. Dutton and Company, 1942.

7. 杨金才:《玛格丽特·富勒及其女权主义思想》,《国外文学》,2007年第1期。

8. http://www.alcott.net/alcott/home/champions/Fuller.html?index=1.

9. http://www-english.tamu.edu/fuller/.

22. 哈丽雅特·比彻·斯托

（Harriet Beecher Stowe）

一、作家介绍

哈丽雅特·比彻·斯托（Harriet Beecher Stowe，1811 – 1896），废奴主义者和美国废奴文学的代表作家，生于康涅狄格州列奇文城一个正统的加尔文派牧师家庭，父亲里曼·比彻是当时美国最有威望的加尔文派教士和著名的神学家，五个哥哥也都是牧师，斯托夫人自幼受到基督教的教育和熏陶，是虔诚的基督徒，后来的丈夫也是神学教师。他们共生有七个孩子，但大都早夭。这使斯托夫人深感悲痛，更加痛恨蓄奴制肆意买卖奴隶和拆散奴隶家庭的罪恶。舅舅的自由党信仰对她也有一定的影响。1832 年移居至辛辛那提，在那居住了十八年，离蓄奴的南部肯塔基州仅一河之隔，因此，她得以目睹众多奴隶不堪忍受虐待而逃往北方的惨景。《汤姆叔叔的小屋》与她的基督教博爱精神和政治上的自由民主主义理想有密切关系。

斯托夫人是位多产的女作家，共创作了三十八部作品，除了小说，还包括一部宗教诗集、两部传记、两部游记和九部儿童文学。

1832 年哈丽雅特·比彻随父亲迁往俄亥俄州，并在当地任教员。1833 年出版了第一本书《儿童地理常识》。1834 年短篇小说《一个新英格兰的故事》在写作竞赛中获奖。1843 年，第一部小说集《五月花》（*The May flower; or, sketches of scenes and characters among the Descendents of the Puritans*）出版，收录了之前发表的十五个短篇故事。虽然没有什么影响，但其中的乡土色彩和方言的使用贯穿了其文学创作生涯的始终。1850 年初全国掀起的关于反对蓄奴制的讨论激发了她的热情,她奋笔疾书,只用了半年多就完成了被称为"不朽之作"的《汤姆叔叔的小屋》。

1853 年,斯托夫人去英国作了一次旅行,撰写了《在国外生活的快乐回忆》。为了进一步反对蓄奴制,1856 年,出版了第二部废奴小说《德雷德,阴暗的大沼泽地的故事》(*Dred: A Tale of the Great Dismal Swamp*),进一步揭露蓄奴制的滔天罪恶。作品以美国历史上黑人起义领袖德雷德·司各特为原型,描写了黑人奴隶德雷德为了争取自由而率领一批逃亡奴隶在大沼地与奴隶主军队进行殊死搏斗的故事。

二、代表作

《汤姆叔叔的小屋》(*Uncle Tom's Cabin*)讲述了一个令人心酸的悲惨故事。小说开始,汤姆(Tom)原来是肯塔基州奴隶主谢尔比(Shelby)的"家生"奴隶,从小侍奉主人,为人可靠,成年后被主人提拔为总管。谢尔比在股票市场投机失败,破产负债,不得已决定将汤姆和谢尔比太太的贴身女奴伊莱扎(Eliza)的爱子哈利(Harris)卖掉抵债。最后,伊莱扎得知消息后连夜携子出逃,此后部分的小说充满了恐怖的氛围。逃跑途中,她们母子与不堪受恶主人虐待的丈夫乔治·哈利斯(George Harris)相遇。在废奴主义者的帮助下,他们一家终于逃到了加拿大获得自由。汤姆是虔诚的基督徒,伊莱扎当时也曾劝他逃走,但他拒绝了,他不愿因自己的逃走而连累其他黑奴兄弟。不久,他被卖给奴隶贩子海利。在去南方的船上,他救下了落水的女孩伊娃(Little Eva),伊娃的父亲圣·克莱亚(St. Clare)就将他买下来带回家中。汤姆在克莱亚家里平安地生活了两年。由于主人劝架死于非命,他又被卖给了一个名叫雷格里(Legree)的庄园主。起初雷格里很器重汤姆,还有意提拔他当监工,但由于汤姆生性耿直,多次得罪凶狠的主人而遭受鞭打。最后,为了掩护被雷格里蹂躏的女奴凯茜和爱弥琳外逃,他被雷格里活活地打死了。但他宁死也不肯说出她们的去向。他生前虔诚地依靠上帝,可是上帝始终也没来救他。

小说以惊恐万分的逃亡开始,这似乎预示了小说壮烈的结局,即汤姆被奴隶主残忍地杀害。被害场面充满哥特式的恐怖元素,偏僻的荒郊野外、古怪而残忍的人物、可怜的奴隶以及某种超自然的力量等令人毛骨悚然。

四十章之后的几章运用了突降的手段,在高潮平息后对蓄奴制进行了思考。作为一个基督徒,汤姆以死捍卫了自己的信仰,他渴望逃离,但他更看重自己的尊严,因此选择了固守和殉道。他的正义凛然使白人变得渺小和邪恶。汤姆与白人的区别似乎已经不在于他的种族或他的奴隶身份,而在于他对上帝的追求更迫切,他更常翻看《圣经》[①]。他是个真正的基督徒,而跟他相比,声称是"上帝的选民"的白人则更像是异教徒和魔鬼撒旦。基督教的教义宗旨就是爱,而小说的寓意也正是传达爱可以胜过律法,胜过一切的信念。

1985年通过了《逃奴法案》。根据该法案,奴隶是奴隶主的私有财产。奴隶主不仅有权追捕逃跑的奴隶,而且自由州的居民还有义务协助奴隶主追回自己的"财产"。这激怒了废奴主义者斯托夫人,于是便有了这部小说。它的创作目的是为反奴隶主义运动提供舆论宣传,最初以连载的形式发表在1851至1852年的华盛顿的废奴主义期刊《民族时代》上。斯托夫人认为奴隶的买卖和对奴隶家庭的强行破坏是极其残忍和非人道的,使读者深刻认识了蓄奴制度的残酷本质。另外,斯托夫人笃信基督教。斯托夫人声称自己是在上帝的启示下书写,她坚决反对奴隶制,以至于产生了宗教的幻觉并把它们写进了小说,如汤姆被杀害的场面。她一针见血地指出基督教与蓄奴制是不能并存的,基督徒的爱可以战胜由蓄奴制所带来的种种伤害。斯托夫人本人也曾失去一个女儿,所以对拆散奴隶家庭和母子的行为深恶痛绝,认为蓄奴制剥夺人的灵魂,是人类社会最没有人性的现象。因此,斯托夫人呼吁给予所有奴隶绝对的自由。但她的目标读者主要是妇女,旨在通过使她们意识到蓄奴制对家庭和信仰带来的破坏来影响整个社会。

作品取材于现实生活,因而在创作方法上也以现实主义为主导,突破了长期占统治地位的浪漫主义小说传统。当时斯托夫妇所居住的辛辛那提正卷入有关蓄奴制的激烈冲突之中,因为当地有很多奴隶试图逃往自由的北部。其中很多人物和事件在斯托的生活中都有原型。汤姆的生

[①] Janet M. Labrie, *Masterpieces of Women's Literature*, ed. Frank N. Magill, New York: Harper Collins Publishers, 1996, p.526.

活原型是斯托曾认识的一个叫约西亚·汉森（Josiah Henson）的逃亡奴隶。伊莱扎的生活原型可能是一个斯托的丈夫帮助过的逃跑的奴隶。汤姆所救的小伊娃的生活原型就是斯托夫人死去的女儿。这部作品笔触细腻生动，不仅成功地刻画了不同类型的黑奴形象，也逼真地勾画出奴隶主阶级的丑恶嘴脸。斯托擅长刻画戏剧化的时刻和对场景进行衬托和渲染，如通过描写罪恶的蓄奴制和神圣的基督教、大肆买卖的男人和忙于替奴隶赎身的女人、白人的温馨的家庭场景和黑人惨痛的分离情形，生动再现了南方社会的真实面貌。因此，这部小说是美国现实主义小说运动的前驱。

《汤姆叔叔的小屋》是19世纪最成功和最畅销的小说，同时也是当时除《圣经》外第二畅销的书，发表的头一年便在美国本土售出三十万册，影响深刻而广泛，被认为是19世纪50年代废奴主义兴起的原因之一。虽然在20世纪中期曾一度绝版，但随着60年代南部民权运动的兴起，此书再次掀起阅读狂潮，斯托夫人因而也不仅名震美国，并且享誉世界。《汤姆叔叔的小屋》是有关美国蓄奴制的最有表现力、最长盛不衰的文学作品。其中的众多人物都已经成为一种众所周知的符号。它体现了进步文学在一个国家政治变动的关键时刻所能起到的巨大作用，林肯总统在南北战争结束前夕曾接见斯托夫人，并称她是"写了一本书发动了一场战争的小妇人"。

《汤姆叔叔的小屋》于1901年由林纾以《黑奴吁天录》为题译成中文。1907年林纾的译本被改编成话剧上演，这也是中国第一部完整的话剧剧目。《汤姆叔叔的小屋》自问世以来，已经译成了四十余种文字，并在美国和世界其他各国改编成剧本上演；随着电影的发明，《汤姆叔叔的小屋》也已经几度被搬上银幕。经过一百五十多年的历史考验，它的伟大价值已经获得了全世界的公认，其影响之深远在小说史上很少有作品能望其项背。时至今日，《汤姆叔叔的小屋》仍被认为是具有世界性影响的著作之一。

三、评价

斯托夫人的故事具有很好的宏观框架，情节具有一种人类原初时期的粗犷色调，人物也多在人类基本感情的矛盾中发展成长，而不是用宗教信条或政治信仰作简单化处理。她的作品表现出一种恢宏的气魄,她的经历、幽默、正义感和挖掘人性基本特征的激情与勇气都有一种博大的胸怀。斯托夫人知道自己的读者中有大批中产阶级知识女性,所以她有意识地在作品中触及妇女解放、平等教育、消除性别上的双重标准等议题,创作出一批坚强独立的女性形象,因此引起当代西方女性主义批评家的关注。他们指出,在斯托夫人的废奴小说里,"奴隶问题最终和女性缺乏政治权利密不可分"。斯托夫人有意识地把蓄奴制描绘成一个由男性制造的制度,需要女性来加以纠正的问题。斯托夫人之前的奴隶题材叙事作品多从男性视角出发,写男性的勇气和智慧,而斯托夫人则使奴隶叙事"女性化",产生了巨大的政治影响。正因为如此,斯托夫人被称为内战后主导美国文坛的现实主义的先驱。

《汤姆叔叔的小屋》被认为是南方小说的始祖,其后的南方作品中人们总能觉察到其中渗透着斯托夫人的气息。她的新英格兰小说创立了一个流派和一种创作方法。应当说是她笔下的新英格兰,而不是霍桑的新英格兰风貌图,为诸如萨拉·奥恩·朱厄特(Sarah Orne Jewett, 1849-1907)等后世作家的创作提供了重要的借鉴。斯托夫人在美国历史和文学史上都留下了光辉的一页。

参考文献

1. Ammons, Elizabeth. "Heroines in *Uncle Tom's Cabin*." *Critical Essays on Harriet Beecher Stowe*. ed. Elizabeth Ammons. Boston: Hall, 1980.

2. Fields, Annie. *Life and Letters of Harriet Beecher Stowe*. Boston: Houghton Mifflin, 1898.

3. Foster, Charles H. *The Rungless Ladder: Harriet Beecher Stowe and New England Puritanism*. Durham, NC: Duke University Press, 1954.

4. Fritz, Jean. *Harriet Beecher Stowe and the Beecher Preachers*. New York: G.P. Putnam's Sons, 1994.

5. Scott, John Anthony. *Woman Against Slavery: The Story of Harriet Beecher Stowe*. New York: Thomas Y. Crowell, 1978.

6. Stowe, Harriet Beecher. *The Mayflower; or Sketches of Scenes and

Characters among the Descendants of the Puritans. New York: Harpers and Brothers, 1843.

7. Stowe, Harriet Beecher. *A Key to Uncle Tom's Cabin*. Boston: John P. Jewett and Co., 1853.

23. 哈丽雅特·安·雅各布斯
（Harriet Ann Jacobs）

一、作家介绍

哈丽雅特·安·雅各布斯（Harriet Ann Jacobs，1813–1897），美国著名的废奴主义者、著名作家。她曾经是一个奴隶，后来从奴隶制的桎梏中逃亡而出，获得自由。她在笔记中记录下了她的一生。1861年，她用笔名琳达·布伦特发表了自传体小说《女奴传奇》(*Incidents in the Life of a Slave Girl*, 1861)。

雅各布斯的一生充满了曲折艰辛而又富有传奇，她的一生也一直在不屈不挠地奋斗。她出生于北卡罗莱纳州的依丹顿，她的父母亲都是黑白混血奴隶，于是雅各布斯一出生就也成为了一个奴隶。但是她也度过了快乐的童年，直到6岁的时候母亲去世，她才知道了自己奴隶的身份。母亲的女主人为人和善，她将哈丽雅特养大成人，并教她阅读和写作。女主人死后，雅各布斯又成了女主人的亲戚詹姆斯·诺康（James Norcom）的奴隶，这个新主人霸占她近十年之久，不许她嫁人，并对她进行性骚扰。雅各布斯从未停止过对主人的反抗。她与一个自由的白人律师塞缪尔·索亚自由恋爱，并与他生下了两个孩子。但是这两个孩子都被诺康据为奴隶，并把他们作为要挟雅各布斯的条件。到了1935年，雅各布斯忍无可忍，成功逃脱。她在祖母家的狭小阁楼里一个九英尺长七英尺宽的空间里住了七年。之后她又度过了一段躲避抓捕的恐怖经历，直到最终在一个朋友的帮助下彻底赎得自由。在朋友们的鼓励下，雅各布斯把她的这一段经历写成一本小说，这就是1861年问世的《女奴传奇》(*Incidents in the Life of a Slave*

Girl）。她还在朋友的影响下成为了一个积极的废奴主义者。美国内战期间，雅各布斯在弗吉尼亚当过护士和教师，她对1862年颁布的《解放奴隶宣言》充满热情，宪法第十三条修正案最终结束了奴隶制。哈丽雅特在华盛顿度过了她的晚年。

二、代表作

雅各布斯一生只出版了一部小说，那就是《女奴传奇》(Incidents in the Life of a Slave Girl)，也正是这部小说奠定了她在文学史上的位置。在小说中，她为读者描绘了一个生活在内战前的奴隶妇女的生活。作者以触目惊心的细节描述，展现了她怎样来抵抗奴隶主的性压迫，以及她为得到自由而奋斗的过程。随后她从奴隶主的迫害中逃亡出来，在她的祖母家的小阁楼里的一块狭小的地方隐藏了七年，然后逃亡到了北方。书中还叙述了她是怎样为了保护她的家庭而作出牺牲，以及她和她的两个孩子如何获得了法律上的自由身份。为了隐藏她的身份，小说中的人名全部用了化名，包括她自己的名字。

这本小说从一个黑人女奴的角度，对奴隶制进行了无情的揭露。小说中恶棍般的奴隶主就是源于现实中雅各布斯原来的奴隶主詹姆斯·诺康。小说中的奴隶主对女主人公施加的各种各样的压迫都是源于作者的亲身经历。通过对奴隶制的揭露，雅各布斯使人们认识到了奴隶制的残酷无情，也使人们关注到奴隶们尤其是女奴隶们的悲惨命运。雅各布斯在这本小说的前言中说道："我非常热切地想要使北方妇女意识到，南方还有两百万妇女仍在受奴役，遭受着我所遭受过的痛苦，有的痛苦甚至比我的还要沉痛。我想在那些更为优秀的文学作品中加上我的这段证明，使自由州的人们认识奴隶制到底是什么。只有亲身经历过的人才会意识到奴隶制这个罪恶的深渊有多么深、多么黑暗、多么邪恶。"这本小说是雅各布斯作为奴隶的亲身经历。奴隶制不仅对奴隶进行肉体上的压迫，更重要的是它对人们精神上的迫害。这本小说也是首次公开讨论黑人女奴隶受到奴隶制迫害的作品。

这部小说的诞生还和作者与《汤姆叔叔的小屋》的作者斯托夫人的一段交往有着密切的联系。雅各布斯原本是想请斯托夫人来写自己的经历，但是两人因一些问题产生了矛盾，于是她决定自己来写自己的历史。她一方面继续自己的劳作，一方面秘密进行写作，并于 1855 年以《一封逃亡奴隶的来信》为名，发表在贺拉斯·格雷利（Horace Greeley）的《纽约论坛报》上。当整个故事讲述完成之后，这部书的出版又经历了重重磨难，最终于 1861 年在波士顿得以问世，第二年又在伦敦以《蒙冤受屈》(*The Deeper Wrong*) 为题出版。这本书出版以后既没有像斯托夫人的《汤姆叔叔的小屋》那样轰动全国，也没有像黑人作家道格拉斯的叙事那样具有影响力。雅各布斯关于黑奴妇女受到的性压迫的故事对于许多习惯于白人中产阶级道德观的读者来说不是那么容易接受，因此这本书出版后销售情况并不好。再加上南北战争爆发在即，这类奴隶叙事作品似乎已难以引起公众的注意。但雅各布斯的名字也凭借这部作品很快在废奴主义者之间传开。

三、评价

由于雅各布斯的黑人女作家身份，《女奴传奇》直到 20 世纪初才受到了应有的关注。在当时女性还没有取得应有的社会地位，像这样一位黑人妇女的作品是得不到应有的重视的。此外，这本小说出版于 1861 年，当时废奴运动已获得成功，因此它不像废奴运动之前的废奴作品那样显得重要。但是它确实有着独特的价值，今天我们在重新阅读雅各布斯的这部小说时，仍然能深深地体会到作者对于奴隶制的无情批判，以及对于自由的无限向往。

这本书有着 19 世纪盛行于美国的感伤小说的风格，它赞美并支持了谦虚、贞洁、爱家等品格，这些都是女性读者所熟悉的。同时，她的这一作品从黑人女权主义者的角度对小说的传统进行了挑战，比如她在书中对于性进行了大胆的描写，而这一主题在当时的文学传统里是一个禁区，尤其是对于一个女性作家而言。而且，当时的感伤小说往往把婚姻当做是小说里女主人公的最终目标，而雅各布斯却是一反这一传统。她在小说里强调了自由和家庭关系这两个主题，同时也指出了黑人团体与家庭成员在她逃亡中所起到的重要作用。雅各布斯在作品中还批判了父权制和奴隶制这两大桎梏。她的努力没有白费，她的奴隶题材叙事作品为今天的读者了解黑人妇女悲剧的过去，并为黑人文学和女性文学的创作作出了重要贡献。

参考文献

1. "Harriet Ann Jacobs." *Feminist Writers*. St. James Press, 1996.

2. Andrews, William L. *To Tell a Free Story: The First Century of Afro-American Autobiography, 1760-1865*, 1986.

3. Child, Lydia Maria. *The Freedmen's Book*. Boston: Ticknor and Fields, 1865.

4. Fleischner, Jennifer. *Mastering Slavery: Memory, Family, and Identity in Women's Slave Narratives*. New York: New York University Press, 1996.

5. Jacobs, Harriet Ann (Linda Brent). *Incidents in the Life of Slave Girl, Written By Herself*. ed. with a portrait and an introduction by Jean Fagan Yellin. Cambridge: Harvard University Press, 1987.

6. Yellin, Jean F. *Harriet Jacobs: A Life*. New York: Basic Civitas, 2004.

7. Yellin, Jean Fagan. *Women & Sisters*. New Haven: Yale University Press, 1989.

8. http://www.litencyc.com/php/speople.php?rec=true&UID=2328.

24. 伊丽莎白·斯图亚特·菲尔普斯
（Elizabeth Stuart Phelps）

一、作家介绍

伊丽莎白·斯图亚特·菲尔普斯（Elizabeth Stuart Phelps, 1815–1852）于1815年8月13日出生在马萨诸塞州，父亲是一位著名的神学家和牧师，母亲是神学院的教授，这种宗教背景无疑影响着她后来的创作。她在少年时期就开始为她的姊妹们写故事，她和后来的儿童系列小说家哈里埃特·伍兹（Harriette Woods, 即 Harriette Baker）是童年的伙伴。16岁时她进入波士顿的弗农山学院（Mount Vernon School）就学，师从雅各布·艾伯特（Jacob Abbott），后者也是第一位出版她作品的人。她以笔名特拉斯塔（H. Trusta, 特拉斯塔是"斯图亚特"颠倒字母而成的词或短语）出版了自己的作品，后来这个笔名频繁出现在她的儿童作品和成人小说当中。

1834年她因脑部疾病回到家乡，此后多年没有从事创作。八年之后，也就是1842年她回到了波士顿，嫁给了奥斯丁牧师。在这期间发生了两件大事影响了她后来的创作，一件是1841年她以前的导师雅各布·艾伯特开始创作并出版了《鲁西丛书》（Lucy books），这也是为女孩子写的第一部系列图书。第二件事是她在1844年生下了女儿玛丽·克雷（Mary Gray），就是在19世纪末期名闻遐迩的作家伊丽莎白·斯图亚特·菲尔普斯·沃德（Elizabeth Stuart Phelps Ward, 1844–1911）。1848年她开始写作《吉第·布朗丛书》（The Kitty Brown books），这是一部长达四卷的宗教系列书籍。她还创作过一些儿童读物。不少故事后来都收录在短篇小说集《小女玛丽：献给孩子们的故事》(*Little Mary; or, Talks for Children*, 1854) 中[①]。

除了这部作品，她还为成年人创作了一些作品，包括著名的《阳光灿烂》(*The Sunny Side or, The Country Minister's Wife*, 1851) 和《窥视 5 号》(*A Peep at Number Five*, 1852)，这部作品后来被认为是她的半自传小说。在她第二个儿子出生后不久，她就旧病复发，于 1852 年 11 月 29 日病逝。后来，她的女儿玛丽为了纪念母亲，选择了和母亲一样的名字，同样成为了一名成功的作家。

二、代表作

这两部相继完成的作品可称为姊妹之作。《阳光灿烂》(*The Sunny Side or, The Country Minister's Wife*) 讲述了乡村牧师和妻子的家庭生活及经历的各种磨难和考验，而《窥视 5 号》(*A Peep at Number Five*) 则讲述了城里牧师和妻子类似的故事。尽管主要描述的是牧师家庭，然而这两部作品都不是有关宗教虔诚的故事，而是关于"钱"的话题，作品讲述了牧师的生活总是捉襟见肘，非常拮据，而且牧师的时间似乎总是不够用，他们被没完没了地呼来唤去、疲于奔命。不仅如此，他们的奔波也连累到他们的妻子，她们也跟着奔东奔西，不知所以。

在《阳光灿烂》和《窥视 5 号》中，作者菲尔普斯塑造出了牧师妻子的理想形象：她们需要具有超常的能力来应付她们在家庭中所扮演的各种角色。她们必须管好家务，参加数不清的教区服务活动，随时要接待左邻右舍不期来访的妇女同胞，还要默默忍受丈夫对她们日复一日的漠视——虽然她们的丈夫时常在家，但是因为他们总是忙于自己的事务，几乎完全忽略了妻子的存在。有一次，城里牧师的妻子霍尔布鲁克太太生病卧床一个星期，她对丈夫抱怨说真希望她不是他的妻子，而只是他教区的一名信徒，这样她还可以指望他来看望看望自己。于是她的丈夫充满愧疚地把书桌搬到她的床前，然后便在那儿伏案疾书，直到他笔尖的沙沙之声令他的太太快要发疯。菲尔普斯还有一个包含讽刺意味的场景描写：一群牧师太

[①] Carol Farley Kessler, *Elizabeth Stuart Phelps*, Boston: Twayne, 1982, p.13.

太太们在一起讨论她们中一位生活艰辛的妻子。那位太太竭尽全力地履行着自己的职责，侍奉好丈夫、家庭，参与教区事务。她现在在哪儿呢？有人问道。另一个回答说：死了。大家都明白，追求所谓的尽善尽美要了她的命。从某种意义上说，牧师的妻子也许就是早期"双重身份女子"的典范：既是全职的家庭妇女，还是全职的牧师助理。作者在这两部作品都提供了大量细节，而叙述风格却简单明了，堪称描写家庭生活的现实主义上乘之作。

三、评价

伊丽莎白·斯图尔特·菲尔普斯是除雅各布·阿伯特之外又一位最早开始创作系列少女读物的作者。她在儿童读物方面的创作和成就为儿童文学的创作作出了巨大贡献。菲尔普斯对美国文学的贡献还体现在她对现实主义的发展方面。她的《阳光灿烂》和《窥视5号》让今天的美国文学读者得以领略到早期美国的现实主义风貌。当然，她的另一大贡献就是培养出了她的女儿——19世纪最为杰出的美国女作家之一——伊丽莎白·斯图尔特·菲尔普斯·沃德。

参考文献

1. "Phelps, Elizabeth Stuart." *National Cyclopedia of American Biography.* Clifton, New Jersey: Jams T. White Company, 1984.

2. *Legacy: A Journal of Nineteenth-Century American Women Writers,* Vol. 19, 2002.

3. Elizabeth T. Spring. "Elizabeth Stuart Phelps." *Our Famous Women.* Hartford, CT: A. D. Worthington and Company, 1883.

4. Gehrman, Jennifer A. "'Where Lies Her Margin, Where Her Text?': Configurations of Womanhood in the Works of Elizabeth Stuart Phelps." Dissertation, Indiana University of Pennsylvania, 1996.

5. James, Edward T., ed. "Phelps, Elizabeth Wooster Stuart." *Notable American Women 1607 – 1950.* Cambridge: Belknap Press of Harvard University Press, 1971.

6. Kessler, Carol Farley. *Elizabeth Stuart Phelps.* Boston: Twayne, 1982.

7. Segal, Elizabeth. "The *Gypsy Breynton* Series: Setting the Pattern for American Tomboy Heroines." *Children's Literature Association Quarterly* 14, Summer 1989.

8. http://www.readseries.com/.

9. http://fulltext6.fcla.edu/DLData/UF/UF00001799/file5.pdf.

10. http://www.litgothic.com/Authors/authors.html.

25. 苏珊·布朗内尔·安东尼
（Susan Brownell Anthony）

一、作家介绍

苏珊·布朗内尔·安东尼（Susan Brownell Anthony，1820－1906），女权主义者、社会活动家、美国民权运动的杰出领袖，在19世纪的女权运动，特别是为女性争取参政权的运动中贡献卓著。安东尼于1820年出生在马萨诸塞州，她的父亲丹尼尔是一位思想开明的废奴主义者，母亲也是一位思想进步的女性。无论在他们自己的为人处世方面，还是在对子女的教育方面，安东尼的父母都把自我约束、坚持原则和相信自己放在非常重要的位置上。安东尼在很大程度上受到了父母的影响。

安东尼自幼酷爱读书，3岁时就学会了读书写字。六七岁时，安东尼被送到当地的一所学校读书，而老师以安东尼是女孩为由拒绝为她教授乘除法课程。在得知此事以后，父亲毅然决定让女儿离开那所学校，将她送往一所家庭学校读书，并亲自教授女儿。在家庭学校中的另一位教师玛丽·珀金斯的影响下，安东尼对女性身份问题的认识也大为深化，为她将来形成男女平等的理念奠定了基础。

1837年，安东尼家道中落，她也被迫辍学，找到了一份教师的工作，以此来偿还家中的债务。她在工作中发现，在同等工作量下，男教师的工资是女教师的四倍左右，这促使她为争取男女同工同酬而斗争。此后的安东尼还积极参与了多项政治运动，包括反对奴隶制的斗争和禁酒运动。

1851年，安东尼结识了伊丽莎白·凯迪·斯坦顿（Elizabeth Cady

Stanton，1815－1902）。在安东尼此后的人生中，斯坦顿始终是她亲密的朋友和工作中得力的助手。她们在美国各地举行演讲，并号召政府实行男女平等的政策。1852 年，安东尼应邀在第三届全国年度女权运动大会上作演讲，这是她首次在大会上就女权问题举行公众演说，而公众也开始注意到了这位倡导女权的斗士。此后，安东尼每年都参加该大会，并于 1958 年任大会主席。

1868 年 1 月 1 日起，安东尼和斯坦顿出版了一份名为《革命》(*The Revolution*) 的周刊。这份刊物的主要宗旨是倡导广大妇女（包括黑人妇女）获得参政权，此外还涉及了同工同酬问题。在这份刊物中，安东尼倡导政府出台更自由的离婚法，并号召女性参加工作。尽管安东尼终生未婚，但她在刊物中论及婚姻中的若干问题，以及争取已婚妇女的权益问题。

1869 年，安东尼和斯坦顿创立了全国妇女选举权协会（National Women's Suffrage Association，NWSA），致力于争取妇女参政权的斗争。安东尼担任协会副会长一职，并于 1892 年起任会长。在此期间，安东尼与斯坦顿、玛迪达·乔丝琳·盖吉（Matilda Joslyn Gage，1826－1898）和伊达·哈斯特德·哈珀（Ida Husted Harper，1851－1931）合编了《妇女选举权史》(*The History of Woman Suffrage*，1881－1922）这一力作。安东尼于 1906 年因心脏病和肺炎逝世。

在安东尼的一生中，有一段经历非常著名。在 1872 年的美国总统选举中，安东尼带领一群妇女前往投票所参加投票。由于当时妇女投票是违法的，她被逮捕并遭到起诉，最终判决有罪并课以一百美元的罚金。但她拒付罚金，事后也没有人向她索款。这件事情发生之后，越来越多的人开始了解了安东尼其人和她的政治主张。

二、代表作

19 世纪 40 年代中期，美国的白人男性就获得了参政权。1870 年，作为美国内战后重建工作的一部分，美国政府通过了第五次宪法修正案，广大黑人男性也获得了选举权。然而在美国民主的推进过程中，广大女性似乎被人们遗忘了，她们迟迟未能获得选举权。通过安东尼等人的考证，在殖民地时期的美国部分地区，一些女性确实参与到了选举的活动中；此外在 19 世纪上半叶也有一些女性享有选举权，但这些零星的个案与美国男权体制下被剥夺了选举权的广大妇女相比只能是沧海一粟。对于广大妇女而言，这是一种等级制度下的不公正待遇。因此，多年来有不少女中豪杰挺身而出，以各种方式向这种不公正待遇发起挑战。《妇女选举权史》这部巨著的主要宗旨是为那些在1881年至1920年之间为争取妇女权益进行斗争的广大女权主义者提供智力和道德支持。

《妇女选举权史》按照时间顺序编纂，其中包含了大量的文献。全书共分六卷，每卷的长度都有千页之多。这部作品是几位编者共同努力的结晶。她们每个人分工明确，而安东尼的职责主要包括材料的搜集和整理以及最后的编辑和定稿。作品或参考或直接节选了大量报纸和期刊中的内容。书中详细列举了不同时期妇女参政论者所作的努力，列举了在她们的努力下政府出台的各项法律，收录了历次全国和各州妇女参政大会的各份会议记录，记述了各个妇女参政组织的活动情况，以及在最终明文规定女性具有选举权的宪法第十九次修正案起草和通过前夕，各州法律的变化和动向。作品中还收录了数十位杰出的女权主义者和妇女参政论者的演讲和作品，其中包括玛丽·沃斯通克拉夫特、哈丽雅特·马蒂诺（Harriet Martineau, 1802–1876）、露克瑞蒂雅·莫特（Lucretia Coffin Mott, 1793–1880）、格莱姆克姐妹、玛格丽特·富勒、卡丽·查普曼·卡特（Carrie Chapman Catt, 1859–1947）、弗朗西丝·赖特（Francis Wright, 1795–1852）、莉迪亚·蔡尔德等不同时代的著名女权主义者。如前所述，这部作品的一个显著特点就是它的全面性。在这部作品中不仅有名家的作品，还收录了数十位读者不太熟悉的人物。除此以外，作品还收录了多位倡导女权的男性的作品。

几位编者可谓费尽心血，将如此浩瀚的史料搜集整理成书，但这部作品的意义并不仅于此。《妇女选举权史》的第一卷于1886年完成，几乎全部是由斯坦顿和安东尼执笔。这一部分中包括了丰富的历史背景信息，旨在加强广大妇女参政论者对妇女参政运动的认识。在这一部分内容中，编者对占统治地位的传统男权社会价值观进行了全面的批判，并提出了争取妇女权益特别是妇女参政权的一系列主张。她们指出，为实现男女平等，必须对现有的各项涉及婚姻、离婚和生育控制的各项法律进行重新审视，并对妇女财产权进行重新评估。此外，她们还大力支持禁酒运动和19世纪中期不断高涨的反对奴隶制的运动。而她们强调实现这些任务的关键在于争取妇女的参政权。

直到今天,在评价《妇女选举权史》这部作品时,学者们公认它是研究19世纪女权运动的重要资料,也是研究安东尼和斯坦顿这两位编者的生平和主要观点的重要参考资料。即使是那些最主张男权的史学家,也不能忽视这部作品对于研究女权主义的重要价值。

三、评价

安东尼是19世纪重要的女权主义者。毫无疑问,在当时的社会和政治条件下,她的政治理念面临重重阻力,但她凭借着顽强的意志和坚持的精神,通过自己的著作,对前人的女权主义斗争进行详细地整理和总结,为女权主义斗争的广大后来者和女权运动的研究学者提供了重要的参考资料。更重要的是,她结合当时国内的社会和政治环境,提出了比较完整的女权主义主张,为女权主义运动的发展指明了方向。

参考文献

1. Dubois, Ellen Carol. *Feminism and Suffrage*. Ithaca, New York: Cornell University Press, 1978.

2. Kraditor, Aileen. *The Ideas of the Women Suffrage Movement, 1899–1920*. New York: Columbia University Press, 1965.

26. 玛丽·切斯纳特

（Mary Chesnut）

一、作家介绍

玛丽·切斯纳特（Mary Chesnut, 1823 – 1886），美国日记体作家，出生于南卡罗来纳州祖父母的农场。父亲是杰出的律师，后成为美国参议员。母亲是大种植园主的女儿。由于家境优越，玛丽受到了良好的教育，从小跟从母亲学习读书和管理庄园。13 岁被送到查尔斯顿（Charleston）寄宿学校学习了法语、德语以及各种学术和艺术课程，并学会了独立思考。

同年她邂逅了去学校探望侄女的詹姆斯·切斯纳特（James Chesnut）。多才多艺的玛丽深深吸引了詹姆斯，两人于 1840 年结婚。婚后玛丽随丈夫到了位于卡姆登（Camden）的种植桑园里生活。此后詹姆斯投身政治，事业蒸蒸日上，南北战争（1861～1865）中被任命为南部邦联总统的助手。而热爱文学和社会生活的玛丽也逐渐厌烦了种植园里一成不变的生活方式，于是开始随丈夫辗转各地。南方部队失败后，经过战争洗劫的玛丽夫妇生活遭受到重创，最后返回了卡姆登的种植园。但玛丽从未表现过一丝悲观，她把整个战争期间的见闻和感想都用日记的形式记录了下来。

玛丽一直强烈要求废除蓄奴制。儿时在祖父的农场里，就曾救过犯错的奴隶。小玛丽虽然没有为奴隶们争取独立和自由的宏大目标，但她把奴隶们看成和自己一样的人，已经知道应该平等地对待他们。她要求给予奴隶人道的待遇，在征得家人的同意后，她教奴隶们阅读和写字。长大后的玛丽随着知识和阅历的增加，越来越意识到蓄奴制的时代已经过去，并把这一思想写进她的日记中。

19世纪70年代后期至80年代初，患病和贫困中的玛丽被迫中断写作，但她始终没有放弃对日记的修改。

二、代表作

《玛丽·切斯纳特的内战日记》（*Mary Chesnut's Civil War*，1981）以日记体形式真实记录了南北战争期间南方社会各阶层的悲惨景象。

日记的记录日期是从战争开始之前不久的1861年2月18日至战争结束不久的1865年6月26日。该日记不仅是一部文学经典，而且具备很高的历史价值。

日记揭露了当时战争的诸多细节。由于玛丽夫妇身居要职，得以接触到很多重要的南方邦联领导人物和事件。她对于战前情况和一系列战争导火索非常熟悉。她强烈批评南部领导人的胆怯和保守，其中也包括她的丈夫。她在日记中描述了战争刚开始时，她和其他人一起在屋顶上看双方发生的冲突，随后很快看到了一片恐怖的景象：财产毁坏、政治混乱、贫穷和饥饿以及大量的伤亡，人们的心情随着每一场胜利或失败而起落。在日记中，她抱怨自己是女儿身，并希望能变成男子，可以有更多权力，能更积极地参与战争。她感到南方的失败似乎不可避免了，邦联军队里充斥着日益绝望的气氛，直至最后部队解散。1865年4月，邦联将军罗伯特·易·李在阿波马托克斯法院自首，内战结束。

除了战争，玛丽在日记里还记述了战时的一切，分析了南方各阶层因为战争而改变的命运，尤其是各阶层妇女和奴隶的命运，体现了她强烈支持废除蓄奴制、解放南方妇女的态度。

除了战争中的重要战事和人物，她还同样热切地关注着每一个她所遇到的奴隶的命运，表达着她内心的良心上的矛盾和困惑。此外，也真实记录了战争期间南部社会各阶层妇女的遭遇，其中有奴隶也有自由人，有黑人也有白人，有下层社会也有上层社会，甚至包括南部邦联第一夫人。玛丽认为在男权社会里，各阶层、各种族的女性统统受制于男性，在某种意义上都是男性的奴隶。玛丽呼吁妇女要打破沉默，不再低声下气地忍受男性在家庭和社会中的控制和压迫，不再满足于男性对女性的角色定位，不再只关注家务、相夫教子等所谓的对女性来说适宜的问题。玛丽在日记里如实地记录下了她的所观所闻所感，她表达了对当时白人男性对黑人家奴和白人妻子双双进行身体和精神上的双重占有和压迫的行为所感到的不耻。但她的坦诚也使该日记日后在出版时遭遇重重困难。

临终前,玛丽将日记交给了一位亲戚伊莎贝拉·玛汀(Isabella Martin)保管,但朋友因为日记过于直白而觉得不适宜出版,直到1904年才使该作品得以付印,当时的题目为《来自南方的日记》(*A Diary from Dixie*, 1905),但这个版本中原作只被保留了不到一半。1949年,玛丽的后人又对该日记作了一次修订和增补,但仍与原作有很大出入。直到1982年该日记才借助历史学家伍德沃德(C. Vann Woodward)之手得以还其本来面目,因为玛丽不喜欢"南部"(Dixie)一词,这一次再版改名为《玛丽·切斯纳特的内战日记》(*Mary Chesnut's Civil War*),并获得了当年的普利策历史奖。

除此之外,玛丽还对当时的作家一一进行了评论。她最崇尚的作家是简·奥斯汀(Jane Austen)。玛丽虽然是日记体作家,但她的日记里却有小说元素,埃德蒙·威尔逊(Edward Wilson)曾说玛丽在日记中营造了小说的氛围,如制造悬念,充满感情等。她也喜爱小说,尤其是萨克雷(William Makepeace Thackeray)的《名利场》,因为它真实记录了社会各个阶层,这也是玛丽所尝试的。此外,和奥斯汀一样,玛丽也将目光集中于女性。最后,除了关注女性形象,她还在严肃中保持幽默,即使面对各种苦难,仍保持乐观。这些都有奥斯汀的影子。她的日记中闪耀着睿智的火花,将毫不留情的评判、尖刻的讽刺、意味深长的隐喻以及自然的真诚熔为一炉。这是最好的一部反映南北战争时期南方精神的作品,它不仅以文学魅力取胜,而且以其率真的真情实感展示了人性的魅力[1]。

虽然日记并不完全连续,但仍完整地记录了整个战争,被学者和评论者认为是全面、准确了解战争史实重要的第一手资料,具有很高的文学和历史价值,同时也是了解妇女历史的宝贵资料。虽然这本日记在她去世以后才告完成,但它还是被公认为是南部作家中最重要,也是最好的著作。[2]

---

[1] http://history-world.org/mary_chesnut.htm.
[2] *Encyclopedia of Southern Culture*, ed. Charles Reagan Wilson and William Ferris.

三、评价

玛丽·切斯纳特是一位女权主义倡导者,在见证了南方妇女悲惨的生活境遇后,她的日记里充满了对生活在南方社会最底层的妇女的同情。她主张妇女要从婚姻家庭中解放出来,并呼吁女性冲破枷锁,不再保持沉默,而要为赢得独立和自由而抗争。

玛丽的废奴思想具有很大的进步意义。虽然身在南方,但她同意亚伯拉罕·林肯要求废除南方蓄奴制的主张,认为长久以来南方以男性为主的奴役制度传统是不能容忍的,是一种道德过失,认为蓄奴制已不符合历史发展的脚步。她敏感的政治嗅觉让她感觉到一个关键的历史时期即将到来。

2000年3月1日,美国内政部宣布詹姆斯和玛丽在南卡罗来纳州的桑树种植园被指定为国家历史地标,这是美国授予重要国家文物和文献的最高称号。

参考文献

1. Chesnut, Mary, Ben A. Williams, Edmund Wilson, eds. *Diary from Dixie*. Massachusetts: Harvard University Press, 1905.

2. Chesnut, Mary, Elisabeth Muhlenfeld, eds. *Two Novels by Mary Chesnut*. Charlottesville: University Press of Virginia, 2002.

3. Chesnut, Mary, C. Vann Woodward, eds. *Mary Chesnut's Civil War*. New Haven: Yale University Press, 1981.

4. Woodward, Vann, Elisabeth Muhlenfeld, eds. *The Private Mary Chesnut: the Unpublished Civil War Diaries*. New York: Oxford University Press, 1984.

27. 哈丽雅特·威尔森

(Harriet E. Wilson)

一、作家介绍[1]

1859年,哈丽雅特·威尔森(Harriet E. Wilson, 1825–1900),这位来自新罕布什尔的白黑混血女子出版了一篇自传体长篇小说,希望能够以此赚得一些收入以维持生计。这篇小说就是长期以来在读者们中间引起广泛争议的《我们的尼格,一个自由黑人的生活故事》(*Our Nig; or Sketches From the Life of A Free Black*)。由于缺乏可靠的资料证据,长期以来人们对于哈丽雅特·威尔森的生平经历所知甚少。近年来,通过哈佛大学等一些大学教授的通力协作和努力,终于整理出了有关哈丽雅特·威尔森生平的较为完整可靠的资料。

哈丽雅特·E.("哈蒂")·亚当斯·威尔森出生于新罕布什尔的米尔福德镇。父亲是一位非洲裔的桶匠,母亲是一名具有爱尔兰血统的洗衣女工。在哈蒂还很年幼的时候父亲就去世了,母亲把她遗弃在一个农场上。根据已有的资料,这位富有的农场主便是作者的小说中所描写的"贝尔蒙特"家族。哈蒂·亚当斯就在新罕布什尔南部、马萨诸塞州的中部和西部靠当家佣和裁缝来糊口度日,直到她于1851年10月6日嫁给米尔福德的托马斯·威尔森。但是二人的婚姻并不幸福,丈夫很快抛弃了她。她在贫病交加中生下了她唯一的儿子乔治·马森·威尔森。为了抚养儿子,她只身前往波士顿寻找工作。在波士顿期间,哈丽雅特·威尔森创作了《我们

---

[1] 本节资料主要来源于哈丽雅特·威尔森官方网站:http://www.harrietwilsonproject.org/about_harriet.htm。

的尼格》，并且于1859年8月18日申请获取了版权。1859年9月初，这部小说由波士顿的一家出版社出版发行。然而悲剧再次降临。1860年2月6日，哈丽雅特·威尔森年仅7岁的儿子乔治死去了。1870年9月初，哈丽雅特·威尔森在波士顿和加拿大人约翰·加拉丁·罗宾逊结了婚。

  在1867年后，她的名字开始出现在波士顿当地报纸的招魂术士名单上。从1867年到1897年。哈蒂·威尔森夫人在当地的招魂术士团体中非常活跃。她到处进行各种规模和类型的演讲，演讲内容不仅仅是招魂、催眠术，更多的是有关劳动改革、儿童教育等方面的社会议题。尽管她的演讲文本未能流传下来，但是，根据当时报纸的报道，她的演讲经常会谈及自己的生活经历，并时常会有深刻的剖析和幽默的评论。

  哈丽雅特·威尔森积极地开办过类似于周末学校这样的儿童教育机构，并且积极投身到社区为儿童教育和培养举办的各项活动之中。先后从事过护士、心灵抚慰师以及寄宿公寓的管理员等工作。令人感到遗憾的是，尽管她在《我们的尼格》之后的生活积极而卓有成效，但是她似乎再也没有创作过任何其他的作品。她于1900年6月28日在马萨诸塞州的昆西医院去世，享年75岁。

二、代表作

  《我们的尼格》（*Our Nig; or Sketches From the Life of A Free Black*）通常被认为是作者的自传体小说,其中包含了美国文学中两个重要的文学体裁，即感伤小说（the sentimental novel）和19世纪的奴隶叙事（slave narrative）。小说一开篇，6岁的黑人小主人公弗莱多（Frado）被她的白人母亲抛弃，之后在贝尔蒙特家做工时，又被贝尔蒙特太太和她的女儿玛丽残酷虐待，受尽了苦难。她的苦难持续了十二年，直到她18岁的时候才获得了自由，但此时她已体弱多病。她离开贝尔蒙特家族后，自力更生，最后嫁给了一个逃亡的奴隶汤姆。她到处为废奴运动发表演讲，不久她的儿子乔治出生，但随后她被抛弃。在小说的结尾，作者直接向读者提出希望读者能通过购买她的小说的要求，而不是通过募捐来支持她。

  不少评论家认为《我们的尼格》这部作品代表了白人的感伤小说和黑人的奴隶叙事这两种叙事手段的融合。哈丽雅特·威尔森将感伤故事和哥特式传统综合在一起，使她的作品鲜明地与众不同，尤其是对主人公弗莱多的塑造。有评论指出，这部小说本身并非奴隶小说。作品中不时出现的奴隶叙事意在凸显当时南北方对黑人奴隶的不同对待，以及在两个不同的体制下形成的社会关系结构。

《我们的尼格》出版之后，有相当长一段时间无人问津。直到1983年，文学批评家亨利·路易斯·盖茨将这部作品再次推荐给世人，随后许许多多的评论家都对哈丽雅特·威尔森的这部唯一的作品进行过多方面的批评研究，并产生了大量具有很高价值的研究成果。

三、评价

哈里雅特·威尔森的小说《我们的尼格》从初版至今已有近一百五十年的历史。尽管《我们的尼格》在其所代表的体裁中并不能算经典巨作，但是作为描写非洲裔美国人在美国的经历所开创的黑人文学传统，其重要性无与伦比。通过描写跨种族婚姻、遗弃儿童、北方人的残酷，以及善良与充满活力的黑人女主人公，威尔森面对当时的社会传统勇敢地发出了不同的声音。

威尔森是美国文学史上第一位用英语发表小说的黑人女作家。作为哈丽雅特的唯一一部小说，《我们的尼格》所引起的争议震撼了全世界的读者。哈丽雅特·威尔森的作品成为日后美国黑人文学发展的源头。

参考文献

1. Brink，Carol. *Harps in the Wind: The Story of the Singing Hutchinsons.* New York: Macmillan，1947.

2. Ernest，John. "Economics of Identity: Harriet E. Wilson's *Our Nig.*" PMLA，109 (May 1994): 424-38.

3. Gardner，Eric. "'This Attempt of Their Sister': Harriet Wilson's *Our Nig* from Printer to Readers." *New England Quarterly*，66 (June 1993): 226-46.

4. Gates，Jr.，Henry Louis and David Ames Curtis. "Establishing the Identity of the Author of *Our Nig*," in *Wild Women in the Whirlwind: Afra-American Culture and the Contemporary Literary Renaissance*，ed. Joanne M. Braxton and Andree Nicola McLaughlin. New Brunswick，New

Jersey: Rutgers University Press，1990.

5. White，Barbara A. *"Our Nig* and the She-Devil: New Information about Harriet Wilson and the `Bellmont' Family." *American Literature* 65 (March 1993): 19-52.

6. Wilson，Harriet E. *Our Nig; or, Sketches from the Life of a Free Black*，ed. Henry Louis Gates，Jr. Third edition. New York: Vintage Books，2002.

7. http://www.harrietwilsonproject.org/about_harriet.htm.

8. http://www.litencyc.com/php/speople.php?rec=true&UID=5038.

28. 弗兰西斯·哈泼
(Frances E. W. Harper)

一、作家介绍

弗兰西斯·哈泼(Frances E. W. Harper,1825 – 1911),美国 19 世纪著名的演说家、积极的政治活动家、教育家。她极力主张废除奴隶制,争取民权,尤其是争取妇女的权利,并主张禁酒,同时她也是一位著名的黑人女作家、女诗人。她一生中出版诗集十部、文章多篇,以及小说若干部,大都描写种族和女性问题。

哈泼出生在位于美国东部的马里兰州(Maryland)的巴尔的摩市(Baltimore),她的父母都是自由身份。她 3 岁时母亲去世,是亲戚收养了她。她的叔叔威廉姆·沃特金斯牧师(Rev. William Watkins)为自由黑人的孩子开办了一所免费学校,她就在这所学校里学习。13 岁时她就开始自食其力。在她 25 岁那年,她开始在俄亥俄州哥伦布市的一所学校里任教。三年后,她参加了"美国反奴隶制协会",具体工作是旅行演讲。1860 年,弗兰西斯嫁给了带着三个孩子的鳏夫芬顿·哈泼(Fenton Harper),他们一起来到了俄亥俄州。两年后女儿出生,又过了两年丈夫去世了。内战后,弗兰西斯在南方旅行,为公众进行演讲,倡导获得自由的奴隶获得受教育的权利,并为战后重建进行宣传。她常常在公众大会上朗读她的诗作,包括她那首最受欢迎的《把我葬在自由之地》(*Bury Me in a Free Land*)。

在奴隶制度被废除以后,哈泼把主要精力投入到了争取妇女权利,以及帮助黑人获得平等权利的斗争中。她在言论上积极为妇女争取权益,并同当时的著名妇女活动家苏珊·B. 安东尼(Susan B. Anthony)、伊丽莎白·斯坦顿(Elizabeth Stanton)一起为妇女争取选票。1873年哈泼成为费城有色人种组织的负责人,于1894年协助成立了"全国有色妇女协会"(National Association of Colored Women),并自1895年以后一直担任副会长一职,直到去世。哈泼与艾达·B. 威尔斯一起写文章、作演讲,对动用私刑这一问题进行批评。她还加入了"美国妇女选举协会"(American Women's Suffrage Association),为争取妇女选举权作出不懈努力。她写作所得的大部分收入都被用来援助奴隶的解放事业。此外,她还是"世界和平联盟"的成员。在哈泼去世九年后,美国黑人妇女赢得了选举权。

哈泼在文学上也获得了不小的成就。她创作并出版了大量作品,包括诗歌、小说及报刊文章。由于她撰写了大量的报刊文章而被称为"美国黑人新闻报道之母"(mother of African journalism),同时她也为主要供白人阅读的杂志撰稿。她14岁时在一个贵格会信徒家庭里当佣人,因此她得以在这个家庭的图书室里阅读,从而激发了她对文学的渴望。她开始进行文学创作并在报纸上发表小诗。她的第一本诗集《秋天的叶子》(Autumn Leaves),又名《森林的叶子》(Forest Leaves),出版于1845年。这部诗集一经出版就受到欢迎,在几年的时间里再版二十多次。1854年,她出版的《杂诗集》(Poems on Miscellaneous Subjects)受到了批评界的广泛关注。在这些诗里,她不仅抨击了种族主义,也揭示了妇女所受的压迫。1859年,她发表了短篇小说《两个提议》(Two Offers),这是第一篇由美国黑人妇女发表的短篇小说。这部作品篇幅不长,形式上是小说,其实是一篇布道文,教导年轻人,尤其是女孩子如何作出选择。故事讲述了一个女性的悲剧,她错误地认为浪漫的爱情和婚姻是生活唯一的目的和中心。1892年,她出版了小说《伊俄拉·莱罗伊》(Iola Leroy)。该书讲述了一个被救黑奴以及美国南方重建的故事,这部小说是美国黑人最早出版的小说之一。之后她又写了《米妮的献祭》(Minnie's Sacrifice)、《播种和收获》(Sewing and Reaping),以及《审判与胜利》(Trial and Triumph),这些作品都涉及了重建后的南方这一话题。

尽管哈泼生前是个极受欢迎的作家,但是她并不受文学批评家的欢迎。在最近的几十年里,女权主义者以及黑人妇女重新给哈泼的作品以应有的地位。1992年，为纪念她的小说《伊俄拉·莱罗伊》出版一百周年，人们还为她举行了纪念活动，并给她安置了新墓碑。

二、代表作

《把我葬在自由之地》牢牢地奠定了哈泼在文学界的声誉和地位。这首诗发表于1864年，也是她的丈夫芬顿·哈泼去世的同一年。这首诗基调沉重，因此有评论家认为这首诗是哈泼写给她的丈夫的。该诗通过一个死者之口以第一人称讲述。"我"请求别人把"我"葬在一个自由的地方，这个地方没有奴隶制的压迫，而只有当"我"听不到奴隶沉重的脚步声、痛苦的呻吟声，看不到奴隶遭受到的血淋淋的折磨时，"我"才会安睡。

全诗分为八个小节，第一节里"我"提出请求，"我"宁肯被葬在最卑微的地方，也不愿躺在奴隶制存在的地方。在第二、三、四这三个诗节的开头，都重复了"我将无法安睡"，形成一种排比句式，每一节里都是"我"听到或是看到奴隶们所受的痛苦，这使得"我"无法入睡。"我"无法忍受奴隶们所受的遭遇，只有当消除了奴隶制度，人人变得平等，"我"才能安心地入睡。在最后一个诗节里，作者又重述了"我"所渴望的是不要把我葬在一个到处是奴隶的地方。"我"在这首诗里是一个无名的死者，可能指作者哈泼本人，也可能是指任何一个黑人，因为废除奴隶制度不仅是哈泼所为之奋斗的事业，也是所有黑人的共同愿望。作者哈泼用这首诗来呼吁废除奴隶制，设想了这样一个可以让"我"安睡的地方，只有当奴隶制被彻底废除，黑人的权利得到保障时，人们才能享受平等的权利，才能得以安睡。

从形式上看，这首诗是采用了哈泼常用的形式，全诗共八个小节，形式整齐划一，采用的是押韵四音步，每节的韵脚是aaabb。语言通俗易懂、简洁明了，又富含深情，并运用了排比的手法，增强了震撼力和说服力。这样的一个地方，已不再是地理意义上的某一个地方，而是一个没有压迫、没有歧视、没有痛苦的地方，在这里人人可以享受平等的权利，黑人也不再有痛苦的血泪。整首诗借用一个死者的语气，作出几种假设，其实是对残酷的奴隶制进行了赤裸裸的揭露。她的诗反映了当时的文学传统，更与她的社会目的相适应，也为读者所接受。

三、评价

她被公众称为"铜色的缪斯",因为她的诗中有对奴隶制的反对、对社会改革的呼唤,加之诗歌本身的震撼力,深深吸引了无数的白人和黑人读者。她的诗歌是传统的抒情诗形式,充满了人们所熟悉的主题和意象。有评论家说她的诗"清新、忧伤,有着悦耳的声音和音乐般的语言"[1]。许多评论家认为哈泼的作品最大的重要性就在于它的社会价值,而不是它的文学成就。

作为一位演说家,她把她的一生都贡献给了废奴运动,为获救奴隶争取权利,以及争取妇女选举权的不懈斗争。哈泼用散文和诗歌来激发读者和听众的热情。有的批评家说她的诗带有很明显的宣传意味,她的诗歌是她对于自己一生中为他人的幸福而奋斗这一理念的延伸。她的信念是"为人类而艺术",她的作品"充满了社会、道德和种族的理想,她也为这些理想贡献了一生"[2]。她的诗中常用的主题是奴隶制的残忍和美国的虚伪,为了突出主题,她在诗歌中进行了细致的刻画,尤其是当诗歌在公众场合大声朗读的时候。尽管哈泼的诗并不是那么新颖、独特、有才气,但它们强有力的情感和闪光的意象却使人们难以忘记这位优秀的黑人女诗人。

参考文献

1. http://www.accd.edu/Sac/English/bailey/fharper.htm.
2. http://www.mith2.umd.edu/WomensStudies/PictureGallery/harper.html.

---

[1] Phebe Hanaford, *Daughters of America*, Augusta,Me.: True and Co., 2005.
[2] Graham,*Meryemma. Dictionary of Literary Biography*.

29. 艾米莉·狄金森

（Emily Dickinson）

一、作家介绍

艾米莉·狄金森（Emily Dickinson, 1830 – 1886），1830年12月10日出生于马萨诸塞州阿默斯特镇一个古老的英格兰世家。父亲爱德华·狄金森是一名律师，后来还做过阿默斯特学院的司库，在镇上极富声誉。艾米莉在家中还有一个哥哥和一个妹妹，他们之间的关系很融洽，她的许多信件都是写给她的兄妹的。狄金森曾在阿默斯特学院学习，两年后又到了霍利约克山女子学校，后来她离开学校同家人生活在一起。回家以后，艾米莉的生活普通而又有规律。她酷爱读书，自学了古典神话、《圣经》，以及英美著名诗人和小说家的作品，其中包括济慈、柯勒律治、乔治·艾略特、勃朗宁夫妇，以及夏洛特·勃朗特等人的作品。这些作家的作品无疑都对她后来的创作产生了深远的影响。在艾米莉的青年时代，有两位年轻人对她的生活产生了影响，他们分别是阿默斯特的校长伦纳德·汉弗莱和本杰明·F. 牛顿。牛顿把超验主义大师爱默生的著作介绍给她，正是由于他的影响，在狄金森的作品中超验主义的印迹显而易见。由于这二人英年早逝，狄金森在她的著名诗篇《我的生命结束前已结束过两次》（"My Life Closed Twice Before Its Close"）中对他们进行了悼念。

狄金森从二十几岁就开始隐居，因此人们只能从其诗歌及书信中揣测她内心感情的状况。大约在二十几岁时她开始专心进行诗歌创作，1858年前后已开始把自己的诗作加以清抄并收集起来。1858 年她似已写成五十二首诗歌，到了1862 年已得诗三百五十六首，数目可谓惊人。1865 年她创作诗歌八十五首,此后到她去世,她平均每年创作二十余首。她在19世纪60年代初期的多产似乎同她和查尔斯·沃兹沃斯德相识有关。1855年5月,狄金森看望她在华盛顿的父亲,回家途中和年已41岁、已有妻子儿女的沃兹沃斯相遇,后来他们便开始了书信往来。狄金森去世后所发现的三封信的草稿可以反映出女诗人感情的强度。1860年他顺路来看望过她,大约在次年告诉了狄金森他将去旧金山的消息。这一消息让她惊愕不已,"她的梦想的宫殿突然间变得空无一人"。她在一首诗中哀叹道:"我再一次两手空空。"

1862年,狄金森似乎第一次考虑出版她的诗作。她给一名叫做托马斯·文特沃思·希金森的文人寄去了四首诗,并很快得到了这位文人的赏识。其间两人保持通信往来,直至1886年5月15日狄金森因患肾炎病去世。狄金森去世后,她的诗稿无意中被她的姐姐拉维尼娅发现,后经托德夫人和希金森的整理,一部包括一百一十五首诗歌的诗集首次问世,后来又出版了两集和两部书信集。从1914年到19世纪20年代,更多狄金森的诗歌得以和读者见面。狄金森在文学上的地位也终于得到承认。1950年哈佛大学买下狄金森著作的全部版权,并于1955年出版了由托马斯·约翰逊和西奥多·沃德(Theodora Ward)编辑的狄金森全集,其中包括三部诗集和三部书信集。

二、代表作

尽管与世隔绝,但是艾米莉·狄金森是一位思维极其敏感、内心感情极其丰富的人。她的诗歌凸显了她在宗教、伦理、社会政治以及美学方面的见解和观点。狄金森信奉加尔文教,加尔文教义中关于"命中注定"的思想给她的创作涂上了一层悲观主义的色彩。"死亡"和"永生"成为了她的创作主题。她创作的关于死亡的诗歌多达五六百首,其中著名的有《因为我不能停下等死》("Because I Could Not Stop for Death")、《我听到苍蝇的嗡嗡声——当我死时》("I Heard a Fly Buzz – When I died")等。对于"永生"这个话题,狄金森的态度有些模棱两可,充满着不确定的因素。《显然不是冷不防》("Apparently with No Surprise")充分体现了她的自然观——自然既有温和的一面,同时又有残忍的一面。诗歌中花儿不能掌握自己的命运,在快活时刻被掐,而上帝却默许这一切的发生,这些都表现了对于死亡的无奈态度。狄金森的一些诗也反映出她对政治的关心。她和超验主义者一样，反对过分的商业化，认为对穷人要富于同情心，并对美国的发展和进步充满信心等。《讨饭的小伙子夭逝了》("The Beggar Lad Dies Early")、《我愿看它穿千里》("I Like to See It Lap the Miles")等，都反映了诗人的思想倾向。

1. 《因为我不能停下等死》("Because I Could Not Stop for Death")

因为我不能够停下等死
因为我不能够停下等死——
他为我停下友善和气——
四轮马车只载着我俩——
和不死。
我们慢慢驱车——他知道不急
而我也挥去了
我的工作和安逸，
缘他彬彬有礼——
我们经过学校，值课间休息
孩子们围成圆环——打逗游戏——
我们经过农田凝望五谷
我们经过落日——
确切地说——是它经过了我们
那露水引来了冷颤寒气——
因我的女礼服——仅为纤细的薄纱织物
我的披肩——不过是绢网而已
我们暂停于一幢建筑物前
它看上去好似一片地面隆起——
那屋顶几乎看不见——
宛如飞檐装饰着大地——
自那以后——若干个世纪——
可还是感觉比那天短，
我第一次猜测到那马头

是朝向永恒之地——（1890）

　　这是一首描写死亡和永生的诗歌，两者都被巧妙地人格化了。诗的开首描述诗人被死神的和蔼和礼貌所感动，放弃工作和休息，和永生一起坐上了他的马车（象征柩车）。他们穿过学生课间休息的学校（象征人的童年阶段），越过成熟的庄稼的田地（象征成年），看到夕阳西下（晚年），感到夜里衣薄体寒（尸骨未寒）。诗人在坟墓中呆了数个世纪，第一次认识到死神的马车是走向永恒的，说明灵魂是永生的。另外诗中出乎意料的转折、停顿、主宾易位、间歇而又反复出现的头韵等都使诗歌读起来波澜起伏，使人生、死亡和永生之路显得尤其曲折漫长。

　　2.《我的生命结束前已结束过两次》("My Life Closed Twice Before Its Close")

　　　　我的生命结束前已结束过两次；
　　　　它还要等着看
　　　　永恒是否会向我展示
　　　　第三次事件。
　　　　像前两次一样重大
　　　　一样，令人心灰望绝。
　　　　离别，是我们对天堂体验的全部，
　　　　对地狱短缺的一切。（1896）

　　狄金森一生曾经历过两次沉重的打击，一次是1853年她的良师益友本杰明·牛顿的去世，另一次是1862年和查尔斯·沃兹沃斯的分别。这首诗大概是讲这两件事的。在诗人生活的年代，阿默斯特镇经常有人死亡，诗人自己的多位好友先于她辞世。此外，诗人家的果园距公墓很近，门前常有送葬人经过。这些都是诗人对"死亡"这个主题感到迷茫，时刻准备承受再次打击的原因。

　　3.《狂风夜，暴雨夜！》("Wild Nights – Wild Nights")

　　　　狂风夜，暴雨夜！
　　　　如果你我在一起，
　　　　狂风暴雨夜，该是
　　　　我们的洞天福地！

风儿再吹也徒劳，
因为心进了港口
已不再需要罗盘，
已不再需要航图。
荡桨在伊甸园中——
啊，这一片海洋！
今晚哪，但愿我——
停泊进你在海港！（1891）

这是一首向情侣倾诉深情的诗歌。诗人说，就是在暴风雨夜，倘能和"你"在一起，那也是叫人心花怒放的事情。纵然外面狂风怒吼，但对稳停在海港里的爱情之船也无能为力。这只船在伊甸园荡漾，在大海的怀抱中停泊。船与海这两个情人的象征合二为一，成为甜蜜爱情的标志。

4.《我听到苍蝇的嗡嗡声——当我死时》("I Heard a Fly Buzz – When I Died")

我听到苍蝇的嗡嗡声——当我生命将结束时
房间里，沉寂
就像风起云涌之间——
空气中的寂静——
亲友的眼泪哭干了——
呼吸几乎停止
因最后一击——死神
亲睹——房间里
我遗言把我的所有——放弃
我自己的一份
安排——随后
被一只苍蝇打断
蓝色的——微妙起伏的嗡嗡声
在我——在光——之间
然后窗户关闭——然后
我眼前漆黑一片——

《我听到苍蝇的嗡嗡声——当我死时》是一首写死者回顾自己死亡时情景的诗。诗人对死亡的过程进行了大胆的想象和描写。诗中写道,"我"死时室内一片沉寂,进而谈到周围亲友屏息静气地望着她气息奄奄。她在清醒的一瞬间想到把纪念品分赠众人,然后便大渐弥留,只听到一只苍蝇在嗡嗡叫,挡住了从窗外射进来的光,然后就是漆黑一片。

常耀信教授曾指出,狄金森诗歌的独创性是她最大的特点。她的作品不受任何传统形式的束缚,无论是语法、句法、大小写、标点符号等文字规则,还是英国诗歌的传统格律,都不会束缚住她的手脚。狄金森还擅长使用意象,她将很多具体事物巧妙地融进自己的诗歌中。在狄金森看来,诗人的职责在于运用突出、具体的意象表现抽象的思想。她的诗句简短,表达直截了当,善于赋予最平凡的词语以出人意料的含义。小说家和诗人斯蒂芬·克兰偶然听到了她的诗,顿时内心如有所感,写了一些和她的诗风很是相似的诗歌。于是,她和克兰一同被认为是20世纪初意象主义新诗运动的先驱。

三、评价

狄金森是美国最伟大的抒情诗人之一。她几乎是在同一所房子、同一个院子里度过了她的一生。她性格孤僻,个性强,思想敏锐,具有独特的幽默感。这位女诗人一生共写了一千七百七十五首诗歌,但生前只发表过七首。艾米莉·狄金森的诗很少超过二十行,大都短小平易,意象单一,却十分别致、自由而灵动。诗的节奏独特,以破折号作为韵律,以大写字母代表强调,形式上与教堂里的圣歌颇为相似。艾米莉的诗歌风格在当时可谓超凡脱俗,并且绝不为迎合当时的出版要求而擅改自己的风格。正如她自己所说的那样,"我的诗一定得亮着自己的光芒,无需他人的擦拭,要不然,我会藏起来直到合适的光出现"[1]。时间已经证明了狄金森创作理念的正确以及其诗歌的价值。

作为同时期的诗人,狄金森的作品常被拿来与惠特曼的作品相比较和对照。狄金森与惠特曼有许多不同之处。有学者指出,惠特曼关注外部世

---

[1] Emily Dickinson, *The Letters of Emily Dickinson*, Vol.3, ed. Thomas H. Johnson, Cambridge: The Belknap Press of Harvard University Press,1958.

界，狄金森却着意探讨人的内心。惠特曼的"美国味"来自他对"全国"的认识，狄金森则以英格兰"地区"为出发点。此外，在技巧上两人也截然不同。惠特曼以其无休止的、无所不包的"事物、地方与人的清单"式诗句而著称，而狄金森所采用的却是准确、直接、简明、短小精悍的句型。狄金森是她的时代的产物，她认真阅读爱默生的散文和诗歌，受其影响很深。这位直觉的艺术家强调灵魂的重要性，抨击对物质主义和商业化倾向的过分重视。她虽然深居简出，但对日渐发展的美国也并非一无所知，从她描写铁路的诗便可证明这一点。

狄金森的诗表现出了加尔文思想的影响。19世纪80年代，随着资本主义的发展以及达尔文进化论的传播，人们对上帝、人和人生的观念也发生了变化。世界愈来愈冷漠无情，人的地位愈来愈无足轻重。狄金森的一些诗便朦胧地反映出这种情况。她的某些诗的基调同19世纪90年代的自然主义和20世纪初的现代派文学一脉相承，这是狄金森的现代性的表现之一。

参考文献

1. http://www.english.uiuc.edu/maps/poets/a_f/dickinson/bio.htm.
2. http://www.case.edu/affil/edis/edisindex.html.

30. 丽贝卡·哈丁·戴维斯
（Rebecca Harding Davis）

一、作家介绍

丽贝卡·哈丁·戴维斯（Rebecca Harding Davis，1831–1910），美国记者、作家和现实主义文学的先锋人物。家境优越，自幼接受了父母的良好教育，是虔诚的基督徒。喜爱霍桑的作品，同时深受浪漫主义、现实主义、自然主义、超验主义等多种思潮的影响。担任过《卫灵动态报》的编辑，在卫灵的棉花加工厂和炼铁厂里深深体会到大工业的非人道。1861 年在《大西洋月刊》（*Atlantic Monthly*）上发表处女作《铁磨房的生活》（*Life in the Iron Mills*，1861），大获成功，随后又在该刊上发表了她的第一部长篇小说《玛格丽特·豪斯》（*Margaret Howth: A Story of Today*，1862）。为了贴补家用，丽贝卡后来写了不少通俗作品，同时也在刊物上发表文章和小说探讨她早年关注的社会问题。

她把社会理想跟美国的残酷现实比较，写出了《约翰·拉马尔》（"John Lamar"，1862）、《保罗·布莱克尔》（"Paul Blecker"，1863）、《约翰·安德鲁斯》（"John Andross"，1874）等反映社会问题的短篇小说。揭露了政治的腐败、精神病人所遭受的虐待，以及监狱改革中的教育问题等现状。她的观点还被 1899 年的国会报告所引述。

丽贝卡最关注的是女性的困境。《黎明的希望》触及了雏妓问题，并对贫困和道德沦丧问题宣战；《南方面面观》（"Here and There in the South"，1887）和《新英格兰的灰色小屋》（"In the Gray Cabins of New

England",1895）反映了女性在婚姻和教育上的困境；《妻子的故事》("The Wife's Story"）表现了女性在艺术抱负和家庭责任之间的冲突。《克莱门特·摩尔的职业》描写了一个充满幻想和激情的天才女雕塑家的凄凉命运。就是这样一个看似果断勇敢的女性同样面临着困境与无奈[1]。她精力充沛，身着男装，还给自己起了个男性化的名字，但这却使她在"其他女性的眼里具有侵略性，让她们无法忍受"。

二、代表作

小说《铁磨房的生活》(*Life in the Iron Mills*）是丽贝卡第一部正式发表的作品，也是她的代表作。故事发表后立刻引发轰动，被认为是对资本主义机器工业的"第一个广泛深刻"的控诉，丽贝卡也因此被认为是美国无产阶级文学的先驱[2]。

故事的主人公是俄亥俄河边一个巨大的铸造厂中的一名钢铁工人休·伍尔夫（Hugh Wolfe）和他的表妹，也是他的女友黛博拉（Deborah）。每当工作闲暇时他喜欢用废铁来铸造人像。一次，几位资本家来到工厂参观，他们看到了休制作的人像，并对其中的一个女子像赞赏不已，这些引起了休从事艺术创作的梦想。然而生活极其贫困的他根本不可能将这一梦想变成现实。此后休的一系列行动都是为了实现他的梦想，然而这也造成了他的悲剧。为了帮助他圆梦，女友黛博拉偷了厂里的一张支票给了他。但他并没有花这笔钱，最后还是归还了回去，然而一个月后他还是被捕入狱。情景切换至一人在读有关休被捕的报道，然后又切换至狱中，休向黛博拉道别后用一块铁割腕自杀了。黛博拉最后成了一位贵格会信徒，隐居于山林，获得新生。最后，叙述者的思绪回到当下，在他/她的图书馆的幕帘后面，伫立着休制作的那个象征着所有无助的穷人的痛苦和渴望的女子塑像，叙述者收藏了这个塑像以纪念休的才华和他的理想。当太阳升起，窗帘拉开，可以看到女子塑像仿佛是在向着即将到来的黎明招手。

这是一部现实主义作品，关注的焦点是阶级问题。它没有女性作家所

---

[1] Helen Woodward Schaeffer, "Rebecca Harding Davis, Pioneer Realist," Ph.D. Dissertation, University of Pennsylvania, 1947.

[2] Walter Hesford, "Literary Contexts of 'Life in the Iron-Mills,'" *Journal of American Literature* 49 (1977-78), pp. 70-85.

特有的多愁善感，而是毫不客气地揭露工业时代的丑陋现实，揭开资本家的伪善面具。他们声称为大众谋福利，实质上却只是利用他们，以维护自己的利益。在资本家的残酷剥削之下，处于社会底层的劳动人民生活在水深火热之中，住在狭小的屋子里，每天吃腐烂发霉的食物。虽然他们也有着自己的梦想，但英雄无用武之地，只得借酒浇愁。丽贝卡呼吁人们行动起来改变自己的命运，但她指出人们的希望不仅仅是靠劳动阶层自己。她还试图唤起人们——包括那些资本家和商人——对下层人民的同情，希望他们重新审视对劳动人民的看法，把劳动者看做是人，有灵魂、有思想的人，而不是只会为他们带来财富的机器。

休的日常生活是一部悲剧，但丽贝卡说过，这部作品的目的不仅仅是控诉工业社会的罪恶，同时更是为不幸的人们带来美好的希望。希望在于改革社会结构、消除剥削、实现社会公正，丽贝卡和故事中的叙述者便旨在探索改变这一局面，但作者并未提供给读者明确的途径，而是以象征等模糊的手法进行了暗示。贤惠善良的黛博拉最后被一位贵格会妇女带到了山上，皈依了宗教团体，获得了新生。但艺术家休却已无路可走，只有选择死路。也许挥着手的女塑像是最终的希望的象征。丽贝卡或许是在暗示，希望仅仅存在于艺术之中。只有它们有不朽的生命，只有它们能够等到即将到来的黎明，而艺术家的生命也许已经融入到了他们的作品当中。

丽贝卡的自然主义倾向在故事中显而易见，可以说她是后来以德莱塞为代表的美国自然主义的先驱。此外，这部作品也可以从马克思主义的批评视角来解读，因为故事中描述了生活状况不断恶化的下层劳动人民的抗争。在工业化时代，人类和周围环境都被机械化，人性和自由被新的机器主人剥夺，工业化社会使人们成为了新时代的新型奴隶，他们的精力、时间、精神和生活都被资本和资本家套牢了，就连贯穿于厂区的俄亥俄河实质上也是奴隶，像工人一样，不停奔波，直到筋疲力尽。就连工厂主之子科比（Kirby）都承认铁磨房就像是但丁笔下的"地狱"，但却对此百般辩解，称工人们是"不知死活的""刁民"，甚至认为他们是只知道干活的机器，活该受罪。事实并非如此，休和黛博拉都是非常善良的人。休和厂里其他人不同，受过教育的他举止文雅。更为难得的是他生性豪爽，并且天生富于创造力，有着点石成金的艺术天赋。他的诚实和率真更是令狡诈和虚伪的资本家丑态毕露。黛博拉则生性善良。她爱休,她生存的意义就是为了心爱的休的幸福和快乐。为了休的梦想,她毫不犹豫地去偷窃。不顾自己一天下来的劳累,她尽心尽力地照顾休和他年迈的父亲。并且不介意珍妮和休之间的感情,把不多的食物与珍妮分享。她从不为自己考虑,只为她爱的男人,哪怕最后休还是不爱她,而是娶了年轻的珍妮。但她并不介意,而是欣然接受。她所做的一切都是出于爱。从这个角度讲,这也是一部女性主义作品。

此外,关于该作品的体裁一直众说不一。发表时的编辑把它归类为短篇故事,但20世纪的评论界不同意这一归类。丽贝卡的传记作者也不同意,她认为该作品象征丰富,涵义深刻,比一般的短篇故事篇幅要长,可以称得上是部中篇小说。这一观点可以得到充分论证:首先,它具备中篇小说的形式复杂性,有核心情节,在首尾处和故事当中还穿插有叙述者,即全知视角的作者的评论。另外,故事的主人公也不仅仅是一个,而是两个,即休和黛博拉。他们也不是普通意义上的一对,而是具有着代表性意义。尽管他们是独立的个体,但他们分别代表了两个性别,合起来,他们代表的便是整个社会底层的劳动者。

三、评价

丽贝卡是一位很有个性的女作家。她的作品中既有爱默生与惠特曼的理想和热情,又有霍桑与麦尔维尔的象征和犹疑,还有马克·吐温的讽刺与幽默。在《妇女与文学》("Women in Literature",1891)里,她号召女性书写自己的历史,并能竭尽全力为下一代描绘出自己时代的生活和历史,希望"她们能有志于留下一些比环境和考古俱乐部报告更加永恒的东西"[1]。丽贝卡的作品有明显的女性主义倾向,在《铁磨房的生活》之后的许多作品中,如《妻子的故事》,丽贝卡开始刻画具有艺术理想并努力为自己寻求出路的女性的形象。她们不再是黛博拉式的完全奉献型的贤妻良母式的女性,而是开始为自己而生活。她们大多结合了休和黛博拉的性格特点,一方面像休一样有很高的艺术追求,另一方面又像黛博拉一样甘

---

[1] Jean Pfaelzer, ed., *A Rebecca Harding Davis Reader*, Pittsburgh: University of Pittsburgh Press, 1995.

愿牺牲和奉献。丽贝卡指出这样的女性不应该继续压抑自己的创作欲望，否则也无法建立起幸福的家庭。但可惜的是最终其中多数的抗争没有成功，没有实现自己的梦想。她们一方面面临外在的社会压力，同时又因艺术创作占据了家务时间而在内心里对家庭充满愧疚。最终都没能一无反顾地投入艺术创作。丽贝卡没有找到满意的出路，只能停留在模棱两可的结论或者大团圆式的结尾中。她仍然坚持认为家庭是女性的第一归宿，相夫教子是女性的第一任务。指出女性的自我价值存在于为家庭作出的克己的自我牺牲之中，她的艺术决心仍是建立在保证家庭幸福的前提下。可见，她的女权主义思想不是十分激进，她这一态度自然也不能被女权主义者所认同，而且她还曾经反对妇女争取投票权，这也令其他女权主义者十分反感。

丽贝卡的写作生涯长达五十年，共创作了五百多部作品，体裁包括现实主义小说、札记、儿童文学、游记等。在她于1910年9月29日患中风去世后，有一段时间她的作品和名字在文学界中一直无人问津，直到1872年她的许多作品才得以重新出版。她的作品在很多方面的开创性价值才得以被重新认识。

参考文献

1. Davis, Rebecca Harding. *Bits of Gossip*. New York: Houghton, 1904.
2. Grayburn, William F. Grayburn. "The Major Fiction of Rebecca Harding Davis." Ph.D. Dissertation, Pennsylvania State University, 1965.
3. Harris, Sharon M. *Rebecca Harding Davis and American Realism*. Philadelphia: University of Pennsylvania Press, 1991.
4. Langford, Gerald. *The Richard Harding Davis Years: A Biography of A Mother and Son*. New York: Holt, 1961.
5. Pfaelzer, Jean. "Domesticity and the Discourse of Slavery: 'John Lamar' and 'Blind Tom' by Rebecca Harding Davis." *ESQ* 38 (1992): 31-56.
6. Rose, Jane Atteridge. *Rebecca Harding Davis*. New York: Twayne, 1993.
7. Schaeffer, Helen Woodward. "Rebecca Harding Davis, Pioneer Realist." Ph.D. Dissertation, University of Pennsylvania, 1947.

31. 露易莎·梅·奥尔科特
（Louisa May Alcott）

一、作家介绍

露易莎·梅·奥尔科特（Louisa May Alcott，1832 – 1888），美国小说家、废奴主义者和女权主义者，于 1832 年 11 月 29 日出生于宾西法尼亚州的日尔曼敦，两年后举家搬迁到波士顿。父亲布朗森（Bronson Alcott）是一位有着"康科德的圣人"之称的胸中充满激情的教育改革家和乌托邦主义者。布朗森认为养家糊口不符合他的超验主义理想因而不理家政，为了不向物质社会妥协而拒绝寻找正式的工作，致使他的家人不断陷入经济困境，并使女儿们从小开始自立，这些经常出现在她的小说里。在奥尔科特看来，他既是令人尊敬的"现代柏拉图"，也是一位不切实际的哲学家。但母亲的文学天赋和独立精神却让她受益匪浅。成年后的她回忆母亲时说："我家的哲学不都在书房里，其中一大部分是在厨房里，一个老妇人在那里一面烧饭刷洗，一面思考着高深的问题，并展现出高尚的行为。"奥尔科特的童年很像《小妇人》（Little Women，1868）中马奇一家的经历。就像书中的乔一样，奥尔科特特别喜欢读故事、写诗、写剧本，然后再和姐妹们一起上演自己的剧本。她酷爱狄更斯、莎士比亚、歌德和班扬，15 岁便大着胆子去向爱默生借书来看。有人指出，《小妇人》中劳伦斯先生的原型便是爱默生。

家庭的贫困和母亲的独立精神都在不同程度上给了露易莎·奥尔科特很大的激励，她决心自食其力，并尽力从经济上帮助维持家庭。1848 年，她的第一部作品《画家对手》在杂志《橄榄枝》上发表，挣得了她生平的第一笔财富——五美元的稿费。后来她的一本寓言集《花的寓言》(Flower Fables, 1855)获得了三十二美元的稿酬。到19世纪50年代中期的时候,她开始发表短篇小说。60年代,她的作品开始被一流刊物《大西洋月刊》登载。内战爆发后,奥尔科特到了离家八百公里以外的一所联邦军队医院工作,并根据这段经历创作了自传《医院纪事》(Hospital Sketches, 1863),颇受好评。后来奥尔科特能够一举成名,也是得益于这部作品为她建立了良好的声誉。由于家中急需用钱,奥尔科特尝试了有关婚外恋等主题,但未获成功,之后她回到了早先的惊险故事创作。1867年,她成为《快乐博物馆》杂志的编辑。又有另外一家出版社催促她写一本"给女孩子看的书"①,奥尔科特答应下来。1868年9月30日,《小妇人》甫一出版,就受到了读者的极大喜爱。次年元旦,奥尔科特完成了《小妇人》第二卷的创作,又称作《好妻子》(Good Wives, 1869)。巨大的销量和可观的稿费让她彻底摆脱了经济困境。随后,奥尔科特还出版了多部与马奇家相关的小说,包括《小男人》(Little Men: Life at Plumfield with Jo's Boys, 1871)和《乔的男友们》(Jo's Boys and How They Turned Out, 1886),形成了"马奇系列"。在她的成年人题材的作品中,有《面纱背后:妇女的权力和工作》(Behind a Mask; or, A Woman's Power, and Work: A Story of Experience),以及《现代灵魂收买者》(A Modern Mephistopheles)等,有关妇女权益的主题非常突出。

二、代表作

《小妇人》(Little Women: or Meg, Jo, Beth and Amy)是奥尔科特的代表作,也是公认的美国名著之一和穿越了百年的儿童文学、成长文学和家庭现实主义文学中的经典之作。它是部小说化的家庭日记,用朴实的语言和现实主义写作手法讲述了马奇(March)家的四个女孩子和邻家男孩劳里(Laurie)的成长经历,为读者展开了一幅19世纪60年代美国家庭生活的丰富图景。他们战胜了自己的缺点,品尝了生活的艰辛,走向成熟,在冲突中学会了宽容、顺从和勤奋,最终驶向了幸福和快乐的港湾。但实际上奥尔科特是以自己家四个姐妹的生活经历为蓝本写成的,具有自传性质。

---

① http://www.louisamayalcott.org/louisamaytext.html.

小说的口吻充满对比和变化。有时严肃而具有道德说教的意味，有时却充满智慧和善意的玩笑、调侃甚至讥讽。小说以全知视角展开，形式是情节式的，时而穿插些道德评论，每一生活情节后面都总结出一个道理，揭示出一个人物的特征。

整个小说分为两部，第一部情节始于内战初期，讲述了母亲前去探望在内战中受伤的父亲的一年期间姐妹们相依为命的经历，她们生活拮据，整日忙于赚钱和料理家务，但却共同营造了温馨而快乐的家庭氛围。她们组建了"匹克威克文学俱乐部"，创办文学报刊，并在街坊里自编自演戏剧来排遣艺术创作的欲望。但小说并没有描写父亲马奇的军队生活，对蓄奴制等重大政治事件也只字未提。父母不在期间，贝斯得了猩红热。但在姐妹们的照料下，在父母亲回来时病情已经好转。至此第一部结束。

姐妹们各具特色，有优点也有缺点，且都有着一定的艺术天赋，她们共同体现了家庭小说女主人公的性格特征：梦想摆脱贫困，过上衣食无忧的体面生活的老大麦格（Meg）温柔美丽，高贵娴雅，靠做家庭教师来帮助母亲养家糊口；乔（Jo）一身男孩子气，勇敢、坚毅、活跃而叛逆，并且是个文学天才，整日在阁楼里伏案写作，创作剧本让姐妹们开心，但脾气有时急躁；贝斯（Beth）生性文静温和，擅长钢琴，平时在家里帮母亲料理家务，但体弱多病，害羞胆小；小妹妹埃米（Amy）专注于社交礼仪，虽有些过头，但举止优雅，艺术兴趣广泛，梦想成为一名艺术家。

奥尔科特通过梅格、贝斯和埃米这三个女孩子的生活，展示了那个社会的妇女传统的生活轨迹，通过乔则给女性们提供了另外一种不同于传统的生活方式。乔"是勇敢独立的年轻女性的典型形象"。她喜欢男孩子的游戏，羡慕他们所拥有的自由。她独立勇敢，敢于承担责任，当母亲需要钱去华盛顿照料受伤的父亲时，她果断地卖掉了自己的秀发。在后来贝斯生病时，她更是靠自己写作赚得的稿费带妹妹到海滨疗养。她为能以手中的笔为工具来帮助家人而自豪，她也正是靠写作体现了自己的价值和人生的意义，因为写作代表着她为赢得新生活所作的努力，写作为她在这个男权社会里确立了自己的身份。

第一部具有自传性质，四姐妹性格各异，每个人身上都有作者的影子，这种丰富人物特征的并置反映了作者自己身为负责任的女儿和有抱负的作家的心理矛盾。

第二部接着讲述三年后的生活。麦格和邻居劳里的家庭教师布鲁克相爱结婚。乔长大后靠写作来资助家庭，后来在纽约遇到了巴哈尔教授，两人成为好友。乔回家后，劳里向她求婚，但乔拒绝了他。之后劳里去了欧洲，并在后来与周游欧洲的埃米结婚。乔在家一边照料身体不好的贝斯，一边写作。贝斯后来病逝，乔后来与巴哈尔先生结婚。一年后姨妈去世，把房产留给了乔，乔决定开办学校。小妇人们都长大成人了，母亲过60岁生日那天，住在附近的姐妹们聚在一起，充满感慨。

小说看似简单，实则不然，它深刻而敏锐地讨论了诸多当时社会文化的热点议题，包括婚姻中的伙伴关系、独身的好处、女性群体、男女友谊等。

小说具有女性主义思想。内战后的作家开始以现实主义手法关注战争对女性的影响。首先，该小说就是一个范例。它创建了一个女性群体，即马奇一家，并把它描绘为社会最重要的组织之一。当时，她们的父亲持续缺位，就是在这种艰苦的生活现实中，她们互学互助互让，依靠自己的力量，克服了以自我为中心等种种弱点，同甘苦，共患难，演绎了深厚的友谊和姐妹情。为了使姐妹们能够一直紧紧相依，女主人公乔拒绝了意中人劳里的求婚，同时也不能接受姐姐结婚。另外，乔追求男女平等的婚姻关系，并实现了这一梦想。

另外，小说真诚地肯定了婚姻、母性和家务等传统价值的意义，但同时又通过乔向它们发出质疑。这些矛盾或许反映了作者本人的内在矛盾。虽然乔内心充满矛盾，但她成功地扮演了作家和姐妹两个角色，她也被看做是该作品久盛不衰的原因。作者通过乔这个人物批评了当时的社会风俗，同时以其他人物迎合了读者对社会美德的向往。

《小妇人》或许是有史以来最成功的女孩读本，也是美国家庭生活的最好表现，至今仍不绝于版，已被译成几十种文字，且被改编成多个电影版本。它的成功在于其对成长过程的真实再现。乔获得了事业和婚姻的双丰收，激励了许多像乔一样有写作理想的年轻女孩，对各种女性也都有着重要的启迪价值。

三、评价

露易莎·梅·奥尔科特是一位极其多产的作家，一生共创作了近三百部作品。她的作品题材广泛,主题也丰富多彩,她一直被誉为美国最富盛名的以青少年为题材和对象的作家之一。

奥尔科特也是一位积极的社会改革者和女权主义者,她在进行小说创作的同时,还积极地参加各种社会活动,并为妇女的各项权益奔走疾呼。她匿名为成年读者撰写的有关犯罪、复仇和爱情等题材的惊悚故事也非常受欢迎,而且是女性文学的早期经典之作,塑造了一些在家庭内外都很成功的女性形象。直到五十多年后所以奥尔科特的作者身份才被知晓。

它对女性群体的刻画深入人心,表达了女性主义理想[①]。在她的作品中,我们看到的是一个作者的自觉的女性主义思考,从丰富的女性人物身上可以梳理出作者对当时女性的徘徊和理想的勾勒,从中感受到生活的真实之美与浪漫之美的结合。

参考文献

1. Bedell, Madelon. *The Alcotts: Biography of a Family*. New York: Clarkson N. Potter, 1980.

2. Cheney, Ednah D. *Louisa May Alcott: Her Life, Letters and Journals*. Boston: Robert's Brothers, 1889.

3. Delamar, Gloria T. *Louisa May Alcott and "Little Women": Biography, Critique, Publications, Poems, Songs, and Contemporary Relevance*. Jefferson, NC: McFarland, 1990.

4. Elbert, Sarah. *A Hunger for Home: Louisa May Alcott and Little Women*. Philadelphia: Temple University Press, 1984.

5. Saxton, Martha. *Louisa May Alcott: A Modern Biography of Louisa May Alcott*. Boston: Houghton Mifflin, 1977.

6. Worthington, Majorie Muir. *Miss Alcott of Concord, A Biography*. Garden City, New York: Doubleday, 1958.

[①] Janet M. Labrie, *Masterpieces of Women's Literature*, ed. Frank N. Magill, New York: Harper Collins Publishers, 1996, p.320.

32. 奥古斯塔·简·埃文斯

（Augusta Jane Evans）

一、作家介绍

奥古斯塔·简·埃文斯（Augusta Jane Evans，1835–1909），又名奥古斯塔·埃文斯·威尔逊（Augusta Evans Wilson），是美国南方文学的主要作家之一。埃文斯于1835年5月出生在乔治亚州的格鲁比亚城（今哥伦布城）。她的父亲在哥伦布城早期曾生意兴隆，但19世纪30年代末的经济萧条导致他的投资破产。破产后，家里的所有财产都被抵押，一家人不得不颠沛流离。自50年代起，随着父亲身体状况的不断恶化，整个家庭经济状况也日益惨淡。但是，身为南方贵族后裔的母亲始终没有放弃过对长女的教育。母亲在各个方面都给予埃文斯力所能及的指导。埃文斯成名后，不止一次地表达了对母亲的衷心感激之情，她多次声明："我的母亲从许多意义上都是我的校友，我所取得的一切都有她的功劳。我对她的崇敬高于一切。"[①]许多年后，埃文斯仍对母亲多年前在长途跋涉中讲述文学大师们的故事来活跃旅途气氛的情形难以忘怀。

50年代末，埃文斯一家的经济状况日益恶化，作为长女，她决定为父母分忧解愁。而唯一可行的办法就是写作。埃文斯15岁时发表了处女作《伊内兹：发生在阿拉莫的故事》（*Inez，A Tale of the Alamo*，1855），讲述了一个孤儿对宗教从怀疑到虔诚信仰的精神旅程。1854年圣诞节时，埃文斯将这篇故事的书稿作为礼物送给了父亲，并于1855年匿名发表。读者对这部作品的反响并不很强烈，但埃文斯并不气馁。她后来随父母搬

[①] http://www.georgiaencyclopedia.com/nge/Article.jsp?id=h-453.

到阿拉巴马州,她的第二部作品《比尤拉》(*Beulah*, 1859)也在那里问世。与第一部作品不同的是,《比尤拉》得到了评论界的一致好评,并在发表第一年创下两万两千本销量的记录。其中有位评论家甚至称赞它为"最好的美国小说之一"①,还有的报纸甚至认为她超过了乔治·爱略特,总之该小说奠定了她在阿拉巴马州专职作家的地位。稿费丰厚,埃文斯用她创作这部小说的稿费为家人买下了斯普林希尔大道上的格鲁吉亚别墅。

埃文斯是南方文化和价值观的积极倡导者。1862 年,南方各州宣布独立,并纷纷退出联邦,她也因此成为一名坚定的南方支持者,并在南北战争中为她坚信的事业投入了大量精力。她亲自护理受伤的士兵,并为报纸撰写宣传文章。埃文斯本来已与纽约记者詹姆斯·里德·斯伯丁(James Reed Spalding)订婚,但由于后者支持林肯,埃文斯便取消了与他的婚约。埃文斯的第三部小说《麦卡利亚》(*Macaria*, 1864)于 1864 年发表。这部小说充分证明了埃文斯的政治立场,它发表时的题词是献给"南方军队的英勇战士们"②。小说出版后也的确在当时起到了鼓舞南方军队士气的作用。1866 年初,埃文斯开始了《圣埃尔莫》(*Saint Elmo*, 1866)的创作。这部作品再次给她带来了丰厚的稿费,埃文斯也成为美国文学史上第一位稿酬达到十万美元的女作家。这个记录直到伊迪丝·华顿(Edith Wharton)出现以后才被打破。

生活中的埃文斯并没有因为创作所带来的物质成功而忘却对周围人的关怀。她一如既往地照顾生病的父亲和战争中受伤的兄弟,表现出了如同小说主人公身上的那种坚强、能干、忘我的高贵品质。1868 年 12 月,33 岁的埃文斯与洛伦佐·麦迪逊·威尔逊上校结婚,成了邻家阿世兰德大宅的女主人公。和她小说中的女主人公一样,埃文斯在经历了多年的贫困与奋斗之后,由写作转向了家庭职责。婚后,埃文斯搁笔七年,于 1875 年重返文坛,直至 1909 年去世。

二、代表作

1.《比尤拉》(*Beulah*)

---

① http://www.georgiaencyclopedia.com/nge/Article.jsp?id=h-453.
② http://www.georgiaencyclopedia.com/nge/Article.jsp?id=h-453.

埃文斯的《比尤拉》与夏洛蒂·勃朗特的《简爱》在形式上有许多相似之处，与当时的许多女性小说模式也相仿。比尤拉幼年便失去双亲，随后便与妹妹丽莉一同被送至孤儿院。后来由于格雷森太太拒绝收养比尤拉，姐妹俩被迫分开。丽莉到格雷森家不久便染上猩红热，不治身亡。比尤拉被送到马丁太太家当保姆，妹妹的突然离开使比尤拉陷入了无限的绝望当中。比尤拉生了一场大病，被富有同情心但性情古怪的达特威尔医生救活，并带回了自己的家。埃文斯在小说中塑造了一个极具才智的女主人公，比尤拉在17岁时就已经成为了一个卓有学识的年轻女子。她如饥似渴地在学校里汲取知识，阅读了文学、地理、历史等大量相关书籍。在毕业典礼上，比尤拉更是大放异彩，在全校师生面前朗诵了自己题为《女性英雄主义》的讲演稿。最终，比尤拉不但顺利毕业，而且得到了一份教师职位，成功踏上了自己梦寐以求的生活之路。后来，比尤拉用自己的积蓄租下了一套房子。随着职位的提升，她的生活也日益舒适，同时比尤拉开始在文坛上声誉鹊起。故事的最后，比尤拉与她的恩人达特威尔医生结婚，开始履行自己的神圣职责。埃文斯把南方家庭传统与女性职责结合起来，表达了南方社会关于女性角色的观点，即女性必须接受她们的天性，承担适当的家庭角色。但是埃文斯并不完全同意女性必须依赖男性拯救的观点，她认为女性同男性一样，同样可以担负起拯救他者的责任。

《比尤拉》是一部经典的女性教育小说，包含了女主人公对宗教信仰孜孜不倦的追求。通过讲述一个积极进取的女孩子一连串的生活经历，埃文斯表达了自己作为一名女性对爱情、婚姻、妇女的权利和义务等一系列问题的关注。

2.《圣埃尔莫》（*Saint Elmo*）

《圣埃尔莫》于1866年发表，并且在最初发表的四个月里销量达到一百万份。在它面世之后，小说主人公圣埃尔莫的名字就很快成了许多马车、轮船、旅馆，甚至是雪茄品牌的名字，小说所获得的成功可见一斑。就连著名女作家尤多拉·韦尔蒂（Eudora Welty，1909–2001）也把其作品《犹疑的心》（*The Ponder Heart*，1954）中的女主人公起名为埃德娜。这部小说可以说是埃文斯最出名的作品，是19世纪最为优秀的作品之一，还被改编成戏剧和电影。

这部小说在许多方面与在此之前的《比尤拉》有许多共同之处。主人公埃德娜·厄尔也是一位依靠教学和写作自食其力的年轻女性。评论家苏珊·哈里斯认为，《圣埃尔莫》不但表现了一个浪漫的主题，更重要的是它是对个人主义主题的积极探索。厄尔也是一个孤女，由当铁匠的祖父带大，祖父虔诚正直的宗教观和道德观对厄尔影响很大。祖父去世后，厄尔出发去了佐治亚州的哥伦布城，期待在那里找到合适的工作，然而途中的一场事故打乱了厄尔的计划。她在事故中受了伤，被送到富有的莫里夫人家里休养，并留在莫里夫人家里学习。莫里夫人聘请了博学的牧师哈蒙德先生做埃德娜的老师。如同《比尤拉》里的女主人公一样，埃德娜聪慧无比，在学术上取得了很大的成绩。后来埃德娜的文章还被刊登在全国的著名杂志上，成了文坛瞩目的新人。伴随着这些成功，埃德娜也遇到了一系列的问题，比如，家境富有的年轻人向她求婚，以及后来莫里夫人放荡不羁的儿子莫里的求婚，等等。面对种种的诱惑与吸引，埃德娜最终还是作出了自己的决定，她离开莫里家去了纽约。在纽约，埃德娜又遇到了两个求婚者，都被她一一拒绝。最后埃德娜嫁给了成为教会牧师的莫里，当然此时的莫里已不是当年那个放荡不羁的浪子。婚后的埃德娜放弃了写作，把全部精力放到了她的家庭角色上。

在小说中，埃文斯特别突出了妇女作为社会道德维护人的重要作用。通过塑造埃德娜以及比尤拉这些女性形象，埃文斯似乎在向读者暗示：只要女性能够最终回归上帝赋予她们的女性家庭角色，她们是有权利与男性接受同等教育，并在学术上与之一决高下的。在今天看来，这样的观点未免有它的局限性，但在当时显然有极大的进步意义。

三、评价

埃文斯的第二部小说《比尤拉》奠定了她畅销书作家的地位。但是在那个年代，即使是像她这样广为读者拥戴的女作家也难以获得评论界的青睐。后期评论界对埃文斯作品的研究主要是围绕其作品的教育意义，作品中女性主人公性格的分析，以及埃文斯作为一名南方白人女性的独特经历对其作品的影响等。而埃文斯最为评论家所关注的两部作品一部是前面提到的《比尤拉》，另一部就是被誉为19世纪后期的《飘》的《圣埃尔莫》[1]。美国著名评论家尼娜·贝姆在她对 19 世纪女性小说的研究中将这部小说定义为同类作品的巅峰之作,因为这部小说既是"这类作品中最畅销的作品,也是最后一批完全符合这类小说写作模式的作品之一"[2]。在 20 世纪 70 年代后期开始的对 19 世纪女性作品的重新挖掘中,埃文斯的这两部作品也得以再版,并且她在 19 世纪美国女性文学中的重要地位也得到了承认。但是她的作品,尤其是在 19 世纪后期销路极好的《圣埃尔莫》并没有像其他一些姊妹篇那样频繁出现在美国文学和女性研究这些专业课程的书单上,而且对埃文斯的研究也相对越来越少。不可否认的是,埃文斯的作品的确是 19 世纪女性文学百花园中的精品,反映了当时美国妇女争取平等教育权利,以及揭示女性拥有同等才智等重要主题。作为 19 世纪一位南方女作家,埃文斯难免要受其环境的影响,也难免会有一定的阶级和历史局限性,但是仅仅根据这些原因来对其进行评价显然是非常片面的,也是非常不公正的。

参考文献

1. Faust, Drew Gilpin. *Macaria*. Baton Rouge: Louisiana State University Press, 1992.

2. Fidler, William Perry. *Augusta Evans Wilson, 1835 – 1909: A Biography.* University, Ala.: University of Alabama Press, 1951.

3. Harris, Susan K. "Introduction to the Exploratory Text: Subversions of the Narrative Design." in *St. Elmo*. Cambridge, England: Cambridge University Press, 1990.

4. Jones, Anne Goodwyn. "Augusta Jane Evans: Paradise Regained." in *Tomorrow Is Another Day: The Woman Writer in the South, 1859 – 1936.* Baton Rouge: Louisiana State University Press, 1981.

5. Moss, Elizabeth. *Domestic Novelists in the Old South: Defenders of Southern Culture.* Baton Rouge: Louisiana State University Press, 1992.

---

[1] Diane Roberts, "Introduction," *St. Elmo*, Tuscaloosa: University of Alabama Press, 1992, p.v.
[2] Nina Baym, *Woman's Fiction: A Guide to the Novels by and about Women in America: 1820-1870*, p.12.

6. Sexton, Rebecca Grant, ed. *A Southern Woman of Letters: The Correspondence of Augusta Jane Evans Wilson*. Columbia: University of South Carolina, 2002.

7. http://www.georgiaencyclopedia.com/nge/Article.jsp?id=h-453.

33. 萨拉·威妮姆卡

（Sarah Winnemucca）

一、作家介绍

萨拉·威妮姆卡（Sarah Winnemucca, 1844 – 1891），演讲家、教育家、作家。1844年她出生在派尤特（Paiute）部落，具体日期不明。在那里，她的名字叫"Thocmetony"，意思是"带壳的花"。她少女时期的名字叫威妮姆卡（Winnemucca），也就是历史上有名的威妮姆卡公主。她的祖父是派尤特部落的酋长，对白人十分仁慈友好。后来他参加了墨西哥美国战争，结交了许多白人朋友。她早在6岁时就认识了白人。虽然她开始非常害怕白人，但她的祖父还是把她带到了白人居住的萨克拉门托，后又把她安排到内华达州威廉姆·奥姆森家族学习，她不久就成为了内华达州中少数几个可以读英语和写英语的人之一。14岁时她就已经掌握了五种语言，包括英语、西班牙语，还有三种印第安方言。

她27岁时，也就是1871年，她开始为印度事务局做口译员。此后她曾有过两次婚姻，但都以失败告终。1872年，她和她的同胞居住在俄勒冈的马尔赫（Malheur）保留地上，后来她和同胞们遭到了当地调查员不公正的待遇。1878年她参加了援助美国军队的活动，为美国军队担任翻译和侦查员。

1880年1月，在华盛顿特区，面对着总统罗斯福和内务秘书卡尔·舒尔茨，萨拉为印第安人民的事业而大胆陈词，为了印第安人的利益奔波劳累。巴诺克战争之后，她在马尔赫保留地的一所学校教书，并为印第安人塞缪尔·帕利什担任翻译。此外她还在加利福尼亚州和内华达州进行演讲，讲述印第安人的苦难。1879年到1880年,她和父亲再赴华盛顿游说,以帮助派尤特人能够重返故里。回到内华达后,她为印第安的孩子们建立了一所学校,教授他们印第安人的生活方式和语言。然而1887年道斯法案要求印第安小孩必须去说英语的寄宿学校接受教育,因此学校被迫倒闭。同年她的丈夫也去世。她在生命中的最后四年远离了公众活动,最后由于肺结核死在她的妹妹于内华达州亨利湖的家中,年仅47岁。

二、代表作

在加利福尼亚州的圣弗兰西斯科作演讲时,她遇到了一个印第安部门职员刘易斯·霍普金斯(Lewis Hopkins),并嫁给了他。1883年,他们向东旅行,她在沿途进行了三百多次演讲。在波士顿,伊丽莎白·皮博迪(Elizabeth Peabody)和玛莉·皮博迪(教育家贺拉斯·曼的妻子)姐妹为她的演讲提供了很多帮助,并帮助她准备演讲稿,这些讲稿后来就是她于1883年出版的《她在派尤特族中生活的经历:他们的错误和主张》(*Life Among the Piutes: Their Wrongs and Claims*)。这部自传性的作品描述了19世纪末期聚居在保留地的北方派尤特人的生活情况。面对美国政府对印第安人的种族政策,派优特人的生活十分艰难,威妮姆卡也在作品中反映出了派优特人,乃至所有美国印第安人的生活困境。威妮姆卡在作品中向人们证明了无论是美国的保留地政策还是同化政策都没有考虑派优特人的利益。而她所叙述的白人定居者和印第安官员的日益堕落更是为派尤特人的悲惨生活提供了注脚。

萨拉嫁给了美国军人刘易斯·霍普金斯,她也在作品中对婚后她所经历的重大事件进行了描述。她为了保护同胞的权益而四处奔走,曾亲赴首都华盛顿面见总统,力陈派优特人的悲惨生活,并辗转美国各地进行公开讲演,唤起人们对印第安人的关注和同情。尽管身为女性,但她毅然加入行伍之列,为美国军队担任侦察兵,并参加了多次印第安战争,这些经历都在作品中有所提及,显示出了作者作为一名印第安妇女的强大力量。

《她在派尤特族中生活的经历:他们的错误和主张》是印第安妇女写作的第一本书。她的写作多用她的同胞的口语风格,以自己的理解对当时的历史进行了诠释。而且她特别强调了女性在美国西部历史中所扮演的重要角色,这一点是很多史学家们所忽略的。这本书记录了本土美国人对白人西进运动的看法,并在白人妇女没有获得选举权的时代出版,有着非凡的意义。该作品于她逝世后获得了内华达州作家名誉奖。

三、评价

萨拉·威妮姆卡是第一位拥有版权并用英语出书的美国本土印第安女作家。她出生时恰逢印第安历史转变时期的开始,而她在这段历史时期起到了重要的作用。威妮姆卡的一生致力于将她的人民和白人联合起来,一起保护派尤特人的利益和权利,并建立双方的理解。她被认为是属于两个文化的本土美国作家,一脚踩在白人文化中,另一脚踩在印第安本土文化中。

虽然早期和欧美人接触有限,但她成年以后的时期大都是在白人社会中度过的。同许多生活在两个世界的人一样,她在这两种环境下都遭到了贬抑。虽然贵为公主,但由于美国政府的漠视态度,威妮姆卡感到希望随之破灭,进而感觉到背叛。许多派尤特人认为她和美国军队联合起来杀害她的人民。威妮姆卡一生都认为自己是一个失败者,最后她尚未完成自己的使命就与世长辞了。

当代历史学家认为萨拉·威妮姆卡的书是研究历史的一条重要线索。尽管她的描述可能会对读者有些误导,但近来她还是因为她的激进主义立场而得到了很多积极的评价。1993 年她入选了内华达作家名人堂。2005年,她的雕像被陈列在美国国会大厦的国家雕塑艺术大厅中。

参考文献

1. Hopkins, Sarah Winnemucca. *Life Among the Piutes: Their Wrongs and Claims*. Reno: University of Nevada Press, 1994.

2. Luchetti & Olwell. *Women of the West*. Berkeley, California: Antelope Island Press, 1982.

3. Seagraves, Anne. *High Spirited Women of the West*. Lakeport, California, Wesanne Publications, 1992.

4. Stewart, Patricia. "Sarah Winnemucca." *Nevada Historical Society Quarterly XIV, 4*. Winter Edition, 1971.

5. Zanjani, Sally. *Sarah Winnemucca*. Lincoln and London: University

of Nebraska Press, 2001.
6. http://www.aoc.gov/cc/art/nsh/winnemucca.cfm.
7. http://www.infoplease.com/ipa/A0900722.html.
8. http://www.outlawwomen.com/SarahWinnemucca.htm.
9. http://www.powersource.com/gallery/womansp/paiute.html.

34. 伊丽莎白·斯图亚特·菲尔普斯·沃德
（Elizabeth Stuart Phelps Ward）

一、作家介绍

伊丽莎白·斯图亚特·菲尔普斯·沃德（Elizabeth Stuart Phelps Ward, 1844－1911）原名玛丽·格雷（Mary Gary），她的母亲伊丽莎白·斯图亚特·菲尔普斯（Elizabeth Stuart Phelps, 1815－1852）当年也是一位非常有名的作家，推出了少女系列儿童读物。她的父亲是一位牧师和神学教授。沃德童年时身边就有很多著名的从事文学创作的女性，同时又深受宗教教义的影响。她的母亲也经常为她阅读少女系列作品和其他宗教著作。

沃德的童年是在疾病和迷茫中度过的。她的爷爷于 1852 年去世，同年的 11 月份，她的母亲在生下第三个孩子之后不久也因病去世。她的母亲去世以后，小玛丽·格雷正式采用了她母亲的名字，成为了第二个伊丽莎白·斯图亚特·菲尔普斯。对少年时期的回忆都成为了她后来《两部特劳蒂》（Two Trotty Books）的内容。

沃德在艾伯特学院和爱德华夫人女子学院接受了正规教育。她从小就十分善于讲故事，13 岁时她已经出版了一篇短篇小说，发表在《青年伙伴》（Youth's Companion）杂志上，后来又有短篇小说在《周日校刊》（Sunday School publications）上发表。1864 年她开始为儿童创作第一部《蒂尼丛书》（Tiny series）。同一时期，她还写作了四卷本的《吉普赛·布兰顿丛书》（Gypsy Brenton series）。这部《吉普赛·布兰顿》丛书是她有关青年题材的最著名的作品。作品中的主人公直率、易冲动，是美国神话中女主人公的全新翻版。在这套四卷本的丛书中，沃德记述了一些家庭问题和学校中的琐事，完整地刻画了表兄的生活，叙述其如何不再浪费、虚度光阴，并去寄宿学校读书的故事。虽然沃德创作了很多儿童读物，但她还是以成人题材的作品而闻名。在她创作生涯的中期，沃德还出版了一系列女性文学作品，谈论女性的经济和感情独立问题，并探讨传统婚姻中的妇女问题。她本人也被誉为当时"真正的女人"的原型。在她的儿童小说和成人题材小说中，沃德的很多有关妇女问题的想法和观点都有所体现，如《沉默的伙伴》（*A Silent Partner*，1871）。

沃德也是第一位在波士顿举行演讲的女作家。1876 年，她的演讲题目为"具有代表性的现代小说"（"Representative Modern Fiction"）[1]。1888 年，她与比她小十七岁的记者赫伯特·迪金森·沃德结为连理。1890 年和 1891 年，他们共同创作了两部《圣经》题材的传奇故事。她的自传《人生篇章》（*Chapters from a Life*）于 1896 年出版，并被收录在麦克·鲁尔系列丛书（*McClure's*）之中。

沃德的小说创作一直持续到了 20 世纪。她在 1904 年发表的作品《特里克茜》（*Trixy*，1904)讲述了有关她所支持的另一项事业——反对活体解剖（anti-vivisection）的故事（反对活体解剖是沃德在马萨诸塞州立法会上提出的一项议案）。伊丽莎白·斯图亚特·菲尔普斯·沃德于 1911 年 1 月 28 日在马萨诸塞州的牛顿中心病逝。她的最后一部作品是在她去世后出版的《同志》（*Comrades*，1911）。

二、代表作

1. 《虚掩的门》（*The Gates Ajar*）

《虚掩的门》以第一人称的日记形式记录了 24 岁的孤女玛丽·卡波特（Mary Cabot）的故事。她的哥哥罗伊不久前在战争中阵亡。在失去了唯一的亲人之后，她感觉"整个屋子就像一座监狱"，在看着那份通知罗伊阵亡的电报时，电报上的"阵亡"（shot dead）二字让她感觉"如鲠在喉，说不出一句话"，这两个字"就像是把她推入了地狱的深渊"。

她的著作《虚掩的门》历时两年，于 1868 年发表，在英美两国的销

---

[1] Carol Farley Kessler, *Elizabeth Stuart Phelps*, Boston: Twayne, 1982, pp. 12-18, 22-23.

量达到了十万册,这在当时是一个相当了不起的数字。同时,这本书还被翻译成了法语、德语、意大利语等多种语言,也使得它的销量进一步增加,仅次于当时红极一时的《汤姆叔叔的小屋》。菲尔普斯的这部《虚掩的门》由于其中的唯灵论思想,即相信可以和鬼魂通话的观点,以及减少人的罪恶和应受的审判的非正统宗教学说而备受争议。然而,从另一个角度来看,正如菲尔普斯的一位研究者所指出的那样,菲尔普斯的这部小说试图在漫长的基督教历史和《圣经》批判中将出现的新兴的思想观点,以及当时信众的需要,还有普通读者对《圣经》的理解和接受等方面加以调和。而许多读者对这部作品的强烈反响也表明了菲尔普斯对当时社会脉搏的准确把握。

《虚掩的门》除了其中浓厚的宗教议题之外,还重点关注了有关性别原型的议题,尤其是妇女在社会中所扮演的角色这一主题。菲尔普斯通过她的人物营造了一个带有乌托邦女权主义色彩的社会。例如,小说的女主人公维尼弗雷德为了自己应该享有的福利而向根深蒂固的男权体制发起挑战,她还努力帮助她的侄女去寻找并确立作为女性的自我。

《虚掩的门》表明菲尔普斯对文学策略有着广泛的了解。她总是能够敏锐而又灵活地运用这些策略来抚慰她的读者。而这部小说的魅力则主要来源于作者所触及的许多社会实践和社会议题。这部作品后来还有两部续集:《门的那边》(*Beyond the Gates*,1883)和《中间的门》(*The Gates Between*,1887)。

2.《艾维斯的故事》(*The Story of Avis*)

可能对于一些男性读者来说,深入了解《艾维斯的故事》是很困难的,而许多女性读者却觉得这部小说是十分值得一读的。沃德的文风有时确实存在问题。首先,她非常容易焦虑。她小说中的主人公艾维斯体现了当时社会所禁忌的主题,即妇女不宜结婚,以及妇女和男性是同样具有创造性的。其次,她的作品有些主题不够深入,而有些主题又着墨过多。此外,针对社会上的一些存在争端的问题,她的措辞非常婉转。然而妇女们对这部现实主义小说仍然反响强烈。小说描写了妇女的三重身份:母亲、妻子和自我。这是个永恒的主题。她的作品中也集中反映出了婚姻和事业的冲突这一主题。

此外，她作品的主题还包括妇女的角色冲突、妇女负担过重、妇女拥有创造性的必备条件、现实中的不幸婚姻、妇女单身的自由和婚姻的束缚等等。小说推动了妇女运动的兴起，倡导妇女争取有意义的工作和情感的支持。作者曾经在给朋友的一封信中写道："在我写作《艾维斯的故事》这部小说时如果我结婚了，我就写不出这部作品了。"在《沉默的搭档》中的第三章和第七章同样写的是妇女婚后的沉默。

三、评价

伊丽莎白·斯图亚特·菲尔普斯·沃德的作品是圣杯传说的女性主义翻版。她的作品中充斥着成长主题——主人公在作品中逐渐成熟。她和亨利·詹姆斯（Henry James）、威廉·豪维尔斯（William Dean Howells）生在同一时代，她的作品也体现了美国文学中的现实主义和新英格兰的地方主义[①]。

她的作品风格独特，充满了情感，善于引用典故，具有丰富的想象力。以《艾维斯的故事》为例，"艾维斯"在拉丁文中是"鸟"的意思，一旦读者领悟了"笼中之鸟"这层含义，对作品也就不难理解了。作品中夹杂着基督教情愫和讽刺性的社会批评，这也是女性文学的主要特点。此外她的作品还具有鲜明的美学特点，是建立在为真理而艺术的理念之上。她在自传中说过：艺术意味着对现实生活的真实表现，生活是道德责任。她相信文学作品的说教意义和作为作家责任的严肃性。

参考文献

1. "Ward, Elizabeth Stuart Phelps." *National Cyclopedia of American Biography.* Clifton, New Jersey: James T. White & Company, 1984.

2. Boyd, Anne E. *Writing for Immortality: Women and the Emergence of High Literary Culture in America.* Baltimore: Johns Hopkins University Press, 2004.

3. Spring, Elizabeth T. "Elizabeth Stuart Phelps." *Our Famous Women.*

[①] Jennifer A. Gehrman, "'Where Lies Her Margin, Where Her Text?': Configurations of Womanhood in the Works of Elizabeth Stuart Phelps," Dissertation, Indiana University of Pennsylvania, 1996, pp. 68-69.

Hartford, Connecticut: A. D. Worthington and Company, 1883.

4. Gehrman, Jennifer A. "'Where Lies Her Margin, Where Her Text?': Configurations of Womanhood in the Works of Elizabeth Stuart Phelps." Dissertation, Indiana University of Pennsylvania, 1996.

5. Huf, Linda. *A Portrait of the Artist as a Young Woman: The Writer as Heroine in American Literature*. New York: Ungar, 1983.

6. James, Edward T., ed. "Phelps, Elizabeth Wooster Stuart." *Notable American Women 1607-1950*. Cambridge: Belknap Press of Harvard University Press, 1971.

7. Kessler, Carol Farley. *Elizabeth Stuart Phelps*. Boston: Twayne, 1982.

8. Mainero, Lina, ed. "Elizabeth Stuart Phelps." *American Women Writers: A Critical Reference Guide from Colonial Times to the Present*. New York: Frederick Ungar, 1981.

9. http://www.bedfordstmartins.com/LITLINKS/fiction/phelps.htm.

10. http://www.litgothic.com/Authors/authors.html.

35. 萨拉·奥恩·朱厄特

（Sarah Orne Jewett）

一、作家介绍

萨拉·奥恩·朱厄特（Sarah Orne Jewett，1849 – 1909），19 世纪末期美国最重要的女作家之一，美国著名的小说家、短篇小说家、女权主义者、生态学者、建筑保护主义者。她的作品很多都艺术地再现了她的家乡新英格兰的乡村风貌，她也得以跻身新英格兰最优秀的作家行列。玛格丽特·索普（Margaret Farrrand Thorp）说过："不管你是来自美国的什么地方，还是来自世界上的什么地方，如果你想了解新英格兰，读朱厄特的故事就可以了。"[1] 朱厄特的代表作《尖尖的枞树之乡》（The Country of the Pointed Firs，1896）更是美国文学中的精品，批评家说它"在 19 世纪的美国把乡土小说推向了艺术完美的最高水准"。美国 20 世纪初著名女作家薇拉·凯瑟（Willa Cather）则把这部作品与霍桑的《红字》和马克·吐温的《哈克贝里·芬恩历险记》一起，视为并驾齐驱的三部美国小说传世之作。然而，尽管她是这样一位卓有建树的作家，但由于长期以来美国文学界对于 19 世纪末的文学与女性文学的偏见与认识的局限性，朱厄特并没有得到恰如其分的评价。

朱厄特最早的故事《詹妮盖洛的情人》（Jenny Garrow's Lovers）发表于 1868 年。1873 年标志着朱厄特写作方向的形成，这一年《大西洋月刊》

---

[1] Margaret Farrrand Thorp，*Sarah Orne Jewett*, Minneapolis: University of Minnesota Press，1966，p. 5.

发表了她创作的一篇关于缅因州的故事《河岸上的房屋》(*The Shore House*)。之后她开始不断地以自己的家乡为素材进行创作。朱厄特28岁那年发表了自己的第一部作品,当时任《大西洋月刊》主编的豪威尔斯(William Dean Howells)建议她把以前在《大西洋月刊》上发表过的故事收集在一起,整理、补充后结集出版。这部作品的书名为《深港》(*Deephaven*, 1877),其中所有的故事都发生在一个名叫深港的海港小城镇。《深港》出版之后,《哈帕斯》、《斯克勒伯纳》、《大西洋》等杂志开始不断登载她的署名作品。从此直到19和20世纪之交,她一直拥有大批忠实的读者。

二、代表作

1.《白鹭》(*The White Heron*)

1886年朱厄特完成了短篇小说《白鹭》的创作。这个故事后来被多次收录在各种文学选集里,并被翻译成多种语言,还拍成了电影,它成为了朱厄特最优秀的短篇作品。故事的主人公是9岁的女孩子西尔维亚,她和祖母住在缅因州丛林里的一个偏僻的农场。这个来自城市的孩子已经和动物、鸟类以及草木结为了朋友。一天,一位年轻的鸟类学家来到此地寻找一种罕见的白鹭,以便制作标本。西尔维亚答应帮助他找到这种鸟,她这样做不仅是因为他提出的十元钱的酬劳,还因为她被他的魅力所吸引。第二天清晨,当她攀上一棵松树的最高处寻找鸟巢时,她看见了白鹭,并和它一起迎来黎明。树林中高耸的松树吸引了她,从松树顶上,她可以俯视整个世界。这个经历使西尔维亚自己也经受了一场成年仪式、一次自我发现和走向成熟的旅途。最重要的是,她获得了关于自然和自我的知识,并使自我和自然融为一体。想到她和白鹭共处的经历,她最终决定对白鹭的栖息之处保密。

在朱厄特的故事里,"王子"只是唤醒了女孩子的意识,而夜行所象征的重要成长过程则是由女孩子自己完成的。正是这种关于女性世界的知识增强了她保护自己乡村环境的决心,也正是这种对女性世界的重新认同使她能够抵制男性入侵者具有毁灭性的方式[①]。自发表以来,这个故事就

---

① Josephine Donovan,*New England Local Color Literature,A Woman's Tradition*,p. 109.

成为学术研究的丰富资源，学者们至今还在继续挖掘其中丰富的象征意义。从女性主义批评的角度来看，女主人公西尔维亚对于青年男子诱惑的抵制，可以看做是对物质和肉体享乐的抵制，因为她需要保守自己与周围自然界不可分割的本性。因为泄露白鹭的秘密就意味着泄露自我的秘密，他者的毁灭就意味着自我的毁灭；如果牺牲了白鹭，她就牺牲了自己的道德[1]。20世纪的生态学者则认为《白鹭》是最早具有环境保护意识主题的故事之一。他们高度评价了作者的洞见，认为朱厄特在当时已经认识到，随着文明社会的侵犯，一些鸟类面临着绝种的危险。朱厄特使自然写作充满活力，为读者提供了人类与自然和睦相处的生动范例。

2. 《尖尖的枞树之乡》(The Country of the Pointed Firs)

《尖尖的枞树之乡》由数篇篇幅短小的故事组成。这些故事生动地描绘了一个个鲜活的新英格兰人的形象。通过这部小说集，朱厄特也为读者展现了19世纪末新英格兰的一幅生活图景。小说以女作家来到位于缅因州海边的杜内特兰丁（Dunnet Landing）村为开头，一直写到她离开这个村子。这部作品具有典型的美国乡土文学的特点，作者以现实主义的笔法，将这座乡土气息浓郁的村子以及村民的乡村生活描绘得入木三分。

这部小说集的一大特点是其忧郁的基调。在"福斯狄克太太"（Mrs. Fosdick）一章中，福斯狄克太太向女作家讲述了自己的妹妹乔安娜的故事。乔安娜的爱人另结新欢，无情地抛弃了她。在这样的打击下，乔安娜离开了村子，孤身一人搬到了一个荒无人烟的小岛上，开始过着与世隔绝的生活。周围的渔民对乔安娜非常友好，时常接济她一些生活必需品，而且他们对乔安娜的生活非常尊重，一直没有打扰她。此后的乔安娜就一直生活在这座荒岛上。

此外，字里行间也充斥着对过去的怀念。在老渔民伊利亚·蒂利（Elijah Tilley）的故事中，他讲述了他和妻子的故事。妻子去世后他悲痛万分。为了纪念妻子，同时也是为了抚平自己的哀伤，他一直将家里的一切摆设都按照妻子生前的样子来摆放，而且对这样的生活感到非常满意。

---

[1] Maria B. Littenberg, "From Transcendentalism to Ecofeminism: Celia Thaxter and Sarah Orne Jewett's Island Views Revisited," *Jewett and Her contemporaries: Reshaping the Canon*, p. 140.

在这部乡土文学作品中，朱厄特生动地向读者展现了新英格兰的这座沿海小村庄的历史风貌和风土人情。村子里的人们怀念过去、因循守旧，过着平静的生活。他们的生活方式与外界的喧嚣形成鲜明的对比。朱厄特不是一位消极的作家，她非常清楚工业化的进程是不可阻挡的，工业化给社会所带来的变化也是不可避免的。在工业化的洪流面前，像杜内特兰丁这样的小村庄必然会逐渐消失。但朱厄特也看到，伴随着这些小村庄一起消亡的还将是宝贵的民族习俗，以及每一个人鲜活的个性。这个小村庄里面的每一个人都有着自己的个性。而工业化则是把人们都变得像流水线上生产出来的零件一样，个性被扼杀了。朱厄特从这一角度对工业化进程进行了谴责。

《尖尖的枞树之乡》中另一个重要特点是它选择女性作为叙述视角。整部作品都是通过女性的"镜头"来展开的，以城里的女性来访者为故事的叙事人，讲述了自己在缅因州一个沿海度过的那个夏天，以及她的所见所闻。叙事者是一个阅历丰富的作家，她以作家的敏锐、女性的本能和成年人的成熟，为读者展现了杜内特兰丁这个古朴而又衰败的沿海乡村的生活，以及缅因州的风俗人情。

朱厄特的《尖尖的枞树之乡》从叙事视角、人物塑造乃至主题思想，都呈现出了以女性文化为中心的文化格局。而且她还超越了单纯的社会范畴，表述了对女性和自然的认同。她在作品中使女性和自然相融，成为了作品和生活的真正主人公。而且朱厄特采用的是多重女性视角，女叙述者代表了朱厄特创作意识的两个侧面：一方面，读者看到的是那个在成年后离开故土，走南闯北见过世面的作家朱厄特，她从旁观者的角度，向读者描述了一个闭塞颓败的小渔村里发生的点点滴滴。这种使用旁观者作为叙事人的做法实为作者的一种写作策略，用来为自己的故事增加一个外部视角，并增加了客观力度。另一方面，叙事人也为作者传递了一种感情信息。周游过世界的朱厄特并没有忘却故土，相反，她为热爱的家乡倾注了几乎全部的笔墨。

三、评价

朱厄特不是一位有强烈女性主义意识的作家，也不在为争取妇女个性解放和平等权利而摇鼓呐喊的女权主义斗士之列。她是一位从女性视角进行创作的作家，她的作品带有典型的女性话语特点。她在作品中构建了一个以女性为文本创造者和文本中心的叙事结构，从而打破了美国主流文化把男性作为创作主体和把女性作为文学作品中附属物的角色模式。

朱厄特的写作风格自然流畅，少有人工雕琢的痕迹，为此一直受到评论界的好评。凯瑟在评价朱厄特的故事时说，她的故事与大地和生命融合在一起，它们不再是故事，而是生命本身。朱厄特在致好友费尔兹夫人的信中写道："把一个故事的所有细节构思成熟后挥笔而就，这真是一种奇妙而神秘的变化过程。两周以来我一直在记录一系列的事件，构思着人物的特点。直到前天，我脑子里出现了这个故事的框架。"人们在阅读她的作品时经常有这种感受：她的作品"不是一个记者的观察报告，而是在平静中回想起来的印象"。朱厄特非常注重自己的写作风格。她在描绘地理环境时非常仔细，也非常成功。在她的笔下，新英格兰地区的美丽甚至丑陋，都被忠实而优雅地记录了下来。她拒绝用完全相同的语调处理地方方言，而是力求在文字中熟练地把方言的抑扬和节律表现出来。

朱厄特代表了美国19世纪乡土文学的最高成就，虽然对此一直有各种文坛论战。这些争论也为我们理解19世纪美国女作家的批评对话，以及对女性作家的考量标准，提供了多元的视角。这使得朱厄特研究十分有意义。

参考文献

1. Blanchard, Paula. *Sarah Orne Jewett: Her World and Her Work*. Reading: Addison-Wesley Publishing Company, 1994.

2. Howard, June. "Introduction: Sarah Orne Jewett and the Traffic in Words." *New Essays on The Country of the Pointed Firs*. ed. June Howard. New York: Cambridge University Press, 1994.

3. Matthissen, F. O. *Sarah Orne Jewett*. Boston: Houghton Mifflin, 1929.

4. Parker, Jeri. *Uneasy Survivors: Five Women Writers*. Santa Barbara: Peregrine Smith, 1975.

5. Thorp, Margaret Farrrand. *Sarah Orne Jewett*. Minneapolis: University of Minnesota Press, 1966.

36. 玛丽·诺艾尔斯·默飞立

（Mary Noailles Murfree）

一、作家介绍

玛丽·诺艾尔斯·默飞立（Mary Noailles Murfree，1850–1922），笔名查尔斯·艾格伯特·克拉多克（Charles Egbert Craddock），美国著名乡土小说家。玛丽出生于田纳西州的一个显赫家庭。她居住的小镇默飞立斯伯勒（Murfreesboro）就是按照她曾在独立战争中任中校的曾祖父的名字命名的。父亲是一位成功的职业律师和文学家，给了她良好的教育。母亲热爱音乐，对她产生了很大的影响。4岁时因为一场高烧，玛丽终身落下了跛脚的毛病，从此很少从事户外运动。但她从小就有很强的文学志向，大多数时间她都在家里读书自学。从她7岁时起她们一家一直辗转于各地，她也在这段时间内完成了自己的学业，学习了法语、意大利语和拉丁语，后又跟随父亲学习了法律。1893年全家返回默飞立斯伯勒，从此玛丽就一直居住在此。玛丽在爸爸的鼓励下开始阅读小说。她受到了沃尔特·司各特（Sir Walter Scott）和乔治·艾略特（George Eliot）的作品的熏陶。之后她开始进行创作，共创作了十八部长篇小说和六部短篇小说集。晚年的玛丽再次受到脚疾的困扰闭门不出，甚至谢绝采访。她的姐姐范妮（Fanny）一直陪伴在她身边，直到她于1922年在默飞立斯伯勒去世。为了心爱的写作事业，玛丽像多位乡土作家一样终身未婚。

1874年，她用笔名 R. 爱美特·戴姆布丽（R. Emmet Dembry）发表了《调情者及其方式》(*Flirts and Their Ways*)，1875年又发表了《我女儿的追求者》(*My Daughter's Admirers*)。这些是她最早、也是仅有的有关

美国上层社会题材的作品。在之后的 1878 年,她开始用男性化的笔名查尔斯·艾格伯特·克拉多克为《大西洋月刊》(Atlantic Monthly)杂志撰稿。该杂志的读者群在当时是最为挑剔的,但玛丽的作品仍受到了广泛欢迎。她的兴趣主要集中于乡土文学,重在表现大山里的人们的生活,是阿巴拉契亚文学的主要代表。乡土文学最先出现于 19 世纪二三十年代,南北战争后进一步发展。这种文学描绘本乡本土的传说与现实生活,地方色彩浓厚,基调乐观抒情。这也是她最擅长表现的题材[1]。

她的大部分作品都是发表在杂志上,后编辑成书出版。1884 年她发表了大山系列第一部完整的长篇小说《在田纳西的山区》(In the Tennessee Mountains),收录了她曾在《大西洋月刊》发表过的八个故事。故事的背景有的在坎伯兰,有的在大烟山。同年她还发表了《战地》(Where the Battle Was Fought),背景设在默飞立斯伯勒。次年她发表了最著名的大山系列长篇小说《大烟山上的先知》(The Prophet of the Great Smoky Mountains)。直到这一年,她的真名才公之于众,并引起了轰动,之后她继续用该笔名写作,名气也越来越大。除了大山系列,她的作品也有一些是关于田纳西的历史、切罗基族印第安人以及南北战争时期的生活。后来,随着乡土小说逐渐衰落,她开始尝试创作历史小说和儿童故事,也有一些小说的地点设在密西西比。她晚年的作品多是历史小说,这些作品尽管在技巧上日臻成熟,但缺少了早期作品的灵动,包括《南北战争故事集》(Civil War Stories,1900)、《游击队的袭击和其他故事集》(The Raid of the Guerilla and Other Stories,1912)等。她的其他作品还包括《在云端》(In the Clouds,1886)、《"怪人"国见闻》(In the "Stranger People's" Country,1891)、《他的陨落星辰》(His Vanished Star,1894)和《戏法师》(The Juggler,1897)。

1912 年她被推选为著名团体"美国革命女儿会"田纳西分会的负责人,1922 年还被南方大学(the University of the South)授予荣誉博士学位。虽然她的私人生活状况鲜为人知,但据研究表明,晚年的玛丽经济拮据,家境衰落,她在格兰特的房子也不复存在。她和姐姐靠摆摊维生,最后在

---

[1] Mary Noailles Murfree, *Mary Noailles Murfree Papers*,1877-1928.

贫困中辞世①。她的文学创作生涯持续了五十年之久，着力表现"各地人的本质都是一样的"这一主题，但她的作品最吸引人之处则是对山村生活的详尽描写。

二、代表作

《大烟山上的先知》(*The Prophet of the Great Smoky Mountains*) 是玛丽的第一部长篇小说，最初是在1885年1至8月连载在《大西洋月刊》上的。很多人也认为这是她描写田纳西山地生活最好的一部长篇小说。小说受到了来自南方、北方，甚至包括英国的一致好评。故事的背景设在大烟山区的乡下，揭示了田纳西政府的步步紧逼给人们生产生活造成的紧张状态。年轻的瑞克·泰勒（Rick Tyler）被诬陷为杀人犯，无处申诉，无奈逃走，结果遭到追捕，使警长麦卡加·格林尼（Micajah Greene）和当地人陷入了冲突之中。他先是指控一直想嫁给瑞克的多琳达·凯斯（Dorinda Cayce）隐瞒了瑞克的藏身地，随后多琳达毅然反抗，并驳倒了警长的无理指控。她的家人也忍受不了警长的粗暴态度，甚至想要杀掉他。但为了自己和乡人的安定，也为了免于使家人卷入冲突，她决定放过警长。后来一个铁匠抓住了瑞克要去领取巨额赏金，但瑞克再一次脱逃。当地的牧师海勒姆·凯尔西（Hiram Kelsey）也站在多琳达一边，对冷酷的乡人感到越来越无法理解，并呼吁乡人超越世俗法律的界限，宽容对待瑞克。这一言行却引来了警长的怀疑，认为是他协助瑞克从铁匠店里逃走的。在多琳达和警长的矛盾冲突中，山村的道德体系在瓦解。小说结尾，瑞克竟然把凯尔西牵扯进来，说她确实帮助过自己逃跑，这使多琳达失望至极。出狱后的凯尔西看到多琳达还在与警长周旋，无奈之下牺牲了自己，拯救了多琳达。这个看似封闭、一度生气勃勃的小山村如今已冷冷清清，人们之间的关系也随之冷淡了。

这个故事不同于当时广泛流行的现实主义小说，而是充满了浪漫主义的传奇色彩。小说通过关注多琳达和凯尔西思想上的冲突，揭示了生活在山地中的人们的道德秩序正在瓦解，作品中流露出作者对乡村生活和人物的悲观情调，近来很多学者也注意到她对阿巴拉契亚山地文化有意进行贬

---

① Edward L. Tucker, "A Letter by Mary Noailles Murfree," Winter, 2002.

抑，甚至随着她的作品逐渐被读者所认可，她所塑造的山地人民形象似乎形成了某种负面的刻板印象，很多学者认为这一点使当代读者不太容易接受默飞立的作品。然而需要强调的是，默飞立深深热爱着山地文化和人民，这一点在作品中显而易见。她在面对传统文化和道德遭到的冲击时深感痛心，她笔下的文字感人至深，发人深省。

三、评价

玛丽最大的贡献就是把大山和山地人联系到一起，创造了独特的山地文化现象，使山里人的方言和生活方式进入了文学的视野。她喜欢乡土文学，更具有山地情怀。她是阿巴拉契亚山脉地区第一位重要的女性作家，也是最重要的美国南方作家，她的作品对研究阿巴拉契亚文学至关重要。时光在飞速前进，从这些看似过时的语言、文化和生活传统中，我们可以看到祖先的痕迹，看到他们的习语、发音和文明成果。他们是南方山里人的"活祖先"（contempory ancestor）[1]。

但她的小说也曾受到一些批评。首先是人物描写的个性化不足，模式化痕迹明显。她的人物模式包括：无私付出但早早香消玉殒的失恋女孩、精明漂亮的小姐、粗心而被抛弃的爱人、长期受苦的妻子，还有叛逆者、复仇者等。同时，山地人的外形也多是又瘦又高。另外，对景物的浪漫主义描写与对人物的现实主义描写在协调上也不够自然。最后，对山地人的描写过于悲观，常把山地人描绘成生活在令人生畏的山峰下行为怪异、与世隔绝的人，而且此后的作家还延续了她的这一风格。

有人认为她对山地生活不够熟悉。然而即便如此，她至少也比波士顿人更熟悉山地生活。同时这更足以证明玛丽想象力的丰富。她的身份复杂，既是内部人又是外部人，既是旅游者又是本地人，既是南方人又不是南方人，既是"男人"又是女人，这使她的作品也蕴含着深刻的复杂性，值得研究[2]。人们曾把她和布雷特·哈特（Bret Harte）、萨拉·奥恩·朱厄特（Sarah Orne Jewett）、乔治·华盛顿·凯布林（George Washington Cable）

---

[1] John Calvin Metcalf, "American Literature," Richmond，Virginia:Johnson Publishing Company, 1914，1921, pp. 326，328.

[2] Barbara C. Ewell, *Dorothy Harrell Brown Distinguished Professor of English*，Loyola University of New Orleans.

等著名美国乡土作家相比。威廉·狄恩·豪威尔斯认为她是"正在兴起的乡土运动中最重要的作家之一"。

参考文献

1. Carleton, Reese M. "Mary Noailles Murfree (1850-1922): An Annotated Bibliography." *American Literary Realism*, 1870- 1910, 1974.

2. Dunn, Durwood. "Mary Noailles Murfree: A Reappraisal." *Appalachian Journal: A Regional Studies Review* 6, 1979.

3. Ensor, Allison R. "What is the Place of Mary Noalilles Murfree Today?" *Tennessee Historical Quarterly*, 47, Winter 1988.

4. Lanier, Doris, ed. "Mary Noailles Murfree: An Interview." *Tennessee Historical Quarterly* 31, 1972.

5. Murfree, Mary Noailles. *The Prophet of the Great Smoky Mountains*. Boston, New York: Houghton Mifflin Company; Cambridge: The Riverside Press, 1885.

6. Murfree, Mary Noailles (pseud. Charles Egbert Craddock). *In the Tennessee Mountains.* Boston, New York: Houghton, Mifflin and Company, 1885.

7. Young, Thomas Daniel. *Tennessee Writers*. Knoxville: University of Tennessee Press, 1981.

8. http://docsouth.unc.edu/southlit/cradprophet/summary.html.

9. http://pr.tennessee.edu/alumnus/winter96/local.html.

10. http://www.rootsweb.ancestry.com/~tnalhn/gutenberg/craddock.html.

11. http://www.novelguide.com/a/discover/aww_03/aww_03_00867.html.

37. 凯特·肖邦
（Kate Chopin）

一、作家介绍

凯特·肖邦（Kate Chopin，1851 – 1904），小说家和女权主义者，于1851年2月8日出生在密苏里州的圣路易斯市，家境富裕。凯特在当地的一所罗马天主教修女学院读书，讲一口流利的法语，喜欢文学和音乐。她于1868年毕业。两年后，也就是在她19岁时，凯特嫁到奥斯卡·肖邦家，随后到新奥尔良定居，肖邦夫妇在这里度过了十个美好的春秋。他们有五个儿子和一个女儿。后来奥斯卡·肖邦生意受挫，举家迁至路易斯安那州中部的一个小村庄，经营奥斯卡家族的一个农场和种植园。婚后的凯特·肖邦并没放弃对文学的喜爱，经济独立后，她便着手创作一系列诗歌、札记以及反映卡真人、奥尔良人、黑人以及混血印第安人的文学作品。人到中年的肖邦开始创作小说，从1889年发表的第一篇短篇小说到1899年出版的代表作《觉醒》（*The Awakening*），十年里肖邦创作了两部长篇小说、一百多部短篇小说，还有一些散文、诗歌、剧本、儿童文学等。

肖邦自小喜欢莫泊桑的小说，因此她的短篇小说颇具莫泊桑的风格，语言隽永而凝练，故事性强，令人难忘。1894年和1897年出版的两部短篇小说集《牛轭湖的人们》（*Bayou Folk*）和《在阿卡迪的一夜》（*A Night in Acadia*）都引起了美国批评界的高度关注，也为肖邦赢得了声誉。肖邦的这两部短篇小说集都是以新奥尔良和路易斯安那州为背景，描写了法裔克里奥人的生活习俗和文化传统，属于"乡土文学"的范畴。故事的主题也大都是围绕爱情、婚姻和种族歧视展开。

二、代表作

《觉醒》（*The Awakening*）中的女主人公埃德娜（Edna）是一位年轻漂亮的女子。她嫁给了长她十二岁的新奥尔良富商为妻。他们有两个孩子，丈夫对她疼爱有加。埃德娜与丈夫尽管谈不上有什么爱情，但她似乎对这种贤妻良母的角色已经习惯了，对丈夫也甚是尊重。小说开始时，埃德娜在炎热、潮湿的格兰德岛上度假，然而，这里使埃德娜感受到了一种不一样的价值观和生活习俗。她的天性渐渐觉醒，不再甘于接受没有爱情的婚姻与家庭的束缚。无论是在心理上还是在感官上，她都渴望得到真正的爱情和自由。她开始了全新的波希米亚式的精神和肉体上的流浪。觉醒了的埃德娜变得敏感而细腻，对自然当中的美以及人类社会中的丑看得也更加清晰了。当时的社会在某种程度上容忍年轻男子与已婚女性调情，因为这种情愫被想当然地认为是精神层面的。作为岛上最美丽的夫人，埃德娜被岛上别墅中的女主人勒布伦夫人年轻英俊的儿子罗伯特（Robert）所吸引，罗伯特出于对自己名声的考虑离开小岛去了墨西哥做生意并拒绝与埃德娜保持通信。埃德娜假期结束后回到了新奥尔良，日夜思念罗伯特，加上丈夫也不在身边，与浪荡子弟阿洛宾（Arobin）发生了关系，尽管她并不爱他。后来，越来越无法忍受丈夫的埃德娜搬出家门，靠绘画自谋生路。此时，罗伯特突然从墨西哥回来，与埃德娜意外相见，相互表达了爱意。这时埃德娜的朋友行将分娩，前来求助，埃德娜让罗伯特等她回来。但当她回来准备与罗伯特私奔时，不料罗伯特又一次离她而去，留下一张纸条，表达了他的无奈。埃德娜心灰意冷，只身来到格兰德岛投海自尽。

埃德娜的觉醒是个过程，在未与罗伯特相爱之前就已经开始。而其原因是复杂而多样的，美丽的岛屿、闷热的天气、孤独的心境可能都是个中缘由。她好奇而勇敢，持存在主义立场，认为一切尽在今生，不信宗教，不信来生。她的觉醒是对于自我的再认识，是精神和灵魂的觉醒。表面上生活得无忧无虑，然而结婚六年以后，28岁的她认识到自己一直被桎梏在婚姻和家庭中，为男性权力所奴役，丧失了自我。

埃德娜的觉醒同时也是肉体的觉醒。她自我意识的一个重要方面就是意识到自己的性冲动，渴望自己能够成为肉体和精神上的真正主人，能按照自己的意愿去爱,去选择伴侣。埃德娜婚外的大胆行为无疑触犯了中产阶级的道德准则,引起了中产阶级的愤怒。

觉醒后的埃德娜看清了自己以及许多妇女在精神和肉体上被压迫的现实以及很多男性的自私,认识到她们完全可以自食其力,而不是做被赏玩的笼中鸟,她看清了生活的秘密,领略了瑰丽的自然、虚伪的世俗、虚假的胆怯以及自己的艺术潜质和发展潜能。最终她认识到人生的孤独本质,于是走上了不归路。

为了塑造完美的女性形象,除了埃德娜,肖邦还塑造了另外两个女性:阿黛尔是完美无缺的家庭主妇、温驯体贴的母亲,她存在的意义就是把自己全部的身心献给自己的丈夫和儿女,她是中产阶级标准的女性形象。另一位女性是钢琴家赖斯小姐,她是典型的职业女性,是"街上最不合群的女人"。她从未结过婚,也没体验过爱情,似乎始终都是个我行我素的人。通过对这两个女性的刻画,肖邦在暗示:完整的女性生活应该是在这两个极端的中间,女性不应该是受男性奴役的工具,女性也该有自己独立的生活,她们应该做自己的主人。

故事以超级敏感、观察入微、善于看透人心的埃德娜的视角展开,共分为三十九小章,每章为一个独立的情景,描绘了不同人物的个性和衣着、家居、娱乐等19世纪生活图景的方方面面。作者始终坚持以埃德娜的视角展开,使读者可以清晰感受其觉醒的过程。但由于岛上的人们彼此虽然热情来往,但并不能以诚相待,埃德娜看透了这一切,并为无法找到真正理解自己的人而失望沮丧,因此埃德娜的内心世界更多的是以独白展开,而不是通过对话。

《觉醒》从某种程度上讲对肖邦具有转折性的意义。在《觉醒》出版前,美国批评界对她是持肯定态度的,但随着《觉醒》的出版,美国批评界的态度出现了分歧。一些批评家称之为"美国的《包法利夫人》",认为肖邦成功地运用了象征、明喻、暗喻、拟人等多种手法,烘托了环境气氛,表现了人物的内心活动,增添了小说的艺术感染力。另一些批评家则谴责《觉醒》,认为它"粗俗肮脏","和左拉相比有过之而无不及",认为埃德娜"寡廉鲜耻,被海水吞没纯属咎由自取"。更严重的是,《觉醒》出版后,圣路易斯艺术俱乐部取消了肖邦的会员资格。1898年肖邦在筹划第三部短篇小说集《职业和声音》时,也因《觉醒》而遭出版商的拒绝,未能出版。凯特·肖邦是超前的,但这些批评使肖邦在 20 世纪早期被遗忘,但也正是这些特质使她今天受到女权主义文学批评家的关注。如今它受到广泛欢迎,有许多版本和译本。肖邦的一些其他作品也随之相继被发掘出来。

《觉醒》以南方乡土为背景,但其内容和历史意义却远远超出了乡土文学的范畴。这部小说已经成为女性主义文学的经典著作之一,成为很多女性研究和文学课程中的必读书目。女权主义者认为性压迫是女性在政治、经济等全球各个领域受压迫的先决条件,女性只有掌握了自己的身体才能掌握自己的生活[1]。而这本书恰恰反映了女性的性觉醒的主题以及女性在爱情问题上的自由选择权。

三、评价

19 世纪下半叶是美国女权意识空前高涨的时期。在众多女性作家中,表现最突出、文学成就最高的可能就要数肖邦了。她的作品当中除了女性主题以外,还涉及了其他重大社会问题,比如《德西雷的婴儿》("Désirée's Baby")讲的是种族主义给有色人种带来的伤害。总之,肖邦作为一位女作家,由于历史与时代的局限性,她一方面采取了克里奥尔和南方的保守态度,避免过激的文化评论;另一方面,善于独立思考的性格又使她站到了时代的前列,无论是对女性问题还是其他问题(诸如种族主义),她都有着自己独到而睿智的见解,对女性文学和女性主义具有普遍的影响。对于肖邦的研究如今正在朝着更加深入广阔的方向发展,而对于肖邦的作品所反映的主题,评论界也在不断挖掘,这也有力地证明了肖邦的作品具有无限的魅力。

参考文献

1. Chopin, Kate. *The Awakening: A Solitary Soul*. New York: Alfred A. Knopf, Inc., 1992.

2. Skaggs, Peggy. *Kate Chopin*. Massachusetts: Twayne Publishers,

---

[1] Janet M. Labrie, *Masterpieces of Women's Literature*., ed. Frank N. Magill, New York: Harper Collins Publishers, 1996, p.43.

1985.

3. Toth, Emily, ed. *A Vocation and a Voice.* New York: Penguin Publishers, 1991.

4. Toth, Emily and Per Seyersted. *Kate Chopin's Private Papers.* Indiana: Indiana University Press, 1995.

38. 玛丽·埃莉诺·威尔金斯·弗里曼
（Mary Eleanor Wilkins Freeman）

一、作家介绍

玛丽·埃莉诺·威尔金斯·弗里曼（Mary Eleanor Wilkins Freeman，1852–1930），美国短篇小说作家、诗人、剧作家，于1852年出生在马萨诸塞州伦道夫镇上的一个木匠家庭。因父母是保守的公理会教友，弗里曼从小就受到严格的宗教教义的束缚。15岁时她同家人搬迁至佛蒙特州，在那里一直住到弗里曼三十几岁。弗里曼曾在圣约克女子学院学习，在那里，她接受了智力和宗教文化的双重训练。但她只在那儿学习了一年。1873 家中陷入经济危机，曾三次搬家，玛丽依靠绘画以填补家用。这段时间，她也尝试给期刊杂志撰写文章，但是屡遭拒绝。1881 年，玛丽获得了第一笔稿费，来自她的两个儿童故事《乞丐王》（"Beggar King"）和《十一税》（"The Tithing"）。一年以后，她又成功出版了自己的第一部短篇小说集。至此，弗里曼的文学生涯才真正开始。

在她父母去世后，弗里曼回到了伦道夫，同她一生的好友玛丽·威尔士一家住在一起。在那儿，她继续在杂志和出版物上为年轻人写文章。1887年，她的第一部面向成年人的小说《谦逊的罗曼史及其他》（*A Humble Romance and Other Stories*，1887）发表，随后在1891年她又出版了《一个新英格兰修女及其他故事》（*A New England Nun and Other Stories*，1891），这是她最主要的短篇小说集之一。其他短篇小说集还包括《替角》（*Understudies*，1901）、《六棵树》（*Six Trees*，1903）等。弗里曼认为她之所以能够成功是因为她所写的都是她最了解的，如她居住的村庄、一起成长的伙伴等等。她还建议年轻的作家们也尝试同样的写作方法。弗里曼的早期作品具有鲜明的现实主义色彩,然而,她的现实主义色彩又与其他乡土作家,如朱厄特、斯托夫人的作品有所不同。弗里曼的新英格兰可以是"随便任何一处被忽略的地方"。她所要描绘的是为新英格兰所熟悉的普通人物,而不是那些名人。1902年,玛丽同查尔斯·弗里曼结婚,定居在新泽西。婚后的弗里曼放弃了早先的写作主题,而是尝试写作恐怖小说、罗曼史、历史小说等,然而这类小说都不如她以前的小说受欢迎。弗里曼的婚姻并不圆满,后来因丈夫过量饮酒及服用毒品,两人在1922年正式分居。她于1925年获得了威廉·狄恩·豪威尔斯杰出小说奖。1930年因心力衰竭去世。

弗里曼的许多小说都描写了女性在个人价值和外在压力二者出现冲突时进行抉择的困境,这些外在压力可能是社会因素,也可能是自然或是外在物质的干扰,此外她也描写女性道德与物质享受二者的冲突。她的许多著名短篇小说都以女性之间的真挚情感为主题,短篇小说《两个朋友》("Two Friends")以及《长胳膊》("The Long Arm")都是反映此类主题的文章。事实上,弗里曼的大部分作品都是以女性为核心的,这些女性要么是朋友,要么是邻居、家庭成员等等。很久以来她一直被认为是美国现实主义最重要也是最有影响的实践者之一[①]。

弗里曼的其他作品包括短篇小说《清醒》("Wide-Awake", 1881)、《影子家庭》("The Shadow Family", 1882)、《两个老恋人》("Two Old Lovers", 1883),以及短篇小说集《沉默及其他》(*Silence and Other Stories*, 1898)等等。女性的内心世界、新英格兰的村民们、清教徒的影响、女性的道德、宗教问题、贫穷、被动性和主动性、婚姻等,这些都是弗里曼的作品一贯关注的主题[②]。

二、代表作

1.《替角》(*Understudies*)

短篇小说集《替角》共由十二个故事组成。这十二个故事一半聚焦动

---

① http://www.glbtq.com/literature/freeman_mew.html.
② http://www.millikin.edu/aci/crow/chronology/freemanbio.html.

物，一半聚焦植物，构成了弗里曼的第一卷生态小说集。这部小说集赢得了广大的读者，也使作者获得了自信，敢于在自然小说中进行大胆的实验，从而确立了她在美国自然写作领域的地位。《替角》以人和自然的关系为主题。

《替角》的前半部是六个动物的故事。《鹦鹉》("The Parrot")是一个关于人和动物心心相印的故事。女主人公玛莎和她的鹦鹉住在一栋偏僻的房子里。这只鹦鹉不但外表光彩照人，更重要的是它跟玛莎似乎有心电感应，玛莎也常常怀疑它有灵魂。鹦鹉跟女主人公的性情相投表现在，当抛弃玛莎的乡村牧师带着他的新娘来见玛莎时，鹦鹉愤怒地用翅膀扑打牧师，并弄坏了新娘的帽子。在故事《猴》("The Monkey")中，作者继续探讨了人和动物正确关系定位的问题。动物商店店主，同时也是故事的主人公伯德·弗兰西尔对他所卖的动物毫无怜悯之心。与之形成对照的是那个每天都去商店探望动物的小男孩，他以自己的方式跟猴子交流。后来，猴子毁坏了商店，被驱逐出店门，跟这个充满爱心的小男孩相依为命。

《替角》中还有两个并列的故事——《阿瑞托莎》("Arethusa")和《山间月桂》("Mountain Laurel")，这两个故事仍然是传达作者关于人类、动物和植物应该在地球上和谐相处、共存的生态思想。《阿瑞托莎》以女主人公露西·格林列夫与她的追求者爱德森的爱情故事为主线。爱德森为了讨好露西，想摘一束兰花献给她。但是露西马上制止了他，并明确表示：如果他摘花，她坚决不会嫁给他。这看似荒唐的行为，实际上是露西保护自然，同时也是保护自己所作的努力。《山间月桂》中的主人公赛谬尔·拉德是拉德家族的最后一员，在拉德山附近的一个偏僻地区过着隐居生活。原属拉德家山谷的肥沃土地已经被出售了，所剩的一丁点儿被他用来种植月桂树。失意的拉德整日沉湎于诗歌创作，通过诗歌，他热情赞美繁茂的月桂，描写山谷的一草一木，是一个典型的大自然爱好者。

2. 《六棵树》(*Six Trees*)

《六棵树》是弗里曼的最后一部短篇小说集。短篇小说《香杉》("The Balsam Fir")和《巨松》("The Great Pine")从结构和主题上都构成了这本小说集的中心。《香杉》是一个和圣诞节有关的故事。故事主人公玛莎是位贫困可怜的老妇人。命运对她极为不公，本打算要娶她的男人却娶了她的妹妹。多年后,她越发孤苦伶仃。有一年圣诞节的前一天,几个伐木工人来到她家门口,动手要砍她门前的一棵香杉树。玛莎奋不顾身奔向前夺过斧子,把砍树人撵走了。玛莎的这一举动不但拯救了门前的香杉树,而且也因此改变了她自己的生活。因为她的邻居和朋友听说此事后,对她肃然起敬,纷纷来看她,原先冷清的圣诞节也变得热闹起来,玛莎在与众邻居和朋友的接触中也建立了自己的社交群体。

《巨松》在结构和主题上与《香杉》遥相呼应,它的主人公是一名叫迪克的孤独男子。故事开始时,迪克在山坡上的一棵巨松下休息,他望着巨松,心想等它再结实一点儿,便可以用来做一根不错的桅杆。对迪克来说,大自然的一草一木此时并没有任何深刻含义,只不过是客观存在罢了。他曾两次试图翻越高山,结果都原路返回到巨松下。他觉得自己仿佛受到了大自然的戏弄,生气之余在树下放了一把火,然而熊熊大火又燃起了他内心深处的怜悯之心。他回去扑灭了大火,拯救了巨松。当他再度审视这棵树时,他觉得它仿佛也有了人气。同前面《香杉》中的玛莎一样,拯救大自然改变了迪克的命运。他回到家后仿佛变了一个人,他辛劳善良,让周围的人都震惊不已。

总体来看,弗里曼一生作品颇多,但主要以短篇著称。她的短篇以新英格兰为背景,描写妇女生活,刻画她们的心理活动,同时以描写自然万物为特色,写作风格与爱默生和梭罗颇为接近,并表现出某种"地方色彩"。有学者从生态批评的角度指出,她的许多短篇小说探讨了人类与自然的关系,同时也探讨了性别与社会等生态女权主义者关心的相关问题。

三、评价

弗里曼是新英格兰乡土文学作家中作品最多的一位,她也是新英格兰乡土作家中第一位以现实主义手法描写地域风情的作家。她的作品充分描述了没落的社会环境和习俗影响下个人的命运。她最初的短篇小说《谦逊的罗曼史》以及《一个新英格兰修女》都是反映此类主题的文章。这两部短篇小说以它们对内战后美国乡村的辛辣刻画而著称,而这两部小说也标志着弗里曼作为乡土文学作家职业生涯的开端。

许多评论家认为,虽然弗里曼在围绕一个典型中心人物创作一篇短篇小说方面无可挑剔,但是这种方法用在创作长篇小说上就显得不够理想。

有评论家说，《简·菲尔德》和《彭布洛克》其实就是篇幅超长的短篇小说。几乎她的所有长篇小说都给人留下支离破碎、不够连贯的感觉。她后期的历史小说和侦探小说也呈现出了同样的弊端，不过后者因作者不能很好把握此类题材显得更加破绽百出。近几年来，弗里曼的一些短篇小说，尤其是《母亲的反叛》（"The Revolt of Mother"）因其中蕴含着早期美国女权主义色彩再次引起了评论家的关注。但需要弄清楚的一点是，弗里曼最初创作这些作品的时候，只是想表现个人在19世纪末乡村背景下争取自由、反叛社会压迫的艰难，并无意突出表现女性的艰难。弗里曼对社会制约下扭曲人性的刻画是广泛而有深度的，通过对人类疾苦的刻画，弗里曼表达了一个人道主义作家应有的悲悯情怀[①]。

参考文献

1. Leah，Blatt Glasser. *In a Closet Hidden: The Life and Work of Mary E. Wilkins Freeman.* Amherst: University of Massachusetts Press，1996.

2. Reichardt，Mary R. "Backgrounds." *A Web of Relationship: Women in the Short Fiction of Mary Wilkins Freeman.* Jackson: University of Mississippi Press，1992.

3. Reichardt, Mary R., ed. A *Mary Wilkins Freeman Reader.* Lincoln: University of Nebraska Press，1997.

4. 朱新福：《美国生态文学研究》，苏州大学比较文学与世界文学专业博士论文，2005。

5. http://www.millikin.edu/aci/crow/chronology/freemanbio.html.

6. http://college.hmco.com/english/heath/syllabuild/iguide/freeman.html.

7. http://greenfield.fortunecity.com/tower/50/rhs_mwf.htm.

---

① http://bedfordbooks.com/litlinks/fiction/freeman.htm.

39. 波琳·伊丽莎白·霍普金斯
（Pauline Elizabeth Hopkins）

一、作家介绍

波琳·伊丽莎白·霍普金斯（Pauline Elizabeth Hopkins, 1859–1930）被称为"黑人女作家的院长"（dean of African-American women writers），她不仅是一名多才多艺的作家，还是一位剧作家、记者、小说家、散文家、诗人、出版家和编辑，也是一个演说家、演员和音乐家，此外她还在马萨诸塞州人口普查数据办公室担任了好几年速记员的职务。她在19世纪末期和20世纪早期并不占有重要地位，作品也不算多，著有一部长篇小说和一些短篇小说。她生前一直得不到重视，直到近来她的价值才被人们发现。她最值得纪念的是她在20世纪早期首先使用传奇小说这一传统文学形式探讨中产阶级美国黑人当中所盛行的种族和性别歧视问题。她被称为最多产的黑人女作家，以及20世纪头十年最有影响力的文学编辑。她继承了另一位黑人民权运动者杜波依斯的思想体系。在她的作品中，她深刻分析了种族间的不公平现象，挑战了对于黑人的传统观点，强调自立自强是黑人社会进步的一个重要内容。

1859年，霍普金斯出生于缅因州的波特兰，后在马萨诸塞州的波士顿长大。她16岁时参加了由著名的黑人剧作家、小说家、散文家、历史学家和废奴运动者威廉·威尔士所主办的一个写作竞赛。她的文章《放纵的罪恶和它们的补救》（"Evils of Intemperance and Their Remedy"）在竞赛中获胜，此后她开始创作大量作品。她在20岁时完成了第一部戏剧——音乐剧《奴隶的逃亡；或地下铁路》（Slave's Escape; or, The Underground

Railroad），她和她的家人都参与了该剧的演出。之后几年里，霍普金斯与她的家庭演出团"黑人吟游诗人"（Colored Troubadors）赴各地旅行演出。这部戏剧后来又以《奇怪的山姆；或地下铁路》（*Peculiar Sam; or, The Underground Railroad*）的名字被搬上了舞台。这部戏剧的一个重要主题就是奴隶制，描述了地下铁路是怎样帮助奴隶们逃亡的。

霍普金斯深切关注美国黑人及其历史，她为《有色美国人杂志》（*Colored American Magazine*）写了《著名的黑人女性》（"Famous Women of the Negro Race"）和《著名的黑人男性》（"Famous Men of the Negro Race"）等传记。霍普金斯谈论了美国黑人文学的复兴，她对这一文学运动的关注远远早于其他作家。多萝西·波特（Dorothy Porter）在她的《美国黑人传记字典》中指出，霍普金斯反复强调历史本身就是一部传记，她只是给出了二十一个重要的素描，包括一些重要的黑人人物，像弗雷德里克·道格拉斯。她还写过一些重要白人男性的传记。尽管霍普金斯的传记没有标出资料的来源，但是它们仍是作者在做了大量的研究工作后精雕细刻创作的。

霍普金斯在19世纪90年代从事文书和公众演说工作。1900年，她创办了《有色美国人杂志》，并从1900年到1904年担任该杂志的总编。她在1901年到1903年期间创作的小说和非小说文学作品大多发表在这本杂志上。她的这本杂志是20世纪出现的第一本重要的美国黑人杂志，霍普金斯强调了这本杂志的重要性：没有其他的杂志像它那样完全关注美国黑人的利益。这本杂志记录并宣传了美国黑人在文学、艺术、科学、音乐、宗教和其他各领域里的贡献和成就。她的第一篇短篇小说《我们中的秘密》于1900年发表在这本杂志的第一期。同年，她出版了第一部长篇小说《抗争的力量》（*Contending Forces: A Romance Illustrative of Negro Life North and South*，1900）。她的三部有名的小说——《哈佳的女儿》（*Hagar's Daughter: A Story of Southern Caste Prejudice*，1901–1902）、《唯诺娜》（*Winona: A Tale of Negro Life in the South and Southwest*，1902）、《同源》（*Of One Blood; Or The Hidden Self*，1902–1903）都是在这本杂志上连载。从1904年开始，由于健康原因，霍普金斯无法再管理杂志的事务，但是她仍然坚持文学创作，偶尔也在黑人杂志上发表她的小说和散文。这期间她主要是以牧师工作为生。

1905年可以说是她写作生涯的顶点。在这一年她还创作和出版了一本三十一页的小册子，名叫《有关非洲族裔的早期文明和它的后代对它的重建之事实的初级读本——带结语》(*A Primer of Facts Pertaining to the Early Greatness of the African Race and the Possibility of Restoration by Its Descendents—with Epilogue*)。从1916年以后，她就过着隐居的生活，直到1930年8月，她因一场火灾在马萨诸塞州的坎布里奇去世，去世时在麻省理工学院担任速记员工作。

二、代表作

霍普金斯最受欢迎的小说当属1900年的《抗争的力量》(*Contending Forces*)。这是一部抗议小说，也是一部历史传奇小说，描述了一个黑人家庭在19世纪的历史。故事跨度很大，从这家人在西印度群岛做奴隶，一直写到美国南方波士顿和新奥尔良获得自由。主人公是一对叫威尔·史密斯和多拉·史密斯的黑白混血兄妹，还有史密斯家的寄宿者——约翰·兰利，和一位有着八分之一黑人血统的漂亮姑娘莎孚·克拉克。小说讲了威尔、约翰与莎孚的感情纠葛，最终有情人成为眷属。小说还描述了内战前的美国黑人所面临的政治、经济和各种社会问题。

在小说中有一个重要的章节，讲述了美国黑人妇女集体努力来改变历史。一大群黑人妇女聚在一起，为一个教会的集会制作衣服。在这里威利斯夫人起到了重要的作用，她代表黑人妇女集体反对对黑人用私刑和隔离法案。作品记录了妇女在改变历史中与其他妇女齐心协力的过程，塑造了一个与白人文化所宣扬的社会进行抗争的社会形态。霍普金斯将战场转向家庭，即使是妇女们在一起缝制东西，也可能成为一场潜在的政治斗争。

霍普金斯说她写这本小说的目的是"真实地描绘最深层的想法和黑人对于我们历史中所潜藏的火与传奇的想法"，并"消除堕落的耻辱"，她认为这是黑人应该为自己做的事情。在霍普金斯生前，这部小说既没有为她带来文学上的名声，也没有带来经济上的收益，直到她死后才得到批评界的关注。这本小说既继承了霍普金斯当时的小说传统，也是一次大胆的尝试。

三、评价

霍普金斯在美国文学中仍是一个名不见经传的人物。她的作品不受关注，主要是因为她的叙事技巧与众不同，同时她的作品发行量也较少，她的性别也使她通常受到忽视，这些都是她不被重视的原因。尽管如此，还是有不少的评论家认为她的小说值得更广泛的关注，他们认为《抗争的力量》是对霍普金斯那个时代的尖锐反映。直到 20 世纪 80 年代中期，学者们开始重新发现霍普金斯，她的文学成就也得到了重视。1998 年，牛津大学出版社重新出版了她的长篇小说和大多数短篇小说。安·肖可莱（Ann Shockley）的研究为人们重新认识她的作品作出了贡献。后来人们认识到霍普金斯是一个技艺高超的作家，她把女性的浪漫和黑人的历史巧妙地结合在一起。

霍普金斯的作品体裁不拘于长篇小说，她还创作了不少的短篇小说，发表在《有色美国人》杂志上，她的短篇小说中一个常见的主题是各种族之间的关系。这一主题引起了一些人的反对，致使一些白人读者退订该杂志。与她同时代的人相比，今天的学者们肯定了霍普金斯，给予了她作为一个编辑、记者和作家所应有的评价。她的许多作品仍然需要人们去研究和发掘，但是没有人能够否认她为美国黑人妇女的文学事业所作出的贡献。

参考文献

1. Campbell, Jane. *Mythic Black Fiction: The Transformation of History.* Knoxville: University of Tennessee Press, 1986.

2. Gabler-Hover, Janet. *Dreaming Black/Writing White: The Hagar Myth in American Cultural History.* Lexington: University Press of Kentucky, 2000.

3. Shockley, Ann Allen. *Afro-American Women Writers 1746-1933: An Anthology and Critical Guide,* New Haven, Connecticut: Meridian Books, 1989.

4. Wallinger, Hanna. *Pauline E. Hopkins: A Literary Biography.* Athens: University of Georgia Press, 2005.

5. http://saxakali.com/Saxakali-Publications/runoko15.htm.

6. http://galenet.galegroup.com/servlet/BioRC.

40. 夏洛特·帕金斯·吉尔曼
（Charlotte Perkins Gilman）

一、作家介绍

夏洛特·帕金斯·吉尔曼（Charlotte Perkins Gilman，1860–1935），美国作家，美国首次女权主义运动的主要理论家和活动家之一。6 岁时，父亲抛弃了母亲，从此母亲带着几个孩子在亲戚们的周济下辗转度日。童年的孤独生活使吉尔曼爱上了写作。少年时期受到几位前辈包括斯托夫人及母亲的影响逐渐形成了女权主义思想。后来嫁给了年轻潇洒的画家查尔斯·沃尔特·斯特森（Charles Walter Stetson），但婚后的生活并不幸福，生活的琐事与她的事业发生了冲突。

女儿出生后吉尔曼患上了严重的产后抑郁症。在她的病症日益加重的情形下，斯特森主动提出让她"自由"，两人尝试分居了一段时间。后来吉尔曼去西部旅游，探访亲友，很快恢复了健康，但是回家一个月后又旧病复发。在这种情况下，斯特森带 26 岁的吉尔曼去费城著名精神科专家塞拉斯·维尔·米切尔（Silas Weir Mitchell）的诊所接受治疗。米切尔医生对他实施了"休息疗法"，即让她卧床休息，限制一切脑力活动。然而这种治疗方法非但没有达到预期结果，反而让病情日益恶化。1887 年秋，吉尔曼毅然终止了这种使她几乎发狂的疗法，并与斯特森正式分居。在吉尔曼看来，婚姻和家庭对妇女的限制是导致她疾病的真正根源，丈夫斯特森期望吉尔曼成为一名传统意义上的妻子和母亲，而正是这一点让她无法忍受。在 1892 年创作的著名中篇小说《黄色糊墙纸》(*The Yellow Wallpaper*, 1892) 中，吉尔曼记录了这段经历。在小说中，尽管她没有直接指责丈夫，但是从她的叙述中，我们还是看到了斯特森作为丈夫的失职。最终两人于

1894 年离婚。

1902 年，吉尔曼与她的表兄，律师乔治·吉尔曼（George Gilman）结婚。她的丈夫积极支持她的思想和社会活动。因此，随着吉尔曼的再婚，她著述最丰的年代也随之到来。

《妇女与经济》（Women and Economics，1898）抨击了旧的父权制下的性别分工，被誉为"妇女运动的《圣经》"。《关于孩子》（Concerning Children，1900）提出了照管孩子的工作应当职业化。《家庭》（The Home：Its Work and Influence，1903）否定了家庭制度存在的合理性，是她最激进的一部作品。《男性文学》（The Manmade World，or，Our Androcentric Culture，1911）阐述了她的女权文学批评观点，指出文学是男性化了的文学。《女儿国》（Herland，1915）打破了生理和社会性别角色的限制，找回了女性在体力和智力上的力量之美，创造了属于女性自己的历史和文明。

二、代表作

《黄色糊墙纸》（The Yellow Wallpaper）是一部由九篇日记组成的第一人称日记体的中篇小说。女主人公即小说中的叙述者，姓名被作者隐去，只知道她是一位富有创作才华、渴望工作的中产阶级妇女。丈夫约翰（John）是象征男性权威的医生。他以为妻子治病为名，带她到临时租赁的一座老房子里，并将其关进了楼上曾用做幼儿室的房间里。窗外是护栏，床被钉在地板上，房顶还有个门，整个房间更像是个监房，与外界隔绝，也被禁止进行任何创作。

这种治疗方式所造成的后果比疾病本身更可怕。女主人终日面对四壁正在脱落的黄色糊墙纸，开始时感到很厌恶，后来出现了奇怪的转变，她开始着迷于阅读糊墙纸的图案，试图从中寻求解脱，这种病态的着迷预示着她精神状态开始恶化。终于有一天她发现图案有两层，第一层是图案，下面竟然是一个女人形象，就像她一样被囚禁在栏杆后面。图案中的女人在夜深人静的时候便开始蠕动爬行。女主人公也开始沿房间的四周爬，在墙上涂抹，逐渐把自己渴望逃脱这种囚禁式疗法的愿望与图案中的形象联系在一起。每当夜晚来临，便开始爬行，因为墙上的魅影也是在晚上的时候开始蠕动。而白天她就装作正常的样子敷衍丈夫。

最后，在他们离开这所房子的前夕，为了帮助图案中的女人获得自由，她把墙纸大片大片地从墙上撕扯下来，"我扯她摇，我摇她扯，天亮之前我们已经撕下了大片的墙纸"，最终完成了与墙中人的统一。当约翰最终进来的时候，惊恐地发现女主人公在碎纸堆里爬行，并声称自己终于获得解放，无人能够强迫她再回到墙纸后面去。女主人公通过与在枷锁中的姐妹一起撕破墙纸的行为宣告了她有"工作"的权利。约翰在万分惊愕中昏倒在地，而女主人公则以自己在丈夫身上爬来爬去的举动表现了她冲破了牢笼，获得了最后胜利。

《黄色糊墙纸》的形式与内容浑然一体，达到了高度统一，表现出作者文学创作的深厚功力。第一人称日记体经常被女性作家使用。女主人公在日记里叙述了自己在被迫接受"休息疗法"的三个月中的经历与感受。在故事的前半部分，女主人公的叙事思维清楚，真实可信。但随着治疗的继续和情节的发展，读者可以感觉出叙事人的精神状况逐渐恶化，所提供的信息也呈毫无条理的状态，段落短小，思绪混乱。这一点在故事的结尾更是体现得淋漓尽致。吉尔曼选择从女主人公的角度叙述她自己的故事，在她逐渐迈向疯狂的过程中记述其不断变化的心理状态，颠覆了传统小说情节中以一个旁观者而非当事人作为叙事人的做法。这也使作品具有了哥特式的风格，吉尔曼也被称作恐怖小说家。另外，吉尔曼用心理现实主义的写作手法把女主人公那种无聊、无奈、无助的心理和对于自由和独立的渴望表现得惟妙惟肖。

小说中的叙述者与丈夫之间是不平等的，丈夫总是对她的才华置若罔闻，把她置于弱者和被照顾者的位置，像对待孩子一样俯视她，习惯于在她的称呼前加上个"小"。还搬出理论声称女人的子宫是女人歇斯底里的生理原因。这是当时整个社会不平等的缩影，当时的女性是否具有公民权和投票权等是社会的热点问题，女人被要求要像对待上帝一样对待丈夫。而叙述者的自我拯救正是对这一不平等的社会体系的反抗。起初，她的一半知道丈夫的所谓"休息疗法"是错误的，但另一半却屈服于丈夫的身份。最终叙述者成功地战胜并逃离了丈夫，但却仅仅是逃到了疯狂的迷幻之中，并没有得到彻底的胜利。

但它丰富的社会、文化和政治内涵却是在作品发表的几十年后随着女性主义的兴起而被发现的。它被女性主义者认为是对通过错误和不公正的规定而扼杀女性智力、心理和创造力发展的有厌女倾向的社会体系的控诉,指出这种不公正将对女性乃至整个社会带来怎样的危害[①]。

1973年,女权主义评论家依莱恩·R.赫其斯为女权出版社再版的《黄色糊墙纸》题写出版后记,拉开了现代吉尔曼批评的序幕。从此以后,评论界对吉尔曼的作品表现出了极大的兴趣,对于《黄色糊墙纸》的研究也逐渐扩大到社会文化、心理学、语言学等范围。1973年之后吉尔曼评论的大量涌现充分说明了吉尔曼在美国女权主义文学批评中的重要地位,堪称一部女权主义短篇小说经典。早期的《黄色糊墙纸》研究都把墙纸看做压抑性结构的象征,并且评论家们普遍认为故事的结尾象征着叙事人的胜利。激进的女权主义解读则把叙事人逐渐走向疯狂视为一种健康的方式,一种对于女主人公所生活的社会的鄙弃和逃脱。此外,故事之外的心理学意义也引起了评论家的关注。《黄色糊墙纸》的形式和语言也是评论家关注的重要方面。此外评论家争论的焦点还在于女主人公所阅读文本的性质及其阅读方式。

三、评价

吉尔曼不仅在文学创作中宣传了她对于父权社会的反叛,也在其他政论作品中孜孜不倦地为女权而呼吁。她始终关注妇女在社会上是否获得了平等地位,因而对美国妇女运动作出了巨大贡献。在她的小说中,树立起了追求自由和平等的新女性形象,她曾经表示自己写小说的目的主要是为了宣传她的社会观点。许多评论家认为她的小说风格比较写实,缺少浪漫成分。她在小说中展现了女性如何通过改变自己的生活和改造社会来重塑自我。她的作品中阐述的许多观点对于当时妇女运动的发展起到了重要的指导作用,而其中蕴含的女权意识即使在今天看来仍十分前沿。

近年来评论家在谈到吉尔曼时,一方面充分肯定了她的人道主义和社会主义思想,高度赞扬了她对女性、工作、家庭、儿童、性别关系等问题的重要分析和论断,但同时也指出了她的某些作品中包含有种族歧视和种族优越感的思想。

---

① Janet M. Labrie, *Masterpieces of Women's Literature*, ed. Frank N. Magill, New York: Harper Collins Publishers, 1996, p. 584.

参考文献

1. *Barnes and Nobles.Com Website: Charlotte Perkins Gilman Search.* Barnes and Nobles Online Bookstore, 3 October 1998, http://www.barnesandnobles.com.

2. Berkin, Ruth Carol. "Self-Images: Childhood and Adolescence." *Critical Essays on Charlotte Perkins Gilman.* ed. Joanne Karpinski. New York: G.K. Hall, 1992.

3. Karpinski, Joanne B. *Critical Essays on Charlotte Perkins Gilman.* New York: G. K. Hall, 1992.

4. Lane, Ann J. *To Herland and Beyond: The Life and Work of Charlotte Perkins Gilman.* New York: Pantheon, 1990.

5. Mitchell, Weir S. "Wear and Tear, or Hints for the Overworked." *Charlotte Perkins Gilman: "The Yellow Wallpaper."* ed. Dale M. Bauer. Boston: Belford Books, 1998.

6. Scharnhorst, Gary. *Charlotte Perkins Gilman: A Bibliography.* New Jersey: Scarecrow Press, 1985.

41. 伊迪丝·华顿

(Edith Wharton)

一、作家介绍

伊迪丝·华顿(Edith Wharton, 1862 – 1937), 美国小说家、短篇故事作家和设计师, 曾获普利策奖。出生于美国纽约的一个富贵家庭, 自幼接受了贵族式的教育。通过在她父亲的"绅士图书馆"自学和请家庭教师获得了启蒙教育。

婚后的华顿夫人致力于创作, 一生主要从事小说创作, 共写了十余部长篇小说和若干中、短篇小说。早期作品多为短篇。第一部长篇《坚定的山谷》(The Valley of Decision)出版于1902年, 描写了18世纪意大利贵族中的自由主义倾向。后来又出版过《圣堂》(Sanctuary, 1903)和小说集《人的血统及其他》(The Descent of Man and Other Stories, 1903)。她的成名作是长篇小说《快乐之家》(The House of Mirth, 1905)。主要作品还有《伊坦·弗洛美》(Ethan Frome, 1911)、《乡土风俗》(The Custom of the Country, 1913)、《天真的时代》(The Age of Innocence, 1920)和《搭了架子的哈德逊河》(Hudson River Bracketed, 1929)等。她还创作了诗歌、散文、随笔旅行游记和她的自传《回眸一瞥》(A Backward Glance, 1934)。

她的小说风格基本上模仿亨利·詹姆斯, 文学史家多认为华顿夫人是亨利·詹姆斯的忠实追随者, 并在表现美国上层社会的心理意识方面达到了青出于蓝而胜于蓝的高度。《伊坦·弗洛美》通过主人公的悲剧命运, 揭露了社会中个人意志如何遭到剥夺, 显示了资产阶级的贪婪本质和人物的异化与孤立的境况。《天真的时代》描写了律师纽兰·阿切实试图打破世俗习惯势力,最终却不得不离开心爱的少女艾伦而与艾伦的表姐梅·韦兰成婚的故事,表达了在社会压制下无法选择个人爱情自由的无奈。此小说似乎带有明显的自传成分,并于1920年获得普利策小说奖。1930年华顿夫人当选为美国文学艺术学院院士。

二、代表作

她的第一部短篇小说集在19世纪90年代后期就已完成,然而第一部使她成名的作品是她的小说《快乐之家》(The House of Mirth)。这本书主要从女主人公丽莉·巴特的视角,以第三人称叙述了一个貌美而贫穷的女主人公试图在无情的纽约城生存的故事,但它更是一部道德寓言,揭示了在腐化的世界怎样保持清醒的理智的问题。

丽莉·巴特出身于纽约一个破落的望族家庭,她天生丽质,一心向往上流社会,但在世俗和命运的摆布下,巴特迷失在真爱与虚情假意之间,到了29岁还未能结婚。她不愿嫁给粗俗的暴发户罗斯台尔,又不甘心与爱她的穷律师塞尔顿结婚。那些有钱的太太们为了自己可以自由地与别的男人调情,雇用她做秘书去吸引丈夫的注意力。在与贵族和资产阶级新贵们的交往中,她遭到侮辱和欺骗,却落得个"勾引男人"的罪名。在这双重屈辱面前,她只有选择自杀这条路。在遗嘱中,她把从姑母那里继承来的一点微薄的遗产用于偿还别人的债款。丽莉在社会的逼迫下死了,但她的心灵却是清白的。

"智慧人的心,在遭丧之家;愚昧人的心,在快乐之家。"("The heart of the wise is in the house of mourning; but the heart of fools is in the house of mirth",《传道书》,7:4)。正如《圣经》中的这句话一样,华顿以"快乐之家"作为标题同样具有警示的意义。处于世纪之交的纽约对于有钱人而言是一个轻浮的名利场,对于他们而言,挥霍放纵是这个时代的主旋律;然而对于像丽莉·巴特这样出身于破落家庭却又不安于自己的身份,渴望追随"时代旋风"的人而言,这个时代也许就不那么轻松了。她渴望成为名利的拥有者,却不幸注定要沦为名利的奴隶。对于丽莉·巴特而言,与其说这是一个马克·吐温眼中的"镀金时代",不如说是一个"镀金囚笼"。

丽莉·巴特一心想要爬到上层社会,然而最终的跌落也已经注定,这也能使读者窥见上层社会的不公。读到小说的最后，读者看到巴特对自己作出这样的评价："我已经努力了，但是生活太艰难了。我是一个没用的人。我不是一个独立的人，我只是一个大机器上的一颗钉子、一个小齿轮，这个大机器就是生活。一旦我从机器上掉落，我发现自己就没有任何意义了。"读到这里，读者很难对巴特的这句话产生什么异议，然而读者心中仍然觉得丽莉·巴特的结局本不该如此凄凉，她本应该有一个更好的结果，这就是《快乐之家》之所以长盛不衰，在文学舞台上占据重要位置的原因。

华顿夫人的早期作品比较注重社会现实，在描写人物遭遇的同时能够揭示出一定现象的本质，《快乐之家》就是一个明显的例子。在《快乐之家》中，她用深刻的笔触描写了当时社会的物质主义，是对当时社会的势利、庸俗、罪恶现象的一种揭露，丽莉的悲剧具有明显的典型意义。

无论是在人物语言和还是在情节安排中，反讽技巧贯穿于小说始终。小说利用"speculation"（沉思、推测、投机）一词多义的现象而制造出反讽效果，可以说这个词是当时那个社会的一个譬喻，如：小说开始塞尔顿在纽约中央火车站初遇丽莉时看到的是"一个典型的能够引起思考/投机的那类女孩"。可以说，塞尔顿既在思考丽莉的出现对于他意味着什么，同时作为一个男人，也在估算着丽莉的投机价值。在结尾处，读者仍在思忖着丽莉的人生得失以及作者的意图。她既沉醉于斯，又不屑于斯，到底生命的天平该倾向于不道德的浮华还是回归到道德与理智约束下的叛逆之路？直到丽莉的生命尽头，她还在挣扎。临死前丽莉道出了她曾经的恶行，这也许是她下意识的选择。然而，我们应该看到，作为特定历史和社会背景下的女人的选择机会之少，视野之狭隘，导致其沉沦是不可避免的，这既是个人的沉沦，更是那个文化的沉沦[①]。

三、评价

华顿夫人在四十年的创作生涯中创作了四十多部作品。在这些作品中，伊迪丝·华顿描写了美国生活中引人入胜的一面。她的小说多以生

[①] Janet M. Labrie, *Masterpieces of Women's Literature*, ed. Frank N. Magill, New York: Harper Collins Publishers，1996，p. 270.

动的场景、略带讽刺的睿智、反讽的风格和严肃的道德性著称。她作品中的人物，像《天真的时代》和《伊坦·弗洛美》中的艾伦·奥伦斯卡，还有《快乐之家》中的丽莉·巴特都是美国文学中浓墨重彩的一笔。她们经常被描述为残酷的社会传统的牺牲品。生活在糟糕的人际关系和社会条件下，作者自己的生活就是一个明显的例子。华顿夫人的后期创作大都以詹姆斯的小说为典范，她曾提倡"每一部杰出的小说都应该以深刻的道德涵义作为它首要的创作基础"，这也是她思想立场的根本反映。

她是第一位获得普利策奖的女作家，在她接受普利策奖时她的评委是辛克莱·刘易斯（Sinclair Lewis）。刘易斯把自己的下一部作品《阿罗史密斯》（Arrowsmith）献给她。《快乐之家》也被改编成电影。从华顿夫人去世起到20世纪70年代，由于种种原因，她没有像亨利·詹姆斯那样受到欢迎。但是作为一位具有女权主义思想的作家，她受到学术界的重视，近年来对她的研究有上升的趋势。

参考文献

1. Hedrick, Tace, Debra Walker King. "Women of Color and Feminist Criticism: Theorizing Love." *Introducing Criticism at the 21st Century*. Julian Wolfreys: Edinburgh University Press, 2000.

2. Joslin, Katherine. *Women Writers: Edith Wharton*. New York: St.Martin's Press, 1991.

3. McDowell, Margaret B. "Viewing the Custom of Her Country: Edith Wharton's Feminism." *Contemporary Literature*, 1974.

4. Mishra, Sudesh. "Diaspora Criticism." *Introducing Criticism at the 21st Century*. Julian Wolfreys: Edinburgh University Press, 2000.

5. Wolff, Cynthia Griffin. *A Feast of Words: The Triumph of Edith Wharton*. Cambridge: The Press of Syndicate of the University of Cambridge, 1995.

42. 埃迪丝·莫德·伊顿
（Edith Maude Eaton）

一、作家介绍

埃迪丝·莫德·伊顿（Edith Maude Eaton，1865 – 1914）又名水仙花（Sui Sin Far，取广东话的读音），1865 年出生在英格兰柴郡（Macclesfield, Cheshire）。父亲是英国商人，母亲则是一位"非常聪明，且西化了的"华人女子。水仙花的母亲在嫁给这位英国人之前承受了难以想象的压力，因为当时的中国还没有从鸦片战争的伤痛中恢复，大英帝国带给满清政府的耻辱仍使国人记忆忧新，愤恨不已。1871 年，6 岁的水仙花同父母一起来到了纽约哈德森市（Hudson），在英国所见的"窃语和讥笑"，很快在此变成了公开的种族歧视。他们一家在哈德森市只呆了很短的一段时间便迁往加拿大魁北克省的蒙特利尔市。这时她父亲的生意遇到困境，全家人的生活变得拮据。因此水仙花不得不辍学开始工作，以支持家庭的生活。幸运的是，家里的学习气氛很浓，水仙花和她的妹妹温弗雷德（Winnfred Eaton）后来都成了有名的作家。水仙花作为长女，很小时就开始帮助母亲料理家务。因此在众多兄弟姐妹当中，她和母亲的关系也最为亲密。她从母亲那里学到了不少关于中国文化的知识，这对她日后选择认同华人有很大的影响。

水仙花在很早的时候就开始练习写作，她早期的一些习作曾在蒙特利尔的英文报纸《蒙特利尔之星》（*Montreal Star*）和《每日观察》（*Daily Witness*）上发表，并获得了好评。后来她回到美国，先是居住在旧金山市，后移居西雅图。当时正是水仙花文学创作最为旺盛的时期，西雅图不仅仅是她生活的城市，也为她许多脍炙人口的故事提供了创作素材。与华人移民的接触更使水仙花得以直接了解他们的经历,从而获得第一手资料。之后水仙花迁往东海岸的波士顿工作,这期间她一边在律师事务所工作,一边坚持写作。尽管她在外貌上和白人妇女没什么区别,但她很重视自己的华人血统,她的作品也多是反映普通的华裔妇女在白人社会中的生活状况。在其后的几年中,水仙花写了大量的短篇小说,还为报纸撰写文章。水仙花一生未婚,1914年逝世于蒙特利尔。

二、代表作

《春香夫人》(*Mrs. Spring Fragrance*)讲述了一个已经完全美国化了的华人移民妇女与其恪守中国传统的丈夫之间的矛盾和冲突。这个反传统的华裔女主人公天性乐观、精力充沛、意志坚强,不禁让人想起《傲慢与偏见》中的伊丽莎白,或路易莎·梅·奥尔科特的《小妇人》中的梅格。尽管春香夫人刚来美国时曾穿着中式服装,可她很快就适应了美国生活。仅过了不长时间,她看上去就"完全像个美国妇女"了,并且成了一个"美国通"。她在崭新的环境中如鱼得水,开始独立思考,不受丈夫左右,变得勇敢,甚至有些叛逆。女主人公独立的个性与反抗中国传统的行为进一步反映在她对美国式个体主义的坚定信念当中:每个人都有追求自己幸福的权利,而不应该拘泥于周围其他人的看法当中。小说中有一位美国华裔姑娘劳拉,因被父母许配给朋友的儿子而变得郁郁寡欢。春香夫人鼓励她挺身与家庭抗争。在春香夫人的热心帮助下,劳拉终于冲破阻碍,最后有情人终成眷属。春香夫人成功改造了中国传统女性的特定角色,正如其姓名所隐示的那样,像春天里一朵芬芳盛开的鲜花,充满清新与活力。

若脱离上下文,整篇故事读来像一出社会喜剧,似乎与美国华人的生活现实毫无相关。然而我们不应过分强调故事中的轻松诙谐成分,因为在春香夫人独特而平静的生活表面下涌动着文化冲突的潜流。这种冲突不但影响着她与丈夫的关系,也困扰着整个美国华人社会。

《下等女人》("The Sing-Song Woman")是《春香夫人》的续篇。故事中,春香夫人再次以反对保守主义的形象出现在读者面前。续篇讲述了一个与上篇相似的爱情故事,有所不同的是,在这个故事中,彼此相爱的是两个白人。与春香夫人发生矛盾的也并非是她的丈夫,而是她的邻居卡门夫人,一位中产阶级白人。卡门夫人的儿子爱上了一个"下等"

女子——一个自食其力的白人女工。卡门夫人强烈反对这门亲事,认为这个姑娘"不但没有受过良好的教育,而且从小生活在贫困而野蛮的贫民窟中,生长环境既肮脏又堕落"。然而最后在春香夫人的影响下,卡门夫人终于作出了让步,改变了态度。

故事中,春香夫人成功帮助白人恋人追求幸福一事蕴含着鼓舞人心的寓意。它表明春香夫人已经成功地融入美国主流社会。更为引人注目的是,她对那些歧视劳动妇女、享有特权、貌似进步的白人妇女参政主义者进行了掷地有声的批判,这一态度贯穿于整个故事的始终。显而易见,春香夫人代表了新型的美国华人。通过这个闪光的形象,水仙花想要证明,尽管华人妇女的故乡是世界上最传统的社会之一,但她们完全能够适应新的环境,她们的思想甚至比美国白人妇女还要进步。从这个意义上,水仙花通过春香夫人这一形象,有力地改变了美国文学中中国妇女多为歌妓和女仆的传统格局。

三、评价

水仙花作品的成功不仅仅是在文学上,她为塑造客观真实的美国华裔形象作出了不懈的努力,她也因此而被世人铭记。水仙花对北美唐人街及其居民纷繁复杂的生活非常了解,从而能真实地展示一个被美国主流作家忽略并歪曲的世界。她创作的故事以华人移民的生活为背景,语气亲切,叙述性强,真实地反映了19世纪末和20世纪初的美国华裔社会。诸如美国华裔的文化认同、华裔社会的自我保护、欧亚裔混血儿的精神痛苦、不同种族之间的通婚及其后果等,水仙花在其作品中都有涉及,并作了深入的探讨。她的作品曾在《世纪报》、《独立报》、《新英格兰报》、《大陆月刊》和《纽约晚邮报》等美国重要报刊上发表。在她早期发表的、她称之为"我亲爱的孩子们"的故事中,有三十七篇后来被收入她的短篇小说集《春香夫人》(*Mrs. Spring Fragrance*)中。这部作品获得当时美国主流评论界和广大读者的一致赞赏。《纽约时报》评论说:"(水仙花笔下的)这些故事发生在美国西海岸。在别具一格的优美叙述中,华人的形象小巧玲珑,惹人喜爱。这些故事向广大读者展现了一个全新的世界。"

作为北美第一位华人女作家,水仙花取得了非凡的成就。当然,由于未能彻底摆脱传统的束缚,尽管她决心努力"谱写新的篇章",其作品仍有不足之处。她毕竟难以过多地超越自己的时代。虽然如此，在无法完全摈弃传统观念的情况下，她能排除偏见，完成了"纯血统的"华人作家未能实现的文学突破。

参考文献

1. Eaton, Winnifred. *Marion, the Story of an Artist's Model*. New York: Watt, 1916.

2. Eaton, Winnifred. *Me, a Book of Remembrance*. New York: Century, 1915.

3. Sui Sin Far. "Leaves from the Mental Portfolio of an Eurasian." *Independent* 66 (January 21, 1909): 125-32.

4. Sui Sin Far. *Mrs. Spring Fragrance and Other Writings*. ed. Amy Ling and Annette White-Parks. Urbana: University of Illinois Press, 1995.

5. Watanna, Onoto (Pseud. of Winnifred Eaton). *A Japanese Nightingale*. New York: Harper, 1901.

6. White-Parks, Annette. *Sui Sin Far/Edith Maude Eaton: A Literary Biography*. Urbana: University of Illinois Press, 1995.

7. 单德兴：《"开疆"与"辟土"——美国华裔文学与文化：作家访谈录与研究论文集》，南开大学出版社，2006年。

8. 王光林：《错位与超越——美、澳华裔作家的文化认同》，南开大学出版社，2006年。

9. http://www.georgetown.edu/faculty/bassr/heath/syllabuild/iguide/eaton.html.

43. 伊伦·格拉斯哥
（Ellen Glasgow）

一、作家介绍

伊伦·格拉斯哥（Ellen Anderson Gholson Glasgow，1873 – 1945）于 1873 年 4 月 22 日出生在弗吉尼亚州的里士满市。1897 年，在她 24 岁时，她发表了第一部小说《后代》(*The Descendant*)。由此伊伦·格拉斯哥正式开始了她近半个世纪的文学创作生涯。她总共创作了二十部小说、一部诗歌集、一部短篇小说集和一部文学评论集。她的自传《女人的精神世界》(*A Woman Within*)在她去世以后于 1954 年出版。

在格拉斯哥创作的所有小说中，有七部作品具有极高的文学价值。《解脱》(*The Deliverance*, 1904)是她早期最好的一部小说，对南北战争之后美国的社会矛盾和阶级冲突进行了自然真切的描写。在她年过半百的时候，《贫瘠的土地》(*Barren Ground*, 1925)为她赢得了广泛关注，此后她的影响力持续不减。格拉斯哥 1941 年的作品《我们这样的生活》获得了普利策文学奖。在她的女性三部曲——《弗吉尼亚》(*Virginia*, 1913)、《加布里埃拉的生活》(*Life and Gabriella*, 1916)以及《贫瘠的土地》中，格拉斯哥塑造了形式各异的女性人物，她们对各种行为规范的不同反应导致她们的命运各异。《加布里埃拉的生活》塑造了一个坚强的南方女人，讲述了加布里埃拉·卡（Gabriella Carr）被丈夫抛弃，被迫孤身一人在商业领域寻求发展的故事。加布里埃拉的故事证明了一个女人可以同时拥有事业和家庭，这部小说被认为是最早的女性主义作品。《贫瘠的土地》更标志着格拉斯哥的艺术风格已经成熟。在《贫瘠的土地》之后，格拉斯哥创作了三部喜剧风格鲜明的作品——《浪漫的小丑》(The Romantic Comedians, 1926)、《卑躬屈膝》(They Stooped to Folly, 1929)和《被遮蔽的生活》(The Sheltered Life, 1932),其中最后一部《被遮蔽的生活》被认为是作者最好的作品。这几部小说描写了弗吉尼亚城市生活中的代沟及其导致的冲突,而格拉斯哥也再次凸显了她笔下的女性人物面对男权社会对个性的局限和成长的条条框框时各不相同的行为表现,并亦庄亦谐或者满含讽刺地揭示出这些女性人物对男性人物认识的狭隘。

格拉斯哥的其他作品还包括:《一个平凡男人的浪漫史》(The Romance of a Plain Man, 1909)讲述了一个下层社会的男人本·斯达进入到里士满上层社会的故事;《老教堂的磨坊主》(The Miller of Old Church, 1911)是最早的一部标志作者走向成熟的作品,描绘了南方贵族社会的衰退进程;《建筑者》(The Builders, 1919)通过唯心主义者罗伯特·布莱克伯恩的视角,分析了世界大战对弗吉尼亚社会的影响,受困于不幸婚姻的主人公最后明白了未来要建立在过去的基础上,但还是要排除过时传统。

作为一位通俗小说作家,格拉斯哥曾经五次跻身畅销书排行榜。1942年,她凭借收山之作《我们这样的生活》(In This Our Life, 1941)获得了普利策文学奖。她的艺术声誉在1931年时达到了顶峰,这一年她被誉为南方作家的巾帼前辈,并以此身份主持了在弗吉尼亚大学召开的南方作家大会(Southern Writers Conference)。由于多年遭受心脏病的折磨,1945年11月12日,伊伦·格拉斯哥在里士满的家中去世。

二、代表作

《解脱》(The Deliverance)中的布莱克家族曾经是风光无限、非常富有的南方农场主。这个家族的繁荣史可以追溯到美国南北战争之前的二百年。布莱克一家一直相信他们的白人管家比尔·弗莱切对他们尽忠职守,所以他们也就安然自得地享受着安逸奢侈的生活。直到有一天,当他们家族的老宅布莱克宫将要被拍卖的时候,他们才意识到,原来他们已经陷入了一贫如洗的境地,他们一直寄生在他们原先管家的门下,并帮助他管理一片不大的烟草农场。当这位出生卑微的弗莱切管家装模作样地打败了其他的竞拍对手,自己买下布莱克宫这座老宅的时候,布莱克一家人只能站在那里目瞪口呆。年仅10岁的克里斯托弗·布莱克承担起了家庭的重任，开始打理烟草农场，而与他岁数相仿的弗莱切的孙女玛丽娅和孙子威尔则在原本只接受贵族子弟的学校里接受教育。在克里斯托弗想方设法要报复威尔·弗莱切，让他成不了真正的贵族的过程中，邻里之间的竞争也趋于白热化。然而，长大的克里斯托弗后来发现自己爱上了玛丽娅，这件事影响了他与弗莱切一家的仇恨。布莱克一家和弗莱切一家之间的紧张关系在持续发展。

与此同时，克里斯托弗和他的两个姐姐——辛西娅和莉拉还在努力对她们双目失明、瘫痪在床的母亲隐瞒着家道破落的真相。这位布莱克夫人仍然相信他们还过着和过去一样富庶的生活，相信他们仍然拥有南方贵族华贵而不可动摇的社会地位。在生活窘迫的背景下，她对子女们进行的有关婚姻要门当户对之类的说教显得滑稽可笑。然而，她的孩子们一味对她保守秘密的做法其实也表明他们不愿放弃旧有的生活渴望。

在《解脱》中，格拉斯哥将现实主义的元素与南方战后生活艰辛的浪漫传奇融合在一起，以一种史诗般的恢弘气势展现了经历过重建之后的南方农村生活中不断加剧的阶级冲突，重点突出了旧贵族的衰败和新秩序的崛起。格拉斯哥将叙述的中心放在布莱克家族衰败的过程之中。

事实上，通过整部作品的描写，格拉斯哥想要表达的是，当社会地位不再是所谓良好教养的标尺的时候，南方从其抑郁的精神状态中解脱出来的唯一途径只有爱和接受。克里斯托弗的舅舅塔克尔·科尔斌以及后来的玛丽娅都代表了南方积极的未来，因为他们能够做到不看重物质财富和出生门第。与之形成对比的是克里斯托弗和威尔·弗莱切，他们都还没有走出过去的影子，克里斯托弗在寻求报复威尔的过程中也耗尽了自己。他们其实代表了南方迂腐顽固的势力，不愿意接受战后逐步行成的、通往社会平等的新秩序。而最终克里斯托弗真正接受了他的未来，并且通过与玛丽娅·弗莱切的爱情，他真正变得愉快和幸福。

三、评价

艾伦·格拉斯哥作为一位具有代表性的美国南方小说家，对南方生活进行了浪漫主义色彩的描述。她的小说再现了19世纪50年代以来弗吉尼亚的社会历史，强调变迁的社会秩序和主导的中产阶级的出现，排斥过时的南方竞争模式和男性的优越地位。

虽然出身贵族,但是格拉斯哥从小便反叛那些为女子的思想及行为框定的各种世俗陋习。她的阅读涉及哲学、社会和政治理论,以及大量的欧洲文学,特别是英国文学作品,这使得她的思想境界已经完全超越了当时她所生活的南方贵族的社会环境。格拉斯哥丰富的知识储备使得她自然而然地在小说创作中找到了展示创作才能的渠道。她的早期作品大多是一些对弗吉尼亚生活的素描。随着她的艺术风格渐趋成熟,她在传统和变革、物质和精神,以及个体和社会等方面的主要观点也有了系统的表达。她运用现实主义和反讽的表现手法发展成了一种新型的南方小说。通过她塑造的那些可怜的白人男女主人公,格拉斯哥向读者们介绍了民主价值观。她的这一做法在其他南方作家身上非常鲜见。

参考文献

1. Donovan, Josephine. *After the Fall the Demeter-Persephone Myth in Wharton, Cather, and Glasgow*. U Park: Pennsylvania State University Press, 1989.

2. Raper, Julius R. *From the Sunken Garden: The Fiction of Ellen Glasgow, 1916-1945*. Baton Rouge: Louisiana State University Press, 1980.

3. Saunders, Catherine E. *Writing the Margins: Edith Wharton, Ellen Glasgow, and the Literary Tradition of the Ruined Woman*. Cambridge: Harvard University Press, 1987.

4. Scura, Dorothy M., ed. *Ellen Glasgow: New Perspectives*. Knoxville: University of Tennessee Press, 1995.

5. Wagner, Linda W. *Ellen Glasgow: Beyond Convention*. Austin University of Texas Press, 1982.

6. http://www.brainyquote.com/quotes/authors/e/ellen_glasgow.html.

7. http://docsouth.unc.edu/southlit/glasgowbattle/bio.html.

44. 威拉·凯瑟

（Willa Cather）

一、作家介绍

威拉·凯瑟（Willa Sibert Cather，1873 – 1947），美国 20 世纪初杰出的女作家，于 1873 年出生于美国东部弗吉尼亚州温彻斯特附近的后溪谷，这个长满绿草的地方曾多次出现在她后来的文学作品中。《啊，拓荒者！》（*O Pioneers!*，1913）中的汉诺威镇、《云雀之歌》（*The Song of the Lark*，1915）中的蘑菇镇、《我的安东尼亚》（*My Ántonia*，1918）中的黑鹰镇、《我们中间的一个》（*One of Ours*，1922）中的弗兰克福镇、《一个沉沦的妇女》（*A Lost Lady*，1923）中的甜水镇都是以此地为原型出现的。凯瑟原想当一名医生，这在当时是很少见的。她也曾想当一名演员，也许她的骨子里有一些叛逆的因素，她更喜欢扮演男孩子。1890 年凯瑟进入内布拉斯加州立大学。在大学里，凯瑟最初是学自然科学，但一个偶然的机会让她放弃了这一追求。1891 年，她的一篇文章《论英国作家托马斯·卡莱尔》被自己的文学老师推荐给了《内布拉斯加州报》。当凯瑟偶然翻开报纸，发现她的文章被印成铅字时，简直兴奋极了。从此，她便把以前的想法搁置一边，开始对文学创作产生了兴趣，并潜心沉迷于写作。在大学里共写了三四百篇文章，这一数量对专职评论家也是不可能实现的。她还成为了州报的兼职戏剧评论家，文风老练稳重，让人很难相信是出自一位年轻女子之手。

大学毕业后的凯瑟先后在《家庭月刊》、《匹兹堡要闻》和《麦克鲁尔》等杂志担任过编辑和专栏作家。凯瑟的第一部诗集《四月的黄昏》（*April*

Twilights，1903）发表于1903年。为有充足的时间进行写作，她于1912年辞去了《麦克鲁尔》杂志社的工作。此后，她把自己关在屋里，完成了她的第一部长篇小说《亚历山大的桥》（Alexander's Bridge，1912）。自此一发不可收拾，走上了职业作家的道路。接着，又连续写了几部影响较大的长篇小说，其中《啊，拓荒者!》、《云雀之歌》、《我的安东尼亚》、《青春与美丽的阿杜莎》（Youth and the Bright Medusa，1920）、《我们中的一个》（One of Ours，1922）、《教授的房子》（The Professor's House，1925）、《死神来迎接大主教》（Death Comes for the Archbishop，1927）都是脍炙人口的作品。1947年凯瑟在纽约病逝，享年74岁。

二、代表作

资本主义的发展给美国带来了技术革新、机械化运动和工业革命，同时边疆生活的痕迹依然存在。于是，在这里，边疆地区的粗鄙和文化的闭塞等又与商业社会的习气交织在一起，形成了一个独特的环境。《我们中的一个》就是对这一独特的历史环境的反映。作品中的拉尔夫和白丽丝·维勒因迷恋机械而变得冷酷无情。这使他们的兄弟克罗德迷惑不解。拉尔夫是维勒农场的主管机械师，他购买市场上所有新型的机械，不管它们有用无用，他对机械的迷恋程度胜过了对其他任何事物的喜爱。由于他盲目收购，整个地窖都塞满了乱七八糟的东西。"它们在灰暗的灯光下显得格外神秘，到处是电池、旧自行车、打字机、水泥卷场机、橡胶轮胎热补器和镜头破碎的立体感幻灯机等，另外还有一些拉尔夫玩得不顺手的机械玩具和那些早已被他处理掉的玩具。"而面对乱世，寻找艾略特所谓的"碎片"用以"支撑现代文明的废墟"的克罗德·维勒受不了生活的压迫只身逃到欧洲。在转向对欧洲文化的迷恋中克罗德获得一种新的价值观，并发誓要为之献身。

在凯瑟看来，美好的时代早已消逝，代之以现代物质文明。因此，她把视角投向由于迅速工业化而造成的美国生活道德的堕落，再现了农业社会向工业社会转变时期人们的心态，以及工业化给人们的生活所带来的巨大变化。在《我们中的一个》里，主人公克罗德对美国现代社会进行了强烈的谴责。面对一个疯狂的物质世界，克罗德甚感失望。对此，他只有一个反应，那就是离开美国。

《我们中的一个》这部小说是以克罗德的死结尾的。克罗德·维勒是小镇上的落伍者，或曰"畸人"。他们是美国19世纪末从农业、手工业过渡到工业化时期的典型的孤独者。格莱迪斯·法尔默本可以成为克罗德的妻子，但由于她像克罗德一样，认为那些美好的事物，包括爱情、仁慈、艺术和快乐，都与自己无缘，所有这一切只属于那些成功的人，那些像白丽丝·维勒这样的人，而"能使别人幸福的美德，像慷慨解囊、乐于助人，总是显得弱小、无用"。在美国中西部只有生活在艾利克斯这样一个欧洲式的家庭才使克罗德·维勒有可能冲破自己家庭影响的樊篱，真正找到自己喜欢的生活方式和刻意追求的价值观。

《啊，拓荒者！》是凯瑟第一部著名的小说，共分为五部分，讲述了19世纪末20世纪初内布拉斯加州一位妇女在艰苦条件下努力维持家庭完整的故事。瑞典人约翰·伯格森（John Bergson）一家在美国西部汉诺威小镇乡村建立起一个农庄。约翰在去世之前，希望自己的儿子能够支撑起家业，但无奈只能将家业托付给能力更强的勤劳、坚毅而果敢的长女亚历山大。在亚历山大的苦心经营下，庄园颇具规模，喜获丰收，亚历山大收留了隐居者疯子伊万，还供小弟上了大学。此时，亚历山大与昔日好友卡尔重逢，两人情投意合，但他们的爱情遭遇了亚历山大的弟弟们的阻挠，他们怀疑卡尔是想图谋自己家的财产。只有小弟艾米尔支持姐姐的爱情，连卡尔自己都怀疑，认为自己是个失败者，不配结婚。为了证明自己，卡尔去阿拉斯加探矿。艾米尔在爱情上也遇到了麻烦，他爱上了美丽热情的波希米亚少妇玛丽，但因为玛丽已嫁做人妇，两人痛苦不已。为了忘记玛丽，艾米尔去了墨西哥，但好友的死亡使艾米尔意识到人生的无常，因此他决定要拥有至爱玛丽，在玛丽家的果园里，两人终于走到了一起。但生性乖戾的玛丽的丈夫弗兰克当场发现并用枪杀害了他们。亚历山大为小弟之死痛不欲生，但同时又因为未能及早发现端倪而自责不已。但她气量宽宏，带着怨恨与无奈前去探望狱中的弗兰克，并许诺解救其出狱。最终，她与卡尔再度重逢，一对有情人终于能够携手共对未来。

小说运用了《圣经》中伊甸园的典故演绎艾米尔与玛丽之间执着而热烈的爱情。里面充满了大量具有象征意义的场景。玛丽家的果园象征着伊甸园，而两人的爱情也像伊甸园里的禁果一样甜蜜而危险。还有一场两人一起去捕猎野鸭的场景。当艾米尔把一对死鸭子扔进玛丽的围裙时，玛丽为破坏了一对相爱的动物而难过，并要艾米尔发誓不再捕猎野鸭。鸭子的命运也暗示着这一对地下情侣的悲惨结局。

另一方面，生性独立的亚历山大却无法摆脱父权制社会的惯性，在每一个可能的时刻和地点都可能遭遇这种惯性的撞击。当亚历山大与兄弟们争夺庄园的所有权时，当她劝说卡尔抛弃男人的骄傲而接受她时，当她授予小弟艾米尔"家族最好的儿子"荣誉时，当她为艾米尔的死而憎恨玛丽，认为是玛丽勾引了他的弟弟，却看不到玛丽曾尽力拒绝艾米尔的追求，她也是一个受害者时，她都经历了根深蒂固的父权制观念带来的矛盾心情[1]。

这部小说把民间风俗和基督教教义结合起来，开创了一种新的价值体系，是20世纪初的大平原上的朝气蓬勃的人们所特有的生活态度和方式。他们热爱并崇尚自然。譬如，疯子伊万选择跟动物生活在一起，为它们疗伤，保护它们。玛丽也十分热爱自己的果园。威拉·凯瑟的文笔清新抒展，遣词造句颇具匠心。她的小说性格刻画清晰感人，写人叙事笔墨浓淡有致，描写追叙巧妙相间，读来感人至深。对于西部大草原的浓厚生活积淀使她的作品成为艺术性与真实性完美结合的、描述西部移民朴素、真诚生活的经典之作。

三、评价

凯瑟可以说是20世纪初美国文学的杰出代表，她对当时新兴的美国观察十分敏锐，而且她着眼于世事变迁，对传统价值观念的失却感到担忧。凯瑟的作品描写了草原以及征服草原的移民。在内布拉斯加平原度过的无拘无束的少年时代影响了她的作品，在她的作品中可以读到一种变化的人生态度和生活方式。在她看来，新型的工业秩序和疯狂的物质主义是引发现代各种社会问题的主要根源。她留恋过去那种恬静的、清心寡欲的生活方式，表现出了一种怀旧心情。在她的小说里，对已逝事物的眷恋和回忆之情体现在了字里行间。

凯瑟最终成为了美国20世纪一位伟大的小说家，她的作品受到了美

---

[1] Janet M. Labrie, *Masterpieces of Women's Literature*, ed. Frank N. Magill, New York: Harper Collins Publishers, 1996, p. 368.

国人的喜爱。她也获得很多荣誉，包括普利策奖、美国妇女奖，还获得了耶鲁大学、普林斯顿大学的荣誉学位。此外凯瑟还是一位文学评论家。但她把名声看得微不足道，她曾写道："我们都喜欢看到有所作为的人，即使他们去为香烟做广告，我们也愿意在香烟盒上看见他们的面孔。"

参考文献

1. Acocella，Joan. *Willa Cather and the Politics of Criticism.* Lincoln，Nebraska：University of Nebraska Press，2000.

2. Bunyan，Patrick. *All Around the Town: Amazing Manhattan Facts and Curiosities.* New York：Fordham University Press，1999.

3. Lewis，Edith. *Willa Cather Living: A Personal Record.* New York：Alfred Knopf，1953.

4. O'Brien，Sharon. *Willa Cather: The Emerging Voice.* New York: Oxford University Press，1987.

5. Woodress，James Leslie. *Willa Cather: A Literary Life*，Omaha：University of Nebraska Press，1987.

45. 格特鲁德·斯泰因

（Gertrude Stein）

一、作家介绍

格特鲁德·斯泰因（Gertrude Stein，1874–1946）美国作家与诗人。1874年2月3日出生于匹兹堡一个富裕的犹太人家庭，祖上是德国移民。2岁时全家定居于美国加利福尼亚的奥克兰市。

斯泰因早年有幸成为诗人哲学家乔治·桑塔耶纳（George Santayana，1863–1952）和心理学家兼实用主义哲学创始人威廉·詹姆斯（William James，1842–1910）的学生，后者鼓励她去学医学，以便更好地从事心理学研究。1897年斯泰因的确进入大学研究心理学，不过她只学了两年。当得知远在巴黎的哥哥迷上了欧洲现代派艺术时，她便怀着对现代艺术的向往之心移居到法国巴黎，并在那里结识了西班牙画家毕加索（Pablo Picasso，1881–1973）、法国画家马蒂斯（Henri Matisse，1869–1954）和塞尚（Paul Cézanne，1829–1906）等艺术巨匠，建立了著名的斯泰因文艺沙龙（Stein art collections）。可以说斯泰因的文学实验是从绘画艺术开始的。

定居巴黎期间，格特鲁德·斯泰因开始了自己的文学生涯。20世纪20年代她曾因对海明威等人说过"你们都是迷惘的一代"并被海明威用来作为小说《太阳照样升起》（The Sun Also Rises）的题辞而闻名。一战后，她又成为当时侨居巴黎的海明威、菲兹杰拉德等年轻一代小说家的师友。

她的主要著作包括有立体主义倾向的《温柔的莉娜》（1914）、描写一家三代经历的长篇小说《美国人的成长》(*The Making of Americans: The Hersland Family*, 1925)、自传体的《艾丽斯·托克拉斯自传》(*The Autobiography of Alice B. Toklas*, 1933)、剧本《为了一个年轻人》(1946)和论著《怎样写文章》(*How to Write*, 1931)等。1934年发表的《四个圣人三幕戏, 一部歌剧》后由作曲家V.汤普森改编成歌剧上演, 在美国大获成功, 这也促使斯泰因于1934到1935年回到美国作了一次凯旋式的巡回演讲, 名声大振。此后的斯泰因一直居住在欧洲。二战期间, 纳粹分子在整个欧洲大肆残杀犹太人, 拥有犹太血统的斯泰因为逃避追捕, 搬到了法国罗纳·阿尔卑斯的乡村居住, 从而幸免于难。二战结束后, 斯泰因回到巴黎。据史料记载, 当时大批美国的青年军人专程来到巴黎拜访斯泰因, 而后者的社会声望在当时也与日俱增[①]。1946年7月27日, 斯泰因患肺癌去世, 享年72岁。

二、代表作

20世纪初, 正在巴黎蓬勃兴起的现代主义文学运动对年轻的斯泰因有着强大的吸引力。她在1909年发表了首部小说《三个女人的人生》(*Three Lives*), 又名《三个人生: 安娜、梅兰克莎和莉娜的故事》, 这是她第一部引起关注的小说。这是由三篇故事组成的一组故事集, 分别以三个女主人公的名字为题, 虽然与传统上的小说不同, 但由于其主题的一致性, 因此也被称为小说。作者娴熟而充分运用了各种修辞技巧, 对三个家庭女佣的日常生活进行了心理现实主义描绘, 展现了中下阶层女性的淳朴心灵和善良本质。

开篇《好安娜》(*The Good Anna*)刻画了一位乐善好施、助人为乐的女佣的个性。故事里的好安娜是个"又小又瘦的德国妇女, 她面容憔悴, 双颊瘦削, 嘴巴抿紧, 一派坚定的神色, 淡蓝色的眼睛十分明亮, 时而熠熠生辉, 时而富有幽默, 不过总是机敏而清澈"。但她过于慷慨, 总是把辛辛苦苦挣来的钱借给别人, 救人之急, 然而每次都是有借无还。除了爱她的雇主和周围的人们, 她也爱她的爱犬。好安娜充满爱心, 清楚怎样是体面的生活, 但却超越了适度的范围, 最后因劳累过度而病死。

---

① http://en.wikipedia.org/wiki/Gertrude_Stein.

《温柔的莉娜》(The Gentle Lenna)则通过一位名叫莉娜的德国少女的身世书写了爱的缺失。她由姑妈带来美国,替人做了四年的女佣。在作者的笔下,莉娜也是个吃苦耐劳、娴静善良的姑娘。她一向逆来顺受,后来由姑妈作主,糊里糊涂地嫁为人妻,但她和丈夫似乎都不具备爱的能力。丈夫一方同样是受父母的安排,两人都只知任人摆布,成为传宗接代的机器,最后莉娜因体衰力竭而离开人世。而她的悲哀之处在于她的死亡并未得到认识她的人们和读者的哀悼。莉娜虽然相貌平平,但她有一种"难能可贵的情调",体现在她文静的工作中。这种情调还表现在她棕色扁平、柔和淳朴的脸蛋上。"莉娜的眉毛浓得出奇。两道眉毛又黑又粗,十分显眼,非常美丽",她还"长着一双淡褐色的眼睛",单纯而有人情味,闪烁着德国劳动妇女那种天生的温柔与忍耐。

中篇《梅兰克莎》(Melanctha)演绎的是一种迥异的爱。其中的黑人姑娘梅兰克莎相对来说是三个姑娘当中最浪漫最充实的人物。她相貌出众,个性自由,有着明确的人生目标。梅兰克莎是一个思想与言行异常矛盾的姑娘,她一心想找个正当职业,但一直未能如愿以偿。她想结婚,但又怀疑没有真正的爱情。正是由于这样一种犹豫的性格,她的朋友关系和恋爱关系一再发生波折,先后失去了对她来说很重要的亲人和朋友。为此,她想到过自杀,然而似乎又并不是十分在意,最后并未付诸行动。最后,梅兰克莎郁郁寡欢,因贫病交加而死于济贫院。她的死令人难过,但却没有悲剧性,因为梅兰克莎在感情上是麻木和迟钝的,因此她的死也是无足轻重的,在小说中也只是在结尾处稍作说明。梅兰克莎这则描写黑人的故事一直受到学界的重视。斯泰因打破了人为的阶级、思想和文化壁垒,抛弃种族歧视的偏见,把黑人妇女写成了真正的人。梅兰克莎无论在感情上还是理智上都可以与白人平起平坐,这在20世纪初的美国文学中是极其罕见的。

斯泰因在其中表现出来的只是一种带有朴素倾向的现实主义,反映了美国社会本质的一个侧面。作品通过对三个迥异且代表不同的爱的贫贱女性的入木三分的心理剖析,发出了一个知识分子女性自身对爱的寻求与迷茫的大声呐喊,越来越引起女性主义学界的关注。书中女性所处的是由男性主导的时代,她们被困于特定的阶层和生活空间。安娜的过度好心或许是对她潜在的同性恋倾向的一种赎罪；莉娜则缺乏个性，像个被击溃的失败者一样麻木；只有梅兰克莎过上了某种程度上的正常的生活，却也是少不更事、心智不全，把对自我的认识和身边的男性联系在一起，即使自己被他们视为一件物体也不介意。

这部小说在语言和心理描写方面进行了广泛的实验，如在人物语言上真实反映了劳动阶层的语言特征，具有意识流和重复言说的特点。她注重刻画人物的心理基础，从人物与周围人们的关系中反映其性格特征和生活态度。三个人物皆为具有普遍性的类型化人物，只有梅克兰莎有些超越。这些情节是以现在的口吻讲述，但时而回到过去，情节之间没有实际的联系，只是通过同一个主题而得到统一，即爱的主题。每个人物的故事都演绎了一种特殊的爱。而作者本人当时也正处于一场三角恋爱的纠葛中，这些故事正是她思考的结晶，反映了她内心的困惑：道德上的彷徨、害怕被抛弃、对恋人的交错的感情等[1]。

而在她后期的作品中，斯泰因多效仿詹姆斯，注重心理描写，多用意识流方法，并试图在语言的章节、标点的混用和文体风格上开辟一条新的途径，因而她的作品难免有些晦涩难懂。

三、评价

斯泰因从创作初期就注重语言形式和象征手法的运用。正是这种早期自觉养成的语言意识促使她在20世纪文坛上出类拔萃。在谈及自己的语言观念时，斯泰因曾借女秘书艾丽斯之口加以道出：

> 斯泰因非常热衷于精确描述内部和外部现实，这一理念在她的创作中根深蒂固。她在作品中经常采用浓缩（或集中）的手法，这样就使作品的意义纯化了，破坏了诗歌与散文中的联想情感。她知道，美感、音乐性和修饰性是情感的结果，而不是起因，经历的事情也不是情感的起因，它们甚至不能出现在诗歌和散文中。情感本身也不是诗歌或散文的起因。它们的构成应当是对内、外部现实的精确复制。

---

[1] Janet M. Labrie, *Masterpieces of Women's Literature*, ed. Frank N. Magill, New York: Harper Collins Publishers, 1996, p.508.

这里，斯泰因表达了她对文学语言的革新意识。她在1914年创作的散文诗集《软纽扣》(*Tender Button : Objects, Food, Rooms*)中对语言形式进行了大胆地探索，她也凭借这部作品确立了自己在文坛上的地位。在斯泰因的眼里，语言充满了无穷的魅力，是永恒的创作主题。她崇尚立体主义绘画艺术，并努力使自己的作品表达出自己对某一物体的独特感受。

斯泰因还是一位富有革新精神的剧作家。她早期创作的实验性短剧不仅打破了传统的戏剧模式，而且全面展示了剧作家在处理戏剧的时间问题上所表现的新的艺术手法。《发生的事情》(*What Happened*, 1913)就是这样一部作品。斯泰因抹去了人物的姓名、性别、身份，而用数字来表明剧中说话的人数。

斯泰因在现代美国文坛上十分活跃，是一位智慧超群的女作家。斯泰因将旅欧作家云集身边，是美国文学史上的佼佼者。她是美国文学界尊崇的楷模，被誉为曾经影响了一代作家的美国现代主义文学运动的先驱。

参考文献

1. Bowers, Jane Palatini. *Gertrude Stein: Women Writers Series*. New York: St.Martin's Press, 1993.
2. Dubnick, Randa. *The Structure of Obscurity: Gertrude Stein, Language, and Cubism*. Urbana: University of Illinois Press, 1984.
3. 董衡巽：《美国现代小说风格》，中国社会科学出版社，1997年。
4. 张禹九：《空谷足音——格特鲁德·斯泰因传》，中国文联出版社，2002年。

46. 艾米·洛威尔

（Amy Lowell）

一、作家介绍

艾米·洛威尔（Amy Lowell，1874－1925），美国诗人、批评家，美国现代意象派诗歌的重要代表。她出生于马萨诸塞州布鲁克林市一个显赫的贵族家庭，父亲是商人和官员，母亲是卓越的音乐家和语言学家，两个兄弟也都事业有成。尽管艾米因自己的性别而被剥夺了接受高等教育的机会，但她却有着极强的叛逆性格和丰富的创造性。她在家中藏书七千册的图书馆里潜心自学。同时由于她家境殷实，因此得以在各地游历。艾米初次踏入社交圈就展露出了过人的社交才能，但是她的感情经历却并不顺利。8 岁时她患上了肥胖症。为了婚恋的幸福，她也曾不断减肥，但还是受到了未婚夫意外背叛的精神重创。

艾米于 1902 年正式投入文学创作。在 20 世纪初，美国文坛刮起了一场"新诗运动"（The New Poetry）的风潮，又被称为"美国诗歌复兴"（The American Poetic Renaissance）。意象派便是其中最重要的派别之一[①]，而庞德就是意象派的领袖。1914 年，她看到了庞德发表的诗集，并找到了庞德，二人共同成为意象派运动（1909～1917）的主要倡导者和组织者。艾米的很多诗歌都发表在新诗运动的代表刊物《诗刊》（Poetry: A Magazine of Verse）上。后来庞德因意见分歧而转向了漩涡主义诗歌（Vorticism），意

[①] 邱云：《论艾米·洛威尔汉诗英译集——松花笺》，首都师范大学出版社，2008 年，第 5 页。

象派运动于是进入了由艾米领导的艾氏意象派(Amygism)阶段。

1912 年,她发表了第一部诗集《多彩玻璃顶》(*A Dome of Many Coloured Glass*,1912),却反应平平。随后她几乎每年发表一部诗集,包括《剑刃与罂粟籽》(*Sword Blades and Poppy Seed*,1914)、《男人、女人和灵魂》(*Men, Women and Ghosts*,1916)、《浮世图》(*Pictures of the Floating World*,1919)和《传奇》(*Legends*,1921)等,并在 1926 年获得普利策诗歌奖。她在进行诗歌创作的同时也进行诗歌理论研究,在《现代美国诗歌的趋向》中,她把意象派早期的三原则扩充为六条。艾米的意象诗包含有印象主义的烙印,注重感觉和主体,另外往往包含连续的意象组合。此外,艾米也是一位出色的批评家。她一生热爱浪漫主义诗人济慈,倾力收集他的作品和手稿,著有两卷本《约翰·济慈传》(*John Keats*,1925),被认为是一部研究济慈的经典著作。

她在加盟意象派后,用了十年的时间和英美诗人一起进行意象派诗歌创作和汉诗翻译,并作为一个领导者为推广"祖国的诗歌革新"[1]而奔走。她曾在 1915 至 1917 年分别出版了三册《几个意象派诗人》(*Some Imagist Poets*)。但她也因此被认为并不是真正的意象派诗人,而是意象派诗人的支持者,但这不能抹煞她的作用和贡献。她擅长演讲,是第一位在哈佛大学作演讲的女性。她的崇拜者遍布各地,曾被艾略特形容为"疯狂的诗歌推销员"[2]。卡尔·桑德堡曾说:"和她辩论就像和蓝色的巨浪对抗一样。"[3]罗伯特·弗罗斯特称赞她"给不论是直接还是间接与艺术相关的人们带来了一个激动人心的十年"[4]。

受驻日的兄长珀西瓦尔(Percival)的影响,艾米对东方古诗艺术兴趣浓厚,诗集《浮世图》就很大程度上受到了简约、诙谐的日本俳句的影响。另外,她还称中国诗歌是"新的、伟大的文学"[5]。她发现中国古典

---

[1] Amy Lowell, *Complete Poetical Works and Selected Writings in 6 vols*, ed. Naoki Ohnishi, Kyoto: Eureka Press, 2007.

[2] 丰华瞻:《艾米·洛厄尔与中国诗》,《外国文学研究》,1983 年第 12 期。

[3] 周彦:《〈松花笺〉忠实与创新的结合》,《中国翻译》,1996 年第 4 期。

[4] http://poetry.About.Comylibrany/weekly/aa011601a.htm.

[5] http://www.English.illinois.edu/maps/poets/g-L/amylowell/life.htm.

诗歌与意象派诗歌的主张十分吻合，即讲究诗、书、画结合，情景交融，只写意不评价，凝练含蓄。这些风格恰恰可以改变英国传统诗歌冗长、感伤、做作的诗风。于是她与艾斯考夫人（Florence Wheelock Ayscough）于1917至1921年合译了中国诗歌集《松花笺》（*Fir-Flower Tablets*, 1921），她还仿效中国诗写了许多短诗。所有这些作品使中国古典诗歌第一次与西方诗歌进行了平等对话，成了推动当时诗歌创新的新动力。

她还是位女权主义者。尽管她的外形并不符合男权社会对女性的要求标准，也有批评家曾怀疑她表现女性感情的能力，但她自信地用她的作品进行了驳斥。她创作的献给女秘书兼演员爱达的爱情诗表达了复杂细腻的女性心理。她终生未婚，最后的十二年与爱达居住在一起，保持着所谓的"波士顿式婚姻（同性恋婚姻）"，并曾因此被视为女同性恋者，但她依然我行我素。尽管如此，她仍无法摆脱男人的评判模式，在她的内心深处隐藏着女性的温柔和不自信。她终生与自己的身体和社会压力斗争，后因脑溢血在家中去世。她一生写诗多达六百五十多首。如今她的书信、私人文件和一些手稿都被保存在哈佛大学的霍顿图书馆内，其中还包括她收藏的珍贵的书籍和手稿。

二、代表作

1. 《模式》（*Patterns*）

这是艾米最著名的诗作，选自《男人、女人和灵魂》。诗中选取18世纪维多利亚女王时代一位受到社会礼仪束缚的贵族女子作为女主人公，通过她得知未婚夫战死沙场后的心理过程，表现了作者深切关注的一个现代主题，即人性的异化。

《模式》是一首叙事诗，以戏剧独白（dramatic monologue）形式展开[①]。随着"我"的出现，读者被带入了一个正在漫步的贵族女人的内心世界。开篇读者隐隐感觉到她的郁郁寡欢与烂漫的春日景象形生了反差，直到看到了生机勃勃的水仙和水葱的欢悦之时，她才用了两个词——"抗争"和"哭泣"将心中的怨尤一吐为快，印证了读者的预感，又让读者忍不住想继续探寻究竟。于是，她进一步描绘了与情人在想象中约会的情景，

---

① http://tw.britanicca.com/MiniSite/Article/id00016473.html.

揭示出怨尤的原因，原来她早晨刚刚收到未婚夫战死沙场的噩耗。最后一节，想到对打破模式的无望，想象着自己将继续被无助地囚禁在枷锁中，在孤独、苦闷中打发生活，她不由得更加忧心忡忡。

女主人公享受着奢华的物质文明，而内心却隐藏着被禁锢的痛苦。人类想摆脱各种非人性的模式，如服饰、庭院、建筑、战争等，但个人的力量又显得微不足道，只能无可奈何地滑向毁灭的深渊，发出了"我也是个稀有的模式"的呐喊和慨叹。这声呐喊也被视为作者内心深处的呼声，"我们禁不住要根据这句呐喊，用心理分析的方法去探索艾米·洛威尔本人的生活"[1]。她向往自然和自由，向往着和情人一道拥抱激情，释放自我，冲破藩篱，做一对自由自在的神仙眷侣。然而，男权社会阴影笼罩下的女主人公既想冲破模式的枷锁，又不自觉地陷入模式的圈套；虽然极度悲痛，却仍受制于礼仪的模式，只能有节制地、含蓄地表达出来。这也同洛威尔本人的生活际遇契合：我行我素的洛威尔既想独立于男人，又不得不通过模仿男人达到这一目的，同时又无法摆脱女性在僵硬的外衣包裹下柔软的身体和心灵。

洛威尔在形式上积极创新，创造了自由韵律散文体（polyphonic prose），即把一句话分解为几行。同时，虽然她对格律诗不以为然，但这首诗的自由诗体中却交替着不规则的尾韵韵脚，节奏沉稳中有跳跃，舒展中有节点，仿佛在影射女主人公于模式中寻求突破的心声，表现了她压抑愤怒和克制幻想相结合的复杂心情。同时，作者把现实与想象，现在、过去与将来等多个向度自然巧妙地交织在一起。女主人公被捆绑的身体在刻板规矩的庭院中迈着局促的方步，而心却向往自由，进入了想象中的过去和未来之旅。

2. 《松花笺》（*Fir-Flower Tablets*）

1921 年，艾米与艾斯考夫人合译了一部汉诗集，并以《松花笺》为书名在纽约出版。艾斯考夫人是加拿大人，出生在上海，父亲是在上海从商的汉学家。艾斯考夫人的丈夫是传教士，这些使她从小熟悉中国文化。

---

[1] *American Writers II*, eds. Unger, Leonard et al., New York: Charles Scribner's Sons, 1972, p. 520.

她后来邀请病榻上的艾米,开始了她们长达四年的合作。艾斯考夫人负责选择诗歌,用英语粗略说明其汉字的字面义和联想义、韵律韵脚、相关背景等,然后寄回美国由艾米润色。《松花笺》全书收录了中国古诗一百三十七篇,由于有时一篇名下有多首诗歌,因此诗集中的诗歌共计一百六十余首,所选的诗篇贯通了中国各个朝代,其中大半为李白的诗。"松花笺"是唐末的一种名纸,因纸上用花瓣染上了斑斓的色彩而得名,是唐朝才女薛涛把纸张改成小幅纸而成,于是也叫"薛涛笺",还因为是用薛涛家宅旁的浣花溪水制成,因此又称"浣花笺"。松花笺已被人们视为中国诗歌最为雅致的象征[①]。译本中充满了中国式的意象、意境和比喻,还特别设置了一章"诗中有画",收有二十四首诗歌。

《松花笺》是艾米翻译理论的尝试,是忠实与创新的结合。译文主要采用自由诗体(free verse)。一句中国诗有时被逐字分解成两三句,甚至被扩展成一个诗节。同时,由于两种语言的差异,这一扩展也使原来的意象更加丰富了。《松花笺》在当时很受欢迎,1922和1926年又接二连三付印出版,为中国文化和文学在西方的传播作出了贡献。

二人力求翻译严谨,并曾向中国学者求教,但由于汉英语言和文化的巨大差异,再加上二人对于汉语的理解不够,其中的错误之处难以避免。她们在翻译汉字时采用了"拆字"的方法,她们认为汉字本身是图画,将汉字拆开得到的就会是一个个图画。这种处理方法固然增添了中国诗歌的浪漫色彩,同时也使翻译后的诗作具有浓郁的异域风情,但这也无形中抹杀了中国诗歌重简洁含蓄的本色。

三、评价

在性别研究的过程中,人们对艾米重新进行了研究。虽然她本人曾声称反对女权主义,但我们能听到她发出的鲜明的女性自觉的声音。她以一个女性特有的婉约情怀书写了女性的困境以及她们摆脱困境、释放自由的豪迈理想。她可以说是最早向英语世界介绍中国古典诗歌的美国人之一,也是东西比较文学研究的先驱。

虽然人们对她在意象派诗歌中的作用褒贬不一,但她对意象派诗歌的

---

① 胡亮:《放松堂札记:批评散页与思想草稿(上)》,《中国艺术批评》,2008年11月。

推广作用和她作为女性所具有的独特的刚性魅力仍然不可忽视,这也使她走入了女性研究的视野,如今她也被认为是美国第一位自觉的女性主义作家。她的一生是同偏见、肉体和自己的灵魂抗争的一生。诗中的女性只能选择隐忍,现实中的艾米却从未停止呐喊,为女性争得了更多的话语权。然而,在这些阳刚表面的掩盖之下,在这个男权社会的统治下,我们仍可以感受到她内心作为女子的温柔甜美和善良隐忍,正如《模式》一诗所描绘的那位思念情人的多情女子一样。

参考文献

1. Dinneen, Marcia B. *Amy Lowell's Life and Career*.
2. Lowell, Amy. *Complete Poetical Works and Selected Writings in 6 vols*. ed. Naoki Ohnishi, Kyoto: Eureka Press, 2007.
3. Rittenhouse, Jessie B. *The Second Book of Modern Verse*.
4. 丰华瞻:《艾米·洛厄尔与中国诗》,《外国文学研究》,1983 年第 12 期。
5. 周彦:《〈松花笺〉忠实与创新的结合》,《中国翻译》,1996 年第 4 期。
6. http://poetry.about.com/library/weekly/aa011601a.htm.
7. http://www.fane.cn/theory_view.asp?id=59& page=2.
8. http://www.hudong.com/wiki/%E6%84%8F%E8%B1%A1%E6%B4%BE.
9. http://www.hbdyyz.com/article//2003/0724/article_83.html.

47. 佐纳·盖尔
（Zona Gale）

一、作家介绍

佐纳·盖尔（Zona Gale，1874–1938），美国小说家、诗人、散文家、记者。她是第一位获得普利策戏剧奖的女作家，因描写中西部偏远地区生活的小说而闻名。佐纳·盖尔于1874年8月26日出生在威斯康星州（Wisconsin）伯特奇小镇（Portage）的一个中产阶级家庭，盖尔后来创作的小说和戏剧中的许多故事都是以这个小镇为背景的。她于1895年从威斯康星大学（University of Wisconsin）毕业获得文学学士学位后，先是在威斯康星州密尔沃基市（Milwaukee）和纽约担任记者，后来为了集中精力从事小说创作，她又放弃了当记者的工作。盖尔的第一部小说《罗曼岛》（*Romance Island*）于1906年发表。此后不久，她开始创作一系列以虚构的"友谊镇"（Friendship Village）为背景的小说，"友谊镇"系列小说一经发表就受到读者的热烈欢迎。这一系列的第一部短篇小说《友谊镇》（"Friendship Village"）发表于1908年，最后一个故事《和平在友谊镇》（"Peace in Friendship Village"）于1919年发表。这个短篇小说反映出盖尔对不同种族和民族间的和谐共处和女性主义等一系列问题的关注。对于这些问题盖尔不但在她的小说中反复强调，而且她还在各家报纸、杂志上一再重申她所崇尚的自由、平等、进步的观点。1912年，盖尔回到了伯特奇小镇，并在那里度过了她人生的大部分时光。之后盖尔还积极参与制定《威斯康星州平等法案》（*Wisconsin Equal Rights Law*），该法律禁止对妇女的性别歧视。

盖尔的其他作品还包括戏剧《吉米叔叔》(*Uncle Jimmy*, 1922)、《皮特先生》(*Mr. Pitt*, 1925)、《云》(*The Clouds*, 1932)、《淡淡的香水香》(*The Faint Perfume*, 1934, 由她的同名小说改编而成);她的小说还包括《圣诞节的故事》(*Christmas: A Story*, 1912)、《心脏一族》(*Heart's Kindred*, 1915, 这部小说是反对战争的政治宣言书)、《清晨之女》(*A Daughter of the Morning*, 1917, 描述了女性的工作状况)、《出生》(*Birth*, 1918, 描述伯特奇小镇不为人知的另一面)、《淡淡的香水香》(*The Faint Perfume*, 1923)、《轻浮的女人》(*Light Woman*, 1937)、《玛格纳》(*Magna*, 1939);短篇小说有《男人的母亲们》("Mothers to Men", 1911)、《当我还是一个小女孩时》("When I was a Little Girl", 1913)、《邻居的故事》("Neighborhood Stories", 1914)、《邻居们》("The Neighbors", 1920)、《黄色及蓝色的黄胆根》("Yellow Gentians and Blue", 1927)、《古老的故事》("Old-Fashioned Tales", 1933);此外,盖尔还出版了诗集《秘密的方式》(*The Secret Way*, 1921)、散文集《威斯康星的伯特奇及其他》(*Portage, Wisconsin and Other Essays*, 1928)

二、代表作

《卢卢·贝特小姐》(*Miss Lulu Bett*)讲述了卢卢小姐一生中短短几周内发生的故事。故事的时间背景是在20世纪的早期。故事开始时,故事的女主人公卢卢·贝特并不能掌控自己的生活和命运。35岁仍未婚的她同自己的母亲一起住在姐姐艾娜及姐夫德怀特的家里。她负责姐姐一家人的起居生活,包揽所有的家务。卢卢发现自己在姐姐家的地位非常荒谬,一方面,她觉得自己应该对收留自己的姐姐和姐夫心存感激之情,但另一方面,她又不得不承认,在这个家中,她的地位充其量就是佣人。所以她渴望能够离开这个家,找一份更加适合自己也让自己更有尊严的工作。后来姐夫的弟弟尼尼安出现,姐夫极力促成了两人的婚姻。但当卢卢和尼尼安外出度蜜月时,她发现后者已是有妇之夫,而尼尼安则解释说自己的妻子已不在人世。卢卢离开丈夫后先是回到姐姐家,而在姐姐家只能充当苦力的地位让她很快便决定要离开这里。

此时出现了另外一位绅士克尼奇,他很欣赏卢卢的独立精神,并向她表达了自己的爱慕之情,两人结婚后随即离开了小镇。根据盖尔的描述,卢卢与后来这位绅士的婚姻是建立在平等基础上的,这种新型的婚姻关系同以前的传统婚姻关系显然有明显的不同。在这部小说中,借助卢卢小姐这个形象,盖尔表达了自己的女权主义观点,即面对婚姻和家庭的压迫,卢卢不是一味地忍气吞声,而是果断地选择离开,寻找属于自己的幸福。这一点在这部小说改编后的剧本中更为明显。在戏剧版本中,卢卢并没有再次结婚,而是选择了流浪。这种结局安排也充分体现了当时社会的时代特征。盖尔通过这部作品成功塑造了一位成功反叛家长制的新女性形象。

《卢卢·贝特小姐》是盖尔最为著名的女权主义作品,小说在 1920 年发表之初便引起极大轰动,评论界将她的这部作品与辛克莱·刘易斯(Sinclair Lewis,1885–1951)的《大街》(*Main Street*)相比较,认为它同后者的作品一样很好地抓住了美国小镇狭隘落后的一面。盖尔还将她的这部小说改编成戏剧搬上舞台,并于 1921 年获得了普利策戏剧奖。盖尔也凭借其对两种创作体裁的成功尝试被誉为美国早期最优秀的女作家之一。

三、评价

佐纳·盖尔的作品很多都是描写威斯康星州伯特奇小镇的风土人情。她在创作早期有许多方面都非常符合世纪之交新女性的形象特征。盖尔后期的作品仍一如既往地关注种族、性别、经济上的不平等等一系列社会问题。不过,作品《生活前言》(*Preface to Life*,1926)、《波吉亚》(*Borgia*,1929)和《花儿老爸》(*Papa La Fleur*,1933)反映出作者似乎从早期的现实主义开始转向神秘主义或超验主义,因为她开始将这类社会问题的解决办法寄希望于精神启蒙或顿悟。

1937 年盖尔去世后,她的作品曾一度受到指摘,批评者认为她的作品太过幼稚,也太过感伤。盖尔对 20 世纪文学以及政治生活所作出的突出贡献也曾经一度被忽略。然而她的《卢卢·贝特小姐》仍然赢得了历代读者的肯定。评论家们称赞盖尔的这部新作不同于她先前的那些感伤主义的作品,认为它极为真实地反映了美国小镇平民妇女的真实生活面貌。

参考文献

1. http://www.bookrags.com/studyguide-misslulubett.
2. http://www.library.wisc.edu/etext/wireader/WER0054.html.
3. http://www.litencyc.com/php/speople.php?rec=true&UID=1668.
4. http://www.wisconsinhistory.org/topics/gale/index.asp.

48. 格特鲁德·鲍宁

(Gertrude Simmons Bonnin (Zitkala-Sa))

一、作家介绍

格特鲁德·鲍宁（Gertrude Simmons Bonnin，1876－1938）是印第安作家，同时也是一位编辑、音乐家、教师和社会活动家。兹特卡拉·萨（Zitkala-Sa）是她的笔名。她通过自己的努力将美国部落的口语文化和当代美国印第安人的书面文化融合在了一起。

她是苏族（Sioux）人，是家中的第三个孩子，1876年出生在达科塔的松树山脊保留区，她的母亲是印第安苏族女子，名叫塔特·伊约辛文（Taté Iyòhiwin）；父亲名叫费尔科（Felker），是一位白人男子。后来，她的父亲抛弃了她们母女。她母亲改嫁后，她也跟着改变了姓氏。鲍宁后来走出了印第安人保护区，开始她的求学生涯。大学毕业后，她开始使用兹特卡拉·萨作为笔名，这个名字在拉科特（Lakota）方言中的意思是"红鸟"。

鲍宁在密苏里河美印第安人的圆锥形帐篷中长大成人。1884年她离开了杨克顿（Yankton），到了印第安纳州的一所寄宿学校。那里的生活影响了她，使她树立了平等的思想。12岁时她去了为印第安人教友派信徒开设的教会学校。这是一所白人学校，位于印第安纳州的瓦巴士。经过了三年的学习生活，她回家探亲，却发现自己与民族传统已渐行渐远。作为一个主张民族同化的人，她在自己后来的《一个印第安女孩的学校生活》（"School Days of an Indian Girl"）中写道，自己"既不是一个野蛮的印第安人，也不是一个驯良的印第安人"。四年后，格特鲁德·鲍宁重新返回学校。1895 年，她获得了厄尔汉姆学院的奖学金。在那里，她因为写作和演讲而获得许多种学术上的奖励。后来，格特鲁德·鲍宁的音乐才能又让她得到了波士顿音乐学院的奖学金。她还曾作为一名小提琴演奏者去过巴黎。毕业后，她到俄尔哈姆学院当了一名教师。但她一直致力于印第安部落人民的事业，并通过写小说来战胜自己的文化疏离感。正如她在1901 年的作品集《古印第安传奇》（*Old Indian Legends*，1985）中所说的那样："我已经努力把本土的精神移植到了这些故事里。"

格特鲁德·鲍宁到了波士顿以后，在开始自己的教师生涯的同时，也开始进行文学创作。她的很多自传文章大都发表在《大西洋月刊》（*Atlantic Monthly*）和《哈泼斯月刊》（*Harper's Monthly*）这两份杂志上。鲍宁于 1938 年去世。她被安葬在阿灵顿国家公墓。但是令人感到遗憾且具有讽刺意味的是，她能享此殊荣仅仅是因为她的丈夫是军队上尉。

二、代表作

1.《美国印第安人故事》（*American Indian Stories*）

《美国印第安人故事》记录了作者本人以及所有美国印第安人在那些宣称"教化"印第安儿童的寄宿学校就读时的痛苦经历。这些自传性的故事描述了她早年在杨克顿保留地时的生活、在寄宿学校求学时的经历，以及她后来在卡利斯勒印第安工业学校的执教生涯。

在保留地期间愉快的童年生活和离开家乡到寄宿学校后学校里的那些意图极力同化印第安人的"铁律"在作者的笔下形成了鲜明的对比。在作品中鲍宁一针见血地指出："也许我身上具有的印第安人的血统就像是呼啸的狂风，直刺他们（学校老师）的肌肤。"以学校老师为代表的美国主流社会对印第安人的态度由此可见一斑。

她的早期作品包含了不少从印第安部落长者那里听来的民间故事和传奇，而她后来的作品更具政治色彩，也更加关注政府改革、公民选举权，以及印第安人与白人在土地居住上的冲突。她不赞同寄宿学校的教育方法：他们教授印第安人农业和造房，强迫他们学习基督教，并企图铲除印第安文化和语言。她对当时美国社会对印第安人所持的态度十分不满，认为她的印第安学生有能力，应该得到更好的教育，而不单单是职业培训。

2. 《为什么我是一个异教徒》("Why I am a Pagan")

她在政治和说教写作中都很勇敢,曾写了一篇《为什么我是一个异教徒》的文章。在印第安人写自己如何皈依基督教的作品颇为流行的时代,作者写下了这篇文章,提出了一个大胆的观点。作品的语言很感伤,故意用诗一般的语言。她并没有讽刺白人牧师,而是描述了一位被欺骗的亲戚。她所表达的信念和当时流行的白人浪漫主义泛神论十分相像,然而她坚持了印第安人的传统,这一点在作品中非常明确。

总的来说,她的作品揭露了美国主流社会对印第安人的歧视和敌意,以及印第安宗教和基督教的虚伪。她和她的丈夫对皮约特宗教进行了谴责,因为它过度强调印第安精神,甚至忽视了自然,不重视其他文化,贬低人性,因此而造成的结果就是,印第安的孩子们失去了自己的语言、文化、宗教、家庭和环境,给印第安人带来的是公开的不公平和痛苦。读者在读她的小说时,读到她割发的场景和她母亲对她勇士哥哥们绝望的呼喊时,可以明显感到其中的痛苦。

三、评价

格特鲁德·鲍宁的生平和著作表达了传统和同化的冲突、文学和政治的冲突、美国本土印第安宗教和基督教的冲突。而她的作品更多地专注于艺术和政治。格特鲁德·鲍宁以英语为武器,揭示了美国印第安人的选举权问题,高度赞扬了印第安人在第一次世界大战中所作的贡献,抨击了印第安事务所的腐败,大胆揭露了部落土地的分配等有争端的问题,为印第安人获得平等和相关的政治权利作出了巨大的贡献。她的作品是最早由美国本土作家用英语写作并从印第安人的角度创作的文学作品,描写了从19到20世纪这个过渡时期中美国本土文化的同化进程。

作为一名短篇小说家、散文家、音乐家、作曲家和政治活动家,她一生为使印第安文化得以保存而奔走。她的努力和成就是所有知识女性和具有领导能力的政治活动家的经典范例。她不仅是第一位写自己的故事的印第安女作家,还是一位虔诚的社会改良家。她不怕自己立于不受欢迎的境地,她的写作和实践主义、行动主义的精神为当代的实践主义和实验主义作家铺平了道路。

参考文献

1. Hoefel, Roseanne. "Writing, Performance, Activism: Zitkala-Sa and Pauline Johnson." *Native American Women in Literature and Culture*. ed. Susan Castillo and Victor M. P. Da Rosa. Porto, Portugal: Fernando Pessoa University Press, 1997.

2. Lukens, Margaret A. "The American Story of Zitkala-Sa." *Her Own Voice: Nineteenth-Century American Women Essayists*. ed. Sherry Lee Linkon. New York: Garland, 1997.

3. Spack, Ruth. "Dis/engagement: Zitkala-Sa's Letters to Carlos Montezuma, 1901–1902." *MELUS: The Journal of the Society for the Study of the Multi-Ethnic Literature of the United States* 26:1 (2001): 73-204.

4. Spack, Ruth. "Re-Visioning Sioux Women: Zitkala-Sa's Revolutionary American Indian Stories." *Legacy: A Journal of American Women Writers* 14.1 (1997): 25-42.

5. Stout, Mary. "Zitkala-Sa: The Literature of Politics." *Coyote Was Here: Essays on Contemporary Native American Literary and Political Mobilization*. ed. Bo Schuler. Aarhus, Denmark: Seklos, Department of English, University of Aarhus, 1984.

6. http://nativeamericanrhymes.com/women/bonnin.htm.

7. http://www.arlingtoncemetery.net/gsbonnin.htm.

8. http://www.bookrags.com/biography/gertrude-simmons-bonnin/.

9. http://www.facstaff.bucknell.edu/gcarr/19cUSWW/ZS/rh.html.

10. http://www.kstrom.net/isk/stories/authors/bonnin.html.

11. http://www.pabook.libraries.psu.edu/LitMap/bios/Zitkala_Sa.html.

49. 苏珊·格拉斯佩尔

（Susan Glaspell）

一、作家介绍

苏珊·格拉斯佩尔（Susan Glaspell，1876 – 1948）出生在爱荷华州的小镇达文波特（Davenport）。她自幼喜欢文学，早在德雷克大学（Drake University）学习时便开始尝试创作小说。毕业后，她当过一段时间的新闻记者，从事新闻创作。但她始终坚持认为自己应该成为一名作家。在《每日新闻》（Daily News）报社工作期间，她利用业余时间为《青年伴侣》（Youth's Companion）杂志撰写短篇小说。1901年，格拉斯佩尔放弃记者工作回到家乡，成为了一名专业作家。此段时间，她的创作仍以短篇小说为主，其中大部分发表在《哈泼斯万花筒》（Harper's Bazaar）等文学刊物上。虽然这些作品格调陈旧，充满感伤，也没有让她蜚声文坛，但格拉斯佩尔始终默默耕耘，力图展示自己的文学风采。1909年她推出了第一部长篇小说《征服者的荣誉》（The Glory of the Conquered），讲述了一位艺术家与一位科学家之间的爱情悲剧。小说再版时，出版商添上了一个序，并声称这部小说"虽然在其作者看来没有另一部小说《忠贞》（Fidelity，1915）写得成熟，结构更完整，但它在美国所受到的欢迎程度并不亚于她的后期作品"。同年，格拉斯佩尔还结识了库克和戴尔两位思想独特的艺术家，三人一起组建了"一元论思想俱乐部"（The Monist Club）。在他们的激进思想影响下，格拉斯佩尔逐步脱离感伤主义，并开始观察社会现实，尤其是女性的生存境遇。她在1911年创作的小说《见识》（Visioning）显然就是在这种影响下创作出来的。这是

一部关于女性社会主义的小说,也是格拉斯佩尔思想发生剧烈变化和她的女性社会批评观形成的标志。她敢于与有妇之夫——志同道合的作家朋友库克相爱,并且在库克离婚后不久就与之结婚。婚后两人先迁往纽约的格林尼治村,而后又到了普罗温斯敦。其间她创作了她的第三部小说《忠贞》。故事以作者自己的恋爱经历为原型,叙述了一位女士如何爱上一个已婚男子的故事。作品似乎在为一位与有妇之夫恋爱而导致别人婚姻破裂的女子的行为作辩护,认为"爱情无所谓对与错,它是一种顺其自然的结果,人生必不可少"。但剧情的发展不无揶揄地暗示,这位女士的"忠贞"既不是对婚姻而言,也不是对新的恋爱关系而言,而是针对她不可屈从的一种女性的完整意识。

格拉斯佩尔不属于那种安分守己的艺术家。除了对艺术有一种不懈追求外,她更看重自己独立人格的塑造。为了寻求艺术灵感,她也曾走访美国当时享有文化都市之美誉的芝加哥城,并在那里认识了哈丽雅特·门罗(Harriet Monroe)、桑德堡(Carl Sandburg,1878–1967)、安德森(Sherwood Anderson,1876–1941)和林赛(Vachel Lindsay)等著名作家。芝加哥和纽约的都市文化对格拉斯佩尔的艺术思想产生了深远的影响,尤其是这两地的反传统意识和波希米亚艺术特征。

格拉斯佩尔与库克结婚后主要在演艺界活动。夫妇俩为"普罗温斯敦剧社"(Provincetown Players)创作的第一部作品是独幕剧《受压抑的欲念》(*Suppressed Desires*,1915)。该作品运用弗洛伊德的潜意识理论,分析隐藏在斯蒂芬与小姨子梅尔布心底的通奸欲望,塑造了一个追求精神与肉体相和谐的新女性形象——亨利埃特。由于舞台设计新颖独特,作品上演时让观众耳目一新,因此该剧后来便成为美国独幕剧的保留剧目之一。其新颖的主体和独特的编剧技巧又使它获得了"美国现代喜剧开山之作"的赞誉。

之前的格拉斯佩尔主要从事小说创作,但参与组建"普罗温斯敦剧社"的经历使她改变了创作初衷。她创作了一系列短剧和一部分高质量的现实主义戏剧,这些剧作明显带有讽刺和社会批判的烙印。譬如1916年创作的《琐事》(*Trifles*),一直被称为格拉斯佩尔的巅峰之作。格拉斯佩尔描写女性经历的作品还有《外界》(*The Outside*,1917)。作品描述了两位孤独的女士如何被迫要去恢复自己与早已忘却的人类世界的联系。1919 年她创作的《贝尔尼斯》(*Bernice*)是一部描写女人自杀对生存者影响的作品。两年后面世的《继承人》(*Inheritors*,1921)写出了女主人公深陷矛盾的痛苦心情,她要在一个富有理想的大学生和一个趋炎附势的行政人员之间作出选择。同年推出的《界限》(*The Verge*,1921)又是一部描写女人尴尬处境的剧作,写出了妇女解放的艰难,以及广大女性在男性压迫下的个性迷失。之后很长一个时期格拉斯佩尔没有进行创作,只是参加了一些剧目演出。1930 年,她又推出了《艾里森的房子》(*Alison's House*),讲述了一个像艾米莉·狄金森这样的女诗人的追随者如何为出版她的那些令人尴尬之作而费尽心机。初看做品时似乎感觉剧作家在关心道德问题,但她最终展示的仍然是一个不受旧世界传统习俗和道德伦理约束的新女性形象,她也想以此为自己的行为开脱,正如剧中写道,"你不可以与一个已婚男人私奔——与一个有妻室的男人同居。"该作品获得 1931 年的普利策文学奖。

格拉斯佩尔在一些剧目中还亲自扮演角色,她也是个十分出色的演员。丈夫去世后,她一下子变得意志消沉,基本上放弃了剧作家的创作欲望。但是她仍然保持着对戏剧的浓厚兴趣。从 1936 年至 1938 年,她出任联邦戏剧计划的中西部主管(the Midwest Director of the Federal Theatre Project),这在很大程度上决定了她从小说家向剧作家的转变。作为剧作家,格拉斯佩尔充分显示了她的创作才华。她在很短的时间里就掌握了戏剧的创作方法,而且锐意进取,不断进行戏剧改革,堪称美国现代戏剧的早期奠基人之一。如果没有她的努力,很难想象美国会出现"普罗温斯敦剧社"。正是她以及她参与组织的"普罗温斯敦剧社"及其同仁,再加上其他戏剧组织如"戏剧工会"、"华盛顿广场剧社"等一起直接推动了美国戏剧的现代化进程。

二、代表作

《琐事》(*Trifles*)是格拉斯佩尔最为出名的剧作。这是一部关于性别差异的独幕剧,故事的中心围绕一起谋杀案展开。剧中有位农夫被杀,显然是他妻子所为,但是前来调查此案的大男人们把他们的妻子安排在厨房里,认为这间女人的房间不重要。然而,就在这间他们认为不重要的厨房里他们的妻子意外发现了一些与此案相关的细节，而这些恰恰是这些大男人们所忽视的。他们自以为一直注重重要线索的调查，尽管楼上楼下忙个不停，在房间里四处查看，还是不见任何线索。这出戏刚一开场，格拉斯佩尔就着意表现男女两性分属不同领域。女性留意的是一个女人生活的"琐碎"细节，而男性往往从大处着眼，强调家庭内部布置的有序性。最后，还是敏感的女性找出了这起谋杀案的线索，同时也看到了一颗孤独绝望的心。在故事结束的时候，女性之间的姐妹情谊促使黑尔太太和彼得斯太太决定帮助赖特太太隐瞒罪证。

可见，《琐事》不仅写出了男女不同的见识和对事物的不同观察能力，而且还演绎了一曲姐妹情。故事一开始，作者就对这位谋杀亲夫的女子深表同情，甚至因为先前未能帮助过这位遭受虐待的姐妹而感到有些内疚。从整个故事叙述的口吻来看，剧作家是站在她的一边。剧本使用了大量的省略语，妇女对事物的看法和主见都是通过沉默或间接的方式来获取的。譬如，剧中的黑尔夫人说："我很喜欢她。农场主的妻子总是忙，亨德森先生。还有——"这种描写看起来仍然迎合了当时普遍的大男子主义的书写方式，强调女性的被动性。但是，只要对整个剧情有所把握，就会得出相反的结论。事实上，格拉斯佩尔采取了一种十分含蓄的方式讽刺和揶揄那些自以为是的大男子主义者。

这部作品含有强烈的女性主义的色彩，成为了早期女权主义戏剧的典范，曾被收录到多部美国文学的教科书中。苏珊·格拉斯佩尔在自己的多部作品中刻画了众多生活在困境中的女性形象，探讨了女性之间的情谊，以及妇女对自我和生命意义的追寻。这部作品获得了极大的成功，格拉斯佩尔也凭借她的这些优秀作品成为了美国女性主义戏剧的先驱。

三、评价

苏珊·格拉斯佩尔是20世纪美国戏剧界的女中豪杰。她是"普罗温斯敦剧社"的发起人之一，还积极帮助提携剧坛新人。20世纪20年代是美国戏剧走向民族化、现代化的辉煌时期，以格拉斯佩尔和奥尼尔为代表的剧作家们开始刻意摆脱欧洲戏剧，尤其是英国戏剧的影响，主张戏剧从结构到风格上的不断创新，推广以反映美国历史与现实、表现美国人民思想情绪和审美理想、融合美国民间艺术成分的戏剧样式。格拉斯佩尔在作品中探讨了"身份"、"个人与社会"、"年轻的理想"、"婚姻的妥协"、"年老的幻灭和希望"等一系列的主题,这些主题直至今天仍有长久不衰的魅力。

格拉斯佩尔的作品含有强烈的社会责任感。她热衷于各种社会进步运动,只要是有利于社会进步的活动,她都积极参加。她是激进女性主义俱乐部"非正统"(Heterodoxy)的成员(这是一个包括夏洛特·P.吉尔曼在内,由二十五名优秀女性组成的俱乐部。这个俱乐部从1912年开始定期举行活动,努力促进女性在经济、性、政治及职业上的自由)。格拉斯佩尔的作品反映了她对整个社会进步的关注。当她刚刚开始写作的时候,她的女主人公都是"热衷于婚姻幸福的传统女性"。然而,随着她积极参与各种社会活动,她的视野和眼界也越发开阔,格拉斯佩尔渐渐意识到她以往作品所忽视的种种社会问题。她当记者的经历更让她看清楚,"在现存的这个社会里,女性是没有选举和财产权的"。

格拉斯佩尔的作品带有浓厚的地域色彩,她的作品始终是以她所熟悉的中西部地区为背景。甚至于后来在格拉斯佩尔远离她的家乡为纽约或马萨诸塞州的观众创作时,她的剧作,尤其是剧作中的人物也都是她以往所熟悉的中西部人民的样子。正是因为她的作品,中西部这个通常被忽略的地方才引起了更多读者或观众的关注。对于展现中西部的风土人情,格拉斯佩尔显然是作出了不可磨灭的贡献。

参考文献

1. McMichael, George, James S. Leonard, Bill Lyne, Anne-Marie Mallon, Verner D. Mitchell. "Susan Glaspell, 1876 – 1948." *Anthology of American Literature*. Eighth Edition. New Jersey: Prentice Hall, 2004.
2. 杨金才,王育平:《格拉斯佩尔笔下悲怆的女性世界》,《妇女研究论丛》,2005年3月第2期。
3. http://academic.shu.edu/glaspell/aboutglaspell_files/aboutglaspell.html.
4. http://itech.fgcu.edu/faculty/wohlpart/alra/glaspell.htm.
5. http://www.learner.org/interactives/literature/notread/author.html.

50. 伊丽莎白·马多克斯·罗伯茨
（Elizabeth Madox Roberts）

一、作家介绍

伊丽莎白·马多克斯·罗伯茨（Elizabeth Madox Roberts，1881–1941），20世纪20年代有较大影响的南方小说家、诗人。罗伯茨于1881年10月30日出生在肯塔基州（Kentucky）的佩里维尔（Perryville），她是家里的第二个孩子。父亲是一位军队中的工程师，母亲是学校的老师。她早年受父亲影响，阅读了大量的古典哲学和文学经典书籍。这些书籍培养了她对美国南方历史的兴趣和理解能力。罗伯茨幼年时期很喜欢听父亲和祖母讲故事。童年时期的她在饭后听到的这些故事很多都进入到她后来的作品当中。她36岁那年凭借一位教授朋友的推荐，如愿以偿地进入芝加哥大学（University of Chicago）学习哲学和文学，并在大学期间结识了"芝加哥文艺复兴"的几位领袖。此后她以诗歌创作开始了她的文学生涯，她的诗歌也开始频繁出现在学校的《诗歌》（Poetry）及其他杂志上，并先后出版了诗集《在大峭壁上的花园里》（In the Great Steep's Garden，1915）和《树下》（Under the Tree，1922，增订本1930）。罗伯茨于1921年大学毕业，并因前期创作的诗歌而被授予菲斯克奖（Fiske Prize）。她的后期诗作收集在《草场上的歌》（Song in the Meadow，1940）一书中。

大学毕业后，罗伯茨随家人迁至斯普林菲尔德（Springfield），并在那里度过了一生中大部分的时间。20世纪20年代中期起，罗伯茨转向小说创作，并很快发现小说是记录自己生活经历的一种很好的方式。她的第一部长篇小说《男人的时代》(*The Time of Man*)出版于1926年。小说以肯塔基乡村为背景,描写了一群穷困的白人为了生存辗转各地拓荒谋生,力求开创新生活的经历。小说具有浓郁的南方风情,使作者一举成名。到1939年,这部小说已经有瑞典语、德语、挪威语、丹麦语、法语等多种译本。第二部小说《我的心灵和肉体》(*My Heart and My Flesh*, 1927)同样以作者的肯塔基故乡为背景,描写了青年女子艾伦·切塞的悲惨命运。艾伦从小家境贫寒,缺少吃穿,随父母流浪于南方各州,定居后与男子贾斯帕·肯特相爱成婚。正当他们憧憬未来、想通过劳动获得幸福的时候,邻居的谷仓失火,贾斯帕被怀疑为纵火者而遭人殴打。无奈中,他们只得带着出生不久的孩子再次流浪他乡。

罗伯茨最成功的小说是在1930年出版的《大牧场》(*The Great Meadow*)。此外她还创作了长篇小说《地下宝藏》(*A Buried Treasure*, 1931),主要讲述肯塔基乡下一农户发现一坛金子的故事。《他放出的一只乌鸦》(*He Sent Forth a Raven*, 1935)、《情人的黑发》(*Black is My True Love's Hair*, 1938)和短篇小说集《魔镜》(*The Haunted Mirror*, 1932)、《不是由于奇异的上帝》(*Not By Strange Gods*, 1941)等也写出了类似的背景和主题,重现了肯塔基州山区居民和妇女的生活。另外,罗伯茨的短篇小说多数贯穿着"成长的主题"(initiation theme),例如《在山腰》("On the Mountainside")、《稻草人》("The Scarecrow")、《少女们的牺牲》("The Sacrifice of the Maidens")等。罗伯茨终生未婚,她除就医以外很少在公共场合露面。她于1941年3月13日病逝于弗罗里达州(Florida)的奥兰多(Orlando)。

二、代表作

《大牧场》(*The Great Meadow*)出版于1930年,以18世纪70年代独立战争前后为背景,描写了南方拓荒者的不幸和苦难。故事发生在弗吉尼亚的农场里,女主人公迪奥尼·霍尔在17岁那年与具有冒险精神的伯克·贾维斯成婚。伯克的母亲已经守寡,但意志坚强,为了照顾她,夫妇二人婚后一起来到肯塔基哈罗兹要塞地开荒造屋,并迅速建起了自己的家园。正当他们获得成功时,他们与当地的印第安人发生了冲突,伯克的母亲为印第安人所杀害,愤怒中的伯克为报仇而离家出走。迪奥尼苦等三年,却毫无消息，正当她要与当地猎人结婚时，伯克却突然回到了迪奥尼身边，他们终于又重新生活在一起。

小说以拓荒者西迁创业过程中的艰难历程为主线，充分描写了肯塔基州的美丽和具有顽强精神的西行者的美好心灵。作品通过叙述女主人公的生活经历，重新回顾了肯塔基先驱者们的英雄主义精神。有评论认为，《大牧场》的最动人之处在于塑造了一位白人劳动妇女在精神上的返璞归真。也许这正是自幼生长在南方的罗伯茨内心世界的真实披露。

当代评论家在谈到这部作品时认为作者在作品中以令人叹为观止的写作技巧，成功地将美国17和18世纪的日常生活和风俗习惯的大量历史细节呈现给读者，而她对于自然风光的描述更是无出其右。然而这部作品在当代并没有获得它本应得到的关注。

三、评价

伊丽莎白·马多克斯·罗伯茨是美国文学由浪漫主义到现实主义转型时期最为重要的美国女作家。她早年以创作诗歌为主，但她的创作才华和丰富想象力主要表现在长篇小说方面。无论是在她的诗歌、短篇小说还是长篇小说中，伊丽莎白·马多克斯·罗伯茨都用了大量笔调来描述肯塔基州的生活，她的作品也因此充满了地方色彩。然而对于特定时间和特定地点的叙述并不妨碍她作品中对普遍主题的反映。

同这一时期的南方作家一样，罗伯茨不但善于挖掘南方生活中的风采，反映南方人民的希望和心声，而且更为重要的是，不再拘泥于有关古老南方的神话，而是大胆探索本世纪南方的现实。罗伯茨的语言节奏感很强，后期美国南方作家罗伯特·潘·沃伦（Robert Penn Warren, 1905 – 1989）、威廉·福克纳和其他南方文艺复兴时期（southern renaissance）的作家都受到了她的影响。

罗伯茨一生中获得过多项荣誉，其中包括1928年的约翰·瑞德纪念奖（John Reed Memorial Prize）、1930年的欧·亨利奖（O. Henry Award）、1931年的南卡罗来纳诗歌协会奖（Poetry Society of South Carolina's Prize）。这些都是对她文学地位的极大肯定。罗伯茨的声誉在20世纪30年代有所下降，她的小说题材也多数局限于肯塔基狭小的范围内，但她的作品叙事细腻，人物生动，尤其是对于拓荒者内心世界的透视和他们所遭受苦难的描绘写出了一代南方白人的心声，具有明显的时代价值。近几年，文学界的批评家们趋向于从女性主义批评和新历史批评（new historical criticism）的角度分析罗伯茨的作品。

参考文献

1. Godden, Richard and Martin Crawford, eds. *Reading Southern Poverty Betwwen the Wars, 1918 – 1939*. Athens: University of Georgia Press, 2006.

2. Stoneback, H. R. and Florczyk, Steven, eds. *Elizebeth Madox Roberts: Essays of Reassessment and Reclamation*. Nicholasville, KY: Wind, 2008.

3. Stoneback, H. R., Camastra, Nicole, and Florczyk, Steven, eds. *Elizebeth Madox Roberts: Essays of Discoveryt and Recovery*. Nicholasville, New York: Quincy & Harrod – Elizabeth Madox Roberts Society, 2008.

4. http://college.cengage.com/english/lauter/heath/4e/students/author_pages/modern/roberts_el.html.

5. http://www.english.eku.edu/SERVICES/KYLIT/ROBERTS.HTM.

6. http://www.emrsocirty.com/.

51. 杰西·赖德蒙·弗塞特

（Jessie Redmon Fauset）

一、作家介绍

非裔美国女作家杰西·赖德蒙·弗塞特（Jessie Redmon Fauset, 1882～1961），哈莱姆文艺复兴时期的小说家、诗人、散文家、编辑。她于 1882 年 4 月 27 日出生在新泽西州的弗雷德里克斯维尔。她的父亲是非洲卫理公会派的一名主教牧师，名叫赖德蒙·弗塞特。在她年幼时，她的母亲就去世了。她的家是一个大家庭，虽然她的父亲也有一份中等收入的工作，但是母亲死后，家庭经济状况开始变得拮据。在费城上高中时，她是唯一的黑人学生。她成绩优秀，毕业后申请去布林·马尔学院继续深造，然而那里从来不收黑人学生，因而没有录取她，但是推荐她到康奈尔大学就读。她于 1905 年毕业，成为了联谊会（Phi Beta Kappa，美国大学优秀生组织）中毕业的第一名黑人女学生。之后她在华盛顿特区大学任教。1919 年她在宾夕法尼亚大学取得法语硕士学位。

毕业后，她搬到纽约，在那里为全国有色人种协进会（NAACP）旗下的杂志《危机》(The Crisis)做编辑。她出版了很多著名作家的作品，如康迪·卡伦（Countee Cullen，1903－1946）、简·图墨（Jean Toomer，1894－1967）、兰斯顿·休斯（Langston Hughes，1902－1967）的作品。她还在儿童期刊《幼女童军》(The Brownies)任过编辑。1926 年她离开了《危机》杂志，在纽约城的学校任教。之后她创作了四部小说：《存在混乱》(There is Confusion, 1924)、《李子面包》(Plum Bun: A Novel Without a Moral, 1929)、《栋树：美国生活小说》(The Chinaberry Tree: A Novel of

American Life，1931）和《喜剧，美国风格》(*Comedy，American Style*，1933)，以最后一部小说最为著名。丈夫去世后，她回到费城老家，和家人住在一起。1961 年 4 月 30 日她因心脏病去世，享年 79 岁。

二、代表作

1. 《李子面包》(*Plum Bun: A Novel Without a Moral*)

弗塞特后期的小说相当复杂，而第二部小说《李子面包》是四部作品中被学者研究得最多的一部。女主人公安吉拉·马雷（Angela Murray）是一位住在费城的黑人女孩，她决定采取"蜕变"（passing）的方式跻身白人社会。在父母死后，安吉拉来到了纽约，以求摆脱种族主义对她的影响，因为在她眼里种族主义是她实现自己理想的唯一障碍。然而很快她发现身为女性，阻碍自己成功的障碍不仅仅是自己的肤色。最后，她还是意识到了自己的黑人身份，并爱上了一个黑人男子。她发现自己作为一名黑人妇女，寻找幸福是很困难的。

评论家认为弗塞特是哈莱姆文艺复兴过程当中被学术界低估了的一名作家。作为她最优秀的作品之一，《李子面包》中讨论的内容不仅仅是肤色和人权问题。这部小说也成为了美国黑人文学中的经典。

2. 《喜剧，美国风格》(*Comedy，American Style*)

《喜剧，美国风格》是她的最后一部小说，也是语气最沉重的一部。作品中，克里斯托夫·克雷和菲比·格兰特的爱情故事安排在中心人物——克里斯托夫的母亲奥利维亚·克雷的残酷和自我厌恶的阴影之下。

奥利维亚喜欢蜕变成白人，也鼓励她的头两个孩子这么做，但是她的第三个孩子奥利弗无法做到蜕变，她不断强迫孩子，使奥利弗终于自杀。她的女儿嫁给了一个法国人，想要去法国南部的图卢兹并过上白人的生活，但是最后备受压迫和虐待。奥利维亚终于摆脱了她的家庭，虽然生活在痛苦中，但是蜕变成了白人，而她的家人菲比、克里斯和老克雷先生虽然被歧视，也没有话语权，但是生活得相对幸福。

弗塞特的作品刚一出版就得到了广泛认可。在她的作品之前，黑人中产阶级还没有作为小说中一个单独的主题。虽然有些评论家认为她的视角和人物不够"黑人化"，然而在"新黑人运动"中，很多人都对弗塞特把黑人描写为有教养、有文化甚至是经济上成功的人群表示赞赏。她曾经被誉为"黑人文学中的简·奥斯汀"。

三、评价

黑人女作家中能被知识阶层接受的人凤毛麟角，而她就是其中之一。弗塞特的引路人是杜·布瓦。此外她还是哈莱姆文艺复兴运动时期最多产的女作家之一，她也凭借这四部关于黑人中层社会生活的小说被当代的学者熟知。值得一提的是，她早在为《危机》担任编辑时就开始致力于提升黑人的思想意识。她选择了当时并不热门的话题来创作小说，对当时的出版业权威提出了质疑。她对白人作家试图描写黑人的行为提出了批评，并强烈地感到黑人作家有责任准确地描写黑人。也许正是因为如此，她的第一部作品《存在混乱》受到了出版商的一致谴责。她决意描写她所处的中产阶级的情形。作品中没有以往黑人作品中那些刻板的原型，也并不描写黑人的生活。小说不再描写哈莱姆地区的酒吧，不存在打斗，没有种族暴乱，也没有极度的贫穷。她在作品中认为黑人应该保留传统，而不是试图排斥或远离它。兰斯顿·休斯曾经称她为"新黑人文学的助产婆"。

然而对她的评价有积极的，也有消极的：有人把她称为哈莱姆文艺复兴运动的"助产婆"，然而也有些评论家认为她过于保守，是传统的"卫道士"。她虽然不是激进的黑人作家，但是她对黑人甚至对所有有色种族的地位和状况颇为关注。她后来受到了女权主义学者的重视，他们发现她的作品中所体现的政治因素中很大一部分都没有被人注意到。她对美国普遍的种族意识和"蜕变"倾向进行了有效的抨击。她的所有小说都探讨了种族关系、有色人种等问题。兰斯顿·休斯在他的《大海》(*The Big Sea*)中说过，弗塞特作品中的聚会和以往哈莱姆的聚会不同，那是一幅开心的场面，人们在一起时而读诗，时而讨论文学，不时还用法语进行对话。大体说来，她的小说都受到了积极的评价。然而人们认为她还称不上是一流的小说家。

弗塞特在哈莱姆文艺复兴运动中起到了核心作用。在文艺复兴运动时期她已经四十多岁，在这期间她不仅继续自己的文学创作，还领导了新一代年轻作家。她的作品和哈莱姆文艺复兴中文学作品的主要特点不同，她年纪更大，风格更加保守，生活方式也并非放荡不羁。弗塞特为新一代作家作出了榜样，她也通常被新一代作家们亲切地称为"姐姐"，并被后人称为文艺复兴运动的"助产婆"。从各个方面来看，她对这次运动的贡献都被广泛赞赏，她的作品也赢得了当今很多黑人评论家的赞许。

参考文献

1. Christian, Barbara. *Black Women Novelists*. Westport, CT: Greenwood Press, 1980.

2. Johnson, Abby Arthur. "Literary Midwife: Jessie Redmon Fauset and the Harlem Renaissance." *Phylon* (June 1978): 143-153.

3. Starkey, Marion L. "Jessie Fauset." *The Southern Workman* (May 1932): 217-20.

4. Sylvander, Carolyn Wedin. "Jessie Fauset." in *Dictionary of Literary Biography*. Vol.51.

5. http://concise.britannica.com/ebc/article-9002906/Jessie-Redmon-Fauset.

6. http://dclibrary.org/blkren/bios/fausetjr.html.

7. http://www.accd.edu/sac/english/BAILEY/fauset.htm.

52. 萨拉·蒂斯代尔
（Sara Teasdale）

一、作家介绍

萨拉·蒂斯代尔（Sara Teasdale，1884 – 1933），美国近代著名抒情女诗人。她于 1884 年 8 月 8 日出生在美国密苏里州（Missouri）的圣路易斯城（St. Louis）。蒂斯代尔是家里最小的孩子。她 9 岁时才开始正式上学，先后进入洛克伍德夫人学校和玛丽学院（Mary Institute）就读，后于 1903 年毕业于霍斯默女子学院（Hosmer Hall）。蒂斯代尔从小就酷爱阅读和写作，她读过大量的书籍，在当地学校就读期间就立志成为一名女诗人。她于 1907 年发表了首篇诗作《献给杜斯的十四行诗及其他》（"Sonnets to Duse and Other Poems"），这篇诗作是献给当时红极一时的女演员"杜斯"（Eleonora Duse）的。这部诗集让她一举成名，随后她又出版了《特洛伊的海伦及其他》(Helen of Troy and Other Poems，1911）。为开阔自己的眼界，蒂斯代尔毕业后于 1905 年至 1907 年到欧洲和中东旅行。1904 到 1907 年间，蒂斯代尔曾和一群朋友创办了一份颇获好评的文学月刊《陶匠的转轮》(The Potter's Wheel）。她后来还成为了哈丽雅特·门罗（Harriet Monroe）创办的《诗刊》(Poetry）的成员。其间作为美国现代诗歌历史上第一代中西部诗人代表之一的维切尔·林赛（Vachel Lindsay，1879 – 1931）对她展开过热烈追求，但因他作风行径过于狂野大胆，蒂斯代尔最后拒绝了他的求爱。但在她眼中，林赛仍然是最能带给她创作灵感，也是最令人满意的朋友。萨拉后来在 30 岁时嫁给了商人欧内斯特·费尔辛格（Ernest Filsinger）。

1914年,她随丈夫迁居纽约,并于次年出版了她的另一本诗集《百川入海》(*Rivers to the Sea*, 1915)。1918年,她的新诗集《恋歌》(*Love Songs*)为她赢得了三项重大奖项,分别是美国年度诗歌协会诗人奖(Poetry Society of America)、哥伦比亚大学诗社奖(Columbia University Poetry Society Prize)和1918年的普利策诗歌奖(Pulitzer Prize)。她之后陆续出版的作品包括《火焰与阴影》(*Flame and Shadow*, 1920)、《月亮的黑暗面》(*Dark of the Moon*, 1926)和《奇异的胜利》(*Strange Victory*, 1933)。蒂斯代尔在传统的家庭中长大,她的成长教育环境使她从未真正体验过她的诗歌中所表达的那种激情。

她的婚姻并不幸福。1929年,生性怪癖并体弱多病的萨拉和丈夫分开,此后自幼身体就不是很好的她健康状况更是每况愈下。1931年,林赛的自杀身亡又增加了她的悲痛。1932年,她在伦敦期间患了肺炎,回到纽约后病情更加恶化。1933年1月28日,病魔缠身的女诗人在服用过量的安眠药后死于纽约寓所的浴缸里。她被埋在圣路易斯的贝尔方丹墓地(Bellefontaine Cemetery)。

二、代表作

  假如我把你的爱比作一盏明灯,
  照我走下这漫长、黑暗的险道,
  我将不害怕那永不消失的阴影,
  也不会发出恐惧的喊叫。
  如果我能找到上帝,/ 我将找到他,
  倘若无人能将他找到,/ 我将安歇梦乡。
  因为世上有你的爱情使我满足,
  就像一盏明灯在黑暗中发光。　　——《明灯》("The Lamp")

萨拉·蒂斯代尔向往美好的生活,她在诗中把心目中理想的爱情比作人生"漫长黑暗"中的"一盏明灯",这盏明灯同时也照亮着她追求真理的道路,甚至可以使她抵御对死亡的恐惧("我将不害怕那永不消失的阴影,/ 也不会发出恐惧的喊叫")。诗人崇尚真理,她对真理的执着追求在《像大麦摇曳》("Like Barley Bending")和《月落》等诗歌中也得到了更为明确的体现。

萨拉将爱情和真理视为人生中最高的追求,她把真理视为"上帝"。在这首诗的第二节中诗人用了两个"如果"。"如果我能找到上帝／我将找到他"(If I can find out God, then I shall find Him),紧接着诗人借助第二个"假如"表达了自己的心声:"倘若无人能将他找到／我将安歇梦乡／因为世上有你的爱情使我满足／就像一盏明灯在黑暗中发光")(If I can find out God, then I shall find Him / If none can find Him, then I shall sleep soundly / Knowing how well on earth your love sufficed me / A lamp in darkness)。诗人对真理的仰慕由此可见一斑,但她并不因自己没有获得真理而遗憾,因为她已经尽了自己最大的努力,而且深深懂得珍惜现实中的伟大爱情。

蒂斯代尔在她同时期的诗人当中享有很高的声誉,诗人罗伯特·弗罗斯特(Robert Frost, 1874 – 1963)、威廉姆·巴特勒·叶芝(William Butler Yeats, 1865 – 1939),以及评论家埃德蒙·威尔逊(Edmund Wilson, 1895 – 1972)都给了她很高的评价。

三、评价

美国诗歌在19世纪末20世纪初基本处于沉寂时期。随着两位划时代的诗坛巨匠——狄金森和惠特曼的相继去世,美国文坛被一些模仿英国浪漫主义末流诗歌的"风雅派"(the Genteel Tradition)所垄断。作为同时代的诗人,蒂斯代尔比较倾向于对诗歌意象和表现形式进行革新。然而同本时期大部分写新诗的现代派诗人一样,蒂斯代尔的诗歌里仍多少留有浪漫主义或"风雅派"诗歌的痕迹。岁月的消逝、爱情的喜悦与幻灭、往事的追忆、人生的孤寂、死亡的沉思,这些都是蒂斯代尔诗作中常见的主题。就诗歌形式而言,萨拉·蒂斯代尔的早期诗歌创作在形式上多为四行诗和十四行诗,大体上以抒情诗为主。风格上总体倾向于古典主义,诗风朴实自然,不重雕饰。

她的作品情感节制冷静,语调温柔含蓄,但她用字精练,且擅长营造气氛,她对感情、对自然、对人生的那份真挚以及多愁善感极易引起人们的共鸣。但是她的后期作品,如《火焰与阴影》(Flame and Shadow, 1920)和《月朔》(Dark of the Moon, 1926)则不仅表现出诗人对周围世界的敏锐洞察与深刻反思,也显示出其炉火纯青的艺术技巧。

蒂斯代尔于 1933 年去世后，她的作品曾一度逐渐从教科书及各类诗选中销声匿迹，但随着 20 世纪 70 年代女性文学批评运动的兴起，蒂斯代尔的作品得以重见天日。尽管在蒂斯代尔看来，她的诗歌不过是对克里斯蒂娜·罗塞蒂（Christina Georgina Rossetti，1830 – 1894）以及勃朗宁夫人（Elizabeth Barrett Browning，1806 – 1861）等女性作家作品风格的延续，但她后期的作品还是突破了维多利亚时期以"爱情"为主题的范畴，而是更注意描写内心的冲突和自我的反省。

参考文献

1. Schoen, Carol. *Sara Teasdale*. Boston: Twayne, 1986.
2. http://famouspoetsandpoems.com/poets/sara_teasdale/biography.
3. http://www.bonniehamre.com/Personal/Sara3.htm.
4. http://www.bookrags.com/biography/sara-teasdale-dlb/2.html.
5. http://www.poemhunter.com/poem/the-poor-house/.

53. 安吉娅·叶吉斯卡

(Anzia Yezierska)

一、作家介绍

安吉娅·叶吉斯卡（Anzia Yezierska，1885 – 1970）出生在波兰与俄罗斯边境的一个小村庄普林斯克（Plinsk），父母都是犹太人，家里经济状况不是很好。叶吉斯卡的父亲是一名《塔木德经》(*The Talmud*)研究学者，母亲靠帮人家干家务来维持整个家用。15 岁时她随父母移居美国纽约，在那里她一边工作，一边坚持在夜校学习英语。三年后，她在哥伦比亚大学获得学位，并当了一名教师。1910 年，她与律师雅各布·戈登（Jacob Gordon）结婚，但这段婚姻非常短暂，只维持了不到一年的时间。二人离异后，1911 年，叶吉斯卡与教师阿诺德·列维塔斯（Arnold Levitas）结婚。婚后育有一女，但叶吉斯卡不甘于枯燥而琐碎的家庭生活，并于 1916 年再次离婚。她把女儿留给丈夫照管，将自己的余生投入到了文学事业中。1917 年，她遇到了约翰·杜威（John Dewey），一位享誉世界的教育界权威和哲学家。二人相恋两年，杜威在学术方面给了她很多指导和帮助，并鼓励她创作，然而他们的恋情却无果而终。在她后来的小说《我永远都不会是》(*All I Could Never Be*, 1932)和她的自传小说《白马上的红色丝带》(*Red Ribbon on a White Horse*, 1950)中，她记录了这段感情经历，并将其理想化，使其成为了两种不同文化的最终结合。在她其他的一些作品中这段恋情也有所体现，这位非犹太教的男主人公既是女主人公的导师，同时也是她的追求者，这一形象在她的作品中反复出现。在此基础上，她还深入探讨了女性移民如何成功融入主流文化的问题。

1915 年她发表了第一部短篇小说,至此她的写作生涯才真正开始。《饥饿的心》(*Hungry Hearts*,1920)是她的第一部小说集,反映了犹太移民在美国的生活。该书出版后引起了不小的反响。好莱坞导演塞缪尔·哥德温(Samuel Goldwyn)看中了此书,并将其搬上银幕。因为这本书,叶吉斯卡在当时被称作"贫民窟之花"("queen of the ghetto")和"移民灰姑娘"("the immigrant cinderella")。1923 年,她出版了第二本小说集《孤独的孩子》(*Children of Loneliness*),随后又发表了小说《莎乐美的出租屋》(*Salome of Tenements*,1923)。紧接着她又出版了三部小说,都是关于犹太移民的经历。在大萧条期间,她的事业遭遇低潮。此间她受雇于纽约公共事业振兴署(the Works Progress Administration)的联邦作家计划,在中央公园整理树木清单。晚年的她仍笔耕不辍,撰写自传和书评。她的第二本小说《面包提供者》(*Bread Givers*)于 1925 年出版,此外还有《骄傲的乞讨者》(*Arrogant Beggar*,1927)等。她的许多短篇和长篇小说都有自传色彩。她的作品涉及的主题包括社会贫困、未受教育移民妇女的艰辛,以及极端夫权引起的种种社会问题。

二、代表作

在《面包提供者》(*Bread Givers*)这部小说中,父亲的形象代表了传统的犹太人意识,本书也探讨了主流文化冲击下复杂的父女关系。这部小说主要讲述了一个传统父权思想根深蒂固的犹太父亲对女儿们幸福的干扰和破坏。斯莫林斯基(Smolinsky)一家生活在穷困当中,四个女儿都没有找到工作。而父亲则整天研究他的神学,不问家庭生计。他认为女儿们理应供养年老的父母。不久,女儿们都找到了工作,而父亲也变得越来越自私。当大女儿贝茜找到男友时,他害怕失掉大女儿这个很好的经济来源,就千方百计阻挠他们的婚事,结果两人只好分手。二女儿结识了一个很富有的男朋友。父亲得知后却写信敲诈他,二人也以分手作罢。三女儿的男友很穷,父亲为了把女儿留在身边,便当面百般羞辱他,最终他们也以分手告终。此后,父亲一手包办了女儿们的婚事,让她们嫁给了自己指定的丈夫,结果婚后的女儿们无一幸福。最小的女儿萨拉看不惯父亲的做法,但她年纪尚小,且身为女子,无法反抗自己的父亲。此后的故事主要集中在萨拉身上。在姐姐们出嫁以后,萨拉和母亲成为家里的面包提供者。父亲不仅整天无所事事,还不断地责骂她和母亲。有一天,萨拉终于忍受不住,离家出走,自己租了房子,并立志要让自己接受教育,以后当一名老师。为此她经受了来自各方面的压力:母亲跑来恳求她回家,姐姐们哭着让她找一个婆家,周围的邻居也以异样的眼光审视她。

在传统的犹太教文化中,女性是没有地位可言的,一个独居的女性势必受到各方面的呵责,但她没有妥协。最终她以顽强的毅力完成了学业,并如愿以偿做了教师。此时母亲去世,父亲很快便和楼上的一个女人结婚,这件事大大伤害了四姐妹的感情,她们决定与父亲断绝关系,而继母想理所当然地被四姐妹供养的美梦也破灭了。一气之下,继母给萨拉所在的学校去信,想让校长西里格先生辞退萨拉。但让她没想到的是,这封信恰恰促成了西里格校长和萨拉的结合,因为他们都有在波兰生活的经历。有情人终成眷属,萨拉终于找到了一生的归宿。最后萨拉决定再次原谅父亲,接父亲到家中来住。

在这部小说中,家庭的责任是阻碍女主人公们实现个人愿望的主要因素。四姐妹在对家庭责任的履行中失去了自己追求幸福的机会和权利,连四姐妹中最富有反抗精神的萨拉最后得到的幸福也是非常令人质疑的。对病床上的母亲的承诺使她将父亲接到家中供养,从此她再次将自己置于父亲的掌控之下。因此父亲这一形象带有深刻的象征意义,他代表了父权制社会中男性的极度权威。在这种权威下,女人作为弱者,要么与其抗争,要么被其毁灭。

评论家认为这部作品用真实的笔触描述了犹太移民的奋斗历程,尤其是犹太女性力求在新世界中确立自己的位置的努力,作者的叙述感人至深。杰西·拉尔森(Jesse Larsen)在《500本伟大的女性作品》(*500 Great Books by Women*)中指出,叶吉斯卡通过这部作品为读者展示了犹太民族的文化遗产,其中有犹太人的力量、智慧和语言,这些即便是在七十年后的今天也仍然滋养着北美新大陆的语言和文化。

三、评价

由于叶吉斯卡习惯用第一人称叙事手法,且她的作品带有强烈的感情色彩,所以有些读者认为她的作品都带有高度的自传性。再加上她所运用的犹太英语很容易将其作品的虚构性消除。因此,不熟悉她的风格的读者很容易在阅读过程中将作品与她本人的生活经历一一对照,而不去关注她所塑造的生动的人物形象、丰富的意象,以及她娴熟的语言技巧。值得注意的是,叶吉斯卡的写作目的是让读者深入透视下层社会人们的生活境况,以及对自己感情的剖析。她的作品中对于年轻一代、工人阶级以及女性问题的探讨在当今仍有深刻的社会意义。

她作品的主题主要体现了犹太移民在面对新文化和新环境时所遭遇的情感上的、心理上的一系列冲突,以及由这些冲突所带来的积极和消极的影响。其中值得一提的是,她的作品中的女性形象反映了移民女性在新环境中如何追求自己的"美国梦",并实现自己在社会中的价值。她的作品曾被称为是煽情文学,融现实主义(细节描写)和浪漫主义(人物性格中的理想主义成份)于一身,很难划归到某一类别中。她的作品的早期读者群主要是20世纪20年代美国爵士时代上层社会的白人妇女,而之后她的作品也在犹太裔美国人中间广为流传。她的作品中自强不息、不断进取、为追求理想而奋斗的女性形象为当代的读者尤其是女性读者所喜爱。

参考文献

1. Henriksen, Louise Levitas. "Afterword About Anzia Yezierska." *The Open Cage: An Anzia Yezierska Collection*. New York: Persea Books, 1979.

2. Kessler-Harris, Alice. "Introduction." *The Open Cage: An Anzia Yezierska Collection*. New York: Persea Books, 1979.

3. Pratt, Norma Fain. "Culture and Radical Politics: Yiddish Women Writers, 1890-1940." *American Jewish History* 70, No. 1, Sept. 1980.

4. Yezierska, Anzia. "Mostly About Myself." *Children of Loneliness*. New York: Funk & Wagnalls, 1923.

5. http://www.myjewishlearning.com/culture/literature/Overview_Jewish_American_Literature/Immigrant_Literature/Literature_Anzia_Norton.htm.

54. 希尔达·杜立特尔
（Hilda Doolittle）

一、作家介绍

希尔达·杜立特尔（Hilda Doolittle，1886–1961）是美国意象派的代表人物之一，以 H. D. 的笔名而闻名。她最有名的作品是她在 1916 年到 1961 年之间出版的十一部诗集，但是她的文学成就远远超出了意象派诗歌的范畴。她的诗歌、小说和散文在大西洋两岸都受到欢迎。她创作了数部小说和一些短篇小说，改编了一些希腊戏剧，她也是一名影评家和回忆录作家。她早期在一些电影中扮演的角色也为她带来了荣誉。但是她所获得的大部分奖项，包括美国艺术文学院金奖（the Gold Medal from the America Academy of Arts and Letters），都是在她晚年的时候她的诗歌开始离开意象主义的轨道时获得的。

杜立特尔于 1886 年 10 月出生在宾夕法尼亚（Pennsylvania）的伯利恒（Bethlehem），她的母亲是摩拉维亚人（Moravian），父亲是一位数学家和天文学家。母亲所在的摩拉维亚社区所特有的精神深深地影响了杜立特尔，同时父亲作为数学家和天文学家，他传统、严谨而理性的性格也影响了她。她曾在宾夕法尼亚的布林茅尔学院（Bryn Mawr College）学习，但中途退学。退学之前她在学校遇到了埃兹拉·庞德（Ezra Pound，1885–1972）。几年之后她和她的好友弗兰西斯·格雷格（Frances Gregg）一起来到欧洲，在这里度过了她的一生。在庞德的帮助下，杜立特尔在伦敦认识了劳伦斯（David Herbert Lawrence，1885–1930）、叶芝（William Butler Yeats，1865–1939）、梅·辛克莱尔（May Sinclair，1863–1946）和理查德·阿尔丁顿（Richard Aldington，1892－1962）等知名作家。她也开始在期刊《诗歌》（*Poetry*）上发表诗歌作品。她的第一本诗集《海花园》（*Sea Garden*）于 1916 年在伦敦出版。在 1921 年出版她的第二部诗集《圣歌》（*Hymn*）之前，她经历了许多波折：在伦敦，她嫁给了阿尔丁顿，后来不幸流产，之后还经历了一战的战乱和婚姻的破裂。后来她和塞西尔·格雷（Cecil Gray）有过一段感情，并生有一女，之后又遇到了她后来的终生伴侣——温尼弗雷德·艾尔曼（Winifred Ellerman）。她也到过希腊，这片土地激发了她对希腊和希腊神话传说的想象和热爱。1923 年她到埃及旅行，并分别于 1924 年和 1925 年出版了诗集《海里奥多拉和其他诗歌集》（*Heliodora and Other Poems*）和《诗集》。在这期间，她也写了一些小说，其中包括大约写于 1923 年并于 1981 年在纽约出版的小说《她的》（*HERmione*）、1926 年在巴黎和波士顿出版的《多层次》（*Palimpsest*）和 1928 年出版的《哈迪路斯》（*Hedylus*）。

杜立特尔对心理学有着极大的兴趣，并于 1933 年到 1934 年间同弗洛伊德进行研究，她于 1956 年出版的书《献给弗洛伊德》（*Tribute to Freud*）也对此作了记录。1931 年，她出版了另一本诗集《红铜》（*Red Dose for Bronze*），但由于担心她的创作能力会减弱，她又回头向弗洛伊德求助。她的战争诗《三部曲》（*Trilogy*）直到 1944 年才得以发表，《埃及的海伦》（*Helen in Egypt*）到 1961 年才发表。她的许多散文都没有发表，而她记录自己与庞德关系的文章《痛苦的终结》（*End to Torment*）在她死后的 1979 年才得以面世，她关于童年时的回忆录《礼物》（*The Gift*）于 1982 年出版。她的小说还包括《科拉与喀》（*Kora and Ka*）、《异常之星》（*The Usual Star*）和《夜》（*Nights*）。

二、代表作

1. 《她的》（*HERmione*）

《她的》是一部半自传性质的作品，描述了作者在 20 世纪 20 年代早期的生活经历。主人公赫默因·加特（Hermione Gart）是一个充满困惑的年轻女子，她的内心世界分裂成了两部分：一个是她原来的自己，而另一个是一个崭新的、真实的自我。她在布林茅尔的职业生涯遭遇挫折，与乔治·隆德斯（George Lowndes，从文中明显看出该人物的原型就是庞德）

的关系也出现了问题,她心情非常差。作者将赫默因内心深处的想法通过她奇异的内心独白巧妙地展现出来,而这些独白描述的也是令作者本人辗转反侧的心事。

杜立特尔以纯现代主义的风格进行写作,这种风格拒绝清晰而又洋洋洒洒的散文和清晰明确的意义。她的散文不仅仅是以顺叙的方式发展,而且是围绕着意象、隐喻和双关语,用不断扩展的文字游戏,尤其是对名字的游戏,再利用长串的关联词和神话元素等引人注目的意象,创造出同中心的且不断扩展的意义。阅读她的文章需要一种新的方法,更像是阅读诗歌,尤其是意象派诗歌。此外她也借鉴了格特鲁德·斯泰因的重复和直接性的手法,创造了自己独具一格的技巧。在小说《她的》中,杜立特尔用现代主义小说的形式描写了一个女性的性意识和她作为一个作家的创造力同时觉醒的过程。这部小说中表现的主题也是在她的其他作品中常见的,即个体作为一个独一无二的身份的发展过程。杜立特尔所展现出的这一过程基本上是一种探索,这种探索不仅能使人觉醒,而且如果人们想认识自己,那么这种探索也能使人通过过去的文学和历史来进行追寻,从而了解人类的文化。

杜立特尔的作品以不同的方式构建了这种探索,而其中最值得注目的就是通过重新演绎的神话元素以及人物和意象。另一个建构这一主题的主要方法是对二元性各种形式的超越,这种超越包括一种"启发式的感知",相当于她对知识的重新界定。她认为知识不再是散乱的、分析性的或是理性的产物,而是一种自我发展的、具有想象力的、直觉的综合和结果。这种启发式的知觉也被描述成为对于自身内部光芒或是对于人的"荣誉"(gloire)的感知。

几十年之后,女作家弗兰纳里·奥康纳(Flannery O'Connor, 1925–1964)继承并发展了这一观点:这种潜力包含了物质或是可见物之外的东西,但是只能通过具体可见的东西得以感觉和描述出来。另一位女作家丹尼斯·莱弗托夫(Denise Levertov, 1923–1997)认为传统意义上的知识是用光明来淹没黑暗,而杜立特尔观点里的感知则是与这一传统相反的努力。这种感知不是破坏黑暗或是无知,而是进入其中,在里面畅游,因此体验和理解知识靠的是想象的触角,而不是理性的光明。

2. 《让我活下去》(*Bid Me to Live*)和《埃及的海伦》(*Helen in Egypt*)

杜立特尔对于以不同形式存在的二元性进行的超越通常是通过探索、旅行和异域风情等传统的隐喻，同时在像《让我活下去》等小说中，她也通过战争、死亡、失去和痛苦等破坏性的意象来表现。《让我活下去》这部小说富有诗意，极具主体性，风格很像她的早期小说《她的》，但又有了极大的发展。它表达了这样的理念：对战争和失去的超越作为对人的自我和自我意识的超越的一部分，以便能够达到一种对个体的更全面更广泛的体验。杜立特尔认为通过具有救赎性和创造性的写作，这种对自我/他人的二元性的超越得以成为可能。因此她的作品就是对旅行特别是文字旅行的记录，因为她通过对古代神话传说的重新发掘和解释，使用语言来进入到无意识、人类文化和集体无意识的内部。她的诗歌和小说也对语言本身进行了探索，同时也探讨了词语是怎样对我们所经历的人类事实进行安排、塑造，并使之成型的。杜立特尔通过创造出流畅而又有活力的意象和语言学类别，使词语以一种新的、非二元性的方式来起作用。通过融合与包含的意象和隐喻，并把一组对立的一个方面转为它的对立面。杜立特尔对理性的二元性进行了质疑，如男性/女性、小说/现实、散文/诗歌、科学/艺术、生/死、自我/他人等。

杜立特尔也反对小说和诗歌中的传统叙述结构。在她的长诗《埃及的海伦》和《让我活下去》中，她避免使用确定的结尾，因为这种结尾与自我认识的旅行的开放性和战争的破坏力之大相互矛盾。她在作品中对传统的发展和结局采取了截然不同的手法，也使人们注意到了她的作品中的层式结构和重复书写的意义，与传统作品中线性发展、富有意义的表述和情节形成了对比。例如，她的小说和传记一次次地使用自传性的材料，常常使用同一材料或是材料之间相互重叠，使杜立特尔的作品相互之间形成了一种对话和多重的视角，这种重复以及小说、诗歌和自传中延伸性的视角对传统的单独、确定的艺术形式提出了挑战。同时杜立特尔使用弗洛伊德式的视角来审视无意识，通过记忆和创造性的活动来发现童年的重要性，以及梦境在重新发现具有创造性的自我时的作用。杜立特尔也借鉴了荣格（Carl Gustav Jung, 1875–1961）集体无意识的观点。正如她质疑艺术的自主的作品，她也质疑自主的个体的意义，并且把个体的观念综合为多样性的而又相冲突的自我所组成的灵魂和共众,或是社会作为个体的环境的观点。

3. 意象派诗歌

杜立特尔作品中的意象没有确切的意义:它们不仅意义模糊,还含有多重意义,把不同的神话和文学传统交织在一个意象里。杜立特尔的意象不仅把传统的一种意象的不同使用方法融入到同一充满想象的隐喻里面,她也使用一种中心意象。例如"花朵"这一意象,"花朵"通常是修辞的一种隐喻,因为修辞是语言之花,杜立特尔注意到了隐喻在语言中的中心作用。正如对于她之前的诗人和她之后的画家来说一样,"花朵"对于杜立特尔来说也是隐喻的一种特别表达,因为这一意象像是一种向外放射,代表了不同于线性理性的想象力。光线和歌曲的意象也作为放射的意象与花朵这一意象紧密相联。此外,花朵意象也是阅读她的诗的秘诀,因为她的诗像花瓣围绕着一个中心一样来表达含义,而不是一种线性的表达。在她的小说中,她也利用了诗歌中的技巧,使用了螺旋上升的句子和词组,在放射性的声音、式样和意义里旋转。正如格特鲁德·斯泰因的作品一样,杜立特尔的作品也需要读者们用不同寻常的方法来阅读她现代主义的作品。

杜立特尔写过一首叫《奥里亚德》("Oread")的六行短诗,奥里亚德是希腊神话中的一个女神。诗人面对大海,看到的却似乎是响着松涛的山峦。因此,她把海唤做主管山林的女神:

> 卷起来吧,海洋——
> 卷起你尖顶的松树,
> 将你那些大松树溅泼到
> 我们的岩石上。
> 将你的绿倾泻在我们身上,
> 用你那枞树汇成的池水淹没我们[①]。

这首小诗短小精悍,但是极具意象诗歌特色,是一首极为出色的意象派诗歌,人们经常把它与庞德的《地铁站》和威廉姆斯的《红色手推车》

---

① 选自董衡巽主编:《美国文学简史》,人民文学出版社,2003年,第40页。

一起用做意象派诗歌的代表作品。小诗记叙了希腊女神奥里亚德看到大海时的印象,其实也是诗人借这位女神之口表达出大海在她的脑海中留下的印记。大海的波涛起伏、浪涛汹涌恰似枞树尖耸的树顶;大海无边无际,又似是郁郁葱葱的树林一样。因此这一小诗一反传统作品里对大海的描写,从而给读者耳目一新的感觉。

三、评价

像她同时代的许多作家一样,杜立特尔在她的散文和诗歌中自由地使用自传性的材料,强调了个人的经验和主体性的价值,而不是偏爱理性的客体性。她的作品模糊了体裁之间的界线,消解了小说/现实的二元论,以及虚假的客观性和叙述全知之间的界限。她毫不在乎诗的形式,首先把意象放在诗的意义和结构的中心,然后用文字游戏来发掘它的含义和句法作用,她通常使用名字以及神话元素,尤其是希腊和埃及神话中的元素。在她的诗和散文里,她使用了一种手稿形式,或是用擦掉一半又重新书写的形式作为对她散漫叙述的补充。

杜立特尔在她几十年的写作生涯中也对古希腊、埃及的神话传说进行了改写。她不仅重新评价了男性和女性的地位,也重新评价了知识这一重要概念。通过重塑一些像爱神和海伦等女性形象,她逐渐重新定义了知识的概念,知识不再是一种分析和客观性,而是自我发展和自我创造。杜立特尔认为,真正的知识应该是一种启发,是一个人自我的内部成长,这使得艺术家完成了自我与情感的实现,并消除了个人才能与集体创造之间的界限。她在作品中对表达及刻画这种个人成长的方式的探求引导她看到了人们直面自我的性认识的重要性。她认为艺术家的性和创造力是交织在一起的,事实上她的作品常常暗示战争、侵略和破坏与人们对性的控制的失败、对情感生活的恐惧和由此带来的灵魂的不成熟及发展的停滞之间是相关联的。

参考文献

1. Bloom, Harold, ed. *Modern Critical Views: H.D.* New York: Chelsea House, 1989.
2. Edmons, Sussan. *History, Psychoanalysis, and Montage in H.D.'s*

Long Poems. Stanford: Stanford University Press, 1994.

3. Laity, Cassandra. *H.D. and the VIctorian Fin de Siécle: Gender, Modernism, Decadence*. Cambridge: Cambridge University Press, 1996.

4. Wheeler, Catherine. *A Critical Guide to Twentieth-century Women Novelists*. Oxford: Blackwell Publishers Ltd., 1997.

5. 董衡巽主编：《美国文学简史》，人民文学出版社，2003年。

6. http://www.english.uiuc.edu/maps/poets/g_l/hd/hd.htm.

7. http://www.cichone.com/jlc/hd/hd.html.

8. http://www.imagists.org/hd/basic.html.

55. 玛丽安娜·莫尔

（Marianne Moore）

一、作家介绍

玛丽安娜·莫尔（Marianne Moore，1887–1972）出生于密苏里州的柯克伍德（Kirkwood）。她的父亲约翰·弥尔顿·莫尔是一位工程师和发明家，但是玛丽安娜·莫尔从来没有见过她的父亲，因为在她出生之前，她的父亲就因为在一次失败的发明试验中精神受到损害而一直住在医院里。莫尔和母亲与外祖父生活在一起，直到他 1894 年去世。莫尔的外祖父去世后，她的母亲把家迁到宾夕法尼亚州的卡里斯尔（Carlisle），并在这里居住了二十年。在这里，莫尔的母亲在梅茨格学院（现为迪更斯学院的一部分）教书以维持家用，而莫尔在这个学院里接受了教育。1905 年到 1909 年，莫尔在宾夕法尼亚的布林摩尔学院学习历史、法律和政治，获得了学士学位。在这里，莫尔见到了著名的意象派女诗人希尔达·杜立特尔（H.D.），并为学校的文学杂志写了一些诗。在卡里斯尔商学院（Carlisle Commercial College）短暂的学习之后，1911 年她和她的母亲一起到欧洲旅行。她们到过英格兰、苏格兰和法国，参观了牛津、伦敦和巴黎等地的艺术博物馆。回国后从 1911 年到 1915 年，莫尔在美国印第安学校卡里斯尔分校（the United States Indian School at Carlisle）教授图书馆学、速记法、打字、商务英语和法律。

莫尔从 1915 年开始发表诗歌，她在出版于伦敦、由著名女诗人 H.D. 担任编辑的双月刊《自我主义者》（*The Egoist*）中发表了七首诗。这本杂志还刊登了许多现代意象派诗人的诗。在这些年中，莫尔阅读了大量的先锋派诗歌和批评作品,她自己也开始发表评论文章。1918 年莫尔的弟弟参加了美国海军,此时莫尔和母亲也来到曼哈顿,在这里莫尔结交了许多著名作家和知名人士,同时也得到了希尔达·杜立特尔、艾略特和庞德的高度评价。杜立特尔和她的资助者一起选择了莫尔的二十四首诗歌,于1921 年以《诗歌》(*Poems*)作为书名在伦敦结集出版,而莫尔当时并不知情。从 1921 年到 1925 年,莫尔在纽约市立图书馆的哈德逊分部兼职。她在伦敦出版的诗集被扩充到了五十三首诗,并于 1924 年在纽约以《观察》(*Observations*)为书名出版。同年她获得了《日晷》(*The Dial*)杂志所授予的两千美元的奖金,这本杂志是由斯科菲尔德·泰耶尔(Scofield Thayer)主办的月刊,常常发表莫尔的作品。1925 年莫尔从泰耶尔手里接管《日晷》杂志,直到 1929 年杂志停办。在这之后,莫尔成为了一名自由撰稿人,有时也得到《日晷》杂志原先的股东的资助。莫尔在《日晷》杂志工作的时候没有出版任何作品。但是在 1933 年,莫尔赢得了《诗歌》(*Poetry*)杂志颁发的海伦·海尔·雷文森奖(the Helen Haire Levinson Prize),这使她在全国颇受关注,并再一次激发了她的写作热情。她的下一部诗集《诗选》(*Selected Poems*)于 1935 年出版。这部诗集的出版奠定了莫尔作为一名主要的现代主义诗人的地位。艾略特为诗集作了序言,对她的作品大加赞赏。尽管艾略特对这部诗集评价很高,但是这本书的销量并不理想。

在 20 世纪 50 年代莫尔获得了更多的奖项,并逐渐得到公众的认可。她于 1951 年出版的《诗歌总集》(*Collected Poems*)销路很好,获得了 1952 年的普利策奖和国家图书奖(the National Book Award),以及 1953 年的勃灵根奖(Bollingen Prize)。她在接受国家图书奖的颁奖典礼上作了一篇有名的演讲,她说她的诗之所以被叫做诗,是因为她的作品没有别的类别可以归入。她的《拉封丹寓言集》(*Fables of La Fontaine*)曾四次易稿,终于在 1954 年出版。尽管这本书得到不少好评,但仍有许多批评家在这本书中找到不少的错误,认为这本书并不代表莫尔的最高成就。法国政府对翻译她的作品很关注,并颁发给她"艺术文学十字骑士勋章"(the Croix de Chevalier des Arts it Letters)。

二、代表作[1]

《然而》("Nevertheless")从表面上看是一首非常简单的诗。它的形式整齐，意象具体而平常，诗歌的主题是歌颂坚持不懈的努力。然而一旦深入地对这首诗进行细读，就会发现这首诗变成了一个充满对立和冲突的体系。在这首诗中，形式的规则与对规则的颠覆、具体意象与隐喻之间存在着明显的张力。

这首诗从头到尾都并列着各种不同的事物。首先，一种精心挑选的果实——草莓被放置在斗争冲突的语境中，接着铺陈出苹果种子。"比苹果种子/——这果实中的/果实——更好的食物"（6-7行）这两句并非在赞扬一种好食品。这里，苹果作为"这果实中的/果实"是在提醒读者，这种果子是知识树上的果子。在《圣经》传说中，知识的果实固然能带来力量，但也带来了危险。知识的果实正如榛子中的榛仁，被紧密包裹着，又被无限渴望。

然后是橡胶草，也就是俄罗斯蒲公英进入到了诗中，摩尔在诗中使用的是它的外国名字，有意为它们赋予一种神秘色彩。接着是仙人果与带刺的铁丝网、胡萝卜与曼德拉草、公羊角与葡萄藤卷须三项并置。胡萝卜代表信仰，而曼德拉草在希伯来人的文化传统中具有强烈的催情效果，象征着生育繁衍，食用它有助于怀孕，据说它的根从地上拔出时会发出致命的哭叫声。公羊角也是一种力量的象征，既具有攻击性也具有防御性。葡萄藤的卷须通过缠绕来固定其嫩枝。所有这些反复指向结尾的宣言：

弱者征服了它的

威胁，强者征

服了它自己。那里存在的

是坚韧！汁液

流过纤细的脉络

使樱桃变红！

结尾几行仍然存在着张力。樱桃作为一种小水果，其形象显然不止于

---

[1] Elaine Oswald and Robert L. Gale, "On Marianne Moore's Life and Career."

水果本身，它可以象征嘴唇、性、贞洁与爱等多种事物。在这首诗中，它看上去像一颗小小的心，被一根纤细的血管喂养。

这首诗有一种严格的形式，每三行一节，一节有十八个音节，平均每一行有六个音节。这种形式加强了这首诗的音乐性和节奏性。但是莫尔一方面采用了这种形式规则，同时又破坏了这种规则，以增强效果。在这首诗中，莫尔并不是根据句子的结束来换行，而是很突兀地结束一行，有时是在一个音节中间，有时是在连字符中间，也有时是在一个观点的中间就另起一行，结果读者在读一节诗或一行诗时经常发现没有停顿，只好加快阅读速度，从意象跳跃到意象，从音节跳跃到音节，在这种连贯中点出了莫尔的诗歌主题。

三、评价

莫尔是一个不解的谜团，不仅对当时的批评家来说是如此，对之后的批评家来说也是如此。随着她写作的成熟，她作品的主题也越来越开阔。在早期作品中，莫尔强调纪律性和英雄表现，而她晚期的作品则是追求精神上的尊严和爱。她指出，为了生存，人们必须警惕、自律、细心。她逐渐从分析一个对象到对若干对象进行比较。她喜欢对动物和运动员进行奇怪的描述，把每一个器官当做是主题和一件艺术品。对于她的流派归属，批评家们没有一个统一的评价。但无法否认的是，莫尔的诗极具艺术特色，她的诗观察细致精确，表达详细具体，并进行语言的各种尝试。她的作品能鼓励读者更犀利地观察现实，理解大与小、动与静、理想与客观之间的关系，并邀请读者们来观察并体会文字的力量。对于有人质疑她的诗过于晦涩难懂，莫尔回答道，她的人生和她的作品表达了勇气、忠心、耐心、谦虚和持之以恒的精神。

参考文献

1. Gregory, Elizabeth. *The Critical Response to Marianne Moore*. New York: Praeger Publishers, 2003.

2. Kalstone, David. *Becoming a Poet: Elizabeth Bishop with Marianne Moore and Robert Lowell*. Ann Arbor: The University of Michigan Press, 2001.

3. Miller, Cristanne. *Marianne Moore: Questions of Authority*. Cambridge, Ma.: Harvard University Press, 1995.

4. 杨金才:《玛丽安娜·莫尔创作意蕴谈》,《外国文学研究》, 1995 年第 2 期。

5. http://www.kirjasto.sci.fi/mmoor.htm.

6. http://college.hmco.com/english/heath/syllabuild/iguide/moore.html.

7. http://www.english.illinois.edu/MAPS/poets/m_r/moore/moore.htm.

56. 莫凝·达夫

（Mourning Dove）

一、作家介绍

莫凝·达夫（Mourning Dove，1888－1936）是克里斯蒂·昆塔斯凯特（Christine (or Christal) Quintasket）的笔名。她是奥卡诺干人（Okanogan），来自华盛顿东部的考威尔印第安保留地。她的印第安名字为胡弥舒玛（Humishuma），于1888年出生在美国爱达荷州（Idaho）。父亲约瑟夫·昆塔斯凯特（Joseph Quintasket）是奥卡诺干人（Okanogan），母亲露西·斯图金（Lucy Stukin）是考威尔人。关于她的一生人们所知甚少，说法不一。据她本人描述，她的童年十分幸福。在家里她不仅受母亲的影响，还受家里收容的一个老年妇人的影响。这位老人如同祖母一般督促她的学习。她还从家里领养的白人孤儿那里学会了说英语、读廉价小说等，而小说中也包含了一些考格威情节剧的内容。

她接受的教育十分有限。她最开始在华盛顿的古德温教会学校（Goodwin Mission School）读书，从1895年到1899年断断续续地接受了一些教育。她还在为印第安人开设的斯波堪学校（Fort Spokane School for Indians）读了几年。随后她在蒙大拿州肖垒学校（Fort Shaw Indian School）就读期间勤工俭学，以便攒够上课的费用。她还在阿尔伯达上过秘书学校的课程，为后来成为一名作家奠定了基础。然而后来她并没有立刻成为一名作家，而是从事了移民工作。她曾经过着非常拮据的生活，白天摘水果，采蔬菜，晚上在帐篷里写作，这样的生活伴着她度过了穷苦的时光。达夫的婚姻生活十分不幸，她有过两次失败的婚姻，然而她坚强的性格帮助她度过了难关。

在她的赞助者——编辑卢卡勒斯·麦克豪特（Lucullus McWhorter）的催促下，她收集了很多传统的奥卡诺干故事，并编成集子《郊狼故事集》（*Coyote Stories*，1933）。她个人的回忆录《莫凝·达夫》（*Mourning Dove, A Salishan Autobiography*）于 1990 年，也就是她去世五十四年后得以出版。莫凝·达夫在晚年时期也做了很多工作。1928 年她建立了鹰翼俱乐部（Eagle Feather Club），这个俱乐部的成员都是妇女，她们致力于迎合奥马科（Omak）印第安妇女的社会需要。1930 年她成为考维尔印第安协会的发言人，在任期间她竭力帮助实施 1934 年的新印第安重建法案，虽然没有成功，她还是被选入部落议会。

莫凝·达夫虽然一生膝下无子，饱受疾病折磨，但是仍然坚持勤奋工作，不仅成为了一名出色的作家，还是一名为印第安人和她的地区争取权利和福利的公众演说家，她还是第一位入选部落议会的女性。1936 年 8 月 8 日莫凝·达夫逝世，年仅 48 岁。

二、代表作

1. 《考格威，同父异母者》（*Cogewea, the Half-Blood: A Depiction of the Great Montana Cattle Range*）

莫凝·达夫的作品《考格威，同父异母者》（*Cogewea, the Half-Blood*，1927）把印第安人传统的讲故事方式和西方传奇的写作方式结合起来。这部小说是第一部真正立足于双重文化来传达印第安世界观的文学作品。

在她的作品中，主人公考格威（Cogewea）是一个精力充沛的混血女子，她从卡里索印第安学校（Carlisle Indian school）回到她姐夫在蒙大拿的牧场，发现自己处于两种力量中间：一方面是她祖母（Stemteemä）的传统观念，另一方面是阿尔弗莱德（Alfred Densmore）的现代方式。阿尔弗莱德认为她很富有，便向她求婚。考格威尊重祖母要坚持当地传统习俗的观点，但她还是爱上了阿尔弗莱德。然而后来阿尔弗莱德却无情地抛弃了考格威，并带走了她留着度蜜月用的一千美元。考格威最后和一直深爱着她的吉姆结了婚。小说以他们的婚礼结尾。

莫凝·达夫在 1914 年遇到了美国考古学家和保护国家文化历史的积极主义者麦克豪特（McWhorter）。后者成了她的文学导师，规劝她收集传统故事,并且在《考格威,同父异母者》的编辑和出版中起到了重要的作用。尽管书稿已经基本定稿,但是由于第一次世界大战和其他原因,作品直到 1927 年才付印,并在 1928 年再版,1981 年还出版过一次。

这部半自传性质的小说是由她和麦克豪特共同出版的,然而他们对这部小说的诠释存在着很大的分歧。麦克豪特在出版时作了很多改动,然而并没有经过莫凝·达夫的同意。例如,他为了博得读者的同情使用了诗化的题目,而把对话改成了独白。据说他是为了让读者理解这部书时最好同时了解他们两种不同的声音。麦克豪特用这部书来表达他对社会的看法,同时阐述了他对印第安人遭受虐待的看法。

2. 《莫凝·达夫:一部萨利希话自传》(*Mourning Dove: A Salishan Autobiography*)

达夫去世后于 1990 年出版的小说《莫凝·达夫:一部萨利希话自传》是作为传记出版的。20 世纪 30 年代,她第一次把手稿给了麦克豪特。后来这部作品辗转由多个编辑广泛流传,成为了一部反映整个文化的书籍。作者用高超的技巧将作者个人的童年生活与部落的历史、萨利希的传统和妇女生活圈中的大量细节巧妙地融和在一起,并对世纪之交位于华盛顿州的保留地中萨利希人的生活情况进行了叙述。

《莫凝·达夫》中作者对于部落生活的描述令人印象深刻,作品中充满了那些给作者留下深刻记忆的对话、仪式以及大的事件。"我们之所以能生存下来,是因为我们知道世界上的任何东西都有它存在的意义,世上的任何一种疾病都有一种草药来医治,每一个人也都有自己的使命。这就是印第安人的生存哲学。"她在作品中这样说道。然而小说中的叙述充满了关于文化不平等的教诲性的说教语言,还加入了人类学的研究结果和引据性的引入篇章,而这些可能都是出于麦克豪特的影响或直接干涉,这也导致了她的小说和情节剧在评论家和读者之间产生了矛盾意见。

作为她本人和印第安文化的备忘录,《莫凝·达夫》是一部萨利希语自传,对理解作者的价值观和写作目的有启示性的作用。这部自传是对即将瘫垮的印第安文化的真实反映,中间充满了杂化修辞,掺杂着故事动人但毫无文学价值的小说中所特有的暗语,没有什么浪漫化的语言。该书还得益于她作为主流文化的局外人所继承下来的美国本土印第安人探索本族身份和地位的写作传统。

三、评价

莫凝·达夫是美国本土女作家中最早从事写作的作家之一。她曾经在自传中说过:"我的一生中有两件事情是我认为最感激的事情。第一件是我是真正的美国人——印第安人的后代,第二件事是我出生在 1888 年,那一年我的部落(the Colvile: Swy-ayl-puh)正处于历史重新调整时期,他们处于极度的痛苦之中,要努力学习如何种田糊口,而且这种开垦也只能是小范围的。对于早已经习惯了持弓和握箭的早期土著人来说,让他们饲养牲畜和从事耕种是很难的,需要很长时间来适应。然而,在这种改变发生之前,我就已经出生了,这是我感到荣幸的事情。"

她试图把本土文化融入到小说中去,并在其他作品中竭力地把当地的文化用英语表现出来。她的作品对于研究和深入理解印第安人定居和同化时期(19 世纪 80 年代至 20 世纪 30 年代)具有非常重要的意义和很高的研究价值,对美国本土文学的演进有重要的链接性作用。作为一名小说家,她把写作重点放在文化传统的继承和白人对印第安人的剥削这样复杂的问题上。她的作品为美国印第安妇女作家的写作铺平了道路。

参考文献

1. Beidler, Peter G. "Literary Criticism in Cogewea: Mourning Dove's Protagonist Reads the Brand." *American Indian Culture and Research Journal* 19.2 (1995): 45-65.

2. Brown, Harry J. *Injun Joe's Ghost: The Indian Mixed-Blood in American Writing*. Columbia, MO : University of Missouri Press, 2004.

3. Miller, Jay. "Mourning Dove: Editing in All Directions to 'Get Real'." *Studies in American Indian Literatures: The Journal of the Association for the Study of American Indian Literatures* 7.2 (1995): 65-72.

4. Perdue, Theda. *Sifters: Native American Women's Lives (Viewpoints on American Culture)*. New York: Oxford University Press, 2001.

5. http://unp.unl.edu/bookinfo/2761.html.

6. http://www.washington.edu/uwired/outreach/cspn/Website/Hist%20n%20Lit/Part%20One/Natives%20Essay.html.

7. http://www.ncteamericancollection.org/litmap/dove_mourning_id.htm.

57. 安尼塔·卢斯
（Anita Loos）

一、作家介绍

安尼塔·卢斯（Anita Loos，1888－1981），美国小说家、电影剧本作家，曾参与过六十多部无声电影（Silent movies）的制作。她生于加利福尼亚州（California）的西桑恩（Sisson），父亲是一名报业经营者。全家于1892年搬迁至旧金山。1897年卢斯在父亲的催促下开始和妹妹在旧金山一家股份公司表演节目，妹妹出事后，卢斯的表演收入曾一度成为家里唯一的经济来源。后来到了1903年，父亲接管了圣地亚哥（San Diego）的一家剧院，此后卢斯也在父亲的剧院演出。父亲的挥霍无度以及早期的演出经历让卢斯成熟了很多。卢斯早在6岁那年就想成为一名作家，13岁时就向《纽约电讯晨报》投稿。1912年，她的第一部电影剧本《纽约帽子》（*The New York Hat*，1912）被比沃格拉夫电影公司（Biograph Company）采用，获酬二十五美元。卢斯的作品大部分都是取材于现实生活中的真人真事。他的父亲及哥哥的朋友、圣地亚哥度假村的度假者……所有这些都被她写入她的剧本中。卢斯于1915年同弗兰克·帕尔马（Frank Pallma, Jr.）结婚，但因后者穷困且毫无志趣，卢斯很快便同他分开。

同丈夫分开后，卢斯来到好莱坞一家电影公司，并得到了 D. W. 格里菲斯（D. W. Griffith）的帮助，后者执导了她的第一个剧本《纽约帽子》，并邀她为他的史诗《党同伐异》（*Intolerance*，1916）添加字幕，卢斯参加了这部史诗在纽约的初次公演。后来，卢斯回到加利福尼亚同导演约翰·爱默生（John Emerson）合作，两人还于1919年结婚。然而这段婚姻同先前的那段相比并没有好多少。但是两人还是成功地合创了一系列道格拉斯·费尔班克斯（Douglas Fairbanks）出演的电影。这一阶段他们一起创作的电影还包括《贞洁的荡妇》(*A Virtuous Vamp*, 1919)、《完美女人》(*The Perfect Woman*, 1920)、《危险产业》(*Dangerous Business*, 1920)、《爱的学问》(*Learning to Love*, 1925)等。尽管这段婚姻并不是很美满，但是两人一直没有分开，直到爱默生1956年病逝。此后，她相继创作或与人合作了许多部剧本，单是1912至1915年期间她就创作了一百零五部剧本，其中只有四部未被出版发行。她曾为第一国家、米高梅等影片公司工作。卢斯的主要剧本作品包括：《金粉世界》(*Gigi*, 1951)、《绅士爱金发女郎》(*Gentlemen Prefer Blondes*, 1949)、《长春树》(*A Tree Grows in Brooklyn*, 1945)、《落花飘零》(*Blossoms In the Dust*, 1941)、《奇异的货物》(*Strange Cargo*, 1940)、《女人们》(*The Women*, 1939)、《旧金山》(*San Francisco*, 1936, 该作品获得了"最佳原创剧本"的题名)、《钓金龟》(*Hold Your Man*, 1933)、《党同伐异》。此外，她的回忆录包括《像我这样的女人》(*A Girl Like I*, 1966)、《纽约的过去和现在》(*Twice Over Lightly: New York Then and Now*, 1972)、《吻别好莱坞》(*Kiss Hollywood Good-by*, 1974)、《千百次回眸》(*Cast of Thousands: a pictorial memoir of the most glittering stars of Hollywood*, 1977)等。卢斯到晚年时继续为杂志《哈珀街》(*Harper's Bazaar*)、《名利场》(*Vanity Fair*)、《纽约客》(*The New Yorker*)供稿，也仍然活跃于纽约电影界，积极参与各种活动。她于1981年因心脏病发作去世。

二、代表作

《绅士爱金发女郎》最初是连载在杂志《哈珀街》上的系列讽刺故事，正是这些故事让这本杂志的销量在一夜之间翻了四倍。为了满足读者的要求，卢斯将这些故事以书的形式出版。故事的主人公罗蕾·李（Lorei Lee）是一位道德观松散却极度精明的金发女郎，她只对金钱感兴趣。故事主要讲述了罗蕾先是到欧洲旅游，后又回到美国嫁给一位百万富翁的故事。故事的主题其实是男人不切实际的幻想和女人种种驾驭男人的策略，讲述的是男女之间相互试探和了解的故事。

在这个故事中，罗蕾这一形象充分体现了20世纪20年代美国拜金主义浪潮影响下人们的心态。这部作品成为了当年最受欢迎、最为畅销的作品，仅1925年一年便被再版三次。在随后的几年，这部作品又以戏剧（1926，在百老汇上演多达二百零一场）、音乐剧（1949，上演七百四十场）、电影（1928，1953）等诸多形式与观众见面，其受欢迎程度可想而知。当被问及故事主人公罗蕾的现实模型时，卢斯总是会说她是现实中卢斯所认识的各式各样的人物的缩影。

《泰晤士报文学增刊》(*Times Literary Supplement*) 称这部作品是"喜剧文学当中的杰作"。威廉·福克纳（William Faulkner，1897 – 1962）、伊迪丝·华顿（Edith Wharton）等知名作家也对卢斯的这部小说表现出了极大的关注。继这部作品之后，卢斯又发表了这部作品的姊妹篇《绅士娶了褐发女郎》(*But Gentlemen Marry Brunettes*，1928)，该小说讲述的是罗蕾的好朋友多萝茜（Dorothy）的爱情故事。

三、评价

安尼塔·卢斯是好莱坞最受欢迎的一位多产剧作家，她创作的电影剧本、小说、戏剧以及自传多达一百五十多部，但为她赢得最大声誉的还是她的那部《绅士爱金发女郎》。到卢斯去世前夕，这本书已经被译成十四国语言，再版八十五次。1953年，《绅士爱金发女郎》走上银屏，由好莱坞巨星玛丽莲·梦露（Marilyn Monroe）和简·拉塞尔（Jane Russell）领衔主演，再次引起了公众的关注。《波士顿星期天环球报》(*The Boston Sunday Globe*) 撰文指出：这部作品成就了一部好的电影，反过来说电影的成功也证明了原作的出色。伊迪丝·华顿认为这部作品是一部"伟大的美国小说"。

此外，卢斯的无数剧本也成就了一批优秀的演员，他们中有玛丽·皮克弗（Mary Pickford）、吉恩·哈洛（Jean Harlow）、克拉克·盖博（Clark Gable）、奥黛丽·赫本（Audrey Hepburn）、卡罗尔·钱宁（Carol Channing）等。

参考文献

1. Acker, Ally. *Reel Women: Poineers of the Cinema 1896 to the Present*. London: Batsford, 1991.

2. Beauchmp, Cari. *Without Lying Down: Frances Marion and the*

Powerful Women of Early Hollywood. Berkley: University of Carlifornia Press, 1997.
3. Carey, Gary. *Anita Loos: A Biography*. New York: A. A. Knopf, 1988.
4. http://www.imdb.com/name/nm0002616/.
5. http://www.todayinliterature.com/biography/anita.loos.asp.
6. http://www.ucpress.edu/books/pages/9114.php.

58. 凯瑟琳·安·波特
(Katherine Anne Porter)

一、作家介绍

凯瑟琳·安·波特 (Katherine Anne Porter, 1890 – 1980), 美国新闻记者、散文家、小说家、政治活动家, 于 1890 年出生在美国得克萨斯州印第安克里克区的一个天主教家庭里。2 岁时母亲死于产后疾病, 此后凯瑟琳由祖母抚养。凯瑟琳的幼年是在路易斯安那州的农场中度过的。14 岁时她被家人送到修道院读书, 后来由于忍受不了修道院里刻板、繁琐的清规戒律, 1906 年从修道院里出走, 结束了正规的学习生活。同年, 16 岁的凯瑟琳与富裕农场主的儿子约翰·亨利·孔茨 (John Henry Koontz) 结婚, 但婚后经常遭到约翰的虐待。1915 年凯瑟琳同约翰离婚。凯瑟琳后来又有三次婚姻, 但都以离婚告终, 与她成功的写作生涯相比, 她的婚姻生活并不美满。

与约翰离婚后, 凯瑟琳先是在报社工作。1917 年进入《评论家》(*Critic*) 周刊编辑部工作。一年后, 她在丹佛的《落基山新闻》(*Rocky Mountain News*) 任记者和艺术评论员[1]。在流感大流行期间她也未能幸免, 病愈后她辞职去了纽约, 为了生计, 她写些儿童小说和电影宣传文案。1920 年, 她离开美国到墨西哥去研究民间艺术和手工艺品, 在那里她参加了墨西哥左翼政治活动。1922 年, 她出版了第一篇短篇小说《玛丽亚·孔塞普西翁》("Maria Conception")。1930 年, 她的第一部短篇小说集《开花的犹

---

[1] Angie Davidson, "Katherine Anne Porter," Millikin University.

大树和其他的故事》(*Flowering Judas and Other Stories*)出版,该书使她获得了1931年美国古根海姆奖学金,这笔奖学金资助了她后来的旅行和1931至1937年在柏林和巴黎的生活。1931年她游历了整个墨西哥,并且从墨西哥启程去德国。她在1962年发表的长篇小说《愚人船》(*Ship of Fools*)中的航行路线就同她这次航行的路线完全吻合。

凯瑟琳后来的作品有小说《中午酒》(*Noon Wine*, 1937)、《灰色马,灰色骑士》(*Pale Horse, Pale Rider*, 1939)、和《斜塔》(*The Leaning Tower*, 1944)等。1965年她出版的中短篇小说集获得了1966年的普利策奖。《中午酒》是以美国南方社会为背景,写一个专门以搜捕疯子为职业的人自食其果,最后被雇佣疯子的农场主杀害的故事。《灰色马,灰色骑士》讲述了第一次世界大战期间,一个女记者爱上了一个军人,但是在战争中却得不到爱情和温暖,从而对战争和帝国主义产生强烈反感和痛恨的故事。小说运用了《新约·启示录》中灰色马的死神典故来表现社会大背景下人无法与命运抗衡的悲剧气氛。凯瑟琳还出版过一本散文集《过去的日子》(*The Days Before*, 1952),主要记录了她先前的创作体会以及对几个作家的回忆。她的作品主要探讨背叛、死亡及人性等深刻主题,富于洞察力。

二、代表作

1. 《愚人船》(*Ship of Fools*)

凯瑟琳耗时二十年完成了长篇小说《愚人船》,这也是她唯一的一部长篇小说。这部作品寓意深刻,写的是1931年8月,在德国纳粹势力崛起的特殊大背景下,一艘名为"真理号"的船载着五十多名头等舱乘客和八百七十六名普通舱乘客,从墨西哥的维拉克鲁斯(Veracruz)驶往德国不莱梅(Bremen)港。船上的乘客名单上列出了长长的一串人名,然而这名单是有寓意的。从人物的身份上看,其中有一个西班牙贵妇人、一个醉醺醺的德国律师、一个离异的美国人以及两个墨西哥天主教牧师等等。起伏的情节考验着船上的乘客们,最终每个人的人生都发生了变化。小说于1962年出版,并成为了当年最畅销的作品,据说电影公司付给她的版权费高达四十万美元。

小说第一部分是让读者了解各人物的身份,描写了形形色色、好坏参半的乘客在航行途中以各种方式打发时光,以及他们的脑海里闪现的各种稀奇古怪的想法。第二部分通过对这些不同国籍、肤色、职业、宗教信仰及不同政治主张的人物在二十天里的日常活动和相互之间的复杂关系进行的细致入微的描写，刻画了普通舱乘客所遭受的痛苦、他们的爱好和互相之间的争斗。第三部分描写了酒神节激发了乘客们所有深藏心底的恐惧，并导致了诸多的犯罪事件。凯瑟琳以她独特的文体和略带荒诞色彩的笔调，为我们勾勒了一个漂流在水面上的小社会中人生百态的缩影，描绘了 20 世纪 30 年代初处于大萧条阴影笼罩下的资本主义的一幅世态炎凉图，同时也表现出这种背景下的各种冲突与乱世人生的无奈。作者通过小说向世人表明：阴暗和邪恶是潜藏在人心底的，在外因诱导下就会被激发出来，毁灭他人和自己。

《愚人船》通篇充满了意外的事件和感情的跌宕，小说探索了民族主义、文化和民族优越感，以及人性的弱点等主题，这些不论是在小说刚刚问世的20世纪60年代，还是在半个世纪后的今天都具有同样重要的意义。该作品在 1965 年被大导演斯坦利·克雷默（Stanley Kramer）拍成同名影片，由著名影星费雯·丽（Vivien Leigh）主演，该片获得如潮好评，曾获两项金像奖。

2. 米兰达系列（"The Miranda Series"）

米兰达系列是凯瑟琳三个小说系列之一，另外两个分别是墨西哥小说系列和南方系列。这个系列由多部中短篇小说组成，按照主人公米兰达的成长历程可分成两部分，即童年米兰达和青年米兰达。

童年米兰达由小说《马戏团》（*The Circus*）、《坟墓》（*The Grave*）、《无花果树》（*The Fig Tree*）以及《老人》（*Old Mortality*）组成，描写了童年米兰达对于自身性别和现实世界从无知到觉醒的认识过程。《马戏团》记述了童年米兰达对于自身性别从无意识到有意识的认知，感到了由于自己的女性性别而受到的威胁。《坟墓》则描写了童年米兰达对于社会现实的一无所知，从侧面反映了当时父权社会对女性的压迫，使女性局限于家庭生活，远离社会现实。《无花果树》则反映了童年米兰达已经开始觉醒，明白了自己作为女性与男性的各种差别。《老人》中描写了米兰达和她的艾米姑妈、伊娃表姐三个新女性形象。通过艾米姑妈和伊娃表姐沦为父权社会牺牲品的悲惨命运，米兰达意识到了梦想与现实的冲突，决定从梦想中清醒过来，摆脱家庭和婚姻，走自己的路，真正实现女性自我意识的觉醒。

《灰色马，灰色骑士》中米兰达成了叙述的中心，描写的是觉醒后的青年女主人公米兰达为反抗旧传统、拒绝父权社会给自己套上的枷锁而独自与命运抗争的故事。故事的背景是一战期间，在战争阴云笼罩、流感瘟疫肆虐、自己又患有重病的境况下，米兰达没有沉沦，而是与世俗和命运抗争。作为一个报社记者，她不甘于仅仅报道女性话题，而是将目光集中于生活中有关战事的活动。在工作中她遇到了即将被派往海外去执行一个几乎要送命的任务的军官亚当，他们相爱了，而此时米兰达却感染上了蔓延全国的大流感。亚当照顾着米兰达，但最终米兰达还是被送进了医院。在越来越严重的恍惚之中，米兰达看到了骑在一匹灰色马上的死神。主治大夫的德国名字曾在米兰达心里激起强烈的恐惧和憎恨。但在主治大夫的精心治疗下她渐渐恢复，但康复的米兰达却得到亚当死于流感的噩耗。当她准备好重返生活的怀抱时，却发现生活已经迥异于从前，变得乏味而空洞。但最终她的生命意志更加坚强，人格尊严得以保全，实现了自我超越。

米兰达系列小说刻画了反抗家庭和社会压力的妇女形象。尽管米兰达不够成熟，但她勇敢而坚定，敢于独立思考和行动，反映了凯瑟琳对女性出路问题和人类命运的探索与思考。在抗争中她认识到生活的艰难和幸福的脆弱[1]，她认为婚姻不是女性的唯一出路，只有能够正视历史、直面现实并能实现自我超越的人，才能够获得真正的独立和自由。

三、评价

凯瑟琳·安·波特是20世纪美国文学界最耀眼的明星之一，她富有传奇色彩的九十载跌宕起伏，充满了戏剧性。她一生经历了墨西哥革命及两次世界大战，自己也曾参与过政治斗争。如果熟知她的个人经历，就能从她的很多作品中看到她自己的影子，她所描写的小说环境也都是当时她所身处的社会大环境的缩影。正如她写的米兰达系列中的女主人公米兰达，就是她自己从对自己和社会的无知到觉醒再到反抗的真实再现，她的长

---

[1] Janet M. Labrie, *Masterpieces of Women's Literature*, ed. Frank N. Magill, New York: Harper Collins Publishers, 1996, p.387.

篇小说《愚人船》里的航行路线、人物和社会背景都可以说是她的经历的翻版。

凯瑟琳的小说形式新颖独特,与内容实现了完美的契合。语言简洁明了,写作技巧娴熟,并善于通过象征、讽刺和意识流等手法来使读者更深切地体会小说意境。她通过对人物的心理研究准确地把握人物内心,并以自己清晰、细腻的女性视角来描绘小说中的爱情、婚姻、人性、世俗及人与人之间复杂的关系,寓意深刻且影响深远。评论家们对她的作品普遍看好,并给予了很高的赞誉,称她的短篇小说是20世纪美国短篇小说的楷模。

虽然囿于当时的社会及家庭背景和宗教信仰,凯瑟琳并不是一位真正的女权主义倡导者,但她的许多短篇小说中涉及的女性题材却有意无意地体现了这一思想。她注重发掘女性的自我意识,在梦想和真实的冲突中寻找自我并超越自我。她不断地探寻女性的思想,关注她们的命运,努力想通过小说为女性指引一条打破世俗枷锁和争取自由独立的道路。

参考文献

1. Bloom, H., ed. *Modern Critical Views: Katherine Anne Porter*. New York: Chelsea House Publisher, 1986.
2. DeMouy, J. K. *Katherine Anne Porter's Women: The Eye of Her Fiction*. Austin: University of Texas Press, 1983.
3. Edmund, W. *Katherine Anne Porter*. New York, 1944.
4. Givner, Joan. *Katherine Anne Porter: A Life*. New York: Simon and Schuster, 1982.
5. Hendrick. George *Katherine Anne Porter*, 1965.
6. Porter, K. A. *Pale Horse, Pale Rider*. New York & Toronto: The New American Library, 1962.
7. 凯·安·波特著,鹿金等译:《波特中短篇小说集》(译著),上海译文出版社,1984年。

59. 佐拉·尼尔·赫斯顿
（Zora Neale Hurston）

一、作家介绍

佐拉·尼尔·赫斯顿（Zora Neale Hurston，1891 – 1960），20 世纪美国哈莱姆黑人文艺复兴时期著名的黑人女作家、民俗学家和人类学家，于 1891 年出生于佛罗里达新建的黑人城市伊顿威尔（Eatonville），在那里度过了她的童年。在这里，人们坐在门廊上的柳条箱上谈论各种各样的故事，这使赫斯顿充分了解了黑人的传统，也使她为自己是一名黑人感到骄傲与自豪。她试图把她在家乡伊顿威尔的经历写出来，这些经历是她的作品特有的主题，也是她艺术创作的源泉。她曾在哈佛念过几年本科，但因经济拮据被迫中途离校。之后她又获得奖学金成为巴纳德学院的第一个黑人学生，获得了人类学学士学位。毕业后她回到家乡开展人类学研究，她收集到的资料为她创作民间故事集和小说作品提供了很大帮助。她把在人类学研究中所受到的训练应用在对美国黑人民俗的研究中。

赫斯顿在哈佛大学的时候就在哈佛大学的文学杂志上发表了第一篇短篇小说《约翰·莱汀到大海》（"John Redding Goes to Sea"，1921），引起了《机遇》（Opportunity）杂志的注意，继而又在该刊发表了《在阳光下湿透》（"Drenched in Light"），并在该刊举办的写作比赛中两度获奖。之后在另一本杂志《先驱》（Messenger）上发表了"伊顿威尔选读"的三部分，这些关于她家乡人物的素描把民间故事和小说结合在一起，标志着赫斯顿作为民俗学家的开始。

赫斯顿的作品沉寂了几十年，这当中有很多政治和文化原因。赫斯顿没有把当时流行的明确的左翼政治问题包括在她的作品中，从而与黑人的抗争潮流格格不入。此外，赫斯顿像一位民俗学家一样，试图把她在作人类学研究这段时间里所记录下来的语言类型展现出来，在作品中采用对话式文体，这使一些同时代的批评家认为赫斯顿这种处理语言的方式是对黑人文化的拙劣模仿，阻碍了公众对她的接受。艾丽斯·沃克（Alice Walker，1944— ）1975 年发表的文章《寻找佐拉·尼尔·赫斯顿》重新唤起了人们对赫斯顿的兴趣。1995 年，美国图书馆把赫斯顿的作品收集并整理为两卷，一卷是《民间故事，回忆录和其他作品》（*Folklore*，*Memoirs*，*and Other Writings*），另一卷是《小说和短篇小说》（*Novels and Stories*）。

她的四本小说和两本民间传说具有超出文学的意义。"她的作品使哈莱姆文艺复兴，尤其是其中偏向于资产阶级的成员铭记黑人遗产的丰富内涵；她也给当时最有歧义的产物之一，即充满异域色彩的原始主义，增加了新的空间。"[①]

二、代表作

人们普遍认为赫斯顿最为出名、最为出色的作品是《他们眼望上苍》（*Their Eyes Were Watching God*）。这部小说出版于 1937 年，是以 20 世纪早期美国南部的佛罗里达为背景。在赫斯顿生前，这部作品并不被人关注，直到艾丽丝·沃克对赫斯顿进行重新发掘后，它才受到了应有的重视，并在 2005 年被拍成电影，由著名黑人女影星哈莉·贝瑞（Halle Berry）主演。故事的主人公是一个 40 岁上下的黑人妇女简妮·克莱福德（Janie Craford），她通过向自己最好的朋友菲比（Pheoby）的讲述重现了她的人生经历。根据她与三个不同男人的婚姻，她的一生可以分为三个主要阶段。简妮的外祖母是一个女黑奴，被一个白人所强暴（赫斯顿在小说中暗示了这个白人是个奴隶主），生下了一个女儿。这个女孩在十几岁的时候又被强暴，生下了简妮。她把简妮留给了外祖母，在小说中就再也没有出现过。外祖母看到简妮亲吻一个邻家男孩，于是把简妮嫁给了一个中年男人洛

[①] Robert Hemenway, "Charles S. Johnson: Entrepreneur of the Harlem Renaissance," Arna Wendell Bontemps, *The Harlem Renaissance Remembered*, New York: Dodd, Mead, 1972.

根·克里克斯（Logan Killicks），因为她认为在这个世界上，白人男人使唤黑人男人，而黑人男人则使唤黑人女人，所以黑人女人成了这个世界的"骡子"。她担心简妮也会成为某个男人的"骡子"，只能出力干活。这个男人是个有着六十亩田产的农场主，他找妻子的目的就是为了帮他操持家务，下地务农。但是简妮对婚姻有着自己的看法。当她看到蜜蜂给梨树传粉时，她觉得她就像是一株开花的梨树，期待着能有亲吻自己的蜜蜂，她认为婚姻必须包含着爱情。由于无法忍受洛根的家庭暴力和沉重的农场劳动，简妮和一个能言善道的黑人小伙子乔·斯塔克斯一起逃到了由非洲裔美国人为自己建造的城镇伊顿威尔（在现实中这也是赫斯顿的家乡）。到达伊顿威尔这个正在建设中的城市后，斯塔克斯渐渐发迹，后来当上了市长，拥有了可以颐指气使的高嗓门。简妮的自我意识萌发，很快就意识到乔只想把她当做一个战利品和宠物来供养玩赏，并用他妻子的完美形象来巩固自己在城里的地位。斯塔克斯死后，简妮继承了遗产，成为了一个有钱的寡妇。她有大批的追求者，但她唯独爱上了一个名叫"茶点"（Tea Cake）的流浪汉赌徒。她把商店卖掉，然后两个人一起去了杰克逊威尔，并在那里结了婚。最后两人又来到了艾佛格拉迪斯地区，"茶点"不久就在这里找到一份种植和收获大豆的职业。尽管两人的关系时好时坏，但是简妮现在总算拥有了一个她想要的充满爱情的婚姻。然而两人的关系受到了重重考验，受到了当地黑人同胞的质疑。后来二人又受到了飓风的袭击，"茶点"和简妮幸存了下来。但是当"茶点"在救溺水的简妮时遭到了一条疯狗的攻击，染上了狂犬病，已经神志不清的他最终把手枪指向了简妮，简妮被迫自卫还击，用来福枪打死了丈夫。最后白人陪审团宣告简妮无罪，她又回到了伊顿威尔。但是在那里，关于她的流言四起，人们猜想"茶点"席卷了她的钱跑了。

该小说具有自传性质，通过一系列的事件和作者、叙述者以及主人公的叙述角度的变换传达了作者的个性特征。此外，珍妮还成为了19世纪的非裔美国妇女笔下的新型女性形象，不是模式化人物，也没有落入前人的俗套，远远超越了19世纪对"真正的女性"所作的限制，成为非裔美国妇女笔下的重要的过渡性形象，大大影响了20世纪的作家的创作。

这部小说含义丰富，是一部从始至终都流淌着诗意的小说，也是黑人文学中第一部充分展示黑人女子内心中女性意识觉醒的作品，也是美国族裔作家第一次自觉地为有色人种的女性发出的颠覆父权制话语体系的声音，在黑人文学中女性形象的塑造上具有里程碑式的意义。简妮是一个新黑人女性的典型。小说中的语言是按照美国黑人的土语发音所写，描写了珍妮反抗传统习俗束缚、争取权利的一生。当简妮意识到自己和丈夫一样重要和博学时，开始由一个受丈夫支配的沉默的妇女转为为自己思考和行动，找到并渐渐发出自己的声音："你们根本没有你们想象得那么了解女人。上帝的话是对男人说的，同样也是对女人说的。男人并不知道女人对你们有多了解。"简妮就是用这样的呐喊击败了乔的高嗓门，打破了他的男权幻想。而在与"茶点"的交谈中，平等的关系体现在他们所用的句子结构中，即由平行主语加主动动词构成。简妮和"茶点"找到了很多共鸣，但两人关系没有经受住社会和天意的考验，但这一切都使简妮更加坚强。最后，她在精神上得到了新生，毅然独自返回伊顿威尔，这表明女性不仅要摆脱性别和种族压迫，还要摆脱带来这种压迫的社群和价值体系。书中作者大量运用自由间接引语，使叙述者可以自由与书中人物汇合，引起读者强烈共鸣。这本书有着开创性意义，更新了黑人妇女形象，为弥合男女的话语鸿沟找到了新途径[1]。它已成为美国大学中美国文学的经典作品之一，是研究黑人文学和女性文学的必读书。很多后来的黑人女作家都受到了赫斯顿的影响，当代著名黑人女作家艾丽斯·沃克将赫斯顿视为自己的文学之母，亲手为这位"南方的天才"竖了一块墓碑，并且说道："对我来说，再也没有比这本书更为重要的书了。"

然而这部小说也是备受争议。理查德·赖特认为这部小说是反革命的。而朱恩·乔丹（June Jordan）则对这部小说的积极性大加赞赏，她在《黑人世界》（*Black World*）的评论里面写道："它是关于我们所拥有的黑人的爱中最成功的、最有说服力的、最有代表性的小说。这本书还给我们带来了更多的东西：故事展示了一个不受压迫的黑人生活。如果我们能抛开打扰和破坏了我们作为一个民族的正常成长的仇恨和异化的环境，我们

---

[1] Janet M. Labrie, *Masterpieces of Women's Literature*, ed. Frank N. Magill, New York: Harper Collins Publishers, 1996, p.501.

就能了解到我们黑人能够做任何事情。"①

三、评价

赫斯顿的最大贡献在于她对"所有美国黑人的精神健康所作的贡献,她在民间研究时所记的记录和她的大量小说作品是对黑人文化遗产的一种颂扬"②。赫斯顿发现了当时其他的黑人作家所不知道或不了解的东西——自家的方言和街头巷尾的宇宙论与白人的文化、语法和哲学一样有价值。赫斯顿在1928年写道:"我并不是一个悲观的黑人。我的灵魂和大脑里没有储存悲伤的东西。我一点也不介意。我不属于那些哭哭啼啼的黑人,他们觉得上天给他们的是肮脏的交易,他们的感情因此而受到伤害。不,我不为世界而哭泣——我忙于磨我的牡蛎刀。"

赫斯顿是一个复杂而有争议的人物。在她身上似乎体现出了相互矛盾的特征:她勇气过人又易受伤害,以自我为中心而又心地善良,既是保守的共和党人又是一个早期黑人民族主义者。赫斯顿从不因为自己是个黑人而觉得悲观痛苦,相反她对于黑人的境遇进行了分析与批评。种族主义把黑人视为一种无价值的符号,剥夺了黑人的文化主体性,黑人的精神被认为是病态的,赫斯顿认为这种观点是可耻的陷阱,并极力反对。

在这里我们也许可以用兰斯顿·休斯对赫斯顿的一段有趣的评价来对她进行总结:她的作品中有许多令人捧腹的轶事、幽默的故事和悲喜剧。她能够这一分钟让你发笑,下一分钟让你痛哭。但赫斯顿很聪明,她太聪明了,是一个不让学院给她 A 成绩的学生,她受到一切学院派的或非学院派的诘难和嘲讽,然而这才使她成为了一个优秀的民俗收集者。她来到人民中间,又从不表现得她有学问。几乎没有人能够在雷诺克斯(Lenox)大街上让一个平常的哈莱姆居民停下并且用一种很奇怪的目光和人类学的器具来测量这个人的脑袋而不被大声喝斥,除了赫斯顿。

参考文献

1. Baker, Barbara A. *The Blues Aesthetic and the Making of American*

---

① http://authors.aalbc.com/zoraneal.htm.
② http://authors.aalbc.com/zoraneal.htm.

Identity in the Literature of the South. New York: Peter Lang, 2003.

2. Campbell, Josie P. *Student Companion to Zora Neale Hurston.* Westport, CT: Greenwood, 2001.

3. Hurston, Zora Neale. *Dust Tracks on a Road: An Autobiography.* With an Introd. by Larry Neal. Philadelphia: Lippincott, 1971.

4. Ryan, Judylyn S. *Spirituality as Ideology in Black Women's Film and Literature.* Charlottesville: University of Virginia Press, 2005.

5. Turner, Darwin T. *In a Minor Chord: Three Afro-American Writers and Their Search for Identity.* Carbondale: Southern Illinois University Press, 1971.

6. West, M. Genevieve. *Zora Neale Hurston and American Literary Culture.* Gainesville: University Press of Florida, 2005.

60. 奈拉·拉森

（Nella Larsen）

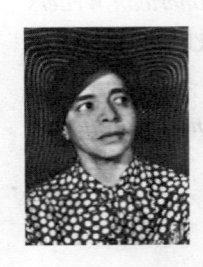

一、作家介绍

奈拉·拉森（Nella Larsen，1891 – 1964）于 1891 年 3 月出生在芝加哥，有着八分之七的白人血统和八分之一的黑人血统，肤色白皙，有着白人的面部特征。母亲玛丽·汉森·沃克（Mary Hanson Walker）是丹麦裔美国人，父亲彼得·沃克（Peter Walker）是黑人。出生后不久父母离异，母亲嫁给了一个白人彼得·拉森（Peter Larson），于是奈拉就跟随继父改姓拉森。拉森很有教养，受到过很好的教育。她在芝加哥长大，一直在这里的公立学校学习。1907 年，她被继父送到费斯克大学（Fisk University）的师范学校，从此便与家庭产生了隔阂，后又在哥本哈根大学深造了两年。1912 到 1915 年，她在纽约林肯医院学习了三年护理，后又接连担任过护士工作。在这里她还遇到了物理学家爱尔莫·伊蒙斯（Elmer Imes），两人于 1919 年结婚，但他们的婚姻持续了十四年之后宣告瓦解。

在纽约，拉森开始结识一些在哈莱姆文艺复兴运动中极有影响的人物。在这样的环境下，拉森对文学的兴趣日渐浓厚。她最初发表的两篇文章是关于丹麦游戏的，发表在一份儿童杂志上。1921 年，拉森离开护士岗位，在哈莱姆地区第 135 大街上的纽约公立图书馆分支机构找到了一份工作。她在纽约图书馆工作到 1926 年，期间她一直练习写作技巧，也创作了一些短篇小说，其中一些以艾伦·赛米（Allen Semi）为笔名发表。她同时也进行着她的第一部小说《流沙》的创作，这部小说于 1928 年发表，得到了批评界的好评。20 世纪二三十年代的美国出现了哈莱姆文艺复兴,这一时期美国黑人在艺术和文学上都取得了突出成就,涌现了许多著名的黑人作家,其中就有不少杰出的黑人女作家,奈拉·拉森也是其中之一,她的两部长篇小说《流沙》(*Quicksand*)和《逝去》(*Passing*)以及短篇小说《避难所》("Sanctuary")最为出名。

二、代表作

1.《流沙》(*Quicksand*)

《流沙》是拉森的第一部小说,获得了极大成功,奠定了拉森在美国黑人文学中的地位。在这部小说里,拉森描写了黑人妇女对自我身份的追求,以及她们所面临的各种问题和困难。拉森除了写种族问题,也写了性别压迫问题。这一思想在主人公黑尔加·克莱恩(Helga Crane)身上表现出来。克莱恩与作者拉森一样也是黑白混血儿,有一个白人母亲和一个消失的黑人父亲。因为她的黑肤色,一直以来她深受歧视,不得不保护自己。她在南方一个黑人学校里当老师,但是即使在这里她也觉得与周围格格不入。她到过哈莱姆区,又去了丹麦,试图为自己找一方空间生存下去,但是最后她还是回到了她出发的地方,选择了精神上的自由。

克莱恩代表了大多数黑人妇女的追求和她们最后的失败,也表达出了她们所面临的困扰与迷茫,比如克莱恩就陷于怀孕和母亲职责的困扰中。同时,拉森用克莱恩这一半白人一半黑人血统的私生女在内战后的体验来阐明了种族问题。杜波伊斯认为这部小说是黑人女性小说的一个新的起点,它是发自人们内心的,超越了它之前的那些过分关注形式的小说。这部小说充满了拉森的自传性叙述,引人入胜。它描写了种族和性别问题,并在20世纪20年代里激发了不同国家的人们对美国黑人文化的兴趣与发现。

2.《逝去》(*Passing*)

拉森的第二部小说《逝去》则以有限的全知视角关注了肤色和种族身份问题。众所周知,每个人的肤色不尽相同。在拉森的时代,许多有色人种都受到这一影响,不管他们的肤色是深是浅。浅肤色的黑人成了黑人大部分成就的缔造者,而深肤色的人则感到自己被同胞所排斥。《逝去》这部小说就是通过主人公克莱尔·肯德丽(Clair)来反映了这一问题。小说题目中的"pass"有两重含义:一方面指的是通过,即浅肤色黑人能在白人的社会里顺利通过而不受种族背景的牵累,小说中指的是克莱尔;另一方面它又有"死去"的意思,即最后克莱尔的死亡。小说探讨了"pass"的可能结局。另外小说还剖析了由嫉妒纷争、家庭琐事、经济条件等所左右的婚姻危机问题。其中刻画的女主人公克莱尔属于典型的"悲剧性黑人女性"(the tragic mulatta)[①]。故事发生在芝加哥。8月的某一天酷暑难耐,女主人公之一艾琳(Irene)从酷热的大街上乘电梯来到德莱顿酒店凉爽的顶层,她同作者拉森一样也是黑白混血,但她能通过白人的社会。在茶室里,一个漂亮的金发女郎一直盯着艾琳看,原来她是艾琳儿时的好友克莱尔。十二年前克莱尔的父亲去世之后她就离开家乡。由于克莱尔的祖父是白人,祖母是黑人,克莱尔的父亲就被剥夺了继承权,因此克莱尔也是身无分文,是由充满种族歧视的亲戚们抚养长大的。克莱尔是一个迷人的浅肤色女子,她通过冒充白人成功地嫁给了一个富有的白人医生,从而摆脱了贫困。她这一跨越种族的尝试非常成功,直到她和艾琳重逢。艾琳的丈夫是一个非常有魅力的、成功的黑人内科医生,克莱尔与这名医生互生爱慕,于是克莱尔决定追求这名医生。艾琳觉察到了克莱尔对她婚姻的威胁,就设计除掉她。当克莱尔的丈夫正要当面揭发克莱尔的黑人身份时,她从一扇开着的窗子里掉了出去,摔死了。这就是题目的第二层含义,寓示了克莱尔不但失去了生命,也失去了她的身份。克莱尔是如何掉到窗外的?是自杀,还是他杀?凶手又会是谁?这些作者都隐去了,留下了无限的解读空间。

表面上看故事的情节非常简单,只是讲述了发生在芝加哥和纽约的一些经历。但是在这看似简单的表面之下却有着丰富而深刻的内涵,其中有犯罪、愤怒、性和复杂的欺骗。艾琳担心她的黑人丈夫被克莱尔抢去,而克莱尔看起来越来越具有侵略性,同时艾琳又无奈地任由事态发展恶化。同时小说又带给了读者疑问:艾琳的心中只有这一个担心吗?每个人是不是都戴着面具呢?这就需要读者用心去体会了。因此有批评家认为这部小说的主题并非种族问题,而是婚姻与安全感问题。而艾琳作为一个黑人女

[①] Janet M. Labrie, *Masterpieces of Women's Literature*, ed. Frank N. Magill., New York: Harper Collins Publishers, 1996, p.393.

性，成功维护了她的家庭以及舒适安稳的中上等阶级的生活，这也可以看做是一种通过。

这一小说与拉森的真实生活非常接近：她也是一个浅肤色的女性，也是一位颇有成就的黑人作家，并因为她的浅肤色，她可以并且有能力装扮成一个白人妇女。也许是因为她有着白人和黑人的血统，她希望白人和黑人有着同样的权利。

小说中的次要人物与这两个主要的女主人公相互作用，引导读者去关注美国社会中长期存在的种族身份问题。艾琳的丈夫布莱恩·瑞德费尔德（Brian Redfield）和克莱尔的丈夫杰克·贝娄（Jack Bellow）是两个相对立的角色：布莱恩无法忍受美国黑人所受的不公平待遇，一直以来就幻想着能够举家迁往巴西，希望能在这里逃避美国内战及二战后存在的激烈种族冲突，并希望他的孩子们能够在健康的环境里成长；杰克是一个坚决的白人种族主义者，他鄙视黑人，比如他说过当他和克莱尔刚结婚的时候，克莱尔还像一朵百合那样洁白，但是她的肤色越来越暗，于是他就给妻子起了个昵称叫做"黑妮"（Nig）。艾琳和克莱尔与这两个男人的婚姻使她们和读者们对传统婚姻下的家庭产生了质疑，表现出了这两个曾经是好朋友的女人之间错综复杂的关系。

三、评价

拉森主要是凭借她的两部小说《流沙》和《逝去》而出名，这两部小说都使用了讽刺和象征主义，关注了身份、边缘性、种族、性意识的觉醒以及阶级问题。这两部小说也使拉森成为了20世纪20年代最优秀的作家之一，同时也是哈莱姆文艺复兴运动最有名的黑人作家。美国著名黑人女作家艾丽斯·沃克说过："《流沙》和《逝去》是两部我永远都不会忘记的小说。几年前我第一次读它们的时候，它们为我打开了一扇门，通向一个对我来说似乎充满经历和斗争的世界。"[①]

拉森的作品对黑人世界观察准确，但她只是从女性的视角来看待这个黑人世界。她作为黑人的经历使她渴望能够在一个完整和谐的世界里生活，她在她的作品中也表达了这样的愿望。拉森在1930年的时候获得了

---

① http://www.amazon.com/Quicksand-Passing-American-Women-Writers/.

古根海姆奖,她也是第一位获此奖项的黑人妇女,她因此能去欧洲完成她的下一部小说,但是这部小说被出版社拒绝出版。无论如何,拉森是一个出色的作家,不幸的是她早早就结束了她的文学生涯。1933 年,拉森和有婚外恋的丈夫离婚。从第二年起一直到她生命的结束,她一直在布鲁克林当一名默默无闻的护士,与她在哈莱姆的朋友毫无联系。尽管有证据说她之后写了两部小说,但是她没有再发表任何作品。

今天我们不得不遗憾地说,拉森是位颇有天赋的作家,她本应该创造出更多出色的作品。尽管她生命的最后是在默默无闻中度过,但是今天拉森的作品又得到人们的重视,她的知名度也得以上升。当代不少批评家都把她当做哈莱姆文艺复兴时期最为复杂的一位小说家,她两部代表性的小说为妇女们寻求她们复杂的身份提供了榜样。

参考文献

1. Davis, Thadious. *Nella Larsen: Novelist of the Harlem Renaissance*. Baton Rouge: Louisiana State University Press, 1994.

2. Lewis, David Levering. *When Harlem Was in Vogue*. New York: Vintage, 1981.

3. Watson, Steven. *The Harlem Renaissance: Hub of African-American Culture, 1920-1930*. New York: Pantheon, 1995.

61. 狄琼拿·巴恩斯

（Djuna Barnes）

一、作家介绍

狄琼拿·巴恩斯（Djuna Barnes，1892–1982）出生于纽约一个古怪的波希米亚家庭。母亲是个小提琴爱好者，还经常写诗，然而父亲却玩世不恭，也没有尽到父亲的责任。后来全家迁往长岛，不久父母分居。由于家庭的原因，巴恩斯小时候一直未能上学。后来她终于进了曼哈顿的一所艺术学校学习绘画。巴恩斯虽然没有受过很好的正规教育，但她十分重视读书，也爱好文学。她几乎熟读了英国文艺复兴时期的全部文学作品，还有王尔德（Oscar Wild）和弗洛伊德的作品。在她早期的新闻创作中明显可以看到她受王尔德和其他颓废派思想影响的痕迹。弗洛伊德思想和世纪末文学（fin de siecle）对她的创作影响也很大。巴恩斯在创作初期写了不少散文，其中大都发表在《布鲁诺斯周刊》（Bruno's Weekly）和《纽约晨报》（New York Morning Telegraph）上。这些作品基本上体现了她的审美立场和对美国中产阶级虚伪保守价值观念的批评态度。尤其值得一提的是，巴恩斯还对当时普罗温斯敦演艺界提出了不少批评，认为他们演出的戏大都是为了让人消磨时间，并无多大艺术价值，然而她又觉得这样的戏剧真正体现了美国灵魂的本质：匆忙、浮夸、卖弄和粗俗[1]。

巴恩斯创作的第一本书是《厌女之书》（The Book of Repulsive Women，

---

[1] Djuna Barnes, "Three Days Out," *New York Morning Telegraph*, Sunday Magazine, 12 August, 1917, p.4.

1915）。虽然这部作品当时没有引起读者的关注，但它毕竟奠定了作者文学创作的基础。此后雄心勃勃的巴恩斯决定既要画画，又要写小说，实现二者的兼顾。第一次世界大战时期，她一度住在格林尼治村，以自由记者的身份为当时纽约布鲁克林的一些小报写稿谋生。与此同时，她开始与周围的女性朋友交往，并缔结了一种默契的关系。这种同性关系是巴恩斯成人感情生活的主要内容。1919 年她来到欧洲，从此她的生活又翻开了新的一页。她已不再仅仅是美国艺人圈中的一员，而是逐步成为一名具有国际声誉的人物。尽管如此，她仍摆脱不了美国波希米亚人的文化习性。旅欧期间，巴恩斯结识了纳塔莉·巴尼（Natalie Barney）和古根海姆夫人（Peggy Guggenheim）[①]，还专门采访过英国现代派文学大师詹姆斯·乔伊斯，并与海明威等年轻作家交上了朋友。1923 年巴恩斯出版了她的第二本书，这是一部融诗歌、短篇小说、戏剧和绘画于一体的书，后来再版时改名为《马夜》（*A Night Among the Horses*，1929）。

30 年代的巴恩斯基本上住在英国，她先寄宿在古根海姆夫人家，后来独自住在伦敦。在那里她还得到了 T. S. 艾略特的赏识。1939 年巴恩斯回到法国作短暂停留，当时因德国入侵法国未能及时离开。后来她在古根海姆夫人的支持下设法离开了法国，终于重返纽约格林尼治。由于经济问题，她不得不重操旧业，以卖画谋生，同时也继续从事文学创作。评论家劳伦斯·兰纳（Lawrence Langner）曾经评论说："巴恩斯的剧作能把一种惊人的戏剧情感与一种使笔下人物、事件既让人激动又让人困惑的连贯表达法结合起来。"[②]

二、代表作

巴恩斯爱上了美国艺术家特尔玛·伍德（Thelma Wood），二人的恋爱关系保持了差不多近十年。巴恩斯与伍德的恋爱是 20 世纪 20 年代巴恩斯的情感来源，也是她感情生活的转折点，这种关系后来成了她创作的小说《奈特伍德》（*Nightwood*，1936）的原型。这是一部十分奇特的作品，

[①] 巴恩斯是当时有名的同性恋鼓吹者。而古根海姆夫人是有名的文学艺术爱好者，也是各种艺术画展的主持或赞助人，后来文学界就以她的名字命名"古根海姆文学奖"，奖励那些有成就的作家。

[②] Lawrence Langner, *The Magic Curtain*, New York: E. P. Dutton, 1951, p.110.

曾得到艾略特的好评。小说的开头四章采用了全知全能的叙述视角集中介绍作品中的一位主要人物及其不寻常的一些经历。不过在写"诺拉"这一章时，巴恩斯笔锋一转，意外地插入了第三者的声音，用以描述诺拉和罗宾相见、一起旅行然后同居的情形。尽管罗宾经常外出，并另有所爱，即詹妮·裴瑟布利奇，但诺拉还是与之同居。小说中两个妇女一起"回家"那一幕常常引起争议，被学界指责有女同性恋倾向：

> 后来有一个晚上我们同时来到了花园。虽然已经很晚，但房间里的小提琴依然在演奏。我们俩坐在一起，默不作声，各自欣赏音乐，羡慕乐队里那位唯一女性的演奏[①]。

从小说的内容来看，《奈特伍德》的确描写了梦魇般的女同性恋故事，以及一个厌世旁观者奥康纳博士的见闻传奇。作品描述了罗宾这个年轻、神秘的女子，以及她如何与一群求爱者周旋的经过。小说的重心不是情节，而是表达心理，表现了不同人物的内心情感反应，此外作品关注的还有语言学和表现意味方面的问题。全书充满了冗言赘语，以及性的神秘与纠葛，自传色彩很浓。

在"去吧，马修"（Go Down Matthew）这一章里，巴恩斯还写到了1917年全家分开的情形：

> 全家分手后，我来到了纽约。当时父亲用一辆装麦子的手推车推我们，然后说了声再见。他连手都没有朝我们招一下，也不回头看一看。一路上，我的小弟弟躺在草上，脸朝下。正是因为如此，他的成长格外与众不同。而我得拼命挣钱养活自己，还要给他们花钱。

小说《奈特伍德》于1936年出版时，艾略特专门为之作序，并称它是一部"以风格取胜，语汇优美"的作品，在恐怖与命运的描写方面具有伊丽莎白时代悲剧的特征[②]。批评界认为《奈特伍德》不仅是女同性恋文学的经典，更是整个20世纪文学中的一部伟大的作品。

[①] "John Hawkes:An Interview，" *Wisconsin Studies in Contemporary Literature 6*, Summer 1965, pp. 143-144.

[②] "John Hawkes:An Interview，" *Wisconsin Studies in Contemporary Literature 6*, Summer 1965, pp. 143-144.

三、评价

在现代美国文坛上曾经活跃着两位智慧超群的奇特女作家,即斯泰因和巴恩斯。前者一直是美国文学界尊崇的楷模,被誉为曾经影响了一代作家的作家,是美国现代主义文学运动的先驱;而后者则备受冷落,在近乎绝望中走完了自己的人生旅途。然而随着时光的流逝和审美情趣的不断更替,人们不禁发现后者同样也是一位伟大的作家。虽然巴恩斯生前并没有像斯泰因那样呼风唤雨,将旅欧作家云集身边,但她在革新文学观念和创作题材方面所表现出的胆识丝毫不亚于文坛明星斯泰因,她也称得上是美国文学史上的佼佼者。

晚年的巴恩斯是凄凉的,她孤身一人,形单影只,虽然写了不少诗作,但几乎无人问津,成了一个被遗忘的孤身老妇人。直到1981年她才获得了美国全国艺术基金资助,然而此时她也已是风烛残年了。第二年,巴恩斯在悲凉和遗憾的交汇中走完了自己的艺术生涯。她生前写作的《动物字母表》(*Creatures in an Alphabet*) 在她去世后不久得以出版,也算是对她最好的纪念。在学术界的心目中,巴恩斯的文学地位不容抹杀。正如安德鲁·费尔德(Andrew Field)在评价她的创作风格时说的那样:"巴恩斯小姐的散文风格称得上是唯一可以与乔伊斯相媲美的女作家,在某些方面她甚至超过了乔伊斯,尤其在用词的准确和意象的生动方面……一种既出自必然又具有独创性的文风是所有写作风格中最强有力的;因为它在使我们消除对它的敌意的同时,还能以新颖吸引我们。这就是巴恩斯的天赋。"[1]

巴恩斯早期创作中的最佳作品往往是在开头和结尾之间架起了一条通道,不仅首尾对应,而且在结构平行方面也显示了完整和匀称。总体上讲,巴恩斯的早期创作基本体现了"先锋派"文学和实验文学的气质与特征。无论在文学内在含义的思考方面还是在创作主题的开拓方面,她都进行了一种"永恒的"创作尝试,而恰恰是这样一种创作实验精神不断鼓舞着一代又一代作家去实现自己创新的梦想。著名后现代小说家约翰·霍克斯(John Hawkes)曾在1964年的一次访谈中还专门强调了这种永恒的

---

[1] "John Hawkes: An Interview," *Wisconsin Studies in Contemporary Literature 6*, Summer 1965, pp. 143-144.

创作实验。他认为这是一种创新，是文学创作应有的品质。当代著名巴恩斯研究专家彻利尔·普卢姆（Cheryl J. Plumb）也在一定程度上肯定了巴恩斯的创作，认为她属于那种语言艰涩、深奥、不易读懂的作家。普卢姆十分赞赏巴恩斯创作中的艺术质地，并把阅读巴恩斯的作品看做是一种受益的过程。在普卢姆看来，读者一旦进入巴恩斯的艺术世界就会对她的艺术观感兴趣[①]。的确，巴恩斯在作品中强调的是个人与自我欲望和现实世界之间的尖锐矛盾，她的早期作品大都是在批判美国中产阶级狭隘的迂腐生活，这从侧面又反映了她对传统价值观的反叛意识。巴恩斯把中产阶级追求成功与看似受人尊重的生活方式看做是一种对人类致命性的逃避，因此她在创作中比较注重人物的非理性，突出人的个性自由。

狄琼拿·巴恩斯是 20 世纪美国文学史上一位奇特的女作家，也是 20 世纪美国文坛传出的一种独特声音。她一生的作品并不算多，但她对生活颓废和情感异化的刻意描写的确给美国现代文坛带来些许生机。她的小说所揭示的那种困惑和怪诞颇具超前意识，不愧为 20 世纪二三十年代现代派小说的实验典型。巴恩斯对意识流技巧的广泛使用和对笔下人物心理意识的细腻描写完全可以与乔伊斯和福克纳相提并论。

参考文献

1. Stanley, Deborah A., ed. *Contemporary Literary Criticism*. Detroit: Gale，Vol. 3，1975，Vol. 4，1975，Vol. 8，1978，Vol. 9，1979，Vol. 29，1984.

2. Beach，Sylvia. *Shakespeare and Company*. New York: Harcourt Brace，1959.

3. Broe，Mary Lynn，ed. *Silence and Power: A Re-evaluation of Barnes*. Carbondale: Southern Illinois University Press，1986.

4. Field，Andrew. *Djuna: The Life and Times of Djuna Barnes*. New York: Putnam，1983 (published in England as *The Formidable Miss Barnes:

---

① Cheryl J. Plumb, *Fancy's Craft: Art and Identity in the Early Works of Djuna Barnes*, Selinsgrove: Susquehanna University Press，1986，p. 103.

The Life of Djuna Barnes. London: Secker & Warburg, 1983).

5. Gildzen, Alex, ed. *A Festschrift for Djuna Barnes on Her 80th Birthday*. Ohio: Kent State University Libraries, 1972.

6. Hyman, Stanley Edgar. *Standards: A Chronicle of Books for Our Time*. New York: Horizon Press, 1966.

7. http://college.hmco.com/english/heath/syllabuild/iguide/barnes.html.

8. http://www.jbeilharz.de/dbarnes/repulsive.html.

9. http://www.pseudopodium.org/kokonino/tq/barnes.html.

10. http://www.studiocleo.com/librarie/barnes/djunabarnes.html.

62. 赛珍珠

（Pearl S. Buck）

一、作家介绍

赛珍珠（Pearl S. Buck 或 Pearl Buck，1892 – 1973），本名珀尔·布克（赛珍珠是她模仿清末名妓"赛金花"为自己起的中文名字），美国作家。1932 年她凭借小说《大地》（*The Good Earth*，1931）成为第一位获得普利策小说奖的女性，1938 年又获诺贝尔文学奖。她是唯一一位同时获得普利策奖和诺贝尔奖的女作家，同时也是作品流传语种最多的美国作家。

赛珍珠出生于弗吉尼亚州西部，父母是美国南方长老会的传教士，他们于 1895 年一同来到中国的镇江。赛珍珠在那里长大成人，首先学会了汉语，并习惯了中国风俗，然后她母亲才教她英语。赛珍珠前后在中国生活了三十四年，其中有十八年是在江苏镇江度过，可以说镇江是赛珍珠人生观和世界观初步形成的地方，她也由此踏上了写作之路。赛珍珠来到中国后也和绝大多数中国孩子一样接受中国传统的私塾式教育，说中国话，写中国字，和中国孩子一块儿玩耍。童年的赛珍珠印象最深的是奶妈给她讲的各种民间传说和厨师所讲的《三国》、《水浒》故事。这些口头文学以丰富深厚的精神内涵滋养了赛珍珠的精神世界，更对她以后的文学创作产生了很大的影响。赛珍珠 17 岁时回到美国，进入弗吉尼亚州伦道夫·梅康女子学院（Randolph-Macon Woman's College）攻读心理学，毕业后又回到了中国。

1917 年，她与传教士约翰·洛辛·布克（J. L. Buck）结婚，从事传教工作。婚后她随丈夫迁居安徽北部的宿县，而在此期间的生活经历也成为她日后闻名世界的小说《大地》的素材。1921 年秋她的母亲去世后，全家迁至南京。1927 年北伐军进入南京，她离开中国。1921 年至 1933 年，她与布克曾长期居住在她任教的金陵大学分配给他们的两层楼房里。在这里她写出了于 1938 年荣获诺贝尔文学奖的长篇小说《大地》，并最早将《水浒传》翻译成英文在西方出版。赛珍珠在金陵大学外语系任教，并先后在东南大学、中央大学等校兼职教授教育学、英文等课程。她既要备课、批改作业，又要参与社会工作，会见中外各界人士，还要修剪家中花园的大片花草，忙得不可开交。在这一时期，许多我们非常熟悉的名人和巨匠如徐志摩、梅兰芳、胡适、林语堂、老舍等人都曾是她家的座上客。1934 年她与布克离婚，并于 1935 年与约翰·戴公司总经理、《亚细亚》杂志主编理查·沃尔什结婚，她也进入约翰·戴公司任编辑。之后的她在宾夕法尼亚州的农庄里从事写作。

由于中国政局陷入混乱，同时为了与女儿和丈夫团聚，赛珍珠于 1934 年告别了中国，回国定居。回国后她仍笔耕不缀，还积极参与美国人权和女权活动。1942 年夫妇二人创办了"东西方联合会"（East and West Association），致力于亚洲与西方的文化理解与交流。1949 年，出于对当时的收养政策歧视亚裔和混血裔儿童的义愤，她还创立了国际化的收养机构"欢迎之家"（Welcome House）。在后来的五十年里，这个机构帮助了超过五千名儿童。1964 年，为了帮助不符合收养条件的儿童，她还成立了"赛珍珠基金会"（Pearl S. Buck Foundation）。

赛珍珠于 1922 年开始从事写作。她作品的题材包括小说、小故事、剧本和儿童故事。她的作品和生活有着紧密的联系。她试图向她的读者证明，只要愿意接受，人类是存在着广泛的共性的。她的作品主题涵养了女性、（广义的）情感、亚洲、移民、领养和人生际遇。赛珍珠的其他作品还包括《母亲》（The Mother, 1933），该作品叙述了没有名字的女主人公从新婚至晚年的生活，她和书中的其他人物都没有姓名。1936 年的两本传记《异乡客》（The Exile）和《战斗的天使》（Fighting Angel）详细记载了赛珍珠母亲与父亲的出生、青少年生活和来华传教的经历，生动刻画了人物形象。更重要的是这两部作品深入地解释了她父母的内心世界，以及他们和周围世界的关系。二次世界大战高潮的时候，赛珍珠发表了《龙种》(*Dragon Seed*，1942)，反映了日本侵略给中国人民带来的巨大灾难。1950年发表的《同胞》(*Kinfolk*)是赛珍珠关于中国的另一部重要作品。《闺阁》(*Pavilion of Women*，1946)是赛珍珠第一幅对中国上层社会家庭生活的写照。《牡丹》(*Peony*，1948)是献给开封城内业已消失了的犹太民族的一部作品。赛珍珠的自传《我的几个世界》(*My Several Worlds*，1954)被列入《读者文摘》杂志俱乐部的首选书目，销量空前。《帝国女性》(*Imperial Woman*，1956)是她最长的一部小说，也是她比较成功的小说之一。《梁夫人的三个女儿》(*The Three Daughters of Madame Liang*，1969)虚构了一个发生在20世纪60年代中国的故事。

赛珍珠一生的创作以描写中国为多，但她的视野有时也会遍及亚洲其他国家。获奖作品《巨浪》(*The Big Wave*，1948)描述了一个日本渔村中的生存与死亡的故事。长篇历史小说《不死的芦苇》(*The Living Reed*，1963)描写一个家庭四代人在朝鲜半岛六十多年的生活经历。《小镇人》(*The Townsman*，1945)是赛珍珠回到美国后创作的描写美国拓疆时期小镇生活的作品。赛珍珠于1934年离开了中国回到美国，标志着她开始努力扩大写作范围。她没有抛弃远东地区，然而除了这个题材以外，她不但以东西方世界的结合为题，而且也单纯以美国为题材进行著述。赛珍珠用约翰·赛奇斯(John Sedges)的笔名写了五部以美国为题材的小说，这些作品着重描写了一些她自认为是标准美国人的形象。大多数作品都受到了欢迎，并取得了成功。但是这些作品与她获得诺贝尔奖前不一样，它们未能引起评论家们的注意，甚至连温和批评性的支持都没有。

1972年尼克松访华以后，她主动支持美国国家广播公司(NBC)的专题"重新看中国"节目，并积极申请访华。但是由于当时的政治氛围，她的访华申请遭到了拒绝。1973年5月6日，她于郁郁中逝于佛蒙特州(Vermont)的丹比(Danby)，葬于宾夕法尼亚州普凯西的绿山农场。她再也没有机会回到她热爱的中国大地。她病逝后，按其遗嘱，墓碑上只镌刻了"赛珍珠"三个汉字。

二、代表作

赛珍珠一生中共创作了超过一百部文学作品，其中最著名的就是《大地》(*The House of Earth*，1935)三部曲，这三部作品中又以第一部为最佳。

1. 第一部——《大地》（*The Good Earth*）

《大地》是作者根据她在安徽农村和南京生活的经历创作而成的，记述了农民王龙的一家。小说开始时，由于家境贫寒，王龙只能与黄姓大户领养的一个女佣结为夫妻，即故事中最令人难忘的角色阿兰。阿兰安分守己，不顾自己的需要，一心一意、毫无怨言地侍奉丈夫和公公，抚养孩子。同时，她又是一个有主见、意志坚强、十分能干的女子。她随丈夫起早贪黑忙在田头，又担当全部的家务。由于他们勤劳耕作、勤俭持家，家境逐渐好转。他们有了更多的土地，也添了孩子。然而一场旱灾席卷了农村，王龙家也被迫背井离乡逃往南方城市谋生。王龙先是拉人力车，后为躲避征兵改在夜间拉货车。每晚他都汗流浃背。而他的妻子、儿女和年迈的父亲则在街上乞讨。一天，一大户人家遭劫，王龙和妻子被愤怒的人流卷进了大门。王龙捡到了些钱财，阿兰更凭她在大户人家当过女佣的经验，在混乱中找到了房主藏匿的珠宝。回到家乡后，王龙很快把这些意外的财富转变为真正的财富——土地。由于辛勤耕作，他们的日子很快富裕起来，王龙开始过起了地主的生活，他娶妓院歌女当偏房，还为之盖起了后院新屋。儿子与小妾闹私情，王龙送大儿子去南方进学堂，而让二儿子去粮食市场当学徒。王龙还买下了黄家大院。郁郁寡欢的阿兰终于大病一场，不治身亡。年迈的王龙把家产交给儿子管理，自己仍念念不忘土地。小说结尾时，二儿子跟他哥哥说："我们把这块土地卖了，得钱平分……"老人无法抑制自己的愤怒，颤抖着叫道："败家子呀——要卖土地？！谁卖地，谁家就倒霉。"儿子们口头上敷衍说不卖，背着王龙却互使眼色。土地本是王龙的命根子，经历过旱灾饥荒、洪水和土匪的他深知离不开、抢不走的只有土地。赛珍珠将中国农民的土地情结和家庭观念作为《大地》的主要内容，也作为中华民族的基本精神介绍给西方，很快得到经受过经济大萧条的西方读者的理解。

2. 第二部——《儿子们》（*Sons*）

该书叙述了王氏家族与土地分离的第二代人的生活。老大和老二是经济和政治的投机者。老三王虎开始比较正直，后来也堕落成军阀，他自私自利、凶狠毒辣。最后，亲生儿子和他断绝关系，他也被迫退隐到王龙的旧宅。小说中三个儿子一一失败，使人们想起王龙提醒他们不要离开土地的忠告。

3. 第三部——《分家》（*A House Divided*）

《分家》叙述了王龙家第三代的生活，突出表现了中国的内战和时局混乱对个人命运的影响。主人公王源是王虎之子、王龙之孙。他不想追随父亲粗俗冒险的从军之路，而是决定做一名学者和诗人。王源是作者眼中的中国青年，他生活在过去和未来之间，对孔子、蒋介石、革命一概失去希望，没有始终如一的信仰。王源虽然热爱思考，但总处在矛盾和忧郁之中。他涉足革命，但对革命缺乏信念。他同情农民的不幸，却不能认同他们。尽管他在美国读大学时成绩优秀，但深感局势动荡，使他无处施展才能。国难当头，王源却不知所措。从他身上可以看出赛珍珠对中国前途的忧虑：废除帝制仅仅带来战乱，而王源这代年轻人难以担当起建设新国家的重任。

在《大地》三部曲中，赛珍珠用力最多、写得最精彩的是第一部，共三十四章；第二部次之，有二十九章；第三部最少，仅四章。这样逐渐递减的写法，似乎也喻示着一个家族的逐步式微，从而使叙事的进程和故事的发展形成了平行的关系。赛珍珠在总结中国传统小说的特点时说了三点：一是人物塑造，二是故事叙述，三是平易流畅。《大地》完全具备这三个小说要素。赛珍珠是写传记的高手，刻画人物形象是她的最强项。她的故事一环套一环，欲断还连，绵延不绝，延伸衍射，似乎有无穷的事情在人物身上发生，有生有死，有平淡有激烈，有播种有收获，有灾难有幸福。赛珍珠用最简易的语言使故事看似复杂，其实还是平铺直叙，仿佛所有情节包括在革命的混乱之中，即便男主人公抢到了金子、女主人公拾到了银子那样古怪的情节读起来都自然而然。

这部小说当时在美国一出版，就有人说，在赛珍珠之前"从未有人在小说里描写中国"，还有人说，此书能使读者"了解中国的一切"。诺贝尔奖评委会认为，它至少描写了中国农民的生活，因为赛珍珠通过对中国一个典型家庭的叙述来暗示整个中国社会。她在书中的人物和故事上有机而高明地嵌入了中国的种种风俗习惯、文化传统，尤其是根深蒂固的民间信仰、百姓观念，如婚丧嫁娶的各种仪式以及附着在仪式上的合理解释，哪怕是迷信的说法,她都一五一十地展现了出来。近来甚至有学者从民俗学的角度对她的作品展开研究。

三、评价

赛珍珠是世界上唯一一位以写中国题材的作品而获诺贝尔文学奖的作家。她八十多年的生命历程中大部分在中国度过,一直视中国为第二故乡。赛珍珠一生创作了一百一十五部作品,是世界上最多产的作家之一。她与中国、中国人和中国文化结下了不解之缘,几乎她所有的作品都与中国相关。在西方普遍蔑视中华民族和中国文化,或把它们神秘化、离奇化的历史背景和氛围中,赛珍珠以其长期在中国不同阶层生活的亲身经历和对中国文学和中国文化的深入了解为底蕴,与众不同地把中国人"不是放在与西方人,而是放在与其他中国人的相互关系中加以描述"[1]。赛珍珠的这些作品影响了欧美国家好几代人对中国和中国人民的看法。正如一位英国学者指出的,赛珍珠和她的作品"为数以万计的欧洲人民提供了第一幅关于中国农村家庭和社会生活的长卷"[2]。其实,在美国、欧洲、日本、以色列和澳大利亚,不少学者和普通百姓都因为小时候读了赛珍珠的小说,才开始对中国产生了兴趣,进而开始关注中国人民的生活与命运。

赛珍珠文学创作的成功在中国本土和华人中引起了不小的争论,并对赛珍珠在中国的接受产生了持久的影响。中国的评论界对这位曾生活在他们中间的美国女作家同样有着浓厚的兴趣。自1930年发表第一篇评论《东风西风》的文章起,到1934年赛珍珠回美国定居为止,中国的报刊、杂志和译本的序、跋、后记上,至少发表了五十篇介绍或批判赛珍珠及其小说的文章,其中大多数对其人其作持肯定态度。当然,这些评论中也有一些褒贬参半的文章,其中以我国著名出版家和文学批评家赵家璧先生的《布克夫人与王龙》[3]最具代表性。最后一类文章从根本上否定了赛珍珠小说的艺术品质和认识价值,这部分中国作家对赛珍珠的作品进行了严厉批评。当然这其中原因很多,有的批评是源于两种根本不同的世界观和创作方法,还有便是对文学的性质及功能的不同理解。对于赛珍珠的诸多批

---

[1] Elizabeth Croll, *Wise Daughters from Foreign Lands-European Women Writers in China*, p. 210.
[2] Elizabeth Croll, p. 209.
[3] 赵家璧:《布克夫人与王龙》,《现代》,1933年第3卷第5期,第639~649页。

评中,影响最持久的也许应数鲁迅的短短一段话。鲁迅说:"中国的事情,总是中国人做来,才可以见真相,即如布克夫人,上海曾大欢迎,她亦自谓视中国如祖国,然而看她的作品,毕竟是一位生长在中国的女教士的立场而已……她所觉得的,还不过一点浮面的情形。只有我们做起来,方能留一个真相。"[①]

参考文献

1. Bitonti, Tracy S. "Pearl S. Buck." in Bucker, Park. *Nobel Prize Laurentes in Literature, Part 1: Agnon-Eucken*. Detroit: Thomson Gale, 2007.

2. Conn, Peter J. Pearl. *S. Buck: A Cultural Biography*. New York: Cambridge University Press, 1996.

3. Stirling, Nora B. *Pearl Buck, A Women in Conflict*. Piscataway, New Jersey: New Century Publishers, 1983.

4. http://www.psbf.org.tw/.

5. http://www.pearl-s-buck.org/.

6. http://news.xinhuanet.com/book/2005-02/04/content_2546144.htm.

7. http://news.xinhuanet.com/book/2005-09/05/content_3445974.htm.

8. http://qkzz.net/magazine/1672-8971/2007/05/10034674_2.htm.

[①] 鲁迅:《1933年11月15日致姚克的信》,《鲁迅全集》第12卷,人民文学出版社,1981年。

63. 艾格尼丝·史沫特莱

（Agnes Smedley）

一、作家介绍

艾格尼丝·史沫特莱（Agnes Smedley，1892 – 1950），美国著名记者、"左翼"作家，以对中国革命的报道著称。1892年，史沫特莱出生于美国密苏里州，10岁的时候随父母移居科罗拉多州。15岁以前，她对外面的世界很陌生。然而，她不满足于当时大多数妇女整天围着锅台转的命运。16岁那年，母亲去世，但是母亲对她的教导，比如"妇女应该通过教育自我解放"的观点在她的内心深处深深扎下了根。由于生活所迫，她当过侍女、烟厂工人和书刊推销员。1911年，她到亚利桑那州坦佩师范学校一面当清洁工，一面做旁听生。后来在《纽约呼声报》任职。史沫特莱曾和瑞典工程师布伦廷结过婚，但两人的婚姻维持的时间不是很长，因为在她看来"友谊更合于人性"。

1917年，史沫特莱开始为宣传社会主义思想的报纸《号角》以及《节育评论》撰写文章。1918年，她因声援印度独立运动被美国政府以破坏美国中立法活动的罪名关进监狱，直到一战结束才被宣告无罪释放。次年，史沫特莱离开美国来到德国，参加了一个名叫"柏林印度革命委员会"的组织，并与印度流亡领袖维云同居八年。但是两人还是于1928年底分手。在德国期间，史沫特莱积极投身于印度民族解放运动，曾在柏林会见了尼赫鲁。这期间她还曾试图攻读柏林大学的哲学博士学位，但终因生活的压力而放弃了这一计划。史沫特莱在1929年完成了自己的第一本自传体小说《大地的女儿》（The Daughter of the Earth）。书中生动记录了作者幼年和青年时期的苦难和遭遇，尽管有虚构成分，但仍比较忠实地记录了她自己如何通过发奋努力、刻苦学习，最后成为有一定影响的记者和作家的生活历程。

1929年初，她以《法兰克福日报》特派记者（后任英国《曼彻斯特卫报》驻中国特派员）身份来到中国，在上海参加进步文化运动。在这之前，她花了近两年的时间研究中国革命的历史和现状，对中国的国共合作及其之后的统一战线的破裂等都有了比较详细的了解。在中国期间，史沫特莱结交了许多朋友，其中包括给她很大影响的鲁迅和茅盾先生。出于对中国革命的同情，她还同哈罗德·艾萨克斯共同在上海创办激进刊物《中国论坛》。同年，她参加了由宋庆龄女士担任主席的中国第一个民权保障同盟，为中国人民争取民权而努力，并设法营救过中国女作家丁玲。1933年，史沫特莱的第一部关于中国的作品《中国命运》由美国先锋出版社出版，作品充分体现了作者对中国人民的同情与支持。她的第二本书《中国红军在前进》（*China's Red Army Marches*）于1934年在莫斯科出版。1934年，史沫特莱大部分时间居住在美国。同年年底，她再次来到中国，这次是到中国的西北。西安事变爆发时，史沫特莱主持英语广播节目，痛斥国民党电台宣传的关于红军占领西安到处杀人放火的谎言。

1937年1月，她来到延安，对当时共产党的工作进行了著名的报道。她还见到了工农红军总司令朱德，并于几次交谈后创作出了朱德的传记《伟大的道路：朱德同志的生平》（*The Great Road: The Life and Times of Chu Teh*），比较详尽地记载了朱德前六十年所走过的风雨人生。后来，她又来到了山西太原采访，并呼吁国际援华医疗队来到中国，动员了包括白求恩大夫和柯棣华大夫在内的一大批加拿大医生和印度医生来中国的根据地工作。1940年9月，她因病回到美国，回国后的她继续宣传中国人民抗日战争的事迹，为争取国际援助与道义上的同情而不懈努力。她于1943年完成的《中国战歌》（*Battle Hymn of China*）被认为是第二次世界大战期间报道战地情况的最佳作品之一。

当史沫特莱得知新中国成立的消息时，她打算再度来到中国，但因为健康原因这一愿望成为了永久的遗憾。她临死前留下遗嘱，要把骨灰埋在中国的土地上。1951年5月6日，在她逝世一周年之际，她的骨灰被安放在北京八宝山革命烈士公墓，朱德同志亲自题词"中国人民之友，美国革命作家史沫特莱女士之墓"。

二、代表作

《伟大的道路：朱德同志的生平》（The Great Road: The Life and Times of Chu Teh）倾注了史沫特莱全部的心血，不仅记录了中国人民敬爱的朱德同志60岁以前所走过的道路，同时也生动地展现了中国新民主主义革命历史的一幅壮丽多姿的画卷。自从它在1955年以日文译本初版问世以来，全世界已先后出版了德、俄、法、西班牙、孟加拉、丹麦、意大利等八个语种的译本，在各国进步人士中产生了深远的影响。

史沫特莱后来谈到了这本书的形成过程。在朱德总司令的窑洞里，史沫特莱注视着像农民老大爷一样的总司令，她说："我希望你把这一生的全部经历讲给我听！……因为你是一个农民。中国人中十个人有八个是农民，而迄今为止，还没有一个人向全世界谈到自己的经历。如果你把身世都告诉了我，那么你就是第一个表达自己的中国农民。"她认为游击战会引起西方社会的同情，因此考虑选择一位游击战的领导来进行创作。之所以选择朱德，也许是她认为朱德比较知名，更主要的是考虑到朱德年龄大一些，个人经历曲折，而且朱德的革命经历从某种程度上反映了那个时代。另一个原因是朱德的长者之风吸引了她。史沫特莱一生中有三个她所崇敬的长者：一个是印度的尼赫鲁，一个是鲁迅，再有就是朱德。她感觉朱德像父亲。

随后朱德答应了史沫特莱的恳求。在3月至7月间，朱德每星期抽出两三个晚上同她进行交谈。朱德根据她的要求，从自己的家世谈起，着重谈了怎样走上革命道路，为什么当红军，一直谈到工农红军的二万五千里长征。其间他们进行了几十次谈话，成为了史沫特莱后来写《伟大的道路》的基本素材。史沫特莱还帮助中国共产党向尼赫鲁写信，请印度派医疗队支援中国的革命，这封信的英文也是由史沫特莱执笔的。后来印度医疗队来到了中国，其中包括柯棣华医生。柯棣华医生是中印关系中很重要的一个人物，后来在张家口不幸牺牲。当印度医疗队到达汉口的时候，史沫特莱去迎接，并帮助他们到达八路军驻地。

由于战争和动乱，史沫特莱到1945年才开始专心致志地撰写朱德传记《伟大的道路》，直到1950年她逝世前才完成。遗憾的是，《伟大的道路》一书直到1955年才在日本以先连载后出书的形式首先问世。1956年美国出版了英文本。1959年4月，中国的生活·读书·新知三联书店出版了梅念的中译本。与斯诺的《西行漫记》一样，《伟大的道路》也把红军长征作为书中最重要的篇幅。《伟大的道路》中专有"长征篇"，共计四章，对长征进行了绘声绘色的描写，无论在字数还是细节上都远远超过《西行漫记》。

从史学的角度来看，《伟大的道路》的一个极有价值的贡献是最早披露了张国焘搞分裂的历史。据考证，这是英文著作中第一次最全面记录党中央与张国焘就北上还是南下两条路线的斗争，单就这一点来说，此书就已经值得一读了。

三、评价

史沫特莱于1928年底来华，在中国工作生活了十二年。她亲自护理伤员，组织医疗活动，用行动唤醒有良知的人们。她的《中国红军在前进》、《中国在反击》(*China Fights Back: An American Woman With the Eighth Route Army*)、《中国的战歌》(*Battle Hymn of China*)等专著向世界宣传了中国的革命斗争，成为了不朽之作。她访遍了中国华北、华中的大部分地区，用热情召唤更多的国际友人，一同为中国抗战出力。

史沫特莱在与八路军的接触中，深深地爱上了这支人民的军队。她随八路军总部转战各地，与八路军战士同吃同住，她关心普通士兵的生活，增进了与他们的感情。用她的话说："离开你们，就是要我去死，或者等于去死。"史沫特莱以她火热的心吸引着来华的外国人士。这些人虽然身份不同、政见不同，但都在史沫特莱的带动下积极地为中国抗战出力。在汉口工作时，史沫特莱多次访问美国大使馆，向大使和武官介绍八路军的活动。她多次接触约翰·戴维斯、弗兰克·多恩、史迪威和陈纳德。这些人后来成为影响美国对华政策的重要人物。史沫特莱把大部分时间和精力用在为中国红十字会募捐上，她不遗余力地宣传中国伤兵的英勇事迹和他们所处的困境。

同埃德加·斯诺一样，史沫特莱的名字并没有出现在经典的美国文学史中，但是他们关于中国革命的新闻报道以及关于中国共产党领导人的传记文学作品已被翻译成多种文字，吸引了海内外众多读者，成为了中美文化交流的宝贵财富。他们对中国革命所作的贡献，以及他们和中国人民的伟大情谊，也将永远留在中国人民的心中。

参考文献

1. MacKinnon, Janice R. and Stephen R. MacKinnon. *Agnes Smedley: The Life and Times of an American Radical*. University of California Press, 1990.

2. Major General Charles Willoughby. *Shanghai Conspiracy: The Sorge Spy Ring*. New York, 1952.

3. Price, Ruth. *The Lives of Agnes Smedley*. New York: Oxford University Press, 2004.

4. http://www.amazon.com/Great-Road-Life-Times-Chu/dp/0853452067.

5. http://www.spartacus.schoolnet.co.uk/USAsmedleyA.htm.

64. 多萝茜·帕克

(Dorothy Parker)

一、作家介绍

多萝茜·帕克（Dorothy Parker，1893 – 1967），原名多萝茜·罗斯查尔德（Dorothy Rothschild），又名多特·帕克（Dot）或多提·帕克（Dottie），美国诗人、短篇小说家、批评家、幽默作家、人权卫士。她机智犀利，能言善辩，妙语如珠，擅长辛辣的讽刺，对 20 世纪的城市弊病有敏锐的洞察力，是当时纽约文坛的传奇人物，而她的生活却充满了坎坷不平。她出生于新泽西州长枝市西区一个富裕但缺乏爱的家庭。帕克是家里最小也是最不受欢迎的孩子。父亲是个严厉冷漠的犹太制衣商，母亲是苏格兰人，在她 4 岁时就撒手人寰。后来继母、叔父、父亲也相继离世。帕克先就读于一个天主教语法学校，后去了一所女子精修学校，14 岁辍学开始自学，天资聪颖的她很快就学有所成。之后不久帕克就去了纽约，开始自食其力，她白天写作，晚上受雇为一家舞蹈学校弹奏钢琴。1917 年，她与一个华尔街股票经纪人结合，后因其服兵役于一战而分离，但她始终保留着丈夫的姓氏。

1916 年，她的一些诗歌开始在《名利场》(Vanity Fair) 的姐妹刊物《时尚》(Vogue) 上发表，后又成为该杂志的编辑。1917 至 1920 年，她经人介绍来到《名利场》工作，负责撰写短篇小说和戏剧评论。该杂志的编辑回忆说，她的语言反应之快令人瞠目结舌，更不用说讽刺的犀利程度了。凭借她在《名利场》的人脉关系，再加上她是当时唯一一位女戏剧评论家，帕克还受邀和另外两名作家在纽约成立了著名的阿尔冈琴圆桌会（Algonquin Round Table），而她是创建者中唯一一位女性，也常是与会者中唯一的一名女性，更是圆桌会上最引人注目的一位。这个聚会团体以丰富的学术言论和敏捷的才思而为人所知。后因风格过于犀利，她被迫离开了《名利场》，开始自由写作。1920 年至 1922 年间，她还为《生活》(*Life*)杂志写了很多文章。1922 年她发表了自己的第一篇小说《这样一张漂亮的小照片》(*Such a Little Pretty Picture*)。她从《纽约客》(*The New Yorker*)创立伊始就应邀加盟，并从 1927 年到 1933 年一直为其撰写书评、戏剧评论和短篇小说。她担纲的"忠实读者"专栏极受欢迎，读者拿到杂志先要读她的文章。当时的大学生也很崇拜她，因为她是美国在 20 世纪 20 至 30 年代建立起来的新的艺术和生活方式的杰出代表[1]。直到 1955 年，她的作品还不时出现在该杂志上。后来，帕克逐渐成长为一名独立的作家，共出版了七部短篇小说集和诗集。1926 年她的首部诗集《长绳集》(*Enough Rope*)面世，十分畅销，随后又出版了《落日枪支》(*Sunset Gun*，1928)和《死亡与税收》(*Death and Taxes*，1931)，后收录在《诗歌汇编：水井深深》(*Collected Poems: Not So Deep As a Well*，1936)中。她的诗歌充满嘲讽的口吻，语言直捷优雅，对爱情和现代生活问题直抒胸臆、畅所欲言。短篇小说集《此番欢乐过后》(*After Such Pleasures*，1932)和《墓志铭》(*Here Lies*，1939)对人性进行了深刻的揭露。她很崇拜海明威，对对话的喜爱也胜过描写。她最著名的短篇小说包括《一个电话》("A Telephone Call")、《华尔兹》("The Waltz")，以及 1929 年获得欧·亨利最佳短篇小说奖的《金发碧眼的高挑女子》("A Big Blonde")。

  20 世纪 20 年代，帕克多次游历欧洲，结识了厄纳斯特·海明威、F. 司各特·菲茨杰拉德等著名作家。这些经历对她的创作生涯大有裨益。1934 年，她与有着和她一样血统的年轻演员兼作家艾伦·坎贝尔(Alan Campbell)在新墨西哥结婚。夫妇二人回到洛杉矶，成为了炙手可热的银幕创作组合。他们共创作了十五个剧本。后来两人的婚姻又经历了一段波折。1937 年，她与人合作创作的电影剧本获得了奥斯卡金像奖；1959 年她又获美国艺术文学院奖，次年入选美国人文艺术科学院院士；1963 年，

---

[1] John Keats, *You Might As Well Live: The Life and Times of Dorothy Parker*, New York: Simon and Schuster, 1970, p. 9.

她成为了洛杉矶加利福尼亚州立大学的客座教授。如今已有两部关于多萝茜·帕克的电影问世。另外，她还登上了1992年8月22日发行的文学艺术系列邮票中的一枚面值二十九美分的纪念邮票。

帕克还是一位坚定的社会主义者。1927年，在审判萨科和万泽蒂一案中，她积极为这二人声援。此后她接受了社会主义的理想。1936年她曾帮助成立反纳粹联盟，1950年还因一本出版物被指为共产主义者，并受到联邦调查局的调查。

1963年丈夫服药自杀，帕克受到很大打击。同时，她自己也受到抑郁和酗酒的困扰，一生中几次自杀未遂，最后于1967年7月7日因心脏病突发病逝在沃尔内公寓里。她留下遗嘱，将自己两万零四百四十八美元的遗产遗赠给了马丁·路德·金博士基金会，并把部分版权留给了美国少数民族促进会。在她的墓志铭上，刻着"抚去我的尘土"这样的句子。

二、代表作

1. 《长绳集》(*Enough Rope*)

这是多萝茜·帕克的第一部诗集，收录了发表在《纽约世界》(*New York World*)上的诗歌和1926年的一些新作品，包括《一首很短的歌》、《不幸的巧合》、《一朵完美的玫瑰》、《摇篮曲》、《自由了》、《评论》、《损友》、《名声》等，探讨了她对爱、生命、名利等各个方面的思考。这部诗集销量很大，反响热烈，使她声名鹊起。作品中充满了智慧的火花，思想深邃、语言精练、讽刺犀利。那句著名的"女孩戴眼镜，男人少调情"就出自此诗集。《国家》(*The Nation*)杂志形容她的文笔"掩盖在漆黑鲜亮的表层之下，有冷峻的幽默和幻灭的刺痛"。

这部诗集的名字耐人寻味，它既有"上吊自杀"的含义，同时也可表示"尽情挥洒"。帕克选择这样一个标题或许是要传达一种信息，暗示她以及同时代人所共有的真实的生存状态——在某种程度上，那可以说是像行尸走肉一样生不如死的日子，这是当时社会的真实写照；而同时，在无法改变的现实面前，还要不停止抗争，尽情书写生命的精彩。这部诗集字里行间浸透着她的血和泪，可以说，同许多"迷惘的一代"的作家一样，她是在用自己的生命书写。而她就像一只不死鸟，四番自杀后仍顽强地活着，思考着，探索着生命的深度和广度。

2. 《金发碧眼的高挑女子》（*A Big Blonde*）

这是一篇自传性质的短篇小说。女主人公海兹尔·莫尔斯（Hazel Morse）是那个时代典型的回头率极高的高个子金发碧眼美女。她摩登又虚荣，穿戴讲究，脚上踏着小巧的高跟鞋，与那些围绕在她身边的男人们调情。可她一直认为自己是个正经人，以后或许会做出些真正的大事。就在这时，她遇到了荷比·莫尔斯（Herbie Morse），并与这个酒鬼闪电结婚。她在婚姻中找回了真正的自我，随心释放内心的情绪，像抱怨、悲伤、忧郁等。开始荷比对她小心呵护，但久而久之失去了耐心，开始离家出走。海兹尔试图挽回，却未能成功。两人开始大打出手、渐行渐远。但海兹尔心中想做正经大人物的想法并未泯灭，于是寂寞中的海兹尔开始酗酒、结交朋友。荷比搬到了底特律，而海兹尔投入了一个朋友艾德（Ed）的怀抱，后又与艾德生活在一起。艾德想让她快乐，而她的心却总是被忧郁包围。几年后，艾德去了佛罗里达，留给她一笔生活费，而她却并不思念艾德。接下来又有几个男人走进她的生活，但都是匆匆过客。她对生活失望至极，欢笑和成功似乎遥不可及，她想到了自杀，后被女佣所救。女佣及其男友的劝导并没有使海兹尔找到快乐，她又要了一杯酒，还是希望自己永远沉浸在酒精的麻醉中。

据称，帕克曾和"迷惘的一代"的代表之一 F. 司各特·菲茨杰拉德有过一段婚外情。菲茨杰拉德的生活无疑对帕克产生过一定的影响。作为成功的作家，菲茨杰拉德生活奢华，家道中落后开始酗酒，并最终送命。这无疑也对帕克产生了很大的打击，包括她的生活和创作。

故事剖析了海兹尔怎样一步步走向崩溃的边缘，又怎样在对生命与幸福的强烈欲望中挣扎。从故事中我们看到了帕克对生命和生存的思索：爱情、亲情、友情，交织在一起，自己到底属于谁？属于自己，还是眼前的这一切？帕克对这些存在主义的问题困惑不已。而这不仅仅是她个人的困惑，也是一个时代的困惑。帕克所经历的正是美国的迷茫时代，一战后的物质和精神变革使人们的生活和思维秩序被肢解，处在变革时代的她以质疑的眼光和口吻对待周围的一切，这使本来就孤苦的她更加缺乏信任和归属感，而这种归属感的缺失在那个时代似乎无法弥补，也无法抹平，只有通过遗忘来疗伤。可酒醒之后，还是无法改变的现状。帕克的心迫切地在寻找一个可以安息的地方。她的心举目所望,看到的却都是一样迫切的心灵。也许,只有这些文字和手稿,以及她深深热爱的读者,是她唯一可以牵挂、安息的地方,能够带给她最大的力量和慰藉。

三、评价

多萝茜·帕克是一位严谨的小说家,她热爱读者,在杂志社工作的经历和磨练使她熟谙读者的需求。她视读者为亲人和知己,为了读者她字斟句酌。她曾说过:写作中还没写好五个词就已经改了七次。这造就了她洗练的文笔和精深的思想,这也是为什么她深深推崇海明威的写作风格,她正是以海明威为榜样来磨练自己的。

"与其他美国作家相比,多萝茜更像是时代的产物:爵士时代、大萧条、社会主义的萌发与个人自由的妥协。"[1]她被引用最多的一句是"要想让孩子呆在家,最好的方法就是营造一个快乐的气氛"。而帕克这个从小缺乏爱的孩子,在当时那个动荡而迷茫的社会大家庭里却一直没有真正找到这种理想的气氛,因此她频频想要离开。"我知道嘲笑可能是一面盾牌,但他不是一件武器","好奇是无聊的药方,但好奇却没有了药方","只要不是真的,不在乎他们说我什么"……这些脍炙人口的句子都是出自多萝茜·帕克之手。帕克用手术刀一样的笔锋切割生活,但并非出自恨,而是更深沉的爱。也许正像她所说的,强烈的好奇心使她想知道关于生活和生命的一切奥秘,可生命的局限又反讽般地限制了这种可能性。正是这种悖论使她感到时而狂喜,时而无奈,而又无法割舍,无法放弃追寻的脚步。

她热爱生命,混血背景也使她有着强烈的人文情怀。一个不幸的弱女子,却凭着坚强和执着,拼搏奋斗在这个社会的惊涛骇浪中,尽着自己的一份力量。她坚定地信仰人人平等的社会主义理想,并为这一信仰付出良多。她为弱者的不幸和不平而呐喊奔走,甚至在身后还把自己的一切都捐献给他们。也许,这正是她一直在寻找的根之所在,也是她在《金发碧眼的高挑女子》中所描绘的那个一直怀揣着但却无法实现的理想之所在。

---

[1] Arthur Kenney, *Dorothy Parker*, *Revised*, New York: Twayne Publishers, 1998, pp. 154-155.

参考文献

1. Calhoun, Randall. *Dorothy Parker: A Bio-bibliography*. Westport: Conn. Greenwood Press, 1993.
2. Fitzpatrick, Kevin C. *A Journey into Dorothy Parker's*. New York, Berkeley, CA: Roaring Forties Press, 2005.
3. Frewin, Leslie. *The Late Mrs. Dorothy Parker*. New York: Macmillan, 1986.
4. Kenney, Arthur. *Dorothy Parker, Revised*. New York: Twayne Publishers, 1998.
5. Meade, Marion. *Dorothy Parker: What Fresh Hell Is This?* New York: Villard Books, 1988.
6. Parker, Dorothy. *The Collected Poetry of Dorothy Parker*. New York: The Modern Library, 1967.
7. http://litsum.com/big-blonde/.
8. http://rpo.library.utoronto.ca/poet/248.html.
9. http://www.bookrags.com/studyguide-bigblonde/bio.html.
10. http://www.kirjasto.sci.fi/dparker.htm.
11. http://www.naacp.org/about/history/dparker/.

第四章 20世纪的美国女性文学

第一节 20世纪前半叶

20世纪早期，新的科学技术迅速发展，随着汽车、飞机的出现，人们的生活节奏也日益加快。一系列的社会变迁也引发了文化产业的革命。与此同时，在男性中产生了对于女人地位的提高的焦躁和恐慌，担心女性会自此以后取代男性在社会中的地位和在家庭中的掌控权。这种焦躁与恐慌的心态在此时期的男性作家的作品中或多或少地有所反映，并成为20世纪早期男性作家所创作的描写女性的作品的主要特征。因此，这一时期由男作家创作的女性形象多是负面的，甚至许多女作家笔下的女性形象也受此影响。当然在这中间，也有许多作家创造了光彩照人的女性形象，但总体上来说，这一时期的文学作品的一大显著特点就是试图告诉人们，女性应如何作为。在这一时期，妇女解放运动迎来了一个新高潮，为妇女争取选举权的运动风起云涌。二次世界大战使许多男性肢体残缺，心灵受创，社会的工业化进程使人与人不断疏离，宗教在人们的心目中的地位不断衰落，许多人丧失了精神上的支撑，由此产生了海明威笔下的"迷惘的一代"，而许多男作家却将这些归咎于女性。正如劳伦斯在他的文章中所说的那样，"如果说男人永远不可能回到以前的掌控状态，那是因为女人与新科技一起使男人们变得如此无能"。尤其令跨入20世纪的男人担心的是正在崛起的"新女性"，她们穿短裙、留短发、崇尚性解放，她们在新科技中如鱼得水，热衷于跳舞、喝酒、开车，不安分于家庭的小天地。在男作家的笔下，这些女性具有很强的毁灭性。

文学作品中的女性形象

20世纪初，美国文坛两颗巨星——厄内斯特·海明威（Ernest

Hemingway）和斯科特·费茨杰拉德（F. Scott Fitzgerald）就分别塑造了两个最著名的具有毁灭性的女性形象。海明威的小说《太阳照样升起》(*The Sun Also Rises*, 1926) 中，布来特·爱斯丽（Brett Ashley）即是一位一反传统的女性形象，一出场时便牵动了几位男性角色的心。她年轻漂亮，身体曲线玲珑，这一点描写也对应了她对于性行为的近乎机械的无所谓的态度。她充满热情，却无处发泄，深爱着男主人公杰克，却不能真正与他结合。在整部小说中，布来特这一形象贯穿始终，直到小说的结束部分，她还和男主人公杰克一起坐着车在大街上漫无目的地游逛。而男主人公杰克却相形之下显得相当无能。在一战中，他受伤且由此丧失性能力，他深爱着布来特，却无法给予她全部。除了男主人公之外，这部小说中的其他男性形象也在不同的方面显得无能，对于生活无法把握,对于爱情放任自流。而女主人公布来特所到之处，男人都拜倒在她的石榴裙下：因为她，杰克与朋友反目；也因为她，一位年轻有为的斗牛士处在事业的巅峰时期却与其私奔。她和几位男性发生了感情上或肉体上的关系，却最终没有与任何一个真正结合。另一个具有毁灭性的女性形象是在费茨杰拉德的小说《了不起的盖茨比》(*The Great Gatsby*) 中的黛丝·巴克南。黛丝出身名门，年轻漂亮，性感迷人，却毫不忠诚。在费茨杰拉德的笔下，黛丝成了那个社会腐化堕落、纸醉金迷的生活的代表，连她的声音都充满了铜臭气。最初她嫌贫爱富，抛弃情人盖茨比，嫁入豪门，而后来身为有夫之妇，受到盖茨比金钱的诱惑，又投入到昔日情人的怀抱。而她的毁灭性在她驾车撞人后达到高潮，导致了其丈夫的情人的死亡，也间接导致了小说中两个男性人物的毁灭。

　　虽然其他由男作家创作的女性形象不如黛丝和布来特那样致命，却同样危险，而且堕落。尤其是对于新出现的知识分子和女作家，男作家的态度往往尖酸刻薄，甚至于恶毒。如威斯特（West）的诗《孤独女士》(*Miss Lonelyheart*) 中，一群男记者聚在一起，对女作家进行攻讦："玛丽，伊拉……她们所需的只是一次粗暴的奸污。"而为争取选举权四处呼号的女性们则被男作家们描写为疯狂变态的"恨男者"，而且常常与新女性和女作家一起被贴上"同性恋"的标签。单身女性在20世纪初的男作家那里也难逃厄运，她们被描写为心理畸形的"老处女"。如福克纳的短篇小说

《献给爱米丽的玫瑰》（1931）就讲述了一个南方终身未嫁的女继承人的畸恋故事。女主人公爱米丽因得不到所爱之人，就将其杀死，尸体就放在她平日睡觉的床上，并且每日与其相拥而眠。这样持续了几十年，一直不为人知，直到她去世后，邻居们才闯入那个神秘的小屋，发现了床上她的情人的尸体已成为一具骷髅。

那些尽职尽责的已婚妇女也很难得到男作家的好评，她们经常被描写成假装正经的女人，为鸡毛蒜皮的小事大惊小怪。如华莱士·史蒂文斯（Wallace Stevens）的诗《一个唱高调的老女人》（*A High-toned Old Christian Woman*）就抱怨道："诗歌中的极度虚构的成分也会让寡妇们退缩。"但他又说，"好诗总是会发光的，而且寡妇们越是不赞同，证明诗写得越好。"

此外，母亲们的形象也被男作家们描写得污秽不堪。在19世纪末维多利亚时期人们所崇尚的圣洁的母亲形象不再出现在他们的作品中，而在弗洛伊德的心理分析学说的影响下，许多人将儿子长大后心理的不健康归咎于母亲们所犯下的罪恶。1942年，美国作家菲利普·威利（Philip Wylie）在其《一代堕落的人》（*Generation of Vipers*）中就将社会中年轻一代的堕落归罪于母亲们，并号召人们起来再次面对妇女问题。

总而言之，在20世纪男性作家笔下极少有正面的积极的女性形象，如果有的话，可能就是那些还未成年的天真纯洁的少女和那些甘愿臣服于男权奴役下而牺牲自己的所谓"贤妻良母"了。如海明威的小说《最后的芳草地》（*The Last Good Country*）中刻画了一个天真纯朴的少女形象，因为她始终如一的忠诚品质和完美无暇的纯洁而为男主人公所喜爱。而后一种类型的代表则是约翰·斯坦贝克的小说《愤怒的葡萄》中的罗莎丽·琼德家的女儿，她在全家西迁的过程中从母亲身上学到了坚忍与奉献。在小说的结尾处，她把自己的乳汁送给一位素昧平生的垂死老人。这两类女性的共同特点是她们甘于牺牲、乐于奉献、无私忘我、柔弱温顺。在她们的创造者——男性作家的眼中，拥有这些品质的女性在新时期已成为凤毛麟角，因而弥足珍贵。

女性的新生活

20世纪初对于美国妇女来说是一个新时代的开始，各种新兴的科学技术的出现让人目不暇接，也引发了社会生活的诸多变化，包括人与人之间关系的变化，尤其是两性关系的变化。妇女在社会中的地位和所扮演的角色都发生了翻天覆地的变化。工会组织的争取女性选举权协会（NAWSA）派主战，而妇女党则主和。尽管存在这些分歧，这两派的努力使此期的妇女不再受维多利亚时代妇女所遭受的经济压迫，因此对妇女进步和社会福利事业的进步都有积极意义。尽管在30年代的美国经济大萧条中，女工们也遭受了或多或少的经济上的剥削，但总体上说，职业妇女的工作状况还是有了很大改善。在政治方面，经过近一个世纪的妇女争取选举权的斗争，美国妇女不论来自哪个阶级，在1920年都获得了法律上所赋予的选举权。尽管在实际操作中这项制度也有不尽人意的地方，但从总体上看，这是妇女解放运动中的一块里程碑。在文化方面，随着大学教育的普及和大众传媒业的日益兴盛，更多女性获得了受教育的权利，而在此之前，大学的大门是对她们紧紧关闭着的。还有越来越多的中产阶级和上层阶级出身的女性不再受传统的束缚，走出家庭的小天地，在大学中教学，或在以前由男性垄断的职业中展示着她们的风采。

　　美国妇女争取选举权的运动自19世纪初期就被女性解放运动的先驱们提到了日程上。到了1914年和1916年，虽然欧洲地区正在投入一场大战，但战争的烽烟并未波及美国本土，因此美国的妇女争取选举权的运动并未受到任何影响，相反却正进行得如火如荼。该运动中的两派持有不同的观点，却殊途同归，共同推动了此项运动的发展。一派的领导人为凯丽·凯特（Carrie Chapman Catt），她领导美国妇女争取选举权协会（The National American Woman Suffrage Association）组织了全民公决，并致力于推动宪法修改。与此同时，另一派由爱丽斯·保罗（Alice Paul）领导的议会联盟（Congressional Union，即后来的妇女党）将其全部精力投入到宪法修正案的通过上面，并且在此期间采用了越来越多的军事策略。而到了1917年，对于美国是否参加一战，两派产生了分歧，但在美国妇女选举权问题上始终坚持不懈。终于在1918年1月，在威尔逊总统支持下，美国宪法第十九次修正案提出了赋予妇女选举权，并以三分之二的多数在国会获得通过。那一时刻，在国会大厦走廊里拥挤的人潮中，已有人泪流满面，还有人唱起了赞美诗，欢呼声连成一片。尽管在其后的一年半时间里,这项修正案成为正式法律生效还要经过一系列在国会中的周旋以及在各州中的宣传,但最终在1920年的8月,全美三十六个州都正式承认了妇女的这项权利。

许多历史学家都认为,美国妇女选举权得以通过,除了近一个世纪的女性争取选举权的运动者的努力之外,还有一个主要原因就是在战争期间,女性对社会所作出的贡献使她们赢得了异性同胞们的刮目相看,并为她们意外地提供了一次展示自我的机会。男人们走向战场,而妇女们驻守家园。原先的母亲、妻子、女儿、姐妹,不得不走出家庭的狭小天地,独自面对外面的广大世界,她们走入工厂、农庄、铁路、煤矿,做着原先男人们做的工作。整个世界倒了个个儿,尽管其中也有许多不为人知的甘苦,当时的许多女性还是欣喜于眼前的新变化和新天地,而这种变化极大地促进了妇女解放运动的发展,为20世纪20年代爵士时代的新女性的出现打下了良好的基础。许多女性觉得在生命中第一次不仅被人需要,而且被人赏识。美国作家哈里亚特·斯丹顿·布来奇(Harriet Stanton Blatch)认为战争"迫使女人工作,并且把她们带入以前男人们活动的天地"。而许多有生以来第一次在前线工作的女护士和救护车女司机则感觉到她们的新生活既充满挑战又让人振奋。

一战后,经过统计,美国的职业妇女的人数增长了近百分之五十,美国社会有七十万妇女被雇用。不仅工人阶级的女性感觉到了工作带来的欣喜,许多中上层阶级的妇女也深有同感,威尔逊总统在一次演讲中谈到了美国妇女的贡献,他说:"女同胞的劳动已渗透到了社会的各个领域,任何男人工作过的地方。"由此,他认为女性应获得完全的公民权利。战争也带来了妇女在其他方面的解放。尽管此前的19世纪在工厂中工作的女工和在田间劳动的妇女能比上层妇女享有更多的出行方面的自由,但在一战中为战争服务的女性却是西方社会第一批受人尊敬的妇女,她们比前辈们拥有更多的自由,如可以在大街上独自行走,可以去剧院或去跳舞而不需要年长女性的陪伴,甚至可以单独出游,不用被人怀疑是堕落的女人。此外,这些女性工作者还是第一批脱掉女性的传统裙装,穿上更适合于工作的服装的女人。在她们的带动下,到1917年,大部分的女性将裙装剪短或穿衬衫,甚至到了战后,这种趋势也已不可逆转。历史学家们观察到,新女性的服饰——短裙、紧身上衣、丝袜——加起来的重量只有19世纪末期女性服饰重量的十分之一。

这一时期的女性生活中最重要的变化来自自由恋爱观、职业育儿运动以及计划生育。在1914年到1921年间,这三大运动达到了高峰。美国人玛格丽特·山格(Margaret Sanger)作为一名护士和职业育儿运动的倡导者,创办了杂志《女性的反叛》(The Woman Rebel),并在其中给予职业妇女关于生育控制方面的指导,1916年她成立了美国第一所计划生育诊所。她还在她的《女性和新人类》(Woman and New Race)一书中谈到现代社会最有深远意义的社会发展即是女性对于性奴役的反叛。与此同时,倡导自由恋爱的女性提出了婚姻生活中的两性平等,并提出性解放的观念。性解放的观念鼓励女性去体验性生活中的乐趣,而不是作为男性发泄的工具,而这种观念为女性生活带来了更大的变化。

但是,尽管有诸多变化,在这些变化的背后,也存在着消极的一面。如许多数据显示,这一时期职业女性的人数大大增加,但她们所从事的职业种类却非常有限。大部分的职业女性满足于传统的女性职业,如老师或护士,而在同一时期学习医学的女性甚至在减少。而且,女学者的人数很少。到了1925年,妇女解放运动变得支离破碎,许多女性运动的先驱们曾认为选举权的获得将是女权运动的转折点,但事实证明她们的想法并未如愿,许多妇女拥有选举权却不去使用,有些即使投票,也被父亲或丈夫的意见所左右。同时,两情相悦的婚姻理想也受到质疑,许多女性开始意识到,她们需要工作的同时,也需要丈夫、家庭和孩子,如何平衡这两种需要成为不断困扰她们的一个现实问题。而在服装方面,日益兴盛的化妆品工业和不断增多的美容沙龙,甚至使新女性也受到威胁,似乎要回到那种维多利亚时期她们的祖母辈的生活中去,成为男人的美丽玩偶。

综观整个时期,总体上说,女性解放运动还是取得了许多可喜的进步,正如一位诗人所说:"我还是那个像妈妈一样的虔诚的贤淑妇女吗?"然后自问自答:"不,决不是。"

新女性的文学创作

20世纪20年代,尽管妇女解放运动遭遇挫折,但是令人鼓舞的是,仍有相当数量的女作家认为她们从妇女运动中获得了全新的力量,以及关于她们生活的全新的解释。不管政治运动如何变幻，尽管外面的男性世界存在对女性作家的敌意，女作家们还是发现了关于女性自己的文学传统。她们握紧手中的笔，重写关于女性自己的历史，而不是在男性作家作品中被歪曲的女性形象。许多女权运动的理论家开始意识到，女性在文学创作方面确实存在着自己的传统。从狄金森到莫里森，女性作家以其与男作家迥然不同的文笔，通过其独特的视角，记录了女性在社会变迁中所经历的情感和生活的变迁。通过对这一文学传统的认知，女性作家也意识到女前辈的作品成为了她们继续进行创作的源泉和动力。当然，正如批评家哈罗特·布鲁姆所说，前辈们的杰出作品也使后来者感到了创作中的压力。这一时期的女作家或许也存在着这样的压力，但与男作家不同的是，女作家从先辈的文学成就中更多的是获得了一种归属感，一种对于自己性别的肯定和鼓舞。

也许正是这种归属感使得女性作家和男性作家在这一时期的创作中有着微妙的却是不可忽视的差别。当然在早期，女作家和她们的同时代男作家一样，作品模式和体裁存在着很多相似之处。如通俗小说女作家伊迪丝·华顿（Edith Wharton）、威拉·凯瑟（Willa Cather）与男作家刘易斯（Sinclair Lewis）、费茨杰拉德（F.Scott Fitzgerald）之间，实验派小说家斯泰因（Gertrude Stein）、巴恩斯（Djuna Barnes）与海明威（Ernest Hemingway）、福克纳（William Faulkner）之间有着很多相似点；而女诗人在创作时也使用传统的形式和音律，如米雷（Edna St. Vincent Millay）、威莉（Eleanor Wylie）、斯本瑟（Anne Spencer）同男诗人波内（Stephen Vincent Benet）、弗洛斯特（Robert Frost）具有可比性，而韵体诗创新女诗人莫尔（Marianne Moore）也受到庞德（Ezra Pound）和艾略特（T. S. Eliot）的影响。但是，从主题和技巧方面，女作家的创作与男作家还是有很大不同的。

通俗女作家的创作更倾向于描写女性生活的方方面面。如伊迪丝·华顿（Edith Wharton）在她的早期作品《欢乐之家》（*The House of Mirth*）中批评了葬送她的女主人公生命的社会制度，并在其中肯定了女性的力量。她的普利策奖的获奖作品《纯真年代》（*The Age of Innocence*）中的女主角爱伦，是一个住在巴黎的美国人，成为小说男主角心目中坚强独立的个性的象征。在威拉·凯瑟（Willa Cather）的作品《我的安东尼奥》中，作家塑造了一个具有超强生存能力的女性安东尼，她的坚忍执着成为生生不息的大自然母亲最感人的象征。

而实验派女作家也同样探讨了女性力量的主题。如斯泰因（Gertrude Stein）在她的《三幕剧中的四圣徒》（*Four Saints in Three Acts*）一剧中刻画了一个具有神奇号召力的女人。但是这些艺术家并非单纯地刻画一些所谓的正面角色，而是深入探讨了关于文学的根本性的问题，如女性作家是否有特殊的语言传统等。

第二节　20世纪后半叶

20世纪后半叶的世界格局和政治氛围可谓错综复杂。首先是第二次世界大战给整个人类带来的创伤在很长一段时间内都难以抚平，紧接着就进入了旷日持久的冷战时期，其中人们的世界观和价值观不可避免地会受到影响。而20世纪60年代对于美国人民的社会生活和政治生活的影响是很难用几句话表述清楚的——民权运动的风起云涌、妇女解放运动的高潮迭起，这些都彻底地影响甚至改变了美国民众对他们曾经熟悉的世界的认知。此外还有第三世界的崛起对美国的影响以及对未来不可掌控的忧虑等，这些意识形态的东西都不同程度地深入到了美国民众生活的各个层面之中。

文学中的女性形象

对于20世纪后期的许多美国作家来说，女性在他们作品中成为了简单的生理形象和性形象。以前传统作品中的天使和魔鬼、纯真少女和淫荡妓女的界限已不再分明，她们统统被色情化，被蒙上了一层性的色彩。19世纪的文学作品曾经褒扬纯洁、谴责欲望，而20世纪后期却反其道而行之。霍桑的《红字》中的"A"曾用来作为女性所犯下的原罪的象征，而在这里，变成了"O"，象征女性的性开放，正如保林·里格（Pauline Reage）的作品《O的故事》（*The Story of O*）中所描述的那样。当然，在这期间也有一些作家抗拒这股潮流，塑造了有理性、有思想、独立自强的女性形象，但总的来说，对于更多作家而言，潮流难以抗拒。

在这一时期，男作家笔下的女性形象变形为简单的情欲动物，连名称都隐含了这一点。女性被称为甜心、小茶点、小樱桃等，成为男性欲望的甜美而精致的饭后甜点。当然在这期间也经历了一系列潮流上的变迁，但总的来说，这一时期的男作家几乎毫无例外地把目光投向女性的身体以及对女性的欲望，即使在描写母亲形象和文学女性形象时，也要使她们的梦境和恐惧带上欲望的色彩。

其实早在1939年，对女性的色情化描写就已经初露端倪。生育控制技术的传播、性手册的发行、新的离婚法的出台、女性服饰上的变迁，如此种种社会变迁使女性从传统的不可触摸的神秘圣洁之中走出，成为轻易可获取的男性欲望的对象。二战中出现了许多随军慰问的妇女，这在一战中是未曾有过的。而数不清的战争电影和小说也在记录战争中的随意性行为方面推波助澜。与此同时，战争中流行的裸女贴画导致了对女性身体的关注，身体各部分被分别予以评论，似乎女性已成为可以分割开来然后再拼凑起来的积木，如亨利·米勒（Henry Miller）作品中对于女性生殖器的描写就大胆而裸露，而且贯穿全文。但是女性不仅具有诱惑力，而且具有很强的威胁性。政府不断地告诫战场上的男人们，让他们洁身自好，以免暴露于性病的危险之中。更有甚者，二战中的许多战士将战争的毁灭性与女性解放联系起来，正像一战中的战士将战争归咎于妇女一样。美国诗人斯坦利·卡尼兹（Stanley Kunitz）的诗中将战争场面拟人化，描绘成一个不满足的妇女玷污和毁灭了男人。

在战争被比拟为妇女的同时，战场上的男人们却不断地提醒自己，他们是在为保护家中的女子而战，为保卫这些女子所代表的价值而战。在这一时期有许多电影和流行歌曲中，战士们吻别心爱的女孩，走向战场杀敌，卡尔·沙皮罗（Karl Shapiro）的诗也许是此时期最为著名的描写战争的诗歌。其中一首《V字母》写于1944年，是以书信的形式写给一个女孩子的，诗中陈述了她的种种美德以及这位战士宁愿为她而战死的勇气。

尽管沙皮罗诗中的女子只是被动地等待爱人从战场上归来，在现实生活中女性却并非如此，她们在后方为战争作出了自己的贡献。许多女性到兵工厂工作，后来随着战事的加深，政府也改变了宣传策略，妇女不再是坐等的形象，而变为积极投身于后方服务，为前方男人的战争做好后勤工作。但战争一结束,这一形象又退回到了从前,变为听话的邻家女孩,并且费迪南·兰伯格(Ferdinand Lundberg)和玛丽亚·法哈母(Marynia Farnham)在他们合著的《现代女性——失落的性别》一书中警告说,一旦女性坚持在外面的世界与男性比拼,那么她们将失去所谓的女人味。

不论是把女性描写成只拥有本能的动物,还是欲望的主体,这一时期男作家作品中的女性多是属于不完全的和非理性的人类。如贾雷尔(Randall Jarrell)的诗《图书室中的女孩》(*A Girl in a Library*)将他的对象描写为"梦中的物品",而且写道:"人们从你迷蒙的眼中,看到了一个不完全的灵魂。"而另一位美国诗人坎尼斯·考奇(Kenneth Koch)在他的《一个美人的梦》(*A Dream of Fair Woman*)中将女性描写为梦的世界中的梦着的人。很明显,正像大众文化中的明星玛丽莲·梦露一样,这里的女性只是作为美丽的花瓶,没有思想,也没有理性。

从 20 世纪 50 年代的"垮掉的一代"诗人,到 60 年代的黑色幽默,再到 70 年代,美国作家继续延续着这种传统,将女性描写成各个肉体部分的集合。以《嚎叫》一诗轰动文坛的爱伦·金斯堡的诗中也有这样的描写。但对另一些作家来说,女性的身体有时成为一种神秘,而男性在她们面前束手无策。在菲利普·罗斯(Philip Roth)的诗中,诗人把一个男性叙述者变形成为女性的乳房,但即使这些策略有时也会走火。在菲利普·罗斯和约翰·厄普代克的作品中,居家妇女被描写为受宠而无所事事、生活无聊至极,以至于想出许多新奇的招数去征服身边的男性。也许其中最为冷酷、自恋的当数罗斯的小说《再见,哥伦布》中的一位犹太裔公主,她的拜金主义使她不断引诱男人,又不断抛弃他们。

当然在 20 世纪后期的男作家的作品中也有所谓真正的女人和善良的女人,而这些女人之所以被称为真正和善良,是因为她们甘愿为男人的利益牺牲自己。这种形象可以追溯到 T. S. 艾略特的戏剧《鸡尾酒会》,其中的女主人公被称做是"具有美德的",因为她甘愿让自己被钉在十字架上,只为救那些疾病缠身的当地人。还有另外一些作家对于那些试图自立的女性持有敌意,在作品中警告道,她们迟早会为自己的罪行受到惩罚。如托马斯·品钦的《V》中,V 的同性恋朋友米莲被舞台上的一根柱子刺穿,而 V 自己也被小孩子们偷去假肢、假牙和假发。

这一时期的许多男性之间的冲突也被报复到了女性头上,如黑人和白人之间的种族冲突。有一位黑人牢狱作家克里福(Eldrige Cleavor)在他的回忆录中写道:"我对历史事实中白人男人如何虐待黑人妇女充满愤懑。因此,我也以同样的方式报复白人妇女。"而母亲的形象在这一时期的文学作品中也退化成为自私和淫荡的男性毁灭者。如费迪南·兰伯格(Ferdinand Lundberg)和玛丽亚·法哈母(Marynia Farnham)合著的《现代女性——失落的性别》一书中,作者问道:"这些母亲到底对儿子做了什么?"然后自问自答道:"她们使儿子们丧失了作为男人的力量,也就是说,她们阉割了儿子。"到了1962年,在肯·凯西的作品《飞越疯人院》一书中,作者塑造了"大护士"这一形象,而此形象正是包孕了几乎所有的女性缺点。因此,即使是那些致力于照顾儿子们的母亲形象也被丑化为自私、专横,甚至充满罪恶。

女性的现实生活

以上提到的这些对于女性的色情化的描写也许部分是由于这一时期的女性获得了许多她们的前辈们未曾获得的权利和机会,如在法律、经济、社会、政治、教育等方面的机会。本来这一时期女性所取得的成就应该是很大的,但是由于各种各样的原因,许多方面的权利都未落到实处,而且并不是每个阶级的妇女都能享有,所以也出现了许多新情况所带来的新的社会问题。

首先,在法律方面,妇女取得了许多权利。法律赋予了女性自由离婚的权利。在过去,法律对于离婚采取双重标准,女性如果犯通奸罪就会受到责罚,被人遗弃,而犯了同样罪行的男性却安然无恙,而且在过去,离婚女性的子女会被前夫带走而无须法庭的审理。但自从20世纪70年代加州通过"无过失"离婚法后,女性也可以提出离婚而无须特别说明原因。而且在1973年,美国法律授予妇女对于自己是否生育的控制权。1963年美国的同工同酬法规定,女性同男性做同样工作必须付同样薪酬。1980年到1990年间,进入法律院校学习的女性人数有了史无前例的增长,而且她们毕业后从事的工作也有了很大改善,其中有的人还成为政界新星。

但是,种种进步都伴随着各种各样的问题。离婚法的实施不仅导致离婚率的提高,而且带来了子女抚养和教育方面的问题。离婚通常会影响到孩子的成长，而关于女性生育控制的法律更是不断遭到宗教界人士的挑战。

在薪酬方面的进步也是令人怀疑的。首先，女性的工作局限于低薪、低层次的职业，而且集中于服务业。第二，职业女性很少被称做是家中的经济支持者，即使她们是家中唯一挣钱的人。第三，职业女性在工作之余还得照顾家庭，而且社会在育儿和理家方面提供的帮助很少，因此工作中的妇女不得不在家庭和职场两头奔波。

在教育方面也存在着不少问题。如进入高校读书的女性越来越多，但女性在商界的比例却基本不变。这也说明了教育所存在的问题。正如一位美国心理学家所说，许多在学校得奖学金的女性却在与男性约会的时候假装一无所知，而且在学校中成绩优异的女学生在以后的生活中成功的却很少。当然这其中也有例外，但总体上来说，职场中成功的女性相比男性来说还是太少了。

而在女性服饰方面的变化大概最能显示出社会的变迁了。从20世纪40年代的实用装束开始，经过50年代的长长的女性化的所谓"新服饰"，到60年代的"迷你裙"，再到70年代的无性别裤装，到80年代的职业女性装束，这一系列的服饰变化展示了不同年代的不同价值取向——40年代的战争状态、50年代的居家生活、60年代的新女性运动以及70年代和80年代对60年代的反击，而90年代的女性则返璞归真，服饰重在回归自然。

在催化女性解放的过程中，生育控制技术的发展起到了很大的推动作用。60年代的避孕药物和避孕器具的发展意味着女性不必再为生育控制而担心，但是到了80年代和90年代，由于艾滋病的暴发，性解放不再等同于女性解放运动。

但是到了70年代，却有越来越多的女性起来反对曾经被认为能给她们带来解放的妇女解放运动。如1972年，在美国国会准备通过平权修正案时，却有一位共和党的保守者菲力斯·斯拉夫丽（Phylis Schlafly）站出来反对该议案的通过，说它的通过将会带来社会的混乱，而许多妇女也响应了其号召。正像1973年玛拉贝尔·摩根（Marabel Morgan）的小说《完全女人》（The Total Woman）中所描写的那样，充满诱惑性的妻子通过她的臣服和引诱策略来保证她的感情上和经济上的安全感。而对于工薪阶层的妇女来说，她们在女性解放运动中看不到任何实际的利益，因此对其并不热衷。

尽管如此，对于女性复杂文化背景的关注使得近年来出现了女性研究的热潮，特别是在大学校园中，社会学家、人类学家、经济学家、艺术家等都将女性研究作为一个特别的领域加以研究，并且创办了许多这方面的杂志，不仅对性别问题作了探讨，而且对黑人妇女问题、同性恋问题、亚裔妇女问题、工人阶级妇女问题都作了深入的研讨。而且在文学研究领域，女性研究学者们还对历史上的女性作品进行了深入发掘。

女性的文学创作

对于20世纪后期的女性作家来说，不管其个人是否是女性主义者，在创作过程中，她们都带着两方面的意识：一方面，她们意识到了自己秉承着一种很强的传统；另一方面，她们也意识到了自己身处一个充满敌意的男性主宰的环境，感到了作为女性的易受伤害。这些思想在艾德里安娜·瑞奇（Adrienne Rich）的《作为再修正的写作》（*Writing as Revisions*）中得到了阐发，这篇文章还可看做是女作家和女批评家的宣言书。她在书中回顾了从伍尔夫到玛丽安娜·莫尔的女作家，并解释道，这种回顾对"我们来说是文化史中的特殊一章，是夹缝中生存的一幕"。

而20世纪后期的许多女作家都以她们各自不同的方式在做着这种夹缝中的生存活动。如诗歌有奥尔逊（Tillie Olsen）的《十二个里面挑一个》（*One Out of Twelve*）、鲁斯（Joanna Russ）的《一个女主角能做什么？》（*What Can a Heroine Do?*）、拉基丝（Muriel Rukeyser）的《神话》（*Myth*）、普拉斯（Sylvia Plath）的《刺痛》（*Stings*）；散文有沃克（Alice Walker）的《寻找母亲的花园》（*In Search of Our Mother's Gardens*）、马莎（Paule Marshall）的《厨房里的诗》（*Poets in the Kitchen*）等。诗人萨顿（May Sarton）的《我的姐妹》（*My Sisters, O My Sisters*）、奥布赖恩（Edna O'Brien）的《心中的玫瑰》（*A Rose in the Heart*）分别道出了对于文学史上的其他女作家的认同和继承。

此时期女作家的作品以对于自我的寻求为主题，以不同的方式对于塑造作家本人身份特征的社会和文化因素作了深入细致的探究。如奥尔逊

(Tille Olsen)的《告诉我一个谜》是从一个俄国犹太人移居美国的角度来叙述的;而克里夫顿(Lucille Clifton)则是以黑人方言重新叙述了圣母玛丽亚的故事。还有少数族裔作家如华裔作家汤亭亭(Maxine Hong Kingston)、黑人同性恋作家洛德(Audre Lorde)、美国印第安作家玛萌(Leslie Marmon)等。

还有一些女作家采用了不同的创作题材,她们致力于描写真实的或虚构的社会环境,因此她们多采取现实主义的创作手法,此类作家有布鲁克斯(Gwendolyn Brooks)所描绘的芝加哥的"吃豆人",有奥康纳(Flannery O'Connor)笔下的佐治亚乡村百姓,有达夫(Rita Dove)的19世纪的奴隶等。她们在刻画人物的同时,也描写了人物所处的社会环境,以及人物和环境之间的关系。

这一时期的女性作家的作品还有一个特征,那就是"多样性"。在80年代和90年代,许多女性作家开始从不同的经济、语言、宗教、种族、政治角度来描述现代女性的多样化生活,而且这种趋势也伴随着学术界在女性研究方面的不断创新,如对于非裔女性、亚裔女性、拉丁裔女性、印第安族女性以及同性恋女性的研究都有了很大发展。

参考文献

1. "20th Century American Women Writers." http://faculty.ccc.edu/wr-womenauthors/index.htm(2008/10/27).

2. "Women Writers: 20th Century." *About.com: Women's History*. http://womenshistory.about.com/od/writers20th/Women_Writers_20th_Century.htm (2008/10/27).

3. Ammons,Elizabeth. *Conflicting Stories: American Women Writers at the Turn Into the Twentieth Century*. New York and Oxford: Oxford University Press US,1992.

4. Blatch,Harriot Stanton. *Mobilizing Woman-Power*. New York: The Women's Press,1918.

5. Bryfonski,Dedria,et al. *Twentieth-Century Literary Criticism: Criticism of the Works of Various Topics in Twentieth-Century Literature*,

Including Literary and Critical Movements, Prominent Themes and Genres, Anniversary Celebrations, and Surveys of National Literature. Detroit: Gale, 2006.

6. Cahill, Susan Neunzig, Susan Cahill. *Writing Women's Lives: An Anthology of Autobiographical Narratives by Twentieth Century American Women Writers*. New York: HarperPerennial, 1994.

7. Cane, Aleta Feinsod, Susan Alves. *The Only Efficient Instrument: American Women Writers & the Periodical, 1837-1916*. I owa City: University of Iowa City, 2001.

8. Chester, Laura, Sharon Barba, Anaïs Nin. *Rising Tides: 20th Century American Women Poets*. New York: Washington Square Press, 1973.

9. Johnson, Sarah Anne. *Conversations with American Women Writers*. Massachusetts: UPNE, 2004.

10. Levine-Keating, Helane. *Myth and Archetype from a Female Perspective: An Exploration of Twentieth Century North and South American Women Poets*. New York University, Graduate School of Arts and Science, 1980.

11. Lundberg, Ferdinand, Marynia F. Farnham. *Modern Women: The Lost Sex*. New York: Harper & Brothers, 1947.

12. Middlebrook, Diane Wood, Marilyn Yalom. *Coming to Light: American Women Poets in the Twentieth Century*. Ann Arbor: University of Michigan Press, 1985.

13. Orr, Lisa. *Transforming American Realism: Working-class Women Writers of the Twentieth Century*. Lanham, Maryland: University Press of America, 2006.

14. Rainwater, Catherine, William J. Scheick. *Contemporary American Women Writers: Narrative Strategies*. Lexington: University Press of Kentucky, 1985.

15. Rich, Adrienne. "When We Dead Awaken: Writing as Revisions." http://www.nbu.bg/webs/amb/american/5/rich/writing.htm (2008/10/28).

16. Stevens, Wallace. "A High-Toned Old Christian Woman." http://www.poemhunter.com/poem/a-high-toned-old-christian-woman/ (2008/10/28).

17. West, Nathaneal. *Miss Lonelyheart*. New York: Liveright, 1933.

18. Westerlund-Shands, Kerstin, et al. *Awakening Women: North American Women Writers of the Twentieth Century*. Örebro: University of Örebro, 1992.

65. 麦丽德尔·勒绪尔

（Meridel Le Sueur）[①]

一、作家介绍

麦丽德尔·勒绪尔（Meridel Le Sueur，1900–1996），1900年2月出生于爱荷华州（Iowa）的墨里市（Murray）。1996年11月在威斯康星州（Wisconsin）的哈德逊（Hudson）去世。勒绪尔的成长岁月也恰逢各种政治活动高涨的年代。她的父母都致力于20世纪初在美国中西部发展起来的社会主义运动，母亲是大学教师，还是一名社会活动者和女权主义者，继父阿尔弗雷德·勒绪尔（Alfred Le Sueur）是一名律师，也是一名社会主义者，勒绪尔深深地受到了他们的影响。同时勒绪尔一家还与当时的不少社会名流相互来往。勒绪尔16岁时曾在芝加哥体育学院（the American College of Physical Education in Chicago, Illinois）学过一年的舞蹈和形体课程。之后来到纽约，到戏剧艺术学院（the American Academy of Dramatic Art）学习。她研究表演，也当过演员。在好莱坞，她在《波琳的危险》(*The Perils of Pauline*)和《最后的莫希干人》两部电影中充当替身演员和临时演员。但是勒绪尔厌倦了演员的生活，决定专心进行文学创作，这也是她少年时的梦想。她24岁时加入了共产党，很快就开始在工人和左翼杂志上发表作品。她27岁时在《日晷》(*the Dial*)杂志上发表了短篇小说《珀尔塞福涅》("Persephone")。从此，她的文学创作开始蒸蒸日上。她的作品主要包括短篇小说、诗歌和报纸文章，

[①] 本节内容主要参考 http://www.thing.net/~grist/l%26d/lesueur.htm.

还有关于工人阶级苦难的报道。同时她也写了不少儿童读物，比如《戴维·罗基特的故事》(*A Story of Davy Crockett*) 和《苹果种子强尼的故事》(*The Story of Johnny Appleseed*)。二战后的几年对她来说是一段黑暗的日子。20世纪六七十年代，激进主义重新抬头，人们也开始重新关注她的作品。自此直到她1996年去世的几十年的时间之内她一直笔耕不辍，发表了不少作品，其中一些还被其他作家搬上了舞台。同时她也接受采访，在全国演讲并朗读她的作品。她的最后一部小说《恐怖的路》(*Dread Road*) 于1991年出版，这部小说记录了科罗拉多州的一次矿工罢工事件。

勒绪尔一生写了两部长篇小说，还有许多短篇小说、文章，以及历史与社会纪实。她的获奖作品包括她发表的第一部短篇小说《珀耳塞福涅》("Persephone")、《马》("The Horse")，和她的自传性文章《玉米村庄》("Corn Village")。而她最有名的作品是小说《女孩》(*The Girl*，1979)、《我听到人们在谈论》(*I Hear Men Talking*，1984)，以及历史纪实性小说作品集《美国民谣：北极星所在的国度》(*American Folklore: North Star Country*，1945)。她的其他作品包括《我们时代的丰收和歌声》(*The Harvest and Song for My Time*，1977)，其中包括了十三篇短篇小说和两篇宣传性文章，以及《排队领救济的女人们》(*Women on the Breadlines*，1978)、《工人作家》(*Worker Writer*，1981) 和《成熟：麦丽德尔·勒绪尔1927—1980作品选》(*Ripening: Selected Work of Meridel Le Sueur 1927—1980*，1982)。

二、代表作

勒绪尔的小说，例如《女孩》(*The Girl*)、《我听到人们在谈论》(*I Hear Men Talking*) 或是《美国民谣：北极星所在的国度》(*American Folklore: North Star Country*)，有着各种各样的主题，例如运用历史纪事和纪实的手法来表现对土地的破坏、种族灭绝（如对印第安人的大屠杀）、对妇女和劳动阶级的压迫，以及男性与女性的性压抑，等等。这些各不相同的主题交织在一起，融合成为一个主题，即日常生活的内在美。

《女孩》写于1939年，但是直到1978年才出版。故事的主人公是一个来自农场的女孩，在小说中她没有名字，只是用"女孩"这个词为指称。她来到明尼苏达州（Minnesota）的圣保罗市（St. Paul），在一家地下酒吧找到了工作。在这里她经历了一系列的悲欢离合，目睹了形形色色的人物，尤其是一些劳动妇女给予了女孩极大的安慰。已过妙龄的美女贝尔（Belle）与丈夫经营着这个酒吧，她默默忍受着丈夫的虐待；年轻的妓女克莱拉（Clara）在街上招揽客人，最后身染重病并变得疯疯癫癫；年老的艾米丽亚（Amelia）为工人联盟工作，每天发传单，希望生活能有所改善。女孩观察着她的室友克莱拉怎样与男人周旋。此外还有一些人物，比如总是失业然而又充满幻想的布茨（Butch），还有酒吧的保护人甘茨（Ganz）。甘茨对女孩觊觎已久，然而女孩不知是出于爱还是出于需要，却委身于布茨，并怀有身孕。在银行抢劫案中布茨被杀，只剩女孩一人生下女儿，希望能有个美好的未来。

有评论家指出，现代读者在阅读这部作品时可能无法理解女主人公作出的选择，要想读懂、理解女主人公，必须将这部作品带入到小说的时代背景，即大萧条后美国残酷的社会现实中。一个怀有身孕的少女在失去爱人之后努力在大萧条中生存下来，并决心通过与女性朋友之间的互相援手渡过这一难关。作品中一个个外表柔弱的女性身上蕴藏着强大的力量，这也使得这部作品成为了女性主义的经典之作。

勒绪尔的小说把民主和艺术以及生活中的抽象融为一体，因为她对人的精神持同情和尊敬的态度。《美国民谣：北极星所在的国度》就像是一张大拼图，把田园诗和纪录片、小说和历史都有机地糅合在一起。这部小说里有着各种各样的体裁及题材，包括报道、日记、书信、民谣、歌曲、故事、传说和历史，展示了19世纪西进运动中骇人的种族大屠杀和对自然的破坏。同时，勒绪尔对地域性历史的描写也充溢着她对民主的热爱和对劳动阶级——既包括女性也包括男性——的信念，这就与那些有性别歧视的男性社会活动者截然不同。她的作品中充满着普通人的声音，也有普通百姓的话语，因而语言活泼，作品也富有生机和活力。她采用了口头表述的传统，表达了她的信念：一个民族的口头传统不仅能帮助人们理解这个世界，也能帮助人们改变世界。在这部作品中，勒绪尔把各种隐喻交织在一起，创造出了意象、自然和艺术三者之间的基本联系。这些联系是与人性息息相关的。种子的意象在她的这部作品里也重复出现，以强调生长和停滞的转变。

在另一部小说《我听到人们在谈论》中，当勒绪尔笔下的佩内洛普

（Penelope）帮助另一个妇女生下一个男婴的时候，她也因此获得了情感上的力量，这种力量能支撑着她避免沦落成为男人性欲发泄的对象，并且揭示出其实男性也有可怜的软弱性。男性社会把男性树立为父亲形象、强壮的保护者形象，一旦她从这一男性的形象中解放出来，佩内洛普就获得了女性的力量。因此在她的某一名自以为是的追求者对她再度实施强奸的时候，佩内洛普把他刺瞎了。可以说，佩内洛普与这个男人之间这种身体上的对抗是象征性的，隐喻着女性对男权统治的勇敢反抗。不久之后，这个追求者被他的一个同伙意外地枪杀了。最后一阵飓风来临。勒绪尔没有以飓风的到来作为小说的结尾，而是刻画了市民们对飓风富有想象力和诗意的描述："各种声音混在一起，说着他们看到的和将要看到的东西，谈论着一股潮水。潮水正推涌着他们，但是却不能把这些正在互相奋战着的人们分开。"显然，只有自然灾害才能够把美国印第安人和欧洲人、男人和女人、黑人和白人之间的差异和竞争搁置起来。勒绪尔通过这样的描写表达了她的愿望，即人类最终能形成一个更为平衡和协作的精神世界。

在这部小说的后记里，勒绪尔表达了她在小说中就形式、风格、主题、人物刻画和描述方面所作的斗争，以及她为了成为一个"新的、与众不同的"艺术家所作的努力。她也表达了女性进行转变、成长和改变的必要性。这些都只能是基于不同方面的对立与差异，这样才能创造出民主的关系而不是专制、二元对立和统治。她也试图通过创造出新的形式、结构和意象来创造出她自己和读者之间的一种联盟，而这些新的文学形式能够使男/女、富/贫等之间的二元对立不再使人们盲目，或是对人们造成伤害。勒绪尔田园诗般的小说和纪实，以及她小说般的历史对于那些像永不停息的河流般平凡的人们来说就像是一座座纪念碑。

三、评价

麦丽德尔·勒绪尔的文风清新淡雅，如同抒情诗一般，因此她与当时其他的社会主义作家很不相同。勒绪尔因受父母影响，也积极投身于女权主义和左翼政治，她的作品继承了20世纪二三十年代里的社会主义运动的思想，主要关注劳动阶层妇女。

绵延数十万平方公里的中西部大草原美丽壮观，也是整个美国所需食物的主产区。生长在这里的勒绪尔深爱着这片无边无际的土地。勒绪尔是一位极富责任心的民主主义者。她揭示了当人们把金钱、成功、权力和财富作为自己的目标时,他们的生活就会变得枯萎而无意义。勒绪尔同艾格尼丝·史沫特莱(Agnes Smedley)在其作品《大地的女儿》(1929)中所做的一样,揭露了资本主义对社会的影响,也揭示了资本主义是怎样把创造性的生活变成赤裸裸的商品,例如女性被贬低为供男人消遣的工具,而原本有价值的艺术也是由它的商业价值来衡量。勒绪尔认为在资本主义体制里,个人与社会之间产生了一种不平衡,个人与个人之间因为种族、性别、阶级和宗教差别而相互对立、相互利用,甚至勾心斗角。勒绪尔年轻的时候就对欧美与印第安之间经济和经济体制的巨大差异深感惊讶。在《古老的和现代的》("The Ancient and the Newly Come")一文中,她描述了印第安经济与自然之间共生和整体的关系,以及二者之间共存、互助和相互平衡的关系。

参考文献

1. Coiner, Constance. *Better Red: The Writing and Resistance of Tillie Olson and Meridel Le Sueur*. New York: Oxford University Press, 1995.
2. Le Sueur, Meridel. *Ripening, Selected works, 1927-1980*. New York: The Feminist Press, 1982.
3. http://www.marxists.org/subject/women/authors/lesueur/index.html.
4. http://www.writing.upenn.edu/~afilreis/50s/meridel-obit.html.
5. http://www.mnhs.org/library/findaids/00323.html.
6. http://www.rootsweb.com/~iaclarke/lesueur.html.
7. http://www.thing.net/~grist/l%26d/lesueur.htm.

66. 玛格丽特·米切尔

（Margaret Mitchell）

一、作家介绍

玛格丽特·芒内尔林·米切尔（Margaret Munnerlyn Mitchell, 1900–1949）出生于美国佐治亚州的亚特兰大市。父亲尤金·米切尔是一名律师，还曾任亚特兰大市历史学会主席。母亲有着爱尔兰血统，是一位妇女参政论的倡导者。在她童年时由于周围的人中很多都是美国内战的老兵，她的亲戚中也有不少人经历过内战时期，她常常听到父亲和朋友们谈论南北战争的话题。此外，在内战时期，亚特兰大曾于1864年被北方军队攻陷，这也成为了当地居民时常谈论的话题之一，这些都给玛格丽特留下了深刻的印象。因此，当玛格丽特26岁那年，准备创作一部反映南北战争题材的小说时，亚特兰大很自然地成为小说的背景。

玛格丽特·米切尔先后就读于华盛顿神学院和史密斯学院。1918年母亲病逝，玛格丽特不得不中途放弃学业，回到家中料理家务。随后她开始在《亚特兰大日报》(the Atlanta Journal)任职，并以佩吉·米切尔（Peggy Mitchell）作为笔名为该报的周日版撰写一个专栏。《亚特兰大日报》当时是美国南方报业的龙头，而玛格丽特也是该报有史以来的首位女性专栏作家[1]。在此后的四年中，玛格丽特撰写的署名和未署名的稿件多达一百二十九篇。她还专为过去的南方邦联将领撰写了一组报道。

---

[1] http://en.wikipedia.org/wiki/Margaret_Mitchell.

在经历了一次失败的婚姻后，玛格丽特于 1925 年同约翰·马什（John Marsh）结为夫妇。1926 年，玛格丽特腿部负伤，不得不辞去报社的工作。在丈夫的鼓励和支持下，她开始投身于创作。历时约十年后，她创作出了名扬四海的小说《飘》（*Gone with the Wind*，1936）。该作问世以后，赞美之言铺天盖地，国内外的印数陡增，她也于一夜之间成名。

1949 年 8 月 11 日，一场意外的车祸夺走了玛格丽特的生命。她一生没有子女，只给这个世界留下了一部佳作。根据《飘》改编的电影（汉译《乱世佳人》）更是作为经典之作常演不衰。

二、代表作

小说《飘》的题目出自美国诗人欧内斯特·道森的一句诗。米切尔在这部作品中塑造了一位具有叛逆性格的佐治亚女性斯嘉丽（Scarlet O'Hara），讲述她与朋友、家人、情人在美国内战前、美国内战时期和战后重建时期的生活。同时也讲述了斯嘉丽与瑞德（Rhett Butler）间的爱情故事。

主人公斯嘉丽是佐治亚州塔拉庄园庄园主的女儿，幼年时家境优越，家人对她也是宠爱有加，因此也养成了她任性的性格。然而随着内战的爆发，一切都发生了改变。她的第一任丈夫在前线牺牲，而随后亚特兰大又被北方军队攻陷，并遭到洗劫。在这危急关头，斯嘉丽充满了强烈的生存欲望，并且肩负着照顾全家人生活的重担。此时，她那任性偏执的性格幻化成了面对现实的勇气和决心。她心中怀着一个强烈的愿望：要靠自己的努力重振塔拉庄园昔日的风采。在这个过程中，原本粗心、缺乏分析能力的她逐步养成了心思细密、关心他人的特点，在性格上得以完善。为此，这部小说被认为是一部反映女性走向成熟的作品。

在这部小说中，玛格丽特为读者呈现了两个重要的女性人物形象，即斯嘉丽和梅兰妮（Melanie Hamilton Wilkes）。梅兰妮似乎在很多方面和斯嘉丽截然相反。她看上去是那种典型的南方女性形象——柔弱、消极，又有些理想主义，但在这些表面的背后，她也有着务实和坚强的性格。尽管痛苦和磨难接踵而至，不停地面临着死亡的威胁，但梅兰妮一直支持着斯嘉丽。斯嘉丽和梅兰妮的身上尽管有着许多差异，但她们共同具备的勇敢、坚忍和务实的性格使她们相互支持，形成了持久的友谊。在传统西方文学的定式中，女人之间的关系通常是为了争夺男人而相互竞争，玛格丽特描写的两个女性角色之间的友谊，显然是对这种传统的挑战。

而另一方面，小说中主要男角色也有两个，即阿希礼（Ashley Wilkes）和瑞德。和两位勇敢、坚忍、务实的女性形象相比，这两个男人都显得不切实际。阿希礼在战争爆发之后应征入伍，因此他可以说是一个勇敢的男子汉形象。但他无论是在战前的农场生活中，还是在战后商业化的社会中，都无法找到自己的位置。斯嘉丽三段婚姻的失败都是因为她对这三个丈夫以外的第四个男人——阿希礼念念不忘，但故事的最后她发现自己爱的不是阿希礼。而瑞德的不切实际体现在尽管他看到了斯嘉丽勇敢的一面，但他一直把后者当做一个天真的小女孩看待。而此时的斯嘉丽早已不是小女孩了，她的性格在经过不断的磨炼后已经变得成熟。当最后斯嘉丽意识到自己爱的是瑞德时，他们最终还是以分手结束。与其说造成瑞德离开斯嘉丽的原因是他无法接受斯嘉丽之前和阿希礼的"出轨"，不如说是因为瑞德爱的还是他心中那个天真的斯嘉丽，他注定无法接受眼前这个成熟的斯嘉丽。

小说的艺术成就很快得到了广泛的认可。1936年6月30日，玛格丽特的《飘》一经面世，其销售情况立即打破了美国出版界的多项纪录：日销售量最高时为五万册；前六个月发行了一百万册；第一年为二百万册。随后，小说获得了1937年普利策奖和美国出版商协会奖。半个多世纪以来，这部厚达一千多页的小说一直位居美国畅销书的前列。截止70年代末期，小说已被译成二十七种文字，在全世界的销售量也逾两千万册[1]。1939年，由好莱坞制作，维克多·弗莱明导演，费雯丽和克拉克·盖博等巨星领衔主演的同名影片问世。该影片堪称好莱坞"第一巨片"[2]，并且在1939年的第十二届奥斯卡奖中一举夺得八项金像奖。

然而，尽管这部小说获得了公众的认可，但并不意味着这部小说是一部无可挑剔的作品。有学者和批评家指出，这部小说带有强烈的美国南方联邦政治信仰，而且它对美国南方奴隶制进行了美化，书中的美化与历史

---

[1] http://baike.baidu.com/view/302807.htm.
[2] 同上。

事实有很大的出入。

三、评价

玛格丽特·米切尔是一位反对战争的作家,并将自己对女性的关怀融入到了作品中。她在作品中描述了战争给当地带来的灾难,而且她还特别指出了战争对女性生活的影响。战争迫使女性走向自立,但同时也使她们陷入了贫困和孤独当中。

玛格丽特·米切尔继承了女性乡村文学的传统,她的作品与艾德娜·费勃(Edna Ferber)的《宁馨儿》(*So Big*,1924)、伊伦·格拉斯哥的《贫瘠的土地》(1925),以及威拉·凯瑟的《啊,拓荒者!》(1913)和《我的安东尼亚》(1928)一脉相承。在这些作家的笔下,女性农民形象聪明、勤劳、能干,她们热爱土地,不仅是因为土地能为她们带来经济上的富足,还因为土地也是她们的精神寄托。

参考文献

1. Edwards, Anne. *Road to Tara: The Life of Margaret Mitchell*. New Haven: Tichnor and Fields, 1983.

2. Egenreither, Ann E. "Scarlett O'Hara: A Paradox in Pantalettes." In *Heroines of Popular Culture*, edited by Pat Browse. Bowling Green, Ohio: Bowling Green State University Popular Press, 1987.

3. Pyron, Darden Asbury. *Southern Daughter: The Life of Margaret Mitchell and the Making of Gone With the Wind*. New York: Oxford University Press, 1991.

67. 阿耐斯·宁

（Anaïs Nin）

一、作家介绍

阿耐斯·宁（Anaïs Nin，1903 – 1977），著名日记体作家、小说家和女权主义者，于1903年出生于法国。父亲是钢琴作曲家，在阿耐斯11岁时离家而去。母亲是一名古典歌手，具有古巴、法国和丹麦血统。她主要靠在图书馆自学和写日记完成了文学启蒙教育。她1岁就开始记日记。开始是用法语写作，直到17岁才开始用英语写作。16岁时放弃了正式的学校教育当了模特，在纽约学习艺术。1923年嫁给了第一位丈夫银行家修·古勒，后她回到了欧洲，和兰克（Otto Rank）一起研究心理学问题，并在纽约做了一名非专业的精神病学家，她还曾经做过卡尔·荣格的病人。阿耐斯有很多年都同时生活在两份婚姻中：1955年，她在未和修·古勒解除婚姻关系的情况下便和林务官鲁珀特·普尔结婚了。直到1977年阿耐斯去世后才真相大白。1985年修·古勒去世之后，鲁珀特·普尔将阿耐斯的日记原本公布于世。

她于1924年和古勒搬到巴黎，在那里古勒开始他的银行事业，而她开始对写作产生了兴趣，她出版的首部作品是对劳伦斯的文学评论《劳伦斯：一个非职业性的研究》(*D. H. Lawrence: An Unprofessional Study*)。她还探索了心理疗法领域。阿耐斯于1932年结识了亨利·米勒，之后他们的爱情关系持续了多年，亨利对她的重婚情况毫不知情。1939年，她和古勒搬回到纽约城。20世纪40年代，她在纽约建立了盖墨出版社，自费出版自己的作品。她有二十五年的时间在纽约和加利福尼亚之间来回奔波。20世纪40年代和50年代，她和年轻的作家罗伯特·邓肯及韦德勒·詹姆斯等来往密切。1973年,她在费城艺术学院得到了荣誉博士学位。1974年她进入国家艺术和文学协会。

她的主要作品包括《劳伦斯:一个非职业性的研究》、《拼图》(Collages)、《诡计的冬天》(Winter of Artifice)、《玻璃铃铛下面》(Under a Glass Bell)、《乱伦之屋》(House of Incest)、《维纳斯之四等星》(Delta of Venus)、《小鸟》(Little Birds)以及《内部之城》(Cities of the Interior)五卷。此外还有《阿耐斯的日记》(The Diary of Anaïs Nin)共七卷、《阿耐斯的早期日记》(The Early Diary of Anaïs Nin)共四卷、《未来的小说》(The Novel of the Future)、《乱伦》(Incest)、《火》(Fire)和《接近月亮》(Nearer the Moon)。

二、代表作

1.《阿耐斯的日记》(The Diary of Anaïs Nin)

这是作者个人的日记集结出版的作品,共七卷。阿耐斯可能主要是凭借她的日记才为公众所知。这些日记是从阿耐斯在11岁时随母亲和兄弟从欧洲到纽约的途中开始,她说这些日记最早是写给她父亲看的。此后阿耐斯的人生中一直保留着记日记的习惯,直到她于1977年去世。她的日记横跨数十年,在各个方面都颇具魅力。

早在20世纪30年代阿耐斯就打算将她的日记出版,但是直到1966年这一愿望才得以实现,主要原因是她的日记数量之大令人惊叹(截止到1966年,她的日记超过了一百五十卷,总数多达一万五千页以上),而她的写作风格在当时也很难令大多数人接受。这些日记不单单是一部传记,还可以说是一部艺术作品。日记的每一卷都有一个统一的对话,将冗长的观察和隐秘的评论交错在一起。阿耐斯生前和很多著名的作家,包括亨利·米勒、安托尼·阿托德、埃德蒙·威尔森、高·韦德勒、詹姆斯·阿吉及劳伦斯·达勒尔都是朋友,有些还是情人关系,此外她和很多艺术家、心理学家和其他的著名人物也保持着十分密切的联系。她在日记中对这些人物进行了深入和真实的描写,令人叹为观止。

《阿耐斯的日记》的确使阿耐斯·宁成为了一位饱受争议的作家。自从作品问世以来,对她的作品进行质疑、指责,甚至否定的评论家比比皆是。一位叫克劳迪娅(Claudia Roth Pierpont)的作家在最近一本名为《激情的思想》(*Passionate Minds: Women Rewriting the World*) 的书中写道："阿耐斯著名的日记最后出版了七卷,描写了一位在艺术背景下的一个吸引人的独立女性形象。"然而在之后的几页作者又说:"日记的真正主题不是性和妇女地位的提高,而是欺骗。"这个谴责来自于在她的生活中,阿耐斯为了出版她的日记,几次将日记删改,有时是由于法律原因,有时是为了保护她所爱的人,还有时是因为使自己的形象和生活更容易被别人接受。然而现在已经有越来越多的人意识到了《阿耐斯的日记》无论是其中蕴含的妇女冲破传统束缚、寻找属于自己的情感取向的女权主义思想,还是作品本身的文学价值,都证明了这部作品正如《洛杉矶时报》(*Los Angeles Times*) 所评论的那样,是"文学史上最出色的日记作品之一"。

2.《乱伦之屋》(*House of Incest*)

《乱伦之屋》是阿耐斯最著名的小说,它描写了一个妇女脑海中的神游,表达了她对性与爱的渴望和理解。叙述形式是实验性质的,按照时间的顺序把一些反映诗人复杂心境的诗意的印象连接起来,但主题集中,思想深刻,很少提及次要人物,除非跟女主角萨比娜(Sabina)相关时。对话内容也都是与主题联系密切的,背景和动作也都是对理解女主人公的思维很重要的。因此该小说得以深入到角色个性的每一个层次,从而证明了女性并非只是头脑简单而已。

故事的开头充满悬疑,女主人公为了排遣寂寞而随意拨打一通电话。夜色、黑衣与浓妆包裹着的萨比娜徘徊在夜色与迷茫之中,一阵莫名的不安与空虚袭来,想到丈夫阿兰(Alan)和不远处的家,短暂的幸福感和安全感划过心头。但萨比娜的肉身却始终追寻着自由,她一边风花雪月,一边又深感愧对丈夫。她嫉妒情人菲利普(Philip)能够轻易捕获陌生女人芳心的本领。另一个情人约翰(John)征服了萨比娜,但却鄙视她的轻浮,最终抛弃了她。她寻求约翰的影子,却遇到了唐纳德(Donald),但唐纳德对萨比娜的爱更像是儿子对母亲的爱。萨比娜也正像是一位母亲一样对待唐纳德,直到激情褪去。迷茫的萨比娜最终在友人的帮助下意识到自己对自己的否定以及对他人不切实际的期待导致她无法感受真爱。

该小说属于阿耐斯的系列小说《内部城市》的五部中的第四部。系列中描写了多个女性,但可以看成是一个人物的多个方面。五个部分没有固定的顺序和一致的内容，但通过一致的主题连接了起来，即女性的心理层面，从更广泛的层次上解读了理想与现实的女性身份，把传统文学中被禁止或遗忘的题材以更加诗意、准确和理性的语言再现。

整个系列中一直有萨比娜这个人物，她感性而又性感，同阿耐斯其他人物一样在责任与欲望之间徘徊。这一主题在《乱伦之屋》中得以最全面地表现。萨比娜想要像男人一样处处留情，以期得到真爱，结果身体得到了享乐，但感情上却是一场空。她为了取悦于男人而扮演不同的身份——情人、孩子、母亲，但却找不到其中的核心，最终迷失的是自己。她开始感到无颜面对丈夫，想要寻求原谅和赎罪。她应当勇敢而诚实地面对自我的各个方面。

小说不是按照时间顺序进行的，而是以比喻的方式展开了一场心灵之旅，表现了人物的内心世界。没有跌宕起伏的情节，而是充满了诗意的分析。叙述者不是男性，而是代表作者的女主人公萨比娜，以女性自己的视角解读女性。

在阿耐斯之前很少有人大张旗鼓地谈论女性的性意识，尤其是女性作家。该小说曾遭到多家出版社的拒绝，最终由作者自费出版。她被公认为是第一个公开讨论这些性问题的作家，其没有厌世情绪和暴力内容的女性视角更加受到肯定[①]。

三、评价

虽然人们认为阿耐斯有自恋倾向，另外很多评论家认为她的作品是典型的黄色书刊，然而她作品中所采用的女性主义角度，以及她的心理透视和对自我的探索使她登上过美国很多大学的讲台。情爱描写确实是她的作品的一大特点，她也是第一位探索性写作的女作家，并且当之无愧是当代欧洲第一位描写性的女作家。

历史对阿耐斯来说并不很宽容。在她去世一年内，有人研制出了一种叫做"阿耐斯"的香水，好像她一生中留下的记忆只有独特的韵味了。作为一名优秀的作家，她的名字并没有在文学界得到应有的重视，而只是用

---

① Janet M. Labrie, *Masterpieces of Women's Literature*, ed. Frank N. Magill, New York: Harper Collins Publishers, 1996, p.474.

来命名一种味道，难道不是很可悲么？在她去世后形成了这样一种风气，她的追随者被认为是疯子，而那些尊重她的人也受到人们的冷眼。读者只需合上书，就会对陷入其中的女人感到怜悯。作为短篇小说作者，虽然直到20世纪60年代才被发现，但是今天她已经被认为是20世纪的主要作家之一，也是妇女反对传统、重新定义自己的性别角色的灵感来源之一。

阿耐斯·宁一生中的大多数时间都是默默无闻的文学人物，然而她对"男子气概"和"女性气质"的天性的观点已经影响到了被称为"分歧女性主义"的女权主义运动。晚年时期的她从早期相对政治化的女权主义形式中解脱出来，相信日志写作是个人解放的一个重要来源。当她从1931年开始记的日记于1966年发表之后，阿耐斯受到了大众的瞩目。这些不只是日记，每一卷都有一个特定的主题。在写作的时候，可能作者已经考虑后来将其出版。她和她很多亲密的朋友的信件，包括和亨利·米勒的信件都已经出版。

参考文献

1. *New York Times*. January 16,1977.

2. *Newsweek*. January 24,1977.

3. *Time*. January 24,1977.

4. *Washington Post*. January 16,1977.

5. Evans, Oliver. *Anais Nin* Carbondale: Southern Illinois University Press, 1968.

6. Franklin, Benjamin V. *Anais Nin: A Bibliography*, Kent State University Press, 1973.

7. Nin, Anaïs. *The House of Incest, A Prose Poem*. Paris: Siana Press, 1936.

8. Nin, Anaïs. *Cities of the Interior*. Athens, Ohio: The Swallow Press, 1959.

9. Nin, Anaïs. *The Diary of Anaïs Nin, 1931-1974*. G. Stuhlman, ed. New York: Harcourt, Brace and World, 1966-80.

10. Nin, Anaïs. *The Early Diary of Anaïs Nin, 1914-1931*. New York: Harcourt, Brace and World, 1978-85.

11. Nin, Anaïs. *A Journal of Love: The Unexpurgated Diary of Anaïs Nin, 1931-1939*. New York: Harcourt, Brace and World, 1986-96.

12. Snyder, Robert. *Anais Nin Observed: From a Film Portrait of a Woman as Artist*. Chicago: Swallow Press. 1976.

68. 莉莉安·海尔曼

（Lillian Hellman）

一、作家介绍

莉莉安·海尔曼（Lillian Hellman，1906－1984），美国戏剧家和社会活动家，于 1904 年出生于路易斯安那州的新奥尔良市。父亲是鞋商，母亲来自上层中产阶级。海尔曼作为独生女受到了良好的教育。父亲生意失败之后他们举家迁到纽约，海尔曼的童年是在曼哈顿的家中和新奥尔良的亲戚家度过的，这就使她同时具有南方的感伤和北方对于这种感伤的批评的双重意识，这对她后来的文学创作影响深远。

她曾在纽约大学断断续续读了三年书，但是没有拿到学位。离开大学后，找到了一份校对书稿的工作，这是她进入文学界的第一次尝试。而文学界对于初出茅庐的海尔曼来说极富挑战性，当时波希米亚式的生活对这个刚刚 20 来岁的年轻女性来说也是一种诱惑。激情澎湃的她嫁给了出身平凡却雄心勃勃的新闻广告员亚瑟·克伯尔（Arthur Kober）。在他的介绍下，海尔曼开始撰写剧本评论和书评。婚后不久，克伯尔被任命为一本新的文学杂志的编辑，于是海尔曼跟随丈夫去巴黎，在这里她尝试创作短篇小说和评论，但也是在这里，她的婚姻出现了问题，海尔曼独自一人回到了纽约，决心在文学与戏剧界一展身手。她发表在《纽约客》(New Yorker)上的短篇小说小有成就，同时她也是《纽约先驱论坛报》(New York Herald Tribune) 的一名自由书评人。1929 年她在德国逗留了一小段时间，目睹了当时尚处于萌芽状态的纳粹。她对纳粹的反犹太主义进行了揭露，这一主题后来体现在她的作品《守卫莱茵河》(Watch on the Rhine) 和《搜寻的风》(The Searching Wind) 等中。20 世纪 30 年代，海尔曼与丈夫搬到好莱坞，在这里她学会了创作电影剧本。她还在这里遇到了当时著名的侦探小说家和编剧哈米特（Hammett）。后来海尔曼与丈夫克伯尔的婚姻最终走向破裂，随后她与哈米特走到了一起，他成为海尔曼的情人和导师。尽管他们一直没有结婚，双方也有很多的不愉快，但他们的关系持续了三十多年，这对海尔曼的创作有着极深的影响。哈米特编辑了海尔曼的许多戏剧，而且海尔曼的一本有名的自传《一个未完成的女人》（An Unfinished Woman）也以他为主题。海尔曼在他的鼓励与启发下，在1934年创作出戏剧《孩子们的时间》（The Children's Hour，又名《双姝怨》），在百老汇成功上演，她也由此在美国戏剧界崭露头角。

契诃夫风格的戏剧《秋日的花园》（The Autumn Garden，1949）是海尔曼最优秀的戏剧之一，此外她1960年的戏剧《阁楼上的玩具》（Toys in the Attic）使她再获纽约戏剧批评奖。她的立场从20世纪30年代的社会现实主义逐渐成为50年代的尊奉中产阶级，在60年代和70年代，她还创作了自传，记录了她不同寻常的生活，比如《一个未完成的女人》、《再现》（Pentimento: A Book of Protraits），还有关于麦卡锡主义的《恶棍时代》（Scoundrel Time）。身后还出版了她与一位终生好友合写的一本食谱。

她曾任教于哈佛大学和耶鲁大学，并获得纽约大学、耶鲁大学和哥伦比亚大学这些名校的荣誉博士学位。

二、代表作

1. 《孩子们的时间》（The Children's Hour）

这是海尔曼发表的第一部作品，是在哈米特的帮助下写于1934年的一部三幕问题剧，讲述的是谣言的传播能毁掉人们的生活。

故事的主人公是两个开办女子寄宿学校的年轻女子凯伦（Karen）和玛莎（Martha）。她们本能有个幸福安定的未来，然而因为一个14岁的被人宠溺、心怀鬼胎的问题学生玛丽，故事开始不可捉摸。第一幕，4月的一天，玛丽刚读完一本包含同性恋情节的小说。她给自己的迟到寻找托辞，被拆穿后又接着谎说自己是犯了心脏病。当凯伦的未婚夫乔（Joe）来为她诊断时，玛莎有些沮丧。而女助教莉莉（Lily）则因为要被解雇而不满，故而说出玛莎沮丧的原因，即她对凯伦有着"非正常的"爱情。第二幕，玛丽得知这一"内幕"消息后决定出逃以逃避惩罚，并将此消息告诉了她在当地极有影响力的祖母阿美利亚（Amelia），于是结果可想而知。开始这只是玛丽为了逃避而选择的借口，慢慢就使阿美利亚不得不相信了。阿美利亚指控她们的不正当关系，但玛莎和凯伦坚决否认，反控阿美利亚诽谤。第三幕已是 11 月，玛莎、凯伦和乔败了官司，名誉受损，只能待在空空如也的学校里。乔渐渐也开始产生怀疑。凯伦则慷慨表示愿意给两人再仔细考虑的机会。而此时玛莎却承认她确实爱着凯伦，而凯伦拒绝了玛莎，表示她对玛莎的爱不是男女之爱。失望的玛莎饮弹自尽。阿美利亚在发现玛丽的谎言后悔恨不已，匆匆赶来，却得知了玛莎自尽的噩耗。

这部剧从一个类似的刑事案件中汲取了生活原型而创作[①]，在当时引起了轰动，不仅是因为其颇受争议的同性恋主题，也是因为作者海尔曼在这部剧中所显露出来的才能。对于后来的学者来说，故事的同性恋主题占了主导。但海尔曼本人曾说，她真正要表现的主题是人性的善与恶、对女性的性压迫、阶级权力和谣言的威力，而并非同性恋。当时女性的性权利是受到社会压迫的，整个社会对其保持沉默和漠视。在这之前不久，甚至连避孕知识都是不允许女性知道的。女性被一层阴霾笼罩在表面的平静之下，但其实则潜藏了无限的可能性，正如玛丽对阿美利亚的耳语一样。同性恋行为在所有人看来更是耸人听闻的恐怖现象，大家都对此保持着秘而不宣的缄默，即使乔坚定地爱凯伦也开始怀疑。但缄默的力量更强大，这在本剧中有深刻反映，这一巨大的谎言正是在表面的沉默下大肆传播，这也是人性的一种反映。缄默给故事带来了毁灭性的结局。由于没有人知道该如何面对这一议题，所有人只有靠臆测来行事。阿美利亚无法不相信一个小女孩细致逼真的描绘，乔无法接受有瑕疵的爱情，凯伦无法理解玛莎的情感，而玛莎就只有以死来摆脱这一"病态"的折磨。作者揭示了人类的邪恶本性所带来的破坏力，这也是她以后几部作品中常出现的主题。

这部戏是海尔曼首部也是她最成功的戏剧，首轮就上演了六百九十一场。虽然当时毁誉参半，甚至在一些城市被禁演，但后来逐渐恢复了它应有的评价，被认为是当年美国最佳的剧作，甚至被认为在这部作品问世以

---

① Janet M. Labrie, *Masterpieces of Women's Literature*, ed. Frank N. Magill, New York: Harper Collins Publishers, 1996, p.118.

前的若干年中也没有任何一部作品能出其右。海尔曼也凭借此剧成为美国最重要的女性剧作家之一,也因此得到了一份收入丰厚的创作电视和电影剧本的工作。不久海尔曼把该剧进行了改编,去掉了同性恋题材,代之以三角恋情节和乔与凯伦有情人终成眷属的大团圆结局。该剧反映的性主题以及对女性的性压迫以及对压迫的缄默这一深刻和残酷的现实也使它获得越来越多的关注。但海尔曼对性这一内容的艺术处理方式实际上是间接而含蓄的,主要是通过它所制造的禁锢、沉默、恐惧、反感等情绪氛围来烘托和体现出来的,这也反映了海尔曼对待这一题材的态度。

2. 《小狐狸》(*The Little Foxes*)

海尔曼获得了成功,她引领了20世纪30年代末到40年代的传统戏剧时代,这一时代成就了美国戏剧的黄金时期。在这一时期海尔曼作品中最有名的是《小狐狸》,故事强烈谴责了一个世纪之交的南方家庭里的仇视和背信弃义。这部作品讲述了新奥尔良富有的哈伯德(Hubbard)家族是怎样密谋来攫取财富和权势的。这个家族的成员不仅牺牲外人的利益,内部之间也是勾心斗角。一个芝加哥商人威廉姆·马歇尔(William Marshall)想在这里建立一个纺织厂,并由哈伯德家族来掌管,条件是他们愿意出资买下新公司百分之五十一的股份。由此一场权力争斗开始了。家族出现了两派势力:一派是哈伯德家族里姓哈伯德的人,如瑞吉娜(Regina)和她的两个兄弟本(Ben)和奥斯卡(Oscar);另一派是因为婚姻关系而与哈伯德家有联系的人,像瑞吉娜的丈夫赫拉斯(Horace)和他们的女儿,以及奥斯卡的妻子。在剧中,海尔曼揭示了人性中恶的一面,比如瑞吉娜眼睁睁地看着她的丈夫患心脏病去世而不给他取药。因此一些评论家认为海尔曼的戏剧过于"戏剧性"了。

1945年,也就是《小狐狸》首映七年之后,海尔曼创作了它的前传:《森林的另一部分》(*Another Part of the Forest*,又名《家》),把时光向前推进了二十年,讲述了二十年前的哈伯德家族的事情。"二十年没有把他们变得单纯,他们邪恶的本性早已形成了。"评论家对这部剧也有着不同的看法,然而他们一致认为海尔曼在这部剧中采用了太多的情节剧元素。有评论家指出这部后来的戏剧并不如前作那样有力,海尔曼在剧中的两天里注入了过多的危机,剧中人物的言语也过于尖锐,显得很不真实。

三、评价

尽管海尔曼颇受争议,但是在许多美国人眼中她还是个非常有传奇色彩的人物和有很高地位的作家,被称为20世纪最有影响力的女剧作家。从1934年开始创作百老汇剧本到去世,海尔曼在文坛活跃了半个世纪,也引起了无数的争议,她甚至成了文学界的一个神话。当她去世的时候,她所写出的久演不衰的百老汇剧本要比其他著名的男剧作家如田纳西·威廉姆斯、爱德华·阿尔比还要多。海尔曼去世后,其他知名作家对她进行了回忆,并给予她高度评价。海尔曼是当时最大胆、最有创造性的剧作家之一,她自己的生活就是一段很好的戏剧素材。卡尔·罗立森(Carl Rollyson)指出:"理解海尔曼笔下的人物,以及是什么使她成为一个传奇,关键就是她自己觉得自己是一个显赫的女人。"在今天她依然受到人们的瞩目。

参考文献

1. Bernstein, Richard. "Long, Bitter Debate From the 50's: Views of Kazan and His Critics." *New York Times*, May 3, 1988.

2. Glazer, Nathan. "An Answer to Lillian Hellman." *Commentary Magazine*, Vol. 61, No. 6, June, 1976.

3. Lamont, Corliss, Hellman, Lillian, et al. "An Open Letter to American Liberals." *Soviet Russia Today*, March, 1937.

4. Mellen, Joan. *Two Invented Lives: Hellman and Hammett*. New York: Harper & Collins, 1996.

5. Rollyson, Carl E. *Lillian Hellman: Her Legend and Her Legacy*. New York: St. Martin's Press, 1988.

6. Gassner, John, *Dramatic Soundings: Evaluations and Retractions Culled from 30 Years of Dramatic Criticism*, New York: Praeger Publishers, 2003.

69. 安·佩特里

（Ann Petry）

一、作家介绍

安·佩特里（Ann Petry，1908 – 1997），美国黑人女作家，她是美国历史上首位作品销量突破百万的黑人女作家[①]。佩特里于 1908 年 10 月 12 日出生在康涅狄格州的旧赛布鲁克。父亲开办了一家药房，母亲是一位足病医生，此外还从事理发等多种职业。安·佩特里的家是小镇上仅有的两个黑人家庭之一。佩特里念高中和大学时一直是班上唯一的黑人学生。父母竭力为她营造一种远离偏见和隔绝的气氛。20 世纪 20 年代，佩特里的父亲还专门就女儿和侄子、侄女在学校里受到老师歧视的问题给《危机》(*The Crisis*) 写信。佩特里为她悠久的家庭传统感到非常自豪，在听先辈们讲述他们如何反抗种族压迫经历的过程中，佩特里意识到语言文字对于传承历史、超越时空局限的重要性，更激发了她从事阅读和写作的热情。

佩特里第一次从事写作是在她读高中的时候，当时她为一家香水公司写广告宣传标语。此后，她又尝试独幕剧和短篇小说的创作。然而此时写作对她而言仍然只是一种业余爱好。1931 年，她到康涅狄格医药学院学习医药学，毕业后在自家开的药房工作，一边当药剂师，一边为当地报刊做兼职记者。她在自家药房当药剂师长达五年之久，她后来也把这段经历写进了自己的作品当中。1938 年，佩特里结婚，并随丈夫前往纽约市。

[①] Janet M. Labrie，*Masterpieces of Women's Literature*, ed. Frank N. Magill, New York: Harper Collins Publishers，1996.

她向《阿姆斯特丹消息》(The Amsterdam News) 投稿，在这段时间她还参加了哈莱姆社区的一个教学项目，哈莱姆的工作经历让佩特里切身感受到了美国黑人生活的艰辛，哈莱姆黑人的悲惨经历也对佩特里后来的创作产生了重大的影响。1939 年 8 月 19 日，她用笔名阿诺德·佩特里 (Arnold Petry) 发表了第一部短篇小说《小木屋俱乐部的玛利》("Marie of the Cabin Club")。1941 年，佩特里开始担任编辑部设在哈莱姆的《人民之声》(The People's Voice) 的记者。她从事记者工作长达五年之久，这五年里，她参与记者的各项工作，为她后来的创作积累了丰富的素材。佩特里后又担任妇女版的编辑，同时在哥伦比亚大学学习文学创作。1944 年《人民之声》倒闭后，已发表过多部短篇小说的她决心靠写作为生，谋求经济上的独立。40 年代开始，佩特里的名字开始频繁出现在大量的文学杂志当中。1943 年，她的短篇《周六中午的警报声》("On Saturday the Siren Sounds at Noon") 发表在《危机》杂志上，该小说的发表引起了霍顿·米夫林 (Houghton Mifflin) 的关注。米夫林鼓励她尝试小说创作，并从经济上给她很大的支持。1946 年，佩特里的第一部小说《街区》(The Street) 发表，这部小说以佩特里在《阿姆斯特丹消息》和《人民之声》的工作经历为素材。次年第二本小说《乡村》(Country Place，1947) 发表，主要讲述了康涅狄格州乡村小镇的故事，该书中的许多细节均来自作者自己的生活。

在写作的同时，安·佩特里还非常关注哈莱姆的居民。她创立了黑人妇女同盟 (Negro Women Inc.)，并在 1944 年成为哈莱姆一所小学的教育专家。1948 年，佩特里同丈夫回到旧赛布鲁克，此时她已经是一位很有名气的作家了。此后几年，佩特里仅写了一部小说《海峡》(The Narrows，1953)，这部小说写的是像她本人一样有才干的一位黑人妇女的经历，并在其中穿插讲述了一则浪漫故事：一个受过良好教育的黑人青年爱上了一个富有的白人姑娘，但最终爱情导致了悲剧。佩特里还写过一些儿童文学作品，包括《杂货店的猫》(The Drugstore Cat，1949)、《萨勒姆村的替图巴》(Tituba of Salem Village，1964) 和关于废奴运动女领袖的故事《哈丽特·塔布曼》(Harriet Tubman，1955)。除了写作，佩特里也积极参与社区的各项活动。她学习绘画，参加钢琴课程和美国黑人剧团的演出。她还在美国全国有色人种协进会(NAACP)的哈莱姆分校教授商业信函的写作课程。佩特里于1997年4月28日去世。

二、代表作

《街区》(*The Street*)的女主人公卢蒂·约翰逊(Lutie Johnson)原来在康涅狄格州一个富有的白人家庭做女佣,深受白人中产阶级价值观念的影响。她加班加点工作,以为勤劳可以致富,不料她失业的丈夫不满于她整天不在家,与别的女人发生了关系。卢蒂被迫带儿子离家出走来到纽约,后来经过四年的努力,她当上了一名文件管理员。小说从她搬进哈莱姆的寓所开始,展现她在北方城市里为生存而进行的挣扎。小说的开篇,佩特里首先营造了一条富有象征意义的街道——纽约市第7大街第116街。呈现在读者眼前的是阴暗的过道、发霉的气味、拥挤的住房和肮脏的街区。此刻,故事的女主人公卢蒂·约翰逊走在街道上,被风刮得东摇西摆。此时的卢蒂已经发现,依靠她做文件管理员的微薄收入无论如何都很难逃出贫困的境地。而且她成为了三个男性压迫的对象:房主琼斯、乐队领班布茨和卡西诺赌场白人老板荣图。琼斯试图对她施暴,但未能得逞,便诱使她儿子偷信犯罪,结果儿子被关进"劳改学校"。为支付律师手续费,她去向布茨借钱。布茨非但没给她钱,反而建议她去向荣图卖身,以便拿到拖欠的工资,并且要先和她上床。卢蒂出于自卫杀死布茨。小说结束时,卢蒂逃离现场,登上了去芝加哥的火车。然而,卢蒂的后续命运又该怎样呢?小说的结尾这样写道:"那条街迟早要捕获他们的,因为那条街慢慢地,不可避免地要吸吮尽人身上的人性。"[①]佩特里在这部作品里反复强调环境对人生所产生的重大影响。长期生活在一种不健康、不卫生的环境里,他们注定会灾难缠身,凄惨一生。

《街区》以一位黑人妇女为中心人物,讲述了她与贫穷、剥削、种族、性别歧视相抗争的故事。作品反映了黑人贫民窟环境对人的命运的主宰作用,涉及黑人妇女的独特体验。作品描写了卢蒂对生活既定目标的追求,而不是她对自我的寻求。卢蒂是20世纪40年代成千上万个生活在哈莱姆的黑人妇女中的一员,对于她来说,忙碌下去的唯一支柱是对更好生活的

---

① Ann Petry,*The Street*, Boston: Houghton Mifflin Co (Mariner Books),1946,p.176.

企盼，但是种族和性别的双重压迫使她陷入困境。但这部小说的特点在于佩特里笔下的卢蒂已经不再是唯唯诺诺的弱女子形象，她勇敢面对生活中的问题，不向命运屈服。虽然故事的最后卢蒂前途未卜，但她对生活不屈不挠的勇气和斗争精神还是给无数读者留下深刻的印象。

佩特里继承了赖特的"城市现实主义"的传统，《街区》与《土生子》的共同之处在于它们都揭示了个人犯罪与社会环境的因果关系。卢蒂认为，她所居住的街区是北方的"暴徒"。她迫于无奈，忍无可忍，才走上杀人的道路。佩特里和赖特一样，在强调环境对黑人生活所起决定作用的同时，竭力引发读者对黑人犯罪原因的思考。同时，美国评论家卡尔·米尔顿·休斯在他所著的《黑人小说家》一书中指出：安·佩特里的《街区》与理查德·赖特的《土生子》相比更具自然主义特色，因为佩特里的《街区》里"完全没有宗教因素，也未将卢蒂任何病态心理或其他精神因素写进作品"[①]。佩特里把女主人公的命运完全交由社会去决定，不管女主人公多么恪守节操，最终都难逃社会的"魔爪"。《街区》一经发表就收到了良好的反响，它的销售量超过一百万册，很快成为美国黑人文学的经典之一。《街区》被纳入了"抗议小说"之列。

三、评价

佩特里的作品与20世纪20年代发生在哈莱姆社区的"文艺复兴"以及之前的作品相比有了质的飞跃。作为一名黑人作家，佩特里竭力揭露种族主义、性别歧视、等级差别给黑人以及白人带来的悲惨命运。评论家曾一度认为佩特里是用自然主义笔法写作的作家。在她的作品中，佩特里努力分析造成黑人悲惨命运的社会原因。同时，她又开拓了一种全新的叙述视角，证明自己并不是局限于讲述一种黑人压迫。有评论家指出，佩特里的创作为20世纪60年代至70年代蓬勃发展的女权主义运动指明了方向，而佩特里本人也称得上是女权主义运动的先驱[②]。

---

① Carl Milton Hughes, Arthur Ashe, *The Negro Novelist: A Discussion of the Writings of American Negro Novelists 1940–1950*, New York: Carol Publishing Corporation, 1990, p.94.

② Janet M. Labrie, *Masterpieces of Women's Literature*, ed. Frank N. Magill, New York: Harper Collins Publishers, 1996.

参考文献

1. Ervin, Hazel Arnett. *Ann Petry: A Bio-Bibliography*. New York: G.K. Hall, 1993.
2. Greene, Marjorie. "Ann Petry Planned to Write." *Opportunity* 24: 78-79, April-June, 1946.
3. Ivy, James W. "Ann Petry Talks about First Novel." *Crisis* 53: 48-49, January, 1946.
4. Lattin, Vernon E. "Ann Petry and the American Dream." *Black American Literature Forum* 12, No. 2: 69-72, Summer 1978.
5. McDowell, Margaret. "The Narrows: A Fuller VIew of Ann Petry." *Black American Literature Forum* 14: 135-141, 1980.
6. Shinn, Thelma J. "Women in the Novels of Ann Petry." *Critique: Studies in Modern Fiction* 16, No. 1: 110-120, 1974.
7. 乔国强:《美国40年代黑人文学》,《国外文学》,1999年第3期。
8. 虞建华主编:《美国文学辞典:作家与作品》,复旦大学出版社,2005年,第363页。
9. http://www.accd.edu/sac/english/bailey/petryann.htm.
10. http://authors.aalbc.com/annpetry.htm.
11. http://www.infoplease.com/ipea/A0761975.html.
12. http://www.cwhf.org/browse/petry.htm.

70. 尤多拉·韦尔蒂

(Eudora Welty)

一、作家介绍

尤多拉·韦尔蒂（Eudora Welty，1909 – 2001）于 1909 年 4 月 13 日出生于美国南部密西西比州（Mississippi）杰克逊市的一个中产阶级家庭。父亲在一家保险公司任职，母亲是一名教师。韦尔蒂的父母很爱读书，书籍从来都是他们生活中不可分割的一部分。1929 年韦尔蒂毕业于威斯康星大学英语系，获文学学士学位，1930 年在哥伦比亚大学商学院进修广告学。1931 年研究生毕业后，她回到经济大萧条中的家乡，为当地的广播电台和报纸撰稿。在此期间，她走遍密西西比州，接触了形形色色的人，这为她日后创作具有浓厚南方风味的小说打下了基础。她拍摄的好几百张黑白照片真实地记录了她的人生转折经历，以及她对各个阶层的观察。1936 年韦尔蒂曾在纽约美术馆举行摄影展，1971 年兰德书屋重新结集出版了那时的照片并题为《大萧条中的密西西比》(One Time, One Place: Mississippi in the Depression)。1936 年她发表的短篇小说《一个旅行推销员之死》("Death of a Traveling Salesman")引起了文学界的关注，被评论界誉为表现南方社会畸形人生活和心理状态的佳作。40 年代韦尔蒂步入了文学创作的第一个高潮，1941 年韦尔蒂的第一部短篇小说集《绿色的帷幕》(A Curtain of Green) 出版，收入了十七个短篇小说，再现了南方社会的真实生活，揭示了被社会唾弃的人的内心世界。大部分故事发生在密西西比州的小城或乡村，人物大都是一些鳏夫、寡妇、盲人、聋哑人、智力迟钝者、心理变态者、轻生自杀者和凶杀犯。此作品确立了韦尔蒂在美国文学界的重要地位。1942 年出版了《强盗新郎》(*The Robber Bridegroom*)，作品模仿民间故事的风格，描写了一个强盗对种植园主的女儿施暴后又娶她的故事。1946 年，韦尔蒂的长篇小说《德尔塔婚礼》(*Delta Wedding*) 出版，小说讲述的是费尔查尔德家族的故事。故事展示了女性在家庭事务中的创造能力、不同女性相互之间的关系以及女性与土地的关系。1949 年，她的压卷之作短篇小说集《金苹果》(*The Golden Apples*) 出版，并获得欧·亨利短篇小说奖。

第二次世界大战期间，韦尔蒂曾在《纽约时报》任职，撰写图书评论，把长篇小说《德尔塔婚礼》改编为百老汇戏剧《沉思的心》(*The Ponder Heart*)，于战后的 1954 年出版。但是，为了照顾病重的母亲和弟弟，她辞去了《纽约时报》的工作，把几乎所有的精力都投入了照顾病重的母亲和弟弟上。韦尔蒂在 70 年代初重返文坛，开始了她文学生涯的第二个创作高潮。1970 年，韦尔蒂出版了长篇小说《失败的战争》(*Losing Battles*)，该作品奠定了她作为美国主流作家的地位，小说主要通过对沃恩家族兴衰史的追述，反映了 20 世纪 30 年代的美国南方社会正处于从农业社会向资本主义工商业社会转型的社会现实，真实地再现了处于转型社会中的农民所面临的矛盾与困惑。1972 年她出版的长篇小说《乐观者的女儿》(*The Optimist's Daughter*) 于 1973 年获美国普利策文学奖。1980 年，美国总统卡特授予韦尔蒂自由勋章，以示表彰。1983 年韦尔蒂在哈佛大学举办系列演讲，回忆她的写作生涯，并据此于 1984 年出版了其回忆录《一个作家的开端》(*One Writer's Beginnings*)。1998 年，由美国图书馆选编，代表美国文学最高成就的《美国文学巨人作品》系列收入了韦尔蒂的作品，打破了之前这套丛书只收入已故作家作品的规矩，在美国文学界引起了轰动。

韦尔蒂终身未婚，一直住在父亲留下来的老宅里，将全部的精力投入写作。美国文学巨匠福克纳在 1943 年读了韦尔蒂女士的小说后写信给她说："你写得不错"[①]。2001 年 7 月 23 日在家乡密西西比州的杰克逊市，韦尔蒂病逝于肺炎，享年 92 岁。直到韦尔蒂女士去世时，那封信还挂在她卧室的床头。

---

① http://www.lxbook.org/zjzp/american/a_020.htm.

二、代表作

1. 《金苹果》(*The Golden Apples*, 1949)

韦尔蒂本人最喜欢的短篇小说集《金苹果》是一组内容丰富并极具象征意义的短篇小说,曾赢得过欧·亨利短篇小说奖。

《金苹果》由七个相对独立而又互相关联的故事组成,这些故事借助标题"金苹果"对希腊神话的提示,在古典文化的映衬之下展示并考察了当代人的追求和幻灭。小说讲述了美国南部莫根那镇(Morgana)在四十年风雨中所发生的故事和其主要人物如何在爱情与音乐艺术里寻找自己梦中的"金苹果"。镇上的老一代居民勤劳善良却又顽固守旧、狭隘庸俗,对外来事物充满抵触和怀疑。靠教授音乐为生的"外来人"艾斯霍特小姐(Miss Eckhart)遭受排斥,生活惨淡,最后陷入绝望和疯狂。旧式南方乡镇正在解体,可是现代大都市却并非是值得想望的未来。年轻人纷纷寻求更广阔的生活,然而麦卡雷恩(MacLains)在旧金山定居十余年后却又只能怀着失望重返家乡。小说探讨个人与家庭乃至社区之间的人际关系主题,用象征主义的手法展开情节,表现了人类同时存在欢乐与绝望、美好与恐怖、团聚与分离的复杂感情。

2. 《乐观者的女儿》(*The Optimist's Panghter*)

《乐观者的女儿》是韦尔蒂长篇小说的代表作,获得了1973年的普利策小说奖。这是一部以家庭婚姻为题材,以研究妇女心理状态为中心的作品。这部小说以简单的故事表现出了丰富的含义;以现实描写和大量回忆的交错出现刻画人物的心理,展示出了南方传统文化和现代物质文明之间的碰撞。小说通过一个生前为人乐观的老法官去世之后其女儿与继母之间的感情冲突,表现了美国南方社会风气的变迁以及人与人之间、家庭内部成员之间的矛盾,揭示了这种矛盾源于阶级及其社会背景之间的深刻差异。

《乐观者的女儿》是韦尔蒂为了悼念过世的母亲和弟弟而撰写的个人传记。故事的主人公劳雷尔(Laurel Hand)为了逃脱不堪回首的往事——新婚不久的丈夫死在二战战场上,母亲病逝于疾病的煎熬,父亲再娶了比劳雷尔还要年轻的费伊(Fay)——离开了南方的家园。数年之后,为了正在进行眼科手术的父亲,劳雷尔不得不从芝加哥赶到新奥尔良医院,然而父亲未能幸免于眼疾带来的问题。为了父亲的葬礼，劳雷尔随从继母回到了养育她的故居密西西比河流域的萨卢斯山庄（Mount Salus）。葬礼之后，劳雷尔处于与自私粗暴的继母无休无止的纠葛中，同时陷入了父母双亡及丧夫的痛苦中。浓郁的故乡情让劳雷尔又回到了过去，在痛苦的回忆中，她意识到只有接受过去、调试自我、继承故居传统的痛苦历程才能摆脱过去的历史阴影，最终获得对过去和现时的真正理解，从而重新获得自我。

批评家艾伦·泰特评论韦尔蒂时说她是"具有强烈特殊历史意识的南方作家，创造了一种寓过去历史于当今题材的文学"[1]。韦尔蒂的创作具有深刻的历史感和浓郁的乡土气息。她用批判的眼光看待美国内战后的南方传统文化，一方面通过人物和故事反映消逝的南方生活的可怕和沉闷的时刻；另一方面以多维的立体视角对回忆进行重建，重写了南方的文化史，塑造了新一代南方人形象，新南方人追求自由、独立和个人价值，摆脱了过去的历史阴影而重新面对已经改变的新世界，最终获得对过去和现时的真正理解。

三、评价

尤多拉·韦尔蒂是一位享誉世界的美国当代女作家，被公认为南方文学中除福克纳之外最出色的小说家。在韦尔蒂步入晚年后，美国文学界逐渐认识到了韦尔蒂作品的重要性，并给予了她很大的荣誉。韦尔蒂曾一度获得普利策小说奖、欧·亨利短篇小说奖及其美国图书评论家奖、美国国家图书奖、美国文学艺术金质奖章和威廉·迪·豪威尔斯小说奖等美国文学界的重要荣誉。韦尔蒂多才多艺，在小说、绘画、摄影等方面都颇有造诣。她的创作以南方乡土文学为基点，尤其关注南方妇女的生活经历与命运，叙事手法中融会了多种现代写作技巧，在南方文艺复兴中独树一帜。韦尔蒂是仅有的三位在活着的时候被收入"美国文库"（Library of America）的作家之一[2]，这奠定了她美国当代主流作家的地位，使她跻身

---

[1] 仲子、丁聪：《尤·韦尔蒂〈一个作家的起点〉》，《读书》，1984年第9期。
[2] "美国文库"所收的作者大都是已经过世的、在美国文学史上已经盖棺定论的经典作家。迄今为止，只有三位作家在活着的时候被收入"美国文库"：索尔·贝娄、尤多拉·韦尔蒂和菲利普·罗斯，而罗斯也是这三位中目前唯一一位尚在世的作家。（彭伦：《菲利普·罗斯：延续当代美国文学传奇》，《文汇报》，2009年7月31日）

于马克·吐温、惠特曼、亨利·沃顿、爱伦·坡、福克纳等美国文学巨人之列。

"人是不朽的,并非因为在生物中唯独他留有绵延不绝的声音,而是因为人有灵魂,有能够怜悯、牺牲和耐劳的精神。诗人和作家的职责就在于写出这些东西。他们特殊的光荣就是振奋人心,提醒人们记住勇气、荣誉、希望、自豪、怜悯之心和牺牲精神,这些是人类昔日的荣耀。"这是福克纳在接受诺贝尔文学奖时讲话中的一段,对于尤多拉·韦尔蒂来说,她应该是当之无愧的。韦尔蒂终其一生都在身体力行地实践着这个伟大的目标。她的写作主题和风格独树一帜,评论界认为她的作品具有古老的"哥特式"与南方奇异风格相结合的艺术特色。她善于运用光、影、色、形、声打造氛围,将词语符号幻化为更具直接冲击力的视觉艺术形态,从而揭示事物的象征意义,并服务于主题。其主题的影响力超越了南方文学的种族性、社会性、地域性,揭示了人生真谛和社会哲理,使她步入世界级的大家之列。

参考文献

1. http://whb.news365.com.cn/sy/200907/t20090731_2411561.htm.

2. http://ebook.1001a.com/uploadfiles_6143/%CE%C4%D1%A7/%A1%B6%B6%C1%CA%E9%A1%B7%B6%FE%CA%AE%D6%DC%C4%EA%BA%CF%BC%AF/84/90513.htm.

71. 伊丽莎白·毕肖普

（Elizabeth Bishop）

一、作家介绍

1911年2月11日，伊丽莎白·毕肖普（Elizabeth Bishop, 1911 – 1979）紧随着新英格兰一场罕见的暴风雪降生在马萨诸塞州的第二大城市伍斯特。同年身患阵发性抑郁症的父亲就病故了，母亲随后又进了精神病院。虽然祖父拥有万贯家产，包括美国东部最大的一家建筑公司，但毕肖普却是在加拿大新斯科舍省的外祖母和波士顿的姨母的轮流抚养下长大的。

1934年毕肖普毕业于瓦萨学院。她在20世纪30年代的纽约文学圈里的生活为其事业奠定了基础。她曾与大学同学路易斯·克兰在佛罗里达南部的基维斯特岛同居了五年。其实早在从哈得逊河畔的瓦萨女子学院毕业后她就开始了她一生的漫游和流浪。她先后在纽约、基韦斯特、华盛顿、西雅图、旧金山和波士顿定居。或许是出于天性，20岁刚过的毕肖普就适应了迁移的生活，她在《地图》一诗中写到：

地理学并无任何偏爱，
北方和西方离得一样近。

这首诗出现在毕肖普多部诗集的开篇。诗人对历史并不感兴趣，而地理和旅行却令她终生着迷。她曾数十次在加拿大、美国和拉丁美洲之间南北往来，或者横渡大西洋去欧洲。毕肖普每一部诗集的名字都与旅行有关，如《北与南》（*North & South*，1946）、《旅行问题》（*Questions of Travel*，1965）和《地理之三》（*Geography III*，1976），这不能说只是一种巧合。从50年代初开始，毕肖普定居巴西达十八年。她在当时巴西的首都里约热内卢和两座山区小镇佩德罗波利斯和欧罗普莱托生活、写作,度过了自己心目中最幸福的时光。她和她的巴西情人洛卡居住过的房子如今已成为各国游客观光的景点(与法国后印象派画家保罗·高更和他的塔希提岛颇为类似)。她的一生很多时候都在旅行,游离于美国的文化生活之外。

诗集《北与南》使伊丽莎白·毕肖普一举成名。1949年至1950年她成为美国国会图书馆诗歌顾问,而《北与南》和另一部新诗集《一个寒冷的春天》的合集《诗集》(*Poems: North & South/A Cold Spring*,1955)获得了普利策奖。诗集《旅行的问题》与《诗歌全集》(*The Complete Poems*,1969)牢固地奠定了她杰出诗人的地位。她曾获古根海姆奖和1970年的全美图书奖。

与诗歌中的节制和精确截然相反,毕肖普的个人生活放浪无羁。她的机智、幽默与恰到好处的愤世嫉俗和脉脉含情都使她颇具魅力。毕肖普和狄金森、莫尔一样终生未嫁,却不像她们那样过着苦行僧式的生活。她一直把生活看得比写作重要。毕肖普有过五位同性恋伴侣,其中两位比她年轻近三十岁,曾有两位情人为她自杀。但她厌恶爱伦·金斯堡那样的宣泄狂。她是位病理学上的酒徒,同时还是个出色的厨师,而其他家务则由她的女友操持。毕肖普和小她六岁的洛厄尔毕生相爱,但她充分意识到两个诗人在一起生活的后果。在这一点上她比普拉斯明智,后者因为与英国诗人特德·休斯的婚姻破裂导致精神崩溃。毕肖普的诗歌和小说大多刊登在《纽约客》上,这家杂志和她签有长期的优先合约。虽然她的《诗歌全集》只有两百来页,却得到了数十项奖励和荣誉。其中《诗集》获得了普利策诗歌奖(1956),《诗歌全集》获得美国国家图书奖(1970),《地理之三》获得了全国图书批评家奖(1977)。

她的小说和翻译是她的诗歌的有益补充,代表作《在村庄里》曾获得《党派评论》小说奖。此外毕肖普还获得过纽斯塔德特国际文学奖、巴西总统勋章和美加多所大学的荣誉博士学位。晚年的毕肖普当选为美国文学艺术学院院士。后来出于生活需要,她从巴西返回了故乡马萨诸塞,任教于哈佛大学。1979年11月,伊丽莎白·毕肖普猝然而逝,享年68岁。

二、代表作

《鱼》("The Fish")

我捉到一条大鱼
把它放在小船旁边
一半露出水面,用我的钩子
固定在它的嘴上的一角
它没有反抗。
它完全没有反抗。
它悬垂着令其烦恼之重,
顺从而又庄严
似乎毫不在意。此处彼处,
它的褐色皮肤上被拉出皱纹
就像古老的壁纸,
还有它那深褐的条纹

也像是壁纸上
那盛开的玫瑰
在岁月中被沾污和磨失。
它身上布满圈圈点点,
就像精美的菩提花饰,
它被小小的白色海虱所侵染,

还挂着两三片绿色的海草。
此时它的鳃还呼吸着可怕的氧气
——那吓人的鳃,
新鲜而充满了血液。
那粗糙的白色鱼肉会被如此可怕地切削,
折叠放起有如绒羽,
那大骨头和小骨头,
它那闪亮的内脏,
呈现夸张的红色和黑色
还有那粉红的鱼鳔

就像一朵大牡丹花。

我看进它的眼睛
那双眼比我的眼睛大出很多,
但更浅,而且是呈现黄色,
从那老旧的
布满划痕的鱼胶里看进去
用污浊的锡纸
那虹膜被支撑和压紧。
那双眼微微地转动了一下,但并没有
引起我的凝视。
——那更像一个小物体
在光线下微微倾斜。

我钦佩它那阴沉的脸,
那下颌的机构,
而后我看到
在它那下唇上(如果你能称它为下唇)
残忍地,湿漉漉地挂着五根旧鱼线,
或者说是四根,外加一个导杆,
那线轴仍然固定在上面,
五个大鱼钩,
牢牢地长在它的嘴上。

一根绿色的线,在它挣断的点上被磨损,
还有一根完好的黑线
突然抻断的地方还皱起波纹,
这力道使它得以逃脱。
就像缎带上的金牌
摇晃中被磨擦消蚀

一绺五根毛的智慧胡须
从他的疼痛的下颌中长出。

我凝视许久
胜利感注满了带缺口的小小船舱,
从那舱底的小池中。
在那里汽油散布了一道虹彩
从生锈的马达
到水斗生锈的桔色,
到那被阳光晒裂的横坐板,
到那被绳索牵系的桨架,
到那船舷上缘——直到每一种东西
都成了虹彩,虹彩,虹彩!
我把鱼放回了大海。

毕肖普的诗歌创作很大程度上受到了 T. S. 艾略特（T. S. Eliot）的影响,艾略特的后现代主义风格在这首《鱼》中也有所体现。前二十行诗人说她钓到了一条大鱼,并具体地描述了鱼的外形。一开始作者的描述并没有感情色彩,然而随着描述的深入,作者逐渐开始对这条鱼产生了敬佩。诗人在发现"五个大鱼钩,／牢牢地长在它的嘴上"（44 至 64 行）时对这条鱼的敬佩之情达到了高潮,她认为这条鱼不是一条寻常的鱼,它的勇敢与智谋堪称是一个英雄,而那五个大鱼钩就是它的"英勇勋章"。此后诗人开始探究自我,随后诗人的认识和思想感情都达到了升华,最后将鱼放回了大海,心中充满了喜悦和成就感。

常耀信教授指出,这首诗具有浓厚的当代气息,它显示了人对现实的循序渐进的认识过程。诗人的态度从客观逐渐向主观演进。诗的结尾具有开放性,包孕丰富,耐人寻味,为读者留下了开阔的想象空间,从而使这首诗具有了多个解读的角度。

毕肖普的诗歌中火花四射的技巧和千变万化的形式却使人赞叹不已,毕肖普在世时被称为"诗人中的诗人",她那"梦幻般敏捷的"诗歌感动了三代读者。约翰·阿什伯里（John Ashbery, 1927 – ）、詹姆斯·梅利尔（James Ingram Merrill，1926－1995）、马克·斯特兰德（Mark Strand，1934－ ）、C. K. 威廉斯（Charles Kenneth Williams，1936－）和尤莉·格雷厄姆这些风格迥异的诗人都承认毕肖普对他们产生了重要的影响，甚至同时代的罗伯特·洛厄尔（Robert Lowell，1917－1977）也从她的作品里受益匪浅，并对她推崇备至。兰德尔·贾雷尔（Randall Jarrell，1914－1965）在一次演讲中引用了洛厄尔的评价，称她是他们那一代最杰出的诗人。

三、评价

伊丽莎白·毕肖普是20世纪美国最重要、最有影响力的女诗人之一。她获得过美国文学艺术学院院士和桂冠诗人等殊荣，曾获普利策奖和美国国家图书奖。毕肖普的诗歌既继承了从赫伯特·里德（Herbert Read，1893－1968）到威廉·华兹华斯（William Wordsworth，1770－1850）的抒情传统，又吸收了现代主义的养料。毕肖普的诗歌朴素、谦逊、充满好奇。她的敏捷、仁慈和准确无误使读者在读她的诗歌时既有快乐，又蒙上了一层不可言说的哀伤。

毕肖普的诗歌构思严谨，表面上看恪守传统，却能产生令人惶惑的奇特效果。她的目的是对平凡琐事不断进行超现实的探索，使它们在清醒的世界变得不真实，从而取得意味深长的、寓言般的效果。毕肖普在诗歌中运用了强烈的音乐节奏、复杂的想象力和洞察力，这使得她的诗歌呈现出某种男性气质。

毕肖普的诗歌地位在世界文学史上坚实稳固。她被认为是继艾米莉·狄金森、玛丽安娜·莫尔之后美国最重要的一位女诗人。她用自己独特的方式继承和发展着由爱默生、艾伦·坡（Edgar Allan Poe，1809－1849）以及沃尔特·惠特曼（Walt Whitman，1819－1892）所开创的美国文学传统。

参考文献

1. Bloom, Harold, ed. *Elizabeth Bishop: Modern Critical Views*. New York: Chelsea House Publishers, 1985.

2. Diehl, Joanne Feit. *Elizabeth Bishop and Marianne Moore: The Psychodynamics of Creativity*. Princeton, New Jersey: Princeton University

Press，1993.

3. Lombardi，Marilyn May. *The Body and the Song: Elizabeth Bishop's Poetics*. Carbondale: Southern Illinois University Press，1995.

4. McCabe，Susan. *Elizabeth Bishop: Her Poetics of Loss*. University Park: Pennsylvania State University Press，1994.

5. http://projects.vassar.edu/bi.

6. http://www.anb.org/articles/16/16-01885.html.

7. http://www.zgyspp.com/Article/ShowArticle.asp?ArticleID=1155.

8. http://www.lxbook.org/zjzp/american.html.

72. 约瑟芬·迈尔斯

(Josephine Miles)

一、作家介绍

约瑟芬·迈尔斯（Josephine Miles，1911–1985），诗人、文学批评家。她于1911年6月出生于伊利诺伊州的芝加哥。他们一家人曾辗转各地，最终在加利福尼亚定居下来，她一生中大部分时间都是在这里度过的。她患有严重的风湿性关节炎，这使她腿部终生留有残疾。因为她病情严重，即使是穿过一个房间对她来说也非常困难。于是她的父母给她请来家庭教师让她在家中学习。迈尔斯身残志坚是个值得敬佩的女性。她顽强的意志力将身体上的痛苦对她的影响降到了最低，也正是这种意志力使她的事业一步一步地走向成功。

1932年，她在加利福尼亚大学洛杉矶分校获得了英国文学的学士学位，当时的大学对残疾学生关注还非常少。她开始想成为一名诗人。当她在加州大学伯克利分校开始研究生阶段学习的时候，又开始对诗歌的语言产生了浓厚的兴趣。1940年她在这里拿到博士学位时，在同一天收到了两封工作邀请函，一封是一家剧院给她提供的当剧作家的机会，另一封是学校邀请她留校任教。她毫不犹豫地选择了后者，并由此开始了她的学术生活。她也是加州大学伯克利分校英语系的第一位女教授。迈尔斯的一生都受到关节炎的折磨，她于1985年因肺炎在加利福尼亚的伯克利去世，享年74岁。

二、代表作

《大卫》("David")

哥利亚如何想到，尽管他心中胸有成竹，

一个心无杂念的孩子的弹弓的力量?
大卫怎会惧怕,他心中没有杂念,
名头再大的人也是只有两只脚?
于是一个被射中,一个大声欢叫!

在《大卫》一诗中,诗人用简单的、口语化风格的语言为我们描绘了一幅大卫王幼年时杀死巨人战士哥利亚的画面。前两节诗人用了对比的方法,首先描绘了哥利亚久经沙场、成竹在胸("哥利亚站在空旷的原野,/ 对自己和他人的状况了如指掌")。然而另一方面年幼的大卫王没有战斗的经历,心中也没有任何的想法("大卫站在那里,没有想法 / 没有经验……试试这块石头,又试试那块石头")。而最后的结果是弱的一方获得了胜利。

有评论家指出,迈尔斯诗歌的一大标志就是她简单的口语化语言。尽管在之前并没有获得应有的关注,但是近年来人们通过对迈尔斯作品的研究,认为她称得上是美国国内第一流的诗人。她的作品绝不逊于威廉·卡洛斯·威廉斯和玛丽安娜·莫尔(Marianne Moore)等著名诗人。

迈尔斯在她的诗歌和批评文章里探讨了文字和韵律的特点,就像玛丽安娜·莫尔(Marianne Moore)和伊丽莎白·毕肖普(Elizabeth Bishop)对文字那样精雕细琢。她的才智也是她的同代作家中少有人能及的。她这一时期的文学批评和诗歌有着相同的主题。迈尔斯在20世纪50年代成为了语言学和计算机分析这两个方面批评主义的一个先驱。她的批评作品有《17世纪40年代的主要语言》(The Primary Language of Poetry in the 1640's,1948)、《18世纪40年代和19世纪40年代的主要语言》(The Primary Language of Poetry in the 1740's and 1840's,1950)、《诗歌语言的连续性》(The Continuity of Poetic Language,1951)、《观点和试验》(Idea and Experiment,1951)、《英语诗歌的时期和方式》(Eras and Modes in English Poetry,1957)、《诗歌中的文艺复兴,18世纪和现代语言:一种表格式的视角》(Renaissance, Eighteenth Century and Modern Language in Poetry: A Tabular View,1960)、《诗歌的方式》(The Ways of the Poem,1961)、《风格和比例:散文和诗歌的语言》(Style and Proportion: the Language of Prose and Poetry,1967)。另外她也编辑过很

多教材，有的由她独立完成，也有的是她与朋友合作的。

迈尔斯一生写过十几本诗集和几部评论集，其中 1983 年出版的《1930—1983 年的诗集》(Collected Poems: 1930 – 1983) 获得了勒诺·马歇尔国家奖（the Lenore Marshall/Nation Prize），并获普利策奖提名。她的作品还有 1983 年出版的《和解》(Coming to Terms)、1974 年出版的《写给所有的外表》(To All Appearances)、1967 年出版的《爱的种类》(Kinds of Affection)、1955 年出版的《组合房屋配件制造》(Prefabrications)、1946 年出版的《地方性的措施》(Local Measures) 和 1939 年出版的《交点上的线》(Lines at Intersection)。同时她也是一位知名学者。她的研究范围包括文学中的语法和词汇，并出版了关于诗的风格和语言学的几本专著，如 1942 年出版的《华兹华斯和情感词汇》(Wordsworth and the Vocabulary of Emotion) 和《19 世纪的感伤谬论》(Pathetic Fallacy in the 19th Century)、1946 年出版的《英语诗歌中的主要形容词》(Major Adjectives in English Poetry)。这些都是由加利福尼亚大学出版社出版的。她的这一创作速度从来就没有减缓过，在加利福尼亚大学图书馆目录里就有她的七十六个条目。她曾获得过国家艺术基金会奖（a National Endowment for the Arts grant）和国家文学艺术学院奖（a National Institute of Arts and Letters Award），同时她也是美国诗人学会（The Academy of American Poets）、美国学术团体协会（The American Council of Learned Societies）和古根海姆基金会（The Guggenheim Foundation）的成员。

三、评价

迈尔斯的诗歌和评论作品汗牛充栋，这些作品来源于她对所从事的教师这一职业的高度敏锐性。不管是在大课堂上还是在小课堂上，她总是把精力放在每一个学生身上，这可以通过她的工作组的教学方式体现出来，比如她让学生们从他们的名字开始来认识自己，准确把握他们的名字的节奏，并根据这一节奏创作一句诗。她作为一名诗歌老师是非常成功的，也教出了一批优秀的学生。其中有国家图书奖获得者 A. R. 阿蒙斯（A. R. Ammons）和威廉姆·斯塔福德（William Stafford），还有罗宾·布雷兹（Robin Blaser）、杰克·斯宾塞（Jack Spicer）等著名作家。这些学生的才智可谓青出于蓝。迈尔斯也致力于提高本科生的写作能力，她的努力促成了"海港地区写作课程"（Bay Area Writing Project），在当时颇有影响力。从 1972 年开始到她退休，迈尔斯一直都是教授职称。

迈尔斯把自己的一生都贡献给了语言的教学和研究事业。在她去世前几周里，她在弗吉尼亚街上的家中常常聚集了诗人、学生和从全国各地赶来的她从前的学生。她为她所在的大学和城市作出了杰出的贡献。不管是大学的校长，还是对她满怀敬意的学生，在他们的眼里，尽管迈尔斯病痛缠身，但她始终是一个沉着冷静、意志坚强、毫不动摇的女强人。

参考文献

1. Burr, Zofia. *Of Women, Poetry, and Power: Strategies of Address in Dickinson, Miles, Brooks, Lorde and Angelou*. Champaign: University of Illinois Press, 2002.

2. Larney, Marjorie, ed. *Josephine Miles: Teaching Poet*. Sausalito, California: Post Appolo Press, 1993.

3. Miles, Josephine. *Collected Poems*. Champaign: University of Illinois Press, 1998.

4. http://library.wustl.edu/units/spec/manuscripts/mlc/miles/miles.html.

5. http://www.press.uillinois.edu/s99/miles.html.

73. 梅·萨顿

(May Sarton)

一、作家介绍

梅·萨顿（May Sarton，1912 – 1995）是乔治·萨顿（George Sarton）和梅伯·萨顿（Mabel Elwes Sarton）的独生女，于 1912 年出生在比利时的文德尔格姆。同年，作为历史学家的父亲乔治创办了《伊希斯》（*Isis*）杂志。从她的父亲那里，她懂得了什么是纪律和对工作的执著，从母亲那里她学会了如何成为一名艺术家和设计师。她学会了不管是对于园艺还是对于生活来说都需要忠诚和创新精神。1915 年他们一家来到了美国，并在马萨诸塞州的康桥定居。梅·萨顿在诗歌老师阿吉斯·豪金的影响下报名上了暗山学校（Shady Hill School），开始了对诗歌一生的热爱。后来她在自己的回忆录《我知道一只凤凰》（*I Knew a Phoenix: Sketches for an Autobiography*）中写到了这段经历。她在 12 岁时回到了比利时，并遇到了以简·道密尼克为笔名出版诗集的马里·克洛赛，后者成为了萨顿亲密的良师益友。萨顿根据他创作了第一部小说《一只猎犬》（*The Single Hound*）。1929 年她从康桥的高中和拉丁学校毕业。虽然获得了去瓦萨大学的奖学金，但她还是决定毕业后加入勒加林·伊娃纽约剧团。在学徒的一年期间，她一直坚持写诗。1930 年，也就是她 17 岁时，她在《诗歌》（*Poetry*）杂志上发表了一系列十四行诗，并收录在她出版的第一卷诗集《四月邂逅》（*Encounter in April*，1937）中。

1931 年，19 岁的她赴欧洲旅行，在法国居住了一年。当时她的父母住在黎巴嫩。此后她每年赴欧旅行一次，并在那里遇到了很多著名人士，包括弗吉尼亚·伍尔夫（Virginia Woolf，1882－1941）、伊丽莎白·鲍温（Elizabeth Bowen，1899－1973）和朱利安·赫胥黎（Julian Huxley，1887－1975）。她的第一部小说《一只猎犬》也是在这种环境下创作的。1935年，她的剧组在大萧条时期被迫解散。从那时起，她转而将写作作为自己毕生的事业，而且从来没有间断过。

20世纪30年代对于她来说是一个创作的旺季，她创作了第二部诗集《内心风景》（Inner Landscape，1939)和小说《镜中之火》（Fire in the Mirror）。1940年她开始了赴美国各大学的巡回读诗之旅。随后她还为美国战争信息办公室撰写文件稿，并继续写作诗歌和小说。1946年，她的小说《多年之桥》（The Bridge of Years）出版了，两年后又出版了诗集《狮子和玫瑰》（The Lion and the Rose）。她还拜访了许多卓越的艺术家和作家，包括杜立特尔（Hilda Doolittle）、斯彭德（Stephen Spender，1909－1995）、奥顿（W. H. Auden，1097－1973）和西特韦尔兄妹（the Sitwells）。20世纪50年代，她挚爱的母亲和马里·科劳塞相继去世，令她悲痛万分。但她也在这期间遇到了之后和她相伴十五年的朱迪丝·玛特拉克。在这段时期，她出版了她的第三部小说《人的影子》（Shadow of a Man，1950）和第四部小说《夏日的展现》（Shower of Summer Days，1952）。此外诗集《寂寞的土地》（The Land of Silence，1953）使她获得了雷诺德诗词奖。1954年，她写了第一部回忆录《我知道一只凤凰》，作品节选刊登在《纽约客》上。此后自传也成为了她非常重要的一种体裁，给她带来了很多的观众和读者。《忠诚是创伤》（Faithful Are the Wounds）于1955年出版。她的诗集《像风一样的时代》（In Time Like Air）获得了国家图书奖，被认为是她最好的诗集。1968年她出版了又一部回忆录《梦想深处的籽苗》（Plant Dreaming Deep，1968）。在拥有了自己的房子之后，她才开始感觉到适应了美国的生活。在这部回忆录之前，她还出版了两部小说，分别是《小屋》（The Small Room，1961）和《史蒂文斯夫人听到美人鱼在歌唱》（Mrs. Stevens Hears the Mermaids Singing，1965）。此外她还出版了多部诗集，包括《云、石、太阳、藤》（Cloud，Stone，Sun，Vine，1961）、《神话秘史》（A Private Mythology，1966）和《正如新汉姆什尔》（As Does New Hampshire，1967）。

1973 年,她的人生有了新的转折,她卖掉了房子,出版了她影响最大的作品《孤寂日记》(*Journal of a Solitude*)。同年她还出版了小说《正如我们现在这样》(*As We Are Now*),描述了社会如何对待老人,影响很大。此后,她的两部儿童作品《庞其的秘密》(*Punch's Secret*,1974)和《林中漫步》(*A Walk Through the Woods*,1976)相继出版。第三部回忆录《光的世界:肖像和庆祝》(*A World of Light*)出版于 1978 年。小说《示意》(*A Reckoning*,1978)也于同年出版,预示了她后来和癌症所作的斗争。

70 年代末的电影《光的世界:梅·萨顿的画像》(*World of Light: A Portrait of May Sarton*)在她的家中拍摄而成,表达了她对人生、工作和缪斯神的理解,其中还包括了孤独、诗、自然世界和许多种形式的爱的主题。20 世纪 80 年代是她又一个多产期,诗集《沉默中途》(*Halfway to Silence*)和日记《恢复》(*Recovering*)相继面世。1981 年,她收集了一些艺术和写作技巧方面的文章,组成了作品集《写作的写作》(*Writings on Writing*),其中包括《诗的写作》("The Writing of a Poem",1957)、《小说的设计》("The Design of a Novel",1963)等。1982 年,和萨顿共同生活多年的朱迪丝·玛特拉克去世,令她倍觉失落。几年后她发表了《蜂窝之蜜》(*Honey in the Hive*),其中包括了朱迪丝的诗歌和文章,当中穿插着萨顿的评论。萨顿从中表达了自己内心深处对于玛特拉克的思念。

1984 年,她出版了日记《七十年代》(*At Seventy*)。这时,她已经从乳房切除手术中恢复过来,并可以重新树立起了面对未来的信心。她的下一部诗集是《缅因州的来信》(*Letters From Maine*)。她在 80 年代还写了三部小说,分别是《气愤》(*Anger*,1982)、基于自己好朋友的故事创作的《极好的老处女》(*The Magnificent Spinster*,1985),还有《哈里特·哈特菲尔德的教育》(*The Education of Harriet Hatfield*,1989)。1990 年她不幸中风,一度不能写作和集中精力。后来她渐渐地开始觉得有所好转,便又开始创作。她后来的作品都是用录音机记录的。她的最后一部书是《八十二岁:一本日记》(*At Eighty-Two: A Journal*,1994),并在她逝世后于 1995 年出版。

二、代表作

1. 《史蒂文斯夫人听到美人鱼在歌唱》（Mrs. Stevens Hears The Mermaids Singing）

梅·萨顿的这部小说讲述了希拉里·史蒂文斯的故事。这位 70 岁高龄的诗人和小说家在自己的海边小宅里深居简出，与她的爱猫塞雷尼卡为伴。在一次采访中，她回忆了她的一生，以及她的爱情和文学生涯。

《史蒂文斯夫人听到美人鱼在歌唱》是一部非常有趣的描写女作家的虚构小说。小说中，人们在谈论着由这位虚构出来的作家创作的诗歌和小说作品，读来趣味盎然。最引人注目的是作者萨顿在这部作品中探讨了有关性和浪漫爱情的话题，尤其是关于同性恋的话题，这也导致这部作品由于被认为是同性恋作品而饱受争议的主要原因。此外，萨顿的这部作品还触及了很多在当时非常敏感的话题，包括女性的生殖能力和创造力之间的关系、女性的心理健康问题、文学的浮躁现象、作品对作者声誉的影响等。这是一部能够代表作者成就的小说。

2. 《寂寞日记》（Journal of a Solitude）

《寂寞日记》是一部日记体作品，是萨顿独自居住在新罕布什尔乡下的一个小村庄期间创作的。作者在这部作品中对生活、自己的独居经历、爱情，以及创作生涯进行了思考。萨顿对外部世界和自己的内心世界都进行了细致的观察，读者阅读这部作品不啻于是踏上了一次作者的心灵之旅。

在这部作品中，萨顿也塑造了自己的形象：她是一个热爱乡村生活的作家，她才华横溢，渴望宁静的生活。为了追求她所向往的生活，她付出了很多。这部作品也成为了女性研究的重要文本，影响了一代女性主义者，是女性自传的分水岭。

有评论家指出，从表面上看《寂寞日记》是一部宁静的作品，然而如果读者细读文本，就会发现作者的人生就像是一场战争，而她就像是一位英勇的战士，为了心目中向往的生活而不停地奋斗。

三、评价

虽然梅·萨顿一生都在和生活中的各种苦难作斗争，但她还是对生活有着深深的热爱。很多同时代的评论家都不同程度地忽视了她。尽管她经常收到读者的来信，但她的失落感并未因此而消失。《寂寞日记》从未绝版过。现在批评界已经对她有了公正的评价，她已经占据了文学史的重要位置。

梅·萨顿的一生都在辛勤耕耘。她既是一名辛勤的教师，也不断地进行文学创作，并且获得过多项文学奖。梅·萨顿去世时已经写了五十三部书，其中有十九部小说、十七部诗集、十五部非小说类作品，包括日记，还有两部儿童作品、一部戏剧剧本。另外还有一部关于梅·萨顿的传记《梅·萨顿》（*May Sarton: A Bibliography*）。她去世后，她的资产以她的名字为诗人和历史学家设立了一项基金。她还是一位人文主义者，认为构建人类精神是人类的伟大事业和责任，神、基督在她的作品中以暗喻的方式体现出来。总之，梅·萨顿在美国文学史上的地位是不可忽视的。

参考文献

1. Hunting, Constance, eds. *May Sarton, Woman and Poet*. Orono, Maine: National Poetry Foundation, 1982.
2. Kallet. Marilyn, eds. *A House of Gathering: Poets on May Sarton's Poetry*. Knoxville: University of Tennessee Press, 1993.
3. Swartzlander, Susan & Marilyn Mumford, eds. *That Great Sanity: Critical Essays on May Sarton*. Ann Arbor: University of Michigan Press, 1992.
4. Sarton, May. *May Sarton, Among the Usual Days: A Portrait*. Edited by Susan Sherman. New York: W. W. Norton, 1993.
5. Sibley, Agnes. *May Sarton*. New York: Twayne, 1972.
6. http://digital.library.upenn.edu/women/sarton/sarton-bibliography.html.
7. http://www.languageisavirus.com/may-sarton.

74. 玛丽·麦卡锡

(Mary McCarthy)

一、作家介绍

玛丽·德里赛·麦卡锡（Mary Therese McCarthy，1912 – 1989），美国作家、批评家、政治活动家。麦卡锡出生在华盛顿州的西雅图，她的父亲是一位天主教徒。麦卡锡6岁时父母因病去世，她成为了一名孤儿，被祖父和祖母接到了明尼苏达，交给她的一个叔叔来抚养。麦卡锡后来回忆说叔婶一家对她非常不好，甚至还虐待她。随后她的外祖父母将她接回到了西雅图。麦卡锡的外祖父是犹太人，是美国圣公会的信徒，曾协助起草了美国首部《劳工赔偿法》。麦卡锡对外祖父十分尊崇，可以说正是外祖父塑造了她崇尚自由的世界观。麦卡锡在明尼苏达度过的痛苦岁月和她后来在西雅图的生活都成为了她后来创作的回忆录《天主教女孩的童年往事》(Memories of a Catholic Girlhood)的重要素材。麦卡锡先后就读于安妮·怀特学院和瓦萨学院，并于1933年从瓦萨学院毕业。

麦卡锡最初信仰天主教，并从小接受了宗教的教育，但后来她成为了一名无神论者。在她看来，幼年时接受的宗教教育给予了她知识，但同时她的性格决定了她后来放弃了原来的信仰，并走上了和宗教势力进行斗争的道路。20世纪30年代，她开始对共产主义产生了浓厚的兴趣。30年代后期，斯大林实施的莫斯科审判使她对苏联共产党感到失望。此后她放弃了对苏联共产党的支持，并对托洛茨基主义表达了强烈的支持。

作为一位批评家，麦卡锡以文笔辛辣尖锐而著称。她曾为多家刊物撰稿，其中包括《党派评论》(Partisan Review)、《国家》(The Nation)、《新共和》(The New Public)、《哈泼斯》(Harper's magazine)和《纽约书评》(The New York Review of Books)等。

麦卡锡一生中有四段婚姻。后来她由于政见不和退出了《党派评论》，但她与其中很多批评家的友谊并没有因此而受到影响。其中最具代表性的是她与汉娜·阿伦特（Hannah Arendt）的交往。二人之间有着许多书信往来，为后人的研究提供了丰富而又珍贵的材料。

晚年的麦卡锡对于文化和政治的关注依然不减。她用手中的笔作为犀利的武器，对60年代的越战表达了强烈的反对意见。70年代的她对"水门事件"也尤其关注。1989年，麦卡锡因肺癌逝世。

二、代表作

《少女群像》(The Group, 1963)描述了瓦萨学院1933届的一个班级中九个同学毕业后走向社会的经历。在这部叙事松散的作品中，麦卡锡展现了每个人物的成长过程，探究了教育对他们的生活产生了怎样的影响。

小说按时间顺序共分为十五章，从凯伊结婚一直写到凯伊的葬礼。每一章都集中描述一个人物生活中的一件事。因此，这部小说的主人公不是某一个人，而是整个的群体。作者通过描述每一个人物经历的有代表性的事件，为读者展现了这几位主要人物的性格特点。首先，作者描述了几位主人公在性方面对传统的突破。凯伊结婚两天后，在学校里一向传统保守的多蒂将自己的纯洁之身给了在凯伊的婚礼上刚刚认识的一位年轻画家迪克·布朗，她起初认为这将为她带来幸福，但结果却并未如她所愿。诺琳在意识到她的第一任丈夫普特南是性无能之后，就开始和哈拉德发展了另一段关系。而波莉也和莉比以前的老板古斯·勒洛伊保持了很长一段时间的恋爱关系。而蕾吉从欧洲回来时，还带回了她的女同性恋伴侣。的确，作者对于性方面的描写是比较露骨的，但这只是作者的手段，而不是目的。一方面，性经历给了她们反抗父母传统价值观的机会，也能使她们开始寻求属于自己身份的旅程；另一方面，这部小说通过对性的描写表现了这些女性走向成熟的过程。她们失去童贞的同时，也是她们在从单纯的校园迈向这个复杂的、令人失望的社会的过程，是她们渐渐褪去天真的过程。

女主人公们不仅在性方面，在政治态度上也经历了一个走向成熟的过程。她们为找到符合自己的政治观进行了大量的探索。起初她们坚决抵制父母传统的价值观，纷纷投身左翼政治的行列。有好几位女孩都对1936年至1938年间斯大林审判其他布尔什维克领导人的事件高度关注，对工团主义、社会主义、托洛茨基主义和斯大林主义都表示出了极大的同情。但后来她们还是回到了传统的价值观念。无论是在性方面还是在政治方面，麦卡锡都用了大量的笔墨进行细节描写。例如她详细描写了多蒂失去童贞时的情景，对于斯大林主义和托洛茨基主义的描述也有不少的篇幅。这样做的目的是强化这部小说的社会评论性质。通过这些细节的描述，可以帮助读者进入这些人物的内心世界，并了解她们所处的社会阶层整体的经历。

小说关注的另一个方面是教育，即学生在学校里受到的教育是否为他们将来毕业走向社会提供了某种准备。在小说中，作者反复提到了几位主人公在瓦萨学院修读的课程，以及几位任课教师，其中沃什本老太太和哈莉·芙拉甘两位老师的立场是相互对立的。沃什本教授的课程是动物行为学，她代表了女孩们受到的教育的理性层面，常常被称为是现代分析方法的代表。而芙拉甘是一位教授戏剧表演的教师，且颇有影响力，她代表了女孩们的情感层面。芙拉甘培养了女孩们处理情感的能力，塑造了她们的美感。值得注意的是，在女孩们中凯伊受到这两位老师的影响最深，她一直无法调和性格中的这两个相互对立的方面。也正因如此凯伊最终从瓦萨俱乐部的十二楼坠楼而亡。麦卡锡并没有明确表示凯伊的死是意外还是自杀，这也是作者有意为之。但有一点可以肯定，正是教育导致了凯伊最终的悲剧。

三、评价

作为作家，麦卡锡长于以真实的笔法描写20世纪30年代以来的美国社会，特别是知识界的生活环境。她的作品熔自传与虚构小说为一炉，更兼栩栩如生的细节描述，因此在读者中广受好评。

在政治理念方面，麦卡锡和莉莉安·海尔曼之间由于政见不和而展开的激烈论战，在当时轰动一时，后成为了著名导演诺拉·依弗朗（Nora Ephron）的作品《假想的朋友》（*Imaginary Friends*）的素材。

参考文献

1. Abrams, Sabrina Fuchs. *Mary Mccarthy: Gender, Politics, And The Postwar Intellectual.* New York: Peter Lang Publishing, 2004.

2. Stwertka, Eve, ed. *Twenty-Four Ways of Looking at Mary McCarthy: The Writer and Her Work.* Westport, Connecticut: Greenwood Press, 1996.

75. 梯丽·奥尔逊

(Tillie Olsen)

一、作家介绍

梯丽·奥尔逊（Tillie Olsen, 1913 – 2007）于 1913 年 1 月 14 日出生在内布拉斯加州的奥马哈，父母是犹太移民，从来没有正式结婚。他们参加了 1905 年的俄国革命，父亲塞缪尔在从纳粹监狱越狱后逃到了美国，居住在内布拉斯加的农场，后又搬到奥马哈。塞缪尔当过工人、农民、匠人，后来成了纳布拉斯卡社会主义党的秘书。她的母亲爱达直到 20 多岁才认字，是她给了梯丽创作《告诉我一个谜》(*Tell Me A Riddle*, 1961) 的灵感。因为家中经济拮据，梯丽不得不早早走向社会，10 岁时她就开始外出工作，高中辍学后，她做过服务员，做过像给人收拾屋子和清理肉类的脏活。但是她的父母仍为她的成长提供了很大的支持。她身体不好，经常生病，但她正是利用休养的时间读书学习。父母没有给她买书，但她仍然读了很多社会主义的宣传册子。《自由主义者》(*The Liberator*)、《同志》(*The Comrade*)、《当代四月刊》(*Modern Quarterly*)，还有由杰克·伦敦和阿普敦·辛克莱编辑的《呼唤平等》这些书籍都对她的少年时代产生了深远的影响。她阅读了哈尔德曼的小蓝书系列，还接触了诗歌和像哈代这样的著名作家，后来如愿成为了作家。南非女权主义者奥立弗·舒雷讷的小说《一个非洲农场和梦想的故事》也影响了奥尔逊。

奥尔逊目睹了自己的母亲遭受到资本主义的迫害，深信资本主义破坏了人的发展。她是第一代女权运动的主要作家之一，参与了 20 世纪 30 年代的政治暴乱，是一个组织者和实践者，也是一名美国共产党员。1934 年她因组织一个食品加工厂的工会而短期入狱，这段经历被她后来写入

《民族》和《党派评论》中。

1936年她嫁给了杰克·奥尔逊,他们有四个女儿。她在41岁时参加了旧金山的一个写作课程班。她的邻居劳毅斯·科莱墨常帮她照顾孩子,也协助了奥尔逊的创作。未完成的手稿《我站在这里熨衣服》("I Stand Here Ironing"),当时名为《帮她相信》,使奥尔逊得到了斯坦福大学创作基金(1955～1956),这一奖项以往只授予受过高等教育的作家,对于没有上过大学的奥尔逊来说摘得此奖可谓破格。

从1962年起,她开始执教高校。她担任过很多职务,也获得过多项荣誉。她的作品已经被选编八十五次,以十二种语言出版。她还帮助很多女性文学作品重新焕发出了生命力,如丽贝卡·戴维斯的《铁磨坊中的生活》、艾格尼丝·史沫特莱的《地球的女儿》(1973)、夏洛特·帕金斯·吉尔曼的《黄色糊墙纸》(1973)和摩阿·马廷森的《女人和苹果树》(1985)。梯丽·奥尔逊获得过无数的奖项,包括短篇小说最高奖项列尔短篇小说奖、欧·亨利短篇小说奖、莱德克里夫大学斑廷学院基金和古根海姆基金等,此外她先后获得过包括内布拉斯加大学在内的近十所高校的荣誉博士学位。官方还以她的名字于1981年在旧金山设立了一个纪念日。她曾随黑人女作家阿丽丝·瓦格一起访问过中国。

二、代表作

她的第一部作品是小说集《告诉我一个谜》(*Tell Me a Riddle*),于1961年出版。作品由四个短篇组成,其中三个是从一个母亲的角度来写的。《我站在这里熨衣服》("I Stand Here Ironing")是这部集子中的第一个短篇,写的是一个母亲和她女儿的疏远。《哦,是的》("O Yes")是一个白人妇女的故事,她的小女儿和一个黑人女孩的友谊变得脆弱,令这个母亲十分担心。《姚侬迪奥:来自三十年代》("Yonnondio: From the Thirties")是四个故事中最长的一篇,讲述了一个上了年纪的移民妇女逐渐堕落的过程。第四篇小说《嗨,水手,什么船?》("Hey Sailor, What Ship?")的故事是从一个年长的水手的角度讲述的。

这部小说集笔法真实,情节感人。有评论家指出,小说集中的母亲伊娃与作者奥尔逊的母亲有颇多相似之处:她们都为人妻母,操持一生,而且她们还都是社会活动家,为心中的理想不断奔走,此外她们都在与癌症病魔作着顽强的斗争。因此,奥尔逊的这部小说集也是用来纪念自己的母亲[①]。女主人公伊娃是犹太人,她大胆冲破了种族和宗教的藩篱,公开宣布自己的种族是"人类",宗教信仰"无"。作为妻子,她操持家务,照顾丈夫和孩子,但她也有着自己的事业与理想:她是一位社会活动家,酷爱哲学,她渴望自己能与志同道合者一起纵论古今,谈论哲学的问题,但一直没有这样的机会。等到孩子长大成人,她无须再为孩子们劳神时,却发现自己也步入老年,各方面的精力也大不如前了。伊娃看到了一代代的女人们重复着她那样的生活,希望自己的女儿和孙女们能够不再走这样的老路。她看到周围的人们盲目地遵从着那些导致他们越来越贫穷的传统时,感到非常愤怒。她还希望自己的外孙女能够像男孩子一样不受束缚地自由玩耍。由此可见,这部小说集的主题宏大,种族问题、等级制度、性别问题无所不包。在技巧上,意识流的笔法是这部小说集的一个最主要的特点。

《告诉我一个谜》于1961年获得欧·亨利短篇小说奖,并成为了当年的最佳短篇小说。这部小说集也是梯丽·奥尔逊唯一一部完整的作品集,已经成为了美国文学的经典,也是美国许多大学文学课的必读书,被收录到了多部文选中,并拍成了三部电影,翻译成三种语言。

有评论家运用巴赫金的复调小说理论和狂欢文化的因子来解读梯丽·奥尔逊的小说《告诉我一个谜》,并指出奥尔逊及其笔下的边缘女性所追求的不仅仅是在两种冲突(文化、种族、性别等)之间寻求消极的妥协与调和,进而获得自我的整合,而是超越了妥协和调和的模式,将边缘女性的声音直接呈现在文本中,而且要求读者也加入到这样的多重声音和狂欢活动中来,一起打破女性沉默的状态。还有的作家从叙事视角、叙述方式及叙述语言等角度探讨其名著《告诉我一个谜》中独特的叙事策略和文体风格。

三、评价

梯丽·奥尔逊是美国当代文坛优秀的犹太裔女作家,她以非凡的想象力和精湛的叙事技巧揭示了犹太民族历史的悲剧和现实生活的困惑,表

[①] Janet M. Labrie, *Masterpieces of Women's Literature*, ed. Frank N. Magill, New York: Harper Collins Publishers, 1996.

现了作者深沉的民族情怀和对劳动人民的深厚感情。梯丽·奥尔逊描写的都是那些由于他们的阶级、性别和种族而被剥夺了表达和发展自己机会的人们。作品中的人物形象栩栩如生，充满感情色彩。她的诗歌中既有像狄金森一样有力的语言，还拥有巴尔扎克小说一样的广阔视野。艾丽斯·沃克在谈到奥尔逊时曾指出："她的文章有些无法忍受，但是那些曾经遭受过生活的痛苦的人们看后便会无法忘记。"她写的每一部作品都立即成为了经典，难怪玛格利特·阿特伍德曾经说过，要想知道艺术是如何产生的，必须读一下梯丽·奥尔逊的作品。虽然她出版的作品很少，但她对妇女和穷人心理、生活的描写具有重要意义。为什么女性不太可能出版书，为什么女性没有男性受到的关注多，她提出的这些问题引起了人们的思考。

参考文献

1. Fyre Joanne. *Tillie Olsen: A Study of the Short Fiction*. New York: Twayne Publishers，1995.
2. Olsen，Tillie. *Tell Me a Riddle*. New York: Dell Publishingm，1994.
3. Rosenfelt，Deborah. *From the thirties:Tillie Olsen and the Radical Tradition.* Feminist Studies. 1981.
4. 朱立元：《当代西方文艺理论》，华东师范大学出版社，2003 年。
5. http://mockingbird.creighton.edu/ncw/olsen.htm.
6. http://www.english.uiuc.edu/maps/poets/m_r/olsen/life.htm.
7. http://www.gradesaver.com/classicnotes/authors/about_tillie_olsen.html.
8. http://www.kqed.org/w/baywindow/speakingfreely/local/tillie_olsen.html.

76. 梅·斯温森

（May Swenson）

一、作家介绍

梅·斯温森（May Swenson，1913 – 1989），诗人、儿童文学作家、翻译家、剧作家、批评家。她于 1913 年 5 月 28 日出生在犹他州，父母都是瑞典移民，信奉摩门教。1939 年梅·斯温森从美国犹他州立大学获得学士学位后在盐湖城担任报刊记者职务。不久后，她移居到纽约市，在那里她一边担任速记打字员的工作，一边从事诗歌创作。到 1952 年的时候，斯温森的诗歌已经被刊登在《纽约客》、《诗歌》、《星期六评论》等多家著名期刊上。她的第一部诗集《另一种动物》（*Another Animal*）于 1954 年出版。斯温森于 1955 年获洛克菲勒协会奖。此后她在 1959 至 1966 年期间担任新方向（New Direction）出版社编辑，其间也多次获奖，其中 1960 年的艾米·洛厄尔旅行学术奖（Amy Lowell Traveling Scholarship）使她有机会到欧洲各地旅行。在这期间，斯温森根据旅途的见闻和感想创作了一系列诗歌，受到了一致好评。她是美国诗人协会以及美国学术及文学艺术协会的会员。斯温森的著作被收集在 1968 年的《今天的诗人：他们的诗歌，他们的声音》（第二卷）（*Poets of Today: Their Poems and Their Voices*, Vol. 2）当中。此外她还在著名刊物《诗歌》、《星期六评论》、《大西洋月刊》和《南方评论》上积极投稿，还曾先后在美国犹他州立大学、北卡罗来纳等多达五十所高校讲演。

梅·斯温森曾经获得过的其他主要奖项包括：
- 1955 年：美国导论奖（American Introductions Prize）；
- 1959 年：美国诗歌协会威廉·罗斯·贝内特奖（William Rose Benet

Prize of the Poetry Society of America）；

- 1959 年：远景基金奖（Longview Foundation Award）；
- 1960 年：国家文学艺术院奖（National Institute of Arts and Letters Award）；
- 1967 年：布兰戴斯大学原创艺术奖（Brandeis University Creative Arts Award）；
- 1968 年：布林摩尔学院卢茜·马丁·多讷利奖（Lucy Martin Donnelly Award of Bryn Mawr College）；
- 1968 年：雪莱诗歌奖（Shelley Poetry Award）。

梅·斯温森的主要作品有：诗集《另一种动物》（*Another Animal*，1954）、《盒中的荆棘》（*A Cage of Spines*，1958）、《与时间相混：新诗诗选》（*To Mix with Time: New and Selected Poems*，1963）、《解读诗歌》（*Poems to Solve [for children "14 up"]*，1966）、《半梦半醒》（*Half Sun Half Sleep*，1967）、《解读诗歌续》（*More Poems to Solve*，1968）、《插图》（*Iconographs*，1970）、《正在发生的事情》（*New & Selected Things Taking Place*，1978）、《换句话说》（*In Other Words*，1987）。她还出版有散文集《作为艺术家及批评家的当代诗人》（*The Contemporary Poet as Artist and Critic*，1964）。

二、代表作

《搭 A 号车》（"Riding the A"）

轮与轨顶顶相碰

在滑动油摩擦中做爱

这是我愿延长的欣快。

站抵达得太早了。

斯温森的诗歌中具有丰富的意象，而她的作品中的另一大特色就是其中包含着很多情欲色彩的描写，正如上面的这首诗歌中表现的那样。从主题上，斯温森的作品既有像看牙医等日常生活的细节，也有由动、植物等引发的思考。斯温森对科学有着极大的兴趣，她通过诗歌记录下了日食、哈雷慧星等自然现象，而《航天飞机》记录了人造飞船的发射以及由 1986 年的"挑战者"飞船事故引发的思考。

斯温森在《科学时代诗的经验》一文中说:"诗不告知,它只展露自己。散文才告知。/诗不是哲学,诗使得事物存在,就在此刻。/诗不是观念,而是发生。/诗能够帮助人保持其人的本质。"评论家指出斯温森的许多早期诗歌音韵完整,意象清晰。斯文·伯尔客茨(Sven Birkerts)在评价斯温森早期的作品时认为,一方面她能够准确捕捉动物界和自然界的复杂意象,另一方面又不忽视对社会秩序及人类情感的刻画。斯温森创作时能够把对诗歌的视觉印象同诗歌的句法结构,以及诗歌所要塑造的意象有机地结合起来。例如诗歌《石隙水槽》("Stone Gullets")的句式结构安排就巧妙地刻画了海水涨落的变化意象。

斯温森创作的诗歌中得以在生前发表的仅有一半。像《梅·斯温森的爱情诗》(*The Love Poems of May Swenson*,1991)及《自然》(*Nature: Poems Old and New*,1994)等作品都是在她去世后发表的。尽管前部诗集的大部分诗歌都是斯温森的早期作品,然而在将她的这类爱情诗单独分类后,评论家们更多地解读出了她诗歌中对情欲的描写。而诗集《自然》在同样收录她前期诗歌作品的同时,也收录了一些表达诗人对自然世界眷恋之情的作品。

三、评价

梅·斯温森的诗歌无论是在形式还是在内容上都敢于标新立异,她的诗歌意象常常看似精确,却颇具迷惑性。斯温森的诗歌显示了诗人对大自然万物敏锐的观察力。在她的笔下,世上万物皆有意义,宇宙的和谐与平衡有序构成了她诗歌的灵魂。《诗歌》批评家威廉斯·达福德说:"如今除了梅·斯温森,再没有人可以像她那样灵巧地驾驭诗歌。她的作品表面看来非常平静,只是简单地描述,但是在读她的诗歌时,读者会突然意识到潜伏在表面文字下的内涵……读者在读她的诗歌时感到一种持续的,不断累加的效果。"[1]斯温森本人在谈及诗歌创作的经验时谈到,她创作诗歌就是要透过事物表面神秘的外衣看到事物的本质[2]。在探索事物本质的过程中,斯温森使用了不同的策略。例如她在诗集《解答诗歌》中就使用了大

---

[1] 参见 http://www.enotes.com/poetry-criticism/swenson-may。
[2] 同上。

量的谜语，使用这些谜语的目的不是误导读者或使事物神秘化，相反，使用这些谜语是为了让读者透过自己的感知，对万物有一个更加清晰的认识。《自然：新旧诗歌集》在斯温森逝世四年后发表。通过这部诗歌集，斯温森表达了对自然万物的同情和怜悯。这部诗集充分体现了斯温森作为一名诗人的聪明才智。作为一位女诗人，斯温森常被评论家拿来与艾米莉·狄金森和玛丽安娜·莫尔等美国著名女诗人相提并论。

参考文献

1. Collier, Michael. "Poetic Voices." *Partisan Review* 58: 565-569, Summer, 1991.
2. Packard, William. *The Poet's Craft*. New York: Paragon House, 1987.
3. Swenson, Paul. "May In October." *Weber Studies* 8: 18-31, 1991.
4. Transtromer, Tomas. *Windows And Stones: Selected Poems of Tomas Transtromer*. Trans. May Swenson. Pittsburgh: University of Pittsburgh Press, 1972.
5. Van Duyn, Mona. "Important Witness To The World." *Parnassus: Poetry In Review* 16.1: 154-156, 1990.
6. http://www.enotes.com/poetry-criticism/swenson-may.
7. http://weberstudies.weber.edu/archive/archive%20A%20%20Vol.%201-10.3/Vol.%208.1/8.1%20Swenson.htm.
8. http://www.glbtq.com/literature/swenson_m.html.
9. http://saltlakecity.about.com/od/famousutahns/a/mayswenson.htm.

77. 玛格丽特·沃克

(Margaret Walker)

一、作家介绍

玛格丽特·阿比盖尔·沃克·亚历山大（Margaret Abigail Walker Alexander，1915–1998）于1915年7月6日出生在阿拉巴马州的伯明翰市，父亲西格斯蒙德·沃克是卫理公会教派的牧师，母亲马里恩·沃克是一名音乐教师。沃克从小就对诗歌、哲学等领域产生了浓厚的兴趣，阅读了大量相关的书籍。1925年，她伴随父母搬迁到路易斯安那州的新奥尔良市。在那里，她的才识得到了著名诗人兰斯顿·休斯（Langston Hughes）的赞赏。在他的鼓励下，沃克从新奥尔良大学转入芝加哥的西北大学进修，并于1935年获得文学学士学位。1936年，沃克在芝加哥的联邦作家项目（Federal Writers' Project）任职，成为富兰克林·罗斯福领导下的著作计划管理部门（Works Project Administration）中的一员。她在这里结识了很多知名艺术家，包括理查德·赖特（Richard Wright）。后来，为了纪念这段珍贵的友情，沃克还专门于1988年撰写了关于赖特的生平传记《天才人物理查德·赖特：对赖特的肖像刻画及其作品点评》(*Richard Wright，Daemonic Genius: A Portrait of the Man，a Critical Look at His Work*)。1939年沃克完成在著作计划管理部门的任期，重返校园，加入了爱荷华州大学的创作班。1965年沃克再次回到爱荷华州大学，取得了哲学博士学位。1941年沃克开始在北卡罗莱纳州的利文斯敦大学教书。1942年她前往西弗吉尼亚州立大学执教一年。同年，沃克发表了她的第一部诗集《为了我的人民》(*For My People*)，《为了我的人民》曾是沃克硕士论文册子上的扉页诗篇，这部广

为人知的诗歌确立了沃克在美国文坛上的女性作家的地位,使她成为荣获耶鲁丛书青年诗人奖(the Yale Younger Poets Award)的美国非裔女作家。

1943年,沃克嫁给了建筑设计师詹姆斯·亚历山大(Firnist James Alexander),二人相继生育了四个儿女。但婚后的沃克一直没有中止自己的文学创作,并且此时她已是美国文坛声名显赫的黑人女作家。1949年以来,她一直在杰克逊州立大学担任英语教授。1968年,她在该校创办了黑人历史、生活和文化学院,并担任该院首任系主任。20世纪四五十年代期间,沃克还致力于美国内战的研究工作。1965年,她撰写了一部基于奴隶制和内战之后的家庭经验小说《欢乐的节日》(*Jubilee*),于1966年出版,这部作品于1968年荣获霍顿·米夫林文学奖(Houghton Mifflin Literary Award),直到今天这部作品仍吸引了大量的读者。之后沃克重返诗坛。1970年,为了推进民权运动,她撰写了诗集《新天地的倡导者》(*Prophets for a New Day*)。1973年她完成了短篇诗歌《十月的旅行》(*October Journey*),1988年又出版了诗歌文集《这是我的世纪:诗集与新作》(*This Is My Country: New and Collected Poems*)。沃克的作品涉及各种文体,除了诗歌、小说、人物传记之外,她还撰写过多篇文学评论,她最后一部评论著作《关于女性、黑人和自由》(*On Being Female, Black, and Free: Essays by Margaret Walker, 1932–1992*)于1997年出版。1998年12月,沃克因乳腺癌与世长辞。

二、代表作

《欢乐的节日》是一部风靡美国的畅销读物,先后被翻译成七种语言,并于1968年荣获霍顿·米夫林文学奖。这是一部关于奴隶生活的黑人新小说,以美国内战和重建为背景,真实地反映了黑人的苦难历史,写出了黑人的灵魂深处保存着人类所能具有的最高尚的品德。这部小说在风格上以朴实、真挚、含蓄著称。

在这部小说中,沃克的曾外祖母埃尔韦拉(Elvira Dozier Ware)是白人奴隶主与一个非洲血统的女奴生下的混血女奴。她的生父约翰·达登是种植园奴隶主,由于阶级立场和种族偏见,至死不认她为女儿,也不给她自由。内战前夕,埃尔韦拉和铁匠魏尔结了婚。由于铁匠一去七年没有消息,她又嫁给了一个忠厚、善良的黑人农民。内战后,魏尔找到了埃尔韦拉的新家。最后埃尔韦拉的一篇感人的讲话使她的前后两个丈夫获得和解。魏尔离开了埃尔韦拉的新家，奔向争取黑人彻底解放的新征途。

《欢乐的节日》是一部记录奴隶血泪史的历史文献，证实了奴隶制是人类历史上最野蛮的剥削方式，揭露了南部文明的吃人本质。失去劳动能力的老年田奴被活活烧死；女仆路西逃亡被捕后脸上被烙亡字母"R"；甚至奴隶主约翰·达登的亲骨肉埃尔韦拉被鞭笞得血肉模糊。然而，这一切却是南部"文明"认可的，不算罪行。作品提供了一个新视角，展示了奴隶制的荒谬与残忍，诸如在美国独立纪念日举办一个公开绞死黑人的庆典。《欢乐的节日》继承了美国废奴主义史学观点和进步的文学传统，对内战的正义性给予了充分的肯定和真实的描写。特别是对北军少将宣读《解放宣言》的庄严场面，"我奉命要你所有的奴隶集合在院子里，当着你的面并在这些士兵的见证下，向他们宣读《解放宣言》"。当在冗长的文件中听到"将要……永远自由"这些神奇的字眼时，埃尔韦拉好像坠入了幻梦般的境界。埃尔韦拉10岁的男孩立刻激动地抓住他6岁的妹妹一面跳舞，一面用黑人土语唱起歌来：

"你自由了，你自由了！

米娜你自由了！

你像一只展翅的鸟儿一样地自由了！

啊！欢乐的节日，你自由了！"[①]

沃克认为道义伦理是种族文化历史中不可或缺的一部分，其作品从女权批评主义的新视角重新定位了种族主义的道德标准。为了摆脱种族论固有的偏见，必须在历史文献的基础上加以政治批评，对伦理观念造成的社会等级差异提出质疑，从而确立黑人的种族身份及其价值观。

三、评价

沃克在自己的创作生涯中获得过无数的荣誉，1953年她荣获福特基金（the Ford Fellowship），1971年荣获富布莱特挪威基金（the Fulbright Fellowship to Norway），1972年荣获国家高级人文资助基金（the Senior Fellowship from the National Endowment for the Humanities）。晚年的沃克于

---

① 杨静远、肖穆、黄颂康：《怎样看〈飘〉》，《读书》，1981年第3期。

1992年荣获大学语言协会终生成就奖（the Lifetime Achievement Award of the College Language Association），同年又获得了密西西比州州长授予的杰出艺术终生成就奖（the Lifetime Achievement Award for Excellence in the Arts）。沃克在美国诗坛影响巨大，足以与詹姆斯·约翰逊（James Weldon Johnson）、兰斯顿·休斯（Langston Hughes）、格温多琳·布鲁克斯（Gwendolyn Brooks）等美国文坛巨匠比肩而立。

桑切斯指出："沃克带给了我们一大系列的与众不同的诗歌形式。她对十四行诗、民间传说和大量美国非洲裔的民间训诫进行了整理，并且能够将之提升到相当的高度。"[1]沃克的诗歌独具特色，综合了传统民谣、自由诗体及其十四行诗等多种文体，其作品中的民间训诫（bildungsroman）手法及其丰富的想象和敏锐的洞察力颠覆了美国社会的阶级等级结构。沃克主张非暴力抵抗运动，向白人专制发起了挑战，同年轻一代的黑人艺术家在为人类正义的呼吁中产生了共鸣，这在1974年出版的《乔维蒂同玛格丽特·沃克之间的谈话》（*A Poetic Equation: Conversations between Nikki Giovanni and Margaret Walker*）得到了体现。沃克的作品超越了民族疆界，成为被边缘化的美国少数族裔奋起反抗的武器。在作品中，沃克重新定位了美国非洲裔，他们勇敢、诚实、独立，富有开创性的智慧和高尚的道德情操；同时重新定义了美国南部，它已经不再是压迫黑人的牢笼，变成了非裔赖以栖居的美丽自由的乐土。

美国非裔作家玛格丽特·沃克是20世纪美国文坛的代言人，作为一名女诗人、小说家、评论家兼文学教授，沃克获得了美国卡特总统授予的"活着的遗产"奖（the Living Legacy Award）。沃克的作品以全方位的历史观和人道主义理念而著称，她的作品堪称是一座贯穿20世纪二三十年代哈莱姆黑人文艺复兴时期和1960年代黑人艺术运动之间的桥梁，为推进黑人的自由解放作出了贡献。坦普尔大学妇女研究项目主任、著名诗人索尼娅·桑切斯（Sonia Sanchez）形容沃克女士是一位"富有见解的女性，一流的哲学家和思想家。她是属于格温多琳·布鲁克斯和斯特林·布朗

---

[1] 奥多姆（Maida Odom）：《玛格丽特·沃克，诗人和小说家》，工人诗歌联盟。

（Sterling Brown）一脉的、赞美黑人群众的诗歌传统的作家之一"[①]。

参考文献

1. http://qkzz.net/magazine/0257-0270/1981/03/3604019_5.htm.
2. http://tw.netsh.com/bbs/713969/html/tree_34405053.html.

[①] 奥多姆（Maida Odom）：《玛格丽特·沃克，诗人和小说家》，工人诗歌联盟.

78. 雪莉·杰克逊

（Shirley Jackson）

一、作家介绍

雪莉·杰克逊（Shirley Jackson，1916 – 1965），杰出的美国小说家、剧作家、儿童文学家。她于 1916 年 12 月 14 日出生在加利福尼亚州的旧金山，她的父亲莱斯利·杰克逊（Leslie Jackson）是一个工厂的执行官，母亲杰拉尔丁（Geraldine）是一位家庭主妇。虽然他们一家并不十分富裕，但也属于生活相对比较优越的中产阶级。1923 年全家搬到繁华的旧金山郊区伯林格姆（Burlingame），雪莉的第一部小说《穿过墙的公路》（*The Road Through the Wall*，1948）就是以当地为蓝本完成的。雪莉全家随后又迁到了罗切斯特（Rochester），雪莉在当地的布莱顿高中（Brighton High School）读书，并开始创作诗歌和短篇小说。她毕业于 1934 年，随后进入了罗切斯特大学，但只读了一年就退学了。她描述说这是她短暂而不幸的一年。此后她用一年的时间加紧磨练自己的写作能力，她形容说在此期间她日书千言，奋笔不辍。1937 年，她就读于锡拉丘兹（Syracuse）大学。在校期间她发表了第一篇短篇小说《贾尼丝》（"Janice"）。这篇文章当时刊登在包括《新共和国》、《纽约客》、《妇女节》和《女人》在内的多家杂志上。毕业后，她取得了英语学士学位。她在校园文学杂志任编辑时遇见了后来的丈夫，也是著名的文学评论家斯坦利·埃德加·海曼（Stanley Edgar Hyman）。他们于 1940 年结婚，定居在佛蒙特州一个风景优美、气候宜人的乡村。雪莉生了四个孩子，分别是劳伦斯（Laurence）、乔安妮（Joanne）、萨拉（Sarah）和巴里（Barry），她还写了一本回忆录《与野人一起的日子》（*Life Among the Savages*，

1952），记录了她和这几个孩子一起生活的经历。她是个慈爱的母亲，然而丈夫对她却并不十分体贴。她一生遭受着各种身心病痛的折磨。为了治病，她服过各种处方药，药物的滥用造成了她的健康状况急剧下降。1965年8月8日，49岁的雪莉·杰克逊死于心力衰竭。

  雪莉是一位多产的作家，写了许多中长篇小说。她的作品主题围绕着心理冲突、孤独和命运的不公正等话题。她的小说作品有《穿过墙的公路》、《汉斯曼》(Hangsaman，1951)、《鸟巢》(The Bird's Nest，1954)、《日晷》(The Sundial，1958)、《山屋里的阴魂》(The Haunting of Hill House，1959)和《我们一直住在城堡》(We Have Always Lived in the Castle，1962)等，儿童文学作品有《九个神奇的愿望》(Nine Magic Wishes，1963)和《坏孩子》(The Bad Children，1959)等。雪莉还写了大量的短篇小说，最著名的短篇小说《抓阄》("The Lottery"，1948)被收录在故事集《抓阄及其他故事》(The Lottery and Other Stories，1949)中。被后人整理出版的故事作品集还有《雪莉·杰克逊的魔法》(The Magic of Shirley Jackson，1966)、《跟我走吧》(Come Along with Me，1968)和《只是一个普通的日子》(Just an Ordinary Day，1995)等。另外雪莉还写下了两部回忆录，除了上面介绍的《与野人一起的日子》外，还有一部叫《召唤魔鬼》(Raising Demons，1957)。

  雪莉的小说深受读者喜爱，有多篇走进了广播、电视、剧场，有的还被拍成了电影。《抓阄》曾三度被改编为影片，特别是1969年由著名导演拉里·亚斯特（Larry Yust）拍摄的短片还被大英百科全书教育电影系列收藏，另外由休·惠勒（Hugh Wheeler）根据她的小说《我们一直住在城堡》改编的剧本还登上了百老汇的舞台。

二、代表作

1.《抓阄》("The Lottery")

  1948年，雪莉·杰克逊在《纽约客》(The New Yorker)杂志上发表了短篇小说《抓阄》。作品一经发表，立刻在国内外引起了巨大反响，被公认为是最出色的短篇小说，同时也是《纽约客》历史上最具争议的小说。

《抓阄》是至少两代美国人在校时期的必读篇目[①]。

《抓阄》讲述的是在一个普通的英格兰小村庄，每年6月全体村民会按照传统习俗聚集在村中心广场，通过抓阄来决定谁将成为一年一度祭祀活动牺牲品的故事。故事通过村里最年长的华纳先生叙述了祭祀传统的由来——"6月抓阄，五谷丰收"，人们期待能有好收成的愿望产生了祭祀仪式，这个传统也代代继承了下来。到了祭祀这一天，村民们像往年一样聚集在一起，照常由村里最有势力的三人主持祭祀活动，抓阄活动按家族、户和人头的顺序依次进行，最后抽中了哈钦森家的特丝太太，结果特丝·哈钦森（Tessie Hutchinson）被这些以前的邻居、好友及自己的亲人用石头砸死。其实小说从一开始就暗示了特丝必将遭到悲惨的命运，古希腊语里特丝为"收割"的意思，通过对她的名字的精心设计，来暗示她注定就是原始野蛮仪式的陪葬品。从她一亮相到最后临死前的反抗，她一直是村民眼中的不安分者。她挑战男权和夫权的言论更是与传统格格不入，扰乱了社会的统治秩序，所以遭到男权社会杀一儆百的惩罚，被"铲除"也就不难理解了。

雪莉的故事多源于生活的启迪。开始很多读者不理解该小说的含义，雪莉只是回应道，"这只是个故事而已"。其实这和一次她在回家的途中遭到小孩子石头袭击的经历有关，她也因此产生了创作的灵感[②]。小说采用了对比和反讽的手法表现了人性善恶的对立。这种看似民主的推选方式却是男女不平等社会的手段。小说开始时描写了世外桃源般优美的风景，这里邻里关系友善，到处是一片祥和的氛围。这里即将举行一年一度的抓阄仪式，令读者感到抽中的人必然是位幸运儿，但最后读者才发现，原来抓阄的结果引发的是一场灭绝人性的屠杀，抽中者只是一个牺牲品和替罪羊。作者通过对人物抓阄前后心理的变化，充分表现了这些人的丧失人性、冷漠盲从和为了争取生存权利而残忍地互相争斗的邪恶本性。小说还大量运用了象征的手法。从小说主要事件（祭祀）、主要人物的名字、年龄，到主要的道具（票箱），都具有各自的象征意义，使作品化平凡为深刻。

---

① Hicks, Granville. "The Nightmare in Reality." *Saturday Review*, Vol. XLIX, No. 38, September 17, 1966.

② Jackson, Shirley. *The Haunting of Hill House*. New York: Penguin 1984.

故事的背景正值二战刚结束不久，战后的资本主义社会面临着经济萧条、暴力犯罪、失业等一系列问题，作者突出表现了战争的残酷和血腥毁灭了人们的理想和信念，处于战后混乱局面中的人们开始逐渐暴露出隐藏在心底的原始攻击性和邪恶的本性。有评论家指出，从女权主义的角度来看，这篇故事写于妇女解放运动前夕，表现了雪莉作为一名女性作家对传统的男权统治下的女性和女性自我意识的深刻反思。她试图通过小说告诉人们，女性要想获得真正的平等自由只能依靠自我的觉醒，打破夫权枷锁，并在相互肯定的基础上建立女性同盟。

2. 《山屋里的阴魂》（*The Haunting of Hill House*）

《山屋里的阴魂》叙述了在山上一个无人居住的房子里曾经闹过鬼，一个教授为研究这种超自然现象而带着三个人在这里居住，其中包括小说的女主人公埃莉诺·范斯（Eleanor Vance）。她时年32岁，是一个奇怪、寂寞还有点神秘的女人。这所带着黑暗能量的房子里接连发生的可怕、恐怖的事件都围绕着她发生。起初埃莉诺对这个房子产生了特殊的亲切感，在她生命里第一次感受到了一种幸福和归属感。但随着事件的发展，她总感到有人在背后和她说话，或者在某处注视着她，她最终不堪忍受，陷入崩溃。

雪莉在小说中没有描写血腥暴力的场景，而是注意把超自然的神秘力量、未知的悬念和骇人的恐怖心理紧密地融合在一起，精心设置每一起恐怖事件的来由、场景和人物心理，把读者一步一步引入到她所设置的场景和剧情中来。小说的主旨是借助具有心理障碍的病态人物的精神活动来挖掘人心深处"更为黑暗"的一面，揭示出内心的邪恶远比外部的危险更为可怕。

《山屋里的阴魂》是雪莉·杰克逊众多恐怖小说中最出色的一篇，被评论家们认为是20世纪恐怖小说的经典，曾获1960年国家图书奖提名，并两度被拍成电影，分别是1963年的《阴魂不散》和1999年的《鬼入侵》。

三、评价

雪莉·杰克逊是一位有着广泛影响力的作家，她的写作风格影响了像尼尔·盖曼（Neil Gaiman，1960— ）、斯蒂芬·金（Stephen King，1947— ）、奈杰尔·内尔（Nigel Kneale，1922—2006）和理查德·马西森（Richard

Matheson, 1926 –)等一批作家。

雪莉在锡拉丘兹上大学时,她的文学才华便开始崭露头角,她参与编辑校园文学杂志,她写的诗歌《幽灵》(*The Spectre*)在诗歌创作竞赛中获得二等奖,此后她便开始了不间断的笔耕生涯。她的作品在文体上可分为诗歌、散文、小说几种形式,涉及的题材广泛,有成人文学小说和儿童文学小说;从主题上看,有描写妇女反抗社会和阶级压迫的,也有描写战争期间社会百态的,有描写温馨家庭生活的,也有描写悬疑、恐怖事件的。她影响深远,她的一些女权主义作品和恐怖系列小说广为后人传阅,也引起了历代批评家的关注。她的恐怖小说可分为哥特式小说、超自然恐怖小说、社会恐怖小说等。她的小说通常渲染、营造恐怖的环境气氛和人物紧张的心理活动,从看似平常的细节里挖掘出巨大的恐怖效果,令读者像看恐怖电影一样产生紧张压抑、喘不过气来的感觉。

参考文献

1. Hicks, Granville. "The Nightmare in Reality." *Saturday Review*, Vol. XLIX, No. 38, September 17, 1966.
2. Jackson, Shirley. *The Haunting of Hill House*. New York: Penguin, 1984.
3. King, Stephen. *Danse Macabre*. New York: Everest House, 1981.
4. Kosenko, Peter. "A Reading of Shirley Jackson's The Lottery." *New Orleans Review*, Vol. 12, No.1, Spring, 1985.
5. Oppenheimer, July. *Private Demons: The Life of Shirley Jackson*. New York: Putnam, 1988.
6. http://aof.revues.org/index233.html.
7. http://www.classicshorts.com/stories/lotry.html.
8. http://www.darkecho.com/darkecho/darkthot/jackson.html.
9. http://www.fantasticfiction.co.uk/j/shirley-jackson/.
10. http://www.tabula-rasa.info/DarkAges/ShirleyJackson.html.

79. 格温多琳·布鲁克斯

（Gwendolyn Brooks）

一、作家介绍

格温多琳·布鲁克斯（Gwendolyn Brooks，1917–2000），首位获得普利策诗歌奖的美国黑人作家，于 1917 年 6 月 7 日生于堪萨斯州。她的母亲曾担任过教师，而她的父亲曾经是一名奴隶，参加过美国内战。布鲁克斯出生后不久，全家就搬到了芝加哥，她的童年也一直是在那里度过。布鲁克斯一家生活其乐融融，但是由于他们的黑人身份，饱受周围邻居的歧视。布鲁克斯的父母非常重视对女儿的教育，在女儿很小的时候就鼓励她阅读和写作，尽管家境并不富裕。在布鲁克斯读高中时期，母亲带着她见到了兰斯顿·休斯（Langston Hughes，1902–1967）、詹姆斯·韦尔登·约翰逊（James Weldon Johnson，1871–1938）等哈莱姆文艺复兴运动的知名作家，为她今后的作家道路奠定了基础。布鲁克斯先是在海德公园高中就读，这是当地顶尖的白人高中，后来她又辗转就读于温德尔·菲利普斯中学和恩格伍德高中，并于 1936 年毕业于威尔逊学院（Wilson Junior College）。她在这四所学校的就读经历也使她了解了当地种族问题发展变化的状况，对她今后的创作生涯产生了持续而深远的影响。

布鲁克斯早在 13 岁时就在一本儿童杂志上发表了第一首诗歌。在大学毕业以前，她已经创作了七十余首诗歌。布鲁克斯的诗风不拘一格，传统的民谣、十四行诗、现代的自由体诗无所不包。她的诗歌也是以城市里小人物的生活为题材。1941 年，布鲁克斯加入到了数个诗社中，其中就包括了由伊涅兹·坎宁安·斯塔克（Inez Cunningham Stark）领导的颇有

影响力的诗社。斯塔克是一位白人女诗人，文学功底深厚。她诗社成员都是黑人作家。诗社中活跃的创作氛围极大地鼓舞了布鲁克斯的创作热情，她也逐渐把文学创作当做了自己的职业。1943年她获得了中西部作家大会诗歌奖。

1945年，布鲁克斯的第一部诗集《布龙斯维尔的一条街》(*A Street in Bronzeville*，1945) 发表。诗集一面世就赢得了评论界的一致好评，她也凭借着这部作品获得了古根海姆研究基金奖（Guggenheim Fellowship），并入选了当年《女士》(*Mademoiselle*) 杂志评选的"年度十大青年女性"。1950年，她发表了第二部诗集《安妮·艾伦》(*Annie Allen*, 1950)，再度获得了极大的成功。这部作品也使她获得了多项荣誉，其中就包括普利策诗歌奖，而布鲁克斯也是首位获得该项荣誉的美国黑人作家[1]。1962年，应肯尼迪总统的邀请，布鲁克斯在当年国会图书馆诗歌节上朗诵了自己的作品。

和其他黑人作家一样，布鲁克斯也在作品中探讨了种族问题。在1968年创作的长篇诗歌《在麦加》(*In the Mecca*, 1968) 中，她"重新探究了自己的黑人身份"，这部作品也使她获得了国家图书奖提名。布鲁克斯于1968年荣获伊利诺斯州桂冠诗人，并于1985年被任命为国会图书馆的诗歌顾问，她也是第一位担任这一职务的黑人女性[2]。

布鲁克斯于1938年结婚，她的婚姻生活安定、美满，并育有两个孩子。然而晚年的布鲁克斯不幸身患癌症，饱受病痛的折磨。2000年12月3日，83岁高龄的布鲁克斯在位于芝加哥的家中与世长辞。

二、代表作

《莫德·玛莎》(Maud Marsha, 1953) 是布鲁克斯为数不多的一部小说作品，全书由三十四篇故事组成。这部作品的主人公和作者一样，也是一位黑人妇女，学术界认为这部作品具有很强的自传性。全书从主人公玛莎7岁时写起，描述了她的童年时光、少女时代，从恋爱到步入婚姻殿堂的情感历程，一直到她为人妻母的生活。这部作品的一大特色在于，作

---

[1] http://en.wikipedia.org/wiki/Gwendolyn_Brooks.
[2] 同上。

者在小说中以细腻的笔法，一方面向读者揭示了主人公玛莎丰富多彩的内心世界，另一方面生动形象地描绘了芝加哥南部的风土人情。童年时期的玛莎在家中过得并不开心，父母对家里的另一个女儿海伦宠爱有加，而对玛莎投入的情感则很少。玛莎性格坚强，不愿与海伦争宠，她坚信做"最好的自己"，这才是自己最大的人生价值。婚后的玛莎过着平静的生活，与别的妻子和母亲一样，她也要忙于家务，换尿布，做甜点。然而玛莎也追求高质量的生活，她去大学里听课，和丈夫去听音乐剧。布鲁克斯创作这部小说的一个主要目的就是要表现一位普通妇女的生活，而小说在这一方面的成功是毋庸置疑的。

这部小说在情节上看似简单，但是它涉及了美国当代社会很多复杂的问题，在主题上也有其深邃的一面。这部小说的一个重要主题就是黑人妇女在不利环境下的身份探寻问题。在看似平淡无奇的情节中，读者不难发现一些困扰着美国当代社会的现实问题，如堕胎、贫困等，而其中布鲁克斯着力表现的首先是女性的问题。作为一位生长在男权社会中的女性，她敏锐地察觉到了男权对于广大女性的迫害。自幼聪慧过人的玛莎容貌并不出众，而她的父亲则明确地表示出他喜欢的是漂亮的女孩，而不是聪明的女孩，因此父亲对家中的另一个女孩海伦偏爱有加。毫无疑问，父亲就是男权社会的象征，而父亲的标准则就是整个男权社会对于女性的要求。父亲从不鼓励玛莎读书学习，他关心的只是海伦和她的男友们的感情进程。长大后的玛莎在大学校园里结识了大卫。在她和大卫的交谈中，她的学识并没有赢得后者的好感，相反却令他感到厌烦。这些细节无不表现了作者对于男权社会的控诉，以及对于广大妇女的同情。

布鲁克斯的很多作品都突出了种族这一主题。在丈夫保罗失业后，玛莎找到了一份工作，她的老板是一位上层社会的女性。在这段情节中，来自上层社会的种族歧视跃然纸上。玛莎的老板告诉她出入只许走后门，不让她用自己的拖把，而是告诉她"你最好用膝盖来擦"。面对如此充满敌意的社会环境，坚强的玛莎并没有屈服。后来身为人母的玛莎告诉女儿："圣诞老人对你的爱和对其他白人孩子是一样的。"

《莫德·玛莎》在发表后并没有赢得批评界足够的关注，也许这部小说的光芒被布鲁克斯那些脍炙人口的诗歌遮盖了。但这部小说在当时填补了一个空白：小说成功地从一位黑人妇女的视角对种族歧视问题进行了探讨。面对着这样一个充满敌意的社会，面对着当代社会中种种的现实问题，广大黑人妇女应该作出怎样的选择？布鲁克斯的这部小说令每一位读者深思。

三、评价

作为一位杰出的女作家，格温多琳·布鲁克斯一生获得了无数的荣誉，并创造了多项"第一"。美国前总统比尔·克林顿在评价布鲁克斯时指出，布鲁克斯以优美而有力的诗句，为国家赢得了无数的荣誉。布鲁克斯的作品生动形象地表现了芝加哥南部地区黑人痛苦的生活，以及当代美国社会种族之间的矛盾与冲突。更重要的是，尽管描写了黑人生活的苦难，但布鲁克斯的作品并不消极悲观，她通过对种族歧视和男权主义的揭露，激励人们正视敌对的社会环境，鼓励广大黑人妇女勇敢而顽强地进行抗争，充满了乐观的精神。从整个黑人文学来看，格温多琳·布鲁克斯继承了佐拉·尼尔·赫斯顿和内拉·拉森等哈莱姆文艺复兴时期作家的传统，并对后来如艾丽斯·沃克、托尼·莫里森和格洛丽亚·内勒产生了深远的影响。

参考文献

1. Maria K. Mootry and Gary Smith, ed. *A Life Distilled: Gwendolyn Brooks, Her Poetry and Fiction*. Urbana: University of Illinois Press, 1987.

2. Washington, Mary Helen. "'Taming All That Anger Down': Rage and Silence in Gwendolyn Brooks' *Maud Martha*." *The Massachusetts Review* 24. Summer, 1983.

80. 艾米·克拉姆皮特

（Amy Clampitt）

一、作家介绍

艾米·克拉姆皮特（Amy Clampitt, 1920 – 1994）于 1920 年 6 月 15 日出生，父母是辉格党成员。她在爱荷华州的新普罗维登斯长大，儿童时代的她就酷爱读书学习。她高中时候就开始写诗，后来又将精力转移到了小说创作上。从新普罗维登斯联合学校毕业以后，她进入了附近的格里奈尔学院（Grinnell College）学习英国文学，这一切为她后来成为一名诗人作了很好的铺垫。从格里奈尔学院毕业后，她主要居住在纽约城。克拉姆皮特在牛津大学出版社做过秘书，还在奥特朋社团做过图书管理员，直到 40 岁后她才重新开始写诗。她的第一首诗于 1978 年发表在《纽约客》上。此前的诗歌创作尽管并不成功，但她仍继续进行创作。她的作品主题主要涉及神话、战争和古希腊文明，很多作品都刊登在《纽约客》、《大西洋月刊》等期刊上，为广大的读者所熟知。1983 年，也就是她 63 岁那年，她出版了自己的第一部诗集《翠鸟》(The Kingfisher)。她还出版过另外五部诗集，包括《光是什么样子》(What the Light Was Like, 1985)、《古老人物》(Archaic Figure, 1987)、《西行》(Westward, 1990) 和《打破寂寞》(A Silence Opens, 1994)。

克拉姆皮特还出版了一些散文作品，如《向约翰·济慈致敬》(A Homage to John Keats, 1984) 和《先驱及其他：小品文》(Predecessors, Et Cetera: Essays, 1991) 等。另外，她的作品还包括很多自费再版的诗歌。克拉姆皮特还是美国艺术学会的成员之一，曾经在威廉和玛丽学院、史密斯学院和阿姆赫斯特学院任教。她在缅因州曼哈顿度过的时光，还有多次的欧洲、苏联之行，以及爱荷华州、威尔士和英格兰之旅都对她的后期创作影响颇深。1994年克拉姆皮特死于癌症。

二、代表作

《翠鸟》(*The Kingfisher*)是她出版的第一部完整的诗集，也使她一举成名。《翠鸟》描写了她家乡爱荷华的乡村风光、在缅因州海岸的所见所闻，以及对约翰·济慈的欣赏。她先前很多的诗歌也都收录到《翠鸟》中。

克拉姆皮特的诗歌词藻华丽，是典型的"形式胜于内容"的诗人。诗中富含暗指和典故，语风具有挽歌式的风格。她对结构、韵律和音步等非常讲究。她的主要长处在于挖掘细节，善于观察，这些也同样是风景诗的主要特点。她的用词丰富多变，充满了古典文学中的意象。然而作品中的不足之处也很明显，中间不乏陈词滥调、矫揉造作、本末倒置的现象。然而在20世纪80年代，作为一名形式主义诗人，克拉姆皮特的出现仍令当时的评论界为之一振。评论家们都对她作品的复杂性感到惊奇。

《翠鸟》被认为是现代美国诗歌的"分水岭"，也使得克拉姆皮特能迅速在美国的诗歌界享有一席之地，她的名字开始和伊丽莎白·毕肖普等著名作家相提并论。虽然她当时还不算是一名杰出的诗人，但是她的诗歌特点鲜明，即使将若干诗行连接起来，仍能够看到鲜明的意象。这和她立志成为像华莱士和威廉斯那样的优秀诗人不无关系。

三、评价

克拉姆皮特于1982年获得了古根海姆基金（Guggenheim Fellowship），并于1992年获得了麦克阿瑟基金（MacArthur Fellowship），她还是美国文学艺术学会和美国诗歌学会的会员。此外她也是史密斯学院的格雷斯·哈则德·考珂陵访问作家（Grace Hazard Conkling Visiting Writer），还是阿姆赫斯特学院的访问作家。她的作品集于1997年问世，这部作品集中充满了感官和玄学派的特征，虽然在很多方面都表现出城市诗人的特征，但作品的主题十分广泛。

评论界一致认为克拉姆皮特的语言和暗指充满了复杂性。有人曾经戏谑地说道："读她的书需要手边放一本字典，因为她作品中的词汇和典故增加了读者的阅读难度。"她最好的作品大都是关于自然世界的。批评家对克拉姆皮特的诗歌大加赞赏,认为她对顿悟、声音、意象的把握十分到位。她的作品背景包括缅因州海岸、中西部、欧洲和加利福尼亚州。《打破寂寞》是她的第五部诗集,也是她生前的最后一部诗集,表现了历史和生活错综复杂的关系,她对此有着深刻的思考。这部集子展示了她对道德的探索和对艺术的追求,有了这些,她的诗歌才会如此不同寻常。

作为一名出色的作家,克拉姆皮特的诗歌充满了想象力,她的信件展现出了她的文学责任感,而她的散文如行云流水,她是十分注重雕琢的艺术大师。同时也有人批评克拉姆皮特的作品学术性太强,不太自然,令很多现代的读者无法理解。然而这正是她作品的独到之处,没有了这些精巧复杂的引据和用词,她的作品就失去了鲜明的特征。她如何能够将这么多的想法组织到一起,达到这样的艺术效果,这是值得我们研究的课题。

参考文献

1. Gaffke, Carol T. "Clampitt, Amy: Introduction." *Poetry Criticism*, Vol. 19, 1997.
2. http://www.enotes.com/poetry-criticism/clampitt-amy.
3. http://www.poetrymagazines.org.uk/magazine/record.asp?id=11902.

81. 山本久枝

（Hisaye Yamamoto）

一、作家介绍[①]

山本久枝（Hisaye Yamamoto，1921 – ），美国当代少数族裔文学中备受瞩目的日裔美国作家。她于1921年出生在加利福尼亚州雷东多（Redondo）海岸的一个日本移民家庭，父母都是日本人，山本属于第二代日本移民。山本十几岁时起就开始了她的文学创作生涯，经常在当地的报纸上发表一些作品。1941年12月7日，日本轰炸珍珠港，标志着美国参加二战的开始。1942年山本和她的家人被迫在亚利桑那州博斯顿的一所日本移民集中营居住了三年。集中营的大部分居留者都是在美国出生的日裔。在那里，她发表了一部连载的疑案小说，还担任了集中营创办的报纸《博斯顿集中营纪事》（*The Poston Chronicle*）的记者和专栏作家。1943年她发表了《死亡乘火车来到博斯顿》（"Death Rides the Rails to Poston"）、《显然我是在做梦》（"Surely I Must Be Dreaming"）等系列文章。在集中营生活期间，山本常到集中营的图书馆中学习，在那里她借阅了《纽约客》（*New Yorker*）等过期杂志。集中营的这段经历很大程度上影响了她的写作生涯，这段生活的点点滴滴也都被山本写到了她的作品中。

1945年，在从博斯顿集中营出来以后，山本久枝来到了洛杉矶，并担任《洛杉矶论坛》（*Los Angels Tribune*）报的专栏作家。这份周报主要服务于当地的黑人社团。1948年，山本在《党派评论》（*Partisan Review*）

[①] 参见 http://www.answers.com/topic/hisaye-yamamoto。

上发表她的第一部短篇小说《高跟鞋》("High‐Heeled Shoes, A Memoir")。这个故事就是根据她在二战期间集中营的生活经历写成的。1949年，山本久枝发表了她用俳句写成的《十七个音节》("Seventeen Syllables"), 这部作品成为她流传最广的一部短篇小说。《笹川原小姐的传奇》("The Legend of Miss Sasagawara")发表于1950年。山本一生发表了无数记录日裔美国人在美国生活的短篇小说，记录了日裔美国妇女的艰辛和挣扎。她曾获得前哥伦布基金颁发的美国国家图书奖。她还把《十七个音节》以及《米子的地震》("Yoneko's Earthquake", 1951)改编成了电影《盛夏的风》(Hot Summer Winds, 1991)。

1950年她获得了约翰·海·惠特尼基金会良机基金（John Hey Whitney Foundation Opportunity Fellowship）的资助。另外，和N.斯科特·莫马迪一样，她也得到了伊沃·温特斯的扶持。伊沃·温特斯鼓励她接受斯坦福大学的一项写作研究员基金，但是她却决定于1953年至1955年在纽约州斯塔腾岛上的天主教工作人员康复农场做一名志愿者。1955年，山本返回洛杉矶，同安东尼·迪索托（Anthony Desoto）结婚，并育有四个孩子。婚后的山本将主要精力放在了家庭上，而作品也都是短篇小说。

山本久枝是二战后反日情绪高涨时期首批获得全国认可的日裔美国作家。她的四篇短篇小说《十七个音节》、《棕色的房子》("The Brown House", 1951)、《颂歌》("Epithalamium", 1960)和《米子的地震》被列入马萨·福利（Martha Foley）的年度杰出短篇小说。其中《米子的地震》还入选了1952年的《美国最佳短篇小说集》(Best American Short Stories)。

二、代表作[①]

《十七音节及其他故事》(Seventeen Syllables and Other Stories)收录了山本20世纪40年代以来的作品，主要是反映第一代日裔父母与他们的美国孩子之间的冲突。作品中，山本集中描写了日裔美国人的艰辛。她的

[①]参见 http://www.answers.com/topic/hisaye-yamamoto 及 http://college.hmco.com/english/lauter/heath/4e/students/author_pages/contemporary/yamamoto_hi.html。

作品包含的主题覆盖了二战期间山本在美国集中营的各种经历，其中有对不幸婚姻的愤恨，也有对当时日裔妇女所饱受的歧视和压迫的描写。作品以一位饱受不幸婚姻之苦的作家母亲同她的十几岁的女儿罗茜（Rosie）的故事为主线。十几岁的女儿不能将母亲生活中的沉默同她所讲述的故事联系起来，更不能理解母亲一代对自己的期望。这部作品集既包含散文，又包括一系列的短篇，故事充满了大量的反讽和暗喻，读来让人颇费思量。

《十七个音节》（"Seventeen Syllables"）是用俳句写成，这是山本最受欢迎的作品，得到了亚裔美国研究协会（Association for Asian American Studies' Award）的认可。《米子的地震》（"Yoneko's Earthquake"）是以10岁的纯子的口吻，讲述地震给人们带来的种种不幸。读者只有仔细阅读之后才能真切体会这个十几岁孩子话语当中透漏出的绝望。《爱斯基摩人情结》（"The Eskimo Connection"）是讲述洛杉矶的一位寡妇诗人同监狱中一位爱斯基摩人之间不同寻常的故事。

《笹川原小姐的传奇》（"The Legend of Miss Sasagawara"）是故事集《十七音节及其他故事》中的一篇涉及二战时期美国安置营中日裔美国人苦难的故事。39岁的芭蕾舞女麻里·笹川原与她信奉佛教的父亲从美国另一所安置营转到亚利桑那州博斯顿安置营。她的独处和古怪行为招致了各种各样的流言蜚语，她竭尽全力维持自己的精神状况，但还是被送入精神病院。

笹川原小姐的"疯"是该故事神秘之处。故事中关于她的生活片段和零星的记录是由同在一个安置营中叫菊（Kiku）的人以第一人称的方式叙述的。比如笹川原小姐被佐佐木先生称为"疯女人"，原因就是在佐佐木先生提出帮助笹川原小姐打扫卫生时，她非但没有感激他，而且还斥责他、监视他，并用水泼他赶他出去。救护车司机谈到她时用食指在空中对着头划了几圈以暗示其疯。当然，在这篇故事里作者让菊基本保持在一个受限的叙述者立场，笹川原小姐发疯时也恰好安排在菊离开博斯顿区到费城上大学之后。

如果说笹川原小姐是真的疯了，那么让她疯狂的原因更多的也是社会和家庭层面的。从社会层面上，二战中美国对日裔美国人的不信任和种族歧视导致美国对日裔美国人行为的误读，这是笹川原小姐被称为"疯女人"

的社会背景,而战时荒谬和毫无理性的世界显然已经导致整个人类精神失衡和行为混乱。从家庭层面上,笹川原先生对女儿的冷淡与漠视使她感受不到家庭的温暖。笹川原小姐生病住院时,笹川原先生显然也没去探望,他显然并不在乎女儿肉体和精神上的双重痛苦。父亲的漠然使她痛苦不堪,而安置营里生活在她周围的人的冷漠和麻木不仁更增加了她的不幸。她存在的价值就是给大家单调乏味的生活提供一个话柄。

三、评价

山本久枝擅长撰写短篇小说。她的写作风格看似简单,却在不动生色中大量地使用了讽刺的笔法。她这些作品的主题始终是两代人之间的冲突,特别是第一代移居美国的日本裔父母与在美国成长并在美国受教育的第二代日本裔子女的沟通障碍,以及日裔美国妇女为表现自我个性和实现自己的抱负而进行的斗争。她曾于1986年获得前哥伦布基金会颁布的美国国家图书奖终身成就奖(Before Columbus Foundation's American Book Award for Lifetime Achievement)。山本在作品中表现女性在生活中所面临的诸多艰难抉择,从第一代的包办婚姻到现代美国男女之间的关系。山本的创作源泉不仅来自她的日裔历史文化遗产、二战时集中营的经历,此外还包括美国西部其他少数族裔的生活经历。

山本想要她的作品超越种族的局限。她说:"我写作的目的就是要表达自己的思想感情,让自己身心愉悦……我认为,一个作家,如果她要无拘无束地写作,就不能专门针对某一特定读者群体"[1]。山本说,一些读者读她的作品的原因是因为作者具有特定的种族背景,而另一类读者则抛开作者的文化背景,他们之所以会读山本的作品,原因是他们认为她的作品是美国文学不可分割的一部分。

山本一直是文学评论界的焦点。加利福尼亚大学洛杉矶分校的张敬钰(King-Kok Cheung)教授是山本生平及作品研究的权威人物,此外伊莲·基姆(Elaine H. Kim)还把山本的作品收录在她的《美国文学及社会背景重要性》一书中。

---

[1] 参见 http://www.modelminority.com/article217.html。

参考文献

1. *Rabbit in the Moon.* a film by Emiko Omori. San Francisco: Wabi-Sabi Productions, 1999. Video Cassette D769.8 .A6 R33x.

2. Cheung, King-Kok. *Articulate Silences: Hisaye Yamamoto, Maxine Hong Kingston, Joy Kogawa.* Ithaca: Cornell University Press, 1993.

3. Kim, Elaine H. *Asian American Literature: An Introduction to the Writings and Their Social Context.* Philadelphia: Temple University Press, 1982.

4. 周晓刚：《〈笹川原小姐的传奇〉中疯的多重意义结构》，《外国文学研究》，2005年第2期。

5. http://faculty.ccc.edu./wr-womenauthors/pinkver/yamamoto.htm.

6. http://www.frchina.net/data/detail.php?id=14112.

7. http://www.modelminority.com/article217.html.

8. http://202.204.142.29/seis/center/cont/uploadfile/2006103181658954.DOC.

82. 黄玉雪

(Jade Snow Wong)

一、作家介绍

黄玉雪(Jade Snow Wong,1922-2006)于1922年在旧金山华埠出生。旧金山很少下雪,但她出生那天却飘起雪花,她的父亲也因此给她起了这个名字。黄玉雪的父亲来自广东中山,移民美国后定居旧金山。移民到美国的黄家家境并不好,黄家的制衣房与许多华人洗衣店或小餐馆相似,常常挣扎在破产的边缘。黄玉雪是"排行第五的女儿",早在14岁时,她便开始操持家务。后来由于家庭无力供她继续学业,黄玉雪只好出去工作,在旧金山社区学院勤工俭学,后来就读于米尔斯学院。

黄玉雪成长的时代美国的普通民众对中国和华人已经有较多的了解,华裔的地位也在不断上升。华裔身上很多美德也被美国大众媒体所认可,认为他们有爱国激情、有耐心、能吃苦耐劳。此时美国报刊杂志上发表的《职业女孩:中国风格》以及《一个美国华人家庭的肖像》等文章较几十年前对华人的态度也有了一百八十度的转变。正是在这样的大环境中,黄玉雪创作了《华女阿五》(*Fifth Chinese Daughter*,1950)。这本书被称为"所有对美国华裔生活感兴趣的人的必读书"。在1976年汤亭亭的《女勇士》(*The Woman Warrior*,1976)出版之前,它或许是流传最广的第二代华裔作品[①]。《华女阿五》于1950年出版后立即登上美国畅销书排行

---

① 徐颖果编著:《美国华裔文学选读》,南开大学出版社,2004年。

榜,并高居榜首达数月之久①。对于一个初登文坛的华裔女性而言,这是了不起的成就。该书出版的当年便被"美国每月最佳书籍俱乐部"和《基督先驱报》"家庭读书俱乐部"选中,并于 1951 年荣获联邦读书协会的非小说类优秀奖。此后该书不仅多次再版,还被译成十几种文字,销量接近五十万册。黄玉雪的第二部自传《没有陌生的华人》(*No Chinese Stranger*)于 1975 年出版。

黄玉雪 1950 年嫁给华裔美术家伍德洛·翁(Woodrow Ong),育有四个子女。夫妇俩有时会合作做陶瓷,后来还开了一家旅行社。黄玉雪多年来活跃于多个社团和机构,如旧金山公立图书馆、旧金山亚洲艺术博物馆、旧金山中华文化中心、美国华人历史学会,以及 1976 年向她颁发名誉博士学位的母校米尔斯学院。

黄玉雪热爱中国,不仅是受她父亲的影响,也深受韩素音的影响。韩素音的《瑰宝》(*A Many-Splendoured Thing*, 1952)与她的《华女阿五》同年出版。自从二人于 1951 年在新加坡相遇,并同在新加坡广播电台发表广播谈话之后,半个多世纪以来她与韩素音保持着亲密的友谊。在韩素音的建议下,黄玉雪夫妇访问了四川。1995 年,黄玉雪陪同韩素音出席旧金山中国文化中心举行的招待会,介绍韩素音的文学活动和文学成就。黄玉雪是中美恢复邦交之后第一个来中国访问的华裔美国作家和艺术家②。在韩素音的推荐下,她很快得到了中国的签证,并在尼克松总统于 1972 年首次访华一个月之后就和丈夫组建旅游团来中国参观访问,而且由于韩素音的介绍,中国外交部盛宴款待了这对普通的华裔美国夫妇。自从 1979 年黄玉雪和丈夫组织旅游团到中国游览之后,他们又数次访华。黄玉雪于 2006 年 3 月 16 日在她生长的城市旧金山去世,享年 84 岁。

二、代表作

黄玉雪的代表作《华女阿五》(*Fifth Chinese Daughter*)描述了一个华裔女孩的成长经历,以及她作为一名移民家庭的后代在美国成长奋斗的故事。黄玉雪在这本书中也描写了华裔家庭的中国传统教育与学校里的西

---

① 徐颖果编著:《美国华裔文学选读》,南开大学出版社,2004 年。
② http://history.114la.com/3/16/3198.html。

方教育方式，以及她在这两种不同的教育方式下如何克服种种文化冲突的故事。该小说被认为是美国华裔文学的开山之作，也是最早拥有大量美国读者的华裔小说之一[①]。

黄玉雪的自传不仅写了一个生动的故事，而且也写活了这个故事。她用简洁的语言叙述了她曾详细研究过的唐人街日常生活，娴熟地勾勒出一幅幅引人入胜的画面，细致入微地描绘了各种不同的场景，诸如怎样筹备传统中国式婚礼，如何用中医药治病，以及每年一度的祖宗祭祀大典等。她的自传也穿插了幽默而形象的描述。例如她写道，弟弟出生时母亲告诉她，婴儿是在"医院的烘箱里烤好后"，由女医生抱给他们的父母。婴儿分为三种不同的类型：略欠火候的婴儿（即白人），稍微烤过头的婴儿（黑人），以及烤得恰到好处，微泛金黄的婴儿（华人）（《华女阿五》）。类似的故事在黄玉雪的自传中比比皆是，若干处细节的描写无不是风趣隽永，令人难忘。

《华女阿五》一书内容充实丰富，写作风格独特，虽然美国文学评论界对与它同时代的其他华人作品多有针砭，但是对《华女阿五》却始终赞扬有加。1989年该书再版时仍受到读者和批评界的欢迎便是明证。与汤亭亭的《女勇士》和谭恩美的《喜福会》相比，《华女阿五》或许不够深刻有力，但是它却以一种严肃而引人入胜的方式讲述了历史转型时期一个美国土生华裔姑娘的成长历程，因此得到多数美国华人读者和批评家的赞誉。第一部美国亚裔文选的编者曾这样赞道："不愿像兄弟姐妹那样仅仅做个听话的孩子，并因此而抗争，与从孩提时起就受到的种族歧视作斗争，与重男轻女的华人传统作斗争，以此发现生命的价值——这就是黄玉雪自传小说中所描绘的冲突与奋斗。"

由于黄玉雪的目的是塑造华人的模范族裔形象，因此她不免会慎重考虑普通美国读者是否会接受她所塑造的华人形象。这就意味着她必须迎合一般读者对华裔的某些看法，在这一方面《华女阿五》与早期华人作家的作品不无相似之处。例如黄玉雪也用大量篇幅描写了华人的饮食习惯，这是因为她发现中国烹饪也确是华人文化最为吸引人的方面之一。同早期华

[①] 尹晓煌著，徐颖果译：《美国华裔文学史》，南开大学出版社，2006年。

人作家一样，黄玉雪也想努力纠正被扭曲了的华人形象。早期华人作家主要着重反映第一代移民的生活经历，当他们感到难以被美国社会接受时，他们或是沉湎于对故乡的回忆之中，或是退回到华人社区去生活；而黄玉雪却侧重描写美国土生华裔欲进入主流社会的勇气和努力。种族歧视更坚定了她进入美国主流社会的决心，"尽管受到歧视，我从来都没有放弃自己的信念"。

三、评价

《华女阿五》对新一代美国华裔作家有积极的影响。黄玉雪自豪地说，无论人们怎样批评这本书，但由于其先驱者的地位，他们还是不得不研究它。汤亭亭称赞黄玉雪是"美国华裔文学之母"。《华女阿五》被译成多国文字出版后，许多国外读者慕名来到她位于旧金山俄罗斯岗的艺廊，只是想对该书的作者说他们很喜欢这本书。

然而，对黄玉雪及其作品也有不同的评价。一些华裔作家和批评家认为黄玉雪是严重"白化"的华裔作家，反对她的华裔美国作家或学者甚至批评她是被白人"招安"。值得注意的是，评价一个作家不能离开当时的社会文化大背景。黄玉雪对华裔文学的贡献是不容否认的。20世纪40年代的美国并没有今天这样多元文化的环境，黄玉雪能受到广大读者的好评，这对华裔族群赢得理解和支持，无论如何是有积极意义的。

参考文献

1. Sauling Cynthia Wong, *Reading Asian AmericanLiterature : From Necessity to Extravagance*. Princeton, New Jersey: Princeton University Press，1993.
2. 单德兴：《"开疆"与"辟土"——美国华裔文学与文化：作家访谈录与研究论文集》，南开大学出版社，2006年。
3. 王光林：《错位与超越——美、澳华裔作家的文化认同》，南开大学出版社，2006年。
4. 张子清：《美国华人移民的历史见证：美国著名华裔作家黄玉雪访谈录》，《外国文学动态》，2003年第2期。
5. http://www.singtaonet.com/city/San/t20060324_173151.html.

83. 格雷斯·佩里

(Grace Paley)

一、作家介绍[①]

格雷斯·佩里(Grace Paley,1922–2007),美国作家,1922年12月11日出生在纽约。佩里的父母都是在20世纪之交到达美国纽约的俄国移民。她在纽约北端的布朗克斯(Bronx)长大,父母说俄语和意第绪(Idissh)语,因此佩里从小便生活在两种不同文化的熏陶下,这种生活环境给她的短篇小说创作提供了最原始的素材。佩里曾在哥伦比亚大学(Columbia University)和西拉克斯大学(Syracuse University)执教,之后又任教于美国纽约城市大学(the City University of New York),还在劳伦斯学院(Sarah Lorence College)教授写作和文学课达十八年之久。1942年6月20日,她嫁给了杰西·佩里,育有两个孩子。正像爱文·哥德(Ivan Gold)所说的那样,佩里把她一生中的大部分时间都花在履行妻子和母亲的职责上了。

她的第一部短篇小说集《人类的小小骚动》(The Little Disturbance of Man,1959)的发表使佩里在文学界崭露头脚,获得了评论界的认可。佩里发表第一部短篇小说集六年后,她的第二部短篇小说集《最后一刻的巨大变动》(Enormous Changes at the Last Minute,1974)才发表。佩里的第三部短篇小说集《同一天的晚些时候》(Later the Same Day,1985)于1985年发表。十年后,《故事集》(The Collected Stories,1994)问世,获得了国家图书奖提名。截止到1994年,佩里的短篇小说仅有四十五篇,但她

[①] 本节内容主要参考 http://www.answers.com/Grace+Paley?gwp=11&ver=2.0.1.458&method=3。

仍是20世纪美国公认的杰出的短篇小说作家之一。此外佩里还出版了几卷诗集,包括《向前伸》(*Leaning Forward*, 1985)、《漫长的漫步和亲密的交谈》(*Long Walks and Intimate Talks*, 1991)、《重新开始》(*Begin Again: Collected Poems*, 2000)等。诗集《重新开始》从某种程度上讲很像佩里的自传,记录了她积极拥护和平、参与女权运动的历程,以及她做母亲和祖母的经历。有评论家说,她的诗歌与短篇小说相比更大胆,更富有政治色彩,尽管选题上较后者更为狭窄一些。她是美国笔会执行董事会的成员。此外,佩里还积极投身政治,她参加了各种反战运动和政治示威游行,后来还参加了妇女运动。她是美国反战联盟(the War Resisters' League)的成员,也是1961年格林威治和平中心(the Greenwich Village Peace Center)的创始人之一。她一直认为自己是"斗争的和平主义者和合作的反政府主义者"。

她曾获得过许多荣誉。1966年,她获得了美国国家艺术贡献奖(the National Endowment for the Arts),1970年还获得了国家文艺委员会(the National Institute of Arts and Letters)的奖项。佩里获得的奖项还包括:1970年的国家文学协会短篇小说创作奖、1989年的伊迪丝·沃顿奖、1993年的短篇小说红色奖章、1994年的普利策奖和犹太文化文学奖,以及当年国家图书奖提名等。1987年春天,她被授予国家艺术贡献奖(the National Endowment for the Arts)老年组特别奖,以表彰她对文学事业的终身贡献。

二、代表作

《人类的小小骚动》(*The Little Disturbance of Man*)共由十一个描述纽约生活的短篇故事组成,故事的核心是讲述喧闹都市的平民在处理日常琐碎"骚动"的方式和态度。

这部故事集塑造了叫做"菲思·达尔文"(Faith Darwin)的半自传性人物。这个人物不仅在这部小说集中的《曾经抚养孩子的人》("The Used-Boy Raisers")等故事中登场,还在后来的小说集《最后一刻的巨大变动》的六个故事和《同一天的晚些时候》的十个故事中出现,可见这一人物在佩里的整个创作生涯中的重要作用。

在其中一个短篇小说《生活的一点乐趣》中,佩里讲故事的模式更加清晰。在故事的开头,吉尼(Ginny)在圣诞节从丈夫那儿收到"一把扫帚",这显然不是一个好的征兆。在丈夫抛弃她和四个孩子时,也是她最为绝望的时候,吉尼向一个广播电台的节目列出了她面临的一大串的麻烦,而约翰·拉夫特里(John Raftery)——吉尼最初的追求者——听到了她的烦恼。他告诉她那些所谓的烦心事人人都会遇到,都是无足轻重的。这样故事的反讽和闹剧含义就表现得淋漓尽致了。与她后期的作品不同,佩里的这本故事集是从第三者的叙述角度出发,将一系列的故事串联起来构成故事情节。短篇《竞赛》、《再见,祝你好运》、《一条不能取消的直径》都使用了这种叙事方式。在《生活的一点乐趣》和《曾经抚养孩子的人》中,佩里的叙述方式则更加自由,甚至有些不连贯。

《人类的小小骚动》发表后,其中的许多故事都被收录在各类文选中。评论家们认为这部小说集无论在选材和主题上都很宽广,是佩里最成功的一部小说集。《纽约客》评价她的作品"新颖且充满活力"、"她有自己独特的生活观"。柯卡斯(Kirkus)认为她的作品"既幽默又感人……充分体现了作者惊人的智慧"。

三、评价

格雷斯·佩里虽然著作不多,但她对美国文学影响深远。在第二次世界大战后的美国文坛,佩里以手中的笔抒发了一位女作家独特的情感,而她所描写的都是她所熟悉的简单而真实的故事。她的小说集《人类世界的小小骚动》、《同一天的晚些时候》和《最后一刻的巨大变动》都吸引了众多读者,赢得了各方面的一致好评。凭借她的短篇小说,佩里树立了她在世界文学史上的地位。她的故事看似简短又毫无情节,然而却准确地描绘出了纽约工人阶级穷困潦倒的生活状况。在她的小说中,佩里更多的是借助人物对话而不是动作来塑造人物。在她的笔下,犹太人、黑人、爱尔兰人都被刻画得栩栩如生。在《美国评论》(*American Review*)中,批评家威廉姆·诺瓦克(William Novak)称赞她是"作家中的作家"。

参考文献

1. Bach, Gerhard, and Blaine Hall. eds. *Conversations with Grace Paley.* Jackson: University Press of Mississippi, 1997.

2. Isaacs, Neil D. *Grace Paley: A Study of the Short Fiction.* Boston:

Twayne, 1990.

2. Paley, Grace. *The Little Disturbances of Man*. Garden City: Doubleday, 1959.

3. Paley, Grace. *Enormous Changes at the Last Minute*. New York: Farrar, Straus & Giroux, 1974.

4. Paley, Grace. *Later the Same Day*. New York: Farrar, Straus & Giroux, 1985.

5. Paley, Grace. *16 Broadsides*. St.Paul:Bookslinger, 1980.

6. Paley, Grace. *Goldenrod*. Penobscot: Granite Press, 1982.

7. Paley, Grace. *Leaning Forward:Poems*. Penobscot: Granite Press, 1985.

8. Taylor, Jacqueline. *Grace Paley: Illuminating the Dark Lives*. Austin: University of Texas Press, 1990.

9. Wirth-Nesher, Hana. *Call It English: The Languages of Jewish American Literature*. Princeton: Princeton University Press, 2006.

10. http://www.albany.edu/writers-inst/paley.html.

11. http://www.salon.com/11/departments/litchat1.html.

12. http://www.bedfordstmartins.com/litlinks/fiction/paley.html.

84. 丹妮丝·列维尔多夫
（Denise Levertov）

一、作家介绍

丹妮丝·列维尔多夫（Denise Levertov，1923 – 1997）于 1923 年 10 月 24 日出生于英国的艾塞克斯郡（Essex）。她的父亲是哈西德派出身的俄国犹太人，后在德国上大学时皈依了基督教。在丹妮丝出生时，他已经在英国定居，成为了一名英国国教牧师。她的母亲是威尔士人，常常在家里大声朗读一些著名作家的作品，如薇拉·凯瑟、约瑟夫·康拉德、狄更斯和托尔斯泰的作品。丹妮丝的家人，包括她的父母和姐姐都热爱读书，丹妮丝也深受影响。丹妮丝几乎没有接受过正式的学校教育。她所获得的全部教育几乎全部来自家庭。她 5 岁时就立志当一名作家。12 岁的时候，她把自己的一些诗作寄给了 T. S. 艾略特，得到了这位大师的指点和鼓励。她 17 岁的时候在《诗歌季刊》(Poetry Quarterly) 上发表了第一首诗。二战期间，列维尔多夫在伦敦的炮火中当了一名平民护士。她在 17 岁到 21 岁期间写了她的第一本诗集《双重意象》(The Double Images，1946)，于 1946 年出版，她也因此成为了一个名为"新浪漫主义者"的诗人团体中的成员。列维尔多夫在 1947 年嫁给了美国作家米契尔·古德曼（Mitchell Goodman），一年之后他们迁到美国居住，在纽约市定居。两年后他们的儿子出生。她在 1956 年获得了美国国籍。

来到美国之后，她接触到了爱默生（Ralph Waldo Emerson，1803 – 1882）和梭罗（Henry David Thoreau，1817 – 1862）的超验主义、庞德（Ezra

Pound，1885－1972）进行的诗歌试验，尤其是威廉姆·卡洛斯·威廉姆斯（William Carlos Williams，1883－1963）的作品。由于列维尔多夫的丈夫与诗人罗伯特·克里雷（Robert Creeley，1926－2005）是好朋友，列维尔多夫因此结识了黑山派（Black Mountain Group）诗人查尔斯·奥尔森（Charles Olson，1910－1970）和罗伯特·邓肯（Robert Duncan，1919－1988）。这两位诗人于1933年在北卡罗莱纳州成立的黑山学院虽然历时短暂，但是影响深远。20世纪50年代黑山学院的《黑山观察》（*Black Mountain Review*）发表了列维尔多夫的一些作品。她承认这些人对她的创作都产生了影响，但是她并不认为自己属于某一派别。她从英国诗歌的固定形式里脱离出来，发展了她开放的、试验性的风格。1956年《此时此刻》（*Here and Now*）出版，这是她在美国出版的第一部诗集。随着这本书的出版，她成为了美国先锋派作家中重要的一员。她在50年代和60年代创作的诗歌使她名声大震，不仅得到了她的同辈如克里雷和邓肯的认可，也获得了她的前辈诗人像威廉姆·卡洛斯·威廉姆斯的称赞。她的下一本书《我们脑后的眼睛》（*With Eyes at the Back of our Heads*）于1959年出版，确立了她作为美国重要诗人的地位，并且让人们很容易就忽略了她的英国背景。她于1961年担任《国家》（*The Nation*）杂志的诗歌编辑，并从1963年到1965年之间继续担任此职。

20世纪60年代的越战期间，反战和女性主义成为她诗歌的两个主题。在这一阶段，她创作出了最令人难忘的作品之一——《伤心之舞》（*The Sorrow Dance*，1967）。在这部作品中，她叙述了战争和姐姐的去世给她带来的悲伤与思考。从1975年到1978年，她担任了《琼斯妈妈》（*Mother Jones*）杂志的诗歌编辑。列维尔多夫继续出版了二十多卷诗集，包括1975年出版的《释放尘土》（*Freeing the Dust*），该作为她赢得了雷诺·马歇尔诗歌奖（the Lenore Marshall Poetry Prize）。她还出版了四部散文集，翻译了三卷诗集。从1982年到1993年，她在斯坦福大学教书。她生命中的最后十年是在西雅图度过的。这期间她出版了《1968年到1972年间诗歌》（*Poems 1968-1972*，1987）、《水中呼吸》（*Breathing the Water*，1987）、《蜂房之门》（*A Door in the Hive*，1989）和《井里的沙》（*The Sands of the Well*，1996）。1997年12月，列维尔多夫因为患淋巴瘤导致感染而去世，时年

74 岁。她去世后，《巨大的未知》（*This Great Unknowing: Last Poems*）在纽约出版。

二、代表作[①]

《婚姻之痛》（"The Ache of Marriage"）

大腿和舌头，亲爱的，

因为它而沉重，

它在牙齿之间悸动

我们寻找结合

但被分开，亲爱的，

它是巨大的海兽，我们

在它的肚子里

寻找欢乐，一些欢乐

在外面并不被人所知

两个两个地在它的痛苦

之方舟里

在这首《婚姻之痛》（"The Ache of Marriage"）中，她把婚姻比做一只巨大的海兽，相爱的两个人就像是在海兽巨大的肚子里。这里诗人引用了《圣经》中诺亚方舟的典故。据《圣经》记载，诺亚遵从上帝指示造了一只硕大的方舟，把世上所有的生物都成双成对地装到舟上，以免生物灭绝。在婚姻这个类似方舟的海兽肚子里，相爱的人们也是成双成对，而且他们在这里"寻找快乐"，"不为外面所知"。同时，《圣经》里的诺亚方舟也代表了人类以及万物在风暴中生存下来的希望，而婚姻借此寓意，喻指虽然有诸多困难，但还是会有希望和美好的未来。

列维尔多夫的爱情诗富有特点，对与爱人相结合的欲望和与爱人不可避免的分离这一对矛盾之间的冲突作了探索与分析。这首爱情诗虽然篇幅短小，却用了一种独特的手法表达出诗人对爱情和婚姻的看法。诗人既没有过于浪漫化，也没有悲天悯人，对两个相爱的人之间的结合/分离、一元/二元的矛盾作了戏剧性的描述。她的诗用一种细致而又精确的感知来

[①] http://www.palace.net/~llama/poetry/ache.

体会这个世界,能够接受人类所必须经历的痛苦和世界的不完美,这种力量能够使她的作品像伯纳德·马拉默德(Bernard Malamud, 1914—1986)和索尔·贝娄(Saul Bellow, 1915—2005)的犹太小说一样有力。

三、评价

在她向美国诗人成功转型的过程中,对她影响最大的莫过于诗人威廉姆·卡洛斯·威廉姆斯。这位诗人讲究美国语言的韵律,列维尔多夫评价道:"他的历史重要性在于他使我们了解了语言的所有安排。他为我们铺平了道路,提供了工具。"另一个重要影响源于罗伯特·克利雷,他有一句名言:"形式永远不如内容的延伸重要"。列维尔多夫基于自己关于灵感的理论把罗伯特·克里雷的这句话改为"形式永远不如内容的揭露重要"。因此,从1967年的《伤心之舞》开始,她在美国的大多数作品都是以形式上的开放为特点。她积极关注政治问题,例如她是个反越战的积极分子。后来也关注其他的政治和社会问题,包括第三世界和妇女权利的问题,尽管她从来不把自己称为女权主义者。她坚持认为人们的日常生活和诗歌都应该关注政治。她在越战期间的作品也使人们开始争论政治是否能够创造出好的诗歌作品。她晚年的关注点是核问题及非洲的一个小国萨尔瓦多的问题。

尽管列维尔多夫在她漫长的创作生涯中创作出了大量题材和主题各不相同的作品,但是不论她的新诗还是早期的作品都有着共同的特点,这也是她的作品受到人们喜爱的原因:她的诗把神圣的和日常的东西融合为一体,且手法巧妙,两者之间的融合天衣无缝;她所用的语言是日常生活中口语的节奏,显得亲切而又随和;同时她的比喻极富想象力。列维尔多夫的诗中充满了沉思和启发性,充满了对意义的探求。她认为作者应该起着牧师一样的作用,作者是平凡人与神圣的神秘事物之间的中介。此外她的视角还是一种女性的视角,她的作品把家庭生活作为诗歌的一个常见主题,探讨了女性在神话和文化中的地位问题,并在诗中反映了女性的精神追求。平衡和和谐是她的作品的两大特点,也可以用来形容她本人在20世纪60年代之前的性格。她的第一本诗集中有这样一句"心脏的收缩和扩张标志着奇妙的时刻",只有在这种平衡的对立面之间所构成的脉搏里,才能找到一个稳定的中心。她认为感情的力量、对神秘的尊敬以及智力的领会三者之间必须保持一种平衡，积极或是消极都不能占据主导，它们必须像婚姻关系一样作为一个整体来运行。她的诗歌就是在寻找一个平衡点，但并不枯燥或是表现出怯懦，因为诗人的双眼在潮起潮落中看到的是理智和自信。她的诗中没有狂喜与绝望，也没有过分赞美或是过分贬损，而是充满着在平凡甚至是肮脏中找到简单美丽的能力，和即使在逆境中仍然能够复苏的能力。列维尔多夫的诗像一双探索的眼睛，来发现混乱背后的秩序和意义；她的诗是精神和心灵的眼睛，而不是简单的视觉意象；她的诗是要去发掘事物的核心。如果读者能够读懂，就会获益匪浅。

参考文献

1. Rodgers, Audrey. *Denise Levertov: The Poetry of Engagement*. Teaneck, New Jersey: Fairleigh Dickinson University Press, 1993.

2. Dewey, Anne. "The Art of the Octopus: The Maturation of Denise Levertov's Political Vision." *Renascence 50*: 65 – 81, 1998.

3. Gallant, James. "Entering No-Man's Land: The Recent Religious Poetry of Denise Levertov." *Renascence 50*: 122 – 134, 1998.

4. Wilson, Robert A. *A Bibliography of Denise Levertov*. New York: Phoenix Book Shop, 1972. Printing of American Authors, Vol. 3 (Detroit: Gale Research Co., 1977 – 1979).

5. http://www.rooknet.com/beatpage/writers/levertov.html.

6. http://www.millikin.edu/aci/Crow/chronology/levertovbio.html.

7. http://college.hmco.com/english/heath/syllabuild/iguide/levertov.html.

85. 弗兰纳里·奥康纳

(Flannery O'Connor)

一、作家介绍

弗兰纳里·奥康纳(Flannery O'Connor, 1925 – 1964)于 1925 年 3 月 25 日出生在佐治亚州萨凡纳的一个天主教家庭。奥康纳是家中的独生女，父母笃信天主教。奥康纳从小爱好玩赏鸟类，在 5 岁时引起美国媒体的关注。1931 年奥康纳携带一只经过训练能倒着走的鸡在帕塞新闻短片(*Pathe News*)中露面，后来她在小说中曾把某些鸟作为象征。幼时的奥康纳梦想成为一名漫画家，后来她所刻画的人物也或多或少有些漫画感。1945 年，奥康纳毕业于佐治亚州立女子学院(Georgia State College for Women)，获文学学士学位。1946 年她在《音调》(*Accent*)杂志上发表了自己的第一部短篇小说《天竺葵》("The Geranium")，此后她决定放弃绘画，转投写作。1947 年，奥康纳在爱荷华州立大学(State University of Iowa)获文学硕士学位。1950 年，她寄住在好友罗伯特·费兹古拉德家的农场上，那时她正着手第一部长篇小说的创作，却意外发现自己身患红斑狼疮，疾病迫使她回到母亲身边，在米利奇维尔郊外的安德鲁西亚(Andalusia)农场上疗养和写作，闲时喂养孔雀。尽管备受红斑狼疮的病痛折磨，但她仍以乐观的态度和坚强的毅力与病魔作斗争，一直坚持写作，在文学创作方面取得了卓越的成就，被誉为美国"南方文学先知"。

奥康纳于 1952 年出版了第一部长篇小说《慧血》(*Wise Blood*)。后于 1955 年出版了自己的第一本短篇小说集《好人难寻及其他故事》(*A Good Man Is Hard To Find, and Other Stories*)，汇集了《好人难寻》、《善良的乡下人》("Good Country People")、《救人如救己》("The Life You Save May

Be Your Own")、《河流》("The River")等十个短篇故事,这部作品得到了美国评论界的普遍认可,也确立了奥康纳在美国文学中主流作家的地位。奥康纳在20世纪中期被誉为美国天主教运动中富有影响力的四大激进作家之一[①],1958年她还在罗马受到教皇的接见。1959年她荣获了福特创作基金(Ford Foundation Creative Writing Fellowship)。1960年奥康纳出版了第二部长篇小说《强暴的人夺走了它》(*The Violent Bear It Away*),1962年和1963年奥康纳分别获得了玛丽学院和史密斯学院的文学博士学位。

1964年8月3日,奥康纳因肾衰竭与世长辞,逝世时年仅39岁,仅留下两部长篇和三十一部短篇。1965年,奥康纳的第二部短篇小说集《上升的一切必然汇合》(*Everything That Rises Must Converge*)在她逝世后面世,其中收录了九个短篇故事,其中有三篇荣获了欧·亨利短篇小说奖,分别是《绿叶》("Green leaves")、《上升的一切必然汇合》和《启示》("Revelation")。1971年,奥康纳的发行人罗伯特·吉罗斯(Robert Giroux)出版了《奥康纳短篇小说全集》(*The Complete Stories of Flannery O'Connor*),其中收录了三十一个短篇,这当中有十二篇是首次面世的,该作品于1972年荣获美国国家图书奖。此外,奥康纳生前曾写过大量的书信,这些成为了研究奥康纳的宝贵材料。1988年,奥康纳的第三十二部短篇小说《林中午后》("An Afternoon in the Woods")面世,这部作品被收录在代表美国文学最高成就的《美国文学巨人作品》系列丛书中(*The Library of America Series*),奥康纳也是出生在20世纪的作家中第一位作品被收录到美国图书文库的小说家。为了纪念奥康纳,乔治亚州大学出版社设立了弗兰纳里·奥康纳短篇小说奖(The Flannery O'Connor Award for Short Fiction)。

二、代表作

评论界普遍认为短篇小说代表了奥康纳文学成就的巅峰,她的代表作《好人难寻》已成为了当代西方文学的经典短篇。《好人难寻》将西方主流文化中的各种宗教原型及宗教伦理观融入小说的具体情节中,富含深刻

---

① http://maryourmother.net/O'Connor.html.

的文学内涵。奥康纳把宗教的超验和道德寓意,与对南方社会的独特反应和自我生命的体验融合在一起,演化为充斥暴力的幽默和怪诞的艺术画面,通过隐喻和象征来发展主题,激起读者去发现或感受日常生活中的荒谬行为。

《好人难寻》讲述了贝雷（Bailey）一家六口驾车外出旅游,在小路上翻了车,遇上一伙暴徒,老祖母认出其中一个正是报纸上登的越狱逃犯。暴徒先把老太太留下,把其他五个人都杀了。同老太太经过一番"谁是好人"、"什么叫犯罪"的辩论之后把她也杀了。在与逃犯交谈的短短十分钟内,她先后目睹家庭成员一一死去,一直沉溺于平庸浅薄的个人世界的老祖母在生命的最后一刻终于醒悟了。通过老祖母一家惨遭血腥屠杀,奥康纳展示了原罪的理念。作者指出这个世界已变得十分野蛮残酷,人变成了冷血动物,折射出现代西方生活的荒诞和人性的扭曲,在这个荒诞的世界中能得出的唯一的一个结论就是——好人难寻。奥康纳一方面通过三个暴徒的暴行表现了这个不信上帝的世俗社会;另一方面,她也试图说明这些暴徒可以通过自己的方式赎罪得救。暴徒之一"不合时宜的人",由于被人诬告杀父之罪而被关进监狱,世人把他看成"与众不同"的人,这一切使他良心泯灭,认为"除了伤天害理,别无其他乐趣"。为了逃避追捕,他与同伙枪杀了这无辜的一家,在他看来,这是对社会和人类的复仇。这种变态心理和反常行为被认为是他背离宗教信仰的后果。

从另一个角度来解读,"不合适宜的人"是某种形式的先知,是个不露真相的耶稣。美国文学史学家弗雷德里克认为"好人难寻"这句话原是圣徒耶路撒冷的西里尔的箴言,他认为通向精神生活之路必须经过恶龙,这些龙可能把你吞噬掉[1]。老祖母认为通向精神之路可以不经过龙。"不合时宜的人"深知各处都有龙潜伏着,认为生活里没有真正的乐趣,而暴力是一种通往神圣之爱的媒介,只有通过暴力才可以改变一个人,"不合适宜的人"说:"如果她活着时候每分钟都有人开枪打她,她倒很可能成为一个好女人的。"[2]

---

[1] http://www.china001.com/show_hdr.php?xname=PPDDMV0&dname=T3C9141&xpos=49.
[2] http://www.kirjasto.sci.fi/flannery.html.

《好人难寻》是当代美国民众信仰危机的真实写照，倾注了奥康纳对宗教和人生的思考，从异化与压抑、死亡与无奈、顿悟与绝望等方面解读了宗教原因、社会现实、原罪、人的不完善及人物间扭曲的关系及其本质，展现了现实世界的荒诞和人性的异化，揭露了西方社会道德与文明的荒谬和虚假，批判了被物化的现世主义思潮导致的现代人精神的虚无，进而使人们在重新审视现实的鄙俗和人性的堕落中觉醒并反思好人的道德标准，而只有通过非常的暴力或死亡，才能使人接受上帝的"感化"，找回"隐退"的上帝，最终获得灵魂的救赎。

三、评价

　　玛丽·弗兰纳里·奥康纳是继威廉·福克纳之后最杰出的一位南方小说家，同时也是一位极具创作特色的女作家。血腥的暴力，阴郁的宗教，典型的南方场景，一群群性格怪僻、行为乖张的人物赋予了奥康纳作品独特的艺术魅力。她的作品中始终贯穿着由《圣经》而来的两大主题：原罪观与拯救观。

　　作为南方作家，奥康纳的创作带有南方文学的显著特征：浓厚的历史意识、细腻的心理描写和怪诞的人物形象。无论是人物还是情节，都具有怪诞的特点。她怪诞的风格所要呈现的是人类反叛神的自然产物，在怪诞之中显现"人"的真实，而那真实必定是悲剧性的，常以暴力和死亡结尾。在奥康纳看来，只有依靠意想不到的猛烈暴力才能使畸人认清他们的畸形之处，而了解自身的卑微仅仅是他们踏上救赎之路的第一步。奥康纳结合死亡与回家意象，不仅嘲讽了世俗文明人恐惧死亡的态度，更揭示了死亡是通往最终救赎的唯一途径，只有在死亡中错位的双方才能归于静寂、圆满，获得最终的解脱。除了暴力和怪诞人物，评论家开始认同奥康纳作品中独特的喜剧性。奥康纳延续了南方本土的喜剧传统：融喜剧特色与恐怖暴力于一体。奥康纳喜剧讽刺的对象是人性中的丑陋，在揭露罪的过程中，她采用倒置和反讽的喜剧技巧揭示了罪的普遍性这一特点。

　　奥康纳继承了具有心理探索和社会批评意义的哥特式传统，并有所发展。奥康纳创造了一种独特的哥特式风格：后现代性、宗教性和地域性，一种奥康纳称之为"天主教现实主义"的写作风格，在美国文坛独树一帜。

参考文献

Walker, Alice. "Beyond the Peacock: The Reconstruction of Flannery O'Connor." *Womanist Prose*. Michigan: Gale Research Company, 1988.

86. 伊丽莎白·沃诺克·费尔尼
（Elizabeth Warnock Fernea）

一、作家介绍

伊丽莎白·沃诺克·费尔尼（Elizabeth Warnock Fernea，1927－2008），美国著名作家、电影制片人、人类学家，在中东女性研究领域成就卓越。她出生于美国威斯康星州东南部港市密尔沃基，原名伊丽莎白·詹妮特·沃诺克，又名 B. J.（Betty Janes 的缩写）。父亲是化学工程师，曾被派到加拿大的一个矿区，费尔尼的童年便是在那里度过的。由于父亲选择在更宽松民主的城镇和普通人住在一起，加之赶上经济萧条期，伊丽莎白在那里经历了苦涩的岁月，这在很大程度上影响了她之后的道路。因为她的美国人的身份，懵懂的伊丽莎白渐渐明白了"外人"这个词的含义和滋味，更学会了宽容和忍让。

费尔尼在 14 岁时搬回美国。1949 年她在里德学院获英语学士学位。根据当时的习惯，女性通常就此停止学业，并扶持丈夫深造。因此，她找到了一份工作，并于 1956 年与人类学家罗伯特·A. 费尔尼（Robert A. Fernea）结婚，丈夫对她的影响很大。和当年的母亲一样，结婚当年，她便毅然随攻读博士学位的丈夫离家去了伊拉克，并在当地南部的一个小村子作了两年田间调查。这是她第一次接触中东，但不是以学者身份。身在异地，各种困难可想而知，但她满腹热忱，积极适应陌生的环境。在《族长的客人：伊拉克村落志》（*Guests of the Sheik: An Ethnography of an Iraqi Village*，1965）中，她记录了当时是怎样融入到村里的妇女们之中的。同时，她自己也开始了对当地居民的人类学研究。此后，费尔尼夫妇大部分

时间都用于在非洲和中东实地考察研究、撰写民族志、拍摄电影、进行教学，以及反映和传播当地的奋斗历史和文化轨迹。

罗伯特取得博士学位后，他们曾在埃及和摩洛哥居住过。1959 年至 1965 年间，他们来到了世界上最古老的伊斯兰城市之一——开罗，并把家安在了扎马雷克（Zamalek），对面就是壮丽的尼罗河。伊丽莎白写过两本自传：《尼罗河风光》(A View of the Nile, 1970) 和《马拉喀什的一条街道》(A Street in Marrakech, 1975)。这段时间她的丈夫在开罗的美国大学 (the American University in Cairo) 任教，两个孩子也相继出世。从此以后，她一直致力于中东和北非女性社会地位与作用的研究。1966 年，他们举家搬回美国，到了德克萨斯州的奥斯汀，两人终身任职于德州大学。一段时间过后，罗伯特成为了该大学中东研究中心的负责人，伊丽莎白也于 1975 年被任命为中东研究中心和英语系的高级讲师，讲授女权主义课程。从 1980 年至 1983 年，她还承担了女性研究的项目课题。在 1985 至 1986 年间，她还担任北美中东研究学会的主席，后于 1990 年升任教授，并于 1994 年在普拉茨堡纽约州立大学被授予荣誉博士学位。她于 1999 年退休，此后仍一直担任荣誉教授，并积极参与各种活动。经历了一段病痛的折磨后，忙碌了一生的伊丽莎白于 2008 年 12 月 2 日在女儿的家中与世长辞，留下了丈夫及他们的两个女儿和一个儿子，享年 81 岁。

她的作品都是关于她的亲身经历和她对中东女性及其文化的研究成果。《中东穆斯林女性如是说》(Middle Eastern Muslim Women Speak, 1978) 以各种摘录和图片，生动翔实地介绍了典型的中东女性一系列不为西方所知的经历。《中东的女性和家庭：变化的新声》(Women and Family in the Middle East: New Voices of Change, 1985) 分为家庭、健康、教育、战争、工作、法律、身份六个部分，收录了中东各地关于女性和家庭主题的散文、小说、诗歌等。她更广为人知的作品是和丈夫合作的《阿拉伯世界：个人见闻》(The Arab World: Personal Encounters, 1985)，作品以感人的笔触描绘了中东的文化见闻，歌颂了当地的人和事，及其文化的动人之处。《寻觅女权主义：一位女性的环球之旅》(In Search of Feminism: One Woman's Global Journey, 1998) 描述了她在两年间跋涉九个穆斯林国家，寻访女性心声的历程。她发现在中东寻求平等和政治权利的女权主义运动风生水起，但这是"伊斯兰式的"，是建立在《可兰经》基础上的，是在伊斯兰教规之下的对和谐生活的追求。《克科斯评论》（*Kirkus Reviews*）上曾说，这本书打破了"伊斯兰教规统治下的地方没有女权主义立足之地的神话"。《忆中东童年》（*Remembering Childhood in the Middle East: Memoirs from a Century of Change*，2002）邀请了来自中东各国的三十六位成年人，他们回忆了各自在中东度过的童年时光，时间跨越整个20世纪，按时间段编排，内容覆盖了各个民族、宗教和社会阶层。

她还是一位多产的电影制片人，作品主要有《与过去同在：历史上的开罗》（*Living with the Past: Historic Cairo*）、《面纱下的革命：埃及的女性和宗教》（*A Veiled Revolution: Women and Religion in Egypt*）、《为和平而斗争：以色列人和巴勒斯坦人》（*The Struggle for Peace: Israelis and Palestinians*）、《马拉喀什的女人们》（*Some Women of Marrakech*）和《圣人与圣灵》（*Saints and Spirits*）。她还拍摄了很多教育记录片，在美国各所学校、电视台以及自己的母校播放。她近期的作品是关于复兴的开罗市达布·阿玛（Al-Darb Al-Ahmar）区的电影记录片，焦点对准了这里朝气蓬勃的生活和威严的穆斯林纪念碑。她每周都拜访当地居民和古迹遗存，并对修复工作予以支持，同时她也被开罗所孕育的历史和精神所震撼。这些资料片也引起了欧洲学者的关注。她还曾计划把非洲的生活通过影像记录下来，传播到美国乃至全世界，"因为对于一般的美国公众而言，中东人好像还生活在半个世纪以前一样，这让人很难过"[1]。她的电影曾得到人文科学捐赠基金会的两次资助。

二、代表作

1. 《族长的客人：伊拉克村落志》（*Guests of the Sheik: An Ethnography of an Iraqi Village*）

这是伊丽莎白最著名的自传性作品，于1965年首次出版，并于1969年和1989年两次重印。这部书的故事发生在作者的新婚蜜月期间。为了帮助丈夫的人类学博士课题研究，她随丈夫来到伊拉克一个偏僻艰苦的小

---

[1] Elizabeth Fernea and Robert A., *The Arab World: Personal Encounters*, New York: Anchor Press/Doubleday，1985.

山村度过了两年时光。这期间为了支持丈夫工作,更好地了解当地生活,她入乡随俗,居住在一个族长家里,和妇女住在一起,并刻意与男性保持距离。她在公开场合穿黑色长袍遮住头和身体,遵守他们的宗教习惯。"从没有西方女性在这里居住过,甚至很难见到(她们)",她这样记载到。这本书叙述了那两年的经历。故事中的人物和事件都是真实存在和发生过的,虽然她们不一定会读到这些,但为了尊重起见,作者还是隐去了真名。

在这里,她看到了前所未闻的一面,并在书中进行了描绘。这些是她的丈夫无法看到的,包括部落中的妇女每一天的起居,还有她怎样学习她们的语言,尊重她们的宗教习惯,以及慢慢与她们成为朋友的过程。她还谈到了女人的面纱、一夫多妻制、日常劳作的辛苦、每天的饮食和宗教活动、社会结构,以及现代"文明"对传统乡村文化的入侵,等等。之前她和所有西方人一样,认为中东妇女地位低下,处境恶劣,但共同生活的经历改变了以往的看法。这里没有她想象的那种对女性的忽视和压迫,有的只是轻松活泼、井然有序、自信开朗的生活氛围。摘下面纱后,那里的女人们洋溢的皆是热情、快乐和满足。从中我们能感受到她们对幸福生活的追求和向往。

书中记录的都是事实,尽管没有照片。作者避免判断性的话语和鲁莽的指责和干涉,而是宽宏的尊重、包容和接纳,从中我们感受到了作者所传达出的人文关怀。瑞贝卡·萨利文在《出自女性的五百本伟大著作》(*500 Great Books by Women*,1994)中说道,"她和伊拉克人一起生活的故事让人大开眼界,既有学术真实性,又充满了对这个看似无法接近的社会的热爱和尊敬"。

2.《阿拉伯世界:个人见闻》(再版为《阿拉伯世界:四十年的变化》,*The Arab World: Personal Encounters: Reissued as The Arab World: Forty Years of Change*)

这本获奖著作由费尔尼夫妇合作而成,以他们在阿拉伯国家三十年的亲身经历,描绘了那里人们的日常生活,并以审视的目光梳理了20世纪50年代以来阿拉伯国家发生的变化,向西方世界展示了一个全新的阿拉伯,而不是以往被认为的那片被冲突和内战阴霾笼罩的土地。这些国家包括黎巴嫩、约旦、摩洛哥、埃及、沙特阿拉伯、以色列及西岸和伊拉克。

"任何对中东问题真正关注的人都应该阅读此书。"

作品的写作风格亲切随意，读起来像在聆听一个老朋友在讲述旅行的见闻。全书共十四章，配有地图和很多插图。章节中间时而插入作者对各章引出的主题进行的简短精辟的评论，如关于商业、伊斯兰文化、实地人类学研究等共十处，这些内容都是由罗伯特完成。每章都是由作者在所到或所住之地采访收集的口头叙述整理而成，形象生动地展示了当地的景物、人物和他们的生活、对话等。另外由于费尔尼夫妇常常来往于此，所以有机会再次甚至多次拜访这些人物，聆听变化的声音，感受时代的发展，并将这些补充后重新再版，提供一个发展的、真实的图景。

这不是一部学术性著作，但非常有价值。他们的实地考察使书中的内容准确而翔实。关于此书的目的，他们说道，"因为美国人对阿拉伯人的形象看法不全面，甚至是模式化的，而不断发生的变化也正在影响着美国和阿拉伯世界，所以我们写了这本书"[1]；"我们希望通过这本书能使美国同胞们明白阿拉伯世界的人民所面临的困境"[2]。

三、评价

伊丽莎白·沃诺克·费尔尼"自由自在地穿梭于各国之间，从不完全属于任何一个国家，却永远都是在家里"[3]。她工作严谨，热爱家庭，善解人意，睿智而亲切，同时有着强烈的社会责任感。她对中东和中东妇女的关注和热爱并不完全是出自学术的考虑，更多的是缘于一种内心真诚的爱，对人类以及弱者的爱。她愿意分享并分担彼此的生活，并对文化多样性怀着虔诚的尊重，为不同文化、宗教和民族的理解与交流作出了重要贡献。在帮助她所任职的中东研究中心享誉海内外的同时，她的人道主义精神也赢得了国内外的高度评价。

由于费尔尼夫妇人类学家的职业特征，他们的作品彰显出了深厚的人道主义关爱情怀，加上伊丽莎白受到玛丽·蒙太古夫人的创作理论影响，对当地百姓的日常生活很关注，并想方设法进行实地了解。作为女性伊丽

---

[1] Elizabeth Fernea and Robert A., *The Arab World: Personal Encounters,* Garden City，New York：Anchor Press/Doubleday，1985，p. 11.

[2] Fernea，Elizabeth and Robert A., p. 16.

[3] Fayza Hassan, *Elizabeth Warnock Fernea: Part of it All*, Cairo: Al-Ahram Weekly Online，2001.

莎白在这一方面具有特殊的优势，她可以更真实地了解女性世界和她们的生活真实情况。因此，他们的作品包含了特有的独创性和文学价值，呈现出高度的纪实性。这种开放、纪实和个体化的纪录以更真实的面目感染着读者，开辟了文学表达的新渠道，为各行各业的学者和相关部门提供了宝贵的资源。

参考文献

1. Hooglund, Eric. "In Memoriam: Elizabeth Warnock Fernea." Center for Middle Eastern Studies，The University of Texas at Austin，December 3，2008.

2. Fernea，Elizabeth Warnock. *Guests of the Sheik: An Ethnography of an Iraqi Village.* New York: Doubleday，1989.

3. Fernea，Elizabeth Warnock. *In Search of Feminism: One Woman's Global Journey.* New York: Doubleday，1998.

4. Fernea，Elizabeth and Robert. *The Arab World: Personal Encounters.* Garden City，New York: Anchor Press/Doubleday，1985.

5. http://cos.sagepub.com/cgi/pdf_extract/27/3-4/242.

6. http://www.telegraph.co.uk/news/obituaries/3903076/Elizabeth-Warnock-Fernea.html.

87. 辛西娅·奥兹克

（Cynthia Ozick）

一、作家介绍

辛西娅·奥兹克（Cynthia Ozick，1928 – ）是美国20世纪70年代以来最重要的犹太作家之一，也是新移民小说的代表作家，她的特点是将犹太文学传统和后现代派的艺术技巧相结合。她出于对犹太民族历史文化的强烈使命感，在历史与现实的复杂关系中不懈探求犹太身份及其政治意义。辛西娅·奥兹克于1928年4月17日出生在美国纽约市，是家里两个孩子中的小妹。她的母亲西莉亚·奥兹克和父亲威廉·奥兹克都是从环境恶劣的俄国西北部地区移民来到美国的，在纽约最北端的布朗克斯区经营着一家药店。他们是一个有着深厚犹太传统的立陶宛犹太家庭。这种传统与盛行在欧洲东部的犹太哈西德教派的感情主义完全相反，提倡怀疑主义和理性主义，反对神秘论，因此奥兹克作品中的犹太拉比是非常理性的人，而奥兹克本人也是神秘宗教的反对者。

奥兹克的成长过程中也是充满了曲折和艰辛。奥兹克5岁半的时候进入犹太儿童宗教学校学习，学校的一名犹太教师拒绝让她入校，理由是女孩不用上学。奥兹克回忆说她的女权主义思想可能就是起源于那个时候。所幸的是，奥兹克的祖母第二天又把她送到了学校，坚持让她上学。奥兹克很快对学习产生了浓厚的兴趣。除了祖母，奥兹克还很感激学校的一名叫梅斯金（Meskin）的犹太教师，因为这位教师对男学生和女学生都是一视同仁。后来奥兹克上了小学，她在语言方面很擅长，尤其是语法、拼写、阅读和写作。奥兹克在描述布朗克斯社区的时候，她说那是一个不错的地方,但是对犹太人来说就不是如此了。她还记得当她经过当地两个教堂的时候,人们朝着犹太人扔石头,或是侮辱他们为"杀害耶稣的人"(Christ-killer)。她在学校里因为不能唱基督教的圣诞圣歌,经常受到公开的嘲笑。但是有了书籍的陪伴,奥兹克的童年生活还是充满了阳光。在一篇名为《冬日里的药房》的散文中,奥兹克描述了每隔一周就会有一个巡回图书馆来到当地社区,图书馆员会来到奥兹克父母所经营的药店里喝一杯热腾腾的咖啡,这时奥兹克就会一直跟随着他们,从图书馆员提供给她的一箱书籍里面选出厚厚的两大本书,也正是这些书把奥兹克引领到了另一个世界中。奥兹克开始读的是童话故事。她的哥哥也常把书籍作为生日礼物送给她。这些书就像有魔法一样,把她从一个傻傻的女孩变成了一个会思考"我是谁"这样的问题的读者。奥兹克把自己能够踏上作家之路归功于她的舅舅亚布拉罕·雷杰尔森(Abraham Regelson)——一名声望很高的希伯来诗人。奥兹克觉得正是雷杰尔森指引她走上了作家这一奇特的职业道路。

奥兹克后来进入曼哈顿的亨特学院高中学习。在那里,她作为学校里的一名女生,感觉到自己成为了精英力量的一员。奥兹克很多小说的女主角们都是在学术上颇有建树的女性。1946年,奥兹克来到了位于格林尼治村的纽约大学华盛顿广场学院读书。在格林尼治村,她逛遍了所有的二手书店,孜孜不倦地阅读着文学作品,为以后成为作家打下了良好的基础。毕业后,奥兹克又来到了俄亥俄州立大学继续深造,获得了英语文学硕士学位,她的硕士论文是《亨利·詹姆斯后期小说的寓言》。奥兹克一生都深深地受到亨利·詹姆斯的艺术和道德思想的影响,她甚至认为她自己已经成为亨利·詹姆斯了。因为受到他的影响,在平凡人纠缠的现实生活与对文学的崇拜之间,奥兹克选择了后者,她毅然决定从事文学创作。1952年,她与律师伯纳德·哈洛特(Bernard Hallote)结婚。在奥兹克婚姻生活的头十三年里,她全身心地投入到了文学——她心目中高尚艺术的殿堂,并完成了一本哲理小说《仁慈、同情、和平和爱》(*Mercy, Pity, Peace and Love*)。1957年至1963年,她创作了另一本大部头小说《信任》(*Trust*),并于1966年出版。

自从奥兹克第一部短篇小说集《异教徒的拉比》(*The Pagan Rabbi and*

Other Stories》)于 1971 年出版以来,犹太性就作为主导力量牢固地建立在她的作品中。后来的小说集《流血》(*Bloodshed and Three Novellas*,1976)、《升空》(*Levitation: Five Fictions*,1982)继续了这一主题,即对犹太信仰的探索。这些小说集给她带来了广泛的荣誉,包括布朗·布里斯犹太文化遗产奖(1971)、爱德华·华伦纪念奖(1972)、犹太人书籍委员会小说奖(1972)、美国学术奖(1973)、欧·亨利奖(1975、1981、1984),最负盛名的要算 1983 年的美国文学艺术学院马尔德莱德和罗德·斯特劳斯奖。她也是该奖项两位最早的得主之一,这成为奥兹克再次返回长篇小说创作的精神动力和经济保障。长篇小说《吃人的银河系》(*The Cannibal Galaxy*,1983)讨论了学校教育和融入犹太人的历史文化传统的问题,富有哲理,耐人寻味。作者力图构建与意第绪神秘主义传统之间的桥梁,使犹太文学在新的历史条件下得到新的发展。与之相似的是中篇小说《斯德哥尔摩的弥赛亚》(*The Messiah of Stockholm*,1987)融历史与虚构于一炉,探讨了犹太人文化身份历史真实性等问题。奥兹克在《流血》的前言中宣称"故事不仅是存在,而且要有意味"。她深刻的道德严肃性在文集《艺术与热情》(*Art and Ardor*,1983)和《隐喻与记忆》(*Metaphor & Memory*,1989)中均有所反映。

二、代表作

"斯特拉,冷,冷,像地狱一般的冷。"这句话是奥兹克的这篇有点让人感到战栗的短篇小说《披肩》("The Shawl")的第一句。这个故事发生在集中营里,故事很简单:女主人公罗莎的侄女斯特拉因为在集中营里总是感到寒冷,而拿了罗莎用来包裹十五个月大的女儿玛格达的披肩,结果小婴儿被纳粹发现,惨遭杀害。

披肩在这里有着很多层的象征含义,而最重要的一点是它能保护玛格达不被纳粹发现,即使罗莎和斯特拉被驱赶进集中营的时候,弱小的玛格达太虚弱了,已经没有力气哭了,因藏在妈妈的披肩下而没有被发现。罗莎把她所有的食物给了玛格达,而自己缺少食物没有奶水,于是玛格达只得吮吸着披肩,因此可以说这个披肩成为了玛格达的抚慰。那天早上,罗莎发现玛格达已经没有披肩的保护,正哭着找妈妈,她赶紧跑去找斯特拉抢回了披肩,但是还是太晚了。当她回去找玛格达的时候,她看到一个纳粹士兵把她的婴儿向电网猛掷过去。此时，惊恐而又悲愤的罗莎也无能为力，只有把披肩塞到嘴里防止痛苦出声，否则她也会被纳粹发现杀掉。

在这篇小说中，作者并没有参与到故事中，而是站在一个客观的角度，采用一种零度写作的方法进行描述。而最能表现叙述者的零度写作的无疑是她对玛格达的死亡进行不动声色的叙述。小说的前半部分平静地叙述了可爱的玛格达似乎格外地懂事，即使饥寒交迫，也不叫不闹不哭不跳，反而还露出笑容，乖乖地蜷缩在披肩里。接下来没多久，叙述者就冷漠地撕开了玛格达可爱的面纱，给读者展示了一个真实得令人悲哀的残疾儿。玛格达哑了，聋了，智力出现了问题，只会傻笑，只会不停地抓、擦、踢、咬、滚，没有一声啜泣。悲哀还没完全平息下来，作者又以近乎残忍的笔触叙述了玛格达几乎完美而惨烈的死亡。一个新的生命在走向阳光的刹那，在奔向光明的瞬间，接触到的却是冷寂的死亡，冷寂得连生母都只能亲眼目睹，泪往心里流，小说也在此戛然而止。谁为玛格达的悲剧负责？是玛格达自己的无知？还是14岁的斯特拉的无心？是母亲罗莎的无能？还是"他们"的无情？读者从小说中似乎难以找到确切的答案，因为叙述者毫无揭示悲剧原因之意，并且从头至尾也难以看出叙述者对人物的情感是同情还是憎恨，她只是平实、简洁、中性、非情感化地娓娓道出发生在集中营里的一件看似极为平常的婴儿之死，而把情感体验、价值判断、意义追寻的工作留给读者。在这种毫不动心的写作中，作家似乎不再关注观念、思想和内容，而是关注媒介、语言和形式，这就是典型的零度写作的特点。小说中的叙述者尽量降低特权的使用，既不作过多的议论，也不作价值的评判，只是通过人物的外貌、动作和潜意识来展示"非人世界"的"非人性"，这就是后现代特色的零度写作。但事实上，零度写作只不过是一种超越传统写作的后现代策略。减少作者对文本的介入，隐藏起作者对人物的情感，不对事情发表议论，这既是对读者阅读的一种尊重，更有助于叙述的流畅与真实。也许只有以"无动于衷"、"冷漠超然"的写作态度才能冷静客观地表现"一个没有同情的地方"的冷酷。

《披肩》通过死亡的无可回避和人性面对疯狂暴政的无能为力，揭露了大屠杀这段历史给犹太人造成的绝望感和难以愈合的心灵创伤。他们处在一个没有同情的地方，所有的同情心都泯灭了。这是历史的真正秘密，也是人心的真正秘密。短短几页文字就把对大屠杀的记忆不可磨灭地刻在罗莎的灵魂深处，也决定了她未来的身份和生活。在建构一种修辞化的叙述时，奥兹克刻意传达了一种主观色彩浓重的意象和理念，而不是简单地再现历史事件。她并没有对残杀、毒气、拷打、虐待、惨无人道的医学实验、缓慢死亡、灌吃粪便等纳粹暴行作写实主义的详尽描写，而是选择婴儿之死这样一个小小的事件作为题材的来源；她淡化或虚化宏大的历史背景和事件，强调叙说与追忆的过程，强调创作主体与历史的对话与交流。其对文本的历史性还原与对历史的文本化构建并驾齐驱，这与新历史主义的历史观可以说是不谋而合。在新历史主义者看来，历史是一个延伸的文本，文本则是一段压缩的历史，历史和文本构成了生活世界的隐喻。奥兹克小说中的人物就是偏好过去而忽略现在，罗莎就是个极好的例子。

这个短篇故事篇幅不长，只有七页半，但是我们能看到通篇无处不在的暴力。这篇故事后面还有一篇续集，以主人公罗莎的名字为题，讲述了现在的罗莎是一个流浪者，住在旅馆里，然而她所受到的伤害是无法弥补的。她沉迷于回忆，甚至写信给死于大屠杀的孩子，她认为现在和将来无关紧要，而把过去偶像化。这种充满讽刺的悲剧性结果说明，大屠杀在犹太人身上造成了不可跨越的断裂，它对人们的精神伤害是长期的。

三、评价

20 世纪 50 年代，美国犹太作家迅速崛起，成为了读者和评论家关注的焦点。70 年代以来，索尔·贝娄（Saul Bellow，1915－2005）、伯纳德·马拉默德（Bernard Malamud，1914－1986）等老一辈犹太作家依旧宝刀不老，新作层出不穷。同时，文坛新秀脱颖而出，光彩夺目。女作家辛西娅·奥兹克的出现，不仅改变了男性作家一统天下的局面，也开辟了新的发展方向。

奥兹克以零度写作和元小说的后现代写作技巧，将历史语境转化为生命诗性的尺度，表现出后大屠杀时期犹太小说在反映犹太身份问题上的新范型，为犹太文学发展开辟了新的方向。而且奥兹克的犹太性使得她与其他犹太作家区分开来。针对一些美国犹太作家忽略犹太的特性而趋向与美国主流文化相融合的现象，奥兹克作了激烈的抨击："我们的声音听起来很遥远。但如果我们选择了全人类而非犹太人——我们的声音就完全听不到了。"[1]

参考文献

1. Currier, Susan, and Daniel J. Cahill. "A Bibliography of the Writings of Cynthia Ozick." *Texas Studies in Literature and Language* 25, No. 2: 313-321, Summer, 1983.
2. Colburn, Steven E., ed. Anne Sextox: Telling the Tale. Ann Arbor: University of Michigan Press, 1988.
3. 王祖友:《犹太人的后现代代言人:辛西娅·欧芝克》,《外国文学》,2004年第5期。
4. 王祖友:《后现代主义小说文本中的历史反思》,《外国文学》,2004年第5期。
5. 徐崇亮:《论美国犹太"大屠杀后意识"小说》,《当代外国文学》,1996年第3期。
6. http://www.complete-review.com/authors/ozickc.htm.
7. http://www.jewishvirtuallibrary.org/jsource/biography/Ozick.html.
8. http://www.reaaward.org/html/cynthia_ozick.html.
9. http://www.storybites.com/ozickshawl2.htm.

---

[1] 徐崇亮:《论美国犹太"大屠杀后意识"小说》,《当代外国文学》,1996年第3期,第120页。

88. 安妮·塞克斯顿

（Anne Sexton）

一、作家介绍

安妮·塞克斯顿（Anne Sexton，1928 – 1974），美国诗人、作家。她于 1928 年 11 月 9 日出生在马萨诸塞州的牛顿城，取名安妮·格雷·哈维。她一生中大部分时间在马萨诸塞州的波士顿（Boston）附近度过。1934 年至 1935 年间，她就读于马萨诸塞州韦尔斯利的公主学校，1945 年至 1947 年在洛厄尔市的罗杰斯霍尔女子预科学校就读，1947 年至 1948 年进入波士顿市的加兰初级学院学习。19 岁时，她与艾尔弗雷德·马勒·塞克斯顿二世（绰号"凯约"）私奔至北卡罗来纳，于 1948 年 8 月 16 日结婚。她的第一个孩子于 1953 年 7 月 21 日出生。翌年，这位年轻的母亲因精神崩溃而住进了精神病医院。出院后，塞克斯顿于 1955 年 8 月 5 日又生下了第二个女儿，但第二年再次因精神病而住进格伦赛德医院接受马丁·奥恩博士（Dr. Martin Orne）的长期治疗。在对其治疗的过程中，她在医生的鼓励下开始写诗，从此走上了一条新的生活道路。实际上，写诗对当时的塞克斯顿来说并非完全陌生的工作。她早在罗杰斯霍尔预科学校念书时就写过诗，而且有些诗还刊登在该校的年鉴中。后来她根据自己住院的经历，以及她眼见自己的孩子被送给亲属抚养而遭受的极度痛苦，写出了第一本诗集《去精神病院中途返回》（*To Bedlam and Part Way Back*，1960）。该诗集发表后，塞克斯顿成为一位公认的重要的新诗人。于是她的职业活动日益频繁，不仅应邀到哈佛、雷德克利夫、奥伯林、波士顿等大学讲学，而且还到中学和精神病院讲授她的诗艺。她

周游了欧洲和非洲，并且阅读了大量英美书籍。1957年至1958年间，塞克斯顿与约翰·霍姆斯（John Holmes）在波士顿成人教育中心参加了诗歌写作班的学习。这一尝试性的开端一发而不可收，她之后参加了1958年的安条克作家会议（Antioch Wrirers' Conference），从而得以与W. D. 斯诺德格拉斯切磋诗艺。塞克斯顿一直认为斯诺德格拉斯的诗集《心针》（*Heart's Needle*, 1959）对她具有很大的启示和影响。随后，她又师从罗伯特·洛威尔（Robert Lowell, 1917–1977），并与西尔维娅·普拉斯（Sylvia Plath, 1932–1963）一起参加洛厄尔在波士顿大学办的讲习班。1959年夏天，她以罗伯特·弗罗斯特诗歌联谊会会员的身份参加了布雷德洛弗作家会议（Bread Loaf Writers Conference）。

塞克斯顿作为诗人很快得到了国际上的普遍认可。英国诗歌学会从她的诗集《去精神病院中途返回》和《皆为我之所爱》（*All My Pretty Ones*, 1962）中挑选出部分诗歌，编成诗集，以《诗选》（*Selected Poems*）为题于1964年在英国出版。1965年她被推选为英国皇家文学会会员。1967年是她职业生涯的顶峰期：她荣获美国诗歌学会颁发的雪莱纪念奖。她于1966年发表的诗集《生或死》（*Live or Die*）也在这一年里获得了普利策奖，该诗作被誉为"用她伟大而深刻的思想完成的，至今仍然鼓励着我们……她在美国诗坛留下了独特的声音"[1]。在后来的岁月中，她还获得过哈佛（1968）和拉德克利夫（1969）大学的菲伯塔联谊会（Phi Beta Kappa）荣誉奖及塔夫茨（1970）、费尔菲尔德（1970）大学和里吉斯学院（1973）颁发的名誉博士学位。然而，在塞克斯顿诗歌生涯如日中天之时，她却悄悄地离别了这个世界。她曾先后于1956年、1966年和1970年三次试图自杀，但均未成功。1974年10月4日下午3时半，她在自己的车库里以汽车尾气方式再次自杀，这一次她告别了这个世界。

塞克斯顿的其他作品还包括：《爱情诗》（*Love Poems*, 1969）、《怜悯街》（*Mercy Street*, 1969）、《变形》（*Transformations*, 1971）、《愚人书》（*The Book of Folly*, 1972）、《死亡笔记》（*The Death Notebooks*, 1974），以及在她死后发表的《寻找上帝的尴尬航程》（*The Awful Rowing*

---

[1] 参见 http://www.uta.edu/english/tim/poetry/as/bio1.html。

Toward God，1975)、《怜悯街 45 号》(*45 Mercy Street*，1976)、《对 Y 医生说的话》(*Words for Dr. Y.*，1978)。

二、代表作

1.《皆为我之所爱》(*All My Pretty Ones*)

该诗集曾获得国家图书奖提名。在这部诗集开头，诗人试图进一步平复因父母相继去世而造成的心情紊乱。《死者知道的真理》("The Truth the Dead Know")写的是一次葬礼及其所引发的麻木的情感后果。据塞克斯顿说，这首诗她修改过不下三百次。排在这首诗之后的即是《皆为我之所爱》。这首诗的标题含有讽刺意味，因为塞克斯顿对她所丧失的家人的情感要比麦克白的情感复杂得多。麦克白遭受了类似的损失，为他"所爱的人"而悲伤。这首诗主要是关于她的父亲，而诗人一向讨厌父亲酗酒、奢侈等恶习。该诗结束时人们注意到，诗人的父亲可能根本就不是诗人所爱的人之一。然而"不论你可爱与否，你死了我还活着，/垂下我陌生的脸，原谅你"。

塞克斯顿写的是自白诗，但不是所有的自白表现的都是生活的真实。诗人曾说她并没有原谅她的父亲，她只是这样写。这些诗行及其乐观的韵律传达出诗人一种复杂的心理：她既想原谅她的父母，又因为她总觉得自己有某种不可名状的过失而想得到他们的原谅。在该诗集中，丧失的方式似乎常常带有宗教色彩，这一点在塞克斯顿的诗中越发具有典型性。例如在《对贪婪者的宽恕》一诗中，诗人自称是自白派诗人具有双重意义：她作诗不仅仅是自我暴露，而且还是神圣的忏悔。但是，塞克斯顿回避称自己为信徒，因为"需要不一定是信仰"。

2.《变形》(*Transformations*)

《变形》以探讨情感上各种各样的创伤为主题，是塞克斯顿最受欢迎的诗集。在该诗集中，她以一种新的方式回归到童年的世界及其恐惧感之中。该诗集中的十七首诗均为《格林童话》的变体。塞克斯顿使用奥维德式的题名，旨在提示读者：童话常常以变形为特色，不是少女变成桂花树，就是稻草变成黄金，或者青蛙变成王子；同时也指塞克斯顿改变了每个童话的语言风格和寓意，使其变成了一首首讽刺诗，而不再是一个个为孩子催眠的动听故事。然而揭示那些浪漫而陈腐的题材（被救的少女、青蛙王子、永远幸福的生活等)只是这些巧妙诗篇简明的一面。这些诗表明,诗人在直率地处理原有童话故事中常被精神分析学者称做"潜在奇想内容"(submerged fantasy content)时,的确显示出了非凡的天才。故事通常被认为是驱除孩子恐惧感的一种手段,塞克斯顿将它们变成了重游孩子的成人情结的一种疗法。

这些诗真正的新颖和恐怖之处在于,它们表明童年的恐惧感随着年龄的增长只会越来越强,而不会消失。这些诗中所使用的语言通俗灵巧,每首诗的开头均有序诗,其语气有的真诚,也有的非常刻薄。这些均反映了诗人处理这类题材所使用的现代手段。《侏儒怪》("Rumpelstiltskin")是这样开头的:"在我们许多人之内 / 是一个想出来的小老头"。这个可怕的小人是内部的某种东西,这种暗示性的开头使读者对诗人使用心理分析的方法处理下面类似的故事有了思想准备。读者从《拉蓬泽尔》("Rapunzel")的开头"一个女人 / 爱一个女人 / 永远年轻"便了解到,该诗的焦点将是拉蓬泽尔与母亲格特尔(Mother Gothel)之间的女同性恋关系,而不会是拉蓬泽尔与王子之间的关系。该诗集中童话故事变形的程度一首比一首高,随着阅读的进展,故事也越来越现代化,越来越与个人相关。在开头部分的一首诗《白雪公主和七个小矮人》("Snow White and the Seven Dwarfs")中,原有奇想的合理性是微妙的,没有充分地陈述出来。在最后,当那位善妒的继母被处置之后,白雪公主与王子结婚,当家作主。"有时候指着她的镜子 / 像女人们那样",最后这句话巧妙地暗示出,白雪公主和她善妒的继母这两种原型(archetypal)是循环的关系。

《变形》是最能体现塞克斯顿女权主义思想的著作。这部作品标志着塞克斯顿在语言风格上的转变。但是诗人从家庭妇女到诗人角色的转变,以及精神健康与失常、爱与迷失、生与死,以及父母与孩子之间的关系这些二元对立的话题没有改变。自这部作品后,诗人的声音变得不及从前那样直白,而是像许多评论家所说,变得玄妙、神秘,让人难以琢磨。

三、评价

塞克斯顿的诗歌主题常与她的精神病治疗有关,因为她一直受到精神病医生的监护,也好几次住进精神病医院接受治疗。因此,她试图用写诗来解除自己自童年时代以来就有的那种内疚、恐惧和焦虑感,事实上写诗一开始也是作为一种疗法。如果她的诗有时候看起来像是一个精神病患者的病历，那么它们则是以非常出色的方式，翔实地再现了一种显示出天赋却又遭受折磨的情感的发育过程。除去《诗选》和《诗歌》(*Poems*, 1968)，塞克斯顿总共出了十部诗集，其中只有一二部是她在最后那些不幸的岁月中完成的。如同大多数作家那样，塞克斯顿作品的质量与修改次数之间似乎直接成正比。她后期的诗作常常是在第一稿或第二稿之后即匆匆定型的，显得比较粗糙，而她早期的精品则显示出反复推敲过的痕迹。诗人对诗的结构形式也有一种敏锐和直觉的意识。她讲究音节，不喜欢拘谨的格律，一首诗往往要经过好几天的推敲，才能确定下她认为合适的诗行和诗节。尽管她对自己诗中的意象格外地感到自豪，可相比之下，她诗中的韵律显得更为杰出。事实上没有哪位诗人可以说自己诗中的每一个韵脚都是重要的，然而在塞克斯顿的诗中，纯属装饰性的押韵异常少见。她的第一本诗集《去精神病院中途返回》中有不少名篇，其中大部分都是经过数月修改而成，其精雕细刻程度往往对诗人来说是一种折磨。

安妮·塞克斯顿的一生是短暂的，然而作为一名诗人，她又是多产的。她根据自己特殊的生活经历和感受，以泰然自若、毫无羞涩、几乎是令人难为情的直率，作着比她同时代的诗人更多、更为深刻的自白。在当代西方世界，塞克斯顿被看成是一位富于叛逆精神的女性，也是现代妇女解放运动的先驱之一。她的许多独具特色的诗篇已被公认为世界女性文学宝库中的珍品。随着美国乃至世界范围的妇女解放运动的日趋高涨和女权主义文学批评队伍的日益壮大，塞克斯顿的声望与日俱增，影响也越来越大。塞克斯顿在诗歌艺术上勇于探索，大胆创新，留下了许多值得我们研究和借鉴的艺术成果，也为她自己在美国文学史上赢得了一个引人注目的席位。我们今天在评价塞克斯顿及其作品时，还应看到她所遭受的巨大精神痛苦。她是在承受着足以将她压垮的痛苦和绝望的重负之下创作出那么多优秀诗篇的。从这个意义上讲，塞克斯顿以她的实际行动为人们树立了一个在逆境中勇敢拼搏的榜样。

参考文献

1. Bixler, Frances, ed. *Original Essays on the Poetry of Anne Sexton.*

Conway: University of Central Arkansas Press, 1988.

2. Colburn, Steven E., ed. *Anne Sexton: Telling the Tale*. Ann Arbor: University of Michigan Press, 1988.

3. Middlebrook, Diane Wood. *Anne Sexton: A Biography*. Boston: Houghton Mifflin, Co., 1991.

4. Morton, Richard E. *Anne Sexton's Poetry of Redemption: The Chronology of a Pilgrimage*. New York: Edwin Mellen Press, 1989.

5. Northouse, Cameron, and Thomas P. Walsh. *Sylvia Plath and Anne Sexton: A Reference Guide*. Boston: G. K. Hall, 1974 (a complete bibliography of both poets through 1971).

6. Sexton, Linda Gray. *Searching for Mercy Street: My Journey Back to My Mother, Anne Sexton*. Boston: Little, Brown and Co., 1994.

7. Wagner-Martin, Linda W., ed. *Critical Essays on Anne Sexton*. Boston: G. K. Hall, 1989.

8. http://www.english.uiuc.edu/maps/poets/s_z/sexton/sexton.html.

9. http://www.inch.com/~ari/as1.html.

10. http://www.univs.cn/newweb/univs/hust/2007-05-21/754458.html.

11. http://www.uta.edu/english/tim/poetry/as/sexton.html.

89. 艾德里安娜·瑞奇

(Adrienne Rich)

一、作家介绍[①]

艾德里安娜·瑞奇（Adrienne Rich, 1929 – ）生于美国马里兰州巴尔的摩的一个中上层家庭。父亲有犹太人血统，因此等待了多年也未能获得约翰·霍普金斯大学的教授职位。瑞奇于1947年进入拉德克利夫学院，大学期间她经常参加各种学生运动。她于1951年毕业，同年凭诗集《世事一沧桑》（*A Change of World*）获得耶鲁青年诗人奖。评委之一的奥顿（W. H. Auden, 1907 – 1973）在为其诗集所写的序言中有如下的总结陈词："呈现在读者面前的这些诗有着整洁谦逊的衣着，言语从容平静但并不含混不清，尊重长辈但并不因此畏缩，并且没有谎言。这对于第一部诗集来说，已经相当不俗了。"这样的赞誉在女性主义者看来充分暴露了男性的文化沙文主义心态。但是，这确实是瑞奇早年诗歌所显示出来的风格。后来她承认，"形式主义……是策略的一部分"，有利于与主题内容保持距离。瑞奇结婚十七年后，丈夫去世，她"离开了婚姻"和三个孩子，投身于妇女解放运动。

她出版的散文集有《女人所生：作为经验与体制的母性》（*Of Woman*

[①]本文有关作者生平和创作部分主要参考了以下来源：
http://www.english.uiuc.edu/maps/poets/m_r/rich/bio.htm；
http://www.pku.edu.cn/academic/wsc/dongtai/21/13.htm；
http://72.166.46.24/archive/1in10/99/06/RICH.html。
文中诗歌的中文翻译主要参考并综合了以下网络资源：
http://www.cnpoet.com/waiguo/usa/037.htm；
http://hi.baidu.com/wugangjoe/blog/item/36ce273fb99609ec55e72303.html。

Born: Motherhood as Experience and Institution,1976)、《谎言、秘密及沉默：1966－1978年散文选》(On Lies, Secrets, and Silence: Selected Prose, 1966－1979)、《血、面包与诗：1979－1985年散文选》(Blood, Bread and Poetry: Selected Prose, 1979－1985, 1986)、《在那儿的发现：诗歌与政治笔记》(What Is Found There: Notebooks on Poetry and Politics, 1993)、《可能世界的艺术》(Arts of the Possible: Essays and Conversations, 2001)。她的诗集包括《狂野的耐心带我走远》(A Wild Patience Has Taken Me this Far: Poems 1978－1981, 1981)、《门框的事实：1950－1984年诗选新编》(The Fact of a Doorframe: Poems Selected and New, 1950－1984, 1984)、《你的故土，你的人生》(Your Native Land, Your Life: Poems, 1986)、《时间的力量：1985－1988年的诗》(Time's Power: Poems, 1985－1988, 1989)、《艰难世事地图集：1988－1991年的诗》(An Atlas of the Difficult World: Poems 1988－1991, 1991)、《共和国的黑暗田野：1991－1995年的诗》(Dark Fields of the Republic: Poems, 1991－1995, 1995)、《狐：1998－2000年的诗》(Fox: Poems 1998－2000, 2001)。

二、代表作

《血、面包与诗：1979－1985年散文选》共收录十五篇文章，其中有一些是她的演讲稿和授课讲稿。整个文选围绕着当代女性主义这一中心主题展开，内容涉及女性史、女性与文学、女性学术研究等问题。通过这部文集，瑞奇向读者介绍了女性主义研究的进展，而且还从女性主义的视角解读了里根执政时期妇女的社会地位问题。

在这部文集中，作者重新挖掘了女性文学史上几位非常重要，但一直被人忽视的作家。《劳瑞恩·汉斯伯雷的问题》("The Problem of Lorraine Hansberry")就对劳瑞恩·汉斯伯雷这位美国黑人剧作家进行了深入研究。作者指出，汉斯伯雷不仅是一位作家，还是一位政治嗅觉非常敏锐的女性主义者，早在20世纪60年代的女权主义运动开始之前她就开始撰写文章，表达对妇女问题的观点和思想。同时瑞奇指出，汉斯伯雷的文章和戏剧创作很大程度上是在其前夫罗伯特·内米洛夫（Robert Nemiroff）的掌控下，因此在她的作品中女性话语遭到了相当程度的扼杀，至少是被冲淡了。在这篇文集的同名文章《血、面包与诗：诗人的地位》("Blood, Bread and

Poetry: The Location of the Poet"）中，瑞奇向读者展现了学术界如何定位和研究女性作家的情况。这篇文章回顾了作者作为一名学者和诗人的历程，因此是一篇自传性的作品。作者指出，女性作家的作品常常带有社会政治批判的内容，但这些却被男性主导的学术界置之不理，这就是女性作家的作品难以跻身文学教科书的原因。此文一经面世，立即引起了人们对于女性作家和作品的广泛关注。而最著名的一篇当属《异性恋的必要性和女同性恋的存在》（"Compulsory Heterosexuality and Lesbian Existance"）。该文以尖锐的笔法，从女性主义者和女同性恋者的视角，对异性恋的社会结构进行了分析。这篇文章对于女同性恋的理论发展具有革命性的意义。有评论家指出，《异性恋的必要性和女同性恋的存在》不仅是文集中最具意义的一篇文章，也是瑞奇的整个创作生涯中最重要的一部作品。

从主体来看，《血、面包与诗：1979 – 1985 年散文选》中的文章主要探讨了女性文学研究中的问题，具有很强的学术性，但这并不意味着这些文章读起来深奥难懂，高深莫测。相反，瑞奇用了非常通俗易懂的语言来解释这些学术问题。这是因为瑞奇本人不仅是一位学者和诗人，同时她也是女权主义运动的一位重要领导人。她的作品必然要引起广大读者的兴趣与共鸣。此外，这部文集的特点还在于其中既有女性作为个体的个人经历，还有女性作为一个群体的历史地位，熔小与大于一炉。

从某种意义上来说，《血、面包与诗：1979 – 1985 年散文选》使瑞奇成为了女性主义研究领域中的一位重要的理论家。作者以朴实通俗的语言阐述了女性作品的重要价值，以及女性的历史对于解读当代女性生活的重要意义。对于女同性恋的理论家而言，这部文集的重要性更是无法忽视的。

三、评价

随着 20 世纪 60 年代许多优秀女诗人的作品问世，以及 70 年代女性主义思潮的蓬勃发展，女性艺术家彼此扶持、互相照应，很自然地提出了在语言上超越父权传统的诉求，瑞奇"作为修正的写作"（writing as re-vision）的观念也因此广为传播。诗人的创作也越来越自白化、自传化，即植根于个人经验，完全抛弃了早年诗歌中的"面具角色"，直接针对自己作为生活在美国的犹太白人女性，把个体解放作为更广意义上的解放的比照。瑞奇除了创作诗歌和论文之外，还编辑杂志，并在各地演讲，她的诗歌与论文中的论点相互阐释,她提出的写作策略也逐渐发展成一种政治意识形态,这更加确立了她的女性主义者形象。如今,她已是20世纪的一位重要诗人,这一地位又因为她一直在美国著名大学任教、不脱离体制以及世界范围内的多元文化潮流而更加显赫。

参考文献

1. Cooper, Jane R. ed. *Reading Adrienne Rich: Reviews and Re-visions, 1951–81*. Ann Arbor: University of Michigan Press, 1984.

2. Dickie, Margaret. *Stein, Bishop, and Rich: Lyrics of Love, War, and Place*. Chapel Hill: University of North Carolina Press, 1997.

3. Keyes, Claire. *The Aesthetics of Power: the Poetry of Adrienne Rich*. Athens: University of Georgia Press, 1986.

4. Sielke, Sabine. *Fashioning the Female Subject: The Intertextual Networking of Dickinson, Moore, and Rich*. Ann Arbor: University of Michigan Press, 1997.

5. Spender, Dale. *Women of Ideas and What Men Have Done to Them: from Aphra Behn to Adrienne Rich*. Boston: Routledge & Kegan Paul, 1982.

6. Wadden, Paul. *The Rhetoric of Self in Robert Bly and Adrienne Rich: Doubling and the Holotropic Urge*. New York: Peter Lang, 2003.

7. Werner, Craig H. *Adrienne Rich: the Poet and Her Critics*. Chicago: American Library Association, 1988.

8. http://72.166.46.24/archive/1in10/99/06/RICH.html.

9. http://www.pku.edu.cn/academic/wsc/dongtai/21/13.htm.

10. http://www.nortonpoets.com/richa.htm.

11. http://www.cnpoet.com/waiguo/usa/037.htm.

12. http://hi.baidu.com/wugangioe/blog/item/36ce273fb99609ec55e72303.html.

90. 波尔·马歇尔

（Paule Marshall）

一、作家介绍

波尔·马歇尔（Paule Marshall，1929— ），原名瓦伦扎·波琳·伯克（Valenza Pauline Burke），于1929年出生在纽约的布鲁克林。她的父母是巴巴多斯（Barbados）人。在她出生的时候，他们移民到美国的时间并不长。她在一个西印度人的社区长大，她在作品中对这里的妇女给予了高度评价，称她们是自己最重要的老师。马歇尔的作品里有着很浓厚的西印度方言和文化印记，反映了在美国的加勒比移民家庭所面临的问题和进行的抗争。她于1953年从布鲁克林学院毕业，后又在亨特学院进行研究生阶段的学习。马歇尔在1957年时嫁给了心理学家肯尼斯·马歇尔（Kenneth Marshall）。毕业后的马歇尔曾短期当过图书馆馆员。之后她在《我们的世界》（*Our World*）杂志工作。那是20世纪50年代美国黑人的一本流行杂志，马歇尔也是这个杂志社里唯一的一名女性。她早期写过一系列反映她的家乡巴巴多斯印象的诗，之后她改写小说。她在许多杂志上发表过短篇小说和文章，同时还在许多大学和学院里作有关黑人文学的讲座，诸如哈佛大学、哥伦比亚大学、密歇根州立大学和康奈尔大学。她在纽约大学开设的创造性写作课程更是颇有影响。马歇尔于1961年获得了古根海姆奖，此外她还获得过许多其他奖项，其中较为出名的有美国国家图书奖（American Book Award）和约翰·多斯·帕索斯文学奖（John Dos Passos Award of Literature）。

马歇尔写过各种体裁的作品，其中最著名的是她的长篇小说和短篇小

说。她早期最有名的作品是《棕色女孩，棕色石头》(*Brown Girl, Brownstones*, 1959)。她在四十多年的写作生涯中笔耕不辍，主要小说作品包括《上帝的领地，不死的人们》(*The Chosen Place, the Timeless People*, 1969)、《给寡妇的赞歌》(*Praisesong for the Widow*, 1983)等。她的短篇小说作品有《灵魂拍着手在唱歌》("Soul Clap Hands and Sing", 1961)和《里娜和其他短篇故事》("Reena and Other Stories", 1983)。可以说她的聪明才智和技巧在她的同代人中很少有人能够望其项背。马歇尔近期的小说有《女儿们》(*Daughters*, 1991)和《渔王》(*The Fisher King: A Novel*, 2000)。《女儿们》是关于纽约的一个西印度妇女回到家乡帮助她的父亲进行竞选的故事。这个人物与马歇尔其他作品中的人物一样，在经历了个人和她民族文化的历史之后得到了顿悟。《渔王》也继承了她一贯的风格和人物形象。

二、代表作

1.《上帝的领地，不死的人们》(*The Chosen Place, the Timeless People*)

这部小说的主人公是一个中年妇女莫尔(Merle)。她出生在一个位于西印度的小岛伯恩(Bourne)，是最后一个甘蔗种植园主和一个仆人生下的女儿。她念过书，到过英国，并在那里结婚生子，同时她还与另一个女人有着同性恋关系，但是所有这些只能使她更加感到异化和困惑。她返回到了她的出生地，开始了她精神重建的过程。这一过程也使得她的历史、她的人民和她的土地得到了更多的平静。在这里，莫尔代表了西印度人们备受困扰的自我意识。她结识了一个英国上层贵妇，并受到她所代表的英国白人自以为是的优越感的吸引和迫害，也正是这个贵妇导致了莫尔和她的非洲丈夫的离异。这时莫尔变得痛苦而又愤世嫉俗。她回到了家乡，在这里见到了故事的另一个主人公——一个美国犹太人人类学家索尔·阿姆隆(Saul Amron)。他来到这个岛上是为了进行一项调查以改进岛上居民的生活。莫尔和索尔之间产生了爱情，这导致了索尔研究的中止和他妻子的自杀。于是莫尔决定到非洲去寻找她的丈夫和女儿。

在这部小说中充满了对立关系，如一个多舛的美国和一个平静的非洲之间的对立，莫尔无结果的同性恋情和她与非洲丈夫生育出女儿的能力之间的对立，通过对比，作者的意向显而易见。

2. 《给寡妇的赞歌》（*Praisesong for the Widow*）

在马歇尔的另一部小说《给寡妇的赞歌》中，寡妇艾维·约翰逊（Avey Johnson）在加勒比的旅行中做了一个奇怪的梦，梦到她的叔祖母呼唤她回家。这个梦所引起的精神上的折磨愈演愈烈，使她无法忍受，不得不放弃这次旅行。在她打算乘飞机飞回纽约之前，她见到了她的祖先——不老的智者勒伯特·约瑟夫（Lebert Joseph）。约瑟夫感觉到了她精神上所受的痛苦，就建议她去参加一年一度的卡利阿库小岛之旅，通过仪式来把她同她的历史、人民和土地联系起来。在这"第二次旅途"中，艾维病得很厉害，但她也得以净化了自己的灵魂。约瑟夫的女儿在岛上居住，她精心照料着艾维，在她的照料和自己的个人能力影响下，艾维的疾病有所好转。当天晚上的节日上，艾维的历史通过一个仪式舞蹈被重新建构，她的灵魂也从衰弱和虚无中解脱出来。这部小说围绕着一系列的传统来构筑，包括旅行、节日、舞蹈等，以及一些超自然因素。

这部小说中只讲述了主人公两天的经历，但是通过传记、想象和梦境，艾维的生活在读者面前展现了出来，表现了使她的精神遭受痛苦的欲望和矛盾。这些矛盾之一就是她的家庭战胜贫困和社会不公正的努力，而在这样一个种族歧视严重的社会里，黑人普遍受到歧视和剥削。当她计算出她和丈夫为得到尊重所付出的代价的时候，她发现她的丈夫已经失去了自我，成为她眼中的陌生人。然后她意识到了她因为想得到过多的物质财富和金钱，也失去了自我，因为她在追求这些目标的过程中也和白人一样把追求金钱作为唯一的目的。如果他们能保持一个清醒的头脑，他们原本可以从经济贫困和精神富有中得到自由，这也是人性中最为珍贵的一部分。马歇尔在1959年到1991年期间的小说就体现了这样一个主题，她的小说告诉所有的读者，不论种族和性别，金钱的价值在于把我们从贫穷中解脱出来，使我们可以实现我们追求情感和发展智力的需要。马歇尔小说中的人物即使再富有，他们的精神也是非常空虚的。当金钱不再成为人追求自己价值的手段，而是成为人生唯一目标的时候，人类的人性也就随之消失了。

马歇尔写这部小说是为了纪念她的祖先，并把这本书献给她的祖母。

寡妇艾维为了从她所遭受的精神折磨中解放出来也必须面对她的个体和社会身份。在这部小说里地点也起着重要作用。艾维回到了加勒比海上的一个小岛卡利阿库（Carriacou），在这里她重新找到了她的文化遗产。在马歇尔的这两部晚期作品中，马歇尔强调了小岛这样的环境，以仪式或其他神秘的形式重新获得被破坏或被遗忘了的文化，这些构成了她与众不同的叙述。

马歇尔的每一部小说都是杰出的作品，而将这些小说放在一起时，它们共同构成了一个强有力的整体，讲述了不同年龄段的女性们为了实现不同于传统规则所框定的模式的个体而作出的不懈努力。马歇尔使用"地点的力量"来作为感情的"聚集地"，从而使她的小说有着不同寻常的个性，正如小说中的人物孜孜不倦地追求着自己的身份。小说《给寡妇的赞歌》尽管不如小说《上帝的领地，不死的人们》那样视角丰富、内容充实，但是它汇集了马歇尔小说中大多数最有效的因素。这部小说也为马歇尔赢得了哥伦布基金会美国国家图书奖（Columbus Foundation American Book Award）。

三、评价

在马歇尔的小说里，她关注黑人文化历史和黑人女性人物。她以非洲为中心，从这一视角传达着当代女权主义的问题。她认为黑人应该明白当代的社会赖以生存的政治、社会、经济结构。她进而又把黑人这一范围扩展到了世界上所有被压迫的男男女女。她正视文化差异，歌颂人性的胜利。

许多批评家注意到了马歇尔常把母女关系作为她作品的主题。这一关系是女性确立她们身份的主要途径，因为女性们先是同母亲产生联系，随着她们的成长又往往从母亲的统治中脱离出去，建立她们独立的个体。马歇尔在作品中证明了成年的女性与她们的母亲之间建立起一种有意义的关系，这一过程有着更大的社会、政治、历史重要性。母女关系在马歇尔及其他许多女性作家的作品中都是土地、人类、历史和遗产的象征，所有这些因素都应被重新讨论，以便实现对自我身份的追求。自我与社会、过去与现在之间存在着各种各样的矛盾，马歇尔的小说就探讨了人们试图在这些对立之中寻找平衡时所面临的进退两难的境地。

参考文献

1. Denniston, Dorothy. "Early Short Fiction by Paule Marshall." Callaloo 6, no. 2 (Spring-Summer, 1983). Reprinted in *Short Story Criticism*. Detroit: Gale Research Co., 1990.

2. Evans, Mari, ed. *Section on Paule Marshall in Black Women Writers (1950-1980): A Critical Evaluation*. New York: Anchor, 1983.

3. Marshall, Paule. "From the Poets in the Kitchen." In *Reena and Other Short Stories*, 3-12. New York: The Feminist Press, 1983.

4. Mbiti, John S. *African Religions and Philosophies*. New York: Doubleday and Co., 1970.

5. http://www.findarticles.com/p/articles/mi_m2838/is_1_34/ai_62258907.

91. 玛利亚·伊莲·弗尼斯

(Maria Irene Fornés)

一、作家介绍

玛利亚·伊莲·弗尼斯（Maria Irene Fornés，1930— ），美国剧作家，1930年5月14日出生于古巴首都哈瓦那。玛利亚一家于1945年移民搬到美国。弗尼斯的童年正处于大萧条时期，因而没有接受到传统的教育。在20世纪60年代从事写作之前，她还曾是一名画家。她晚上上绘画课，白天的时间都用来工作，以便继续自己的学业。在师从普林斯顿学院的汉斯·霍夫曼学习过一段时间之后，她去了巴黎。在以后的三年中，她不断学习，以使自己的绘画技艺得到进一步提高。然而巴黎却成了她绘画生涯结束的地方，可谓造化弄人。

玛利亚·弗尼斯迄今为止共创作了三十五部剧作。她的作品使她成为百老汇剧作家中最成功和最多产的剧作家之一。她的主要作品有《寡妇》(The Widow, 1961)、《探戈宫殿》(Tango Palace, 1964)、《三人的成功人生》(The Successful Life of 3: A Skit for Vaudville, 1965)、《散步》(Promenade, 1965)、《办公室》(The Office, 1966)、《越南婚礼》(A Vietnamese Wedding, 1967)、《天使报喜》(The Annunciation, 1967)、《吉尔博士》(Dr. Kheal, 1969)、《红光》(The Red Burning Light, or Mission XQ3, 1968)、《莫利的梦》(Molly's Dream, 1968)，和《巴伯恩!!!》(Baboon!!!, 1972)、《黎明女神》(Aurora, 1972)，以及《生活行为》(The Conduct of Life, 1985)。

二、代表作

《生活行为》(*The Conduct of Life*) 于 1985 年发表，以主人公奥兰多（Orlando）的独白开头。奥兰多是一个拉美国家的下等军官，他的性欲望很强，而且有着强烈的虐待倾向，同时还是一个野心勃勃的人。为了实现自己爬到上层社会的抱负，他不得不抑制自己的性欲望和虐待冲动，以吸引出身较为高贵的女子勒迪西亚（Leticia）的好感，并成功地和她结了婚，达到了自己的目的。此后他的真面目开始暴露出来，他残忍地虐待周围的人。勒迪西亚也被他牢牢地控制住，每次她想要表达自己的想法时，都会遭到奥兰多的蔑视，甚至是侮辱。她渴望接受更好的教育，渴望被丈夫尊重，渴望奥兰多倾听她的想法，然而她的希望始终无法得到满足。

奥兰多夫妇的仆人奥林皮亚（Olimpia）在家中兢兢业业，但得不到别人的认可。后来奥林皮亚与流落街头的 12 岁女孩奈娜（Nena）成了朋友。然而奥兰多后来秘密挟持了奈娜，并把她带到地下室藏匿起来。此后奥兰多对奈娜长期进行性侵害。此事被勒迪西亚得知后，在看到勒迪西亚和奈娜见面时，奥兰多却马上控告勒迪西亚不忠，并私设公堂对她进行审问和虐待。勒迪西亚忍无可忍，开枪打死了奥兰多，随后又朝奈娜扣动了扳机。

作品的背景场地为五个场所：起居室、餐厅、大厅、地下室和一个私家仓库。《生活行为》中涉及了不堪的主题，如折磨和其他各种形式的虐待性的暴力。与其说弗尼斯的作品是对男性的咒骂，还不如说是对男权社会的有力抨击。既具片断性有时又有些超现实主义的结构使读者很难判断出情节所在。

《生活行为》是从女性角度书写的。这部作品可以解读为一部号召妇女联合起来，冒着危险抵抗男性霸权的书。苏珊·桑塔格在为《玛丽亚·佛尼斯：戏剧》(*Maria Irene Fornes: Plays*) 作序时说道：当代的大多数戏剧家都是把心理残暴作为作品首要的、永不枯竭的主题，而弗尼斯却不是如此。她的作品超出了这些局限，更加富于表现力。

三、评价

作为一名来自古巴的同性恋女作家，评论家喜欢在她的作品上贴上政治的标签，但是她却不喜欢这样片面局限的评论。她不光写关于身份的问题，有时也很热衷于写美好与痛苦的问题。因此，她的作品是亨利·詹姆斯式的复杂的社会关系的描摹与梦幻般的魔幻现实主义的结合。在她的作品中，恐惧不仅仅是一种主观境界，而是和历史相联系的。她的作品构思十分精细，充满了智慧和幽默，但又从不流于低俗，也不愤世嫉俗。目前她已经成为美国文学界一颗闪烁的明星。

参考文献

1. Cole，Susan Letzler. "Maria Irene Fornes Directs Uncle Vanya and Abingdon Square." *Directors In Rehearsal: A Hidden World*. London and New York: Routledge，1992.

2. Cummings，Scott T. "Psychic Space: The Interiors of Maria Irene Fornes." *The Journal of American Drama and Theatre*，Vol.10，No.2，Spring, 1998.

3. Delgado，Maria M.，and Caridad Svich，eds. *Conducting a Life: Reflections On The Theatre of Maria Irene Fornes*. Lyme，New Hampshire: Smith and Kraus，1999.

4. Gener，Randy. "Conversation with Maria Fornes." *The Dramatist*，January/February，2000.

5. Kintz，Linda. "Gendering the Critique of Representation: Fascism，the Purified Body，and Theatre in Adorno，Artaud，and Maria Irene Fornes." *Rethinking Marxism*，Vol.4，No.3，Fall, 1991.

6. Marranca，Bonnie and Gautan Dasgupta，eds. *Conversations On Art and Performance*. Baltimore: John Hopkins University Press，1999.

7. Marranca，Bonnie. *Theatre Writings*. New York: Performing Arts Journal Publications，1984.

8. Moroff，Diane Lynn. *Fornes: Theatre in the Present Tense*. Ann Arbor: University of Michigan Press，1997.

9. http://www.fb10.uni-bremen.de/anglistik/kerkhoff/ContempDrama/Fornes.htm.

10. http://www.mariairenefornes.com.

92. 劳瑞恩·汉斯伯雷
（Lorraine Hansberry）

一、作家介绍

劳瑞恩·汉斯伯雷（Lorraine Hansberry，1930 – 1965），著名剧作家、画家。汉斯伯雷出生于芝加哥，她的叔叔威廉姆·雷奥·汉斯伯雷（William Leo Hansberry）曾是哈佛大学的非洲史教授，尼日利亚的一所大学就是以他叔叔的名字命名的。汉斯伯雷的父母都是学者和社会活动家。父亲是共和党的一名积极分子，曾经在伊利诺伊州高级法院的一个有关反隔离法案的判决中获胜，这也成为汉斯伯雷的《阳光下的葡萄干》(*A Raisin in the Sun*，1959) 的故事来源。汉斯伯雷的家里常常有非常著名的黑人活动家光顾，如兰斯顿·休斯（Langston Hughes）、杜波依斯（W. E. B. Du Bois，1868 – 1963）等。

汉斯伯雷于 1948 年从恩格尔伍德高中（Englewood）毕业，之后她进入威斯康星州大学。在这里她读了著名剧作家锡恩·欧凯西（Sean O'Casey，1880 – 1964）的作品，并深受其影响。她在学校的戏剧社团里很活跃，与非洲来的留学生一起活动，支持亨利·华莱士（Henry Wallace）竞选总统，并当选进步青年美国分会（the Young Progressives of America Chapter）主席。两年后，她离开学校来到纽约，参加了美国社会研究新学院（the New School for Social Research）的课程，并在保罗·罗宾逊（Paul Robinson）的《自由》杂志里任编辑助理。在这一时期，她曾与数位著名作家会面，还跟随杜波依斯学习非洲史，并教授黑人文学。1952 年她到乌拉圭参加了国际和平会议。1953 年，汉斯伯雷嫁给了罗伯特·纳米洛夫（Robert Nemiroff），他是一名文学专业的犹太学生，也是一位作曲家。汉斯伯雷在工作之余利用空闲时间写作。由于纳米洛夫创作的歌曲获得了成功，汉斯伯雷才得以投身到文学创作中去。

在汉斯伯雷成功的同时，人们指责她的家族是芝加哥南部的地主，在那里拥有大量土地，这给她的名声带来了阴影。为了摆脱这一阴影，他们一家搬到了洛杉矶，然而此时她的婚姻也出现了问题，她最终于1964年同丈夫离婚。汉斯伯雷的另一部作品《酒葫芦》（*The Drinking Gourd*）是在1959年为国家广播公司写的。这个故事以美国奴隶制为主题，汉斯伯雷意在以此来纪念内战一百周年。这一主题对电视节目来说备受争议，因此也没有上演。她的下一部作品是1964年的《布鲁斯顿窗户上的符号》（*The Sign in Sidney Brustein's Window*），背景设在了纽约市的格林尼治村，她本人就在这一地区长期居住。

正当汉斯伯雷处于事业顶峰的时候，死神正在悄悄地降临。1963年，汉斯伯雷被诊断出患有十二指肠癌。在她生命中的最后两年，她忍受着病痛和化疗的折磨，但病情还是越来越重。她双目失明，后又陷入昏迷，最终于1965年12月去世。她34岁英年早逝，原本大有前途的事业戛然而止。她的《作为年轻黑人》（*To Be Young, Gifted and Black: Lorraine Hansberry in Her Own Words*）于1969年上演，另一部戏剧《白人》（*Les Blancs*）以非洲为背景，由她的前夫罗伯特·纳米洛夫改编，于1970年11月在纽约上演。汉斯伯雷在1960年时开始构思《白人》，并在第二年完成雏形。她去世之后，纳米洛夫作为她的文学遗嘱执行人于1966年完成了书稿。这部作品的主人公是一个非洲黑人，他回到了自己的故乡，并卷入到了家乡争取自由的斗争中，他必须在暴力与和平这两种方式中作出选择。

二、代表作

《阳光下的葡萄干》（*A Raisin in the Sun*）原名《水晶楼梯》，书名取自兰斯顿·休斯的诗歌《哈莱姆》："推迟的梦会发生什么事？/它会干瘪吗/像阳光下的葡萄干？/或像疮疥化脓——/然后蔓延？/它像腐肉般发臭？/或是裹着面包皮和糖——/像果汁甜点？/也许它只是坠下/如沉重的负担。/或者它突然爆炸？"尽管该剧的制片人以前从未执导过戏剧，许多投资者也对它没什么兴趣,但仍获得了巨大的成功。它在纽约上演了五百三十多场,并在纽黑文、费城和芝加哥上演,每到一地都受到了观众的热烈欢迎。这部戏剧最终于 1959 年 3 月 11 日在著名的埃塞尔·巴里莫尔剧院(Ethel Barrymore)亮相。1961 年,这部戏剧还被改编为电影,并在法国戛纳电影节上赢得了特别奖。

《阳光下的葡萄干》的背景设在芝加哥南部,描述了 20 世纪 50 年代芝加哥南部一个美国黑人家庭在几个星期之内发生的事情。主人公瓦特·李(Walter Lee)是一个黑人司机。他一直在憧憬着美好的生活:"我很想得到的这些东西快把我逼疯了。"他想利用他父亲的一万美元保险金来开一家卖酒的商店,从而能解决家中的经济危机,而他的母亲则想用这笔钱来买一套房子,他的妻子露丝(Ruth)同意母亲的想法,但他的妹妹则想用这笔钱去念医学院。与此同时,露丝发现自己怀孕了,但是她不敢把孩子生下来,怕给家里带来更大的经济负担。母亲用了一部分钱在一个白人社区买了一套宽敞明亮的房子,但是他们的白人邻居们接受不了这一家黑人,把钱还给了他们让他们离开。瓦特把剩下的钱全部投入到他的生意计划中去,结果却损失惨重。妹妹拒绝了她的白人追求者。她的黑人男友向她求婚,并愿意支持她的学业,希望毕业后二人能一起去非洲。而直到剧的结尾,她也没有作出决定。最后,杨格一家终于实现了梦想,搬出了旧房子。他们的前景看似不甚明朗并有些危险,但他们还是很乐观并有信心将来会有更美好的生活。他们相信只要一家人团结在一起,就会解决问题。

在这部戏剧中有两个重要的主题,一个是梦想的价值,一个是家庭的重要性。像兰斯顿·休斯的诗歌中所描述的那些"推迟的梦"一样,没有人知道这些梦是否会像阳光下的葡萄干一样干掉。在汉斯伯雷的这部剧作中,每一位剧中人都有自己的梦想。他们也在努力地实现自己的梦想,不断地同周围困扰着他们的环境作着斗争。而且,他们中大多数人的幸福或痛苦都和他们实现梦想与否有着直接的联系。在剧的最后,买一套新房子成为了最大的梦想,因为这能够把整个家庭联系到一起,这也就是另一个重要的主题——家庭的重要性。作为一个黑人家庭,他们面临着严重的种族歧视,并进行着社会上或经济上的斗争,直到最后实现了买房子的梦想。

母亲坚信家庭的重要性,努力把整个家庭团结在一起,并试图把家庭的价值教给每一个成员。瓦特和贝涅萨始终存在着矛盾冲突,但最后他们懂得了这个道理。当他们把家庭梦想放到个人梦想之上的时候,他们的个人梦想便与家庭梦想融为一体,也能因此得到一个团结友爱的幸福之家。

《阳光下的葡萄干》是戏剧史上的一个里程碑,是第一部由黑人妇女创作,并在百老汇上演的戏剧,它打败了众多知名男作家的作品,诸如田纳西·威廉姆斯(Tennessee Williams, 1911 – 1983)、尤金·奥尼尔(Eugene O'Neill, 1888 – 1953)等人,于1959年获得了纽约戏剧批评奖。汉斯伯雷也是第一个获此奖项的黑人女作家。在一次民意调查中,汉斯伯雷也被评为当时最有潜力的剧作家。

三、评价

汉斯伯雷从很小的时候就对非洲产生了浓厚的兴趣,在一部未完成的半自传性的小说里,她写道:"在她的情感中,她来自于南部的祖鲁人和中部的俾格米人,东部的瓦图西人和在西部进行奴隶贸易的、奸诈的阿善堤人。她是基库尤人,她古老的表亲马塞族人在贝宁制造出精致的雕像,而更古老的亲戚则在阿布辛波古庙注视着尼罗河……"在20世纪60年代的黑人艺术运动中,许多黑人艺术家反对汉斯伯雷戏剧中的现实主义形式。他们觉得这一形式在艺术上过于保守,也认为在百老汇的成功就意味着政治妥协。另一些人认为汉斯伯雷牺牲了她的尊严以使她的作品能迎合白人观众的口味。同样也有许多批评家争论她的戏剧的含义,以及她是否是个社会同化论者[①]。

参考文献

1. Bower, Martha G. *"Color Struck" under the Gaze: Ethnicity and the Pathology of Being in the Plays of Johnson, Hurston, Childress, Hansberry, and Kennedy*. Westport, Connecticut: Praeger, 2003.

2. Cheney, Anne. *Lorraine Hansberry*. Boston: Twayne, 1984.

3. Nemiroff, Robert. *To be Young, Gifted, and Black: Lorraine

---

① Frank Magill, ed., *Chronology of Twentieth-Century History: Arts & Culture*, Vol. II, 1998.

Hansberry in Her Own Words. Englewood Cliffs, New Jersey: Prentice-Hall, 1969.

4. http://www.college.hmco.com/english/heath/syllabuild/iguide/hansberr.html.

5. http://www.pbs.org/wnet/aaworld/reference/articles/lorraine_hansberry.html.

6. http://womenshistory.about.com/od/quotes/a/hansberry.htm.

93. 托尼·莫里森

(Toni Morrison)

一、作家介绍

托尼·莫里森（Toni Morrison，1931 — ）是继兰斯顿·休斯（Langston Hughes，1902 – 1967）、理查德·赖特（Richard Wright，1908 – 1960），以及拉尔夫·埃里森（Ralph Ellison，1914 – 1994）之后又一位著名的当代美国黑人小说家。1931 年 2 月 18 日，托尼·莫里森出生于美国俄亥俄州的洛里安市（Lorain），原名克洛伊·沃福德（Chloe Wofford）。父亲乔治·沃福德是一家造船厂的焊接工人，母亲拉玛·威利斯·沃福德（Ramah Willis Wofford）在白人家里做女佣。他们为了逃避种族主义，从美国南部来到北部的俄亥俄州。在家中克洛伊·沃福德能听到很多美国南方的黑人民谣和故事，他们一家很重视自己的黑人传统，并引以为豪。

洛里安市是一个很小的工业城市，很多移民来的欧洲人、墨西哥人以及南部的黑人混居在一起，克洛伊·沃福德也在一所混合学校就读。上一年级的时候，她是班里唯一一名黑人学生。学生时代的克洛伊·沃福德很喜欢读书，幼年时期她最喜欢俄国作家托尔斯泰和陀思妥耶夫斯基、法国作家福楼拜和英国小说家简·奥斯汀等人的作品。1949 年她从洛里安高中以优异的成绩毕业。高中毕业之后，克洛伊·沃福德来到了位于华盛顿市著名的霍华德大学（Hovard University），她主修英语文学，辅修古典文学。因为很多人无法正确拼出她的名字克洛伊，因此她直接用她中间名字的简称托尼，更名为托尼·沃福德。她参加了一个名为"霍华德大学演员"的剧团，并跟随剧团多次来到美国南部，因此得以亲自体验美国南部黑人的生活。1953 年，托尼·沃福德从霍华德大学毕业，获得英语文学的学士学位。之后她又来到了纽约的康奈尔大学继续深造，并于 1955 年获得了硕士学位。

　　硕士毕业以后，托尼在位于休斯顿的南德克萨斯州大学教授入门英语。在霍华德大学里，黑人文化经常受到人们的忽视，而在南德州大学里则不然，这里甚至还有黑人历史周。她也因此逐渐明白了黑人文化并不仅仅是一种家庭回忆，而更像是一门学科。1957 年，托尼·沃福德回到霍华德大学当了一名教师。当时正是民权运动高涨的年代，她在霍华德大学结识了日后成为民权运动领军人物的一些人，比如阿米里·巴卡拉（Amiri Baraka，1934– ，当时名为 LeRoi Jones）和安德鲁·扬（Andrew Young，他之后与马丁·路德·金一起工作，并在后来成为了佐治亚州亚特兰大市的市长）。托尼还在这里遇到了年轻的牙买加建筑师哈罗德·莫里森（Harold Morrison），两人相爱，并于 1958 年结婚，托尼·沃福德也更名为托尼·莫里森。他们的第一个孩子于 1961 年出生。托尼·莫里森一边教学一边照料家庭，但是她的婚姻生活并不美满，于是她参加了一个作家团体，以暂时逃避不快乐的婚姻。有一次，托尼·莫里森在社团活动中没有可以拿来讨论的材料，于是她以最快的速度写了一个故事，讲述她童年时结识的一个黑人小女孩向上帝祈祷一双蓝色眼睛的故事，这个故事受到了小组成员的一致赞赏。此时莫里森的婚姻每况愈下，后来她终于选择了离婚。

　　1964 年秋天，莫里森开始在纽约兰登出版公司的一个下属公司任副主编。她白天上班，下班后还要料理家务、照顾孩子，直到夜间才能开始写作。她把在作家小组写的尘封已久的故事重新拿出来，把它改成了一本长篇小说。她从童年的记忆中提取出种种片断，并以丰富的想象力塑造了一个个有血有肉的人物形象。1967 年，她转到了纽约市的公司，成为兰登公司的一名高级编辑。她一边忙于编辑一些著名黑人像穆罕默德·阿里、安德鲁·扬和安吉拉·戴维斯（Angela Davis）的作品，一边把她自己的小说寄给一些出版商。1970 年，莫里森的小说《最蓝的眼睛》(*The Bluest Eye*) 最终得以出版，尽管这本书销量并不好，但它受到批评界的称赞。

1971年至1972年，莫里森除了在兰登公司工作，还在纽约州立大学普尔切斯分校担任英语副教授。此外，她也开始着手创作第二部小说——《苏拉》(*Sula*)。在这部作品中，莫里森讨论了两名黑人妇女之间的友谊。这本小说的一些片断在著名的《红书》(*Redbook*)杂志上发表，并获得了1975年国家图书奖的小说奖提名。

1976年至1977年，莫里森在位于康涅狄格州纽黑文市的耶鲁大学担任客座讲师，同时她也在创作第三部小说，即于1977年出版的、以黑人男性为主题的《所罗门之歌》(*Song of Solomon*)。这部小说对于男性世界的深刻的洞察，要归功于莫里森照顾两个儿子的经历。这本书获得了国家书评奖（National Book Critic's Circle Award）以及美国艺术文学院奖（American Academy and Institute of Arts and Letters Award）。莫里森也被当时的吉米·卡特总统推荐到国家艺术理事会（National Council on the Arts）。1981年，莫里森又出版了她的第四部小说《柏油孩子》(*Tar Baby*)。在这部小说里，莫里森首次讨论了黑人与白人之间的关系问题。她的形象也出现在1981年3月30日的《新闻周刊》上。

1983年，莫里森离开了工作了将近二十年的兰登公司。次年，她在纽约州立大学奥尔巴尼分校担任史怀哲人文学科讲座教授（Albert Schweitzer Professor of the Humanities），同时开始创作第一部戏剧《做梦的埃梅特》(*Dreaming Emmett*, 1986)，这部戏剧是根据一个真实的故事创作的。1955年，一位名为埃梅特·蒂尔（Emmette Till）的黑人少女被指控向一位白人女性吹口哨而被处以死刑。这出戏剧于1986年1月4日在纽约州的奥尔巴尼首映。莫里森的下一部小说《宠儿》(*Beloved*, 1987) 同样是受到了一个真实故事的影响。1851年，一位名为玛格丽特·加纳（Margaret Garner）的黑人女奴在带着两个女儿逃亡的过程中受到追捕，因为不想让孩子们落入奴隶之手而再次沦为奴隶，她亲手杀掉了自己的孩子。她的小女儿死掉了，因此玛格丽特被送进了监狱，但是她一点也不感到后悔，因为她不愿意看到她的孩子像她一样遭受做奴隶的命运。《宠儿》于1987年出版，并跻身畅销书之列，1988年还获得了普利策小说奖。

1987年，莫里森担任普林斯顿大学教授，她也是第一位在常春藤学校获得一席之地的黑人妇女[1]。她一方面在大学里教授写作课程，同时也从事美国黑人以及美国女性的研究。1992年，她出版了描写20世纪20年代生活的小说《爵士乐》(*Jazz*)。1993年，托尼·莫里森获得了诺贝尔文学奖，她也是第一位获得此殊荣的黑人女作家[2]。

二、代表作

《所罗门之歌》(*Song of Solomon*)讲述了一个美国黑人——奶娃戴德(Milkman)试图寻找他的家族历史以及黑人文化的历程。故事的背景设在芝加哥，横跨了从美国内战至20世纪60年代之间一百多年的历史。整个小说分为三个部分：第一部分讲述了黑人戴德一家的历史。内战后，奶娃的祖父老麦肯·戴德(Macon Dead I)是一名获得自由的奴隶，娶了一名美国印第安少女为妻，生下两个孩子——儿子麦肯·戴德(Macon Dead II)和一出生就没有肚脐的女儿彼拉多(Pilate)。老麦肯被白人打死，麦肯一家也失去了所有的财产。小麦肯和他的妹妹被白人追赶，不得不杀掉一个白人。麦肯相信这个白人藏了一笔钱，但是彼拉多却很反对贪图物质的东西，两个人也因为价值观不同而分道扬镳。麦肯来到密歇根的一个小城，娶了一位黑人医生的独生女露丝(Ruth)为妻，他们生了两个女儿和一个儿子小麦肯·戴德(Macon Dead III)，也就是整篇小说的主人公奶娃。奶娃的父亲成为了一个冷酷无情而又贪婪的有钱人，他既不关心家人，也不关心黑人同胞，而且还对妻子疑心重重，对重病的岳父不闻不问，直至老人不治身亡。麦肯还给儿子奶娃灌输金钱高于一切的价值观。彼拉多与麦肯分道扬镳之后游荡了二十多年，也带着女儿瑞芭(Reba)和孙女哈加(Hagar)来到了麦肯所在的城市。彼拉多像被社会抛弃一样，没有友谊，也没有宗教信仰，独自艰难地生活，但她充满了同情心和爱心，经常苦苦思索生活中最重要的是什么，因此成为一个精神上完整而又充实的人。她教导奶娃应当充满善良与同情心。

小说的第二部分讲述了奶娃寻找金子的过程，但是这一过程却成为了更富有意义的一次旅程。奶娃相信他的父亲和姑姑年轻的时候在弗吉尼亚

---

[1] http://womenshistory.about.com/od/tonimorrison/p/toni_morrison.htm.
[2] "Toni Morrison: Words of Love," CBS News, April 4, 2004, Retrieved 2007-06-11.

的一个山洞里藏了一些金子,于是他便出发到南部去寻找金子。在宾夕法尼亚和弗吉尼亚,奶娃见到了很多当地的黑人,他们生活贫穷,但是还保持着传统的生活方式和文化习俗。那里的老人告诉他很多民间传说故事,天真无邪的儿童唱起了黑人民歌,这些故事和歌谣都赞颂了黑人的祖先。奶娃发现其中有一首关于所罗门的歌就是用来称赞他的曾祖父所罗门的赞歌,他对家族丰富的传说和民间故事深深地感到着迷,并且以他的祖先为傲。他没有发现一粒金子,但是他实现了自我认识与自我认同,不论是从精神上还是道德上,他都变得更为完善了。小说的最后,他的朋友吉他(Guitar Baines)以为奶娃找到金子后私吞了,就把枪对准了奶娃,但是误杀了彼拉多,在情急之中,奶娃竟然飞了起来,逃脱了危险。

《所罗门之歌》用一种与众不同的手法处理了种族问题。以前的黑人作家都是用现实主义或自然主义来描述美国黑人在种族歧视下的悲惨生活和遭遇,以此来激发黑人的觉醒,引发人们对黑人的同情。而莫里森的这部小说一反这种传统,它关注了黑人的历史传统和文化习俗,比如书中描述了黑人的民谣和故事,以帮助美国黑人发现他们家庭的历史,使他们对自己的历史和传统感到自豪,以此来期待一个自由和幸福的未来。黑人的文化遗产可以使黑人们获得归属感和自我认同,因为黑人的文化遗产中有着丰富的内涵,既指一个民族的历史、文化传统等精神财富,也包括一个家庭的家族史。奶娃成长在一个富有的中产阶级家庭,父亲自私贪婪,但是他接受了姑姑的建议,学会了面对现实,也学会了如何回顾过去。他变得富有责任感,也学会了尊重和关爱他人。莫里森在此强调了黑人文化遗产对于黑人民族,尤其是处在美国白人主流文化压抑下的黑人族群的重要价值。莫里森也通过使用黑人的传说和神话来歌颂了美国黑人漫长的历史和文明,探索了种族主义的罪恶和黑暗。小说的几条线索相互交织,运用了多种语言,而且把民间故事、传说、神话以及幻想交织在一起,所有这些都使得这部小说熠熠生辉。

小说的另一个显著特点就是魔幻现实主义的应用。魔幻现实主义源于拉丁美洲,兴起于20世纪20年代。在《所罗门之歌》中,莫里森的独到之处就在于运用黑人会飞的传说及飞翔的意象再现了美国黑人文化传统和文化传播中的断裂。作品中,莫里森并没有花费大量的笔墨去正面诉苦,却借用了象征手法折射黑人的现实生活。首先小说几个主人公的名字都有着丰富的象征含义。麦肯家族的姓氏戴德（Dead）意为死亡，这是在黑奴制度结束后获得自由身时，因为一个白人的错误而误取了这一名字，它展示了奴隶制度已经死亡的时代背景。奶娃的姑姑彼拉多（Pilate）与英语中的 pilot 谐音，象征着她肩负传授黑人民族遗产和指引奶娃飞行的双重任务；此外，她生下来就没有脐带，也意味着一种独立的精神。其次，小说中还有一个重要的意象——飞翔。奶娃到了美国南部，精神受到了洗礼，获得重生，感受到了黑人的传统和力量，能够以全新的眼光重新认识世界，摆脱了追求金钱的价值观。这是一种精神上的飞翔。最后奶娃站在高高的岩石上，张开双臂从所罗门跳台上起飞，他彻底领悟了自己作为所罗门后代所具有的飞翔能力。这种飞翔象征着他在经历了漫长的忍无可忍的生活后，找到了自己的定位，意识到了自己作为黑人所应继承的传统。

《所罗门之歌》确立了莫里森在当代美国文坛中的地位。这本书获得了美国国家书评奖，也被人们看做是继理查德·赖特的《土生子》和拉尔夫·埃里森的《隐形人》之后另一部美国黑人文学的里程碑[1]。

三、评价

托尼·莫里森作为第一位获得诺贝尔文学奖的黑人女作家，成为了广大黑人同胞的代言人。她说过："没有了文字，我就像一只离群的小牛，一只没有壳的海龟……"[2]她感情细腻，视角独特，深刻地揭示了不合理的社会制度和种族歧视对黑人造成的物质及精神创伤，从黑人的自我扭曲这一深层次上揭露了种族歧视的罪恶。她的小说不仅内容深厚，涵盖面广，而且笔触细致，视角独特，既有对欧洲文学传统的传承，又融入了非洲传统文化因素。特别值得一提的是，她牢牢根植于黑人传统文化的土壤，将拉美文化的精华——魔幻现实主义与美国黑人文学相结合，创造了独特的写作风格。正因为如此，这位高产作家的近十部作品不仅屡次登上畅销书排行榜首，深受读者的喜爱，而且以其深刻的思想内涵和强烈的艺术感染力成为文学评论界备受关注的焦点。

---

[1] Janet M. Labrie，*Masterpieces of Women's Literature*, ed. Frank N. Magill, New York: Harper Collins Publishers，1996.

[2] http://www.guardian.co.uk/books/2008/nov/01/toni-morrison.

参考文献

1. Beaulieu, Elizabeth Ann. *The Toni Morrison Encyclopedia.* Greenwood Press: Westport, Conn., 2003.

2. McKay, Nellie. "An Interview with Toni Morrison." *Conversations with Toni Morrison.* Jackson: University Press of Mississippi, 1994.

3. Ochoa, Peggy. "Morrison's Beloved: Allegorically Othering 'White' Christianity." *MELUS* 24.2 (1999): 107-123.

4. O'Reilly, Andrea. *Toni Morrison and Motherhood: A Politics of the Heart.* Albany: State University of New York Press, 2004.

5. Rigney, Barbara. *The Voices of Toni Morrison.* Columbus: Ohio State University Press, 1991.

6. Stave, Shirley A. *Toni Morrison and the Bible: Contested Intertextualities.*: New York: Peter Lang, 2006.

7. 毛信德：《美国黑人文学的巨星——托妮·莫里森小说创作论》，浙江大学出版社，2006年。

8. 唐红梅：《种族、性别与身份认同——美国黑人女作家艾丽丝·沃克、托尼·莫里森小说创作研究》，民族出版社，2006年。

9. 王家湘：《20世纪美国黑人小说史》，译林出版社，2006年。

10. 王守仁：《性别·种族·文化——托妮·莫里森与美国二十世纪黑人文学》，北京大学出版社，1999年。

11. http://www.distinguishedwomen.com/biographies/morrison.html.

12. http://www.math.buffalo.edu/~sww/morrison/morrison_toni-bio.html.

13. http://www.biography.com/search/article.do?id=9415590.

94. 奥德丽·洛德

(Audre Lorde)

一、作家介绍

奥德丽·洛德（Audre Lorde，1934–1992），诗人、散文家、小说家。她把自己称为"黑人女同性恋者、母亲、战士、诗人"。但是她的一生并不是几个简单的词组所能概括出来的。奥德丽·洛德不仅仅是作家、社会活动家，还是一位教育家。她担任过很多教学职务，也进行过世界巡回演讲。她把非洲裔德国女性和非洲裔荷兰女性联合起来，在南非组建了妇女会，后又创办有色人种妇女出版社，建立了圣克洛伊斯妇女联盟。

奥德丽·杰拉尔丁·洛德原名奥德蕾（Audrey）。她年幼时就决定把名字中的字母 y 去掉，这说明她从小就极有主见。奥德丽出生在美国纽约，她在三姐妹中年纪最小，父母都是西印度群岛人，他们从格林纳达（Grenada）移民到美国。奥德丽曾用过雷伊·多米尼（Rey Domini）作为笔名。她生长于曼哈顿，并在那里的罗马天主教会学校学习。在 1951 年到 1959 年这八年时间里，洛德就读于纽约的亨特学院（Hunter College）。随后，她于 1961 年进入美国哥伦比亚大学继续深造，并获得图书馆学的硕士学位。毕业后，她成为了一名图书管理员，与丈夫爱德华·罗林斯（Edward Rollins）育有两个孩子，但两人于 1970 年离婚。洛德认为 1968 年是自己人生的转折点，因为在这一年，她辞去了纽约州州立大学图书馆馆长的职务，开始从事演讲和创作。后来，因为对艺术的杰出贡献，她获得了国家级嘉奖，并成为密西西比陶格鲁学院（Tougaloo College）的客座诗人。也正是在这里,她发表了自己的第一本诗集《第一批城市》(*The First Cities*, 1968)。洛德随后还出版了另一部诗集《煤》(*Coal*, 1976),这是她第一部由主要出版商发行的作品。洛德于 1978 年出版了《黑色独角兽》(*The Black Unicorn*)。这位女作家的另一部重要作品是她于 1980 年创作的非虚构类作品《抗癌日记》(*The Cancer Journals*)。

20 世纪 90 年代,洛德和芭芭拉·史密斯一起创立了"厨房餐桌:有色人种妇女出版社"。此外她还参与创立了"支持南非妇女的姐妹们",这是一个致力于把妇女从种族隔离制中解放出来的组织。奥德丽·洛德在约翰·杰学院和亨特学院任英语教授。她于 1991 年至 1992 年赢得了纽约的桂冠诗人称号。1992 年她死于乳腺癌。《奥德丽·洛德诗选》于 1997 年发表,最近一次修订是在 2002 年 9 月 3 日。

二、代表作

洛德是一位黑人女同性恋者,她也坦诚地称自己为"有恋母情结的黑人女同性恋者"(《黑人文学》第二卷),而她所处的时代是由异性恋的白人男性占据统治地位的男权社会。她为了少数处于社会边缘的人能够享受平等而斗争。她的作品抗议傲慢的白人文化对美国黑人文化的吞噬,抗议性别歧视和对同性恋维权运动的忽视。但是,洛德的诗作在内容上不都是与政治有关,而是异常地浪漫多情。她的诗富于激情、感情诚挚、饱含洞察力。作为一名黑人妇女,她既是一位维护少数族裔权益的活动家,又是公开的女同性恋者。正是从这特殊的身份中,她获取了自己诗歌创作的动力、基调和想象力,从而去预见一个更美好的世界。她巧妙地运用隐喻,勾画了自己不断为人权而斗争的历程,抒发了对种族压迫的愤慨,控诉了自己的苦难经历。

洛德喜欢写诗,她总是用心而不仅仅是用笔来进行创作。她表达能力强,读诗过目不忘。洛德的第一部诗集《第一批城市》(*The First Cities*)于 1968 年发表,该诗集具有创新精神,令人感觉耳目一新,也有评论称这部书极富自省精神。同年她成为密西西比陶格鲁学院的客座作家,并在那里喜欢上了教书育人,也是在那里她遇到了后来合作多年的搭档弗朗西斯·克雷顿(Frances Clayton)。继《第一批城市》之后,她又很快于 1970 年发表了《愤怒的电缆》(*Cables to Rage*),并于 1972 年发表了《来自于另一些人居住的土地》(*From a Land Where Other People Live*)，后者还获得了国家图书奖的提名。1974 年，她发表了《纽约特写》(*New York Head Shop and Museum*)，与早期作品以爱情的短暂易逝为题材不同，这部作品是当时她的作品中政治色彩最浓的一部。洛德于 1976 年发表了小集子《煤》(*Coal*)。在这部书中，她表达了自己对爱的理解，以及自己作为一个黑人的自豪感。紧随其后她又发表了《黑色独角兽》(*The Black Unicorn*，1978)，她在书中运用了意象以及非洲女神的神话传说，而这部作品也被认为是洛德最复杂也是最成功的一部作品。诗人艾德里安娜·瑞奇（Adrienne Rich) 评价《黑色独角兽》时说道: "洛德是以多种身份去创作的，既作为黑人妇女，也作为母亲、女同性恋者和妇女运动者、先知者；她的诗作既含野性又有和缓，既描述梦魇又洞彻事理。"[1]她的其他作品还包括 1982 年发表的诗选《新与旧》(*Chosen Poems: Old and New*) 和 1986 年发表的《我们身后的死者》(*Our Dead Behind Us*)。

她还创作了大量有关自己作为黑人女性参与女权运动的散文，如《身为局外者的姐妹们》(*Sister Outsider: Essays and Speeches*，1984) 和《色情诗的功用》(*Uses of the Erotic: The Erotic as Power*，1981)。她曾指出: "当白人妇女完全根据自己的经历来重新定义妇女时，有色人种妇女就变成了'他者'，是经历和传统'怪异'得令人难以理解的外人。"今天妇女运动中被广泛引用的一句话就是出自她的《身为局外者的姐妹们》中一篇散文的题目，即"统治者的工具永远不会摧毁自己的城堡"。

后来洛德被诊断出身患癌症，她在自己第一本散文集《抗癌日记》中记述了自己与疾病斗争的经历。这本书于 1981 年获得了同性恋组织年度最佳图书奖，描写了她与疾病抗争的真实经历，而这仅仅是她一生所经历的无数战斗中的一次而已。书中记述了她与乳腺癌斗争和做乳房切除手术的经历。洛德从内心阐发了当自己面对死亡时的绝望。她觉得是这本书给了她力量来重新审视自己的患癌经历，并通过笔将其传达给更多的女性读者。她的其他散文集还有 1982 年发表的《札米: 我名字的新拼写方法》

---

[1] Daniell, Rosemary., "The Poet Who Found Her Own Way,". in *New York Times Book Review*, December 19, 1982, p. 12.

(*Zami: A New Spelling of My Name*，1983)、《身为局外者的姐妹们：散文与演讲》和《一米阳光》(*A Burst of Light*，1988)。《一米阳光》后来还获得了国家图书奖。

三、评价

有人把奥德丽·洛德称为是后殖民主义作家，人们对此颇有争论。探讨这一问题的核心就在于"后殖民主义"这个术语的含义是什么。而正是在这一点上，学术界有很多争论。的确，作者的出生地和其他一些因素可以决定这位作家是否属于后殖民主义时期，但与此同时，另一个重要因素就是作品的表达意图和思想内容。奥德丽·洛德亲眼目睹黑人文化受占统治地位的白人文化威胁，目睹自己的同性恋生活方式由不被认同到被认可，身为女性被当做社会的二等公民。她把这些经历都写进了自己的作品中，与读者分享。从这一意义上来说，她的作品反映了妇女及同性恋者这样的受到压迫或压抑的边缘群体的要求，是对男权及异性恋的主导地位的一种反叛，因此她的作品具有着后殖民主义反对传统中心的精神，把她称为后殖民主义作家并不为过。

她的一生都在为妇女，尤其是同性恋妇女的权利进行着不懈的斗争。她有一句名言："解放并不是某个特定群体所享有的特权。"她曾说过："当我说起我自己时，我所指的不仅仅是我身体里的这个奥德丽，同时还指的是所有那些精力充沛而又坚定不移的黑人妇女，她们敢于站起来说'我就是我，你无法消灭我，不管我让你多么头疼，不管你多么害怕我所代表的一切'。"[①]她的许多观点——关于两性关系、种族主义、人们对同性恋者的憎恶、阶级压迫等——现在都已成为了女权主义的信条。

参考文献

1. Hine. *Black Women In America*，Vol. 1. A-L，1993.

2. Tate，Claudia. *Black Women Writers at Work*. New York: Continuum，1983.

[①] Georgeoudake，Ekaterini，"Nikki Giovanni，Lillian Hellman，and Audre Lodre," in *Diavazo*，April, 1990，p. 62.

3. http://www.uic.edu/depts/quic/history/audre_lorde.html.
4. http://www.english.emory.edu/Bahri/RYAN.HTML.
5. http://www.lambda.net/~maximum/lorde.html.
6. http://www.colorado.edu/journals/standards/V5N1/Lorde/lorde_toc.html.

95. 索妮娅·桑切斯

(Sonia Sanchez)

一、作家介绍

索妮娅·桑切斯(Sonia Sanchez, 1934 –)是一位著名的美国黑人诗人、剧作家和教育家,尤其以其黑人激进主义的立场而闻名。1934年9月9日,索妮娅·桑切斯出生于阿拉巴马州的伯明翰市,原名威尔索妮娅·波尼塔·德拉尔沃(Wilsonia Driver)。她出生一年后,母亲就去世了。桑切斯与祖母和其他亲戚共同生活了好几年。桑切斯9岁时,她和姐姐一起来到纽约市的哈莱姆区,与父亲和继母一起生活。1955年,她从曼哈顿的亨特学院(Hunter College in Manhattan)获得了政治学学士学位,并且在纽约大学进行了研究生阶段的学习,还师从露易丝·博根(Louise Bogan, 1897 – 1970)学习过诗歌写作。桑切斯在格林尼治村组织了一个作家研讨会,有很多诗人参加,如阿米里·巴拉卡(Amiri Baraka)、马德胡布提(Haki R. Madhubuti, 1942 –),以及拉里·尼尔(Larry Neal, 1937 – 1981)。此外,在黑人诗人和出版家达德利·兰德尔(Dudley Randall)的鼓励与支持下,她与马德胡布提、妮基·乔瓦尼(Nikki Giovanni)和伊瑟里奇·奈特(Etheridge Knight, 1931 – 1991)三个人一起组成了名为"舷侧四重奏"(Broadside Quartet)的诗社。其成员都是一些年轻的激进诗人。她曾与一位波多黎哥移民阿尔伯特·桑切斯结婚,但是后来分手。她后来嫁给了诗人伊瑟里奇·奈特,并育有三个孩子。

20世纪60年代的桑切斯主张种族平等,支持国会种族平等的哲学。

但是她后来受到了黑人穆斯林领袖马尔科姆·X（Malcolm X, 1925 – 1965）的观点影响。后者认为美国黑人永远不可能被白人真正地接受。这一时期，桑切斯接触到了当时盛行的政治激进主义。于是，桑切斯转而从分离主义的观点出发来关注黑人遗产的问题。桑切斯在一些杂志上发表了很多诗歌，像《解放者》（*The Liberator*）、《黑人诗歌杂志》（*Journal of Black Poetry*）、《黑人对话》（*Black Dialogue*）以及《黑人文摘》（*Negro Digest*）。她的第一本诗集《回家》（*Homecoming*, 1969）里面有很多对于"白色的美国"和"白色的暴力"的猛烈抨击。之后，她继续描写黑人在社会和精神上受到的压制，她称之为"新奴隶制度"。她也写性别歧视、虐待儿童，以及不同时代和不同阶级的人之间的冲突。她的很多诗歌是用美国黑人的语言写成的，以避开英语语法和发音。1965 年，桑切斯开始在旧金山地区教书，并且在今天的旧金山州立大学的前身开始了黑人研究课程。1968 年至 1969 年期间，她是那里的一名讲师。1971 年，她加入了全美伊斯兰联盟（Nation of Islam）。但是到了 1976 年，她又离开了这个联盟，主要是因为这个联盟对女性出现了歧视和压迫。

索妮娅·桑切斯一共写过十几本书，包括《放松我紧绷的皮肤：新诗选集》（*Shake Loose My Skin: New and Selected Poems*, 1999）、《鼓声悠扬：爱情诗集》（*Like the Singing Coming Off the Drums: Love Poems*, 1999）、《你家里有狮子吗？》（*Does your house have lions?* 1998，曾获国家书评奖）、《在朋友家里受伤》（*Wounded in the House of a Friend*, 1995）、《身为女人：新诗选集》（*I've Been a Woman: New and Selected Poems*, 1995）、《在辽阔的天空下》（*Under a Soprano Sky*, 1987），以及《邻家女孩和手榴弹》（*Homegirls & Handgrenades*, 1985，曾获哥伦布前基金会颁发的美国国家图书奖），等等。索尼娅·桑切斯还出版过戏剧作品以及儿童读物数十种。此外，她还编辑出版过一些黑人女性诗人创作的诗歌集。

索妮娅·桑切斯著述颇多，她也因其所作的突出贡献获得过很多殊荣。从 1966 年起，桑切斯开始在多所高校任教，并曾在美国五百多所大学和学院里作过演讲，也去过很多地方旅行，比如非洲、古巴、英国、加勒比、澳大利亚、尼加拉瓜、中国、挪威和加拿大等地，在这些地方演讲或朗读她的诗歌。她从 1977 年开始在坦普尔大学任教，并且是这所大学的第一位高级学者（presidential fellow）。直到她1999年退休前，她一直都享有罗拉·卡奈尔英语教授（Laura Carnell Chair in English）的头衔。桑切斯现居住在费城。

二、代表作

1.《挽歌：献给活动组织和费城》（"Elegy: For MOVE and Philadelphia"）

桑切斯关注政治与民权运动，尤其是黑人的运动，并通过诗歌及其他形式给予这些运动以帮助和支持。比如在诗歌《挽歌：献给活动组织和费城》当中，我们就能体会到桑切斯对于黑人政治运动的关注。

1985年，费城发生了一起悲剧，极大地震动了桑切斯。在费城，一群属于一个名为"活动组织"（Move Organization）的黑人政治激进分子在他们的居住地与警察产生了冲突。警察为了报复他们，向一座住宅楼投掷了一颗炸弹。结果炸弹爆炸导致了大火，吞噬了整个街区，很多活动组织的成员被烧死，其中还有儿童。桑切斯回忆道：很多人忘记了这场混乱中的牺牲品是平民百姓，"你是要对我说我们国家的人们正在互相作战吗？是不是要向人民传达这样的信息：我们如果不顺从而大声地说出心声，是不是我们就会被杀死？或者你是不是要说在黑人社区里任何事都有可能发生"[1]？为了回应这场悲剧，桑切斯写了《挽歌：献给活动组织和费城》一诗，她想让人们看到这场悲剧的恐怖及其严重性，号召人们永远也不要忘记发生过什么事情。她历时三年才把这首诗展现给费城人民，她相信他们需要时间好好疗伤，才能读懂这首诗，才能明白这场事故并不是一起对个人的攻击。桑切斯也对诗歌寄予重任，因为她相信"我们决不会让这种事情再次发生"。

2.《在朋友家里受伤》（Wounded in the House of a Friend）

《在朋友家里受伤》是桑切斯的第十三本诗集，也是她在最近几年当中出版的第一本诗集。在这本书里，桑切斯讨论并刻画了一些恐怖的事件：比如一场强奸、一个妇女被亲孙女杀死、一个不忠实的配偶、一个母亲把小女儿卖掉以换取毒品、种族主义、愤怒、自我怀疑、以及其他严重的问

---

[1] http://voices.cla.umn.edu/vg/Bios/entries/sanchez_sonia.html.

题。同时这本书也充满了对疗伤和希望的追求，以及在人类心灵当中寻找新的力量。在这本书里，桑切斯经历了从非洲村落到美国贫民窟的旅程，体验了从过去受压迫的奴隶到今天，即1985年活动组织所遭受的悲剧。

1995年3月1日，评论家多纳·希曼（Donna Seaman）对这本诗集作了如下评论："她（桑切斯）响亮的声音表达了很多人的感情；当她在描写个人和公众的背叛时，她既富有同情心，也充满了骄傲、愤怒，并且意志坚定……桑切斯迫使我们勇敢地面对这些混乱而又恐怖的悲剧，这些悲剧不为人所知，折磨着美国人的灵魂，但是她也使我们想起在尼加拉瓜、波黑以及卢旺达肆虐的战争。这本诗集里都是残酷的事件，但是桑切斯也给予我们以希望。她在诗歌中庆祝了安静的胜利……"[①]

三、评价

索妮娅·桑切斯多年来一直不懈地参加政治活动，为推动对黑人的学术研究、维护黑人族群的权利作出了突出贡献。她是20世纪最有影响力的黑人女作家之一，参加过很多的民权及黑人运动组织，也是民权运动及黑人艺术运动里的领军人物。桑切斯为了人民的权利而奔波不息。她获得的很多荣誉和奖项不仅是对其文学成就的肯定，也是对她的政治敏锐性和积极性的褒扬。

她的诗歌使用了黑人的日常语言，摒弃了正统英语的语法和发音规则，不拘一格，不受局限，也是对黑人语言的一种赞扬与宣传。因此她对于黑人文学的发展也作出了巨大的贡献。

参考文献

1. Joyce, Joyce A. *Ijala: Sonia Sanchez and the African Poetic Tradition*. Chicago: Third World Press, 1996.

2. Saunders, James Robert. "Sonia Sanchez's Homegirls and Handgrenades: recalling Toomer's Cane." *MELUS: The Journal of the Society for the Study of the Multi-Ethnic Literature of the United States* 15.1: 73-82,

---

[①] http://voices.cla.umn.edu/vg/Bios/entries/sanchez_sonia.html.

Spring, 1988.
    3. Seaman, Donna. "Sanchez, Sonia." *Booklist*, March 1, 1995.
    4. http://www.math.buffalo.edu/~sww/poetry/sanchez_sonja.html.
    5. http://unjobs.org/authors/sonia-sanchez.

96. 琼·迪迪恩

(Joan Didion)

一、作家介绍

琼·迪迪恩(Joan Didion,1934—)是美国最卓越的散文家之一,也是著名的小说家和时评家。她是新新闻主义潮流中最有才华者之一。新新闻主义者们关注边缘议题,打破客观报道的局限,突出主观的态度和角度,发表个人的评论和对美国政治和文化的启示性观点。大学毕业后,迪迪恩开始为《时尚》杂志撰写广告词。她随后在美国东西海岸来来回回的经历影响了她后来的写作。

迪迪恩的第一部小说《奔流吧,大河》(Run, River,1963)以迪迪恩的出生地为背景,以主人公莉莉·麦克勒兰(Lily Knight McClellan)的麻烦婚姻为中心,探索了人性的阴暗面和当代美国的道德复杂性,尤其是在一个新的社会和政治现实下传统观念的腐蚀。小说吸引了很多评论家的注意,包括极其恶毒的评论。小说《民主》(Democracy,1984)也成为了国内的畅销书。《他最不想要的东西》(The Last Thing He Wanted,1996)以1984年前后美国记者依莱娜·麦克玛洪(Elena McMahon)卷入美国中部私下倒卖武器事件的经历为蓝本写成。这部小说同她以前的作品一样,以拉美世界为背景,讲述中年妇女的故事。

大学毕业后的迪迪恩在《美国学者》、《加州月刊》、《纽约时代杂志》和《周六晚邮报》等刊物上发表了很多散文,1968年集结成集出版了《浪荡到伯利恒》(Slouching Toward Bethlehem,1968)。《白色唱片》(The White Album,1979)是迪迪恩的第二部散文集,以传奇乐队披头士(The Beatles)

为蓝本，成为美国文化观察的代表性作品。迪迪恩还创作了多部非小说作品。《迈阿密》(*Miami*，1987) 讨论了占城市人口百分之五十六的古巴人的复杂性。这本书是迪迪恩作品中争议最大的一部，引发了热烈的政治争论。《跟随亨利》(*After Henry*，1992) 以她的良师益友亨利·罗宾斯的名字命名。该书在英国出版时名为《伤感的旅行》(*Sentimental Journeys*)。这部作品的材料来源很广，所以一些评论家对她不利用第一手材料进行写作，而是以报纸上的信息作为材料来源进行创作的做法提出了质疑。

迪迪恩的丈夫约翰·格勒格雷·顿 (John Gregory Dunne) 是电影剧本作家。两人默契合作写过很多文章和电影剧本，其中五部已经搬上荧屏，包括《尼德公园恐慌》(*The Panic in Needle Park*，1971) 和《新星诞生》(*A Star Is Born*，1976) 等。

2003 年 12 月，与年届七旬的琼·迪迪恩相守了近四十年的丈夫在家中因心脏病发去世，而她的独生女，刚刚步入婚姻殿堂的昆塔纳（Quintana）也因肺炎入院，陷入昏迷，隔年她的女儿就因为流感及并发症去世，年仅 39 岁。自此琼·迪迪恩的生命全然改观，她把之后的一年经历写成作品《奇想的一年》(*The Year of Magical Thinking*，2005)。

二、代表作

1．《浪荡到伯利恒》(*Slouching Toward Bethlehem*，1968)

这是迪迪恩的第一部散文集，涵盖了她从 1965 至 1967 年间为《时尚》、《纽约时代杂志》等各大杂志撰写的二十篇散文。

序言中介绍了题目的来源和一些散文的创作背景。其题目源自于爱尔兰诗人 W.B.叶芝的诗歌《基督重新降临》的最后一句："何种狂兽，终于等到了时辰，浪荡到圣地伯利恒投生？"抒发了作者对于当代社会巨大变迁和道德与秩序的缺失的忧虑，以及对成功人士，如百万富翁、明星等很多人表面的风光与私下的困惑、邪恶、疾病等生存现状之间的巨大差异所感到的心灵冲击，如《黄金梦的追逐者》、《约翰·维尼：一首情歌》，她把这一差异描绘为"无底的深渊"。叶芝的诗包含了世纪末日的意象，这给了迪迪恩以灵感，借此描绘当代社会的混乱和迷茫，"必须相信过去的世界是一去不复返了，我们必须适应这种混乱"。和其表现的内容一样，散文的形式也是拼贴式的，有叙述，也有对话，有时还用页面空白隔断文字而不作任何说明,看上去结构松散,但实际上是呼应后现代社会的无序状态和混乱而复杂的个人经验。

散文集的首句话"中心已经开始消散"出自叶芝的诗,是迪迪恩开始进行社会评论的主要基调和隐喻。开篇以大气的史诗和过去时的口吻和节奏发表了末世预言,宣告地震、洪水等自然和社会灾难降临,告诫人们对现实的文化、社会和道德危机保持警醒。

她的散文多集中于边缘的人物和事件,然后发表个人的见解,把自己的主观看法凌驾于客观性的标准之上。内容分为三部分:"黄金大地上的生活方式"("Life Styles in the Golden Land")有八篇散文,记录了作者在加利福尼亚的一些地方见闻。第二部分为"私人私语"("Personals"),是五篇有关作者个人生活的散文,表达了她的恐惧、欲望和自我怀疑,采用第一人称,如《谈自尊》、《谈做笔记》。迪迪恩指出使用第一人称的目的是想提供一个使文章得以展开的起点。不同人对此有不同理解,有的评论家认为这些散文具有自传性质,因此借此可以理解迪迪恩本人以及她笔下的人物并分析迪迪恩的性格,有人据此断定迪迪恩是个脆弱、敏感且神经质的女人。第三部分"脑海中的七个地方"("Seven Places of the Mind")描绘了加利福尼亚等七个不同的地方。"我不是照相机,我也不愿意做不感兴趣的事,所以我只是按照我的真实感受去书写。"

迪迪恩充分展现了她的修辞技巧,如首语重复、层进等,气势逼人,铿锵有力。总之,迪迪恩在这部散文集中表现了其卓越的文字才能和散文特色,那就是以第一人称以及铿锵有力的语气关注细枝末节,捕捉细节,节奏明晰,拼贴巧妙,措词精当,批评精准,正是这些主要和明显的特征使迪迪恩成为美国文坛举足轻重的一员[①]。其作品在大学的课堂和文学杂志、文学选集中有着重要的位置。

值得一提的是迪迪恩的散文较少关注女性问题,也很少从女性视角展开,因此不能归入女性主义文学,但迪迪恩小说中的人物却大多为女性。

---

① Janet M. Labrie, *Masterpieces of Women's Literature*, ed. Frank N. Magill, New York: Harper Collins Publishers, 1996, p.461.

2.《奇想的一年》(*The Year of Magical Thinking*,2005)

"我们尚在生命途中却要面对死亡"。迪迪恩在剧本《奇想的一年》中书写了丈夫去世、爱女重病一年间的所见、所感、所思,备极哀怨。四十年共同生活的片断回忆,细腻而满怀温情。作者在哀悼的同时还在书中写下了许多对于生命的思考,关于死亡、疾病、幸与不幸,关于婚姻、孩子和记忆,关于悲伤,以及生命本身。而一切的背后,是一颗因挚爱而破碎的心。

作者历经了女儿重病与丈夫猝死的创伤,在回忆一家人的甜美过去之余,开始对生与死、幸福与不幸、婚姻与家庭等问题进行了思考。她开始阅读诗歌、希腊悲剧,以及医学、心理学书籍等文献,想要从这些书当中去寻找答案,然而"哀恸是如此常见的伤痛,但有关于哀恸的文学作品却少得可以"。即使哀恸的漩涡时时将她卷入难以自持的情绪与回忆,但她仍坚强地陈述在面对至爱之死,从拒绝、困惑,到试图理解与接受的过程——即使心里萦绕不去,仍是期盼死者能够回来。字里行间时而呈现坚强冷静的心智,时而流露脆弱敏感的心灵。

这本书实际上是出自她在家庭变故期间所作的医疗笔记,"整个过程其实并不是我有意去创作的,而是只要我坐下来就不由自主地记录下脑子里所想到的事情"。里面拼贴了很多不同的素材:残缺的诗歌、痛苦的回忆、冰冷的医学术语、充满感情的语言、身体某部分的名称、曾经做过的噩梦以及对于精神濒临崩溃的状态的描述等。

有评论家指出,迪迪恩以女性为题材,展示了美国分崩离析的社会中女性的寂寞、彷徨、痛苦和空虚,记录了女主人公们由希望到幻灭的思想过程。她在这部作品中追忆了丈夫和女儿,深切缅怀了这两位亲人,也把自己的哀伤和悲痛写进了书中。此外书中还与读者分享了她对人生、死亡和爱的感悟。作品中感人的情怀使本书获得了 2005 年美国国家图书奖,出版后销量超过了二十万册,美国的百老汇剧场也随后将这部小说改编成了戏剧。《纽约时报》评价这部作品是"一本令人彻底心碎的书"。

三、评价

迪迪恩大多数著名的作品都是散文。她的有些作品令读者感觉到作者似乎不知道结尾会发生什么事情,例如她的小说《他最不想要的》。然而在作者接受采访时说道，她是要把情节设计得更加紧凑，而这些情节都是用一个线索联系在一起。有时你并不能发觉线索，而到后来当你发现到线索时，一切谜团都解开了。这就是她的良苦用心，有时让读者觉得混沌一团，但是如果坚持读下去就会渐渐理清线索，豁然开朗。迪迪恩惯用独特的角度审视人生，以简约细腻的笔法刻画人物。她叙述故事时从不巨细靡遗，忸怩作态，而是干净利落，突出关键细节，断裂字句，在字里行间留出一片片空白，给读者以遐想的空间、回味的余地，营造了一种此时无声胜有声的意思，为此，她赢得了"当代优秀散文体作家"的美誉。

对于迪迪恩的小说，人们普遍认为小说中的女性比男性人物更加真实可信。虽然评论家总是对迪迪恩的写作颇为苛求，但是他们仍公认她是当代重要的文学人物，而且是美国最有趣的作家之一，是活跃在当代美国文坛的文学巨匠之一。她的散文凭借其高度的启发性和暗示性吸引了各个层次的读者。《纽约时报》曾有如此评价："迪迪恩在英语散文方面的成就无人能及，她的文章有着鲜明的个人特色，语言精致而准确到位、语气冷静而不动声色、观点独到而充满主观色彩。"她是新新闻主义的最著名的代表之一，其作品中多角度展现了新新闻主义、女权主义和后现代主义特征。

参考文献

1. Dear, Pamela and Jeff Chapman, ed. *Contemporary Authors*, *New Revision Series*, Vol. 52. Detroit: Gale, 1996.

2. Stine, Jean C. and Daniel G. Marowski, ed. *Contemporary Literary Criticism*, Vol. 32. Detroit: Gale, 1985.

3. Didion, Joan. *Play It As It Lays*. New York: Bantam Books, 1971.

4. Henderson, Katherine Usher. *Joan Didion*. Frederick Ungar Publishing Co., 1981.

5. 王海萌：《意义失却的仿真时代：论狄第恩〈顺其自然〉中的虚空主题》，《外国文学研究》，2006年第3期。

6. 王璞、彭建辉：《迪戴恩小说〈民主〉的叙述方式》，《外国文学研究》，2002年第1期。

97. 玛吉·皮尔斯

（Marge Piercy）

一、作家介绍

玛吉·皮尔斯（Marge Piercy, 1936– ），美国诗人、小说家、社会活动家，于 1936 年 3 月 31 日生于密歇根州的底特律。皮尔斯的童年可谓命运多舛，原本家境殷实的皮尔斯一家在美国大萧条中家道中落，而皮尔斯本人也因童年时患有风湿热而行动困难。但她并没有因此而悲观消极，而是充分利用时间大量阅读，养成了勤奋读书的习惯，为她后来从事文学创作奠定了良好的基础。她先在密歇根大学获得学士学位，又在西北大学获得了硕士学位。

皮尔斯早在学生时代就表现出了过人的文学天赋。1957 年，年仅 21 岁的皮尔斯获得了密歇根大学颁发的霍普伍德诗歌与小说奖（Hopwood Award for Poetry and Fiction），这一奖项不仅帮助她完成了学业，还使她获得了赴法国的机会，进一步增强了她的阅历。1968 年，刚过而立之年的皮尔斯发表了首部诗集。如今皮尔斯已发表了十七卷诗集，其中《月亮总是女性的》（*The Moon is Always Female*, 1980）被学术界公认为是女性主义的经典之作。皮尔斯还创作了十六部小说，其中包括女性主义乌托邦的经典作品《时间边缘上的女人》（*Woman on the Edge of Time*, 1976）。此外，皮尔斯的作品还包括一卷散文集、一部纪实文学和一部回忆录。

二、代表作

《时间边缘上的女人》是一部科幻小说，小说的主人公是一位名叫可妮的墨西哥裔妇女，她被控"具有暴力倾向"，被关在精神病院中。从结构上看，可妮在精神病院的现实生活，以及她穿越时空来到2137年，在马萨诸塞州的马特波伊西特（Mattapoisett）的未来乌托邦世界的游历这两段经历在小说中穿插交替。从小说的人物来看，在整部小说中，可妮的身上充满了悲观与绝望，而小说中的另一位主要人物，来自未来世界的露欣特则是希望与光明的化身。在可妮初识露欣特时，可妮意识到后者的名字在西班牙语中的意思是"闪光、明亮、充满光明"，而露欣特则愿担当可妮的向导，邀她到未来世界去探险游历。

从情节上看，可妮在两个世界中的经历相互穿插，她在两个世界中的经历也相互关联。她在未来世界中的见闻衬托出她在现实世界的悲惨生活。权威机构滥用职权，只要对其稍加反抗便被当做异类，而可妮就是这样一位受害者，被当做精神病患者关进了精神病院，并被剥夺了对女儿的监护权，这一件件往事令她心中充满悲伤与痛苦。对她而言，重新回到家庭生活当中，感受家庭的温暖，是她最大的渴望。这时来自未来世界的露欣特来到了她的身边，邀她穿越时空来到露欣特的家中。在病房中，精神病人的生活毫无保障，甚至是无人问津。当可妮看着病人当中一位老年妇女在孤独中死去时，可妮再次来到了未来世界，在这里她参加了莎孚的葬礼，葬礼举办得轰轰烈烈。对于她而言，现实生活的悲惨心情只能在未来世界中寻找慰藉与满足。

在精神病院中，可妮和另外两位病友被选中作为一种新药的试验者，这种药的功能是控制服药者的思想。而与此同时，可妮了解到在未来世界中，露欣特和她的理想国度正在遭遇一伙多国部队残余势力的进攻，这支军队使用机器人作为他们的士兵。可妮立即想到了现实世界的这些医生，他们正是要研究出控制人类大脑的技术，以便能使病人任由他们摆布。可妮亲眼目睹了一位病友在药力的作用下变得行尸走肉一般，而另一位病友则在服药后乖乖地服从医生的授意，结束了自己的生命。与此同时，未来世界中可妮的一位朋友也在战斗中阵亡。面对着这一切，最终可妮几经周折，终于选择了反抗。她在未来世界决定应征入伍，拿起武器抵抗入侵者。与此同时她在现实世界中也奋起向敌人发起了反击，她用药毒死了医院的职员。小说以可妮的一些官方档案资料作为结尾，从内容上看，可妮终生都被关押在精神病院，而与此同时，可妮的努力也许也帮助了露欣特的未来世界击退了敌人并得以保存下来。

在这部小说中,露欣特的未来世界自然就是作者心目中的理想国,这个国家有两个重要的特点。首先,这个世界取消了阶级,平等分工,财富平等分配,抵制过度消费。其次,理想国不实行资本主义,国民之间没有买卖,作者在小说中指出,将财富和权力集中到少数人手中是一切罪恶的根源。按照露欣特的话说,"正是对于利益的贪婪攫取,毁掉了人类,毁掉了世界,毁掉了一切"。露欣特等人在未来世界对抗的正是这些贪婪攫取利益的人。其次,露欣特的未来世界实现了男女之间的平等。由于自己身为女性,可妮在现实世界经历了很多痛苦。正如文中所说,正是男女之间"天然的劳动分工",后来才使男人们成为了财富的拥有者、权力的掌控者和生活中的享乐者……而在未来世界,这些痛苦都不复存在。而且,理想国中还取消母亲这一角色。在理想国中,运用了一种特殊的技术,妇女无需承担生孩子的角色。起初可妮对这种技术还心存芥蒂,但后来她慢慢意识到这对于母亲和孩子都是"一种完美的方式"。

《时间边缘上的女人》体现了玛吉·皮尔斯对权威的挑战;作者从女性主义乌托邦的视角,以天才的想象力,在女性和母亲角色之间找到了一个新的平衡点;从技巧上看,作者摆脱了传统的、以男性为中心的语言,构造出了一种新的表达方式来表现人类的情感。这些都是作者对于女性主义和女性文学的发展所作出的贡献。

三、评价

作为一位作家,玛吉·皮尔斯的作品涉及多种文学体裁,而且各种文学体裁中都不乏佳作。她的诗歌大多为自由体,具有非常鲜明的个人风格。从题材上看,她的诗歌和小说大多都关注美国当代的社会问题,以女性主义的视角,对于女性的生活表达了高度的关注与同情。有评论家指出,皮尔斯的作品体现了三个特征:第一,作者以马克思主义的视角,对以经济实力决定社会等级和地位的制度进行了批判;第二,作者以女性主义的视角,对于男女性别角色的划分和两性之间的不平等现象进行了批判;第三,作者以人文主义的视角,对于人类漠视科学、无视人类与自然环境之间的和谐与平衡进行了批判,表达了自己的生态观。这三大特征相互联系,体现在皮尔斯的每一部作品中①。

参考文献

1. Adams, Karen C. "The Utopian Vision of Marge Piercy in *Woman on the Edge of Time*." *Ways of Knowing: Essays on Marge Piercy*. ed. Sue Walker and Eugenie Hammer. Mobile, Ala.: Negative Capacity, 1991.

2. Bartkowski, Frances. *Feminist Utopias*. Lincoln: University of Nebraska Press, 1989.

3. Gygax, Franziska. "Demur – You're Straightway Dangerous: *Woman on the Edge of Time*." *Ways of Knowing: Essays on Marge Piercy*. ed. Sue Walker and Eugenie Hammer. Mobile, Ala.: Negative Capacity, 1991.

4. Kessler, Carol Farley. "*Woman on the Edge of Time: A Novel 'To Be of Use.'*" *Extrapolation* 28, No. 4, Winter, 1987.

5. Pearson, Carol. "Coming Home: Four Feminist Utopias and Patriarchal Experience." *Future Females*. ed. Marleen S. Barr. Bowling Green, Ohio: Bowling Green State University Popular Press, 1981.

6. Rosinsky, Natalie. *Feminist Futures: Contemporary Women's Speculative Fiction*. Mich: UMI Research Press, 1984.

---

① Janet M. Labrie, *Masterpieces of Women's Literature*. Ed. Frank N. Magill. New York: Harper Collins Publishers, 1996.

98. 苏珊·豪

(Susan Howe)

一、作家介绍

苏珊·豪(Susan Howe, 1937—),美国著名诗人、画家。她出生于爱尔兰的都柏林,幼年时期随全家人迁到美国,她的母亲是一位剧院的剧作家兼演员,她的父亲是哈佛大学法律教授,对美国的殖民历史非常感兴趣。苏珊·豪在波士顿长大,还在都柏林住过一段时间,在那里她在一家剧院做演员和助理舞台导演。

苏珊·豪于1961年从波士顿美术馆学校(the Boston Museum School of Fine Arts)获得学位,还在纽约举办了几次成功的个人画展,取得了一定的成就。同时她也是一名实验派、先锋派的女诗人。她继承了从艾米莉·狄金森(Emily Dickinson)到格特鲁德·斯泰因(Gertrude Stein)所发展和传承下来的诗歌传统,与美国的一个诗歌流派"语言派诗歌"(Language Poetry)有着相同点。从1989年开始,她在布法罗的纽约州立大学教授英语,直到她于2006年退休。目前她住在康涅狄格州的吉尔福德。

苏珊·豪出版过许多诗集,包括《充满信任的欧洲:诗选》(*Europe of Trusts: Selected Poems*, 1990)、《结构:1974—1979年的早期诗歌》(*Frame Structures: Early Poems 1974—1979*, 1996)和《午夜》(*The Midnight*, 2003)。她还出版过两部评论集《胎记:扰乱美国文学史中的荒野》(*The Birth-Mark: Unsettling the Wilderness in American Literary History*, 1993)和《我的艾米莉·狄金森》(*My Emily Dickinson*, 1985, 2007年再度发行)。她的作品还出现在许多选读中,如卡里·尼尔森编的《美国诗歌选读》、《诺顿美

国诗歌选读》,还有皮埃尔·乔利斯和杰莱姆·罗斯堡所编的《千年的诗,第二卷》(*Poems for the Millennium*,Volume 2)。她曾两度获得"前哥伦布基金"所评的美国国家图书奖,并在1999年成为美国艺术与科学院院士。1996年她被授予古根海姆奖金,1998年冬天她成为斯坦福人文学科学院的优秀成员。

豪的文学创作除受到父亲的熏陶,还受到艾米莉·狄金森、查尔斯·奥尔森(Charles Olson),和早期清教徒作家科顿·马瑟(Cotton Mather,1663 – 1728)的影响。这些作家都与新英格兰有着密切的联系,所以苏珊·豪也可以被看做是一位新英格兰诗人。她的最新的作品《利箭》(*Pierce-Arrow*,1999)反映了她与查尔斯·桑德斯·皮尔斯的对话与交流。

二、代表作

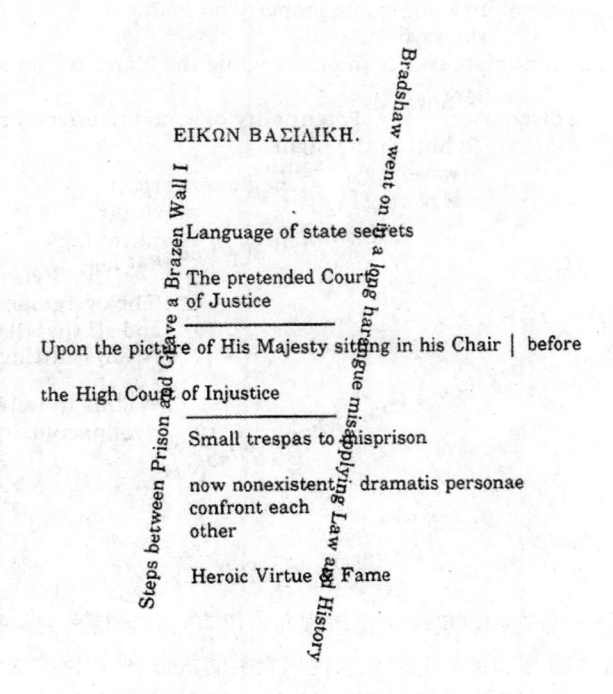

```
                    ΕΙΚΩΝ ΒΑΣΙΛΙΚΗ.

                    Language of state secrets

                    The pretended Court
                    of Justice
            ─────────────────────────
      Upon the picture of His Majesty sitting in his Chair | before
      the High Court of Injustice
            ─────────────────────────
                    Small trespas to thisprison

                    now nonexistent dramatis personae
                    confront each
                    other

                    Heroic Virtue and Fame
```
(文字沿对角线: Steps between Prison Grave a Brazen Wall I / Bradshaw went on a long harangue misapplying Law and History)

《巴茨尔克画像》("Eikon Basilke'")

美国女性文学：从殖民时期到20世纪

豪在她 1989 年的诗集《巴茨尔克画像：国王手稿的参考书目》(*A Bibliography of the King's Book, or Eikon Basilke'*) 里重现了她对于历史文本和历史本身的迷恋。《巴茨尔克画像》被认为是英国国王查理一世的手稿。在其统治期间，他在英国发动了 17 世纪内战，最后导致了他被送上断头台的结局。《巴茨尔克画像》在他死后得以流传。人们传言它是国王的手稿，但是后来被认为是一场文学骗局。

Loaded into a perfect commonwealth or some idea.

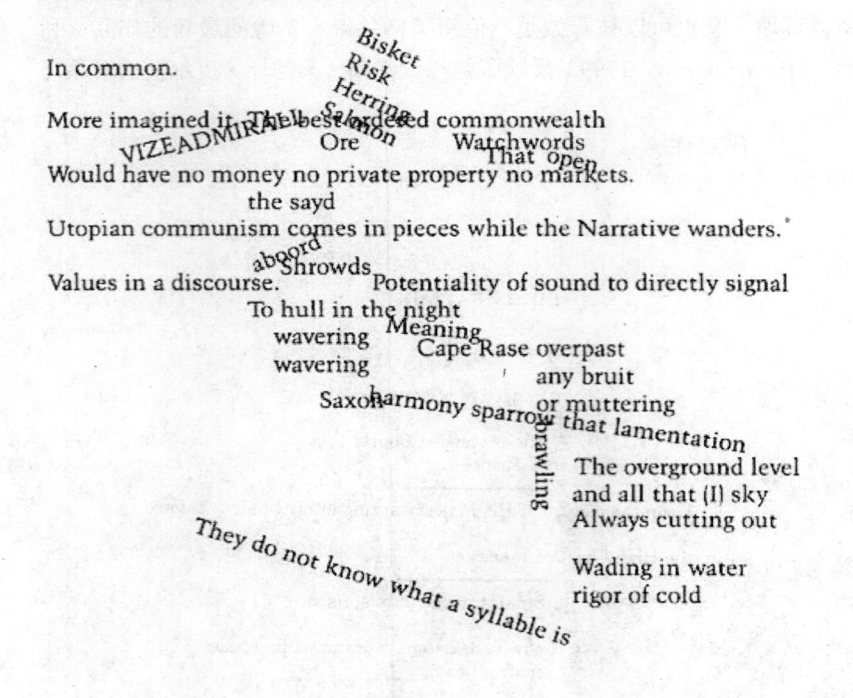

In common.
     Bisket
    Risk
    Herring
More imagined it The best ordered commonwealth
VIZEADMIRA Salmon
    Ore Watchwords
        That open
Would have no money no private property no markets.
   the sayd
Utopian communism comes in pieces while the Narrative wanders.˙

Values in a discourse.
   aboard
   Shrouds Potentiality of sound to directly signal
  To hull in the night
  wavering Meaning
     Cape Rase overpast
  wavering   any bruit
   Saxoharmony sparrow or muttering
      brawling that lamentation
      The overground level
      and all that (I) sky
      Always cutting out

They do not know what a syllable is
      Wading in water
      rigor of cold

《彻底》("Thorow")

苏珊·豪在诗歌创作上比较倾向于语言写作派诗人的风格。这些诗人不确定书面语言能够完全地表现出人类的状态，他们诗歌的一大特点是对于语言的解构主义态度，并漠视传统的文学形式，他们故意打乱诗的句法和印刷排版。苏珊·豪的诗歌也有着这样的特点,她有时把她的诗颠倒过来,或者是把诗的一些部分划掉,或是使一些词语覆盖住其他的词语,所以人们对她的诗歌的普遍评价就是晦涩难懂。她的作品也是对有着相似语音的词汇所进行的文字游戏。她不常使用标点符号,像语言派作家(Language-writers)一样,甚至把一个词的最后一个字母放到新的一句诗行里。苏珊·豪用这些技巧来唤起人们对女性声音的重视,因为在历史及文学传统中,女性的声音往往被占据统治地位的男性的语言所湮没。苏珊·豪的风格可能形成于她所受到的训练有素的绘画艺术,而不是某一文学流派的影响。一些批评家把她的诗歌比喻为纸上的图画,她的词与词之间的巨大空间也像词语一样传达出同样多的意义。

豪的大多数作品都是围绕着存在、记忆,以及女性与历史和文学的独特关系这些主题。她在第一本诗集《枢纽画》(*Hinge Picture*)中借用了一位站在史前与历史之间的桥梁上的无名作家的立场。这位原始的无名作家可能就是《圣经》的作者。苏珊·豪的诗歌讲述了一个融神话源泉、古代文本和经典作品于一体的故事。与该书同题的诗("Hinge Picture")涉及了《圣经》中巴别塔的典故。在这里人们说着不同的语言,但是没有一种语言能让别人听懂。豪在她的早期诗歌中一次又一次地回到了对语言起源的想象中,仿佛告诉人们如果能找到这个起源,人们就能摆脱语言中的错误,或者至少可以明白错误的语言是什么。豪的作品也证明了她强烈地意识到女性被排除在教育和文学历史之外这一状况。苏珊·豪在《胎记》中记录道,当她在马萨诸塞州的坎布里奇生活成长期间,是她在哈佛大学当教授的父亲为她去图书馆里取书。因为在当时作为一个女性来说,自己去图书馆借书是一件多么不符合常理的事情。

豪还曾写过一本文学批评著作。这部作品因其角度独特而受到批评家们的赞赏。在她 1985 年的《我的艾米莉·狄金森》(*My Emily Dickinson*)里,豪再次证明了诗人是诗歌最无可争议的读者。这是一部出色的女性主义批评读本,反驳了对狄金森的很多被标准化了的评论。她深入分析了狄金森这位 19 世纪著名的英格兰女诗人,并分析了这位女诗人受压抑的写作背景。在狄金森的时代,人们对于她这样一位有思想、有见地并受过教育的女性充满着猜疑。豪认为狄金森是一位颠覆性的作家,后来被占统治地位的男性文学传统边缘化了。豪的目的不是对狄金森的作品进行解释，而是使它们得到重生。豪对历史文本的精通和娴熟运用使她能够进入到美国早期语言精神和物质的意识形态的语境之中。

除了大量的诗集和对艾米莉·狄金森的评论，豪还撰写了有关文学主题的散文集。她的《胎记：扰乱美国文学史中的荒野》(*The Birth-mark: Unsettling the Wilderness in American literary History*)被《泰晤士文学副刊》评为1993年的年度国际图书。在这本书里，豪分析了原稿手稿（在空白地方保留了所有修改和注释，这是创作过程的证明）与修改后整齐的书稿之间的不同。她分析了殖民时期的作家像安娜·哈钦森（Anne Hutchinson，1591－1643）和科顿·马瑟（Cotton Mather），之后又谈到了狄金森和麦尔维尔（Melville）。诗集《非英国国教徒的备忘录》(*The Nonconformist's Memorial*，1993)与《胎迹》同时出版，很明显这两部作品是相关联的。尤其是在前者的开头部分豪关注了需要重新思考的女性的故事，包括安娜·哈钦森的故事。在这一部分的结尾，豪强调了重新发现女性的沉默和内心世界的重要性。因为豪的作品对于第一次接触她的读者来说是很难懂的，有必要看一下她认为对她产生影响的一些作家。在她1995年的一次访谈中，在那些对她的作品产生影响的作家中她提到了伊莱娜·西苏、朱莉娅·克里斯蒂娃和美国早期的批评家帕翠西·凯德威尔。

三、评价

苏珊·豪可以被看做是一位后结构主义者。她的很多诗歌都与历史有关，不管她写诗的初衷是不是要去描写历史。她向我们证实了诗人也是一名历史学家。当她写作的时候，她觉得过去就是现在。她承认超验的可能性，也完全意识到语言与人类意识都是间接的。这种觉醒促使她了解并探索历史，同时也认识到历史其实是有无数错误的，因此她认知当中的历史并不代表真实，或者不是像人们所讲述的那种真实，但是她也不能完全把历史忽略掉。她同意庞德的诗歌是一种回应历史的媒介，因此要读懂豪的作品需要付出不少的努力，然而阅读她的作品也确实是获益匪浅。

参考文献

1. Back, Rachel. *Led by Language: The Poetry and Poetics of Susan*

Howe (Modern & Contemporary Poetics). Tuscalodsa: University Alabama Press, 2002.

2. Quartermain, Peter. *Disjunctive Poetics: From Gertrude Stein and Louis Zukofsky to Susan Howe*. Cambridge: Cambridge University Press, 1992.

3. http://www.literaryhistory.com/20thC/Howe.html.
4. http://epc.buffalo.edu/authors/howe.
5. http://www.english.uiuc.edu/maps/poets/g_l/howe/howe.html.
6. http://writing.upenn.edu/pennsound/x/Howe.html.

99. 乔伊斯·卡洛尔·欧茨

（Joyce Carol Oates）

一、作家介绍

乔伊斯·卡洛尔·欧茨（Joyce Carol Oates，1938— ）于1938年出生在纽约州的洛克波特市（Lockport）。她的家乡深受30年代经济大萧条的冲击，人民生活困苦。幼年的欧茨无忧无虑地享受着农场周围的自然环境，并且对读书和写作表现出了浓厚的兴趣。尽管欧茨的父母没有受过多少教育，但是他们非常鼓励女儿学习。从高中到大学，她一直尝试写小说。当她转到洛克波特的高中时，她很快就成为了一名优秀学生，还为学校的报社工作。因为表现突出，她获得了锡拉丘兹大学（Syracuse University）的奖学金，她在大学里的专业是英语语言文学。欧茨19岁时获得了《女士》（Mademoiselle）杂志举办的"学院短篇小说"竞赛一等奖。获得学士学位后，她在威斯康星州大学仅用一年的时间就拿下了硕士学位。她在威斯康星学习期间结识了雷蒙德·史密斯，两人在三个月后结婚。

1962年，欧茨夫妇在密歇根的底特律定居。欧茨在底特律大学教书，并且在20世纪60年代席卷美国的社会动荡中非常活跃，这也影响了她的早期作品，比如她28岁时出版的第一部小说《颤抖的秋》（With Shuddering Fall，1964）。1968年欧茨夫妇从底特律搬到了加拿大安大略省的温莎市。之后的十年中，欧茨一边教书，一边以每两三年一部作品的惊人速度出版了一系列的新书。她的大部分作品都很畅销，短篇小说和评论文章为她赚足了人气。尽管有批评家对她作品异乎常人的多产颇有微词，但是这不能阻止欧茨在而立之年就已成为美国最有前途、最受人尊敬的作家之一。在加拿大期间,欧茨和丈夫成立了一家小出版社,开始发行文学杂志《安大略评论》。1978年他们搬到新泽西州的普林斯顿。此后欧茨开始在普林斯顿大学教授创意写作,同时,她的文学创作也仍然坚持不断。

80年代初,欧茨出版了一系列的小说,轰动了美国文坛。在这些小说里,欧茨使用了哥特式小说的传统,刻画了美国的历史。80年代末,她回归现实主义,并写了一系列关于她的家族的小说,包括《你必须记住这》(*You Must Remember This*,1987)、《因为苦痛,因为在我心中》(*Because It Is Bitter,and Because It Is My Heart*,1990)。小说《至日》(*Solstice*,1985)和《玛雅的生平》(*Marya: A Life*,1986)也是在这一时期完成的。这些作品以她的家庭和童年为题材,对女性的经历进行了细致研究。直到今天,欧茨一共出版了三十七部长篇小说和中篇小说,其中还有一系列以罗萨蒙德·史密斯(Rosamond Smith)为笔名发表的悬疑小说。她还出版了二十三部短篇小说集、七部诗集、四部戏剧,以及其他很多短篇小说,除此以外还有对诗人艾米莉·狄金森的诗歌、陀思妥耶夫斯基和詹姆斯·乔伊斯的小说进行的文学评论,有对哥特小说和惊悚小说的研究,也有对画家乔治·贝洛斯和拳王泰森所作的非文学性的评论。

欧茨是普林斯顿大学人文学科的著名教授。1996年,欧茨凭借其一生的文学成就获得了作家笔会奖。

二、代表作

小说《他们》(*Them*)获得了国家图书奖,也是欧茨最优秀的作品之一。这部小说时间横跨1937年至1967年的三十年时间,背景设在底特律,讲述了一个贫困家庭中两代人的悲剧。小说中的三个主要人物——母亲洛雷塔、儿子朱尔斯和女儿莫林三个人的命运交织在一起。故事发生在20世纪30年代底特律的一个贫民窟,这里充满了贫穷和暴力。年轻的洛雷塔对未来生活充满了美好的憧憬,她性情随和,虽然生活在不安定而又贫穷的工人家庭,但沉浸在纯真爱情中的她充满了青春的朝气。洛雷塔的恋人被她的哥哥开枪打死,她向警察温德尔求救,但温德尔却奸污了她,然后把洛雷塔恋人的尸体扔在大街上,不再追究这起凶杀案。随后怀孕的洛雷塔嫁给了温德尔,匆匆结束了少女时代的梦想。面对日渐衰败的生活,她抱怨、愤怒。战争爆发了，丈夫被征入伍，洛雷塔带着两个孩子在乡下居住了一段时间，之后回到了城里。迫于生活，她不得不靠做妓女以维持生计，但是还经常受到警察的欺凌。战争结束了，丈夫回家了，但是他已经变成了一个酒鬼，经常酗酒后就把她毒打一顿。后来丈夫在一次事故中去世，洛雷塔则嫁给了另外一个男人。小说到这个地方，洛雷塔出现的次数就越来越少了，她的两个孩子逐渐成为故事的主角。

女儿莫林恬静、温和，但内心强烈渴望摆脱母亲那样的命运。可是她却生长在一个暴力的家庭，于是她开始挣扎，想逃出这个家庭。她发现了一个秘密，只有金钱能使自己得到解脱。而且身体的伤痛与精神的折磨使她更加对情感麻木不仁。于是年仅14岁的莫林开始出卖肉体。得知此事，愤怒的继父把她暴打了一顿，她昏迷了很长时间，母亲洛雷塔也因此与丈夫离婚。莫林伤好之后进入一所夜校读书。为了金钱，莫林看中了有钱有地位的教授，费尽苦心地引诱他，最后教授抛妻弃子娶了莫林，她住进了郊区的大房子，有了一个有着稳定收入的丈夫，她也得到了想拥有的一切。

洛雷塔的儿子朱尔斯的故事则充满了离奇的遭遇，也更加富有戏剧性。这个年轻人认识了一个黑社会老大，然后结识了他的侄女娜丁。两个年轻人私奔到了美国南部，这里天气酷热，他们一贫如洗，因此朱尔斯不得不去偷窃。后来朱尔斯不幸患上严重的流感，陷入昏迷，于是娜丁不得不返回家中，遵从家人的意愿嫁给了一个有钱的律师。朱尔斯幸运地活了下来，也回到了北方。一次偶然的机会，两个人相遇了，于是相约在一家旅馆见面。绝望的娜丁为了希望两个人能永远厮守在一起，就先开枪击中了朱尔斯，然后自杀。但是朱尔斯再一次逃脱了死亡的魔爪，昏迷了很久之后却又活了过来。他从此过着放荡的生活，与一名妇女同居，又强奸了一个女孩，并成为了她的皮条客。后来这座城市里爆发了动乱。此时的朱尔斯才从整日的浑浑噩噩中清醒过来。他在逃避警察追捕的过程当中拿起一把来福枪打死了一名警察，之后便跟随一名激进分子来到了加利福尼亚。

小说中三个人物的命运错综复杂，交织在一起。洛雷塔是一位善良的女性，但是她浅薄、庸俗、没有知识，而且又甘心平庸。她在一个自然主义的环境中成长起来，又经历了生活一次次的打击，已经变得麻木不仁、逆来顺受，对生活没有理想和追求，不会有意识地去改变或改善命运，只是听任于命运的摆布。可以说她是一个平凡得不能再平凡的女性，只有一点点常识，代表了普通大众当中的很大一部分。女儿莫林是一个出生在这个枯燥世界中的浪漫主义者，对生活感到压抑不满，因此经常做白日梦，试图通过想象来逃离这个贫穷无聊的现状。莫林在庸俗母亲的影响下，对生活充满了恐惧与被动，她渴望安静的生活，却不幸沦为妓女，最后嫁给一个有三个孩子的男人，也没有得到真正的幸福。她一步步地变得麻木不仁，小说的最后，莫林看着教授的前妻带着三个孩子离开，她竟然不觉得一丝惭愧。无形中，这个在暴力中成长的女人也成了暴力的实施者，甚至在施暴时也同样不遗余力。也许这才是欧茨笔下女性的最大悲哀。朱尔斯是一个凭着直觉做事的人。他的生活漫无目的，只受欲望的控制，无论做什么事都以原始的冲动为指导，他的头脑中永远也不会有理性。

整个故事是一个悲剧，小说也描写了一个充满混乱与绝望的世界。在这个世界里，城市的穷人们过着悲惨的生活，到处是凶杀、遗弃、妓女、暴乱、欺骗、暴力和死亡，读者会感到一种窒息与恐惧。这也体现出当代美国生活中的感情和精神上的危机。小说的描写是运用了自然主义的手法，给人一种真实的压迫感。

三、评价

欧茨是一位非常多产的作家，也非常关心女性命运。她对女性命运的描写揭示了女性的生存空间，展示了她们作为人而独立存在的价值，激励她们自信、自尊、自强，最终自己解放自己。她希望唤起并看到女性主体意识的觉醒，而只有这样，女性才能成为自己命运的主人，撑起自己的一片灿烂天空。因此，欧茨小说主要描写当代美国悲剧性社会中的悲剧人物。她的创作始终以女性独特的审美视角，借助意识流手法中的内心独白和心理分析等手法，从不同人物的角度描写人物的心理活动，通过多种精神状态的有意识、无意识、下意识的心理活动，来展示人物的内心世界，呈现出独具特色的女性主义色彩。

参考文献

1. Cologne-Brookes, Gavin. *Dark Eyes on America: The Novels of*

Joyce Carol Oates. Baton Rouge: Louisiana State University Press, 2005.

2. Johnson, Greg. *Joyce Carol Oates: A Study of the Short Fiction.* New York: Twayne, 1994.

3. Johnson, Greg. *Understanding Joyce Carol Oates.* Columbia: University of South Carolina Press, 1987.

4. Mayer, Sigrid, and Martha Hanscom. *The Critical Reception of the Short Fiction by Joyce Carol Oates and Gabriele Wohmann.* SC: Camden House, 1998.

5. Phillips, Robert. ed. *The Madness of Art: Interviews with Poets and Writers.* New York: Syracuse University Press, 2003.

6. Watanabe, Nancy A. *Love Eclipsed: Joyce Carol Oates's Faustian Moral Vision.* MD: University Press of America, 1998.

7. 乔伊斯·卡罗尔·欧茨著,李长兰等合译:《他们》,江苏人民出版社,1989年。

8. http://www.achievement.org/autodoc/page/oat0bio-1.

9. http://www.fantasticfiction.co.uk/o/joyce-carol-oates.

100. 保拉·冈恩·艾伦

（Paula Gunn Allen）

一、作家介绍

保拉·冈恩·艾伦（Paula Gunn Allen，1939-2008）出生于1939年。艾伦童年的大部分时间是在拉古纳度过的。她在家中的五个孩子中排行老三，有两个姐姐和两个弟弟。她的父亲是黎巴嫩人，曾任新墨西哥州的副州长，母亲是拉古纳部落人。对她影响最深的当属普韦布洛文化（the Pueblo culture）。这种文化以妇女为中心，她从中为她的诗歌找到了很多创作的灵感。新墨西哥的普韦布洛是一个多元文化的地区，在当地有很多种文化共同存在，如西班牙文化、本土美国文化，也有移民定居者的白人文化。她同她的表妹莱斯利·马尔蒙·西尔克（Leslie Silko）一样，也是这个印第安部落中的一名成员。艾伦最初在科罗拉多女子学院接受大学教育，后来因为结婚中止了学业。她有两个孩子——一个儿子、一个女儿。艾伦结婚几年后离婚。之后她于1966年在俄勒冈大学获得了文学学士学位。她在第二次婚姻中生了两个儿子，其中一个不幸夭折。

艾伦于1975年在新墨西哥大学获得美国研究学博士学位，并在加利福尼亚大学伯克利分校任教，后来成为了该校的英文教授。她的博士后项目是在加利福尼亚大学完成的，她也在那里获得了福特基金研究协会的博士后研究基金，研究本土美国文学中的传统口语因素。艾伦曾在1978年获得美国全国人文学科基金会赞助的研究基金，又在1990年获得土著美国人文学奖。艾伦最初是凭借她的诗歌引起国内关注的。她在诗人罗伯特·克利莱（Robert Greeley）的帮助下于20世纪60年代开始从事诗歌创作。她还曾经在斯坦福等多所大学执教过,后于1999年从加州大学退休。2001年她获得了美国本土文学协会颁发的终生成就奖。同年她还经历了丧子之痛。她的儿子去世时年仅42岁。

她的第一本书《盲狮》(Blind Lion Poems, 1974)的出版宣告了她写作生涯的开端。艾伦的作品有诗歌集《朦胧之乡》(Shadow Country, 1982)、小说《有影子的女人》(The Woman Who Owned The Shadows, 1983)、文学批评著作《神圣之环——在土著美国人的印第安传统中找回女性》(The Sacred Hoop: Recovering the Feminine in Native American Indian Traditions, 1986), 还创作有诗歌《赖兹》(Wryds, 1987)、诗集《作品拾零: 1979–1987年间创作的诗歌》(Skins and Bones: Poems 1979–1987, 1988), 以及作品选集《蜘蛛女的孙女们》(Spider Woman's Granddaughters: Traditional Tales and Contemporary Writing by Native American Women, 1989)。

艾伦认为对自己影响较大的作家有雪莱、约翰·济慈、格特鲁德·斯泰因、艾伦·金斯堡、奥德丽·洛德、阿德里安娜·里奇,以及丹妮丝·列维尔多夫。她盛赞 N. 斯科特·莫马迪(N. Scott Momaday, 1934–)的小说《黎明之屋》(House Made of Dawn, 1968), 认为这部获得普利策奖的作品使她对自己有了清楚的认识,也使她意识到自己作为一名美国土著女性的种种经历本身就是一个富有生命力、很有价值的诗歌和小说题材。艾伦也是一位知名的女权主义作家,以她广受赞誉的学术作品而著名。她使人们认识到本土美国文学是十分值得研究的。同时她的学术研究也十分成功,她运用新的方法来研究本土美国文学作品,为本土美国文学研究学和印第安作家打开了一扇门。艾伦说过:"在作品中我力图表达各种心声。我是一名诗人,也是一名短篇小说家,还是一名小品文作家,又是一位学者,这些都缘于我是一个具有多样性的人,而不是一个只有单一人格面貌的人。我认为任何人都不是单一的,我也确实不可能是单一的,因为我的父亲不同于我的母亲,我的母亲不同于我的外祖母,我的外祖父和外祖母也截然不同……另外,我是听各种不同的音乐长大的,印第安音乐、阿拉伯音乐、天主教音乐、墨西哥音乐都听——所有的这些节奏都在我的心中。"

二、代表作

1.《有影子的女人》(*The Woman Who Owned The Shadows*)

很多人认为她创作的小说《有影子的女人》是她的自传。她把传奇故事、部落歌曲、祭祀仪式融入到了故事中。小说的主人公是一名混血儿，一位名叫怡弗尼（Ephanie）的女子。她从一个强大的传统部落神蜘蛛祖母中获得力量。这部小说的成功使她成为能与莱斯丽·西尔科和路易斯·埃德里奇比肩而立的作家。

她自幼在天主教的文化环境中长大，而小说也正是取材于这一环境当中。她曾收集在印第安人中流传的神话，并称自己为"多元文化的事件"。然而，她也认识到了自己在多元文化（本土文化、天主教文化、新教文化、犹太文化等）中的矛盾地位，旨在探索自己在主流文化中那些异类的文化、性和精神上受到的损害。

2.《蜘蛛女的孙女们》(*Spider Woman's Granddaughters: Traditional Tales and Contemporary Writing by Native American Women*)

《蜘蛛女的孙女们》由二十四部叙事作品组成。这些作品都强调了缺失这一主题，其中有身份缺失、文化缺失、个人意义的缺失等。艾伦严谨的精神在这部作品中表现得非常清晰，二十四部作品并不是依据年代来排序，而是依据主题排序。作者有意识地将传统和当代的故事并置在一起，目的是要使读者认识到同样的主题、理念和价值观在数百年来都存在。

她指出，在作品中她把焦点放在女性身上是为了影响女性的意识，而不是男性的意识。因为在她的文化中，女性从来不认为自己是处于弱势地位的，她要让其他文化中的妇女知道，并非所有文化中的女性都是地位低下的。

艾伦凭借《蜘蛛女的孙女们》获得了美国国家图书奖，以及美国通俗文化协会颁发的苏珊·考普曼奖（the Susan Koppelman Award）和本土文学奖。这部作品将过去的妇女生活和文学与将来联系了起来。在阐述本土女性的力量时，艾伦在作品中明确提出，本土女性对白人文化起到了很大的作用，而且为民主和女权主义作出了很大的贡献。这和白人社会中女性毫无地位的现状产生了强烈的对比。她还为本土同性恋文化的复兴作出了很大的贡献。

三、评价

身为学者的她创作了很多诗歌。由于她的多元文化背景,她可以使用多种韵律和结构,像西部音乐、阿波罗庄稼舞、天主教弥撒、莫扎特、意大利歌剧和阿拉伯的吟唱等。艾伦在自己的作品中不断探索她的教育和个人背景中的种族问题。她的言论很有说服力,因为她认为自己也是其中的一员。她的很多作品都是集中表达她想要将这个定义确切化。她的作品是建立在以女性为中心的世界观上,这在她的作品中表现得十分明显。

艾伦的作品包括对其他本土美国作家作品的批判和自己的创作。她的评论作品包括了对印第安文学的研究。她十分在意读者的看法。在她看来,读者不能有任何的先见。要以作品中传达的信息为标准,我们必须认为本土美国文学是真实的,并且值得批判与接受。作为一个文学评论家的同时,她还是一位著名的作家。她的作品描写了不同种类的人,包括少数民族和女权主义者。

她还十分鼓励本土美国作家出版自己的作品。她本人在女权运动、反战运动,以及反对使用核武器等事件中的立场都十分激进。艾伦大都从她赖以成长起来的文化氛围中的女性视角去书写文章。那里的妇女备受尊重,母系文化占主导,妇女拥有房屋,而且主神都是女性神。她作品中的一个主题就是这种女性中心文化的复兴。她的作品还描述了当代女性的苦难。她们天性接近神灵,然而在日常生活中她们已经失去了应得的尊重。作为一名激进的女权主义者,她愿意在作品中称自己为同性恋者,在她独特的神话系统里没有在大多数神话中所存在的那种对异性的偏见。她在自己的作品和评论文章中对本土印第安人的历史和神话信仰进行了重新阐释,并从 20 世纪同性恋女性作家的写作角度进行创作,开创了同性恋写作的新传统。她在作品中试图把女同性恋和本土美国人联系在一起,以便强调对万物普遍联系的信仰。这一举动为其他本土作家的创作作出了贡献。

参考文献

1. Hanson, Elizabeth. *Paula Gunn Allen*. Boise, ID: Boise State University Press, 1990.

2. Hanson, Elizabeth I. *Paula Gunn Allen. Boise State University Western Writer Series*. Boise: Boise State University, 1990.

3. Perry, Donna. "Paula Gunn Allen". *Backtalk: Women Writers Speak Out*. New Brunswick, New Jersey: Rutgers University Press, 1993.

4. http://www.findarticles.com/cf_0/m1264/12_29/54256675/print.jhtml.

5. http://www.galegroup.com/free_resources/poets/bio/allen_p.htm.

6. http://www.hanksville.org/storytellers/paula/.

7. http://www.ipl.org/div/natam/bin/browse.pl/A10.

8. http://www.starware.com.

101. 巴拉蒂·慕克吉
（Bharati Mukherjee）

一、作家介绍

巴拉蒂·慕克吉（Bharati Mukherjee，1940— ）于1940年7月出生于印度加尔各答的一个上层中产阶级婆罗门家庭，她是三个女孩中的老二。她3岁时就学会了读写，一直到她8岁的时候她都与四五十个亲戚住在一个大家庭。她的家庭很富有，她与她的姐妹们都接受了良好的教育，她们以后的一生也都是从事着学术研究方面的工作。1947年他们举家移居到了英国，在那里居住到1951年。这四年的生活和学习使她的英语水平得到了锻炼和完善。1951年他们一家又回到印度。她于1959年在印度的加尔各答大学（the University of Calcutta）获得了学士学位。随后她家又迁往印度的巴罗达（Baroda），慕克吉于1961年在当地的大学获得了英语和印度古代文化的硕士学位。从儿时起，她就一直梦想着成为一名作家，于是她在取得硕士学位后来到了美国的爱荷华大学（the University of Iowa）参加了一个知名的作家学习班。1963年9月，她认识了加拿大小说家克拉克·布雷茨（Clark Blaise），在两个星期的交往之后两人结婚。这件事改变了她回印度的打算。从此之后她的世界一分为二，她始终是同时忠于两种文化。在结婚的同一年她获得了硕士学位。然后接着在爱荷华大学攻读英语和比较文学的博士学位，最后终于在1969年获得了这一学位。

1968年她和丈夫移民到加拿大，并在1972年的时候获得了加拿大国籍。她在加拿大居住了十四年，这十四年也是她一生中最艰难的时光。身为少数族裔，她在这里饱受歧视。她曾多次在访谈中提到过她在加拿大的困难生活，她认为加拿大对移民很不友好，并且反对文化同化的观点。尽管这些年过得很艰苦，她还是完成了她的前两部小说的创作：《老虎的女儿》(*The Tiger's Daughter*，1971) 和《妻子》(*Wife*，1975)。在这些年里，她也为自己将在1985年出版的第一部短篇小说集《黑暗》(*Darkness*) 奠定了思想和感情基础。这部短篇小说集也反映了她居住在加拿大期间陷于文化分裂中的精神状态。

她最终无法忍受在加拿大期间自己在精神上遭受的痛苦，于1980年与丈夫一起来到了美国，成为了美国的永久公民。在这里她仍然坚持写作，1986年她获得了国家艺术捐助基金（National Endowment for the Arts Grant）。她还曾在多所高校任教，包括爱荷华大学、纽约的皇后学院等。她最终于1989年来到了加利福尼亚大学伯克利分校。慕克吉现在是加利福尼亚大学伯克利分校的著名英语教授。她的丈夫则在爱荷华大学教书，他们的婚姻也因此被称为"文学婚姻"，成为了一段佳话。

根据她一生的经历，她的作品可以分为三个阶段。第一个阶段包括她最早的作品如《老虎的女儿》和《加尔各答的日日夜夜》(*Days and Nights in Calcutta*，1977)。在这两部作品里，她试图在她的印度文化里找到自己的身份。慕克吉写作的第二个阶段包括她的小说《妻子》、短篇小说集《黑暗》，以及她与丈夫合作的一部非虚构作品《悲伤和恐怖》(*The Sorrow and the Terror: The Haunting Legacy of the Air India Tragedy*，1987)。这些作品是源于慕克吉在加拿大遭受的种族歧视经历，她回到美国后把她在加拿大的经历记录了下来。慕克吉在她创作的第三阶段里，把自己描述为美国人，而不是印度裔美国人。1988年是慕克吉创作生涯中的关键一年，她在这一年中取得了很大成就，并跻身顶尖作家的行列。这一年，她的小说集《中间人和其他故事》(*The Middleman and Other Stories*，1988) 获得了美国全国图书评论最佳小说奖（the National Book Critics Circle Award for Fiction）。在这部小说集里，慕克吉把两个不同的世界联在了一起。她从不同的角度来讲述她的故事，对社会中的个体有着独特的视角。慕克吉在这部小说集里笔调更为轻松愉快，她笔下的人物都是探险家或是发现者，而不是逃难者或是流亡者，他们是这个变化着的新美国的一部分。

二、代表作

1. 《老虎的女儿》(*The Tiger's Daughter*)

《老虎的女儿》是根据她刚刚结婚的那几年里回到祖国的一次经历所改编的故事。她于1973年时回了一次印度，却发现印度已经不再是她记忆中的那个世界了。小说的主人公叫塔拉，她嫁给了一个美国人，婚后回到了印度，但是她发现眼前的祖国和她记忆中的印度判若两地，现在的印度处于贫困和动乱中，这里的妇女常常受到虐待。

这部小说记录了慕克吉陷入两个世界、两个家庭和两种文化夹缝中间的遭遇，还有作者对"她是谁"以及"她属于哪里"这两个问题的思考。她与丈夫合作的另一部小说《加尔各答的日日夜夜》同样记录了他们在婚后第一次回到印度的旅行经历。他们通过各自的旅行，讲述了他们眼中不同的印度。她的丈夫与她不同，他被这里的神话和文化深深地吸引住了。小说也记叙了他们的关系面临文化障碍所带来的困难。

2. 《茉莉花》(*Jasmine*, 1989)

《茉莉花》(*Jasmine*)是慕克吉根据自己早期的短篇小说集《中间人和其他故事》中的一个短篇扩充而成的一部长篇小说，讲述了一个年轻的寡妇离开印度来到美国以寻找新的生活，并逐渐向西迁移来逃避她的历史。小说中的女主人公原名约娣（Jyoti），算命者预言说她以后会成为一个寡妇，而且还要过着流亡的生活。尽管她逃脱不了命运的掌控，但她能够一次次地改变她自己。她离开家乡——一个叫做朋扎比（Punjabi）的尘土飞扬的小村庄，并改名为茉莉花（Jasmine），后来结了婚。她经过艰难波折的旅程来到了美国，又改名为茉莉（Jase），成为了曼哈顿的一个非法移民。然后她来到爱荷华州的农场里，更名为简（Jane），收养了一个十来岁的越南男孩，成为了一个母亲。茉莉花一生有很多的不幸，17岁的时候就成了寡妇，来到美国第一天就被强暴，但是她还是无畏地走了下去。在路上她收留了三个孩子，其中叫杜（Du）的越南男孩像她一样也是移民。二十来岁的茉莉花就这样勇敢地去追求她的美国梦。

小说中有很多风趣幽默的描写，引人入胜。慕克吉很喜欢同化这一观点，并明确指出茉莉花需要来到美国来使她的生命变得有价值，因为在第三世界中她得到的只有绝望和损失。慕克吉所希望的是人们在小说中读到的不仅是《茉莉花》的故事和改变,也能够读到一个改变的美国。

《茉莉花》是慕克吉最受欢迎的一部小说,不仅拥有大量的读者,也得到了大多数评论家和学者们的欢迎。但也有人批评这部作品篇幅太短,情节也过于虚假造作,称不上是一部成功的小说。尤其是东印度的学者和批评家们,他们批评她在小说中通常把印度描绘成为一个没有希望和未来的国度。人们也批评慕克吉在幸存者小说里忽视了阶级、教育、性别、种族和历史这些不可避免的障碍。另外小说中的人物得到的机会在现实中是绝不可能的。

三、评价

慕克吉通过自己的努力确立了她在美国文学界中的地位。在她的作品中,她既以她的印度背景而骄傲,也表达了对美国的欢迎。她在一次访谈中说过:"我的故事中的移民在美国经历了极大的转折,同时他们也改变了这个国家的外表和精神构成。"[1]她通过讲述自己的经历来证明美国社会的改变。她今天仍然在坚持写作,所关注的焦点依然是移民妇女,也仍然使用女性人物来探讨不同文化间的关系。慕克吉的作品关注了移民现象、新移民的处境和异化的感觉,也关注了印度妇女和她们的奋斗。她出生并成长于殖民地的印度,这为她提供了民族题材;之后她在加拿大作为一名后殖民的印度人过着流亡的生活;最后她来到美国成为一个移民,获得了美国国籍。她的文学创作把她这几个时期的生活融合在一起,创造出了一种新的移民文学。慕克吉认为她自己是一个珍视美国"大熔炉"的印度移民,而她的作品是对这一情感的一种抒发。她作品中的一个主题就是关于北美的亚洲移民,以及南亚妇女在这个新世界里发生的变化。慕克吉朴素的文风、具有讽刺意味的情节发展,以及机智的观察常常受到人们的赞扬。作为一名作家,她用一双锐利的眼睛来观察这个世界,她作品中的人物也有着同样的能力。尽管她常常因为她的主题和文化背景被人们划分在某一类别下,但是她很反对这种分门别类,认为这样会使自己成为他者或是被边缘化。她更愿意把自己称为一个有着孟加拉印度背景的美国人。

---

[1] Carb, Alison B, "An Interview with Bharati Mukherjee," *The Massachusetts Review* 29.4, 1988, pp. 645-654.

参考文献

1. Alam, Fakrul. *Bharati Mukherjee*. New York: Twayne, 1996.
2. Bahri, Deepika. "Always Becoming: Narratives of Nation and Self in Bharati Mukherjee's Jasmine." *Women, America, and Movement: Narratives of Relocation*. ed. Susan L. Roberson. Columbia: University of Missouri Press, 1998.
3. Carb, Alison B. "An Interview with Bharati Mukherjee." *The Massachusetts Review* 29.4: 645-654, 1988.
4. http://152.1.96.5/jouvert/v1i1/bharat.html.
5. http://www.beatrice.com/interviews/mukherjee/.
6. http://www.powells.com/authors/mukherjee.html.

102. 汤亭亭

（Maxine Hong Kingston）

一、作家介绍

汤亭亭（Maxine Hong Kingston，1940– ），祖籍广东新会，1940 年出生于美国加利福尼亚州蒙士得顿市。汤亭亭的父母于 20 世纪 30 年代移民美国。她自幼爱好文学、散文和诗歌。1958 年她获得奖学金进入加州大学伯克利分校就读，先念工程学系，后转念英国文学，于 1962 年考获文学学士学位。1962 年底她与同班同学厄尔·金斯顿（Earl Kingston）结婚。婚后她曾在加州中学和夏威夷中学担任英文教师多年。1970 年至 1977 年她曾任夏威夷大学英国文学系教授，后又担任东部密歇根大学英国文学系教授。她于 1990 年起担任加州大学伯克利分校英国文学系教授，并从 2001 年起还担任著名文学刊物《加州文学》(*The Literature of California*) 的主编。汤亭亭一生从事英国文学的教学和著述，她的成名作品曾获多项荣誉。1997 年她获得了美国人文科学金牌奖，1998 年获终生成就奖和文学奖，2001 年获联邦俱乐部书籍奖。

在青少年时代，她听母亲讲了许多中国的神话和传说、戏剧故事、风俗习惯，以及有关她的祖先们飘洋过海，希望在国外发财致富的传奇式经历。这些故事影响到她后来的文学创作。她的第一部作品是回忆录式的小说《女勇士》(*The Woman Warrior : Memoirs of a Girlhood Among Ghosts*，1976）。此书于 1976 年出版后获非小说类美国美国国家图书奖，1977 年又被美国《现代》周刊列为 70 年代最优秀小说。小说表现了华裔母女两代人由于生活道路和文化的歧异而产生的矛盾冲突。1980 年她的第二部作品《中国佬》(China Men)出版，该书再次使汤亭亭获 1981 年非小说类美国美国国家图书奖。作者用生动、细致、引人入胜的笔调，描写华裔先辈在美国修筑铁路的传奇性苦难经历，他们为今日美国四通八达的铁路网立下了不可磨灭的功劳。1984 年，汤亭亭随美国作家协会到北京出席中美作家会议。会后与演员丈夫厄尔·金斯顿到广州和新会访问、探亲与寻根。1989 年她的第三部作品《猴王孙行者》(Tripmaster Monkey: His Fake Book)出版，获美国西部国际笔会奖。此书描述了美国华裔青年惠特曼·阿新的生活奇遇。

汤亭亭的三部长篇小说使她成为了美国最具实力的女性主义作家之一。她的作品成为美国作家中作品被各种文选收录最高、大学讲坛讲授最多、大学生阅读得最多的作品之一[①]。她的作品《女勇士》在世界各地发行，并有多种文字的译本。她的其他著作有《夏威夷的一个夏天》(Hawai'i One Summer, 1987)、《穿过黑幕》(Through the Black Curtain, 1987)及《第五和平之书》(The Fifth Book of Peace, 2003)等。此外，她的名著《女勇士》改编而成的电视剧，被《今日美国》(USA Today)评为 1995 年度最佳电视剧。她所创作的诗歌被选入《美国诗歌选》。

二、代表作

《女勇士》(The Woman Warrior: Memoirs of a Girlhood Among Ghosts)是汤亭亭的成名作，也是美国华裔女权主义文学的代表之一，全书由五篇既是非虚构又是虚构的故事组成。小说从一个华裔女孩的角度，叙述了她从母亲处听到的关于中国的故事，并与她所熟悉的华人社区的生活结合起来，形成了她对于中国的独特视角。作品将中国的神话传说、母亲的鬼怪故事，以及华人的现实生活交织在一起，展现给读者一个处于两种文化背景和两种民族精神影响下的女性的成长经历。

第一篇《无名女人》是第一人称叙述者"我"听母亲讲家庭的惨剧。姑姑新婚不久，丈夫去美国淘金。她留守在家里，却怀上了别人的孩子。

---

① http://www.sonshi.com/kingston.html.

全村人为之震怒。在姑姑分娩的当晚，他们砸了她家，姑姑走投无路，被迫在猪圈中生下孩子，然后抱着婴儿投井自尽。从此以后，家人谁也不许提她的名字，好像她根本就没有存在过。母亲把姑姑的故事作为沉痛的前车之鉴来教育"我"，希望"我"不要像美国的女孩子那样随意放纵自己，否则后果不堪设想。家丑不可外扬，母亲千叮咛万嘱咐不要把这件事讲出去，但是，美国长大的女孩却有着不同的观点，"我"偏偏告诉了别人，因为"我"不仅不认为这是什么可耻的事情，而且还以姑姑为荣，认为她有勇气，认为她的遭遇令人同情。

第二篇《白虎山学道》是根据中国妇孺皆知、脍炙人口的花木兰女扮男装杀敌立功的故事改编而成。"我"被鸟儿召唤，进山修炼，师从一对神秘老人，刻苦练功十五载，学成后下山与丈夫一起英勇杀敌。军队所向披靡，连连告捷，一路杀进京城。作者把花木兰的故事从中国的语境中移到现代的美国，以新颖独特的构思创造出了一个全新的艺术形象——美籍华人英雄花木兰。故事以"我"为叙述者，开头和结尾的"我"都是现实生活中的华人女孩。自传与传说浑然结合在一起，传说中的故事成为现实中的"我"的生活理想。这里，作者把自己幻想成为女英雄花木兰，率领乡亲们（美籍华人）与种族歧视作斗争，建立起属于华人自己的真正身份和地位。显然，故事融入了作者的真实情感。作者的志向就是要重新书写华裔历史，振兴华裔文学，建立立足美国、走向世界的华裔新身份，担负起充当华裔女勇士的历史重任。

第三篇《乡村医生》是写母亲的故事。父亲离家赴美后，母亲孤零零地留在村子里，生下的两个孩子先后夭折。性格刚强的母亲考上了广州德功助产士学校。她学习刻苦，在学校里出类拔萃，常常帮助同学。不仅如此，她还敢一个人睡在闹鬼的房间里，并赶走了鬼魂。毕业后，母亲买了个丫鬟，把她培养成自己的助手，回乡行医，治好了很多人的病，接生了很多婴儿。后来正逢日本侵华，1939年底，母亲前往美国。来美后，母亲不能继续悬壶济世，只好帮助父亲开洗衣房，在这个仍然到处是"鬼"的新世界里艰难谋生。

第四篇《西宫门外》写的是姨妈月兰的不幸遭遇。母亲英兰有个妹妹月兰，她的丈夫早年来美，是个医生。月兰的丈夫虽然定期给她寄钱供她生活，但他在美国又娶了一个年轻漂亮的护士。母亲帮助与丈夫分别了三十年的妹妹来到美国与她的丈夫团聚，但懦弱的月兰不敢去找丈夫。在英兰的催逼之下月兰见到了丈夫，却不敢提出任何要求。在这个陌生的环境里，月兰无处倾诉，患上了妄想症，老是认为有人要谋害她。她病情越来越重，最后终于疯了。被送到疯人院后，她不久就死在那里。

最后一篇《羌笛野曲》写的是"我"回忆从幼儿园到成人的成长经历。在这部被标为自传的作品里，只有这最后一篇才真正是关于"我"的故事，描述了"我"的童年经历，叙述了自己如何从一个沉默寡言的人慢慢变得擅长交流。在故事的结尾部分，叙述者将自己身居异国他乡的经历与中国汉代被匈奴掳到蛮地十多年的蔡文姬的经历相参照。在汤亭亭笔下，蔡文姬的愁思和痛苦已经荡然无存，取而代之的是一个完全适应异邦生活的女子。她也像胡人一样，能够勇猛拼杀，锐不可挡，成了名副其实的勇士。尽管胡人的乐声起初令她感觉十分刺耳，搅得她心烦意乱、久久不能入睡，然而最后她却加入了他们的行列，用清脆嘹亮的声音唱出了与胡人笛声合拍的歌。这个故事可以看成是美籍华人的经历的写照。

很显然，这个故事寄托了汤亭亭的理想。现实生活中的汤亭亭通过写作扮演社会勇士的角色。像写出《胡笳十八拍》的蔡琰一样，汤亭亭要用自己的笔来书写华裔的生活和情感，以及精神和文化，谱写出华裔文学光辉灿烂的新篇章。

汤亭亭的《女勇士》从美国华裔女性的视角出发，表现了女性主义的思想，其文学成就和政治意义引起了广泛的关注。对于之后广大的华裔女性作家而言，汤亭亭无疑是该领域的先驱之一[①]。

三、评价

汤亭亭不喜欢别人给自己贴上女权主义或是民族主义的标签，她说："我并不认为我是个女权主义或者民族主义作家，但在我所写作的时代女性主义和民族研究都比较时兴，所以人们在我的作品中就发现这些东西

---

① Janet M. Labrie, *Masterpieces of Women's Literature*, ed. Frank N. Magill, New York: Harper Collins Publishers, 1996.

了。"[1]但她的作品确实对性别和族裔问题进行了深切关注,这一点毋庸置疑。

身份、种族等问题是汤亭亭的创作主题。《女勇士》及其后的《中国佬》等作品都反复谈到了这个主题。她的作品在主流社会读者中受欢迎的程度也许逊色于后起之秀谭恩美,但她所受到的学术界的关注在华裔美国作家中至今无人能比。美国现代语文协会为她的《女勇士》出版了教学方法论文集[2],使她在英语文学中成为一位重量级作家。在现今仍然健在的美国作家中,汤亭亭是在大学课堂中被研读得较多的一位[3],她的作品已经进入了美国文学正典之列。美国华裔文学能够达到今天的繁荣局面,与汤亭亭所取得的文学成就分不开。

参考文献

1. Ghymn, Esther Mikyung. *The Shapes and Styles of Asian American Prose Fiction.* New York: Peter Lang Publishing, Inc., 1992.
2. Lim, Shirley Geok-lin, ed. *Approaches to Teaching Kingston's The Woman Warrior.* New York: The Modern Language Association of America, 1991.
3. Chin, Marylin. "A MELUS Interview: Maxine Hong Kingston." *MELUS* 16, 1990.
4. http://hwwx.stu.edu.cn/show.asp?smallstyle=2008&news_per=5&id=306.
5. http://www.china.com.cn/chinese/RS/922327.htm.

---

[1] Esther Mikyung Ghymn, *The Shapes and Styles of Asian American Prose Fiction*, New York: Peter Lang Publishing, Inc., 1992, p.93.

[2] Shirley Geok-lin Lim, ed., *Approaches to Teaching Kingston's The Woman Warrior*, New York: The Modern Language Association of America, 1991.

[3] Marylin Chin, "A MELUS Interview: Maxine Hong Kingston," *MELUS* 16, 1990.

103. 格洛丽亚·安莎杜娃
(Gloria E. Anzaldúa)

一、作家介绍

格洛丽亚·安莎杜娃（Gloria E. Anzaldúa, 1942 – 2004）称自己是一名"住在美国的、同性恋的墨西哥女权主义者、诗人、作家，以及文化理论家"[1]。格洛丽亚于 1942 年 9 月 26 日出生在德克萨斯州南部里约格兰第山谷（Rio Grande Valley）中的一个农民家庭。11 岁时，格洛丽亚随家人搬迁至美国与墨西哥交界处的德克萨斯州哈吉尔（Hargill）地区。此后，格洛丽亚开始帮助父母下地干活。格洛丽亚 14 岁时父亲去世，此后格洛丽亚在读书、写作、绘画的同时，还要帮助料理家里的农活。1969 年，格洛丽亚从泛美大学（Pan American University）获得英语、艺术以及中等教育学士学位，之后又在德克萨斯大学获得英语和教育学硕士学位。格洛丽亚后来成为了一名教师，作为老师的她可谓桃李满天下。她先是参加了一个学前的双语教学项目，后来又参加了一个专门为精神上和思想上有障碍的学生设置的教育项目。此后，她在众多大学中从事有关女权主义、墨西哥文化研究以及如何进行创造性写作等课程的教学活动。2004 年 5 月 15 日，格洛丽亚因糖尿病并发症去世。

她的一生中获得过无数的奖项，例如全国教育协会小说创作奖（National Endowment for the Arts Fiction Award）、莎孚卓越成就奖（Sappho Award of Distinction）等等。此外，作品《边疆》（*Borderlands / La Frontera: The New Mestiza*, 1987）在 1987 年被《文学杂志》（*Literary*

---

[1] 参见 http://voices.cla.umn.edu/vg/Bios/entries/anzaldua_gloria.html。

Journal）评为当年最优秀的三十八部作品之一。格洛丽亚的其他作品包括《呼唤回归之桥》(*This Bridge Called My Back: Writings by Radical Women of Color*，1981）、《抗争与塑魂》（*Making Face，Making Soul/Haciendo Caras: Creative and Critical Perspectives by Feminists of Color*，1990）等。

二、代表作[①]

《边疆》（*Borderlands / La Frontera: The New Mestiza*）描述了妇女在墨西哥以及拉丁美洲文化中的生存状况、墨西哥人在美国白人社会中的状况，以及女同性恋者在社会中的地位等。通过历史和个人的双重角度，格洛丽亚让读者们从近处和远处两个角度对处于不同文化边界的疏远和隔绝状态有了很好的理解。从结构上讲，《边疆》分成两部分，一部分是散文，另一部分是诗歌。书的前一部分是个人自述，格洛丽亚在这一部分中涉及了宗教、性，以及移民等一系列文化问题。

格洛丽亚在评论中反复强调的重点都是围绕语言、愤怒，以及怎样将读者纳入她的世界。格洛丽亚的语言在她的作品中极具特色，她使用了一种独特的语言混合体，即将英语的两种变体和西班牙语的六种变体交织在一起。格洛丽亚使用"西班牙英语"的结果就是加大了非双语读者把握作品内涵的难度。读者的这种挫败和愤怒情绪就是格洛丽亚毕生所关注的焦点。她借此表达了那些处于边缘地位的非英语人群的困境。通过这些文学作品，格洛丽亚表达了对自己的文化和传统的热爱。格洛丽亚的作品中另一个不容忽视的地方便是她字里行间透露出的愤怒。作品《边疆》就表达了对那些文化和性别压迫者的愤怒。例如在《边疆》中，格洛丽亚说，并不是我出卖了我的人民，恰恰相反，是他们出卖了我。格洛丽亚曾经一度不被她的人民所理解，她遭受到各种各样的攻击。她的作品也一度被误解。评论家们认为格洛丽亚的作品太富有激情，甚至有时过于偏激。这也是她的作品不被理解的一个原因。格洛丽亚的作品也很有神灵色彩，她把这种神灵色彩归结为女性的"神性"。在《边疆》中，她写道："我把这种灵性称做'精神上的女性混血儿'，所以我感觉我的哲学观就像是汲取了不同文化的混血儿，这些文化可能是拉丁美洲文化、有色人种文化，也可能是

[①] 参见 http://voices.cla.umn.edu/vg/Bios/entries/anzaldua_gloria.html。

欧洲文化,等等。"

在《边疆》的诗歌部分,格洛丽亚把读者带到了一个充满感官印象、痛苦和发现的世界。她的诗歌与散文相比更显张扬,也更富有辩护色彩。这一部分相对前一部分而言读起来也相对简单。从她的诗歌中,我们很难看出诗人是不是在从她的记忆中挖掘材料。在诗歌中,诗人的声音也不再是无所不在,人物的声音有时也会转化为第三人称视角。但是无论怎样,格洛丽亚的作品并没有丝毫逊色,我们能时时感受到她的那股震撼人心的力量。她在作品中所描述的人物和事件也仿佛历历在目。事实上,格洛丽亚的好多作品都描述了许多暴力和破坏的形象,所以一些读者在读她的作品时难免会感觉到几许的不安与震撼。总的来看,《边疆》的确是一部描述美国和拉丁美洲不同文化差异的经典著作。通过诗一样的语言,格洛丽亚把读者们带到了一个她所构建的理想世界。

三、评价

格洛丽亚在对女权主义的阐释、对美国墨西哥文化理论研究以及怪异理论研究等方面都作出了巨大贡献,其中贡献之一就是她向美国学术界介绍了新混血女性(mestizaje)这个术语的含义。在她的理论著作中,格洛丽亚呼吁一种新的女性混血儿,并向传统的二元理论发起挑战。这种新混血的思维方式在后殖民女性主义理论中有所阐述。格洛丽亚呼吁不同种族的人们要敢于面对他们的胆怯,只有这样人类社会才能更加和谐而有意义。格洛丽亚的许多作品都对她所参与的各种运动的现状提出了质疑。她认为许多运动只有在给所有人群而不是个别群体带来益处时才能真正有意义。

参考文献

1. Barnard, Ian. "Gloria Anzaldua's Queer Mestisaje." *MELUS: The Journal of the Society for the Study of the Multi-Ethnic Literature of the United States* 22, 1997.

2. Blom, Gerdien. "Divine Individuals, Cultural Identities: Post-Identitarian Representations and Two Chicana/o Texts." *Thamyris: Mythmaking from Past to Present* 4, 1997.

3. Dizon, Terrell. "Forum on Literatures of the Environment." *PMLA* 114, 1999.

4. Gagnier, Regenia. "Review Essay: Feminist Autobiography in the 1980's." *Feminist Studies* 17, 1991.

5. Steele, Cassie Premo. *We Heal from Witness: Sexton, Lourde, Anzaldua, and the Poetry of Witness*. New York: Palgrave, 2000.

6. Yarbro-Bejarano, Yvonne. "Gloria Anzaldua's Borderlands/La Frontera: Cultural Studies, 'Difference,' and the Non-Unitary Subject." *Cultural Critique* 28, 1994.

7. http://www.classicdykes.com/gloria_anzaldua.htm.

8. http://www.voznuestra.com/Americas/_2004/_JUNE/4.

9. http://www.accd.edu/sac/english/portales/anzaldua.htm.

104. 帕特·莫拉

（Pat Mora）

一、作家介绍

帕特·莫拉（Pat Mora, 1942 – ），美国当代西班牙语诗歌的代表人物，1942 年 2 月 19 日出生于德克萨斯州（Texas）的埃尔帕索（El Paso）。莫拉的祖父祖母、外祖父和外祖母都是 20 世纪早期从墨西哥移民到德克萨斯州的。受他们的影响，莫拉在家里多数时候都说西班牙语。她于 1963 年从德克萨斯西部学院（Texas Western College）获得学士学位，后于 1967 年从埃尔帕索的德克萨斯大学（the University of Texas at El Paso）获得硕士学位。莫拉曾在中学和学院里任教，还主持过一期名为"声音：用正确的视角来看待墨西哥裔美国人"（"Voices: The Mexican-American in Perspective"）的电台节目。1981 年离婚后，她放弃了教学，转而投身儿童题材的书籍和诗歌创作，她希望通过勤奋工作来得到自信与尊重，以此为墨西哥裔美国文学（Mexican-American literature）赢得尊重。莫拉曾多次获奖，其中包括 1983 年由国家奇卡诺研究组织授予的创造性写作奖（the Creative writing Award from the National Association for Chicano Studies）和 1984 年的女性艺术家和西南地区诗歌作家奖（Women Artists and Writers of the Southwest Poetry Award）。此外，她还先后于 1985 和 1987 年分别凭借诗集《赞美诗》（*Chants*）和散文集《边境》（*The Border: A Glare of Truth - Lesbians of Latin America*，1986）获得了边境地区图书馆授予的西南图书奖（Southwest Book Awards from Border Regional Library）。1988 年，莫拉被提名入选《埃尔帕索先驱报》作家名人堂（the El Paso Herald-Post Writers Hall of Fame）。1997年，帕特·莫拉和为她的作品绘制插图的罗尔·柯伦（Raul Colon）凭借他们的作品《托马斯和图书馆的女士》(*Tomas and the Library Lady*)获得第三届托马斯·里维拉墨西哥裔美国儿童图书奖（the third annual Tomas Rivera Mexican American Children's Book Award）。这一奖项的重要性在于它表彰了以西南地区墨西哥裔美国人生活为作品题材的作者和插图者。帕特·莫拉也是一位积极的社会活动家。她坚决倡导并成功地将4月30日定为"儿童节、图书节"（Children's Day，Book Day，西班牙语为 Dia de los Ninos, Dia de los Libros），以庆祝掌握语言和精通双语。莫拉的努力与她所获得的成功大大鼓舞了各相关机构的热情来纪念语言的多样性和价值，以及语言如何通过文学将我们团结起来。

莫拉常说，她很幸运，能够出生在一个双语家庭里。她也常常在她用英语写成的作品里加入一些西班牙语，因为她想让人们记得世界上的人们是说着许多不同的语言的。她认为："如果你说两种语言，你就有着两种价值观。"莫拉的诗集《赞美诗》、《交流》(*Communion*，1991) 和散文集《边境》都取材于她作为一名来自西南沙漠又同时精通两国语言、两种文化的女性的生活经历。传统风俗可以说是西班牙民族身份的核心，以莫拉为代表的一些作家就是通过描写传统风俗使西班牙人民在身份认同中获得力量。"因为一些很复杂的原因，"她解释道，"诗歌化的美国文学没能反映美国的民族多样性。西班牙文学应当被发扬光大，所以我致力于此，并希望能把它的创作形成系统。同时，我还因为文字给我带来的乐趣和力量而创作。"[①]1999年9月，帕特·莫拉担任加雷·卡拉瑟斯名誉主席，并成为新墨西哥大学荣誉客座教授。2000年期间，莫拉参加了一系列会议，其中最有名的就是将4月30日定为"儿童节、图书节"的特别会议。此外，她于2000年5月发表了最新一部作品《我真实的名字：为年轻人准备的精选新诗》(*My Own True Name: New and Selected Poems for Young Adults*)。书中收集了莫拉十五年来从成年人角度审视跨文化家庭和生活，

---

① Oliver-Rotger, Maria-Antonia, "An Interview with Pat Mora," May and June, 1999, http://voices.cla.umn.edu/vg/interviews/vg_interviews/mora_pat.html.

以及人们所共同享有的像吃匹萨和芒果的快乐,和两者的文化内涵。莫拉不仅专注于写作,还成为美国和墨西哥之间青年交流的顾问。她还做过电影编导,并长期在自己位于埃尔帕索的母校——德克萨斯大学任职。

二、代表作

1.《彩虹郁金香》(*The Rainbow Tulip*,1999)

在《彩虹郁金香》这部儿童读物中,莫拉以母亲的童年生活为创作题材。这本书相当成功,很受孩子们欢迎。它描述了一个来自墨西哥的美国移民家庭的孩子被夹在西班牙式的家庭和外面说英语的世界中间。在家里她叫做埃丝特利塔(Estelita),而一到学校就改叫丝特拉(Stella)。丝特拉很爱她的母亲,但是母亲有时让她感到有些尴尬,因为母亲不太会说英语,不会像其他母亲那样打扮自己的孩子。尽管丝特拉发现她的家庭与社区里的其他家庭有些不同,但是她还是能很好地融入这个环境,也很喜欢学校生活。当5月巡游要开始的时候,丝特拉与班里的其他女孩一样都很兴奋,因为她们将要装扮成漂亮的郁金香参加游行。丝特拉自己有个主意:她的服装要包括所有春天的颜色。但是当游行这一天终于来临的时候,她觉得她犯了一个错误,因为其他孩子的服装只有一个颜色。但是,她完美的舞蹈赢得了老师和其他人的赞赏,她的母亲默默的爱更使得这一天极有意义,她终于明白了自己也能够与众不同。

这个故事是基于作者母亲的亲身经历。莫拉借此赞扬那些身上具有双重文化,并努力去让别人接受自己的墨西哥裔美国妇女。故事充满了温暖的亲情和家庭的关怀,表明了家庭的爱可以穿越种族和文化的界限。

2.《房中房》(*House of Houses*,1997)

她的作品中笔锋最犀利的一部当属自己的家庭回忆录《房中房》。这部回忆录共分十二章,一个月一章,历时一年。每一个故事、每一个事件和每一个名字都有着深层的含义,传达出关于生活、爱、独立和回忆的信息。在书中,莫拉以第一人称叙述了每个家人的生活经历,从而让读者们近距离接触他们这个不同寻常的大家庭里的每一个成员。这本书不仅有个人回忆,其中也包括她复杂而又富有戏剧性的家族史,同时还对墨西哥和美国的历史有所涉及。莫拉详细叙述了全家人如何为了逃脱弗朗西斯科潘乔·维拉(Francisco "Pancho" Villa,1878 – 1923)的迫害而从墨西哥移民到美国,并讲述了他们如何在这里开辟了自己的新生活。为了描写丰富多彩的心理历程、富于戏剧性的动人家族故事,她使用了"房子"这一意象。通过大量的暗喻,她描写自己被鸟语花香所环绕,以此象征家族成员之间浓浓的爱。

她将诗一般的语言和魔幻现实主义传统交织在一起,为她的家庭描绘了一幅栩栩如生的生活画面。这部回忆录不同于传统意义上的回忆录,给人的感觉是每一个成员就是鲜活的人物,即便是死了,也好像并未离去,他们似乎就在某个房间里,或是在说话,或是在笑在哭。比如在《死人的日子》("Day of the Dead")这部分里,作者记叙了去墓地的一次参观,在这里她所有死去的亲人都活过来,共同讲述家庭的故事。通过与传统回忆录相悖的表现手法,莫拉能够让读者们亲自见一见她大家庭中的每一个成员,从而取得他们生活的第一手资料。这样,主要的人物就推动了他们的叙述。同时,家中所有的人物又都像虚构小说中的人物那样多姿多彩,亦真亦幻。这其中就包括能够把自己变成鸟的父亲、虽然眼盲但能够看到圣母玛丽亚所看到的景物的祖母。故事里还夹杂着照片、歌曲、食谱和方言,这些都揭示了这个家庭的墨西哥裔背景,以及他们向北来到德克萨斯以后的细微变化,仿佛展示给读者的一部历史记录片。

对语言的处理上,莫拉也把过去和现在巧妙地结合在一起,为后代留下了一笔宝贵的财富。莫拉的作品表达了她对西南部地区的感情,向读者展示了自己对墨西哥裔美国文化的拥护。为传达以上主旨,她使用了魔幻现实主义手法、多角度叙述,以及鲜用的雄辩语言和西班牙语词汇词组,赋予了角色鲜明的思想和感情。

三、评价

可以说在创作的多样性上很少有女作家能够和帕特·莫拉相匹敌。她的作品语言简练而富有启发性,涉及多种题材和体裁(包括诗歌、小说以及非小说类),使用了两种语言(英语中掺杂西班牙语单词和词组),有着广泛的读者群,不仅包括儿童读者,也有着大量的成人读者。她的作品描述了文化的多样性,反映了西南地区的美丽,同时还关注了自我身份的寻求,尤其是女性对自我身份的探求,还有妇女和"大地母亲"的不同形式的联系,提升了妇女的地位,受到了广泛好评。

参考文献

1. Barrera, Rosalinda B. "Profile: Pat Mora, Fiction/Nonfiction Writer and Poet." *Language Arts*. Urbana, 1998.
2. Hurado, Aida. "Sitios Y Lenguas: Chicanas Theorize Feminisms." *Hypatia: A Journal of Feminist Philosophy* 13, 1998.
3. Ryan, Bryan, ed. *Hispanic Writers*. Detroit: Gale Research, 1991.
4. Torres, Lourdes. "Chicana Writers Explore the Land in the Middle." *Sojourner: The Women's Forum* 19, 1994.
5. http://www.eduplace.com/kids/tnc/mtai/mora.html.
6. http://project1.caryacademy.org/echoes/poet_Pat_Mora/DefaultMora.html.

105. 露易丝·格吕克

(Louise Glück)

一、作家介绍

露易丝·伊丽莎白·格吕克(Louise Elisabeth Glück,1943 –),匈牙利裔美国诗人,于1943年4月22日生于纽约市,1961年毕业于乔治·休利特高中(George W. Hewlett High School),后来先后就读于莎拉·劳伦斯学院(Sarah Laurence College)和哥伦比亚大学。毕业后格吕克曾在威廉姆斯大学(Williams College)任英文高级讲师,现任教于耶鲁大学,并在爱荷华大学兼任教职。

作为诗人,格吕克成就颇丰。到目前为止,她已发表了十二部诗集,多次获得了古根海姆奖学金。她于1985年发表的诗集《阿喀琉斯的胜利》(*The Triumph of Achilles*)赢得三项大奖,其中包括国家图书评论奖。1990年她发表的诗集《阿拉若山》(*Ararat*)获得国会图书馆颁发的波比特国家诗歌奖(Rebekah Johnson Bobbitt National Prize for Poetry)。1993年,格吕克凭借诗集《野鸢尾》(*The Wild Iris*,1992)一举摘得当年的普利策诗歌奖,同时还获得了当年美国诗社(Poetry Society of America)颁发的威廉·卡洛斯·威廉斯奖(William Carlos Williams Award)。除了诗集,格吕克还著有一部论文集《证明与理论:论诗歌》(*Proofs and Theories: Essays on Poetry*,1994)。

1999年,格吕克被推举为美国诗文学院(Academy of American Poets)院长。2003年以来,格吕克受聘于耶鲁大学,任耶鲁青年诗歌创作大赛评委。2003年至2004年,格吕克被授予"美国桂冠诗人"称号。格吕克现任美国艺术和文学学会（The American Academy of Arts and Letters）成员。

二、代表作

爱之歌[①]

露易丝·格吕克

  人生中总有些东西须用苦痛制成。
  一直以来你的母亲亲手编织，
    将缕缕红丝织成的围巾
  作为圣诞礼物，为你保暖。
  她尽管多次再嫁，却从未将你忘却。
  她是如何含辛茹苦地度过的。
  在心中她始终守寡，只是从未示人，
    似要等待逝者归来。
    所以你才会一直怕血，
  对你女人们也似一堵堵冰冷的墙[②]。

  从字面上看，这首诗似乎平淡无奇，但其含义并不像表面看起来那样简单。尽管诗的标题讲的是"爱"，然而诗的开篇行说的却是痛苦。"总有些东西"，这是对于人生的普遍性总结，任何人都无法摆脱。诗人以全知全能的视角，从一个预言者的高度，点出了人生的普遍规律。

  在诗歌的第二行，诗人的视角发生了转移，从俯视变成了平视，以一个旁观者的口吻和另外一个人（应为男子）交谈。对于第二句和前一句提到的痛苦之间的联系，学术界有两种解释：一种认为诗人是说痛苦是生活用来编织的材料，另一种认为生活编织的最终产品是痛苦。从第三行来看，母亲编织出了红色的围巾。红色象征着生命与爱，诗人至此再次回到了诗歌的标题，将痛苦与爱连接在一起，实现了统一。

  作者在诗歌的第一行进行了一个普世真理式的陈述。诗歌的第二行和第三行用的是现在时态，描述母亲一生的总体情况。从第四行开始，诗人改用了过去时态，讲述了具体的故事。圣诞节天气寒冷，也需要礼物。诗

[①] 冯佳翻译。
[②] 这首诗选自作者于1975年出版的诗集《沼泽上的房子》（*House on the Marshland*）。

人用母亲多次再婚来表现母亲艰难的生活处境。但母亲没有将孩子抛下不管，通过亲手为孩子编织围巾，表现了母亲对孩子的爱，也体现了母爱的伟大。而诗人通过下文向读者指出，母亲的一再改嫁并不是因为她在感情上朝三暮四，"她深藏着守寡的心"表明了她多年来尽管经历了多次婚姻，但她的爱情并没有发生转移，好像一直在等着死去的人回来，也就是她的第一任丈夫。至此母亲多次再婚的原因也就顺理成章了，即是由于生计所迫不得已而为之。之所以作出这样的选择，是为了孩子。在她的心里，自己的爱情永远属于第一任丈夫，但为了生活不得已与自己不爱的人生活在一起，对于母亲而言这是痛苦的。正如诗的开头所说："总有些东西须用苦痛制成"。从诗歌的后两行来看，诗人对话的男子似乎没有理解母亲内心的情感，因而认为母亲朝三暮四，并由此对女性产生了偏见，对象征女性与爱的血（红色）产生了恐惧和排斥，而周围的女人自然也无法与之坦诚相待，如一堵堵墙一般存在着隔阂。究其原因，所有的一切都是由于男子并没有理解真正的爱情。至此，诗人将爱与痛再次达成了统一，再次重复了主题。

这首诗以及整部的诗集，对于格吕克而言是一部具有标志意义的作品，它标志着诗人的创作风格经历了一次转型。之前格吕克的作品具有超现实主义的元素，具有明显的自白派诗风。而在这部诗集及其之后的作品中，格吕克摒弃了先前抽象的意象和激昂的语言风格，改用朴素的意象，诗中也多了理性的思考和哲学的思辨。

三、评价

露易丝·格吕克的诗歌普遍篇幅较短，词句简练，正如作者自己所说的那样，她"受感于省略、秘而不宣、暗示、雄辩与从容的沉默"。和大多数女性诗人注重感性的诗风相比，格吕克的诗歌作品富含理性思辨的成分，看似平实的表达中蕴含着一份沉重。有评论家指出，格吕克的诗打破了"自白派"与"学院派"的界限。尽管不少评论家认为格吕克的诗充斥着太多抽象的比喻，而缺少具体的意象，因此增加了理解的难度，但这并不影响诗人在美国文学界的地位和成就，格吕克也被公认为是美国当代一位杰出的诗人。有评论家指出，她的诗"能让人们在这个日益堕落的世界中得到一丝抒情的美感"。

参考文献

1. http://thefloatinglibrary.com/averno/.
2. http://www.loc.gov/rr/program/bib/gluck/.
3. http://bbs.poemlife.com:1863/forum/add.jsp?forumID=57&msgID=2147481671&page=1.

106. 尼基·乔万尼

（Nikki Giovanni）

一、作家介绍

尼基·乔万尼（Nikki Giovanni, 1943— ），美国黑人作家、散文家、演说家。她于 1943 年出生在田纳西（Tennessee）的科诺斯威尔（Knoxville），原名为小瑶兰德·科内利阿·乔万尼（Yolande Cornelia Giovanni, Jr.）。后来她在菲斯珂大学接受教育，并于 1967 年取得学位。此后乔万尼又在宾夕法尼亚大学的艺术学院进修。1970 年，她建立了一个名为尼克托姆的出版有限公司。目前她是弗吉尼亚理工学院（Virginia Polytechnical Institute）英语系教授。

她的主要作品有《黑人感情，黑人谈话》、《黑人审判》（*Black Judgement*, 1968）、《黑夜悄悄来临》（*Night Comes Softly*, 1970）、《安吉拉·戴维斯的诗》（*Poem of Angela Yvonne Davis*, 1970）、《再创造》、《双子座：我作为一名黑人诗人的 25 年》（*Gemini: An Extended Autobiographical Statement on My First Twenty-Five Years of Being a Black Poet*, 1971）、《编一首轻柔的黑人歌》、《我的房子》（*My House*, 1972）、《对话》（*Dialogue*, 1973）、《自我旅行》、《一个诗歌方程式：尼基·乔万尼和玛格丽特·沃克之间的对话》（*A Poetic Equation: Conversations between Nikki Giovanni and Margaret Walker*, 1974）、《妇女集合》（*The Women Gather*, 1975）、《女人和男人》（*The Women and The Men*, 1975）、《雨天的棉花糖》（*Cotton Candy on a Rainy Day*, 1978）、《假期时光：写给孩子的诗》（*Vacation Time: Poems for Children*, 1980）、《乘着夜风的人》、《神圣的牛和其他的可食之物》（*Sacred Cows and Other Edibles*,

1988)、《祖母们：诗歌，回忆和关于我们传统保守的人的短篇小说》(*Grand Mothers: Poems, Reminiscences, and Short Stories About the Keepers of Our Traditions*，1994)、《田纳西的科诺斯威尔》（*Knoxville, Tennessee*，1994)、《坛子里的妖怪》(*The Genie in the Jar*，1996)、《像我妹妹凯特一样摇摆：透过诗歌看哈兰姆文艺复兴》(*Shimmy Shimmy Like My Sister Kate: Looking at the Harlem Renaissance Through Poems*，1996)、《哈莱姆文艺复兴文选》(*An Anthology of Harlem Renaissance*)、《尼基·乔万尼诗歌选》(*The Selected Poems of Nikki Giovanni*，1996)、《太阳如此安静：诗歌》(*The Sun is So Quiet: Poems*，1996)、《爱情诗》(*Love Poems*，1997)。

二、代表作

乔万尼的作品探讨了文学和政治的关系。这也一直是她关注的焦点。1967年她积极投入到黑人艺术运动之中，撰写了多首政治和艺术观点激进的诗歌。她的头三部诗歌集《黑人感情，黑人谈话》(*Black Feeling, Black Talk*，1967)、《黑人评判》(*Black Judgement*，1968)和《再创造》(*Re: Creation*，1970)充满了革命气息和黑人意识的诠释，体现了作者促进黑人运动、争取种族平等的创作目的。

她作为单身母亲的身份也影响了她的诗歌写作。《编一首轻柔的黑人歌曲》(*Spin a Soft Black Song*，1971)、《自我旅行》(*Ego-Tripping and Other Poems For Young People*，1973)、《假期时光》(*Vacation Time: Poems for Children*，1980)都是为孩子写作的。孤独、扭曲的希望和家庭的温暖成为了她在20世纪70年代十分重要的创作主题。而到了《乘着夜风的人》(*Those Who Ride the Night Winds*，1983)，她又回到了政治题材。20世纪60年代末，她走遍各地，向公众朗读自己的诗歌，并配上积极的表演。她的朗诵曾获第四十六届格莱美奖最佳诵读专辑提名。

《爱情诗》(*Love Poems*)浪漫而大胆，其中不乏性爱的表达，也表达了爱的观念。这首充满感官的诗歌确立了作者在美国的诗人地位，使她成为了美国杰出的诗人和作家。乔万尼凭借自己在诗歌方面的突出贡献获得了兰斯顿·休斯奖，并被《女性》(*Mademoiselle*)、《国内女刊》(*Ladies' Home Journal*)和《本质》(*Essence*)这三家杂志评为年度杰出女性。她也凭借《爱情诗》(*Love Poems*) 获得了全国有色人种协进会（NAACP）意象奖。

总的来看，乔万尼的诗歌成功地抓住了美国黑人的生活经历，描写了普通人的生活，和年轻人尤其相关，充满了斗争和解放的思想。她的作品都收录在《尼基·乔万尼诗歌选》中，其中包括她从1968年到1998年的全部作品，如《黑人感情，黑人谈话》、《黑人审判》、《再创造》、《我的房子》、《女人和男人》、《雨天的棉花糖》等。作品按时间顺序排列，有作者的介绍和编后记。

三、评价

当尼基·乔万尼的诗歌首次在20世纪民权运动和黑人艺术运动中出现时，立刻在当时的诗坛中占据了一席之地。直到现在，她还是美国政治和诗歌领域中一个强有力的声音。她的诗歌创作已经历经三十年，她所创作的诗歌也已经成为美国文坛重要的一部分。在她的诗集里，她探索了个人和团体的统一。

凭借早期的《黑人权力运动》，乔万尼成为了美国最著名的，也是最有争议的作家之一。她的作品跻身畅销书之列，而她也是一位深受人们喜爱的作家。乔万尼相信成长中变化是必要的。她的诗歌呼吁黑人认识到自己的身份，并理解他们在白人文化控制下的身份。她被认为是黑人诗歌运动的领袖。《黑人感情，黑人谈话》和《黑人审判》描写了当时黑人艺术运动和民权运动的态度。在其他作品中，乔万尼还把重点放在家庭和个人关系上。她凭借自己和知名美国黑人作家詹姆斯·鲍德温及玛格丽特·沃克的对话录音而出名。她笔耕不辍，在讲台上讲述黑人的历史和未来，她已经成为了美国黑人、黑人女性作家和女性作家这三个群体的杰出代表。

参考文献

1. Virginia C. Fowler. *Nikki Giovanni*. Twayne，1992.
2. http://www.math.buffalo.edu/~sww/poetry/giovanni_nikki2.html.
3. http://project1.caryacademy.org/echoes/poet_Nikki_Giovanni/DefaultNikkiGiovanni.html.

107. 玛丽莲·罗宾逊
（Marilynne Robinson）

一、作家介绍

玛丽莲·罗宾逊（Marilynne Robinson，1943 –）于 1943 年（一说生于 1947 年）出生在爱达荷州的桑德角（Sandpoint）。1966 年从布朗大学毕业后，她在华盛顿大学攻读英语专业硕士学位。在准备论文期间，罗宾逊开始创作自己的第一部小说《持家》（*Housekeeping*，1980）。这部书现在被评论家推崇为美国文学的经典作品，书中讲述了 20 世纪中期两个女孩在爱达荷州乡村成长的故事，以生命的短暂和来世为创作主题。此外，书中还描写了西北部地区的湖光山色，也反映了罗宾逊对自然的热爱。《持家》获得了海明威最佳处女作奖（Hemingway Award for the Best First Novel），并获普利策奖提名。

在发表了第一部小说后，罗宾逊开始为《巴黎周刊》（*Paris Review*）和《纽约时代周刊书评》（*The New York Times Book Review*）撰写散文和书评。她还开始了自己的执教生涯，先后在多所大学担任客座作家和访问学者，包括英格兰肯特大学（University of Kent）、阿默斯特学院（Amherst College）和麻省大学（University of Massachusetts）。由于来自散文《英格兰来的坏消息》的灵感，她创作了一部极富争议的作品《祖国：富庶的国家英国与核污染》（*Mother Country: Britain, the Welfare State, and Nuclear Pollution*，1989），以此杀入国家图书奖的终选。书中揭露了英国塞拉核废料处理厂造成的巨大环境污染。遵循 19 世纪小说家转而创作散文的传统，罗宾逊于 1998 年发表了散文集《亚当之死：有关当代思想的散文》（*The Death of Adam: Essays on Modern Thought*）。书中对文化进行了探索和评论，所涉及的题目从约翰·加尔文到达尔文主义，直至弗罗伊德，还谈到了 20 世纪的心理学家。凯瑟琳·诺利斯评价该书"为美国生活和文化作出了有价值的贡献"。此外《纽约时代周刊书评》认为，"罗宾逊作为散文家最大的过人之处就在于她的作品全部是原创，她的作品很能吊起读者的胃口"。

距第一部小说二十三年之后，罗宾逊于 2004 年 11 月才出版发行了她的第二本小说《基列》（*Gilead*）。该书连获 2005 年普利策小说奖（Pulitzer Prize for Fiction）和国家书评奖（National Book Critics Circle Award）两大文学奖项，是一部传世的经典之作。罗宾逊的第三本书《家园》（*Home*，2008）与第二部作品《基列》相隔的时间并不很长。《家园》的故事发生地点同《基列》一样，也是在爱达荷州风景迷人的基列小镇，这是关于小说《基列》中埃姆斯（Ames）的好朋友兼邻居罗伯特牧师及他的两个孩子格罗里（Glory）和杰克（Jack）的故事。尽管罗宾逊只发表了三本书，但是她的每一部作品都备受瞩目，她也被认为是美国当代最优秀的作家之一。玛丽莲很喜欢《圣经》，她写过大量有关《圣经》的论文，受到了热烈好评。

二、代表作

1. 《持家》（*Housekeeping*）

玛丽莲·罗宾逊的《持家》是近年来女性文学最辉煌的成就之一。书中讲述了 20 世纪中期两个女孩露丝和卢西尔在爱达荷州乡村成长的故事，一个有关迷惘的故事：露丝和妹妹卢西尔在祖母希尔维亚·福斯特的照料下长大。在祖母去世后，又分别由她的弟妹莉莉和诺娜·福斯特小姐的女儿希尔维亚·费舍太太来照看。希尔维亚是位行为古怪、性情乖僻的流浪女子。她对生活游离的态度直接影响到了两姐妹。后来，由于镇上居民对希尔维亚家女孩子的行为不满，这家人被放逐，四处流浪，露丝和姨妈烧毁房屋，至此"持家"结束。后来露丝和希尔维亚乘坐西北铁路线的火车去寻找更广阔的天地，而妹妹卢西尔仍然生活在看似体面、传统却狭小的生活圈子里。卢西尔的生活圈子就像一只水杯的直径一样宽窄，而露丝和希尔维亚的天地却像西北地区一样广大。

希尔维亚姨妈是一位富有创造力、善于制造象征的人，一位"感觉到消逝的事物所具有的生命"的人。她致力于将世界变成各种生命力的运动场，却一直使家庭形象的稳定受到威胁。持家有方者的工作是控制事物，清除所有无用之物，而使有用的事物保持稳定不变。这种工作需要一定程度的暴力，对坏的东西要摒弃，对好的事物要驯服和驾驭，从而使它们免于进入死亡与衰败的世界。但是对希尔维亚来说，所有的事物在某个方面都是有价值的，因此持家涉及到了整个的现实。

《持家》讲述的是界限的维系及其有意或无意的瓦解。持家就是对自身设置种种限制，在家庭和外部世界之间建立一道界线。从烹饪到清扫——所有的琐事都意味着使这种个性持续下去，防止时间产生作用。对于照看小说叙述者露丝和她妹妹卢西尔的两位持家人来说，"除了各种习惯与熟悉的东西外再也没有什么她们喜欢的事情了，下一天完全是这一天的重复"。"她们的生活从这个匆匆转动的世界上派生出来，就像从纺锤上来出来的线一样，早饭时间，晚饭时间，丁香时间，苹果时间"。但是，小说坚持认为，"这个清除了灾难与麻烦的世界"就如同所有天堂在地球上的复制品一样，从开始就注定要毁灭。

2.《基列》

小说叙述者约翰·艾姆斯（Rev. John Adames）是爱荷华州基列小镇上的一位牧师。故事发生在1956年，基列已经77岁了，他有一位年轻的妻子和7岁的儿子。在这样的年龄，他自觉生命随时将会到达尽头，于是在生日来临之际，他拿起笔，通过日记书信的方式，向年幼的儿子讲述他祖父、父亲和他这三代人的故事。他在信里以温煦的笔调回顾了自己和祖父、父亲的一生，表达了对生命与存在的思考。他详细描绘了条件恶劣的中西部大草原、西班牙流感和两次世界大战，还提到他第一任妻子的早逝和女儿的夭折。此后，他一直单身在镇上传教，直到60岁那年同他现在的年轻妻子结婚。在信中，约翰回忆了自己的祖父和父亲。约翰的祖父也是一位牧师，同时也是一位废奴主义者，他从缅因州西行到达堪萨斯州，以传教的方式鼓励民众参与南北战争，他本人也加入了北方联军。在南北战争中，他曾经是约翰·布朗的亲密战友。约翰的父亲是一位和平主义者，反对战争，父子两人观念的分歧导致他们关系的紧张，最后祖父只好一个人回到堪萨斯，并终老在那里。到了约翰也为人父时，他开始从一位父亲的角度描述上一代父子之间的矛盾。在写信过程中，他碰到了自己有生以来最大的精神危机。跟他同名的年轻人——他老朋友的儿子——回到了小镇上，令约翰·艾姆斯想到了一些痛苦的往事和难测的未来。而且，他妻子对这个年纪相仿的年轻人颇有好感。为了理解与宽恕，他发现必须对自己有一个彻底的认识。从这个角度来讲，他给儿子写信的过程也是他自我反省的过程。

值得注意的是，作品自始至终充斥着宗教色彩。首先是基列小镇这个名字：基列是美国爱荷华州的一座小镇，但是这个名字却有非常深远的宗教意味——传统上它是指约旦东部的一片土地，是一种药膏，即基列香膏的原产地。在《圣经·旧约》中，这片土地很少有太平的时候，有时候被称为战争之地。根据民间语源学，这个词还有"目击"的意思。作者把这些含义都吸收进了这部小说。其次，父与子的关系是小说《基列》的核心，从基督教的角度看，小说父与子的关系又似乎隐喻了圣父与圣子/子民的关系。约翰的叙述时时给人以一种传道说教的味道，这样的解读方式无疑给小说笼上了强烈的宗教色彩。

《基列》出版后博得了评论界的一致称赞，该书在年度好书评选中受到了《纽约时报》(*The New York Times*)、《基督教科学箴言报》和亚马逊网站的一致推荐，《纽约时报》更是将该书评为年度十大最佳小说之一。

三、评价

在美国当代文学史上，玛丽莲·罗宾逊是一个非常独特的人物。1981年，还在写学位论文的罗宾逊发表了处女作小说《持家》，震动文坛，当年就获得了美国笔会的海明威奖，这部作品也被公认为是美国当代文学的经典。然而，成名之后的罗宾逊似乎没有了写小说的欲望，她一边在各大学任驻校作家，教授写作，一边给报刊写书评和散文。《亚当之死》是集历史、神学和美国文化多个主题为一体的一部散文集，这部散文集涵盖面非常广泛，既有对达尔文进化论和加尔文教义的严肃探讨，也有对当代人各种心理焦虑的分析。她的第二部小说《基列》直到二十三年后才发表，包揽了普利策奖和国家书评奖两大重要奖项。玛丽莲的小说主要是借描述日常生活的酸甜苦辣来讨论一些比较深刻的人生问题，她的主人公也通常都是平常人，有着平常人的种种性格小缺陷。她的作品总是能够唤起人们对大自然的尊敬与热爱。在她近期发表的第三部同样以基列小镇为背景的《家园》中,基列小镇那万里无云的天空、和煦的微风,以及会说话的小树林,所有这一切都给读者留下了深刻的印象。玛丽莲对自然的热衷让我们不禁想起了美国早期超验主义者梭罗和爱默生,他们同样也是大自然的忠实热爱者,他们从大自然中感受到了上帝的存在,自己的精神也由此得到了顿悟和升华。

参考文献

1. http://entertainment.timesonline.co.uk/tol/arts_and_entertainment/books/article4774827.ece.
2. http://www.iowalum.com/pulitzerPrize/robinson.html.
3. http://www.moreintelligentlife.com/story/meeting-marilynne-robinson.
4. http://www.powells.com/authors/robinson.html.

108. 艾丽斯·沃克

（Alice Walker）

一、作家介绍

艾丽斯·沃克（Alice Walker，1944— ）是20世纪70年代以来，即欧美国家第二次妇女运动之后美国文坛最著名的黑人女作家之一。她于1944年出生在南方佐治亚州的一个佃农家庭，父母的祖先是奴隶和印度安人。艾丽斯是家里八个孩子中最小的一个。1961年艾丽斯进入亚特兰大的斯佩尔曼大学学习，并投身于争取种族平等的政治运动。1962年她被邀请到马丁·路德·金（Martin Luther King, Jr., 1929–1968）的家里做客，并于1963年到华盛顿参加了那次著名的游行，与万千黑人一同聆听了马丁·路德·金《我有一个梦想》的讲演。1965年艾丽斯大学毕业后回到了当时处于民权运动中心的南方老家，继续参加争取黑人选举权的运动。在活动中艾丽斯遇上了犹太人列文斯尔，两人克服了跨种族婚姻的重重困难结为"革命伴侣"。在列文斯尔的鼓励下，艾丽斯继续写作，并先后发表了诗集《一度》（Once，1968）和小说《格兰奇·科普兰的第三次生命》（The Third Life of Grange Copeland，1970）。

1972年艾丽斯到威尔斯利大学任教，开设"妇女文学"课程，这是美国大学最早开设的女性研究课程[①]。艾丽斯向学生介绍了大量黑人女作家，尤其是在此过程中发掘并整理了黑人女性文学先行者佐拉·尼尔·赫斯顿（Zora Neale Hurston，1891—1960）的作品。赫斯顿是20世纪30

---

① http://baike.baidu.com/view/2213756.html?fromTaglist.

年代哈莱姆文艺复兴时期的黑人女作家,其代表作为《她们眼望上苍》(*Their Eyes were Watching God*,1937),但因其作品中所体现出的对黑人生活及传统的积极乐观态度而在抗议文学风靡的时代备受冷落。在研究过程中艾丽斯顿时对这位黑人才女产生了极大兴趣,她阅读了赫斯顿的全部著作,并编辑了她的文集《我开怀大笑的时候我爱自己》(*I Love Myself When I am Laughing*),同时艾丽斯还担任了《女士》杂志的编辑。在此期间艾丽丝仍坚持写作,先后出版了小说集《爱情与麻烦:黑人妇女的故事》(*In Love and Trouble: Stories of Black Women*,1973)和长篇小说《梅丽迪恩》(*Meridian*,1976)。《爱情与麻烦》获得了1974年国家文学艺术学院罗森塔尔奖。在《梅丽迪恩》中,艾丽斯·沃克叙述故事的才能和刻画复杂人物形象的本领已臻成熟。梅丽迪恩在民权运动中既感到精神解放又孤立无援的矛盾心理也反映出作者自己对所经历过的政治浪潮的深刻认识。《梅丽迪恩》的出版受到了文艺界的广泛关注,梅丽迪恩这个重新站起来的新女性形象也尤其受到女权主义者们的高度赞扬。这是艾丽斯·沃克创作的第一阶段,然而此时艾丽斯和列文斯尔的婚姻也走向了破裂。在艾丽斯后来的作品中,我们可以找到她早年生活滞留下来的某些痛苦记忆,以及她对这一段婚姻的反思。艾丽丝随后辞去工作开始专职写作,在旧金山,她遇到了《黑人学者》的编辑罗伯特·亚伦,不久即与之共同生活。

1982年是艾丽斯·沃克的事业巅峰期,她发表了小说《紫色》(*The Color Purple*),于1983年一举拿下代表美国文学最高荣誉的三大奖项:普利策奖、国家图书奖以及全国书评奖。1985年,著名导演斯皮尔伯格还将其拍成了电影。当电影在艾丽斯的家乡上演时,艾丽斯受到了家乡人民的盛大欢迎。《紫色》从此成为美国大学中黑人文学与女性文学的必读作品。继《紫色》之后,沃克发表了《我熟悉的一切之神庙》(*The Temple of My Familiar*,1989)和《拥有快乐的秘密》(*Possessing the Secret of Joy*,1992)。沃克的长篇小说《由于我父亲的微笑》(*By The Light of My Father's Smile*,1998)揭露了清教主义对女性性欲的压抑,肯定了妇女爱的权利。除长篇小说外,沃克还创作了不少诗歌和短篇故事。《寻找我们母亲的花园》(*In Search of Our Mother's Gardens*,1983)是她重要的一部文学评论集,此外还有一部为儿童撰写的有关黑人作家兰斯顿·休斯(Langston

Hughes，1902－1967)的传记和五卷诗集。艾丽丝·沃克于1983年曾随美国女作家代表团来华访问。

二、代表作

美国学者伯纳德·W.贝尔指出："《紫色》这部作品关心的与其说是阶级政治和种族政治，不如说是性别政治和自我……这些信都未注明日期，排列混乱随意，大多数是向白人上帝的戏剧性独白，象征着黑人妇女在追求自由、文化教育和完整的过程中受到超自然压迫和社会压迫的复杂性。"《紫色》描写了女主人公西丽亚从受压迫到取得独立和解放的艰苦历程，揭示了处在父权制社会性别主义和种族主义双重压迫下的黑人妇女追求独立和自我发展，实现精神自由、男女平等和种族平等的主题思想。

《紫色》由九十四封书信构成，有主人公西丽亚写给上帝的信、西丽亚写给她妹妹内蒂的信（被退回）、内蒂写给西丽亚的信、西丽亚所爱的女人莎格给西丽亚的信等。故事的背景是艾丽斯·沃克熟悉的美国南方佐治亚乡村，故事的年代大约在20世纪初到第二次世界大战前夕。14岁的黑人女孩西丽亚被继父奸污，生下两个孩子。多病的母亲不了解真相，被活活气死了。她的孩子被继父抢走后失踪，她本人又被迫嫁给已有四个孩子的鳏夫。丈夫另有所爱，对她更是百般虐待，而她受旧思想和旧习俗的影响只是自叹命苦，从不反抗，只在给上帝写的信里倾诉内心的痛苦。她对丈夫毫无感情，甚至不愿意叫他的名字，只称他为某某先生。善良的西丽亚发现继父和丈夫都对妹妹纳蒂不怀好心，便帮助她离家出走。她任劳任怨地把丈夫前妻的儿女抚养成人。大儿子哈珀结婚以后，想像父亲那样使唤打骂老婆，但儿媳妇索菲亚生性倔强，不肯对丈夫俯首贴耳、唯命是从，在生了好几个孩子以后还是离开了哈珀。

西丽亚的丈夫以前的情人——歌唱家莎格身患重病、流落街头。某某先生把她接到家里，她在西丽亚的精心护理下恢复了健康，两人成了知心朋友。莎格开导西丽亚要充分认识自己的聪明才智，并和大男子主义思想作斗争，主动争取女人应有的权利。莎格的启发开阔了西丽亚的眼界，她开始用新的眼光观察世界、考虑问题。后来，莎格发现西丽亚的丈夫一直把纳蒂从非洲写来的信件秘密收藏起来不让她知道，西丽亚在愤怒之余决定脱离某某先生，和莎格去了孟菲斯。她走出家庭学习缝纫，成为一名手艺精湛的裁缝，并开起了裁缝铺，过上了独立自主的生活。某某先生经过痛苦的思想斗争，认识到过去大男子主义思想的错误，向西丽亚作了诚恳的检讨，获得了西丽亚的原谅。他们虽然不再是夫妻，但成了朋友。西丽亚的妹妹纳蒂出走后到黑人牧师塞缪尔家干活，又随他们去非洲做传教士。她发现牧师的一儿一女就是西丽亚丢失的孩子。塞缪尔一家在非洲生活得很艰难，他的妻子染上了非洲疟疾不治身亡。英国殖民者为种植橡胶肆意破坏当地奥林卡人民的土地和村落，塞缪尔和纳蒂为此赶到英国向教会求救，却遭到冷落和侮辱。他们返回非洲时当地人民对他们大为失望，纷纷投奔住在森林深处反抗白人的母布雷人。内蒂此时已经和塞缪尔结成夫妻，决心带着儿子亚当、女儿奥莉维亚及儿媳妇塔希回国。小说结尾处，西丽亚与妹妹和儿子、女儿重新团聚，过上了快乐的生活。

在艺术手法上，《紫色》采用的是传统的书信体小说的形式。但艾丽斯·沃克突破了以往书信体的基本构思和创作原则，并不注重细节和真实，而是着力采用夸张和变形的手法，使作品具有强烈的超现实性和诗意。《紫色》在叙事技巧上的独到之处还体现在艾丽斯·沃克对语言在叙事策略中的作用的充分把握。西丽亚特有的南方乡村黑人方言（这也是她唯一会说的语言）制造了一种直接的真实效果，但同时又将读者与叙述者的环境有意拉开了距离——他们是局外人、陌生人，说的是另外的一种语言。通过强调西丽亚与纳蒂所使用的不同的语言（受过教育的纳蒂用的是来自外面的遥远世界的语言）强调叙述者的转换，纳蒂的信的出现也就使西丽亚有了对话的可能，使故事继续发展下去，而且使西丽亚与上帝的对话顺利地转换到西丽亚与人的直接对话。伴随着西丽亚的成长，西丽亚的语言和思想也越来越成熟起来。

《紫色》的另一成就在于塑造了一些具有女性主义特色的人物形象。索菲亚是一个懂得如何维护自己的利益和尊严的人，她真心爱丈夫哈珀，但她决不容许丈夫有家庭暴力。为了保持自己人格的完整，她最后离开了哈珀。索菲亚使西丽亚看到婚姻生活和男女关系并不一定要一方压倒另一方，她的勇气和行为赢得了西丽亚的钦佩，但真正帮助西丽亚成长和转变的是歌唱家莎格，一个敢爱敢恨、敢说敢做、自我意识十分强烈的女性，她启发西丽亚要敢于争取自己应有的权利，敢于和大男子主义思想作斗争。她坚信热爱生活、享受生活、待人以爱并为人所爱是崇拜上帝的最好方式，正是由于莎格的帮助，西丽亚才打破多年的沉默，宣布要离开家庭寻找新的生活。

三、评价

自《格兰奇·科普兰的第三次生命》起，艾丽斯·沃克由于对黑人男子的过激描写而一直受到非美作家群体的强烈指责。在动荡的20世纪60年代后期，伴随着民权运动，女权运动也空前高涨。1970年米利特的《性政治》这一女权主义经典作品的问世激发了一批反映女性意识觉醒的作品。女权主义小说在高峰期主要以妇女在传统的社会结构中的各种见解为"内容"，因而出现了大量描写妇女性生活和受虐待的日常事务小说，其表现比过去更为袒露，更富有同情意味，但在手法上并无新颖之处，某些小说只是公开了一般属隐私的妇女生活的某些方面。到了70年代中后期，女权运动开始出现分裂，激进的女权主义者排斥一切男性，主张以同性恋来解决妇女问题；但另外一些女权主义者则迅速而清醒地意识到通过妇女树立新的自我来改变她们的社会形象与地位的必要性。黑人与女作家的双重身份使艾丽斯·沃克和其他黑人女作家一样，既要表现一个白人中心社会中的黑人意识，又要表现一个男性中心社会中女性意识的觉醒。艾丽斯·沃克的可贵之处在于她在处理黑人男女之间的矛盾冲突时深刻地剖析了他们的思想意识和心理状态，她塑造出的黑人形象既有普遍共性又富有独特个性，她从不把黑人理想化，而是站在一种超越种族的高度。她描写的黑人男人表现出了在白人社会的价值标准与理想幻灭的扭曲下失去理性、绝望、痛苦的个性，而他们的绝望与愤怒往往会转化为对妇女的残酷粗暴。艾丽斯·沃克鼓励女性通过争取自由平等的斗争和寻求真正的自我而获得独立和充分的人性。通过其作品，沃克已经确立了自己在当代美国黑人女性文学中的地位，并继续捍卫黑人，尤其是黑人妇女的权益，为她们的事业而奋斗。另一方面，她也在创作技巧上不断探索，不断创新，攀登更为险峻的高峰。

参考文献

http://www.yilin.com/book.aspx?id=3519.

109. 谢利·安·威廉姆斯

（Sherley Anne Williams）

一、作家介绍

被誉为文学奇才的谢利·安·威廉姆斯（Sherley Anne Williams，1944–1999）于1944年8月25日出生在加利福尼亚的贝克斯费尔德。她在母亲莉娜·利拉·玛丽·赛勒和父亲杰西·温森·威廉姆斯的四个女儿中排行老三。年幼时的她和父母，还有三个姐妹鲁比、叶西曼利和洛伊斯总是因为没有住的地方而发愁，一家人靠采摘水果和棉花为生。威廉姆斯8岁时父亲死于肺结核，随后母亲在她16岁时也去世了。威廉姆斯被一个姐姐抚养成人，后者给威廉姆斯的一生带来很大影响。在年少的时候，威廉姆斯和一群被她称做不良少年的人混在一起。所幸因为自己对历史和自传的热爱而没有和他们一起堕落，相反，她不但得到自然老师的鼓励，还受到理查德·赖特（Richard Wright）的《黑小子》（*Black Boy*，1945）和厄尔萨·基特（Eartha Mae Kitt，1927–2008）的《星期四的孩子》（*Thursday's Child*，1956）的影响。她曾说，"这些自传体作品大大鼓舞了我，让我能鼓起勇气生活下去"[1]。此外，其他作家如阿米里·巴拉卡（Amiri Baraka）、斯特林·布朗（Sterling Allen Brown，1901–1989）、兰斯顿·休斯（Langston Hughes）以及弗雷斯诺州立大学的教授诗人菲利浦·莱温（Philip Levine）也给予了她很大影响。威廉姆斯于1966年获得弗雷斯诺州立大学（现在的加利福尼亚州立大学）的英语学士学位。随后，她进入霍华德大学继续研究生的学习，

---

[1] 参见 http://www.answers.com/Sherley+Anne+Williams?gwp=11&ver=2.0.1.458&method=3。

并于1972年在布朗大学获得英语语言文学硕士学位。

谢利·安·威廉姆斯自1966年起开始写作,将自己的一生奉献给了写作事业。通过写作和教书,威廉姆斯于1973年成为加利福尼亚大学圣地亚哥分校第一位被授予文学教授头衔的美国黑人。在她为孩子们所写《女孩们》(*Girls Together*)一书的封面上,威廉姆斯说,教书可以满足她"帮助学生联系起过去、现在和将来"的欲望[①]。威廉姆斯在教学工作岗位上作出了很大贡献,而她的写作生涯则给人留下了更为深刻的印象。她的第一篇短篇小说《告诉玛莎不要悲伤》("Tell Martha not to Moan")于1967年发表。她的第一本书也随后于1972年发表。这是一部题为《带来光明》(*Give Birth to Brightness*)的文学评论。梅尔·沃特金斯解释道,这本书主要通过点评被威廉姆斯称为"后期黑人作品"的当代小说,来研究从19世纪至今的黑人小说。她的第二部书《孔雀诗》(*The Peacock Poems*)于1975年发表。从诗集可以看出作者深受布鲁斯诗歌的影响。这部诗集聚焦于威廉姆斯当单身妈妈的生活,还有她的儿子梅尔科姆。书中还收录了记述她早期家庭生活和他们在田地劳作的诗歌。第二部诗集《智利:一个美丽的天使》(*Some One Sweet Angel Chile*)于1982年发表。书中的诗歌可以分为三部分:第一部分描写19世纪60年代一个黑人妇女来到南部做奴隶们的老师,第二部分则以杰西·史密斯和布鲁斯音乐为主题,最后一部分则描写作者的童年。此外,1982年威廉姆斯还发表了一部戏剧《来自新英格兰黑人的信》(*Letters from a New England Negro*)。1992年,威廉姆斯的儿童作品《摘棉花》(*Working Cotton*)发表。这部自传体作品记述了一个小女孩和在农场干活的父母一起在加利福尼亚棉花地里摘棉花的一天。在这部获奖作品中,她将儿时摘水果和棉花的经历描写得非常生动。1992年第二部儿童作品《女孩们》发表,书中描写五个一起在困苦中成长起来的女孩子之间牢固的友谊。1999年7月6日,54岁的文学奇才谢利·安·威廉姆斯因患癌症去世。

二、代表作

《德萨·罗斯》(*Dessa Rose*)是一部历史小说,描写了在阿拉巴马一

[①] 参见 http://voices.cla.umn.edu/vg/Bios/entries/williams_sherley_anne.html。

个怀孕的年轻女奴德萨·罗斯和一个被奴隶主丈夫抛弃的白人妇女露丝·伊丽莎白·萨顿（Ruth Elizabeth Sutton, or Miss Rufel）之间的故事。小说共分三部分：序言、主体和尾声。小说中的女主人公罗斯由于领导过一次奴隶起义而被判处死刑。在她被处以死刑前夕，白人书记员亚当·尼西米亚（Adam Nehemiah）前来采访。他试图以罗斯的故事为主要内容创作一部关于奴隶反抗的作品。亚当对罗斯的采访是故事的序言部分，这部分极有可能是为呼应威廉姆·斯泰容（William Styron）的历史小说《奈特·特纳的自白书》（The Confession of Nat Turner, 1967）中的故事而作。

在这部小说中，威廉姆斯让白人尼西米亚来讲述德萨的故事是有其特定内涵的。通过掌握对故事的讲述权，尼西米亚试图控制德萨的话语权。威廉姆斯通过这个故事表明，传统文学作品中的非裔美国人形象往往被白人刻意歪曲。故事中，作者让德萨与尼西米亚展开了一场"文字游戏"。德萨故意用话语误导尼西米亚，让他找不到逃脱的黑奴的真正去处。故事第二章"姑娘"（The Wench）和第三章"黑人妇女"（The Negress）是德萨和露丝之间的故事。在这两部分中，德萨讲述自己如何遇见露丝，两个人又是怎样从最初彼此间的不信任，到后来建立姐妹般的情谊的故事。露丝本是北卡罗莱纳州农场一位奴隶主的妻子，后来遭到丈夫遗弃。德萨在和同伴逃亡的过程中得到了露丝的帮助。两人后来又团结起来帮助更多的奴隶逃到西部。

《德萨·罗斯》以两件真人真事为题材。其中一件是一个怀孕的黑人妇女在1829年参与领导了肯塔基的一场奴隶起义，她因此被判处死刑，孩子一出生便被立即执行。另一件是1830年，住在北卡罗纳州农场的一名白人女性被报道庇护逃跑的奴隶。了解了这两件真人真事之后，威廉姆斯在序言中表达了对这两位女性之间未能谋面的遗憾，并作出大胆假设："如果这两位伟大女性碰面，又会发生什么样的故事？"她们对彼此的生活又会产生什么样的影响？在小说中，威廉姆斯让德萨和露丝相遇，两位女性最后克服种族间的偏见，团结在一起为自由而战。

《德萨·罗斯》反映了威廉姆斯对历史、传记，以及女性问题和种族问题的兴趣。作品不但重构了黑人妇女的话语权，而且塑造了令人耳目一新的黑人奴隶形象：罗斯不但成功地领导了奴隶起义，而且自己也在最后成功从奴隶制的枷锁中逃脱出来。

三、评价

从叙述上,威廉姆斯试图修正18和19世纪以来文学为政治服务的传统。以《德萨·罗斯》为例,她在作品中从一位黑人妇女的叙述视角来描写奴隶制度。德萨·罗斯是这部新奴隶叙述小说的主人公和叙述者。她掌握了自己的话语权,使自己成为整个故事的全知叙述者。她坚持对自己故事的阐述权是对自己奴隶地位的最好颠覆,因为尽管她被关在监狱里,没有人身自由,但她的精神是自由的。罗斯不但掌握了讲述自己故事的权利,而且更为重要的是,她把自己的故事又讲给自己的孩子听,这样故事便得以延续,黑人从此有了自己的历史。

作为作家和学者,威廉姆斯凭借自己的作品获得了多项荣誉。她的自传体诗歌选集《孔雀诗》于1976年获得国家图书奖和普利策奖两项提名。在选集中,她用布鲁斯诗歌来表达自己的感受。她凭借搬上银幕的《智利:一个美丽的天使》而获得埃米奖。1984年,威廉姆斯担任加纳大学的讲师。她的剧作《来自新英格兰黑人的信》成为1991年黑人剧作节和1992年芝加哥国际节日的特色剧目。此外,她还凭借《摘棉花》一书获得考尔德科特奖和科雷塔·斯科特奖。1998年,在加利福尼亚大学圣地亚哥分校召开了庆祝"黑人女作家和非洲——美国文学的极高艺术成就"的大会。会上,威廉姆斯作为贵宾被邀请在列。圣地亚哥市市长宣布了官方决定,将1998年5月15日定为"谢利·安·威廉姆斯节"[①]。同年,她因为在文学和诗歌方面的杰出贡献而获得了史蒂芬·汉德森奖。她临去世时还在创作《德萨·罗斯》的续集。威廉姆斯对低收入黑人女性的抗争表示同情,并且她希望通过她的作品来唤起广大读者的同情心。

参考文献

1. Davis, Mary Kamp. "Everybody Knows Her Name: The Recovery of the Past in Sherley Anne Williams's Dessa Rose." *Callaloo* 12.3, Summer, 1989.

[①] 参见 http://voices.cla.umn.edu/vg/Bios/entries/williams_sherley_anne.html。

2. http://www.newsreel.org/guides/furious/williams.htm.

3. http://www.marktplaza.nl/Sherley-Anne-Williams-Dessa-Rose-2847776.php.

4. http://www.findarticles.com/p/articles/mi_m2838/is_n3_v27/ai_14673164.

110. 凯茜·艾克

（Kathy Acker）

一、作家介绍

凯茜·艾克（Kathy Acker，1947－1997），美国后现代主义实验派小说家、散文家、剧作家和表演艺术家，也是一位主张性解放的女权主义者。她是实验派作家的一个代表人物，曾受到过黑山派诗歌、诗人威廉·巴洛斯（William S. Burroughs，1914－1997）、戴维·安亭（David Antin，1932－ ），以及法国批评理论、女权主义哲学的影响。她的作品中还充斥着很多关于性、堕胎、强奸、通奸、恐怖主义、色情、暴力等禁忌话题的描写。凯茜·艾克有着离奇的人生经历。她曾遭父母抛弃，当过脱衣舞女，拍过色情电影，她还是一名双性恋者，身上有纹身，这大大颠覆了传统的作家形象。她也从事过一些正当职业，比如她当过秘书、讲师、诗人、小说家、女权主义评论家等。

1947 年 4 月 18 日，凯茜出生于美国纽约市曼哈顿的一个犹太家庭，她名字中的"艾克"来自她的第一任丈夫罗伯特·艾克。1968 年，艾克在位于圣地亚哥的加利福尼亚大学获得学士学位。她还在纽约城市大学进行过相当于硕士阶段的学习，但是还没有拿到学位就离开了。在纽约期间，她从事过档案管理、秘书、脱衣舞女的工作，还曾拍过色情电影。20 世纪 70 年代，她经常往返于圣地亚哥、旧金山和纽约之间。她一生结过两次婚。

生长在纽约市的凯茜·艾克与盛行于 20 世纪七八十年代、对曼哈顿及其周围地区的文化有着深远影响的"朋克"运动有着密切的联系。70 年代，她开始发表小说。艾克曾经做过几个月的脱衣舞女，这段经历也影响了她的早期作品，但是当时她还处于文学界的边缘。在80年代中期前，只有一些小的出版社出版过她的小说，她也获得了"文学恐怖主义者"这个绰号。1972年艾克出版了她的第一本书——诗歌散文集《政治》（*Politics*），尽管这本书并没有得到评论家和公众的太多关注，但是它确立了艾克在纽约朋克界的名气。1973年，她以"黑蜘蛛"的笔名出版了第一本小说《黑蜘蛛孩子般的生活：女凶手的生活》（*The Childlike Life of the Black Tarantula: Some Lives of Murderesses*）。1974年，她出版了第二本小说《我梦见我是个女色情狂：想象》（*I Dreamt I Was a Nymphomaniac: Imagining*）。此外还有《图露斯·劳特莱克的成人生活》（*Adult Life of Toulouse Lautrec*，1978）和《凯茜去海地》（*Kathy Goes To Haiti*，1990）等小说。1979年，她的短篇小说《1979年的纽约市》（"N.Y.C. in 1979"，1981）获得了布什卡特奖（Pushcart Prize），但是她仍没有引起批评界的关注。直到1983年她出版了小说《远大前程》（*Great Expectation*），才引起了轰动。1984年，她在英国出版的第一本小说面世，名为《野蛮的高中故事》（*Blood and Guts in High School*），被认为是她文学创作的一大突破，从此艾克出版了很多小说，几乎都是由格罗夫出版社（Grove Press）出版的。同年，艾克还出版了《我的死亡我的生活，彼埃尔·保罗·帕索里尼著》（*My Death My Life by Pier Paolo Pasolini*）以及《阿尔及利亚：一系列祈祷因为其他不起作用》（*Algeria: A Series of Invocations because Nothing Else Works*，1984）。1986年，她出版了《唐吉诃德》（*Don Quixote: Which Was a Dream*）一书，这是她另一部备受关注的小说。1987年，格罗夫出版社将《凯茜去海地》、《我的死亡》和《佛罗里达》（*Florida*）三部小说结集出版，名为《文字的疯狂》（*Literal Madness: Three Novels*）。其中《佛罗里达》对美国著名导演约翰·休斯顿1948年的经典电影《盖世枭雄》（*Key Largo*）进行了解构；《凯茜去海地》这部小说叙述了一个年轻的女人在海地度假时的恋爱与性；《我的死亡我的生活，彼埃尔·保罗·帕索里尼著》则是关于意大利导演帕索里尼的一部虚假的"自传"。1988年，艾克出版了《无意义的帝国》（*Empire of the Senseless*），这本书成为了她写作生涯的转折点。她还为一些杂志或文选写文章。后来她的文章也得以刊登在一些传统的杂志或刊物上，比如像《卫报》就发表了她的一些文章。80年代初期她旅居伦敦,这期间她创作了一些极受批评界关注的作品。80年代末艾克回到美国,在旧金山艺术学院当了六年的兼职教授,同时还在其他一些大学里做访问教授,包括爱达荷州大学、圣地亚哥加利福尼亚大学、圣巴巴拉加利福尼亚大学、加利福尼亚艺术学院,以及洛亚诺克(Roanoke)学院。

对艾克产生影响的作家中有黑山派诗人(Black Mountain poets),尤其是杰克逊·麦克·劳(Jackson Mac Low)、查尔斯·奥尔森(Charles Olson)以及威廉·巴洛斯。此外艾克还深受弗拉克斯运动(Fluxus movement)的影响,以及一些文学理论的影响,如法国女权主义。在她的小说中,她整合了抄袭、剪切技术、色情、自传、剧中角色等元素,完全颠覆了传统小说的概念,通过使用语言的行为功能,使读者关注女性身份在男性叙述和文学历史当中具有的不确定性,并由此创立了在小说人物与自传性的角色之间的平行对应。艾克还对代词进行了新的尝试,颠覆了传统的句法。

1996年,艾克被诊出患有乳腺癌,并进行了切除手术,但是并不成功。1997年时她在《卫报》上发表了一篇文章《疾病带来的礼物》,文章中讲到在手术失败后,她受到身体上的残缺和精神上的创伤双重打击,对于传统医学失去信心。但是她并没有像大多数的患者那样消极被动,而是积极地去寻找其他方法。在她的眼中,病人们已不再是西方医学中医生所研究的对象,而是成为了一个智慧的追求者、一个先知。疾病是老师,病人是学生。一年半后,艾克因为癌症并发症在墨西哥提华纳(Tijuana)的一家医院里去世,年仅50岁。

二、代表作

1. 《远大前程》(*Great Expectations*)[①]

1982年,艾克在英国创作并出版了长篇小说《远大前程》,这也是艾克第一部引起美国评论界广泛注意的重要作品。这部小说利用19世纪英国著名作家狄更斯同名小说的基本框架,通过游戏式抄袭(plagiarism)、滥用(perversion)、套用(adaptation)、挪用(appropriation)、拼贴、剪

---

①参照李公昭:《坏女孩——凯茜·埃克及其创作》,《外国文学》,2006年第3期,第5~7页。

辑、语境重置（recontextualization）等手法"重写"了狄更斯的名著。

故事的场景从狄更斯小说中的19世纪的伦敦搬到了20世纪的纽约，故事的主人公皮普（Pip）改名为彼特，他长大后成为一个艺术家和同性恋者，后来又爱上了一个叫凯茜的女人，等等。在"重写"的过程中，埃克抄袭了普鲁斯特、福楼拜、瑞吉、霍尔特、济慈、普罗佩提乌斯、拉法耶特夫人等人的作品，同时加入她自己作为一个"朋客"（punk）的生活经历，将自己想当艺术家的愿望与追求变成了皮普的愿望与追求。这样，狄更斯的名著便被改造成为一部艾克的"自传"。

有评论家指出，艾克对资本主义病态社会中出现的暴力、性紊乱和男性的主体地位进行了批判。为了达到批判的效果，艾克在自己的作品中摒弃了大多数的叙事传统，因为作者认为这些传统是以男性为主导的社会制定的。她有意打破了作品中的人物和背景的稳定性原则，并有意弱化这部作品的原创性，这一点从保留了狄更斯的原始标题就可以看出。

多年来，艾克一直活跃在纽约非传统艺术家聚集的中心——格林尼治村，耳闻目睹了许多艺术家受金钱控制与腐蚀的案例，因此她在作品中经常用某些艺术家的名字来命名自己笔下的人物。在《远大前程》中，埃克更是尖锐地揭露了名利地位对艺术的影响与控制，即在这个后工业的社会中，一位艺术家若是没有名气，就没有金钱，也就无法进行艺术创作。艾克自己的生活与创作经历就说明了这一点。

2. 《唐吉诃德》[①]

《唐吉诃德》是艾克创作的另一部重要作品。和《远大前程》一样，《唐吉诃德》也游戏式地抄袭了西班牙文艺复兴时期的作家塞万提斯的名著和许多政治历史书籍，并对这些作品随心所欲地进行改造。在改造后的《唐吉诃德》中，唐吉诃德变成了一个66岁的老太太，而他的随从桑丘·潘萨则变成了一条会说话的狗，并更名为圣西蒙。全书由一系列片断或事件松散地串联在一起，给人一种梦幻般的感觉（该书的副标题正是"南柯一梦"）。

故事由三个部分组成。第一部分"夜晚的开始"，讲述女骑士如何离

[①] 参照李公昭：《坏女孩——凯茜·埃克及其创作》，《外国文学》，2006年第3期，第5～7页。

家云游，却闯入一个由两个"权力贩子"控制的世界。他们一个叫马基雅维利，另一个叫耶稣基督。在故事的开头，女唐吉诃德面临的首要问题是她必须马上做人工流产。艾克小说中的流产是一个复杂的象征，既象征着父权社会的压迫，还象征着男人和女人的不平等关系。对唐吉诃德来说，流产的启示便是所谓浪漫爱情其实是女人头脑中最愚蠢的想法。因此在艾克的作品中，任何与爱情相关的事物都注定是要毁灭的。《唐吉诃德》的第二部分为"其他文本"。在这部分中，唐吉诃德已经"死去"。她说不出话来，只能被动地阅读由四位男性作家创作的文本，他们分别是：一、俄国作家拜里的小说《彼得堡》，二、意大利小说家朗派杜莎的小说《美洲豹》，三、德国剧作家魏德金德的歌剧《露露》(以上均为真实人物和作品)，四、一位匿名作家的科幻作品。这些文本的共同之处是编造了一个标准的但却十分有害的女性样板，譬如当男人说"哪个男人也不会爱上你"时，女人就会用割腕来寻求出路等。

在这样一个以男性为中心的世界里，唐吉诃德意识到，女性的唯一出路就是做一个半男半女的人，于是她宣称自己是一个"阴阳夜骑士"(female-male night-knight)。在第三部分"夜晚的结束"中，唐吉诃德走出文学，回到现实，大战理查德·尼克松、亨利·基辛格、罗纳德·里根，以及《时代文学增刊》的编辑们，还有纽约市的大小房东，以使美国免遭这些"邪恶的巫师"的荼毒。她意识到在当前的世界中，经济与政治的战争已经转移到了语言和神话领域。

《唐吉诃德》是一部涉及面广泛的作品。在作品中，艾克不仅讨论了妇女地位、男女关系、传统文本中的女性形象、现代经济与政治对社会与文学的影响，还讨论了现代符号学、德里达、德勒兹、福柯等人的语言与批评理论，并灵活运用这些后结构主义批评家的理论嘲弄与颠覆以男性世界为中心的传统文学和现代政治等，主导的文学批评话语也被改造成艾克式的女性话语。

三、评价

艾克的作品一经面世就引起了不小的争议，女权主义者对艾克的作品既有赞扬也有指责。有人称赞艾克揭露了这个充满性别统治的资本主义社会中存在着厌女症；但是也有人指责艾克过于极端，而暴力的性描写会使得她的作品过于单一，而且也把女性非常不体面地对象化了。尽管她的作品受到了不少争议，然而艾克仍然特立独行。事实上艾克的作品一直都具有极强的政治性、鲜明的针对性和强烈的颠覆性。艾克把矛头指向了"无意义帝国"——美国，和美国人那种洋洋自得、自命不凡的心态，以及他们面对欺骗压迫时的麻木不仁。此外，艾克对于性和暴力等禁忌话题的描写虽然受到了很多评论家的指责，引起了一些读者的反感，但是她对于性的描写并不是为了煽动读者，而是用这些来打破已有的传统观念，表达对于生活中各种关系的思考，比如权力、欲望、性别统治等问题。因此可以说，从作品的内容至形式，艾克都可以称得上是一个浑身都充满着叛逆的"朋克"，她也向传统发出了挑战，引导着人们从一个很特别的角度进行深思。

参考文献

1. Carla Harryman, Avital Ronell, and Amy Scholder, ed. *Lust for Life: On the Writings of Kathy Acker*. Verso, 2006.
2. Michael Hardin. ed. *Devouring Institutions: The Life Work of Kathy Acker*. Hyperbole/San Diego State University Press, 2004.
3. 杨仁敬：《20世纪美国文学史》，青岛出版社，2003年。
4. 杨仁敬：《美国后现代派小说论》青岛出版社，2004年。
5. http://www.salon.com/audio/2000/10/05/acker/.
6. http://www.salon.com/media/1997/12/03media.html.
7. http://www.nagasaki-gaigo.ac.jp/ishikawa/amlit/a/acker21.htm.

111. 玛莎·诺曼

（Marsha Norman）

一、作家介绍

玛莎·诺曼（Marsha Norman，1947– ），剧作家、小说家。她出生于肯塔基州路易斯威尔市的一个信奉基督教原教旨主义的家庭。诺曼把她从事文学创作的原因归结为母亲从小对她的严格管束，因为小时候的她被禁止和其他同龄孩子一同玩耍。孤独寂寞的小诺曼只好将写作作为自己的娱乐消遣。诺曼从艾格尼丝斯科特学院（Agnes Scott College）毕业后，开始为《路易斯威尔时报》（*Louisville Times*）撰写书评、剧评、剧本等。《出逃》（*Getting Out*，1977）是她的第一个剧本，是应当时一个剧院导演的要求创作的。起初诺曼感到她没有创作的模板，后来她渐渐意识到自己在肯塔基州州立医院照料精神病少年患者的经历本身就是很好的创作素材。《出逃》被美国戏剧协会评选为由地方剧院创作的最好的剧本，同时还以简写本的形式收录在《1977–1978年度最佳剧作集》（*The Best Plays of 1977–1978*）当中。

诺曼的第一部小说《算命的人》（*The Fortune Teller*）发表于1987年，随后她又发表了《剧本四部》（*Four Plays*，1988）和音乐歌剧《秘密花园》（*The Secret Garden*，1991），后者改编自女作家弗朗西斯·霍奇森·伯内特（Frances Hodgeson Burnett）的小说，并在百老汇上演。在她的作品中，玛莎·诺曼有意识地以女性视角观察社会，关注女性生活和家庭关系，剧中的主要人物也多为女性。她的《晚安，妈妈》（*'night, Mother*）于1983年1月在坎布里奇首演后，原班人马移师百老汇，并荣获了当年的普利策奖。她的其他剧本还包括《瓦伦丁广场》（*Circus Valentine*，1979）以及

《莎拉和亚伯拉罕》(*Sarah and Abraham*)。1991年诺曼改编的《秘密花园》获得百老汇音乐剧托尼奖。

二、代表作

在《晚安，妈妈》('night, Mother)中，大约40岁左右、身患癫痫症的杰西（Jessie）和她的妈妈特尔莎（Thelma）一起居住。此剧一开始，杰西就问妈妈家中的枪放在哪里。她找到枪后，冷静地告诉妈妈晚上她就要自杀。杰西一边做家务，并准备替妈妈修指甲，一边把自杀的原因道出：从自己工作、婚姻、与妈妈的相处到对生命的看法……妈妈用尽方法，希望说服杰西，她甚至把困扰她这一生多年的问题告诉杰西。两人的对话逐步将剧情推向一个令人困惑无奈、无情且无可避免的高潮。

在这部作品中，作者把缺乏交流、缺乏聆听对方等家庭问题完美地反映出来，令广大观众深深体会到沟通不健全的家庭可能导致的严重结果。这是一个从结构到文笔，再到教育意义上都非常优异的剧本。

这部戏超越了"母女情深"的窠臼，没有哭天喊地的煽情，转而成了一场生死间的角力。演出时，剧中故事发生的时间与观众的时间是一致的，人们仿佛共同经历着一场生存还是放弃的命运之争。《晚安，妈妈》曾让美国女剧作家玛莎·诺曼于1983年夺得普利策戏剧奖，是美国戏剧界不可多见的哲理性剧作。

三、评价

玛莎·诺曼是一位相当敏感的剧作家，她能从最世俗的场景中挖掘生活的戏剧，这些世俗的场景可以是一家自助洗衣店或是一间台球房，也可以是一处简陋的公寓。更难得可贵的是，玛莎在对南方黑人生活的描述中不会令这些人物墨守陈规。今天，杰西的故事已被演绎成为一种社会弱者的另类生存悲剧，而《晚安，妈妈》也成为了近二十年来美国戏剧界分量最重的经典剧目。

参考文献

1. Bednerik, Marya. "Writing the Other." in Brown, Linda Ginter, ed. *Marsha Norman: A Casebook*. New York: Garland, 1996.

2. Brown, Linda Ginter, ed. *Marsha Norman: A Casebook*. New York:

Garland, 1996.

3. http://www.fb10.uni-bremen.de/anglistik/kerkhoff/ContempDrama/Norman.htm.

4. http://www.culture.cn/product.asp?id=2026.

5. http://www.bedfordstmartins.com/litLinks/drama/norman.htm.

6. http://www.who-dunnit.com/authors/15/.

112. 莱斯丽·摩门·西尔科

（Leslie Marmon Silko）

一、作家介绍

莱斯丽·摩门·西尔科（Leslie Marmon Silko，1948— ），美国当代知名小说家、短篇小说家、散文家、诗人、电影剧本作家。1948年3月5日，她出生在新墨西哥中部的一所大城市，随后在普韦布洛的一个保留地长大。西尔科于1969年从新墨西哥大学获得学士学位。她的代表作是小说《仪式》（Ceremony，1977），其他小说还有《沙丘花园》（Gardens in the Dunes，1999）及《死者历书》（Almanac of the Dead，1991），另外还有自传《说故事的人》（Storyteller，1981，这部作品用诗歌和散文的形式重构印第安人世代相传的家族历史故事），以及诗集《同一天空下的不同声音》（1994）、《雨》（Rain，1996）等。西尔科多次获奖，例如波士顿全球奖、国家艺术捐赠奖等。她的短篇小说《摇篮曲》（"Lullaby"）收录在《诺顿女性文学》中，从而成为入选《诺顿女性文学》的作家中最年轻的一位[①]。除写作之外，她还在新墨西哥大学、纳瓦霍社区学院和亚里桑那大学任教，近年来还为公众电视创作电影剧本。

作为一名小说家、散文家以及诗人，西尔科向来以关注土著美国人而著称。她在1974年出版了第一卷诗集《拉古那女人》（Laguna Women Poems），然而真正为她赢得批评界关注的是1977年的小说《仪式》。《仪式》的成功同时引起了批评界对西尔科早期短篇小说的关注，如短篇小说

---

① http://www.wvu.edu/~nas/silko.html.

《摇篮曲》、《黄肤女》、《托尼的故事》(1969)等。《黄肤女》是讲一个纳瓦霍妇女在被诱拐后对自己的身份产生困惑的故事。《黄肤女》("Yellow Woman", 1993)及其姊妹篇《黄肤女,一个美丽的心灵》("Yellow Woman and a Beauty of the Spirit: Essays on Native American Life Today", 1996)讲述基督教到达之前拉古那的社会状况,作品本身被认为是反对种族压迫的政治宣言。通过这两部作品,西尔科凸显了她与口头文化传统的密切关联。梅勒迪·格劳里奇(Melody Graulich)在《黄肤女》的序言部分说:"西尔科之所以反复强调回归仪式和口头传统的重要性,是因为在她看来这些都是重构个人文化身份的必要条件。"

二、代表作

《仪式》(Ceremony)讲述了一个从二战归来的混血老兵如何求得心智健全的故事。老兵泰尧(Tayo)从战场回来后很难适应新墨西哥印第安居住地的平静生活,他无时无刻不受到战争中的残酷记忆的折磨,他忘不了自己兄弟战死的那一刹那,因此他只得在逃避中度过。与此同时,其他从战场回来的老兵除了每日借酒消愁外,也声声抱怨种族主义给他们带来的痛苦。在一次纳瓦霍人的宗教仪式中,泰尧结识了充满智慧的混血老人贝托尼(Betonie),后者帮助他认识到了仪式的重要性。贝托尼告诉泰尧仪式本身并不只是形式,更重要的是一种构建个人生活的方式。在老人的帮助下,泰尧开始了解到人性和宇宙是一个人外在的整体,而仪式是帮助个人与这个整体走向平衡的有效方式。

在《仪式》中,作者以大量的篇幅为读者展现了美国土著部落传统的仪式细节流程,以及大量当地传统的故事和民间传说。通过这部小说西尔科想要告诉读者,传统不仅仅是历史的遗物,尽管当今的社会和过去大相径庭,但传统仍然发挥着自己的作用,传统和现代社会也仍然是息息相关的。这也是这部作品的一大主题[1]。作者对美国土著部落的传统文化进行了准确的刻画,强调历史是在不断重复的,"甚至到今天也是如此"。

凭借《仪式》对印第安人生活的成功描写及其对许多哲学问题的探索,

---

[1] Janet M. Labrie, *Masterpieces of Women's Literature*, ed. Frank N. Magill, New York: Harper Collins Publishers, 1996.

西尔科成为最有影响的土著美国作家之一。无论是从小说"讲故事"的叙事方式还是故事的"传奇"色彩，评论家们从各自不同的角度对这部小说给予了积极的评价。

小说《仪式》的发表更使西尔科在现代美国印第安最出色的作家行列中牢牢地占据了一席之地。许多学者将她的《仪式》同莫马迪（N. Scott. Momaday）获得普利策奖的作品《黎明之屋》相比。许多评论家注意到《仪式》在结构上虽不及她的短篇严密，但仍深为《仪式》中所运用的印第安人的"讲故事"的文化传统所吸引。

三、评价

西尔科从20世纪70年代初发表一系列短篇故事开始就受到了评论界的关注。她的故事结构严密。莫马迪高度评价她的幽默以及她对生活敏锐的感知能力。对于她的小说《死者历书》，评论家们褒贬不一，有评论家抱怨说在这部作品中西尔科的笔调过于深沉，她笔下的白人形象也太过于单一和模式化。尽管如此，西尔科作为印第安裔美国著名女作家的地位仍是毋庸置疑的。

她的小说和诗歌都以她的土著美国传统为写作背景，西尔科的作品很多都取材于她生活过的北部新墨西哥印第安居住地流传的口头故事。她的作品一方面体现了土著印第安人在以白人为主的美国社会所感到的隔离和孤独感，另一方面强调了土著传统和社区意识对于土著人适应现代社会所起的重大作用。可以说西尔科为19世纪60年代的土著文艺复兴起了重要的推动作用。西尔科的诗歌很多都是以传说故事为素材，而且主题紧紧围绕土著人，比如对西方时间观念的不适应、妇女的力量、改变的必要性等。作为一位土著作家，西尔科的作品起到了沟通文化的作用。然而她并不把自己局限于土著族裔，而是从一个世界公民的视角创作，据她所说，她的目标读者是全世界的人民。

参考文献

1. Antell, Judith. "Momaday, Welch, and Silko: Expressing the Femenine Principle Through Male Alienation." *American Indian Quartely*, Vol. 12, Summer, 1988.

2. Beidler, Peter. "Animals and Theme in Ceremony." *American Indian Quarterly: A Journal of Anthropology, History, and Literature.* Vol. 5.

3. Castillo, Susa Perez. "The Construction of Gender and Ethnicity in the Texts of Leslie Marmon Silko and Louise Erdich." Printed in *Yearbook of English Studies.* London, England.

4. Cohen, Robin. "Landscape, Story, and Time, as Elements of Reality in Silko's Yellow Woman." Printed in *Weber's Studies: An Interdisciplinary Humanities Journal*, Vol. 12, No. 3. Fall, 1987.

5. Gottfried, Amy S. "Comedic Violence and the Art of Survival: Leslie Marmon Silko's Almanac of the Dead." in *Historical Nightmares and Imaginative Violence in American Women's Writings.* Greenwood Press, 1998.

6. McBride, Mary. "Shelter of Refuge: The Art of Memesis Leslie Marmon Silko's Lullaby." Printed in *The Wicazo SA Review*, Vol. 3, No. 2. Rapid City, SD.

7. Nelson, Robert. "He Said/She Said: Writing and Oral Tradition in John Gunn's kopot ka-nat' and Leslie Silko's Storyteller." *Studies of American Indian Literature; The Journal of the Association for the Study of American Indian Literature*, Vol. 5, No. 1.

8. Thompson, Joan. "Yellow Woman, Old and New: Oral Tradition and Leslie Marmon Silko's Storyteller." *The Wicaza SA Review,* Vol. 5, No. 2.

9. Velie, Alan. "Four American Literary Masters: N Scott Momaday, James Welch, Leslie Marmon Silko, and Gerald Vizener." *Norman.* University of Oklahoma.

10. http://www.enotes.com/short-story-criticism/silko-leslie-marmon.

11. http://www.altx.com/interviews/silko.html.

12. http://fajardo-acosta.com/worldlit/silko/.

113. 丹尼斯·查韦斯

（Denise Chávez）

一、作家介绍

丹尼斯·查韦斯（Denise Chávez，1948– ）于1948年8月15日出生在新墨西哥州拉斯克鲁塞斯市（Las Cruces），她一直在自己出生的那所房子里居住和写作。查韦斯曾经说过："我们夏天就在德克萨斯西部我的姑妈家里度过。天气炎热，所以我们不能外出，不过姑妈家有一个很棒的图书室，里面有童话故事、科幻小说、哲学书籍。我妹妹喜欢读那些关于奥茨国翡翠城的故事，我喜欢读关于心理苦恼方面的书。"[①] 查韦斯在新墨西哥州梅斯拉的玛多娜中学就读时选修了一门戏剧课程，从此培养了她对于戏剧的浓厚兴趣。她还因此而获得了一份戏剧奖学金，并获得了到新墨西哥州立大学学习、师从于戏剧《下等儿童》（*Children of a Lesser God*）的作者马克·梅多夫（Mark Medoff，1940– ）的机会。1974年，查韦斯获得了戏剧学士学位，此后她选择继续到德克萨斯州的圣安东尼奥三一大学（Trinity University in San Antonio）进修，同年获得了戏剧和小说创作方向的硕士学位。毕业后的查韦斯就职于达拉斯戏剧中心，并继续着戏剧和创作方面的学习和研究。1984年她又从新墨西哥大学获得了艺术创作类硕士学位。

20世纪70年代初期，查韦斯开始了她的戏剧创作。她的早期作品主要关注的是奇卡诺文化中的社会和经济问题，以及墨西哥裔美国人社团中的双语习惯及其特有的幽默。同时她也创作诗歌和短篇小说。1986年她

[①] 参见 http://en.wikipedia.org/wiki/Denise_Chavez.

出版了短篇小说集《最后一个女招待》(*The Last of the Menu Girls*, 1986)。她现任教于新墨西哥州立大学,教授创造性写作课程,仍活跃在文学圈中。

二、代表作

查韦斯的第一部长篇小说《天使的面孔》(*Face of an Angel*)是根据她在研究生院读书时在餐厅里做招待员的经历,讲述了一个名叫索维埃达·多斯曼特斯(Soveida Dosamantes)的女招待员的故事。在她身边的男人中,她的父亲经常欺骗她的母亲;他的哥哥海科特在搞婚外恋;她的第一任丈夫背着她与镇子里的荡妇有染,她也因此与他离婚;她后来嫁给了一个白人,不久后,他自杀了。此外还有埋头于学术研究的 J. V. 教授。后来她又爱上了一个叫特尔奇奥的男子,然而后者却是一个有妇之夫。

这部作品描述了墨西哥裔美国妇女寻求自我和身份的奋斗历程。作者细腻地描绘了妇女是如何处理个人、家庭和社会事务的,这一点也是这部小说的动人之处。在这部长篇小说的护封上,桑德拉·西斯内罗斯(Sandra Cisneros)称作者查韦斯是"一个出类拔萃的……喜欢说些闲言碎语,常常泄露机密,专门讲那些妈妈不让我们讲的故事的人"[①]。

她的短篇小说集《最后一个女招待》(*The Last of the Menu Girls*, 1986)于 1986 年由公众艺术出版社出版。这部小说集由七部内容互相关联的故事组成,故事的背景都设在了新墨西哥。主人公洛乔·埃斯奎贝尔(Rocio Esquibel)在这几部故事中都出现了,随着她的成长,她的身份也随着故事年代的发展而变化。她先是一名学生,长大后成为教师,再后来又成为了一名表现活跃的女作家。查韦斯在这部作品中描述了一系列她非常熟悉的人和事。这部故事集无论是在语气上,还是在语言上都具有明显的美国西南部特征。查韦斯以真挚的感情和细腻的笔法描绘了普通百姓生活中的点点滴滴。

《天使的面孔》和《最后一个女招待》无论是在主题上,还是在人际关系、母性,以及宗教等方面都有着很多共通之处。

[①] 参见 http://voices.cla.umn.edu/vg/Bios/entries/chavez_denise.html。

三、评价

查韦斯的作品获得过很多大奖，最引人瞩目的当数短篇小说集《最后一个女招待》所获得的波多德尔索尔小说奖（Puerto del Sol Fiction Award）和《天使的面孔》所获得的美国国家图书奖（the American Book Award）。查韦斯的戏剧曾经在苏格兰的爱丁堡戏剧节和纽约的约瑟夫·帕普拉丁戏剧节上演。她指出，对自己产生过较大影响的有《俄狄浦斯王》（*Oedipus Rex*）、英国王政复辟时代的喜剧、《飘》、《拨电话挣大钱》（*Dialing for Dollars*）和超市里出售的各种报刊文摘，以及契诃夫、布莱希特、加夫列尔·加西亚·马尔克斯。她特别感谢她的良师益友鲁道夫·阿纳亚："我刚了解有一位住在新墨西哥州的作家名叫鲁道夫·阿纳亚的时候，我简直不敢相信。我觉得大地都在颤抖！居然有一位住在新墨西哥州的奇卡诺作家的作品被发表了！而在这之前我所看到的奇卡诺作家的作品只有写作拙劣的家族回忆录或者烹饪书。"①

参考文献

1. Brown-Guillory. "Denise Chàvez: Chicana Woman Writer Crossing Borders-An Interview." *South Central Review: The Journal of the South Central Modern Language Association,* 16.1, Spring, 1999.

2. Castillo, Debra A. "The Daily Shape of Horses: Denise Chávez and Maxine Hong Kingston." *Journal of Comparative and Cultural Studies,* 16.41, 1991.

3. Drabanski, Emily. "Sound and Spirit of Life in a New Mexico Town." *Los Angeles Times,* November, 1994, E6.

4. Ibarrarán, Bigalondo. "The Power of Words in Denisa Chavez's Face of an Angel." *Revista Alicantina de Estudios Ingleses,* No. 13, 2000.

5. Ikas, Karin. Denis Chávez, Las Cruces, *New Mexico in Interview.* Anglistik: Mitteilungen des Verbandes deutscher Anglisten, 9.2, 1998.

6. Joyce, Alice. *Face of an Angel-Book Review.* Booklist. 91.2, 1994.

---

①参见 http://en.wikipedia.org/wiki/Denise_Chavez。

7. Moran, Julio. "My Dream Was to Work at the Dairy Queen." *LA Times*, Life and Style 1, November, 1994.

8. http://elibrary.unm.edu/oanm/NmU/nmul%23mss361bc/nmul%23mss361bc_m4.html.

9. http://www.accd.edu/sac/english/portales/chavez.html.

114. 诺扎克·山格

(Ntozake Shange)

一、作家介绍

诺扎克·山格(Ntozake Shange, 1948 -), 原名波莱特·威廉斯(Paulette Williams), 美国当代剧作家、演员、教育家,于 1948 年 10 月 18 日出生在美国新泽西州特伦顿一个黑人中产阶级家庭。父亲保罗(Paul Williams)是外科医生,母亲是教育家和心理医生。1970 年她从巴纳德学院获得学士学位。1971 年,她更名为诺扎克·山格,意思是"一个独立的女人"和"走路像狮子"。威廉斯一家属于生活优裕的上层黑人家庭,家里的艺术气氛也很浓,这种环境造就和培养了山格的艺术天份。1973 年她从洛杉矶的南加利福尼亚大学获得硕士学位。在此期间她坚持使用自己的非洲名字,以此来显示自己的坚强和独立。在同第一任丈夫离婚后,山格曾多次试图自杀。后来她将个人的情绪转移到反对社会对黑人妇女的压迫上来。她先后在多所高校任职并从事女性研究、戏剧研究、非裔美国研究以及性别研究等项目。

她的第一部长篇小说《沙瑟弗拉斯》(*Sassafrass, Cypress & Indigo: A Novel*, 1982)是她的成名作,融叙述、诗歌、魔法、处方以及书信等多种形式为一体,充满了对女性所从事的活动如编织、烹饪、生育等工作的赞美。她的另一部小说《莉莲》(*Liliane: A Novel*, 1995)再次探讨了当代美国的种族和性别问题。

她的作品先后获得了各种奖项。《考虑自杀的黑人女孩》(*For Colored Girls Who Have Considered Suicide When the Rainbow is Enuf*, 1975)获得了 1977 年的优秀剧目奖和托尼奖等多项奖的提名。《勇敢的母亲和她的孩子》(*Mother Courage and Her Children*,1980)获得了 1981 年的优秀剧目奖和 1992 年的保罗·罗伯逊成就奖,以及同年的艺术及文化成就奖。此外她还创作了大量的诗歌。

除了小说、诗歌、散文和戏剧,山格还出版了四本儿童文学作品:《粉饰》(*Whitewash*,1997)、《像蝴蝶一样摇摆》(*Float Like a Butterfly: Muhammad Ali, the Man Who Could Float Like a Butterfly and Sting Like a Bee*,2002)、《爱林顿不是一条街道》(*Ellington Was Not a Street*,2003)和《父亲说》(*Daddy Says*,2003)。

二、代表作

山格因她的戏剧《考虑自杀的黑人女孩》(*For Colored Girls Who Have Considered Suicide When the Rainbow is Enuf*)而成名。从整体来看,这是一部配舞诗剧,是诗歌、音乐、舞蹈以及戏剧的混合体。剧中并没有传统意义上的统一的情节和人物,而是一个个既彼此相关又相对独立的小故事。剧中的人物只是用"穿棕色衣服的女士"和"穿白色衣服的女士"等称呼来表示。作品呈现了美国社会的黑人女性的复杂经历,为女性群体,尤其是一向沉默的黑人女性发出了声音,表达了在性别歧视环境中黑人女性的痛苦和成功,探索了暴力和女性问题,以及黑人文化传统的探寻等。本剧由七位女性表演,分别穿着彩虹的七种不同颜色的衣服。当她们分别独立时是脆弱的迫害对象,而一旦联合起来便拥有了巨大的能量,能够寻回女性的优雅和神圣。

作品以自白的方式坦率地讲述了几个妇女的情感经历、不幸遭遇、生存现状以及美好幻想等。其中一位脱衣舞女就把自己幻想成非洲的一位女神,而她的脱衣舞也渐变成埃及女神的神秘之舞,这表明她仍可以拥有尊严和美丽,只是这一切都被男性给"偷窃"了,女性指望依靠男性而获得安全和自我的努力永远是徒劳的。即使如此,这些女性仍期待与男性建立起真正充满感情的和谐关系。另一则故事"克莉斯多和花花公子威利"中威利将他们的两个孩子从五楼扔了出去,就因为克莉斯多在回答他的求婚请求时犹豫了一会儿。这个故事达到了戏剧的高潮。这些女性在宗教性的仪式中,在女性特征和集体力量中宣告找到了内在的神圣性[①]。

《华盛顿邮报》称这部戏剧在 1975 年的戏剧界引起了巨大的轰动。这部戏剧后来还被拍成了电视节目。它使黑人男性开始重新考虑他们与他们的姐妹之间的关系。即使在形式上,这部戏剧也是对传统戏剧的巨大冲击。《纽约评论》评价说:"山格在选题上称得上是一位先驱者,她成功刻画了黑人妇女在美国白人男权社会中所受到的双重压迫。"通过这部戏剧,一方面山格陈述了黑人艺术家在白人社会取得成功的艰难,另一方面,她塑造了一个个处处不被需要、没人关心、不受欢迎的黑人女性形象。这部作品的重心仍然是强调黑人妇女的生活经历,但是作品的主题从某种程度上又有了拓展和深化。

在大部分评论家对这部戏剧持肯定态度的同时,也有部分评论家对此剧持否定态度。一些黑人尤其是黑人男性说:"山格打破了黑人的禁戒,引发了戏剧界的哗然。"《芝加哥论坛》声称山格似乎有种族偏见,对黑人男性更是处以"私刑"。针对此类攻击,山格反驳说:"我在《黑人女孩》中所谈到的有关家庭分裂、暴力以及强暴的一系列问题都可以从议会图书馆、人口普查报告以及每月的犯罪统计表中找到真凭实据……我作为一名作家的职责就是要书写我所看到的一切。"而且这些女性中的多数都认为男女良好关系的建立是可能实现的梦想。另外,山格在戏剧中也歌颂了一位黑人男性,即海地革命领袖杜桑·卢维图尔,象征着黑人女性在有限的生活范围内同样可以找到英雄。

此剧黑人味十足,黑人音乐、非洲舞蹈、哑剧表演、讲故事的非洲叙述风格蕴含着丰富的非洲文化和女性文化,使它正处于非裔美国文学范畴之中。讲述的方式也不是传统的线性顺序,而是非洲式的一问一答的回声式或赞歌形式。宗教性仪式也是重要形式,象征着精神上的觉醒和真理。语言上打破传统的韵律的束缚,抛弃深奥的象征和比喻,采用新鲜生动、简单明了的语言,甚至是街头语言,来表现活生生的现实。形式上也有创新,合唱歌舞形式象征着女性集体的声音。戏剧的结构由

---

① Janet M. Labrie, *Masterpieces of Women's Literature*, ed. Frank N. Magill, New York: Harper Collins Publishers, 1996, p.205.

一系列相关的小故事组成,它们有一个共同的戏剧节奏,最后一刻达到戏剧化高潮,这种安排非常有戏剧效果,在美国剧场发展史中有着里程碑式的意义。

这部戏剧试图挑战传统的父权制世界观,在美国文学中找到黑人女性的位置,发出有色人种女性自己的声音,同时对白人女性主义运动提出了黑人女性的解读,是黑人女性的女性主义意识形态、黑人女性的需要和期待的表达。它向世界表明黑人女性的声音在妇女运动中是完全有效的。此剧在20世纪70年代中期曾在百老汇上演,获得了成功和好评,并走上了世界各地的舞台。

三、评价

山格的戏剧富于独创性,她的诗歌也像她的戏剧一样具有很强的独创性,而且评论家一致认为山格的诗歌在结构上比她的小说更合理。她的诗歌在形式上大胆地使用不规则的拼写和标点符号,在思想上表达了她对人民的同情与热爱。但也有一些评论家感到这些所谓的创新只不过是给感兴趣的读者增加不必要的理解困难,但山格说她喜欢那些字母跳跃的感觉,会给读者带来视觉上的刺激。同时评论家也承认她的小说中有更多值得研究的地方。

山格的作品形式充满创新和试验,难于简单定义和归类。她的成就在于她的作品能够使女性的苦难跨越民族和种族的界限,同时向白人种族主义者和父权体系下的社会结构提出了挑战[1]。

参考文献

1. Blackwell, H. "An Interview with Ntozake Shange." *Black Amirican Literature Forum*, 13, 1979.

2. Labrie, Janet M. *Masterpieces of Women's Literature*. ed. Frank N. Magill. New York: Harper Collins Publishers, 1996.

---

[1] Janet M. Labrie, *Masterpieces of Women's Literature*, ed. Frank N. Magill, New York: Harper Collins Publishers, 1996, p.207.

3. Lester, Neal A. *Ntozake Shange: A Critical Study of the Plays*. New York: Garland, 1995.

4. Shange, Ntozak. *For Colored Girls Who Have Considered Suicide/ When the Rainbow is Enuf*. New York: Broadwayarchive Press, 1989.

115. 牙买加·金凯德

(Jamaica Kincaid)

一、作家介绍

牙买加·金凯德(Jamaica Kincaid，1949–)，原名伊莱恩·波特·理查德森(Elaine Potter Richardson)，1949 年出生于西印度群岛的安提瓜岛(the island of Antigua)。她 17 岁时来到美国，后来加入美国国籍。她有着犹太人和黑人的血统，她的出身和经历对她以后的文学创作产生了巨大的影响。她出版的前两本书《在河底》(*At the Bottom of the River*，1984)和《安妮·约翰》(*Annie John*，1985)为她赢得了广泛赞誉。这两本小说和她的其他作品主要是关于她在出生地安提瓜岛上的生活。在一次访谈中，金凯德提到了她在小岛上的童年："每个人都觉得我对语言有一套，但是只是觉得我说话尖刻，从来也没有人对我有什么期望。我就算是掉到了裂缝中也没有人会注意到。我本应幸运地成为一个秘书。"[①] 她 17 岁时离开小岛来到了纽约学习，当她二十年后回到安提瓜小岛上的时候，她已经是一个为《纽约客》杂志撰稿的成功作家了。除了自传性小说和非小说作品，金凯德还创作了一些关于园艺的书，比如《我喜爱的植物：作家和园艺家论花草》(*My Favorite Plant: Writers and Gardeners on the Plants They Love*，1998)，其中包括三十五篇散文和诗歌。

二、代表作

1. 《在河底》(*At the Bottom of the River*)

在她的第一部小说集《在河底》里，金凯德展示了她对于生活中平凡

[①] Leslie Garis, "Through West Indian Eyes," *New York Times*, Octobor 7, 1990, p. 42.

的细节进行刻画的能力，她的这一写作特点也在她常被引用的故事《女孩》（"Girl"）里面体现出来。在这一个故事里，几乎通篇都是一个母亲对女儿的命令："星期一洗白色的衣服，把它们晒在石头堆上；星期二洗彩色的衣服，把它们晒在晾衣绳上；在阳光底下需要戴着帽子；用很热的橄榄油做南瓜点心……星期天的时候走路要像一个淑女……"这一个小故事体现了整本书的基调。

金凯德对于生活中的微小细节的观察细致与真切到使这些细节带有了一种近乎神秘的重要性。这个小说集里的另一个故事《家书》（"The Letter from Home"）进一步体现了金凯德的文风和她对于细节的兴趣。在这个故事里，女主人公不断地讲述着她日常生活中的琐事，整个小说读起来像是一个咒语，她是这样来开始她的故事："我挤奶牛，我搅黄油，我贮存奶酪，我烤面包，我泡茶。"有人把金凯德的作品比做唱圣歌，她的这一风格产生的意象就和孩子们在你的耳边轻声说着的秘密一样甜蜜而神秘。

随着这本小说集的出版，金凯德也成为美国小说界里一支重要的新生力量。她的作品有着启发甚至是预言的力量，从细微小事体现出了重要性，金凯德的独特技巧就在于她在阐明这些细节的时候游走在想象和现实的边缘。

2. 《安妮·约翰》(Annie John)

金凯德在她的第二本书《安妮·约翰》里面更加体现了她对于生活的细致观察和体验。这本书是由与一个叫安妮·约翰的女孩在安提瓜岛的成长经历相关的故事组成的。这个叫安妮的女孩在这里从一个年轻无知的女孩成长为一个有志向的护士，从不谙世事成长为现实主义者：她经历了月经初潮、亲手埋葬了一个朋友、逐渐从母亲的管制下独立出来，又经历了一场大病。她最后在追求安提瓜岛的生活以外的事业时被击垮。

这是一部出色的成长小说，赢得了众多批评家的肯定，他们认为它超越了地域限制，表达了成长过程中的特点。这本小说传达了幼年时代对父母和朋友的依恋中所蕴藏的神秘力量，以及青春期对他们的疏离。安妮对于离开她在安提瓜岛的生活有着矛盾的心理，这种矛盾心理是成长过程中不可避免的结果。金凯德的故事感人至深，又是人们耳熟能详的，它随时都可能发生在我们每个人身上，这就是这本书的力量、智慧和真理所在。

3. 《我母亲的自传》（*The Autobiography of My Mother*）

金凯德的另一部小说《我母亲的自传》是继她前两部关于她在西印度群岛上的生活小说创作后的再一次尝试。小说的叙述者是一个叫雪拉的老年妇女，讲述了她备受继母虐待的童年，她当警察的父亲是怎样的腐败，还有她决定堕胎的经历。在小说的结尾，叙述者把她的叙述又称为是她关于她从来没有见过的母亲和没有出生的孩子的故事。

像金凯德的早期作品一样，《我母亲的自传》也赢得了批评界的赞扬，尤其是因为她的田园诗般的写作风格。金凯德是用最美的散文描写了对生活丑陋一面的沉思。她使用了几乎是咒语般的语调，用重复和不寻常的句法，使这本书的韵律几乎使人昏昏欲睡。虽然小说的语言很美，但是不可否认，这些文字所表达的感伤过于陈腐、普遍化，有时甚至过于混乱。

金凯德的作品里有一个独立的世界，她用很多细节对这个世界进行了发掘，并不是为了证明那个世界的存在，而是展示人类的情感在任何地方都在显示着自己。金凯德从来不觉得有必要去证明一个黑人世界或是一个女性敏感性的存在，她觉得这两者都是存在着的，这就是她作品的出发点，越来越多的美国黑人作家将会像金凯德那样意识到黑人世界的存在，这样我们就能超越种族主义这个主题的界限，来探索更深层的主题，即黑人怎样生存和死亡，以及他们的爱与恨，这就是艺术。

三、评价

金凯德的"流放者"身份为她的作品提供了背景和素材，使得她能够与她的过去和现在保持一定的距离。她严谨地审视着她的出生地——小小的安提瓜岛，然后把它和北美的富裕并列起来。她作品中的主人公们也看似是与周围的人或物隔离开来，他们总是在寻找对人际关系的控制和从中脱离出来的自由。在对她的作品进行评论时，都不能忽略她与她母亲的关系，她的作品中诗一般的语言引导着读者反思母女关系，也表达了宗主国即英国和附属的安提瓜岛之间的联系。

金凯德的作品充满诗意，因韵律、意象、人物刻画和简练的表述受到人们的喜爱。正如艾克·翁沃迪（Ike Onwordi）所指出的那样："金凯德使用的语言充满诗意，从不做作。她有着一双善于发现细节的眼睛，同时她避免沉重的象征主义和新奇有趣的东西。"[1]

参考文献

1. Gebert, Lizabeth. *Jamaica Kincaid: A Critical Companion*. Greenwood Press, 1999.

2. Feguson, Moira. *Colonialism and Gender from Mary Wollstonecraft to Jamaica Kincaid*. Columbia University Press, 1994.

3. Feguson, Moira. *Jamaica Kincaid: Where the Land Meets the Body*. University of Virginia Press, 1994.

4. Jones, D and Jorgenson, J. D., ed. *Contemporary Authors, New Revision Series*, Vol. 59. Detroit: Gale Publishing, 1998.

5. http://www.scholars.nus.edu.sg/post/caribbean/kincaid/bio.html.

6. http://www.english.emory.edu/Bahri/Kincaid.html.

---

[1] Ike Onwordi, "Wishing Up," *The Times Literary Supplement*, Nov. 29, 1985.

116. 盖尔·琼斯

（Gayl Jones）

一、作家介绍

盖尔·琼斯（Gayl Jones，1949 – ）是芝加哥大学的英语文学教授，出生于肯塔基州的莱克星顿。她的生长环境对她的作品产生了很大影响。她在作品中经常向读者展示肯塔基州的文化和栩栩如生的人物形象。同时她的家庭对她的写作也产生了极大的促进作用：琼斯的外祖母经常为教堂写戏剧，琼斯的母亲则写一些短篇小说，这两位女性对琼斯的影响可见一斑。上小学时琼斯的一些老师就看到了她害羞的外表下隐藏着作家的天赋，并鼓励她进行写作。琼斯高中毕业后远离南方的家乡来到了康涅狄格州的康涅狄格学院学习，她在 1971 年获得了学士学位。之后她进入布朗大学进行研究生阶段的学习，两年后她获得了硕士学位，同时完成了她的第一部戏剧《智利女人》（*Chile Woman*，1974）。1975 年她获得了博士学位。

她在布朗学院期间曾师从著名诗人麦克·哈泼（Michael S. Harper，1938 – ），他把琼斯的第一部小说《考蕾吉朵拉》（*Corregidora*，1975）介绍给了托尼·莫里森。托尼·莫里森后来成为了琼斯作品的编辑。琼斯毕业后，于 1976 年出版了第二部小说《伊娃的男人》（*Eva's Man*）。之后她在卫斯理（Wellesley）学院教书，后来又在密歇根大学任副教授，从事英语、美国黑人和非洲文化研究。她在密歇根大学任教期间发表了短篇小说集《白鼠》（*White Rats*，1977）、诗集《安尼胡之歌》（*Song for Anninho*，1981）和《隐居的女人》（*The Hermit-Woman*，1983）。在密歇根期间，琼斯先后获得了美国国家艺术赞助事务部（the National Endowment for the Arts）和密歇根作家社团（the Michigan Society of Fellows）的会员资格，还在这里认识并嫁给了一个政治激进的学生罗伯特·希金斯（Robert Higgins），他在婚后改用了琼斯的姓。琼斯和丈夫在20世纪80年代因为政治问题离开了美国。在这一期间，琼斯在德国出版了另一部小说《鸟类观察家》（*Die Volgelfaengerin*, or *The Birdwatcher*），并在美国出版了一部诗集《沙科和其他诗歌》（*Xarque and Other Poems*，1985）。1998年琼斯和丈夫回到美国。不久后，她出版了第一部批评集《解放声音：美国黑人文学的口头传统》（*Liberating Voices: Oral Tradition in African American Literature*，1991）。在莱克星顿过了十年的隐居生活之后，琼斯又回到了公众的视野当中。她的小说《康复》（*The Healing*，1998）杀入了国家图书奖的决选。然而不幸的是，这时媒体的焦点聚集到琼斯的丈夫和警察之间发生的冲突上，这个冲突导致了琼斯丈夫的自杀。不久为防止琼斯自寻短见，她被送进精神病医院观察，但是后来她安然无恙，被送回了家。一年之后，琼斯出版了她的最后一部小说《蚊子》（*Mosquito*，1999）。至此，琼斯的生活经历了一个循环，因为她又回到莱克星顿过着隐居生活，并继续进行创作。

二、代表作

1. 《考蕾吉朵拉》（*Corregidora*）

她26岁的时候就出版了她的第一部、也可能是最受欢迎的小说《考蕾吉朵拉》。故事的主人公是一个布鲁斯歌手厄莎·考蕾吉朵拉（Ursa Corregidora），小说讲述了她起初遭受失败，后来逐渐获得重生，并从迫害中得到解放这一历程。她通过演唱这一平台传递了她家族的遗产。

厄莎在小说中是故事的讲述者，她使用传统的口头讲述的技巧，作者对这一传统技巧的应用可以说得上是极为成功。故事的讲述方式和厄莎唱歌的方式一样。开始时厄莎对她的母亲和外祖母所讲述的故事原封不动地进行了转述，因为此时她只是对这些故事进行被动的接受，并没有对她们的故事进行反思，不能用自己的话语讲述出来。逐渐地，她的经历激励了她重新思考历史以及历史中的传说和故事，同时也开始对这些故事产生质疑，甚至想去改变它们。例如，这些故事告诉她，她的第一任务是生孩子以使历史延续下去，但是她发现生孩子只是一个选择，而不是一个责任，还有其他更好的方法来延续历史，这就表现出了明显的女权主义倾向，因为还有很多妇女还没有从成为母亲才是确认自己身份和存在价值的唯一方法这一传统观点中解放出来。传统观念认为女性也有自己的事业和其他活动，但是她们首先必须有孩子。琼斯的小说表现了这一强调孩子重要性的性别观点不仅深深根植于男性的思想当中，也扎根于女性当中。于是，当厄莎受到丈夫的暴力迫害而再也不能生育的时候，她求助于布鲁斯音乐。她对于音乐的接受是到达结局的方式，而不是结局本身，真正结束了的是她对于她祖先们故事的默认。如果音乐、历史和口头叙述传统是一种治疗、解放和重生的方式，那么它们不是靠被动地重复，而是需要交流。只有当双方共同起作用，从而在讲述者和聆听者之间建立一种真正的对话关系的时候，它们才能真正地治疗精神和身体上的创伤。

琼斯的作品中也表达了关于共存而又矛盾着的情感这一主题，尤其是爱与恨这一矛盾的感情。在这一小说中，当厄莎和她的母亲讨论外祖母与她们以前的主人的关系的时候，小说对这一主题表现得更为彻底。琼斯说过："我对共存的矛盾着的情感很感兴趣……我认为人们能够同时具有两种不同的感情。"[①]

2. 《伊娃的男人》（*Eva's Man*）

仅一年之后她就出版了另一部小说《伊娃的男人》，这也是她最引起争议的作品。小说的主人公伊娃（Eva）是一个年轻的女子，因为长时间经历性虐待和感情创伤，她最后试图谋杀她的情人并对他进行性伤害，结果被送进了精神病院。

人们对这部小说争议的焦点在于积极的种族形象。一些黑人女作家批评这部小说，她们认为这部小说创造出了关于黑人妇女永久性的反面形象。朱恩·乔丹（**June Jordan**）曾指出："琼斯在她的第二本小说中确实有着真实的、使人不安的内容，即传达了对女性尤其是黑人女性的错误信息，尤其是黑人女孩被迫用各种方法来对待她们所受到的来自父亲们、母亲的情人们以及她们的表兄或是叔伯们的性分割和精神上的迫害。这些女

---

①，Claudia Tate, *Black Women Writers at Work*, Continuum Intl Pub Group, 1984, p. 95.

性形象破坏了文学中黑人妇女的形象。"[1]琼斯在访谈中反驳了这种观点:"我在故事中用这样的形象来表达男人们是怎样来定义女性人物的。"[2]

三、评价

琼斯的作品涉及诗歌、短篇小说和文学批评,其中最为出名的是小说,她也获得了许多奖项。她的一些文章和关于她的一些访谈也使人们更全面地了解了这位女作家。她反复强调小说中人物之间的关系,几乎她的所有小说都分析了不同人物的心理以及人物之间的相互关系,尤其是性关系所造成的不同结果。暴力是一个中心主题,但是琼斯不仅仅描写那些明显的暴力,也表现了那些已被社会所接受但确实能造成伤害的、更为复杂的暴力形式。同时琼斯像其他女性作家(如艾丽丝·沃克等)一样认识到了把书面的文学和直接话语口头叙述传统的力量结合起来。她深深地迷恋于黑人语言的韵律和结构,以及神话传说和讲述故事的口头叙述传统,琼斯从这些传统中得到启发,并把它们应用到她的小说创造中去,成为她表现作品中心主题的工具和手段,从而她的作品有了音乐性和感知性。这种音乐的、充满感性的语言和黑人的歌曲、咒语、布鲁斯和爵士乐颇为相似。琼斯说过她是从倾听别人谈话而不是从书面文学中学会写作的。

琼斯的这些审美特性使得她的小说具有以下特点:第一,她的作品从有力的叙述传统和历史中得到力量,并使这一传统重新得到生命。第二,她的口头叙述使她的作品有着亲切感。例如在小说《考蕾吉朵拉》中,不同人物的讲述交织在一起,使读者有着身临其境的感觉,事实上这种使读者经历小说中的故事也是琼斯的文学成就之一。读者不得不思考、感觉、回应,而不是被动地接受作者的内容。事实上,她在小说《伊娃的男人》中说过:"我最想传达的是伊娃作为故事叙述者的不可靠性。"伊娃不可能从受害者的身份中逃离出来,她的暴力不仅破坏了她自己的人性和个体,对其他人也是一种伤害。

尽管琼斯的作品常常因为其主题和对作者私人生活的新闻报道而备

---

[1] Carolyn Riley and Phyllis Carmel Mendelson, *Contemporary Literary Criticism: Excerpts from Criticism of the Works of Today's Novelists, Poets, Playwrights and Other Creative Writers,* Thomas Gale, 1976, p. 266.

[2] Claudia Tate, *Black Women Writers at Work,* p. 97.

受争议，但她的作品仍以其复杂的风格和深厚的感情使读者感到敬畏。她从她的黑人遗产以及个人经历和斗争中得到启发，并以此作为作品的主题。她笔下的人物有着重要的心理发展历程，他们发出了自己的声音来讲述自己的故事、唱出自己的歌曲。琼斯的作品中所包含的口头叙述使作者和读者之间进行了直接对话，表现在作品中就是人物之间的对话。琼斯通过使用家族历史、传说、对话、书信、传记，以及对梦境和噩梦的描述来安排她的作品，强调作品的形式、结构和风格与内容一样有其重要性。同时她的小说对生存方式的探索和失败原因也进行了分析。

参考文献

1. Baker, Houston. *Blues, Ideology, and Afro-American Literature: A Vernacular Theory*. Chicago: University of Chicago Press, 1984.

2. Coser, Stelamaris. *Bridging the Americas: The Literature of Paule Marshall, Toni Morrison, and Gayl Jones*. Philadelphia: Temple University Press, 1995.

3. Mills, Fiona and Keith Mitchell, ed. *After the Pain: Critical Essays on Gayl Jones*. New York: Peter Lang Publishing, 2006.

4. http://www.enotes.com/contemporary-literary-criticism/jones-gayl.

5. http://davidburn.com/scartissue.php.

117. 埃凡吉莉娜·维吉尔-皮农

（Evangelina Vigil-Piñón）

一、作家介绍

埃凡吉莉娜·维吉尔-皮农（Evangelina Vigil-Piñón, 1949– ），美国诗人，于1949年11月29日出生在美国得克萨斯州。母亲是墨西哥人，父亲是得克萨斯人，皮农会说英语和西班牙语。她在稍大一点的时候就搬到外祖母家，同外祖母和舅舅生活在一起。从舅舅那里，她听到了关于墨西哥革命的历史故事以及墨西哥人在20世纪初的美国的奋斗历程。舅舅在她的童年生活中扮演了很重要的角色，从他那里，她学到了如何自立。通过母亲，她从小便养成了阅读的良好习惯。皮农8岁时完成的她的第一首诗歌就获得了国家诗歌竞赛的第三名。从父亲那里皮农获得了音乐天赋。她后来回忆说："音乐在我的经历和内心深处占据了很重要的地位。"诗歌对她而言就是充满旋律感和节奏感的音乐。

大学期间，皮农先是学习了与经济管理相关的课程，后来又转学英语以及政治科学。20世纪60年代的民权运动，以及在大学期间的学习和生活经历使她逐渐对自己的身份有了更深刻的认识。大学期间她阅读了许多黑人作家如詹姆斯·鲍德温的作品。这些黑人作家的作品对她以后的创作产生了很大的影响。从1978年开始，皮农决定将更多的时间投入到写作上。她的诗集《三十年了解很多》（*Thirty an'Seen a Lot*）中的大部分诗作都是在1976年到1979年这段时间内写成的。《越来越深》（*Nade y Nade*）于1978年发表，这部诗集共包含了三十首以悲伤、时间、自我了解、与他人交流为主题的诗歌。

皮农于1983年同马克·安东尼奥（Mark Antonio）结婚。同年，诗集《女人的世界：西班牙女人》（*Woman of Her Word: Hispanic Woman Write*）发表，她自己还担任这部诗选的编辑。《去吧，电脑》（*The Computer is Down*）于1987年出版。1995年她开始翻译托马斯·瑞沃拉（Thomas Rivera）的《土地没有吞噬他》（*The Earth Did Not Devour Him*）。2001年秋天，皮农出版了她的第一部双语儿童读物《玛丽娜的姆姆裙》（*El muumuu de Marina*）。她是国家西班牙记者协会、西班牙妇女领导协会，以及西班牙媒体休斯敦联合会会员。她一生从事过多种职业，当过作家、播音员、无线电广播节目制作者及主持人，同时她还是律师助理和杂志编辑，目前她在休斯顿大学从事西班牙裔美国文学的教学工作。

二、代表作

《三十年了解很多》（*Thirty an'Seen a Lot*）是皮农在休斯敦期间历时六年写成的诗歌总集，于1982年发表，这本诗集为她赢得了1983年的美国国家图书奖。皮农在诗集中反映出了独特的生活感受，以及墨西哥裔美国文化中的一些独特仪式和墨西哥裔美国人的特殊性情。此外诗人对日常生活的一些简单乐趣、西班牙老一辈传下来的文化和智慧，以及诗人同大自然的关系都给予了由衷的赞誉。

皮农热爱大自然，她说墨西哥湾的大海、沙滩、海浪，所有这一切都给她的创作带来了无尽的灵感。尽管这些主题看起来有些沉重，但是这些诗歌本身却并不沉重，它们中大多数都是用柔和、沉思的笔调写成。即使在她描写星期天下午闲坐在广场上的老人时，忧郁的笔调中仍然不乏调侃与讥讽，讽刺她的同时代人中的虚伪与男性沙文主义。从风格特点上来说，这部诗集感情真挚深沉，能够深深地感染和打动读者，仿佛使人身临其境，参与其间，与诗人产生强烈的共鸣。

《三十年了解很多》中的诗歌通常是用混合了的英语与西班牙口语写成，诗歌的主题也不拘泥于某一个国度或民族。诗歌的语言质朴流畅，读来琅琅上口，韵律十足，可以称得上是当代美籍西班牙裔作家诗歌的代表作品。

三、评价

埃凡吉莉娜·维吉尔-皮农是第一位能够表达出西班牙语社区人民的文化的诗人，而且在她的诗歌中似乎有一种超越具体时代的特质。她的诗歌语言技巧娴熟，能够将日常生活中的口语和英语与西班牙语中的俗语融入到诗歌当中去而不觉突兀，由此可见她的语言功底之深厚，可以说已经达到了炉火纯青的地步。她的诗歌题材广泛，主题丰富。她将声音和画面有效地融合起来，以取得最佳的诗歌效果，可谓将她的诗歌天赋发挥得淋漓尽致。在当今美国文坛，墨西哥裔美国诗人中很少有人能引人注目，而皮农却是一颗光彩夺目的新星。她的许多作品已经在全美的许多报刊杂志上发表，并引起了批评界的关注。

参考文献

1. Garcia, Juan A., Theresa Cordova, and Juan R. Garcia. *The Chicano Struggle: Analyses of Past and Present Efforts*. New York: Bilingual Press, 1984.

2. Vigil-Piñón, Evangelina. *Nade y Nade*. Texas: San Antonio, 1978.

3. Vigil-Piñón, Evangelina. *Thirty An Seen a Lot*. Houston: Arte Publico Press, 1985.

4. Vigil-Piñón, Evangelina. *The Computer is Down*. Houston: Arte Publico Press, 1987.

5. Vigil-Piñón, Evangelina, (Translator) Tomas Rivera. *Y no se lo trago la tierra (And the Earth Did Not Devour Him)*. Houston: Arte Publico Press, 1987.

6. Vigil-Piñón, Evangelina. *Woman of Her Word: Hispanic Woman Write*. Houston: Arte Publico Press, 1987.

7. Vigil-Piñón, Evangelina. *Nalina'Muumuu*. Houston: Arte Publico Press, 2001.

8. http://www.houstonculture.org/people/pinon.html.

118. 杰西卡·海格多恩

（Jessica Hagedorn）

一、作家介绍

杰西卡·海格多恩（Jessica Hagedorn，1949 – ），菲律宾裔美国小说家、诗人、多媒体剧作家、表演艺术家，1949年出生于菲律宾。她的母亲是一个有着苏格兰、爱尔兰、法国血统的菲律宾人，她的父亲则有着西班牙血统，她的曾祖母是中国人。海格多恩因自己有着如此复杂的背景把自己称为是混种人（hybrid），她在自己早期的一部诗集《危险和美丽》（*Danger and Beauty*，2002）里自称是一个"典型的杂种人"。她的背景很模糊。海格多恩14岁的时候举家迁往美国，她在美国音乐学院剧院（the American Conservatory Theater）接受教育。在这里她不仅学习了太极拳和武术，还学习了西方的哑剧表演和剑术等课程，这种万花筒式的教育为海格多恩培养广泛的兴趣打下了基础。1972年，她年仅20岁就出版了第一部诗集，之后她坚持进行诗歌创作。20世纪70年代初，她在一个摇滚乐队"西岸匪帮乐团"（The West Coast Gangster Choir，后更名为 The Gangster Choir）担任主唱兼歌曲创作，在此期间她出版了几部诗集，包括《第三世界的女性》（*Third World Women*）、《危险的音乐》（*Dangerous Music*）和《危险与美丽》。她所在的乐队在演出时既有演唱也有一些戏剧表演，这直接影响了她日后多媒体戏剧的写作风格。海格多恩的作品大多是歌曲和散文，也有多媒体戏剧、诗歌、短篇小说和一些有关表演艺术的作品。她还编辑了《陈查理死了——当代亚裔美国作家作品选读》(*Charlie Chan is Dead: An Anthology of Contemporary Asian American Fiction*，1993)，同时她还为郑淑丽（Shu Lea Cheang）执导的电影《新谋

杀》(*Fresh Kill*，1994）作出了贡献，并参与了一个动画系列片《粉色宫殿》(*Pink Palace*）的制作。这个动画片讲述了一个菲律宾少女是怎样处理她移民美国后所面临的一系列问题的故事。

1978年左右，旧金山的艺术界开始降温，于是海格多恩来到了纽约。她在纽约的经历使她的作品变得强硬起来，因为在纽约的生活非常艰难，她不得不改变自己以适应这里完全陌生的亚文化和艺术环境。1988年，海格多恩回到菲律宾，完成了她的第一部小说《共和制总督》(*Dogeaters*）。这本书出版于1990年，获得了哥伦布前基金会（Before Columbus Foundation）颁发的美国国家图书奖（the American Book Award）。她的作品有《彻姬塔香蕉》(*Chiquita Banana*，1972）、《宠物食物和热带魅影》(*Pet Food and Tropical Apparitions*，1975）、《危险的音乐》（1975）、《芒果探戈》(*Mango Tango*，1977）、《共和制总督》、《危险和美丽》、《敞口船：亚裔美国作家的诗》(*The Open Boat: Poems From Asian America*，1993）、《陈查理死了——当代亚裔美国作家作品选读》、《爱的匪帮》(*The Gangster of Love*，1996）、《燃烧的心：一幅菲律宾人肖像画》(*Burning Heart: A Portrait of the Phillipines*，1999）。

海格多恩的戏剧《房客情人：纽约没有棕榈树》(*Tenement Lover: No Palm Trees in New York City*）体现了她使用歌曲、诗歌、意象和对话的多种媒体混合起来的表达方式。《燃烧的心》是诗歌和黑白照片的组合体，体现了她的混合媒体风格。而她的第一部小说《共和制总督》是根据《燃烧的心》中的材料改编的小说，出版后便赢得了全国范围内的广泛关注。第二部小说《爱的匪帮》是一部自传性的小说，与《共和制总督》有着相同的身份寻求的主题。这部小说出版于1996年，获得了爱尔兰时报国际小说奖（The Irish Times International Fiction Prize）。小说《梦雨林》是以菲律宾偏僻的雨林为背景，讲述了一个好莱坞电影摄制组来到菲律宾一个新发现的石器时代部落里进行战争电影拍摄的故事。

二、代表作

海格多恩的艺术观在她的第一部小说《共和制总督》(*Dogeaters*）中得以体现，它描述的是菲律宾在马可斯残暴统治下存在的社会不公现象。小说得到了美国国家图书奖的提名，并获得了哥伦布前基金会所颁发的美国国家图书奖。小说的主人公从一个瘾君子成为一个电影明星,从一个15岁的女孩成为政治要人。这部小说像是一个融合了各种声音的组合,再一次强调了社会的任何一个阶层都逃不过殖民化的影响这一事实。

从整篇小说来看,事实总是被转换,历史记忆常常被破坏或是故意错置,展示了在殖民时期菲律宾的文化和宗教信仰被其他国家压迫和摧毁的历史。海格多恩描述了菲律宾被殖民者撕成一块块的碎片又被拼凑起来,但是在拼凑的过程中有不少的碎片被遗失掉了。在这里,这些碎片被重新拼凑组合,因为主人公们需要寻求自己完整的身份。在小说的每个部分中,我们都能发现受美国文化影响的、代表西式文明的东西,如收音机、电视、电影、剧院等,但真正使小说中的人物得到完整人格的却是"西斯米"(意为"闲言闲语")。通过小说中一个人物之口,海格多恩述说了她自己的意愿:"我只想让我自己的历史完整,这对我很重要。"

这些相同的声音融合在一起不仅有效地揭示了殖民统治不可避免的后果,也表达了菲律宾人民对于所受的不公平待遇的不同反应。一些人过着自己的生活而根本觉察不到所受到的极权统治,而有些人则正积极试图推翻这一统治。支持这一集权政府的多是接受美国文化的富人,而那些受苦受难的人大多为社会底层的穷人。政治动乱的后果就是富人们得到胜利的果实,而穷人们只能保持缄默,不敢有怨言,因为他们知道政府可以找到任何枪决人的理由。不管是支持或是反对马可斯政权,大多数人物选择了与他们的祖国站在一起,有些人是积极的,有些人是消极的。一些人物绝望地想找到离开菲律宾的出路,并想把他们的菲律宾文化完全摒弃;同时也有一些人物拒绝强加在他们身上的西方价值观,想尽各种办法在美国文化里保持他们的菲律宾传统。每一种声音都与祖国菲律宾有着爱恨情仇的联系,但是所有的人物最终都在他们的菲律宾根源里找到了意义。

总的来看,海格多恩的小说表现了她本人与她的祖国之间的爱与恨交织在一起的感情联系。尽管每部小说里所关注的斗争焦点不尽相同,但是问题的解决方法是一致的:每个人都应该在他的祖国寻找到他的根,并坚定他对祖国母亲和祖国文化的信仰,这样才能找到他们本打算在美国寻找的安宁与幸福。

三、评价

海格多恩以她对菲律宾人和菲律宾裔美国人大胆而有活力的悲喜剧式描述而闻名,她的作品风格体裁多样,包括小说、戏剧、诗歌和表演艺术。她的作品多关注男性统治的文化下的局外人的生活,这些处于边缘的人大多为女性,她们中有艺术家、妓女、吸毒者,并夹杂着男扮女装的男同性恋者。

她的戏剧多体现了她使用歌曲、诗歌、意象和对话的多种媒体混合起来的表达方式。海格多恩要表达的主题多为身在美国的菲律宾人,不论在马尼拉还是在纽约,都有着许多问题要解决。在这些戏剧里,海格多恩通过菲律宾移民的亲身经历,探讨了人们在一个陌生的环境里会处于什么样的状态,有着什么样的可能的结果。如《房客情人:纽约没有棕榈树》这部戏剧讲述了一个叫邦邦(Bongbong)的菲律宾移民的故事。他开始认为美国文化是很疯狂的,然而渐渐地,通过意象、书信、梦境、诗歌和叙述,他越来越能够驾驭美国的文化,直到最后能够完全接受它。作为一个菲律宾人,他与西方文化有着矛盾和冲突,但是他能够从这个文化中选择出适合他并能为他所用的方面。

海格多恩的诗歌也体现了她的混合媒体风格。如她的《燃烧的心》中,书中的照片和诗歌组成了一幅菲律宾人暴力的又充满着宗教意味的图画。其中一张照片展示了一个年轻的菲律宾男子左肩扛着一架自动机枪,身旁是一个身穿白色蕾丝裙的小女孩。海格多恩给这幅照片配上一首诗,这首诗描写的是一个老人的祈祷。她把武器和妓女作为创作的一部分内容。海格多恩的诗歌也发掘了动乱中的简单的快乐,她笔下有着在政治动乱和紧张中的舞蹈、欢笑、吃喝和感情上的愉悦。海格多恩强调所有这些黑与白的意象,她强有力的诗句也给予这些意象以更深刻的意义,同时她也把她对菲律宾的印象与这些意象连接起来。

海格多恩混杂的种族背景使得她的一些读者对她的亚洲人身份提出质疑,海格多恩把她的身份归结于她的"纯菲律宾人祖母"身上,她认为她祖母的种族特征在她的想象力塑造方面起到了重要的作用,因此海格多恩把自己定位为一个菲律宾作家是有据可证的。还有批评家因为她很小就移民美国而对她作为菲律宾作家的合法性提出疑问,但是海格多恩对此并没有作出什么回应,因为她的作品就是与她作为一名生于马尼拉长于美国的菲律宾人的亲身经历紧密相连的。

海格多恩的作品多反映了菲律宾裔美国人试图在两个文化之间找到自己位置的努力与斗争。她的作品主题是一致的,只是不同的作品选取了同一主题的不同侧面,比如寻求身份、适应新的社会或是与历史的关系。她的大多数作品并没有严格依据传统,而是创造出了多媒体的作品,或是使用她在歌曲写作、诗歌、散文和戏剧文献方面的才智来传达她的思想。很难将杰西卡·海格多恩划分在任何一个艺术门类下,因为她既像诗人和小说家,也像音乐家和剧作家。但是她在两种相冲突的文化之间想要找到自己的位置这一主题却是确定不移、不可动摇的。

参考文献

1. Bonetti, Kay. "An Interview with Jessica Hagedorn." *The Missiouri Review.* Summer, 1996.

2. Hagedorn, Jessica. *The Gangster of Love.* Boston: Houghton Mifflin Company, 1996.

3. Hagedorn, Jessica. *Charlie Chan is Dead: An Anthology of Contemporary Asian American Fiction.* New York: Penguin Books, 1993.

4. Sengupta, Somini. "Jessica Hagedorn: Cultivating the Art of the Melange." *Times News Service*, 1996.

5. http://www.english.uiuc.edu/maps/poets/g_l/hagedorn/hagedorn.html.

6. http://www.tribo.org/bookshop/hagedorn.html.

119. 格洛丽亚·内勒

（Gloria Naylor）

一、作家介绍

格洛丽亚·内勒（Gloria Naylor, 1950– ），美国黑人小说家。内勒于1950年生于纽约，是家中的长女。内勒的家境并不优越，父亲是一名搬运工人，母亲是一位电话接线员。尽管自己并没有接受过多少教育，但内勒的母亲一直鼓励女儿读书，并帮助她养成记日记的习惯。在母亲的影响下，内勒从小就酷爱读书，并通过劳动换取加入书友会所需的费用。

内勒曾经一边工作一边在美德加艾维斯学院（Medgar Evers College）学习，后来又转到了布鲁克林学院，获得了英语学士学位。毕业后，内勒进入耶鲁大学攻读美国黑人研究硕士学位。现在的内勒已是一位知名的教授，她曾在乔治华盛顿大学、纽约大学、波士顿大学和康奈尔大学等多所高校任教，教授写作和文学等课程。

内勒的创作生涯早在求学时期就开始了。在耶鲁就读期间，她完成了自己的首部小说《布鲁斯特地方的女人们》（The Women of Brewster Place, 1982）。这部作品一出版就立即引起轰动。内勒也凭借这部作品获得了1983年的国家图书奖。五年后，这部作品还被搬上了银屏，由奥普拉·温弗莉（Oprah Winfrey）领衔主演，赢得了广泛赞誉。

二、代表作

《布鲁斯特地方的女人们》描述了七位女性在20世纪60年代美国北方的一个内陆城市中的艰苦生活，以及她们柔弱的外表下坚强的意志品质。爱情与分离、信任与背叛、希望与失望构成了这部作品的主题。

作者在讲述每一位人物的故事时并没有按时间顺序的传统技法，而是先描述了她们当前的生活状况，然后追述之前发生在她们身上的爱情故事，以及这些故事最后的悲剧结局。这些故事有的发生在几周前，有的是在几年前，有的甚至已经是数十年前的往事了。以玛蒂为例，人到中年的玛蒂在布鲁斯特颇有声望，她像母亲一样关爱这里的人们。在她的青春年代，父亲对她宠爱备至，一直不想让她接触爱情，以免受到男人的伤害。然而后来她还是坠入爱河，并未婚先孕。父亲怒不可遏，用扫帚把狠狠地责打她，而面对父亲的逼问，她坚决不肯说出那个男人的身份。无论是玛蒂，还是小说中的其他几位女性，她们都爱得太深，轻信了男人们的甜言蜜语。作品中每一位女性的故事几乎都如出一辙，在经历了男女之间的欢爱之后，等待她们的只有贫穷、虐待和绝望。未婚先孕的她们几乎都难逃被弃的命运。总而言之，这部作品虽然有爱情故事的内容，但并不是传统爱情小说的套路。在这部小说中，男女之间没有浪漫的爱情，爱情的结局都是失望和悲剧。

另一方面，作者特意指出了布鲁斯特是一条死胡同，这一点很明显具有象征意义。读者不难发现，凡是搬到这里的女性尽管充满希望，但最终都陷入到恐惧中而无法自拔。对于她们而言，布鲁斯特既是她们梦想的起点，也是梦想的坟墓。紧挨着布鲁斯特的是一个非常美丽的居住区，但一堵墙将这两地隔开。这堵墙不仅仅是一座实体，它还象征着偏见、自卑、种族主义和对女性的蔑视。正是它阻碍了居住在这里的人们追求属于自己的幸福。面对广大黑人妇女饱受贫穷、暴力和无法接受教育所带来的痛苦，作者在某种程度上借这部小说表达了自己的政治主张。

然而作者并没有一味消极悲观，在这部作品中，读者不难发现积极和乐观的元素。首先，小说中的几位女主人公都是敢爱的女性，她们都为了自己的爱而无私奉献，不求回报，感人至深。此外，在经历丧子之痛和心爱之人离去这些人生的痛苦之时，她们都能以善良和宽容之心面对磨难，并凭借着美国黑人妇女特有的内心坚强渡过难关。其次，在这些女性柔弱的外表下蕴藏着坚定不移的韧性与意志，无论是爱人的背叛和离去，还是暴力的折磨，都不会让她们低头。在小说的结局部分，玛蒂梦见了女人们联合起来推倒了布鲁斯特的那堵墙，更是体现了黑人妇女敢于为追求幸福而努力。最后，面对贫穷、折磨、绝望和外界的非难，布鲁斯特的女人们能够互相友爱，相互扶持。尽管作品中没有浪漫的爱情，但是读者不难感到作品中散发出的真挚的友情，正是这种友情使她们能够坚强地活下去。通过这部小说，作者想要表达的是：人生中不可能没有痛苦，但对于妇女们特别是黑人妇女而言，只有共患难者相互鼓励和扶持，凭借坚强的意志去战胜挫折与磨难，才是她们生活下去的动力。她们是一个大家庭，维系这个家庭的并不是血统，而是真心和真情。

三、评价

内勒被公认为是当代一位重要的作家。像她在作品中描述的人物那样，她的语言朴实而不乏韧性。她的作品感情真挚，真实可信，能够引发广大读者的共鸣。有评论家指出，内勒的现实主义笔法与同时代的艾丽斯·沃克和托尼·莫里森有异曲同工之处。

内勒的多部作品都描述了美国黑人为实现心目中的美国梦而奋斗的历程。她的作品获得了来自不同种族、性别、年龄和价值取向的读者的广泛赞誉。她的作品入选了美国大学文学课程的教科书。批评家认为内勒的作品与舍伍德·安德森的《小城畸人》有很多共同之处。她对美国黑人妇女及其坚强意志的刻画激励着一代代的读者。

参考文献

1. Hooper, William Bradley. *Review of The Women of Brewster Place. Booklist* 78, No. 19. June 1, 1982.

2. Wickenden, Dorothy. *Review of The Women of Brewster Place. The new Public* 187, No. 10. September 6, 1982.

120. 乔伊·哈约

(Joy Harjo)

一、作家介绍

乔伊·哈约（Joy Harjo，1951– ），美国印第安诗人、作家和音乐家。她于1951年出生在俄克拉荷马州（Oklahoma）的塔尔萨市（Tulsa），是一个叫马斯科吉（Muskogee Tribe）的印第安部落的成员。她在新墨西哥的美国印第安艺术学院（the Institute of American Indian Arts）学习绘画和戏剧创作，还为一个印第安乐队写过一些歌词。乔伊于1976年在新墨西哥州大学获得了学士学位，之后在伊荷华州大学获得了硕士学位。她还参加过人类学电影中心（the Anthropology Film Center）举办的一个电影制作课程班。在国内的政治气氛需要印第安的歌手和发言人挺身而出的时候，她毅然投身于诗歌创作，并深深沉迷于诗歌这一艺术的魅力之中。她到了丹佛以后开始学习演奏萨克斯，因为她很想学习怎样唱歌。在她的头脑中一直浮现着一支乐队，这个乐队能够把诗歌和音乐结合起来，这种音乐是无法用文字来定义的，它包含了印第安部落音乐、爵士乐和摇滚乐的因素。她最后回到了新墨西哥州。在这里，她开始进行她的第一部作品《乔伊·哈约与正确诗歌》（Joy Harjo and Poetic Justice）的创作。乔伊在许多杂志上发表过文章，诸如《马萨诸塞州概述》（Massachusetts Review）、《耕作者》（Ploughshares）、《斯蒂河》（River Styx）、《第二契约》（Contact II）、《布鲁姆评论》（The Bloomsbury Review）、《民族研究》（Journal of Ethnic Studies）、《美国之音》（American Voice）

等，同时她还发行了几张唱片，写过一些剧本，有时还亲自朗诵她的诗歌。

目前哈约共出版了六部诗集。这些诗都反映了她的出生地——马斯科吉河（Muskogee Creek）的印第安文化传统，同时她的诗也关注了女权主义等社会问题。从她的作品里我们还可以看出哈约在音乐、绘画方面的天赋。她的所有作品都赞扬了印第安人的神话传说、象征意象和价值观念。她的主要作品有《月亮让我如此》（*What Moon Drove Me to This?* 1979）、《她有一些马》（*She Had Some Horses*，1983）、《在疯狂的爱与战争里》（*In Mad Love and War*，1990）、《从天而降的女人》（*The Woman Who Fell from the Sky*，1992），她还编辑了《当代北美印第安女作家作品集》（*Contemporary Native Women's Writing of North America*，1997）。其中《在疯狂的爱与战争里》赢得了美国诗歌协会（the Poetry Society of America）颁发的威廉·卡洛斯·威廉斯奖（the William Carlos Williams Award）和纽约大学颁发的德尔莫·施瓦茨纪念奖（the Delmore Schwartz Memorial Prize）。

哈约在 1980 年到 1981 年期间在亚利桑那州大学（Arizona State University）做过讲师，1983 年到 1984 年在圣达菲社区学院（Santa Fe Community College）任职。在 1978 年到 1979 年和 1983 年到 1984 年期间她还在美国印第安艺术学院（the Institute of American Indian Arts）任讲师。从 1985 年到 1988 年，她在亚利桑纳州大学（the University of Arizona）任副教授，1991 年到 1995 年在新墨西哥州大学（the University of New Mexico）担任教授。她现在任职于加州大学洛杉矶分校（University of California, Los Angeles）。

哈约是美国笔会顾问委员会（the PEN Advisory Board）和美国笔会新墨西哥顾问委员会（the PEN New Mexico Advisory Board）的一名成员。她从 1987 年到 1990 年期间也是美国本土公众广播集团董事会（the Native American Public Broadcasting Consortium Board of Directors）成员，1980 年到 1981 年期间任凤凰印第安人中心董事会（The Phoenix Indian Center Board of Directors）成员，1980 年到 1983 年间任国家文学艺术政策协会（the National Endowment for the Arts Policy Panel for Literature）成员，1978 年到 1980 年任新墨西哥艺术顾问委员会（the New Mexico Arts

Commission Advisory Panel）成员，1984 年任美国第三世界作家协会（the National Third World Writers Association Board of Directors，现已解散）的成员。

二、代表作

《在疯狂的爱与战争里》（*In Mad Love and War*）中有许多文化和历史典故，这些典故蕴含在复杂的超现实主义意象以及自传性的破碎图景中。哈约似乎要超越语言和文化上的樊篱。在《鸟》（"Bird"）这首诗中，她写道："所有的诗人/都懂得文字的苍白无力"。在这部诗集中，她不仅关注印第安人的特殊生活经历，还参照了许多美国黑人的生活经历。她的诗时而把我们带向西弗吉尼亚州的一场监狱暴动中，时而又把我们带向尼加拉瓜的政治风波中。这部诗集值得细细品味，往往在读过两三遍之后，它的内涵才能被完全挖掘出来。

哈约的诗歌语言常常出人意表，但读过之后又觉妙不可言。她的许多诗都在努力寻求一种现代都市生活与远古神话世界之间的链接。诗中充满各种动物的意象，如野兔、蜻蜓、蟾蜍等。她在《城市之火》（"City of Fire"）中写道"用革命之火"去燃烧整个城市。的确，在这首诗中，哈约表现了她强烈的政治倾向。通过她的诗，我们能以一种特殊的视角，一种在少数民族文化成长中所遭遇的困难的视角来观察世界。正如哈约在她的诗中所写道的那样："5 岁时，我在幼儿园里学会了穿珠链儿；7 岁时我知道了怎样斗鸡并从中获胜；14 岁时我学会了喝酒"。但她在语言方面的造诣使她的诗中最残酷的现实也变得异常美丽："我很脆弱，是一只瓷瓶，恶梦中设计，/粪土中造就，/烟火中陶冶。/我是一只彩绘的箭，闪电一般……"诗集中充满了美国印第安人的生活主题，也有着深刻的现代性。诗中探讨了语言如何阻碍或者鼓励人与人之间的沟通。

在技巧方面，哈约常运用重复的手法。她对重复这一手法仪式般的使用使她的诗看起来像是一种连续的祈祷。比如在她的诗歌《记住》里，在短短二十八行诗句里"记住"这个词就重复了十六次，并且把"记住"当做最后一句，这种不断的重复就像是叙述者在不停地作着祈祷。

整部诗集可以分为两部分，第一部分是"战争"，第二部分是"疯狂的爱"。"战争"这一部分有些诗中的氛围是极其阴郁晦暗的，尤其是《奇怪的果实》（"Strange Fruit"），它对文化和个人之间的冲突进行了有价值的探索。在后一部分"疯狂的爱"中,语言变得不太具象,有时显得晦涩难懂,因为其中蕴含着许多带有诗人个人色彩的意义。在整部诗集中,哈约将个人情感、政治取向、神话传说与多文化意识交融在一起,使她的诗不容易读懂,但又因此而散发一种独特的魅力。

三、评价

作为一名印第安诗人,哈约善于将自己的民族经历和现代社会人们普遍的生存状态结合在一起,从而使她的诗超越了民族的范围,拥有了更广泛的读者。她的许多诗都在努力寻求一种现代都市生活与远古神话世界之间的链接。她是一位卓越的诗人,致力于描写真实,有时她的诗真实得让人不愿去面对。她的诗探索了现代社会中人和人之间的关系、死亡、音乐等一些很宽泛的话题,同时这种宽泛性又是通过她从克里克印第安部落中选取的特殊意象表现出来的。哈约似乎是用强有力的声音把文字在纸上唱出来。她通过重复这一手法达到这一效果,而这一方法则是在印第安部落里唱歌和仪式上经常用到的。哈约深受部落的歌曲音乐、爵士乐和布鲁斯音乐的影响,创造出了她独特的混合体。她强调她经常使用的重复并不仅仅是一种文学方法:"对我来说,它是一种说话的方式,如果用得恰当,它就能使诗歌跃然纸上,更像是一首歌或一支曲子那样被读者接受。"目前,哈约已经跻身于美国当代文坛最重要的诗人之列。

参考文献

1. Harjo, Joy. *In Mad Love and War*. Connecticut: Wesleyan University Press, 1990.

2. Harjo, Joy. *The Woman Who Fell from the Sky*. New York and London: W.W.Norton& Company, 1996.

3. Harjo, Joy. *She Had Some Horses*. New York: Thunder's Mouth Press, 1983.

4. McLean, J. *Poetries of Transformation: Joy Harjo and Li-Young Lee*. Texas: Tech University Press, 2001.

5. Ryan, P. Aumer. *The Dance of Language*. Texas: Tech University Press, 2003.

6. http://www.powells.com/biblio/081951182x?&PID=31101.

121. 谭恩美

（Amy Tan）

一、作家介绍

谭恩美（Amy Tan，1952 – ），1952 年出生于美国加利福尼亚州的奥克兰市，父母亲是第一代中国移民。谭恩美十几岁时父亲和 16 岁的哥哥相继去世。悲痛中，母亲带她迁居瑞士。父母亲当年移居美国时曾将谭恩美的三个同父异母的姐姐遗留在中国大陆，这件事也成了她日后创作的素材。从瑞士回到美国后，谭恩美在圣何塞（San Jose）州立大学先后获英语学士学位和语言学硕士学位。

1989 年谭恩美出版的《喜福会》（*Joy Luck Club*）成为畅销书，连续八个月居《纽约时报》畅销书榜首，四十多周内售出数百万本。 该书被翻译成包括中文在内的二十多种文字，好评如潮。小说获得了国家图书奖等一系列文学大奖。《喜福会》于 1993 年由著名好莱坞华裔导演王颖（Wayne Wang）和著名制片人奥利佛•斯托（Oliver Stone）搬上银幕， 极大地提高了该书的知名度。

谭恩美还出版了《灶神之妻》（*A Kitchen God's Wife*，1991）和《百种神秘感》（*The Hundred Secret Sense*，1998）。《灶神之妻》和《接骨师之女》（*Bonesetter's Daughter*）两部小说的主题和《喜福会》相似，以描写母女感情为主。

谭恩美的第二部小说《灶神之妻》也获得好评，并极为畅销。母亲去世后，谭恩美创作了新书《救救溺水鱼》，一译《沉没之鱼》（*Saving Fish From Drowning*，2005）。此后，谭恩美还出版了两本儿童读物：《中国暹罗猫》(*The Chinese Siamese Cat*, 1994)和《月亮女士》(*The Moon Lady*, 1995)。谭恩美是美国最受欢迎的美国华裔作家之一。

二、代表作

《喜福会》(*The Joy Luck Club*)讲述了八个女人的故事,其中四个母亲、四个女儿。小说具有很强的故事性,每章讲述一位女性的故事,揭示了老一代移民和她们出生在美国的女儿之间的感情和各种矛盾,以及东西方文化的各种冲突。每个母亲都有不幸的过去,都是被迫离开中国而移民美国。四个女儿每人也都有自己在美国的艰辛经历。四位母亲和四位女儿的性格各异。四个母亲从素不相识到相知相熟,并相约成立类似麻将俱乐部的"喜福会",定期相聚、聊天、打牌,讲述各自的故事。而这个俱乐部也成为女儿们了解母亲的场所。她们在这里聆听长辈阿姨们讲述自己的故事,对中国文化有更多的了解。虽然每个母亲都有悲惨的过去,但是她们不甘于不幸的命运,而是奋力拼搏,希望能够看到她们的女儿各方面都获得成功。

从表面上看,《喜福会》的结构松散,但事实上,作者在这部小说中无论从叙事手法上还是在结构安排上都可谓独运匠心。从叙事手法来看,《喜福会》中的每一个故事都是以第一人称的手法来叙述,而叙述的情节又有重叠之处,因此读者得以从不同的视角来看待同一件事情,谭恩美的这种叙事手法显然与威廉·福克纳和路易斯·埃德里奇(Louise Erdrich,1954—)的作品有着异曲同工之妙。在结构上,四对母女的故事在情节和内容上既相互独立,又互有关联。首先,这些故事之间的关联体现在人物上,在叙述每个家庭时,其他几个家庭的人物也会出场。其次,故事之间的关联最直接的体现是这几个家庭之间的联系,而这一联系就是四个母亲经常聚在一起打麻将的场景。麻将在整部小说中多次出现,这一意象被认为有三个非常重要的功能:其一,麻将作为纽带直接建立起了四个家庭四对母女之间的联系;其二,麻将是东方文化的一个符号。母亲们对于麻将的热爱与女儿们对麻将的态度形成了反差,并暗示了母亲与女儿之间的矛盾冲突从根本上是东西方文化的冲突;其三,从全文的结构上看,作者轮流讲述了四个家庭的故事,这一顺序正与打麻将轮流坐庄、轮番出牌的规则暗合。

小说中的母亲们对女儿有很高的期望,希望她们成为坚强和成功的女性。这个过程充满了文化冲突。小说令人信服地表现了母亲与女儿的妥协,她们通过讲述自己的故事,赋予女儿坚强的力量与自信,并在女儿困难的时刻伸出援手,帮助她们变得勇敢坚强。这种母女间的"命运遗传"关系将母女间的特殊情感发挥得耐人寻味。

谭恩美常以在美国出生的华裔女性为主角,这些华裔女性不但面对种族认同的问题,还必须面对来自父母的压力。母亲们把所有的希望寄托在女儿身上,"望女成凤"的心情却带给女儿极大的压力。而母亲们传统的教育方式以及她们蹩脚的英语,造成许多理解和表达的障碍。文化的差异引起的感情表达的差异,引起不少误解甚至感情伤害。《喜福会》中华人家庭中的冲突并非来自维护传统的中国文化观念与适应美国新环境之间的矛盾,而是父母望子成龙的期望对子女产生的压力。这个主题使得该小说具有普遍的现实意义。正如小说中的一位女儿吴京梅所说的那样:"每当看到母亲那充满失望的脸,我心中总好像有什么东西在痛苦地消逝。我憎恨考试,痛恨那种辜负了母亲期望的感觉。"换言之,在华人新移民的家庭中,代沟不再是由文化认同的差异所造成,而是像美国社会大多数家庭一样,形成于父母的期望与子女的失败之间的反差。

三、评价

不论是在她的代表作《喜福会》还是在她后来的作品中,谭恩美都表现出精湛的驾驭故事情节和运用语言的能力。谭恩美的小说在美国获得了巨大的成功,这种成功直接表现为她的作品被改编成了电影搬上了银幕。有评论家指出,谭恩美的成功意味着当代美国华裔文学经历了重大转折。伊莱娜·达卡在评论谭恩美的小说改编的电影时指出:"在美国,人人都能体验到父母对自己的希望与梦想。就像《母女情深》(*Terms of Endearment*,1983)已经不仅仅是'白人的影片'一样,《喜福会》也不再只是'华人的电影'。"用奥维尔·谢尔的话说,谭恩美的作品事实上"开创了一种美国小说的新风格"。

谭恩美的母亲是她灵感的主要来源,她的几部小说几乎都是以母亲的经验作为素材。对于族裔作家而言,身份认同是文学创作永恒的主题,而不同作家表现这一主题的手法不同。谭恩美擅长描写母女之间的感情纠葛，并通过母女的矛盾冲突显示出不同文化之间的矛盾，以及两代移民各自的身份认同。虽然当今美国文坛不少小说家也以此为写作题材，但身为第二代华裔的谭恩美以其描写的文化挣扎而别具特色。

参考文献

1. Ghymn，Esther Mikyang. *Images of Asian American Women by AsianAmerican Writers*. New York: Peter Lang，1995.

2. Huntley，E.D. *Amy Tan: A Critical Companion*. New York: Greenwood Press，1998.

3. Lim，Shirley G. and Amy Ling. *Reading the Literature of Asian America*. Philadelphia: Temple University Press，1992.

4. Tan，Amy. *The Joy Luck Club*. NewYork: Ivy Books，1989.

5. Tan, Amy. *The Kitchen God's Wife*. New York: Ivy Books，1991.

6. Wong，Sau-ling Cynthia. "'Sugar Sisterhood': Situating the Amy Tan Phenomenon." *The Ethnic Canon: Histories，Institutions，and Interventions*. ed. David Palumbo-Liu. Minneapolis: University of Minnesota Press，1995.

7. 徐颖果编著：《美国华裔文学选读》（第二版），南开大学出版社，2008年。

122. 爱丽丝·弗顿

(Alice Fulton)

一、作家介绍

女作家爱丽丝·弗顿（Alice Fulton，1952 – ）于1952年1月25日出生在美国纽约的特洛伊。她是一名优秀的美国诗人、作家和女性主义者。1976年，她在美国纽约州立大学取得创造性写作学士学位。1982年在康奈尔大学获得高雅艺术硕士学位。1991年她凭借自己的诗歌获得了麦克阿瑟基金。

弗顿曾经获得多项基金，如约翰·D. 英格拉姆·麦利尔基金、古根海姆基金、密歇根团体基金、高雅艺术工作中心基金和国家艺术捐赠基金。她的作品被收入《美国最佳诗歌》(*The Best American Poetry*)，她的诗歌被《诗歌》杂志授予柏斯·霍金奖，被《西南评论》授予伊丽莎白·玛赤特·斯托弗奖（The Elizabeth Matchett Stover Award），还获得了美国诗歌协会授予的艾米丽·狄金森和福特奖（the Emily Dickinson and Consuelo Ford Awards）。她的诗歌还刊登在《诗歌》、《纽约客》、《巴黎评论》、《新共和》、《大西洋月刊》和许多其他著名刊物上。

目前弗顿已经出版了七本诗集和散文集，包括《感官数学》(*Sensual Math*，1995)和《感受外国语言：诗歌的陌生性》。她的最新诗集《感到》(*Felt*，2001)基于所有生物的普遍联系创作而成，于2002年获得了国会图书馆的包比特国家诗歌奖(Bobbitt National Prize for Poetry)，并被《纽约时报》评为年度最佳书籍。诗歌选集《小瀑布实验》(*Cascade Experiment: Selected Poems*) 于2004年出版。弗顿还是一位短篇小说作家，她的小说被收入《1993年美国最佳短篇小说集》中,并获得"手推车奖"(Pushcart Prize)。1983年到2001年她在密歇根州大学教授写作。1991年她还在洛杉矶的加利福尼亚州大学教过写作,2004年获得了加利福尼亚大学伯克利分校的"豪罗维诗人"称号。目前她是康奈尔大学的一名杰出教授,她也正值创作的高峰期,相信会有更优秀的作品不断问世。

二、代表作

她的《智慧女神像》(*Palladium*)获得了1986年的国家诗歌系列奖(National Poetry Series)和内陆作家奖(Society of Midland Authors Award)。她的《感官数学》(*Sensual Math*)和《智慧女神像》两部诗集中体现出作者受到了艾米莉·狄金森的影响,她的诗歌也在很多方面体现出诗人志在成为狄金森的"后现代接班人"。诗人以其独特的语言和精湛的抒情诗技艺将传统和现代的元素融于一炉。在《我最后的电视竞选:组诗》("My Last TV Campaign: A Sequence")中,诗人将商业广告、诗歌和达尔文的理论联系到一起,最后得出结论"万物的深层结构是?/易装癖"。

弗顿的诗歌意象非常生动。朱莉·米勒(Julie Miller)在《当代女诗人》(*Contemporary Women Poets*)中说这两部诗集中的意象"就像氖光灯射出的光线一样令人沉醉。这些意象中有妇孺皆知的极可意浴缸、游乐场上的旋转车、电梯、吉他,意象中的人物涉及到了脱衣舞女、钢铁公司的老板,还有傻瓜,可谓无所不包"。米勒认为信仰问题是弗顿的诗歌作品主要关注的问题之一,并认为诗人将目光投向科学和技术的确会对他们的信仰产生影响,科技会使诗人的信仰加强,而不是减弱。

萨拉·科恩(Sarah Cohen)在评价弗顿的诗歌时曾指出:"她挑战了很多诗人的传统理念,即诗歌内容的重要性小于诗歌的形式"。弗顿的诗歌作品不仅体现了诗人兴趣的广博,而且反映出她有意识地用看上去最不起眼的细节去描述艰深的道德观点,而且诗人的这一技巧随着她的创作不断地完善、成熟。

三、评价

弗顿的作品曾多次被改编成音乐剧和戏剧,也获得过多项著名的基金,包括麦科阿瑟基金和古根海姆基金等。她的诗歌蔑视传统,很难将其归入哪一类中。她的作品体现出了后现代主义文风,她的诗歌积极反对"自然"和"自传的自我"。弗顿的最新小说集《纽约特洛伊的夜莺》(*The Nightingales of Troy*)于 2008 年出版,记述了居住在纽约特洛伊的爱尔兰天主教徒加拉汉(Garrahan)家族几代女性后人的经历,通过十篇彼此联系的故事记述了她们几代人在整个 20 世纪的生活历程。《西雅图时报》(*The Seattle Times*)撰文指出,如果一位作者能够在作品中呈现出亲人们生活中的细节,从而使读者窥见这些人性格的全貌,能够展现出他们的人生经历中重要的时时刻刻,从而读者能够通过这些时刻将整个家族的过去和现在联系起来,那么这位作者就创作出了一部伟大的作品。弗顿就做到了这一点。

参考文献

1. Frost, Elisabeth and Cynthia Hogue. "Alice Fulton." *Innovative Women Poets*. Iowa City: University of Iowa Press, 2007.
2. Fischer, Barbara. "Felt." *Boston Review* 26:5. October/November, 2001.
3. Fulton, Alice. "To Organize a Waterfall." in *Feeling as a Foreign Language: The Good Strangeness of Poetry*. St. Paul: Graywolf Press, 1999.
4. Harlan, Megan. "The Past Tense of Feel." *The New York Times Book Review*. April 15, 2001.
5. Hogue, Cynthia. "Another Postmodernism: Toward an Ethical Poetics." *HOW2* 1:7. Spring, 2002.
6. Keller, Lynn. "The 'Then Some Inbetween': Alice Fulton's Feminist Experimentalism." *American Literature* 71:2. June, 1999.
7. http://people.cornell.edu/pages/af89/bionote/bionote.html.
8. http://www.news.cornell.edu/Chronicle/02/2.28.02/Fulton.html.
9. http://www.nortonpoets.com/fultona.html.
10. http://www.american.edu/cas/lit/folio/2005spring_inter.html.

123. 丽塔·达夫
(Rita Dove)

一、作家介绍

丽塔·达夫（Rita Dove，1952— ）出生于美国俄亥俄州的奥克兰市，她的父亲是第一位黑人化学家，在20世纪50年代打破了轮胎研究领域的种族界限，母亲是一位家庭主妇。小时候的她对读书情有独钟，她说她的父母十分鼓励她读书，只要是她喜欢的书都可以读。她的父母深知教育对孩子的重要性，对教育十分重视。1970年，达夫作为当年全美一百名最优秀的高中毕业生之一被邀请到白宫作为总统研究学者（Presidential Scholar）。此后，她作为国家特殊成就学者进入迈阿密大学学习。1973年毕业后，她被送往德国的杜宾根大学（Universität Tübingen）深造两年并学习了德语。在这里她成为了一名富布莱特（Fulbright）交换学者。随后她加入了爱荷华大学作家工作室（the University of Iowa Writers' Workshop），并于1977年获得文学艺术类的硕士学位。1976年她遇到了她的丈夫，德国作家弗雷德·菲巴恩（Fred Viebahn），1979年二人结婚。1983年他们的女儿爱维娃·菲巴恩（Aviva Chantal Tamu Dove-Viebahn）出世。现在他们二人带着女儿爱维娃住在弗吉尼亚的夏洛茨威尔（Charlottesville）。达夫目前是弗吉尼亚州立大学的英语教授，教授创作性写作课程。

1980年达夫出版了第一部作品《拐角处的黄色房子》（*The Yellow House on the Corner*），这是一部涉及诸多话题和事件的诗歌集，比如青春期、浪漫的邂逅，以及对奴隶社会历史的简短回顾等。这部作品被大多数文学评论家所接受，也吸引了同行的目光。《托马斯和比拉》(*Thomas and Beulah*, 1986)也许是达夫所有诗歌集中最为著名的作品。在她的作品中，她介绍了她祖父祖母的生活故事，将二老先后介绍给了读者。从某种意义上说，正是这部作品对丽塔·达夫有了一个定位。这部作品中，她用简单而又文雅现实的散文文体解释了二老对于对方及生命的观点。她曾写过很多诗歌集，然而在丈夫和出版商的鼓舞下，她又萌生了写小说的想法，于是就有了《经过象牙门》(*Through the Ivory Gate*, 1992)。这是一部有关黑人妇女及其经历的故事。这个黑人妇女经常回到她的家乡（恰巧也是阿卡伦市）为当地学校的孩子们表演木偶，并教他们创造性艺术。和这位女主角一样，丽塔·达夫也非常喜欢小孩。她曾出现在一些脱口秀节目中，像"芝麻街"，以及国家广播电视台的"今日秀"节目，为的是吸引那些对诗歌有一点兴趣的人的注意。她自己说过她的目标是"将诗歌融入每天的言语中，让它更广泛地成为日常用语"。丽塔·达夫的其他作品有短篇小说集《第五个星期日》(*Fifth Sunday*, 1985)，诗集《格里斯笔记》(*Grace Notes*, 1989)、《丽塔·达夫诗歌选集》(*Selected Poems*, 1993)、《母爱》(*Mother Love*, 1995)、《与罗莎·帕克斯在公共汽车上》(*On the Bus with Rosa Parks*, 1999)，小说《经过象牙门》和诗剧《地球的较暗一面》(*The Darker Face of the Earth: A Verse Play in Fourteen Scenes*, 1994, 1996年发行了第二版)，还有一本演讲集《诗人的世界》(*The Poet's World*, 1995)。她最新的诗歌选集有《美国之平坦》(*American Smooth*, 2004)和《穆拉提卡奏鸣曲》(*Sonata Mulattica*, 2009)。

二、代表作

《托马斯和比拉》(*Thomas and Beulah*)这部诗集通过诗的形式，讲述了一对黑人夫妇的故事，而这对黑人夫妇身上有达夫祖父母的影子。故事从20世纪初开始讲起，一直到60年代他们去世。这个时期也正是美国黑人从南方农村向北方城市大迁移的时期，这是时代的大背景。在此大背景下，达夫讲述了一个关于婚姻的故事。诗共分两部分，从不同角度叙述了这对夫妻的生活。第一部分"曼陀林"(Mandolin)包括二十三首诗，以丈夫托马斯的角度叙述；第二部分"金丝鸟"(Canary in Bloom)包括二十一首诗。这两部分形成统一的整体，细致入微地叙述了这对黑人夫妇的生活，以及他们脆弱却又充满尊严、简单而又复杂的一生。1987年这部诗集曾获普利策奖。

通过这对夫妇的生活经历，达夫为我们勾勒了一幅较为低调的普通人的史诗，其中有二人世界的亲密无间，蕴含了普通人对于生活的见地。主人公是芸芸众生中普通得不能再普通的人，他们一同走过日常生活的琐碎，一同见证外部世界的变迁，一同经历人生的悲欢离合。读这部诗集，我们仿佛陪着托马斯和比拉走过人生的风风雨雨，经历了第二次世界大战，生儿育女，亲眼目睹美国黑人文化革命的历程。也正是这部诗集奠定了达夫作为20世纪美国最重要的诗人之一的地位。

整部诗集就像是婚姻中的一架天平，表现了两个人从不同的方面和视角来体味生活。如在《追求》("Courtship")一诗中体现了两个人如何看待同一件事情。诗中作为未来的丈夫，托马斯想取悦于比拉，为她围上了一条黄色的丝质围巾，他认为这是他能挣钱能养家的表现。而另一方面，比拉却不喜欢这种黄色围巾，她更喜欢天蓝色，而不是这种"像奶油一样的黄色"。从这里，我们可以看出对待同件事情，两个人有着不同的看法：托马斯认为黄色围巾体现尊贵，从而体现他的经济实力；而比拉却不喜欢。也有的诗非常贴近现实生活。比如在《不同的罪》("Variation on Guilt")中，比拉要生小孩了，托马斯很想要一个男孩，但当他得知生下的是一个女孩时，他脸上的表情很不自然。当医生来道喜时，他却感觉到"些许的愤怒"("a weak rage")。这本书的有趣之处就在于第一部分和第二部分有些事件是重合的，但看待事情的角度却大相径庭，这也表明了婚姻生活本身的复杂性。

在这部诗集中，达夫很擅于运用暗喻的手法。诗中意象丰富生动，富于包孕，如翅膀、盐、鱼、金丝鸟、脚、心、音乐、黄色、花朵、眼泪等种种意象的运用起到了画龙点睛的作用，也使诗歌本身显得意味深长。

三、评价

丽塔·达夫"将诗歌融入每天的言语中，让它更广泛地成为日常用语"。一位评论家在评论达夫的风格时写道，她说话方向明确，很有力度，使读者不得不聚精会神。达夫的很多作品都得到了读者和批评界的认可，并获得了很多有影响力的奖项和荣誉，包括古根海姆国家文学基金会特别奖学金和"美国桂冠诗人"（Poet Laureate of the United States）的称号，以及国会图书馆的诗歌顾问的职务和多所大学的荣誉博士学位。这些都是美国乃至整个世界文学界的最高荣誉。

参考文献

1. Berger, Charles. "The Granddaughter's Archive: Rita Dove's Thomas and Beulah." *Western Humanities Review* 50-51.4-1. Winter, 1996 – Spring, 1997.

2. Carlisle, Theodora. "Reading the Scars: Rita Dove's The Darker Face of the Earth." *African American Review* 34.1. Spring, 2000.

3. Cook, Emily Walker. "'But She Won't Set Foot / In His Turtle-Dove Nash': Gender Roles and Gender Symbolism in Rita Dove's Thomas and Beulah." *College Language Association Journal* 38.3, Mar.,1995.

4. http://people.virginia.edu/~rfd4b/.

5. http://www.engl.virginia.edu/faculty/dove.html.

6. http://www.english.uiuc.edu/maps/poets/a_f/dove/dove.htm.

124. 切莉·莫拉加

（Cherrie Moraga）

一、作家介绍

切莉·莫拉加（Cherrie Moraga，1952 – ），美国著名同性恋诗人、编辑、教师、剧作家、女权主义活动家。她出生于加利福尼亚南部的惠蒂尔市（Whitier），有着父亲的白人血统和母亲的墨西哥人血统。她母亲童年时间所受到的苦难与抗争对她以后的文学创作影响颇深。莫加拉没有接受过系统的正规教育，但是因为莫加拉继承了父亲的白皮肤，因此她在这个白人为主导的国家里奋斗相对容易一些，莫拉加自己也意识到自己享受了"白人优先权"（white privilege）——这一术语是指作为白人的优先权，和因此在生活中获得的更多的优先权。这对她也产生了一定的影响。另一方面她与她的母亲和墨西哥背景也越来越远，她解释道："我感觉到出生时的我和长大后的我之间有着巨大的差异"。在她大学毕业几年后，莫加拉重新意识到需要和母亲重新建立联系，并意识到自己的同性恋倾向，在这之前的好多年里她不仅向其他人隐瞒了这一事实，她自己也是对此讳莫如深。对她是同性恋者这一事实的接受与她的墨西哥背景有关，并为她理解自己和家庭敞开了新的窗口。

1974 年，她在好莱坞的一个学院获得了学士学位，毕业后在一所高中工作了三年。这一期间她参加了一个写作班，发表了她的第一首女同性恋爱情诗。后进入旧金山州立大学（San Francisco State University），并于 1980 年获得硕士学位。她在全美许多学校开设过戏剧艺术和写作的课程，现在她是常驻斯坦福大学的一名艺术家。她最知名的贡献就是与安扎杜亚

（Gloria Anzaldúa）合编了女权主义思想作品选集《桥乃我背：激进的非白人妇女作品集》(*This Bridge Called My Back: Writings by Radical Women of Color*，1981)。这本书获得了哥伦布基金会（Columbus Foundation）的美国国家图书奖（American Book Award），并且很快就在全国赢得了许多读者，尤其是妇女学习小组的成员和有色人种妇女。莫加拉1983年出版的《爱在战时》(*Loving in the War Years: Lo que nunca paso por sus labios*) 是第一本由墨西哥裔女同性恋作者创作并公开发行的书，涉及了她的多重身份的问题，包括墨西哥裔美国人、女同性恋、女权主义者等。莫加拉的其他作品包括《外国人》(*La extranjera*，1985)、《放弃幽灵》(*Giving Up the Ghost: Teatro in Two Acts*，1986)、《男人的影子》(*Shadow of a Man*，1992)、《最后一代：散文诗歌集》(*The Last Generation: Prose and Poetry*，1993)、《英雄和圣人及其他戏剧》(*Heroes and Saints and Other Plays*，1994)、《翅膀中的等待：怪异的母爱》(*Waiting in the Wings: Portrait of a Queer Motherhood*，1997)、《饥饿的女人》(*The Hungry Woman*，2001)、《沃兹威尔：不在此地》(*Watsonville: Some Place Not Here; Circle in the dirt: el pueblo de East Palo Alto*，2002)。

二、代表作

莫加拉的《爱在战时》(*Loving in the War Years: Lo que nunca paso por sus labios*) 向读者展示了墨西哥裔美国人，尤其是墨西哥裔妇女的运动。莫加拉讨论了墨西哥裔美国人文化的历史传说和叙述，也展示了自己作为一个女同性恋者所作的斗争，还有她与社区里的男性的关系。此外她还讨论了在墨西哥裔美国人运动中学术界及写作的作用。她着手处理了墨西哥裔女性运动中的一系列问题，最终她得出的结论是：教育、同情、开放和自豪是帮助他们推动这一运动的必要工具。

这本书分为两部分：整部作品都是莫加拉作为一个墨西哥裔女同性恋者对自己的生活和奋斗过程的记录。书的第一部分是关于1995年之前的事件，以日记的形式写成。这一部分像是一部成长故事，充满了迷茫、挫折以及成熟的美丽，还伴有对自我的寻求。这些在莫加拉的身上彻底表现出来：她作为一个有着白面孔的墨西哥裔美国人，有着对她的同性恋性取向的理解和表达。莫加拉对自我身份定义的斗争，尤其是在这个墨西哥裔群体中,她在母亲的价值和她自己的价值之间寻找平衡,还有她为成功而作的奋斗,这些都是她"打破读者心中冰冻的海的斧子"。1995年之后的这一部分叫做"如花的双唇"(A Flor de Labios),包括了1995到1999年期间完成的作品。这一部分标志着她从早期的日记风格中脱离了出来,采用颇为学术化的风格。莫加拉从早期的斗争与寻找中走出来,她的语言也从她年轻时充满感情的诗句转变为一个专业学者的修辞讨论。在这一部分里,莫加拉把艺术当做是文化的一种表达,她呼吁人们关注社会中的"他者"的艺术和叙述,如妇女和有色人种。她讨论了在美国这样一个白人为主导的社会中,这些"他者"难以达到艺术上的顶峰,并且没有资金上的支持等方面的问题。莫加拉把这一讨论扩展到使用语言和修辞来表达思想、创造力量、平息争执。她把语言定义为赋予力量的武器和反抗压迫的工具。这就促使她对美国学术界展开了批评。但是在她的批评过程中,她自己也表现得像她所要批评的对象一样,她的语言也像学院派修辞那样骄傲自大,她再也不是向读者的心灵说话,而更像是一个对着学生和同事演讲的教授。在这本书的第二部分中,那些使得她的早期作品既强有力而又平易近人的特点和真挚感情都不复存在了。

莫加拉的诗描绘了她在两个世界中的挣扎。开始时这两个世界看似是相抵触的,但是读者很快就发现莫加拉渐渐能够把这两个世界结合成为一首有力的韵律诗。她的诗融合了英语和西班牙语,这两种语言相互融合,成为一首打动读者的歌曲。她的诗就是她本人的一个隐喻,她从两个世界分裂的感情中走出来,接受了这两个世界,并使它们在诗歌中走向和谐。显然写作是莫加拉成长的媒介。莫加拉从少数族裔的视角创作了这部作品。她通过自己的作品不仅对墨西哥裔运动,也对所有的活动家和非活动家,还有压迫者和被压迫者传达了重要的信息。美中不足的是她在极有限的篇幅内想讲述过多的话题,这就使文章过于松散,缺少连续性,就像把读者引到许多条路上但又没有指出一个明确的方向。

莫加拉引用过奥古斯特·威尔逊(August Wilson)的话来表明批评者的目的:"真正的批评家并不是坐着作出判断,不是评价一部作品的重要性和价值的法官或最终裁判"。因此读者也不是莫加拉这本书的最终裁判。当读者提出"这本书是否是打破我们心中冰冻的海的斧子"的时候,他必须知道读者们心中的海并不是一样的，需要不同的斧子。莫加拉的这个作品记叙了一个墨西哥裔女同性恋者的文化记忆，她讲述一个故事并通过其叙述使其变得不朽，一个作家所能做的还有比这更多的事情吗？

三、评价

莫加拉走向女权主义后，她的作品不仅仅是一种表达方式，更是一种生活方式。她的同性恋倾向成为她用情感和理智写作的另一个途径。这在她的写作生涯中是一个转折点，把她引向了一个新的方向。她从20世纪80年代开始发表作品，是为数不多的几个墨西哥裔女同性恋作家中的先驱者，为后辈其他种族的作家和活动家奠定了基础。

此外她还是一位著名剧作家，她的戏剧主题围绕着女权主义、种族、性别和其他与性别有关的问题，为墨西哥裔戏剧作出了贡献。她现在是戏剧联合会（Theatre Communication Group）的成员，曾获得过NEA剧作家奖章（Theatre Playwriting Fellowship Award）。她最近的一部戏剧《沃兹威尔：不在此地》在旧金山上演时受到了欢迎，获得了肯尼迪表演艺术中心（Kennedy Center for the Performing Arts）所颁发的美国新戏剧奖（Fund For New American Plays Award）。

参考文献

1. Moraga, Cherrie. *This Bridge Called My Back*. Watertown, Massachusetts: Persephone Press, 1981.

2. Moraga, Cherrie. *Loving in the War Years: Lo que Nunca Paso por sus Labios*. Boston: South End Press, 1983.

3. Moraga, Cherrie. *Giving Up the Ghost: Teatro in Two Acts*. Los Angles: West End Press, 1986.

4. Moraga, Cherrie. *The Last Generation: Prose and Poetry*. Boston: South End Press, 1993.

5. Moraga, Cherrie. *Waiting in the wings: Portrait of Queer Motherhood*. Ithaca: Firebrand Books, 1997.

6. Moraga, Cherrie. *Watsonville: some Place not Here; Circle in the Dirt: el pueblo de East Palo Alto*. Albuquerque: West End Press, 2002.

125. 哈丽叶特·玛伦

（Harryette Mullen）

一、作家介绍

哈丽叶特·玛伦（Harryette Mullen，1953 – ），诗人、学者。她出生在阿拉巴马州（Alabama）的佛罗伦萨（Florence），父亲是一名社会工作者。她于1975年从得克萨斯州立大学获得学士学位，后来又在加利福尼亚大学获得硕士及博士学位。她曾经作为诗人在得克萨斯州委员会主办的学校工作过，还在纽约伊萨卡岛的科内尔大学教授非裔美国文学以及其他族裔美国文学长达六年之久。玛伦现任职于加利福尼亚大学洛杉矶分校，从事非裔美国文学及写作的教学工作。

她3岁的时候全家迁往德克萨斯州的福特沃斯，在她11岁时全家又搬到了一个白人社区居住。那时的德克萨斯是一个严格执行种族隔离政策的地区。玛伦后来回忆到，那里的白人邻居对她们一家充满歧视与敌意，有些人家甚至在她们一家刚搬过去时便举家迁出，表示决不愿意和黑人为邻。小玛伦不仅皮肤颜色深，而且口音也与众不同，因为她曾经在西班牙人为主的社区居住过一段时间，她的言谈中难免带有一些口音，而这一点也受到了邻居们的讥讽。玛伦的家庭非常重视子女的教育，她那个时代更是对语言的创造性运用和好的讲故事技巧情有独钟，后来她的诗歌中丰富的俚语和文字游戏就是受到了这种生活环境的影响。在芭芭拉·汉宁（Barbara Henning）对她的采访中，她谈到了这一点："当我考虑到语言以及诗歌语言的应用时，南方方言、黑人英语以及西班牙语所带来的语言上、文化上、地区上的差别就显现了出来，它们在我对语言的使用上起到了至关重要的作用。我对少数族裔语言的兴趣是因为小时候在德克萨斯州居住时的环境的影响"。

玛伦在很小的时候就开始了写作,那时只是出于单纯的热爱。在高中时,她曾经写过一首小诗作为习作,不仅在当地的诗歌比赛中获奖,还发表在了当地的报纸上。这一经历鼓励了玛伦的文学热情,但此时的她并没有想过要真的把写诗当做终身事业。直到高中毕业后,她开始接触当地小有名气的诗人,并受到他们的鼓励。1981 年,玛伦出版了她的第一部诗集《高个子女人》(*Tree Tall Woman*,1981),诗歌主要展示了传统的南方黑人妇女的生活状况。这本书是她在获得学士学位期间完成的,深受当时如火如荼的黑人文艺运动(Black Arts Movement)的影响。玛伦从得克萨斯大学毕业后来到加利福尼亚大学,她的硕士论文分析探讨了"黑人叙述话语"。此后她的文学生涯真正开始,到 1990 年她获得博士学位时,她在诗歌领域已是声名鹊起。她的诗集有《高个子女人》、《梳理》(*Trimmings*,1991)、《诗人和苦力》(*Muse & Drudge*,1995)、《抱着字典睡觉》(*Sleeping with the Dictionary*,2002)等。

二、代表作

《省略》("Elliptical")

他们似乎不能……他们应该更努力……他们应该更……我们都希望他们不那么……他们从不……他们总是……有时他们……偶尔他们……然而很明显他们……他们总的趋势一直是……结果就是……他们似乎不理解……只要他们努力……但是我们知道……对他们来说是很困难的……他们当中的很多人仍然不知道……其中一些知情者干脆拒绝了……当然,他们的观点目前还是受到了……的限制。另一方面,他们显然感觉到自己有权利……当然我们不能忘记他们……同时也不可否认他们……我们知道这一点对于他们的……有很大的影响。然而他们的行为令我们十分惊奇……因此很不幸我们的对策是……

这部作品具有很明显的玛伦式风格。这首诗的题目是"省略",按照语言的一般习惯,语言中省略的内容必须是无须表达,且略去后不影响理解的内容。然而这部作品从字面意义上看是无法理解的,因为省略的内容都是句子中有实际意义的部分,而留下的只是句子的结构,这些结构是没有任何意义的。

在留下的部分中,没有一个句子是完整的,甚至有意义的实词都非常少,然而其中有一句是诗人有意识地引导读者理解的,那就是"他们显然感觉到自己有权利"中的"权利",这个词也是整首诗中唯一的线索,因此可以断定诗人在这里探讨的问题是权利问题。

从诗歌中的主语来看,这首诗中的主语只有两个,那就是"他们"和"我们",而且从这些句式结构中可以看出这双方是对立的关系。因此这首诗的内容就是双方涉及权利问题的对立。再将这一线索结合到诗人的黑人女作家身份,自然不难得出这首诗探讨的权利问题:一个是黑人权利,另一个就是妇女权利,而对立的双方的各自身份自然也就不言而喻了。

在这首诗中,那些省略号的部分究竟省略了什么并没有唯一的答案,因为读者可以在种族问题的范围内填补任何内容。对此,玛伦曾经指出,她创作诗歌时力求把不同的读者聚集到一起,使具有不同生活经历的读者在读她的诗时可以有自己独特的阐释方法。

总的来看,玛伦的诗歌具有以下几个特点:第一,内容简洁,有时只有八到十个单词,却富有棱角。第二,注重种族和女性问题。玛伦从斯泰因的诗歌中获得了很多灵感和启迪。在她的诗歌创作中,玛伦更注意将斯泰因未触及的种族问题带入她的诗歌当中。例如她在诗歌中谈到,传统的诗歌创作谈及女性时想到的颜色字眼往往是"粉色"和"白色",黑人妇女在传统的色调中找不到自己的位置。弗罗斯特在《女性书评》中写道:女性气质、服饰、语言这三者在玛伦的诗歌中如管弦乐般交织在字里行间,那些关于性别以及文化的种种复杂问题都在她的诗歌中凸显出来。第三,兼具严肃性和幽默性。

三、评价

玛伦获得了许多奖项,其中包括得克萨斯文学协会艺术家奖、科内尔人文奖(1991~1992)、格特鲁德·斯泰恩美国诗歌创新奖(1994~1995)、洛克菲勒·安东尼协会妇女研究奖(1994~1995)、《洛杉矶时报》2002年度著作奖等。

玛伦的诗歌向来以选题独特、富有力度和有挑战性而著称。伊丽莎白·弗罗斯特在《当代文学》中作出了这样的评论:"玛伦率先采用了她独特的布鲁斯风格式的、分割离散的诗歌形式,这种形式将身份政治对政治问题的关注与后解构主义对语言的强调有机结合起来"。写作对于她来说是一种了解自我思想和信仰的手段。

参考文献

1. Crumpacker, Caroline. " Licked All Over by the English Tongue: An Interview with Harryette Mullen." *Double Change*. Spring, 2002.
2. Frost, Elisabeth. "An Interview with Harryette Mullen." *Contemporary Literature*, Fall, 2000.
3. Hogue, Cynthia. "Interview with Harryette Mullen." *Post-Modern Culture*, 1999.
4. Koolish, Lynda. *African American Writers: Portraits and Visions*. Jackson: University Press of Mississippi, 2001.
5. Spahr, Juliana. *Everybody's Autonomy: Connective Reading and Collective Identity*. Tuscaloosa: University of Alabama Press, 2001.
6. Thomas, Lorenzo. *Extraordinary Measures: Afrocentric Modernism and Twentieth-Century American Poetry*. Tuscaloosa: University of Alabama Press, 2000.
7. Frost, Elisabeth A. *The Feminist Avant-Garde in American Poetry*. Iowa City: University of Iowa Press, 2003.
8. Yenser, Stephen. *A Boundless Field: American Poetry at Large*. University of Michigan Press, 2002.
9. http://epc.buffalo.edu/authors/mullen/.
10. http://www.english.uiuc.edu/maps/poets/m_r/mullen/mullen.htm.

126. 海伦娜·玛丽亚·维拉蒙特

（Helena Maria Viramontes）

一、作家介绍

海伦娜·玛丽亚·维拉蒙特（Helena Maria Viramontes，1954— ）于1954年2月26日出生在东洛杉矶的加利福尼亚，父亲是建筑工人，母亲是奇卡诺家庭主妇，家中有六个姐妹和三个兄弟。她在大学期间主修英语，1975年大学毕业，获得学士学位。大学期间，玛丽亚开始尝试写作，这期间她创作了自己的第一首诗歌和第一部小说，这些作品很快被发表。1977年，她的短篇小说《献给穷人的挽歌》（"Requiem for the Poor"）在一次文学比赛中获得一等奖。第二年，她凭借另一部短篇《破网》（"The Broken Web"）再度获得该奖。1979年，她的短篇小说《生日》（"Birthday"）获得了加利福尼亚大学举办的文学竞赛小说奖。1983年，维拉蒙特有两篇小说被收录进了《拉丁裔作家作品集》（*Cuentos: Stories by Latinas*，1983）。她另外还有一篇小说出现在1985年出版的小说集《女人的世界》（*Women of Her World*）中。她的第一部小说集《飞蛾及其他故事》（*The Moths and Other Stories*，1985）于1985年出版。同年，加利福尼亚大学主办了第一次墨西哥裔美国妇女作家会议。这次会议的成果是出版了《超越窠臼：墨西哥裔美国移民文学批评》（*Beyond Stereotypes: A Critical Analysis of Chicana Literature*，1985），维拉蒙特是主要撰稿人之一。三年后，维拉蒙特帮助组织了第二次会议，并参与编辑了《墨西哥裔美国移民文学的创造力及其批评》（*Chicana Creativity and Criticism*，1988）（另一位编者是玛丽亚·埃雷拉·索贝克）。1989年国家艺术基金会又授予了她一项荣誉。1993年她出版了第二部短篇小说集《巴黎老鼠在洛杉矶》(*Paris Rats in E.L.A*),该故事后来被搬上荧屏。维拉蒙特最近的一部小说《他们的狗和他们一块儿来》(*Their Dogs Came with Them*,2007)描写了西班牙强占征服美国过程中所表现出的残酷性和野蛮性。维拉蒙特目前担任科内尔大学的英语教授。

二、代表作

《在耶稣脚下》(*Under the Feet of Jesus*,1995)是她的一部具有影响力的小说。故事的主人公埃斯特莱拉(Estrella)只有13岁,她跟随自己的母亲派特拉(Petra)和兄弟姐妹们与另一个男人沛尔菲克托(Perfecto)来到加利福尼亚寻求梦想。他们在这里头顶烈日,在果园中辛勤劳作,直到骄阳烤得他们的脖子后面如被蜇伤般疼痛。此后故事的焦点集中到了埃斯特莱拉和与她同龄的移民工人阿勒约(Alejo)的关系上。在整部小说中,这些人一次一次地经受着痛苦与磨难,然而他们不得不一次次地忍受。这期间他们渐渐地对自己的信仰产生了怀疑。后来阿勒约身患重病,埃斯特莱拉一家人照顾着他,用仅有的一点微薄的收入为他求医问药。阿勒约也感受到了残酷的社会现实,他备感绝望,心想这是不是上帝对他的一种惩罚。阿勒约的健康状况不断恶化,埃斯特莱拉一家人也越来越贫困。埃斯特莱拉开始咒骂上帝,认为他"根本不在乎人的死活",并认为必须要"靠自己保护自己"。

在小说的最后,埃斯特莱拉爬上屋顶,她心中的信仰也已经所剩无几。她不会再盲目地相信什么了,她相信的只有她的双脚、她的双手和她背后的铁锹。小说结尾处,埃斯特莱拉明白了要想使自己和家人摆脱苦难,她只能相信自己的力量,而不是依靠上帝,这也点出了小说的主题。

小说关注了墨西哥裔移民工人的贫困生活。作者在这部作品中并没有着力刻画人物复杂的内心世界,而是从社会现实主义的角度,指出是社会对他们的置之不理导致了他们的痛苦。因此很多评论家将这部作品同约翰·斯坦贝克的《愤怒的葡萄》相提并论。

三、评价

维拉蒙特的短篇小说凭借其对奇卡诺文化的成功描写而受到评论界的称赞。她在小说中所塑造的人物都是以现实生活中的亲戚朋友为原型。谈到父母对她写作的影响时,维拉蒙特说:"母亲教会了我作为一名女性应有的美德，而父亲则向我展示了作为一名男性应有的美德"。在她的作品中，维拉蒙特着重强调了奇卡诺妇女在家庭和社会中的痛苦和挣扎。

维拉蒙特的故事实质上都刻画了奇卡诺母亲、女儿、妻子所面临的众多考验和苦难。在小说中，她或是采用意识流的叙事方式，或是多人称的叙事角度来刻画那些女性的精神和心理世界。她在作品中还涉及了政治、宗教、性欲等多方面的主题。包括艾丽斯·沃克、托尼·莫里森在内的一大批女性作家都受到了她的影响。

参考文献

1. Fernandez, Roberta. "The Cariboo Cafe: Helena Maria Viramontes Discourses with Her Social and Cultural Contexts." *Women's Studies* 17.2, 1989.

2. Fox, L. C. "Chicana Creativity and Criticism: Charting New Frontiers in America." *College Literature* 18.1, 1991.

3. Hassett, J. J. "Under the Feet of Jesus-Viramontes, HM." *Chasqui-Revista de Literatura Latinoamericana* 25.2, 1996.

4. Magill, Frank N., ed. *Masterpieces of Latino Literature*. New York: Salem Press, Inc., 1994.

5. Pavletich, J. A. and M. G. Backus. "With His Pistol in Her Hand: Rearticulating the Corrido Narrative." *Cultural Critique* 27, 1994.

6. Peck, David and Eric Howards, eds. *Identities and Issues in Literature*. Pasadena, CA: Salem Press, Inc., 1997.

7. http://www.bedfordstmartins.com/LITLINKS/fiction/viramontes.html.

8. http://college.hmco.com/english/heath/syllabuild/iguide/viramontes.html.

127. 路易斯·埃德里奇

（Louise Erdrich）

一、作家介绍

路易斯·埃德里奇（Louise Erdrich，1954 – ）是美洲土著人和高加索人的混血后代，也是一位十分重要的美国本土作家。她生于明尼苏达州，在北达科他州长大，父亲是德裔美国人，母亲是奥吉韦（Ojibwa）族人。埃德里奇就读于达特茅斯学院和约翰斯·霍普金斯大学。她的处女作《爱之药》（*Love Medicine*，1984）于 1984 年出版，曾荣获国家书评界最佳小说奖等多项大奖，由此奠定了她作为美国重要作家的地位。1993 年她对原小说进行了扩充，增加了五篇新故事。继最初的成功后，她又陆续推出了另外五部小说，其中《甜菜皇后》（*Beet Queen*，1986）、《足迹》（*Tracks*，1988）和《赌宫》（*The Bingo Palace*，1994），再加上《爱之药》，构成了她著名的"北达科他四部曲"。埃德里奇还有很多其他作品，如《燃烧的爱情传奇》（*Tales of Burning Love*，1997）和《羚羊妻》（*The Antelope Wife*，1998）等。她的丈夫迈克尔·道里斯也是一名印第安小说家，夫妇二人经常一起写作。

二、代表作

《爱之药》（*Love Medicine*）是她的第一本小说，该书自始至终讲述的是同一个故事，而每一章都是从不同历史时期不同人物的角度对这个故事进行叙述。这些人物属于两个有着千丝万缕联系的家族，书中以福克纳的方式把各种思想编织在一起，揭示了把这两个家族结合在一起的种种记忆和秘密。因此，《爱之药》将广义和狭义的定义相结合，就像内勒和沃克在作品中所进行的集体性故事叙述一样。这种写作技巧尤其大胆,因为书中的人物几乎没有提供出什么足以激励人们去进行解释的因素。与林顿山的居民们不同,他们不是将其价值观置于外在的财产、地位、自我表现或是个人抱负的追求上面。他们外表木讷,就像书中以象征的手法所写的那样,有一层"躯壳"总是处于破裂的危险之中。

琼是全书的中心人物,她被比喻成一个鸡蛋。当时正是复活节,小说描写她在一个酒吧与异性偶然结识,在一辆小汽车中被诱奸,后来又徘徊在一场暴风雪中,逐渐走向死亡。而伴随着这些情景出现的象征手法又为她创造了一个不同的剧本。她是将基督形象和复活节鸡蛋混合在一起的一个奇特人物,身穿一件作者故意称之为"壳"的上衣,在车门"裂开"时"出生",从而变成一只羽毛丰满的鸡走在水中。随着鸡蛋形象继续存在下去,她又把馅饼引入书中,这时馅饼的脆皮不可挽回地要被打破,从而暗示汉普蒂·邓普蒂一经损坏便无法修复的命运,一个打破的鸡蛋不可能再恢复原状了。从异教徒到基督徒再到荒诞文学,这一系列令人头晕目眩的形象是《爱之药》中象征主义颠覆性发展的典型手法。同样,书中普遍存在的捕鱼形象将不同的妇女人物与作为钓取人心者的基督联系在一起,只是将她们重新塑造成了操纵者,用她们那些引诱的钩丝将男人钓到手里。

这些加以变化的象征富于政治性,例如苹果起初是作为原罪的标志,后来却用来表示接受白人价值观的印第安人:外红内白。某个部落有一幅画题为《勇者之搏》。这个题目就是针对勇敢一词,有其犀利的双管含义,成为对在美国社会中享有特权地位的白人所作的一种评论。小说中有一个人物试图解释他为什么喜欢《白鲸》时,他的同伴却不能理解为什么竟然有人要读什么"白鲸"("the white wail")。在《爱之药》一书的结尾处,鸡蛋、鱼、苹果、龟、鹅,以及其他形象成为一个系列图腾,这些本是来自白人的象征却通过一种印第安人的参照标准而被有意地"误读"了。

这种曲解并不仅仅是对美国权力结构的批评,而是具有更加正面的含义。这是一种使书中的土著美国人获得独立身份的方式。《爱之药》一书显示了这种含义的日趋式微对印第安人的传统构成了多么大的威胁。小说的中心部分写的是一个叫利普沙的年轻人如何计划恢复其祖父配制的一种情药，这种药需要用鹅心来制作，因为鹅对于配偶是毕生专一的。他拿着枪出去猎鹅，但是因为没有狩猎经验，他一只鹅都没捕到，甚至在超市里也找不到鹅，于是他就买了一只冷冻火鸡，带有用纸包着的火鸡内脏。他先将火鸡的心解冻，然后又认为需要为这只火鸡祝福。当地的牧师和修女没有答应他的祝福请求，利普沙就从教堂里偷了一些圣水，对鹅心说了些自己想出来的话之后就将它混入了祖父的食物中。他的祖父疑心重重，在吃鹅心时被梗死了，于是利普沙最终认为是祖父低估了他自己的"才能"。书中的这一片断将印第安和基督教两种文化遗产所受到的侵蚀戏剧化了，但是利普沙对自己的魔力信心十足，反而使得损失有所减轻。在小说的结尾，他发现了谁是他的父母，因而获得了一种新的令人兴奋的认同感。

其他新兴的少数族裔作家在他们的小说中突出地塑造了许多人物的特点，并体现了各种有关颠覆和反抗的思想。其中一个人物就是常常搞恶作剧的精灵。这个形象在整个美洲印第安部落神话中以各种不同的形式出现：有时是郊狼、乌鸦、松鸡、野兔、潜鸟、渡鸦、蜘蛛和老人，有时又是英雄，甚至是神一样的人物，还可能是撒谎者、骗子、傻瓜和笨手笨脚的蠢货。无论以什么形式出现，它总是与讲故事联系在一起。在《爱之药》和《赌宫》中，路易丝·埃德里奇根据奥吉布瓦人故事中的精灵纳那博乔的原型塑造了两个既富于喜剧色彩，又具有颠覆性的人物——格里·纳那普什和他的儿子利普沙·莫里塞。格里是激进的"美国土著人运动"（AIM）成员，他能把身体缩进一个极其狭小的空间而从狱中逃走，而他的儿子利普沙连续三天努力寻找幻象，最后却看到了一些美国快餐的幻象。

这部小说的主题就是记忆以及寻回失去的各种历史和关系。小说以一种几乎是规划性的方式对二元论进行了探讨，讲述了一对印第安双胞胎的经历。他们自幼就被分开，一个在白人中间长大，而另一个则在本族人中成长。它还讲述了祖父的两个女人——飞扬跋扈的玛丽和寻欢作乐的露露。纹身、刀伤和烙印表达了与《刽子手之歌》以及《林顿山》中相似的过程，即将痛苦书写在身体上。正如很多当代小说所描述的一样，社会的压迫导致了焚烧房屋的自我毁灭举动。当一名从越南前线归来的印第安人自杀时，书中人物的生活便与越南的经历相似了。埃德里奇在创造社区和创造文学读者之间进行了当今已经司空见惯的类比,并且对叙述形式进行了实验。在这些方面《爱之药》实际上带有了后现代小说的种种特征,并且使得后现代主义小说适合于美国土著妇女所处的境况。

三、评价

埃德里奇是一位多产作家。她在代表作《爱之药》中在形式上进行了大胆的尝试。首先,小说的叙事角度与众不同,且极富争议。除第一章采用第三人称外,其余各章都以不同人物的第一人称方式叙述。全书共有六个重要人物,每个人的叙述都占了一到两节。玛丽、乃克特和露露各占两节:一节是儿时的叙述,另一节是中年以后的叙述。另有三个年轻人阿尔博婷、利沙和莱曼,他们三人的故事相互交织,其表现手法类似福克纳的小说《去吧,摩西》,但头绪更为纷杂。这种叙事方法使得小说在时空上明显缺乏条理,要想理清小说的时间线索十分困难。虽然作者在每章都标注了事件发生的时间以方便解读,但各个事件的时序仍难以准确分辨。尽管如此,埃德里奇仍具足够的艺术技巧来成功驾驭如此众多的人物,使得小说成为一部艺术精品。此外,作品的"圆形结构"同样引人注目:从琼的死到她的灵魂返回家中,这一形象如同一条首尾相接的链条,将许多毫无关联的人与事串成一个有机的整体。琼的一生命运多难:她自小成了孤儿,受尽人间欺辱;青年时代婚姻不幸、感情出轨,爱与被爱都是盲目的。她的悲剧正是《爱之药》里印第安人命运的写照,作品的"圆形结构"恰到好处地体现了这种寓意。再有就是这篇故事中的许多人物在作者的"北达科他四部曲"里都有涉及,一些人物成了主角,另一些则变为配角,这使《爱之药》及其以后的作品在内容上相互呼应,成为彼此的充分注脚。此外她还著有几本诗集和多部散文集。她的所有作品都无一例外地对自己的奥吉韦族文化传统予以了关注,而她对人性的敏感提升了其作品的高度,获得了普遍意义。

参考文献

1. Brogan, Kathleen. "Haunted by History: Louise Erdrich's *Tracks*." *Prospects: An Annual of American Cultural Studies* 21.

2. Bruchac, Joseph, ed. *Survival This Way: Interviews with American*

Indian Poets. Tuscon: University of Arizona Press, 1987.

3. Burdick, Debra A. "Louise Erdrich's *Love Medicine*, *The Beet Queen*, and *Tracks*: An Annotated Survey of Criticism through 1994." *American Indian Culture and Research Journal* 20:3.

4. http://www.english.uiuc.edu/maps/poets/a_f/erdrich/erdrich.htm.

5. http://www.harpercollins.com/author/index.aspx?authorid=2905.

6. http://www.ipl.org/div/natam/bin/browse.pl/A30.

128. 罗娜·迪·塞万提斯

（Lorna Dee Cervantes）

一、作家介绍

罗娜·迪·塞万提斯(Lorna Dee Cervantes，1954 -)生于旧金山一个西班牙人聚居区，在加州圣何塞长大。少女时期的她酷爱英国浪漫主义诗人，尤其是拜伦、济慈和雪莱。她最早的诗作发表在她的中学的刊物上。1974年，也就是她 20 岁时，她曾在墨西哥城的一场剧院演出中朗诵《难民船》("Refugee Ship")一诗，之后该诗刊登在了当地一家报纸上。

1974 年，塞万提斯创办了一个文学刊物《芒果》(*Mango*)，主要发表奇卡诺作家的作品。目前她是科罗拉多大学的教授。她称自己是"墨西哥裔作家、女性主义作家、政治作家"。她只有两部诗集是完全由本人独立完成的，即《艾姆普鲁马达》(*Emplumada*，1981)和《来自种族灭绝电缆处》(*From the Cable of Genocide: Poems on Love and Hunger*，1991)。对此她解释道她从来不是那种经常会寄出很多手稿的作家，因为她害怕被拒绝。

塞万提斯的诗歌一般都是以自传为题材。她认为作为一名诗人，在诗集中要使用生动的语言来创造力量。她认为在作品中使用儿童语言和睡梦中的语言对传达思想是十分重要的。她写作的能力和诗人的身份最近已经得到广泛认可。由于她对奇卡诺美国文学作出的突出贡献，她于 1995 年获得了里拉·华莱士读者文摘元老级作家奖（the Lila Wallace-Reader's Digest Foundation Writers Award）。除了两部主要的诗歌集外，她还编著了几部小说和文学选集，除文学杂志《芒果》外，她还编辑了一部跨文化诗歌期刊《红尘》(*Red Dirt*)。她的天赋和文学作品都归功于多年的写作实践。她用她的作品表述她作为墨西哥裔美国人的生活经历。最近她正在编一部儿童诗集《伯德大街》(*Bird Ave*),作品中将包括她15岁时完成的七十八页写作手稿。

二、代表作

《难民船》("Refugee Ship")刊载于塞万提斯1981年出版的诗集《逃亡》。这首诗描述了丧失了文化根基却又无法与美国文化认同的移民的窘境。

就像湿玉米粉
我在我祖母眼前溜过
《圣经》在她身边
当她摘下眼镜
布丁变得模糊不清

妈妈不用任何语言将我带大
我是自己西班牙语姓名的孤儿
这几个是外国单词,在我口中结结巴巴
我端详着镜子里的自己
褐色皮肤,黑色头发

我觉得我是个俘虏
乘坐在难民船上
一艘永不停靠码头的船
一艘永不停靠码头的船

作为一名墨西哥裔作家,她的个人经历已经影响到了她诗歌写作的语气和风格。她的诗虽显生硬,但是其中的信息能够抓住读者的心,使读者得以窥见人生的波折,正如同她自己的人生一样,使读者加深了对人生的理解。她的第一部作品《艾姆普鲁马达》是对社会环境、妇女的阶级地位、诗人和自然语言的关系和写作方面的探讨。《聪慧、广博的白人男人怎么能相信种族间的战争》("Poem for the Young White Man Who Asked Me

How I, an Intelligent, Well-Read Person, Could Believe in the War Between the Races")展现了她的女性主义立场。而更值得注意的是她在离开庇护自己的集体时感受到了种族主义的侵袭。诗中写道：

　　我不是一名革命者
　　我甚至不喜欢政治诗
　　你认为我会相信种族间的战争么？
　　我可以否定这一点。我可以忘记这一切。
　　当我安全地
　　居住在和睦的大陆
　　和家园，但是我不在
　　那里。

　　然而，她对"9·11"事件却表现得很冷静。2001年9月11日晚上，电视屏幕上突发新闻的骇人画面轰然出现：飞机撞入高楼，高楼冒出黑烟，随后就是现场直播的超级写实镜头：群众在浩劫中惊恐奔逃，高楼慢慢地塌下来。从纽约开始，西到加州，南到德州，北到明州，描写"9·11"的诗如海啸、地震、火山爆发一般，正如英国诗人华兹华斯说的那样，是"强烈感情的自然流露"。美国一时成为诗歌的滔滔大国。报刊上的"9·11"诗连篇累牍，网络上的更多……不管是不是诗人，都投身到了诗歌创作中，以诗来治疗巨大的创伤，宣扬团结之心和爱国之情。

　　当然在"9·11"诗歌当中也有不少并不"爱国"。罗娜·塞万提斯（Loma Dee Cervantes）在《巴勒斯坦》（"Palestine"）一诗中隐隐然认为整个"9·11"事件是由巴勒斯坦的沦陷引起的，诗这样结尾："如果死亡的根源/不是匕首/或者谎言/那又如何？/而两者都是？"这首诗写于"9·11"次日，可见大灾难引起的巨痛并没有使诗人一面倒、同仇敌忾般怒斥恐怖主义者。

三、评价

　　她的第一部诗集是美国文学中一颗璀璨夺目的珍珠，而她的作品《来自种族灭绝电缆处》使她成为当今最具天赋的诗人。作品抒发了爱和恨，体现了女性主义和人文主义世界观，也赢得了很多奖项。她的作品已经被美国文学界接受，同时也得到了墨西哥裔美国文学界的认可。她曾经从国家艺术基金会(the National Endowment)和科罗拉多理事会(the Arts and a Colorado Council)获得两项基金。1981年的《艾姆普鲁马达》获得了美国国家图书奖(the American Book Award),《来自种族灭绝电缆处》也获得了帕特森奖(the Paterson Prize)和拉丁文学奖(the Latino Literature Award)。

参考文献

1. Bruce-Novoa, Juan. "Bernice Zamora y Lorna Dee Cervantes: Una estética Feminista." *Revista Lberoamericana* 51:132-33, 565-73, July-Dec., 1985.

2. Gonzalez, Ray. "I Trust Only What I Have Built with My Own Hands: An Interview with Lorna Dee Cervantes." *Bloomsbury Review* 17.5:3, 8, Sept.-Oct., 1997.

3. Monda, Bernadette. "Interview with Lorna Dee Cervantes." *Third Woman* 2.1: 103-107, 1984.

4. Rodriguezy Gibson, Eliza. Love, Hunger, and Grace: Loss and Belonging in the Poetry of Lorna Dee Cervantes and Joy Harjo. *Legacy: A Journal of American Women Writers* 19.1: 106-14, 2002.

5. Wallace, Patricia. "Divided Loyalties: Literal and Literary in the Poetry of Lorna Dee Cervantes, Cathy Song and Rita Dove." *MELUS: The Journal of the Society for the Study of the Multi-Ethnic Literature of the United States* 18.3: 3-19, Fall, 1993.

6. http://lornadice.blogspot.com/.

7. http://www.groovdigit.com/authors/lornadee/.

8. http://www.accd.edu/sac/english/portales/cervante.html.

9. http://college.hmco.com/english/heath/syllabuild/iguide/cervante.html.

参考文献[1]

1. Amoia, Alba and Bettina L. Knapp, ed. *Multicultural Writers since 1945: An A-to-Z Guide*. Westport, Connecticut: Greenwood, 2000.

2. Arredondo, Gabriela F., Aida Hurado, Norma Klahn, Olba Nijera-Ramirez, and Patricia Zavella, ed. *Chicana Feminisms: A Critical Reader*. Durham, North Carolina: Duke University Press, 2003.

3. Barksdale, Richard and Kenneth Kinnamon. *Black Writers of America: A Comprehensive Anthology*. New York: Macmillan, 1972.

4. Baym, Nina (general editor). *The Norton Anthology of American Literature*, fifth ed. New York: W.W. Norton and Company, 1998.

5. Beaulieu, Elizabeth Ann. *Black Women Writers and the American Neo-Slave Narrative*. Westport: Greenwood Press, 1999.

6. Bell, Roseann P. and others, ed. *Sturdy Black Bridges: Visions of Black Women in Literature*. New York: Anchor Books, 1979.

7. Blackshire-Belay, Carol Aisha, ed. *Language and Literature in the African American Imagination*. Westport, Connecticut: Greenwood, 1992.

8. Bloom, Harold. *Native American Women Writers (Women Writers of English and Their Work)*. Philadelphia: Chelsea House Publishers, 2000.

9. Bomarito, Jessica, ed. *Feminism in Literature: A Gale Critical Companion*. Detroit, Michigan: Thomson Gale, 2004.

10. Brown, Alanna Kathleen. "Mourning Dove (Humishuma)."

---

[1] 为节省篇幅,多次参考的文献在此总的参考文献中列出,以免在各篇中反复出现。

American Women Prose Writers, 1870 – 1920. Dictionary of Literary Biography, ed. Sharon M. Harris. Detroit: Gale, 2000.

11. Brown, Anne E. and Marjanne E. Gooze, ed. *International Women's Writing: New Landscapes of Identity*. Westport: Greenwood, 1995.

12. Brown, Julie, ed. *American Women Short Story Writers: A Collection of Critical Essays*. New York: Garland, 1995.

13. Buck, Claire, ed. *The Bloomsbury Guide to Women's Literature*. New York: Prentice Hall, 1992.

14. Carby, Hazel V. *Reconstructing Womanhood: The Emergence of the Afro-American Woman Novelist*. New York: Oxford University Press, 1987.

15. Champion, Laurie, ed. *American Women Writers, 1900 – 1945: A Bio-Bliographical Critical Sourcebook*. Westport, Connecticut: Greenwood, 2000.

16. Christian, Barbara. *Black Feminist Criticism: Perspectives on Black Women Writers*. New York: Pergamon Press, 1985.

17. Christian, Barbara. *Black Women Novelists: The Development of a Tradition, 1892 -1976*. Westport, Connecticut: Greenwood Press, 1980.

18. *Contemporary Authors Autobiography Series*. Detroit: Gale Research, 1994.

19. *Contemporary Literary Criticism*, Vol. I, 1973, Vol. IV, 1975, Vol. VIII, 1978, Vol. XI, 1979, Vol. XIV, 1980. Detroit: Gale.

20. Cowie, Alexander. *The Rise of the American Novel*. New York: American Book Company, 1948.

21. Cucinella, Catherine, ed. *Contemporary American Women Poets: An A to Z Guide*. Westport: Greenwood Press, 2002.

22. Cucinella, Catherine, ed. *Contemporary American Women Poets: An A to Z Guide*. Westport: Greenwood Press, 2006.

23. Dawson, Alma and Connie Van Fleet, eds. *African American Biography*. Detroit: Gale Research, 1994.

24. *Dictionary of American Authors*, 4th edition. Boston: Houghton

Mifflin, 1901.

25. *Dictionary of Literary Biography*. Gale, Vol. II: *American Novelists since World War II*, 1978, Vol. IV: *American Writers in Paris*, 1980.

26. Davidson, Cathy N. *Revolution and the Word: The Rise of the Novel in America*. New York: Oxford University Press, 1986.

27. Davidson, Cathy N., and Linda Wagner-Martin, ed. *The Oxford Companion to Women's Writing in the United States*. New York: Oxford University Press, 1995.

28. Delville, Michel and Christine Pagnouelle, ed. *The Mechanics of the Mirage: Postwar American Poetry*. Liege, Belgium: Liege Language and Literature, English Department, Universite de Liege, 2000.

29. DeMille, George E. *Literary Criticism in America: A Preliminary Survey*. New York: Dial Press, 1931.

30. Draper, James P., ed. *Black Literature Criticism: Excerpts from Criticism of the Most Significant Works of Black Authors Over the Past 200 Years*. Detroit: Gale Research, 1992.

31. During, Simon. *The Cultural Studies Reader*. London and New York: Rutledge, 1993.

32. Draper, James P., ed. *Black Literature Criticism*, Volume 2. Detroit and London: Gale Research, 1992.

33. Encyclopaedia Britannica INC, *Britannica Concise Encyclopedia*, 2003. Encyclopaedia Britannica Premium Service, 2003.

34. Evans, Marie, ed. *Black Women Writers (1950-1980): A Critical Evaluation*. New York: Anchor Books, 1984.

35. Felder, Deborah G. *A Bookshelf of Our Own: Works That Changed Women's Lives*. New York: Citadel, 2005.

36. Fisher, Jerilyn and Ellen S. Silber, ed. *Women in Literature: Reading through the Lens of Gender*. Westport, Connecticut: Greenwood, 2003.

37. Fox, Richard Wightman. *A Companion to American Thought*.

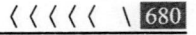

Oxford: Blackwell Publishing Limited, 1998.

38. Frank, Joseph. *The Widening Gyre: Crisis and Mastery in Modern Literature*. New Jersey: Rutgers University Press, 1963.

39. Gates, Henry Louis, Jr. *The Schomburg Library of Nineteenth-Century Black Women Writers*. New York: Oxford University Press, 1988.

40. Gray, Jeffrey, H. James McCorkle, and Mary Balkun, ed. *The Greenwood Encyclopedia of American Poets and Poetry*. Westport: Greenwood Press, 2006.

41. Hanaford, Phebe. *Daughters of America*. Boston: Russell, 1883.

42. Harris, Susan K. *Nineteenth-Century American Women's Novels: Interpretive Strategies*. Cambridge: Cambridge University Press, 1990.

43. Inge, Tonette Bond and Doris Betts, ed. *Southern Women Writers: The New Generation*. Tuscaloosa: University of Alabama Press, 1990.

44. James, Edward T., Janet Wilson James, Paul S. Boyer, ed. *Notable American Women of 1607-1950*. Cambridge, Massachusetts: Belknap Press of Harvard University Press, 1971.

45. Johnson, Yvonne. *The Voices of African American Women: The Use of Narrative and Authorial Voice in the Works of Harriet Jacobs, Zora Neale Hurston, and Alice Walker*. New York: Peter Lang, 1998.

46. Jones, Suzanne W., ed. *Writing the Woman Artist: Essays on Poetics, Politics, and Portraiture*, Philadelphia: University of Pennsylvania Press, 1991.

47. Kelly, Ann Allen. *Afro-American Women Writers 1746-1933: An Anthology and Critical Guide*. New Haven, Connecticut: Meridian Books, 1989.

48. Kubitschek, Missy Dehn. *Claiming the Heritage: African-American Woman Novelists and History*. Jackson: University Press of Mississippi, 1991.

49. Kimbel, Bobby E., ed. *American Authors 1600-1900*. New York: The H. W. Wilson Company, 1938.

50. Lauter, Paul, ed. *The Heath Anthology of American Literature*, 4th edition, Vol. 1. New York: Houghton Mifflin Company, 2002.

51. Litz, A. Walton, ed. *American Writers: A Collection of Literary Biographies*. New York: Charles Scribner's Sons, 1996.

52. Madsen, Deborah L. *Understanding Contemporary Chicana Literature*. Columbia: University of South Carolina Press, 2000.

53. Magill, Frank N. *Masterpieces of African-American Literature*. New York: Harper Collins, 1992.

54. Mainero, Lina, ed. *American Women Writers: A Critical Reference Guide from Colonial Times to the Present*. New York: Frederick Ungar, 1981.

55. Martine, James J., ed. *American Novelists, 1910 – 1945*. Detroit: Gale, 1981.

56. Metzger, Linda, et al. *Black Writers: A Selection of Sketches from Contemporary Authors*. Detroit: Gale Research, 1989.

57. Nakamura, Joyce. *Contemporary Authors Autobiography Series*. Detroit: Gale, 1994.

58. Otis, W. B. *American Verse, 1625-1807: A History*. Kirjastus: Kessinger Publishing, 1909.

59. Patterson, Martha H. *Beyond the Gibson Girl: Reimagining the American New Woman, 1895 – 1915*. Urbana: University of Illinois Press, 2005.

60. Perry, Carolyn and Mary L. Weaks, ed. *The History of Southern Women's Literature*. Baton Rouge: Louisiana State University Press, 2002.

61. Pollack, Sandra and Denise D. Knight, ed. *Contemporary Lesbian Writers of the United States: A Bio-Bibliographical Sourcebook*. Westport, Connecticut: Greenwood Press, 1993.

62. Pryse, Marjorie and Hortense Spillers, ed. *Conjuring: Black Women, Fiction, and Literary Tradition*. Bloomington: Indiana University Press, 1985.

63. Quartermain, Peter. *American Poets, 1890 – 1945*. Detroit: Gale, 1987.

64. Rankine, Claudia and Juliana Spahr. *American Women Poets in the Twenty-first Century.* Connecticut: Wesleyan University Press, 2002.

65. Rogers, Katharine M., ed. *The Meridian Anthology of Early American Woman Writers: From Anne Bradstreet to Louisa May Alcott, 1650-1865.* New York: Meridian, 1991.

66. Roses, Lorraine E. *Harlem Renaissance and Beyond: Literary Biographies of 100 Black Women Writers, 1900-1945.* Boston: Gik. Hall, 1990.

67. Roses, Lorraine Elena, and Ruth Elizabeth Randolph, eds. *Harlem's Glory: Black Women Writing 1900-1950.* Cambridge, Massachusetts: Harvard University Press, 1996.

68. Ross, Robert L., ed. *International Literature in English: Essays on the Modern Writers.* New York: St. James Press, 1991.

69. Sánchez-Eppler, Karen. *Touching Liberty: Abolition, Feminism, and the Politics of the Body.* Berkeley: University of California Press, 1997.

70. Sánchez, Marta Ester. *Contemporary Chicana Poetry: A Critical Approach to an Emerging Literature.* Berkeley: University of California Press, 1985.

71. Todd, James, ed. *A Dictionary of British and American Women Writers 1600-1800.* London: Methuen & Co. Ltd, 1987.

72. Vinson, James, ed. *Great Writers of the English Language: Novelists and Prose Writers.* New York: St. Martin's Press, 1979.

73. Watts, E. S. *The Poetry of American Women from 1632 to 1943.* Austin: University of Texas Press, 1977.

74. Weixlmann, Joe and Houston A. Baker, Jr., ed. *Black Feminist Criticism and Critical Theory.* Greenwood, Florida: Penkevill, 1988.

75. Westbrook, A. G. R. and P. D. Westbrook. *The Writing Women of New England, 1630-1900*, Metuchen, New Jersey: Scarecrow Press, 1982.

76. Willard, Emma. *Journals and Letters from France and Great Britain.* Troy, New York: N. Tuttle, 1833.

77. Wiloch, Thomas. *Coontemporary Authors.* Detroit: Gale Research,

1989.

78. Wilson, James Grant, John Fiske and Stanley L. Klos, ed. *Appleton's Cyclopedia of American Biography*, Six Volumes. New York: D. Appleton and Company, 1887–1889.

79. 常耀信:《漫话英美文学》, 南开大学出版社, 1987年。

80. 常耀信:《美国文学史》(上), 南开大学出版社, 2002年。

81. 常耀信:《美国文学简史》, 南开大学出版社, 2005年。

82. 常耀信:《精编美国文学教程》(中文版), 南开大学出版社, 2005年。

83. 金莉:《文学女性与女性文学——19世纪美国女性小说家及作品》, 外语教学与研究出版社, 2004年。

84. 李宜燮, 常耀信:《美国文学选读》(上册), 南开大学出版社, 2001年。

85. 陆建德:《世界·文本·批评家·序言》(中译本), 三联书店, 2009年。

86. 毛信德:《美国小说发展史》, 浙江大学出版社, 2002年。

87. 萨克文·伯科维奇主编, 孙宏主译:《剑桥美国文学史》, 中央编译出版社, 2005年。

88. 盛宁:《二十世纪美国文论》, 北京大学出版社, 1994年。

89. 王守仁, 刘海平编:《新编美国文学史》, 上海外语教育出版社, 2002年。

90. 徐颖果编著:《美国华裔文学选读》(第二版), 南开大学出版社, 2008年。

91. 徐颖果:《文化研究视野中的英美文学》, 人民文学出版社, 2008年。

92. 杨金才:《新编美国文学史》(第三卷), 上海外语教育出版社, 2002年。

93. 尹晓煌著, 徐颖果主译:《美国华裔文学史》, 南开大学出版社, 2006年。

94. 朱刚:《新编美国文学史》, 上海外语教学出版社, 2004年。

95. http://baike.baidu.com/.

96. http://en.wikipedia.org/.
97. http://www.csustan.edu/.
98. http://www.wsu.edu/.
99. http://www25.uua.org/.
100. http://www.geocities.com/.
101. http://www.georgetown.edu/.
102. http://falcon.jmu.edu/.
103. http://www.nndb.com/.
104. http://www.britannica.com/.
105. http://www.encyclopedia.com/.
106. http://earlyamerica.com/.
107. http://www.amazon.com/.
108. http://www.poetry.com/.
109. http://history-world.org/.
110. http://www.poets.org/.
111. http://www.colonial.net/.
112. http://www.froebelweb.org/.
113. http://www.vcu.edu/.
114. http://www.answers.com/.
115. http://www.gale.com/.
116. http://voices.cla.umn.edu/.
117. http://www.online-literature.com/.
118. http://www.womenwriters.net/.
119. http://www.greatwomen.org/.
120. http://plato.stanford.edu/.
121. http://library.thinkquest.org/.
122. http://www.bartleby.com/.
123. http://xroads.virginia.edu/.
124. http://www25.uua.org/.
125. http://www.litgothic.com/.

作家索引

A
Acker，Kathy
Adams，Abigail
Adams，Hannah
Alcott，Louisa May
Allen，Paula Gunn
Anthony，Susan B.
Anzaldúa，Gloria E.

B
Bailey，Abigail Abbot
Barnes，Djuna
Bishop，Elizabeth
Bonnin，Gertrude Simmons (Zitkala-Sa)
Bradstreet，Anne
Brooks，Gwendolyn
Buck，Pearl S.

C
Cather，William
Cervantes，Lorna Dee
Chávez，Denise
Chesnut，Mary

Child，Lydia Maria
Chopin，Kate
Clampitt，Amy
Conway，Lady Anne Finch

D
Davis，Rebecca Harding
Dickinson，Emily
Didion，Joan
Doolittle，Hilda
Dove，Mourning
Dove，Rita

E
Eaton，Edith Maude
Erdrich，Louise
Evans，Augusta Jane

F
Fauset，Jessie Redmon
Fernea，Elizabeth Warnock
Fornés，Maria Irene
Foster，Hanah
Freeman，Mary Eleanor Wilkins

Fuller, Margaret
Fulton, Alice
G
Gale, Zona
Gilman, Charlotte Perkins
Giovanni, Nikki
Glasgow, Ellen Anderson Gholson
Glaspell, Susan
Glück, Louise
Grimké, Sarah Moore
H
Hagedorn, Jessica
Hansberry, Lorraine
Hanson, Elizabeth
Harjo, Joy
Harper, Frances E. W.
Hellman, Lillian
Hopkins, Pauline Elizabeth
Howe, Susan
Hurston, Zora Neale
J
Jackson, Shirley
Jacobs, Harriet Ann
Jewett, Sarah Orne
Jones, Gayl
K
Kincaid, Jamaica
Kingston, Maxine Hong
Knight, Sarah Kemble

L
Larsen, Nella
Lennox, Charlotte
Le Sueur, Meridel
Levertov, Denise
Loos, Anita
Lorde, Audre
Lowell, Amy
M
Marshall, Paule
McCarthy, Mary
Miles, Josephine
Mitchell, Margaret
Moore, Marianne
Mora, Pat
Moraga, Cherrie
Morrison, Toni
Morton, Sarah Wentworth
Mukherjee, Bharati
Mullen, Harryette
Murfree, Mary Noailles
Murray, Judith Sargent
N
Naylor, Gloria
Nin, Anaïs
Norman, Marsha
O
Oates, Joyce Carol
O'Connor, Flannery
Olsen, Tillie

Ozick, Cynthia
P
Parker, Dorothy
Peabody, Elizabeth
Petry, Ann
Paley, Grace
Phelps, Elizabeth Stuart
Piercy, Marge
Porter, Katherine Anne
R
Rich, Adrienne
Roberts, Elizabeth Madox
Robinson, Marilynne
Rowlandson, Mary
Rowson, Susanna Haswell
S
Sanchez, Sonia
Sarton, May
Sedgewick, Catharine M.
Sexton, Anne
Shange, Ntozake
Silko, Leslie Marmon
Smedley, Agnes
Stein, Gertrude
Stowe, Harriet Beecher

Swenson, May
T
Tan, Amy
Teasdale, Sara
V
Vigil-Piñón, Evangelina
Viramontes, Helena Maria
W
Walker, Alice
Walker, Margaret
Ward, Elizabeth Stuart Phelps
Warren, Mercy Otis
Welty, Eudora
Wharton, Edith
Wheatley, Phillis
Williams, Sherley Anne
Wilson, Harriet E.
Winnemucca, Sarah
Wollstonecraft, Mary
Wong, Jade Snow
Y
Yamamoto, Hisaye
Yezierska, Anzia

后 记

早在20世纪90年代初，我就萌生了撰写一部美国女性文学专著的想法，而真正着手研读文献、搜集资料，则开始于90年代中期的访美之行。在美国研究的几年中，初步形成了需要研究的美国女性作家的名单，以及研究的范围和思路。本书中的一百多名作家基本上都在当时形成的名单上。后来由于不断有其他项目需要完成，加上教学等工作繁忙，所以无法全力以赴地独自完成这个项目。在其他作者的参与下，于十二年之后终于有了眼前这本书。在这里，我要向所有参加本书撰写的人员表示感谢，感谢他们对该项目的兴趣，以及为此付出的劳动，特别要感谢南开大学的马红旗老师，感谢他参与撰写，并负责组织了部分初稿的撰写工作。以下是该项目组成员各自承担的具体撰写部分以及完成的字数。"绪论"：徐颖果，2万；"第一章概论"：徐颖果，0.8万；"第二章概论"：徐颖果、刘晓秋（长安大学），1万；"第三章概论"：马红旗（南开大学），1万；"第四章概论"：马红旗，1.5万。参加撰写的所有作者及其完成的字数：徐颖果，20万；马红旗，15万；刘晓秋，5万；王庆超（南开大学），5万；姜玲娣（南开大学），5万；谭秀敏（南开大学），5万；曹丽丹（天津商学院），7万；胡晓红（河北工业大学），2万；冯佳，5万。由于"绪论"和各章的概论是分工撰写的，因此在观点和视角方面有些不尽相同之处，这些差异我都予以保留，未作调整，因为让读者了解多种视角和不同解读，也是这本书的目的之一。

本书主要关注的是作为美国女性文学背景的女性历史和女性文化，主要回答"美国历史上都有哪些重要女作家"和"她们出版了哪些作品"的问题，因此不能不有较强的资料性。资料是一切学术研究的前提和基础。

全书旨在提纲挈领地提出美国女性文学历史发展的基本框架和主要内容，并试图展现女性文学在发展中的多元化和多样性。因此，在对美国女性的历史、社会和文化的历史状况进行背景介绍的前提下，具体圈定了美国历史上的重要女作家。自从20世纪70年代美国女权主义开始发掘女性文学，数以千记的女性作家的作品开始重见天日。本书篇幅有限，不能全面展开，所以只从其中选择一百二十八名作家重点研究。所选作家符合以下三个标准之一：从17世纪殖民地时期美国女性来到新大陆开始直至20世纪末这期间具有历史意义的作家，比如第一位美国女性诗人，第一位非洲裔美国女性诗人，等等；第二，作品成为当时的畅销书，以及产生过重要文学影响的女性作家；第三，获过大奖以及被评论界广泛关注过的作家。总而言之，有标志性成果的女性作家。

本书避免重复现有美国文学史中的断代标准和文学史的书写模式，因为美国女性文学发展史不同于传统的以男性作家为主的文学发展史。尽管有这样的目标，但是因为我们水平有限，局限性甚至错误在所难免。因此，如果本书能够起到抛砖引玉的作用，为广大读者进一步学习和研究美国女性文学提供基本的研究资料，我们就很感慰藉了。不足之处敬请广大读者指正。

需要说明的是，本书得到天津社科规划办的后期资助，在此表示衷心的感谢。天津理工大学外国语学院也部分资助了本书的出版，在这里一并感谢。他们的资助使本书的出版成为可能。另外，南开大学出版社，特别是张彤女士，对美国女性文学的教学和研究非常重视，作出具有学术洞见的出版本书的决定，并在出版过程中给予各种支持，在此表示衷心的谢忱。

徐颖果

2010年春节

附录一

美国女性历史大事年表[1]

公元前 10400 年　一位生活在今天德克萨斯州的米德兰的女性在当地去世。她的骸骨于 1992 年出土，尽管她的血缘关系不详。

1492 年　距估计，土著美国人口为 2500 万至 4500 万。

1492 年　西班牙王后伊莎贝拉一世（Isabella，1451 – 1504）和国王费迪南二世（Ferdinand，1452 – 1516）资助了克里斯托弗·哥伦布（Christopher Columbus）的首次新大陆航行。

1587 年　弗吉尼亚·戴尔（Virginia Dare）成为英国人在美国大陆上所生的第一个孩子。

1607 年　波卡洪塔斯（Pocahontas，1595? – 1617）救了被囚禁的约翰·史密斯船长（Captain John Smith）。两年后，她嫁给了高刚（Kocoum）船长，成为了现已知道的第一位与殖民者通婚的美国土著女性。

1619 年　第一批黑人妇女——20 个俘虏中的三人——到达弗吉尼亚州的詹姆斯敦，她们的身份是契约佣工。

1620 年　第一座公共图书馆在弗吉尼亚州开放。

1624 年　弗吉尼亚州的伊莎贝尔（Isabel）和安东尼（Anthony）生下了第一个美国黑人儿童威廉（William）。

1636 年　哈佛大学成立，但只招收男生。

---

[1] Davidson, Cathy N. and Wagner-Martin, Linda, eds. "Time Line of Social History and Everyday Life." *The Oxford Companion to Women's Writing in the United States*, New York: Oxford UP, 1995.

1639 年　玛丽·曼达姆（Mary Mandame）被宣告与马萨诸塞州普利茅斯的一个美国土著人"通奸"（dallyance）。她在受鞭笞以后，被判处在袖子上佩戴一个耻辱的标志。

1649 年　马萨诸塞湾殖民地的古德怀芙·诺曼（Goodwife Norman）与玛丽·哈蒙（Mary Hammon）被判为女同性恋关系。诺曼被判有罪，而哈蒙则被宣告无罪。

1655 年　据估计，女性受教育比例为 50%。

1667 年　"马萨诸塞女王"（Massachusetts Queen）去世，结束了她漫长的统治时期。这位女领袖自 1620 年以前就统治着马萨诸塞邦联。

1676 年　玛丽·罗兰森（Mary Rowlandson，1636–1678）成为第一位被美国土著人释放的女俘虏。

1692 年　在马萨诸塞州的塞勒姆——所谓的女巫受到了审判，并被执行死刑。

1715 年　在这片新建立的殖民地上，西碧拉·马斯特斯（Sibylla Masters）是出生在这里的第一位女发明家。她发明了一种机器来捣碎印第安玉米。

1738 年　南卡罗来那州的伊丽莎白·迪莫西（Elizabeth Timothy）成为了发行报刊的妇女，她创办了《南卡罗来那报》。

1762 年　安·富兰克林（Ann Franklin）（本杰明·富兰克林的姐姐）开始了她在罗德岛纽波特《媒体报》的工作，成为了第一位报社女编辑。

1765 年　在马萨诸塞州，美国黑人珍妮·斯路（Jenny Slew）提出控告，并赢得了自由。

1775～1783 年　美国革命："莫利水壶"（Molly Pitcher）（可能指玛丽·路德维格［Mary Ludwig］，玛丽·海斯［Mary Hays］，或是玛格丽特·考宾［Margret Corbin］）和德博拉·桑普森（Deborah Sampson）等妇女亲临前线。

1776 年　阿比盖尔·亚当斯（Abigail Adams）建议丈夫约翰（John）·亚当斯（1735–1826）在起草新政府的法律时"不要忘记妇女"。

18 世纪 80 年代　多达 30%的第一胎婴儿于婚后 9 个月以前出生。

1782 年　新英格兰不再让通奸犯佩戴红字。

1783年　首次通过将肛交、口交和鸡奸定为"违背人性罪"的法令。

1787年　美国宪法得到批准。美国宪法不承认女性和黑人具有选举权，并将后者算做"3/5的公民"（即5个黑人只能算为3个具有公民权的人，译注）。

18世纪90年代　白人妇女的平均结婚年龄为22岁。

1790年　美国黑人的人口数为757181人，其中绝大多数为奴隶，有697624人。美国的总人口数为3929000人，其中黑人的人口数量排在第二位。

1793年　塞缪尔·斯莱特（Samuel Slater）发明的棉缝纫线被授予专利，她也成为了第一位被授予专利的美国妇女。

1800年　美国妇女平均每人生7.04个孩子。

1812年　露西·布鲁尔（Lucy Brewer）化名乔治·贝克（George Baker）应征水兵。

1816年　非洲卫理公会主教派教会（AME）成立。

1820年　美国人口总数960万。黑人的人口总数为1771656人，其中女性人口数为870660人，而这其中又有750010人为奴隶。

1825年　首个妇女劳动组织——纽约女裁缝联合会成立。

1827年　第一份黑人报纸——《新闻自由报》在纽约付印。

19世纪30年代　不同于火炉的烹调用炉在美国广泛使用。

1831年　费城女性文学协会和波士顿美国黑人妇女学社成立。

1833年　废奴主义者、妇女政权论者露克瑞蒂雅·莫特（Lucretia Mott，1793－1880）创立了费城妇女反奴隶制联合会。

1833年　奥伯林学院成立，这是美国第一所男女合校的多种族大学。

1835年　美国第一座女子监狱——纽约欢喜山女子监狱启用。

1836年　佐治亚州梅肯市的威斯里安学院投入使用，这是第一所受到特许的女子高校。

1837年　第一届美国妇女反奴隶制大会在纽约召开。

1837年　由于西方社会大量的投机行为、银行操作的失误，以及交通设施的过度扩大，导致了金融恐慌情绪，致使600家银行倒闭。

1838年　切罗基族印第安人被驱逐出东部沿海地区，踏上了他们的"血泪之路"(trail of tears),向中西部他们的居留地迁移。

1839年　尤塞芬·阿梅利亚·博金斯（Josephine Amelia Perkins）.由于成为了臭名昭著的首个女盗马贼而被载入美国史册。

1839年　第一部已婚女性物权法案在密西西比州通过，该法案允许女性在婚后保留她们的个人财产。随后其他各州很快仿效。

1840年　《洛威尔作品集》第一期出版，这是一份主要以洛威尔纺织厂的女工撰写的文章和诗歌为主的期刊。

1840年　凯瑟琳·E. 布鲁尔成为美国第一位女大学毕业生。

1846年　缝纫机获得专利。

1848年　第一次女权会议——塞内卡福斯会议召开。

1849年　哈里特·塔布曼（Harriet Tubman，约1821–1913）摆脱了奴役。她被称为"人民的摩西"。在之后的十年中，她帮助其他的奴隶从"地下铁路"（the underground railroad）逃脱。

1850年　美国人口总数为2300万。黑人人口为320万，其中女性为1827550人，而这些女性中1601779人为奴隶。

1850年　人均出生率持续下降，为平均每对夫妻生5.42个孩子。

1850年　奴隶的婴儿死亡率是白人婴儿的两倍。

1850年　第一届全国妇女选举权大会在马萨诸塞州的伍斯特召开。

1850年　美国第一个获得高校学位的黑人女大学生露西·赛森斯（Lucy Sessions）于奥伯林学院毕业。

1851年　黑人活动家索茹尔内·特鲁斯（Sojourner Truth，1797–1883）发表了她著名的题为《那么，我就不是一个女人？》的演说。

1851年　伊丽莎白·史密斯·米勒设计了一种紧身裤，后来女权主义者阿梅利亚·布鲁默穿了它以后，这种衣服被称为"灯笼裤"（bloomer，与布鲁默的名字相同，译注）。

1853年　女权改革家、神学家、社会科学家安托瓦内特·布朗·布莱克威尔（Antoinette Brown Blackwell，1825–1921）成为了美国任命的第一位女牧师。

1853~1855年　波琳·戴维斯（Pauline Davis）发行《尤娜》，这是第一个关于妇女选举权的报刊。

1854 年　林肯大学（原名阿什玛姆学院）成为美国第一所为黑人服务的高等院校。

1854 年　首次用显微镜观察了精子和卵子，证明了女性在生殖过程中和男性贡献同等的基因材料。

1855 年　由妇女建立的纽约妇女医院成立，这是第一座治疗妇女疾病的医院。

1855 年　废奴主义者露西·斯通（Lucy Stone）成为了美国第一位在结婚后仍保留自己婚前姓名的女性。

1857 年　美国最高法院支持《逃奴法案》，在《德里德·斯科特决议》（The Dred Scott Decision）中拒绝承认黑人的公民身份。

1860 年　在美国的华人约有 35000 人，其中仅有 1784 人为女性。

1861～1865 年　美国内战。亚伯拉罕·林肯（Abraham Lincoln, 1809 – 1865）总统于 1863 年发表《解放宣言》，宣布南部邦联的所有奴隶获得自由。

1862 年　美国农业部发布年度报告，将典型的美国农村妇女描述为"苦力"，她们的工作比她们的丈夫以及其他所有的农场工人和佣工都更辛苦。

1865 年　美国宪法第十三次修正，废除了奴隶制。

1865 年　林肯总统遇刺，由于玛丽·苏拉特（Mary E. Suratt）参与了这起阴谋，她成为了第一位被美国政府处以绞刑的妇女。

1866 年　基督教女青年会（YWCA）在波士顿成立。

1867 年　社会改革家桃乐西亚·迪克斯（Dorothea Dix, 1802 – 1887）遍访美国的精神病院、贫困家庭和监狱。

1868 年　美国宪法第十四次修正，赋予每一位生于美国或加入美国国籍的人以公民身份以及"正当程序"。

1869 年　圣路易斯法学院成为第一所招收女生的司法学校。经过业余时间进行的法律学习，贝丽·曼斯菲尔德（Belle Mansfield）成为了美国第一位女律师。

1869 年　伊丽莎白·凯迪·斯坦顿（Elizabeth Cady Stanton）与苏珊·B. 安东尼（Susan B. Anthony）成立了全国妇女选举权协会（NWSA）。

1870 年　由于不同意 NWSA 的策略和程序，露西·斯通（Lucy

Stone）成立了全国妇女选举权协会（两协会最终于 1890 年合并）。

1870 年　宪法第十五次修正案保护了黑人男子的投票权。

1870 年　黑人已婚妇女中有 1/4 受雇于美国南部产棉地带，主要从事田间劳动。而当地的白人女性中 98.4%的人在记录中没有职业。

1870 年　在所有女工中，有 60%的人受雇于家政服务工作。

1870 年　费城黑人妇女基督教协会成立。

1871 年　弗朗西斯·伊丽莎白·威拉德（Frances Elizabeth Willard, 1839 – 1898）被选为伊云斯顿学院女校校长，成为了第一位女大学校长。

1872 年　维多利亚·伍德哈尔（Victoria Woodhull）以平权党候选人的身份参加美国总统竞选。

1872 年　包括苏珊·B. 安东尼（Susan B. Anthony）在内的 16 位妇女在试图参加总统选举投票时在纽约被捕。

1872 年　夏洛特·E. 雷（Charlotte E. Ray）获得了哈佛大学法学院的毕业证书，成为了国内第一位黑人女律师。

1873 年　通过了《康斯托克法》，这部法律将邮寄有关节育的信息视为非法。这一禁令直到 1971 年才由官方撤销。

1874 年　基督教妇女禁酒联合会（WCTU）成立。

1876 年　美国黑人哈里特·佩维斯（Harriet Purvis）被选为全国妇女选举权协会副会长。

1876 年　玛丽·贝克·艾迪（Mary Baker Eddy, 1821 – 1910）创立基督教科学派。

1876 年　萨拉·史蒂文森（Sara Stevenson），医师、教授，她成为了美国医学协会（AMA）的第一位女成员。

1877 年　波士顿大学的海伦·麦吉尔（Helen Magill）成为了美国第一位获哲学博士学位的妇女。

1880 年　约有 250 万名妇女处于工薪阶层。

1880 年　据估计，美国土著人的人口数为 243000 人。他们中的大部分是在居留地扎营生活。

1880 年　印象派画家玛丽·卡萨特（Mary Cassatt, 1844 – 1926），创作了《剧场里的黑衣女子》。

1880~1910 年　农村黑人（包括男性和女性）的平均寿命只有 33 岁。

1881 年　亚特兰大浸信会女子学院（即后来的史贝尔曼学院）成立。

1881 年　克莱拉·巴顿（Clara Barton，1821–1912）创立了美国红十字会。

1881 年　马里昂·塔尔伯（Marion Talbot，1858–1948）创立了大学女校友会（1921 年更名为美国大学［毕业］妇女联合会）。

1885 年　布林茅尔学院投入使用，并成为第一所开设研究生学习的女子院校。

1886 年　《妇女家庭杂志》首次出版。

1886 年　离婚数量从 1867 年的 9937 起上升到 25535 起。

1886 年　朱利亚·雷切曼（Julia Richman）成为新成立的基督教女青年会的第一任主席。

1886 年　苏珊娜·马多拉·索尔特（Suzanna Madora Salter）当选堪萨斯州阿戈尼亚市市长，成为第一位女市长。

1889 年　珍妮·亚当斯（Jane Addams，1860–1935）与爱伦·盖兹·史达（Ellen Gates Starr）成立了"赫尔之家"（Hull House）。

1890 年　怀俄明州加入联邦，并成为第一个赋予女性完全选举权的州。

1890 年　女性的结婚平均年龄为 22.0 岁，男性为 26.1 岁。

1891 年　"女性主义"（feminism）一词在《雅典娜神庙》的书评中首次使用。

1893 年　科罗拉多州的男选民首次赋予女性选举权。

1893 年　哥伦布博览会在芝加哥举行，其中展出了大量女性作品。

1893 年　伊达·B. 韦尔斯–巴尼特（Ida B. Wells-Barnett，1862–1931），记者、教师、社区组织者，她成为了反对对黑人处私刑运动的杰出领袖。

1894 年　伊丽莎白·H. 本奈特（Elizabeth H. Bennett）成为第一位成功接受剖腹产手术的妇女。

1896 年　玛丽·秋契·泰瑞（Mary Church Terrell）成为全国有色人种妇女协会的首任会长。

1896 年　强生（Johnson&Johnson）公司生产出第一款一次性卫生棉，命名为"利斯特巾"（Lister's Towels）。

1897 年　英国心理学家，作家哈维洛克·艾利斯（Havelock Ellis）发表《性心理学研究：性倒错》，该书对女同性恋进行了病理学分析，称其为"性别倒错"（inverted）。

1897 年　爱丽斯·麦克莱伦·博尼（Alice McLellan Birney）创立家长教师协会，并担任第一任会长。

1900 年　美国妇女平均每人生 3.56 个孩子。

1900 年　妇女劳动力数量约为 500 万，等于美国劳动力总量的 1/5。

1902 年　玛莎·华盛顿（Martha Washington）成为被印在邮票上的美国妇女。

1904 年　聋哑人海伦·凯勒（Helen Keller，1880–1968）以优等成绩毕业于拉德克利夫学院。

1909 年　约有 2 万名女式衬衣工厂的工人举行罢工，抗议"血汗工厂"（sweatshop）难以忍受的环境、冗长的工作时间，以及微薄的收入。

1909 年　全国黑人委员会，即后来的全国有色人种协进会（NAACP）成立。

1910 年　据估计有 800 万移民到达美国。

1910 年　约有 800 万名妇女外出工作。

1910 年　纽约举行首次妇女选举权游行。

1910年　《白奴交易法》（即《曼恩法案》）通过，将州与州之间贩运妇女用来达到"不道德的目的"定为非法。

1910年　营火少女团成立，这是一个跨种族的、不涉及宗派主义的少女组织。

1910年　埃拉·福莱格·杨（Ella Flagg Young）成为国家教育协会第一任女会长。

1911 年　纽约的三角衬衣厂失火，导致 147 人死亡，其中大部分为移民女工。

1912 年　美国女童子军成立。

1912 年　第一部电动洗衣机面世。

1914 年　伍德罗·威尔逊总统（Woodrow Wilson，1856—1924）宣布五月的第二个星期日为"母亲节"，并将其定为国定假日。

1915 年　玛格丽特·桑格（Margaret Sanger）与爱玛·戈尔德曼（Emma Goldman）因违反《康斯托克法》而被捕。

1915 年　妇女争取和平与自由国际联盟（WILPF）成立。

1915 年　"勾魂荡妇"蒂达·巴拉（Theda Bara，1885—1955）出演《从前有个笨瓜》，一举成名。

1915 年　随着金属口红壳的发明，口红开始批量生产和销售。

1916 年　妇女政权论者艾丽斯·保罗（Alice Paul）与露西·彭斯（Lucy Burns）成立妇女党以反对威尔逊总统，并反对投票给民主党。

1917 年　珍妮特·皮克林·兰金（Jeannette Pickering Rankin，1880—1973）宣誓就任美国首位国会女议员。

1917 年　美国加入第一次世界大战。

1919 年　在丈夫威尔逊总统患中风后，爱迪思·宝琳·威尔逊（Edith Bolling Wilson）代理美国总统。

1920 年　宪法第十九次修正，赋予妇女投票权。

1920 年　女选民联盟成立，以继续全国妇女选举权协会的工作，后者在当时已经解散。

1920 年　美国劳动部成立妇女局，以保障工薪阶层女性的权益。玛丽·安德森就任第一任局长。

1920 年　约有 21% 的成年女工为白人。

1920 年　爱特尔达·布莱布特雷（Ethelda Bleibtrey）成为首位在现代奥林匹克运动会上获得金牌的美国女运动员。

1921 年　三位女性成为了美国最早获得哲学博士学位的黑人女性，她们是乔治安娜·R.辛普森（Georgianna R. Simpson）（芝加哥大学），萨蒂·塔内尔·摩赛尔（Sadie Tanner Mosell）（宾夕法尼亚大学），和埃娃·迪克斯（Eva Dykes）（拉德克利夫学院）。

1921 年　首届美国小姐选美比赛在新泽西的大西洋城举行。

1922 年　《凯布尔法案》保障了妇女在和外国人结婚后不会被剥夺公民身份及权利。

1922 年　丽贝卡·拉蒂梅尔·费尔顿（Rebecca Latimer Felton）成为美国第一位女参议员。

1922 年　女士用剃刀和脱毛机首次出现在西尔斯罗巴克（Sears Roebuck）公司的广告目录中。

1923 年　国家妇女党的艾丽斯·保罗（Alice Paul）将平权修正案提交国会。

1923 年　由伊达·罗森莎（Ida Rosenthal，1889－1973）创立的侍女有限公司生产了第一款胸罩。

1924 年　国会授予美国印第安人公民身份。

1924 年　德克萨斯州的"福开森妈妈"（Ma Ferguson）即美丽安·福开森（Miriam Ferguson）成为美国首位女州长。

1925 年　女子世界博览会在芝加哥举行，只是第一次专用来展示女性成就的博览会。

1926 年　维奥莱特·N. 安德森（Violette N. Anderson）成为第一位在美国最高法院前辩论案件的黑人妇女。

1926 年　格特鲁德·伯宁（Gertrude Bonnin）成为美国印第安人事务委员会首任会长。

1926 年　纽约的格特鲁德·埃德乐（Gertrude Ederle）成为第一位横渡英吉利海峡的妇女。

1927 年　米妮·贝金汉姆-哈珀（Minnie Buckingham-Harper）被任命接替丈夫的西弗吉尼亚州国会议员一职，成为在美国立法机关任职的首位黑人妇女。

1929 年　美国股市崩盘，大萧条开始。

1929 年　美国出版商因出版了雷德克里夫·霍尔（Radclyffe Hall）的女同性恋小说《孤独之井》而受审，被判淫秽罪，但同年上诉法庭推翻了这一判决。

1930 年　"琼斯妈妈"（Mother Jones）即玛丽·哈里斯（Mary Harris，1830－1930 度过了她的百岁寿诞。琼斯妈妈是著名的工会组织者和精神领袖。

1930 年　400 万美国人处于失业状态。

1930 年　美国共有 45200 名菲律宾人，其中 2500 人为女性。

1930 年　有 4/5 的家庭已实现了通电。

1930 年　埃伦·丘奇（Allen Church）成为首位空中小姐。

1931 年　简·亚当斯（Jane Addams）成为首位获得诺贝尔和平奖的妇女。

1933 年　弗朗西斯·柏金斯（Frances Perkins）被任命为美国劳工部秘书，并成为首位女内阁成员。

1934 年　哈蒂·W. 卡拉维（Hattie W. Carraway）成为首位美国参议院女议员。

1935 年　赛珍珠（Pearl S. Buck，1892–1973）成为美国首位获得诺贝尔文学奖的女作家。

1935 年　玛丽·麦克劳德·贝休恩（Mary McLeod Bethune）担任美国黑人妇女协会首任会长。

1935～1941 年　在第二期新政中，经过公共事业振兴署的努力，妇女也得到了经济救济，以走出大萧条的阴影。然而，在所有公共事业振兴署的工人中，妇女所占的比例不到 20%，黑人妇女只占 3%。

1937 年　女飞行员阿米莉亚·埃尔哈特（Amelia Earhart，1897–1973?）在试图进行环球飞行时在途中失踪。

1938 年　据《妇女家庭杂志》的一次民意测验显示，有 79% 的女性对采用避孕措施表示赞成。

1939 年　第二次世界大战开始。人们创作了"女子铆钉工"（Vosie the Viveter）这样一个名字来指那些在美国军工厂工作的妇女。

1940 年　佛蒙特州的伊达·富勒（Ida Fuller）成为获得社会安全支票的第一人。

1940 年　有百分之五十几的美国家庭安装了内置淋浴设备。有 1/3 的家庭仍然用木柴和煤做饭。只有 1/3 的家庭配备了中央供热。

1941 年　有 2/5 的美国家庭拥有了冰箱或洗衣机（其中包括二者都有的家庭）。

1942 年　富兰克林·罗斯福总统（Franklin Roosevelt，1882–1945）下达了行政命令，使超过 11 万日裔美国人被置于收容所。

1942 年　美国海军志愿紧急服役妇女队（WAVES）、美国海岸警卫队妇女预备队（SPARS）、美国陆军妇女辅助队（WAAC，1943 年更名为美国陆军妇女队［WAC］）成立。

1942 年　争取种族平等大会（CORE）成立。

1942 年　玛格丽特·伯克·怀特（Margaret Bourke-White, 1906 – 1971）成为首位战地女记者。

1945 年　约有 3500 万美国妇女加入了工会。

1945 年　第二次世界大战结束。次年，联邦政府突然中断了对托儿中心的资助，托儿中心在战争时期对有工作的妇女而言起到了至关重要的作用。

1948 年　哈里·杜鲁门（Harry Truman, 1884 – 1972）签署《女性兵员并建条例》，使妇女有机会到军队中寻找工作。

1948 年　时任联合国人权委员会主席的埃莉诺·罗斯福（Eleanor Roosevelt, 1884 – 1962）起草了《世界人权宣言》。

1949 年　尤金·莫尔·安德森（Eugene Moore Anderson）成为美国首位女大使。

1949 年　首款比基尼泳衣面世。

1950 年　大约有 25%的黑人已婚妇女和 10%的白人已婚妇女处于分居、离异或寡居状态，其中有 40%的妇女承担着一家之主和抚养孩子的责任。

1951 年　玛里昂·多诺万（Marion Donovan）开始推销她发明的产品——由浴帘和吸附纸制成的一次性尿布。

1953 年　艾瑟尔·格林格拉斯·罗森堡（Ethel Greenglass Rosenburg）和她的丈夫朱利叶斯（Julius）被指控向苏联传递核情报，在辛辛监狱被处以电刑。

1953 年　金赛性学报告（the Kinsey report）《女性性行为》发表。

1953 年　休·赫夫纳（Hugh Hefner）的《花花公子》杂志创刊，插页上刊登了玛丽莲·梦露（Marilyn Monroe）的裸照。

1954 年　托皮卡市的布朗诉教育委员会案（Brown v. Board of Education of Topeka）认定学校内的种族歧视违反宪法。

1954 年　尽管电视机在 1947 年才刚刚上市，但 3/5 的家庭（约 2900 万户）已拥有了电视机。

1955 年　罗莎·帕克斯（Rosa Parks）由于在阿拉巴马州蒙哥马利市的一辆公共汽车上拒绝给一位白人男子让座而被捕。

1955 年　旧金山的 8 名女子成立了女同性恋组织"比利蒂斯的女儿"（Daughter of Bilitis, DOB），支持女同性恋者的社会和公民权利。

1957～1975 年　在越南战争时期，约有 261000 位妇女在美国军队中服役，有超过 7500 名妇女亲赴越南。

1958 年　埃塞尔·珀西·安德拉斯（Ethel Percy Andrews, 1884–1967）成立美国退休人员协会。

1960 年　未成年儿童家庭补助（Aid to Families with Dependent Children）使 300 万人受益。

1960 年　白人中有 4/5 的人，有色人种中有 3/5 的人正在采用或已经采用了避孕措施。在受过高等教育的妇女当中，有 93%的人采用过避孕措施。

1961 年　伊丽莎白·格利·弗林（Elizabeth Gurley Flynn, 1890–1964）成为美国共产党第一位女主席。

1961 年　法学院的学生当中女生只占 3.6%。

1962 年　据估计有 4650 万观众通过三大广播电视网收看了杰奎琳·肯尼迪（Jacqueline Kennedy）巡游白宫。

1963 年　马丁·路德·金（Martin Luther King, Jr., 1929–1968）在华盛顿的一次民权游行时发表了《我有一个梦想》的演说。

1963 年　约翰·F. 肯尼迪（John F. Kennedy, 1917–1963）遇刺后，林登·B. 约翰逊（Lyndon B. Johnson, 1908–1973）在空军一号上宣誓就职，宣誓仪式由联邦法官萨拉·蒂尔曼·休斯（Sarah Tilghman Hughes）主持。

1964 年　《民权法案》通过，其中第七章禁止就业性别歧视。

1965 年　联邦项目"开端计划"（Project Head Start）建立，旨在帮助贫困儿童并使其接受教育。

1965 年　格里斯沃德诉康涅狄格州案（Griswold v. Connecticut）推翻

了一项将节育和传播节育信息定为非法的法令，因此引起了人们的关注。

1965 年　莫尼汉（Moynihan）的报告《黑人家庭：国家行动案例》中把黑人的贫困和所谓的病态归咎于黑人单亲妈妈。

1965 年　纽约州一项研究发现，在堕胎合法化以前，因非法堕胎致死的妇女中黑人妇女和波多黎各妇女占 80%。

1966 年　28 位女性主义者成立了全国妇女协会（NOW）。

1966 年　超短裙成为流行时尚。超短裙的裙长在膝盖以上 4 至 7 英寸。

1967 年　拉温诉弗吉尼亚州案（Loving v. Virginia）允许了异族通婚，废除了弗吉尼亚州的"反杂交案"。

1968 年　雪莉·奇泽姆（Shirley Chisholm，生于 1924 年）成为美国众议院的首位黑人女议员。

1969 年　圣迭戈大学授予了首个女性研究学士学位。

1969 年　伍德斯托克音乐节（the Woodstock Music and Art Fair）于 8 月 15 日至 18 日在纽约州北部的一个农场举行，吸引了大约 30 万至 40 万爱好者。

1969 年　纽约发生的石墙暴动标志着同性恋解放运动的开始，同性恋解放阵线（GLF）成立。

1970 年　妇女就业人数为 3120 万人，而 1950 年妇女的就业人数为 1840 万人。

1970 年　约有 17% 的白人妇女和 6% 的黑人妇女持有大学学历。

1970 年　加利福尼亚州颁布了西方世界首部完整的无过错离婚法律。

1970 年　普林斯顿大学的一项研究发现，已婚的黑人妇女和墨西哥裔美国妇女当中有 20% 永久失去了生育能力。

1971 年　格洛吉亚·斯坦内姆（Gloria Steinem）在纽约她本人的客厅里首度推出了《女士杂志》，该杂志的第一期于 1972 年上市。

1972 年　平均修正案经过国会通过后，送达各州批准。

1972 年　首家性侵害危机处理中心在华盛顿投入使用。5 年后，该中心在全国已有 150 家。

1972 年　首家受虐妇女收容所在明尼苏达州的圣保罗开放。6 年后已有300家收容所开放。全国反对家庭暴力联盟成立。

  1973年 罗诉韦德案（Roe v. Wade）打破了所有州法律在怀孕的前三个月禁止以任何理由堕胎的禁令。

  1973年 美国最高法院判定禁止所有带有种族隔离色彩的招工广告。

  1973年 玛丽安·赖特·埃德尔曼（Marian Wright Edelman）创建儿童保护基金。

  1974年 女同性恋巾帼历史档案馆在纽约建立。

  1974年 美国精神病协会将同性恋从列举各种精神紊乱现象的列表中移除。

  1974年 杰拉德·福特总统（Gerald Ford，生于1913年）签署通过了一项法律，允许女孩参加少年棒球联赛。

  1975年 联合国国际妇女年世界大会在墨西哥城召开，6300名妇女参加了此次大会。

  1975年 在泰勒诉路易斯安那州案（Taylor v. Louisiana）中，美国最高法院禁止无故剥夺妇女进入陪审团的权利。

  1977年 海德修正案（Hyde Amendment）规定禁止将医疗补助制度所用的基金用于堕胎。

  1977年 平等就业机会委员会（EEOC）主席埃莉诺·赫姆斯·诺顿（Eleanor Holmes Norton）编写了《工作场所性骚扰联邦指南》。

  1977年 全国女性研究协会（NWSA）成立。

  1978年 "七姐妹女子学院"——巴纳德、布林茅尔、曼荷莲、拉德克里夫、史密斯、瓦瑟、卫尔斯利首次全部由女性担任校长。

  1978年 菲伊·华特顿（Faye Wattleton）成为美国家庭生育计划联合会首位黑人会长。

  1979年 美国高校女生入学人数首次超过男生。

  1979年 男女同性恋者为维护自己的权利而在华盛顿举行游行示威。

  1979年 美国人质被扣留在伊朗德黑兰的美国大使馆，其中两人为女性，她们是凯斯琳·库伯（Kathryn Koob）和伊丽莎白·安·斯威夫特（Elizabeth Ann Swift）。

  1980年 女性劳动者占劳动力总数的40%以上，而家中有小孩的女性劳动者则占劳动力总数的 20%。

1980 年　约有 190 万亚裔美国妇女生活在美国。

1980 年　美国土著人口约为 100 万，据估计当代美国土著人的平均寿命为 45 岁，另据估计他们的失业率在 60% 至 90% 之间。

1980 年　美国人口普查允许家庭户主可以不是丈夫。

1981 年　桑德拉·戴·奥康纳（Sandra Day O'Connor）成为美国最高法院首位女法官。

1982 年　平权修正案未获批准。

1982 年　菲律宾妇女中拥有高等学历的人占 27%，她们是美国的各个族群中（包括男性和女性）受教育程度最高的。

1983 年　全国的高校中共有 444 个女性研究项目。

1983 年　萨莉·莱德（Sally Ride）成为美国第一位女宇航员。

1984 年　《魅力》的一项调查发现，比起事业和人际关系上的成功，女人对减肥成功更加开心。

1984 年　民主党提名国会女议员杰拉尔丁·费拉罗（Geraldine Ferraro）为副总统候选人。

1985 年　约有 15000 人死于艾滋病。1986 年，妇女艾滋工程在洛杉矶建立。

1985 年　女性的结婚中位年龄为 23.2 岁，男性为 25.5 岁。

1986 年　美国最高法院一致决定，性骚扰被定性为就业中的性别歧视，属于违法行为。

1986 年　"挑战者"号航天飞机爆炸，7 名宇航员全部遇难，包括教师克里斯塔·麦考利夫（Christa McAuliffe）和宇航员朱迪丝·雷斯尼克（Judith Resnik）。

1986 年　全职工作的女性收入和男性相比仅为 0.64：1。

1986 年　72% 的儿童期性虐待案件都是由父亲和继父所为。

1987 年　国会女议员帕特里夏·施罗德（Patricia Schroeder）宣布由于资金短缺，她无法争取到 1988 年民主党的总统提名。

1987 年　威尔玛·曼吉勒（Wilma Mankiller）当选切罗基族首位女领袖。

1987 年　梅·杰米森医生（Dr. Mae Jemison）成为美国国家航空航天局（NASA）首位非裔女宇航员。

1987 年　美国有 85% 的县不提供人工流产服务。

1988 年　在总统选举中女选民所投的票数比男选民多 100 万张。新联盟党候选人利诺拉·弗拉尼（Lenora Fulani）的姓名以总统候选人身份出现在美国 50 个州的选票上，她是获此殊荣的第一位女性和第一位黑人。

1988 年　超过 200 万妇女做过隆胸手术，10 万妇女做过吸脂手术。

1988 年　一项研究经过计算得出，在美国每天晚上有 735000 人无家可归。

1989 年　韦伯斯特诉生殖健康服务部（Webster v. Reproductive Health Centers）将限制妇女合法堕胎权利范围的权力发回给各州。

1990 年　莎伦·普瑞特·迪克逊（Sharon Pratt Dixon）当选华盛顿市长，成为首位当选美国主要城市市长的黑人妇女。

1990 年　女性在国会中拥有 25 个席位（占 4.7%），其中众议院 23 席，参议院 2 席。

1990 年　《改善儿童保育法案（ABC）》成为法律，制定了全面的儿童保育法。

1990 年　在任命桑德拉·加德布林（Sandra Gardebring）为法官后，明尼苏达州最高法院成为首个女性占大多数的强大法律机构。

1990 年　记录显示有 310 万妇女同时拥有两份工作。

1991 年　尽管克拉伦斯·托马斯（Clarence Thomas）被法学教授，也是托马斯以前平等就业机会委员会（EEOC）同事的安妮塔·希尔（Anita Hill）指控对后者进行性骚扰，但托马斯仍被任命为美国最高法院法官。

1991～1992 年　到波斯海湾战争结束，有 13 名美国女兵死亡，2 人被俘。

1992 年　在美国成年贫困人口中，妇女占 2/3。在全职工作的女性中有超过 80% 的人年收入低于 2 万美元。在美国，由性别导致的收入差距是所有发达国家中最大的。

1992 年　美国海军对在年度的尾钩号协会会议上对 26 名女性指控遭遇性骚扰的案件进行调查。

1992年　两起受到广泛关注的强奸案作出了判决：参议员特德·肯尼迪（Ted Kennedy）的外甥威廉·肯尼迪·史密斯（William Kennedy Smith）被判无罪，而拳击手迈克·泰森（Mike Tyson）被判有罪，被处以10年有期徒刑。

1992年　在财富500强的企业董事会中，女性只占据了4.5%的席位。

1992年　生育计划组诉凯西（Planned v. Casey）的案件中，美国最高法院认定堕胎不违反宪法，但是也允许各州在不"过度加重"女性负担的前提下增加限制条件。

1992年　比尔·克林顿（Bill Clinton）当选总统。希拉里·罗得汉·克林顿（Hilary Rodham Clinton）成为首位持有专业学位的第一夫人。

1992年　在106名竞选众议院议员的妇女当中，47人获得了众议院席位。在11名竞选参议员议员的妇女当中，5人获得了参议院席位，其中包括伊利诺斯州的卡罗尔·莫斯利·布劳恩（Carol Moseley Braun）。

1992年　有70%的妻子比她们的丈夫长寿。

辛西亚·戴维斯（Cynthia Davis）编

附录二

美国女性文学创作年表[①]

1650年[②] 安妮·达德利·布拉德斯特里特(Anne Dudley Bradstreet, 1612?–1672):《美洲最近出现的第十缪斯》——这是第一部在美洲大陆创作的诗集,并且是17世纪的伦敦畅销书。

1682年 玛丽·罗兰森(Mary Rowlandson, 1636–1678):《玛丽·罗兰森被俘与被释》。

1701年 莎拉·费思科(Sara Fiske, 1652–1692),精神作家:《信仰声明》(死后发表)。

1746年 露西·特里(Lucy Terry, 1730–1821),她是《酒吧打斗,1746年8月28日》的作者,也是第一位非裔美国诗人。

1758年 伊丽莎白·桑德维奇·德伦克尔(Elizabeth Sandwich Drinker, 1734–1807),她于1758年至1787年撰写的日记于1937年出版,题为《不久以前》。

1773年 菲莉斯·惠特利(Phillis Wheatley, 1753?–1784):《不同主题,宗教与道德的诗》,这是第一部非裔美国作家发表的诗歌著作。

1775年 摩茜·奥蒂斯·华伦(Mercy Otis Warren, 1728–1814),剧作家、诗人、历史学家:《群》。

1784年 汉娜·亚当斯(Hannah Adams, 1755–1831),可能是美国

[①] Davidson, Cathy N. and Wagner-Martin, Linda, eds. "Women Writers in the United States," *The Oxford Companion to Women's Writing in the United States,* New York: Oxford University Press, 1995.

[②] 表中的年代指重要作品的发表时间。

第一位职业女作家:《按字母排序的各教派概述》。

1790 年　萨拉·温特沃什·莫顿（Sarah Wentworth Morton, 1759 – 1846），被称为"美国的莎孚"（American Sappho）:《人性的道德——一部长达四篇的印度故事》。

1790 年　朱迪思·萨金特·默里（Judith Sargent Murray, 1751 – 1820），论说文作家:《论男女平等》。

1791 年　苏珊娜·罗森（Susanna Rowson, 1762 – 1824），小说家、剧作家、教育家:《夏洛特·邓普》。

1793 年　安·伊莱扎·布利克（Ann Eliza Bleecker, 1752 – 1783），诗人、超短篇小说家、通讯记者:《安·伊莱扎·布利克遗作》，追溯了美国独立战争的伤亡情况。

1797 年　汉娜·韦伯斯特·福斯特（Hannah Webster Foster, 1758 – 1840），小说家、教育家:《卖弄风情的女人》。

1801 年　塔比瑟·泰尼（Tabitha Tenney, 1762 – 1820），小说家、建议专栏作家:《女性唐吉珂德行为》。

1815 年　莉迪亚·西格妮（Lydia Sigourney, 1791 – 1865），诗人、小说家:《德育诗文集》。

1818 年　汉娜·马瑟·科劳克（Hannah Mather Crocker, 1752 – 1829），回忆录作家、诗人、雄辩家:《妇女物权观察》。

1819 年　艾玛·哈特·威勒（Emma Hart Willard, 1787 – 1870），诗人，曾编写过教科书、建议书和历史书，自费出版了《关于提高女学生教学质量的计划》。

1824 年　莉迪亚·玛丽亚·柴尔德（Lydia Maria Child, 1802 – 1880）:《霍波莫克》。

1825 年　萨拉·肯布尔·奈特（Sarah Kemble Knight, 1666－1727）:《一次从波士顿到纽约旅行的私人日记》（死后发表）。

1827 年　凯瑟琳·塞奇威克（Catherine Sedgwick, 1789 – 1867），小说家、传记作家:《霍普·莱斯利》，这是一部存在争议的小说，描写了美国白人和土著人的关系。

1829 年　弗朗西丝·赖特（Frances Wright, 1795 – 1852），开始发行

《自由问询报》。

1830 年　弗朗西丝·曼沃灵·考金斯（Frances Manwaring Caulkins，1795－1869），开始为美国书会撰写文章，这一工作一直持续了 30 年。

1831 年　《西印度奴隶玛丽·普林斯的历史》对奴隶传记产生了决定性的影响。

1835 年　全国妇女道德改革协会开始发行《代言人》。

1836 年　安吉丽娜·艾米莉·格里姆凯（Angelina Emily Grimké，1805－1879），废奴主义者、女权倡导者：《对南部各州基督徒妇女的呼吁》。

1837～1877 年　莎拉·约瑟法·黑尔（Sarah Josepha Hale），担任《女士手册》和《美国女士杂志》两本杂志的编辑。

1839 年　卡罗琳·斯坦斯伯里·柯克兰（Caroline Stansbury Kirkland，1801－1864）：《一个新的家——谁愿同往？》，作者署名"玛丽·克拉沃夫人（Mrs. Mary Claver），一个真正的定居者"。

1839 年　法兰丝·萨金特·欧思葛（Frances Sargent Osgood，1811－1850），诗人：《命运的匣子》。

1841 年　安·柏拉图（Ann Plato）：《论文集》，这是首部美国黑人作家文集。

1843 年　凯瑟琳·比彻尔（Catharine Beecher，1800－1878），作家、妇女教育革新运动的倡导者：《论家庭经济》。

1845 年　玛格丽特·福勒（Margaret Fuller，1810－50），评论家、《日规》杂志编辑：《十九世纪女性》。

1849 年　杰莱娜·李（Jarena Lee），发表《杰莱娜·李的信仰经历及日记——承载她对传播福音的呼唤》。

1850 年　卡罗琳·李·亨茨（Caroline Lee Hentz，1800－1856）：小说《琳达》。

1850 年　莎拉·简·利平考特（Sara Jane Lippincott），署名格丽斯·格林伍德（Grace Greenwood，1823－1904），记者、游记作家：《绿林叶》。

1850 年　索茹尔内·特鲁斯（Sojourner Truth，1797－1883）：《索茹尔内·特鲁斯自述》。

1851 年　苏珊·瓦纳（Susan Warner），署名伊丽莎白·威斯尔（Elizabeth Wetherell, 1819-1885)：畅销书《广阔无垠的世界》。

1852 年　爱丽丝·卡里（Alice Cary)：《夏甲，给今天的故事》。

1852 年　伊莉莎白·斯图亚特·菲尔普斯（Elisabeth Stuart Phelps, 1815-1852)：《右肩上的天使》。

1852 年　哈里特·比彻·斯托（Harriet Beecher Stowe, 1811-1896），小说家、微型小说家、废奴主义者，曾撰写家庭手册：《汤姆叔叔的小屋》。

1853 年　波琳·戴维斯（Pauline Davis)：开始发行《尤娜》，这是美国第一份女权报刊。

1853 年　萨拉·佩森·威利斯（Sara Payson Willis），署名范妮·弗恩（Fanny Fern, 1811-1872)，小说家：《范妮·弗恩从部长职务卸任》。

1854 年　玛丽·安·沙德·卡里（Mary Ann Shadd Cary），首位黑人女编辑，开始在加拿大发行反奴隶制报刊《地方自由人》。

1854 年　玛丽亚·苏珊娜·卡明斯（Maria Susanna Cummins, 1827-1866)：《点灯人》。

1854 年　伊丽莎白·欧克斯·普林斯·史密斯（Elizabeth Oakes Prince Smith)：《贝莎与莉莉》。

1856 年　弗朗西斯·威彻尔（Frances Whitcher, 1813-1852)，幽默作家：《寡妇贝多特文集》。

1857 年　玛丽·西戈尔（Mary Seacole, 1805?-1881)，自由身份的牙买加克里奥尔人、自传作家：《西戈尔夫人漫游记》。

1859 年　弗朗西斯·埃伦·沃特金斯·哈珀（Frances Ellen Watkins Harper, 1825-1911)，非裔美国诗人、小说家、废奴主义者、妇女权利倡导者：首部由美国黑人发表的微型小说《两个选择》，首部关于美国黑人重建的小说《振奋的愁容》(1892)。

1859 年　E.D.E.N. 索恩沃斯（E.D.E.N. Southworth, 1819-1899)，创作了超过 60 部广为流传的小说：《隐匿之地》。

1859 年　哈里特·E. 威尔逊（Harriet E. Wilson, 1807?-1870?)：《我们黑人》，这是首部由美国黑人女作家创作的小说。

1860 年　卡罗琳·维尔斯·道尔（Caroline Wells Dall, 1822-1912)，

拥护男女同校教育和女性接受高等教育:《女性劳动权》。

1861 年　丽贝卡·哈丁·戴维斯（Rebecca Harding Davis，1831 – 1910）:《铁工厂生涯》。

1861 年　茱莉雅·沃尔得·豪威（Julia Ward Howe，1819 – 1910），诗人、剧作家、传记作家、旅游作家、女性主义者:《共和国战歌》。

1861 年　哈里特·雅各布斯（Harriet Jacobs，1813 – 1897）:《一个奴隶女孩的生活事件》，该作品是首部由女作家创作，并在美国发表的足本奴隶传记。

1862 年　4 月 15 日艾米莉·狄金森（Emily Dickinson，1830 – 1886）在她 32 岁这一年将四首诗寄给托马斯·温特沃斯·希金森（Thomas Wentworth Higginson）。

1862 年　伊莉莎白·德鲁·史托达德（Elizabeth Drew Stoddard，1823 – 1902）:《莫格森一家》，她的首部小说，儿童读物。

1863 年　《老伊丽莎白，一个黑人妇女的回忆录》：奴隶传记、精神自传。

1863 年　哈里特·普里斯科特·斯波福特（Harriet Prescott Spofford，1835 – 1921）:《琥珀众神及其他故事》。

1867 年　奥古斯塔·埃文斯（Augusta Evans，1835 – 1900），多产的畅销小说作家:《圣艾尔摩》。

1868 年　路易莎·梅·奥尔科特（Louisa May Alcott，1832 – 1888）:《小妇人》。

1868 年　伊莉莎白·斯图亚特·菲尔普斯（华德）（Elisabeth Stuart Phelps [Ward]，1884 – 1911）:《半开着的大门》。

1868 年　伊丽莎白·霍布斯·凯克里（Elizabeth Hobbs Keckley）:《内幕：三十年做奴隶，四年在白宫》。

1869 年　萨拉·伊丽莎白·霍普金斯·布雷福德（Sarah Elizabeth Hopkins Bradford）:《哈莉特·塔布曼的生活特写》。

1872 年　莎拉·昌西·吴勒西（Sarah Chauncey Woolsey），署名苏珊·库利奇（Susan Coolidge，1835 – 1905）:《凯蒂做了什么》，该书是系列中的第一部。

1873 年　玛丽塔·霍利（Marieta Holley，1836－1926），幽默作家：《我同贝特西·博贝特交换意见》。

1873 年　西莉亚·撒克斯特（Celia Thaxter，1835－1894），诗人、微型小说家：散文《海岛生活》。

1876 年　伊莱扎·安德鲁斯（Eliza Andrews，1840－1931）：畅销书《家庭秘密》。

1876 年　埃拉·惠特·威尔科克斯（Ella Wheeler Wilcox，1850－1919）：《激情诗集》。

1877 年　玛丽·普特娜姆·雅各比（Mary Putnam Jacobi，1842－1906），医师：《妇女经期休息的问题》。

1880 年　柳克丽霞·皮波蒂·黑尔（Lucretia Peabody Hale，1820－1900），小说家、幽默作家、儿童读物作家：《彼得金一家》。

1881 年　罗丝·特里·库克（Rose Terry Cooke，1827－1892），新英格兰微型小说作家、诗人：《某人的邻居》。

1882 年　埃玛·拉扎勒斯（Emma Lazarus，1849－1887），诗人、翻译家：《闪族人之歌》；她的十四行诗《新巨人》于 1883 年被刻在自由女神像的基座上。

1883 年　玛丽·哈洛克·福特（Mary Hallock Foote，1847－1938），小说家、插图画家：《备用马的呼声：采矿营地传奇》。

1883 年　莎拉·威尼谬卡·霍普金斯（Sarah Winnemucca Hopkins，1844－1891），美国土著作家：《普稊斯人的生活》。

1883 年　劳拉·吉恩·利比（Laura Jean Libbey，1862－1925），"青年劳动妇女小说家"：《致命求爱》，这是她 30 年写作生涯中创作的 80 部小说之一。

1883 年　弗朗西斯·E. 魏勒（Frances E. Willard，1839－1898），禁酒运动改革家、女权倡导者、传记作家：《妇女与禁酒》。

1884 年　海伦·亨特·杰克逊（Helen Hunt Jackson，1831－1885），小说家，记录了政府对美国土著人的不公正行为：《拉蒙纳》。

1884 年　爱德华·米克斯夫人（Mrs. Edward Mix，1832－1884）：《爱德华·米克斯夫人的一生——本人于 1880 年作》，该作是自由的黑人妇女在南北战争前的宗教遗嘱。

1884 年 玛丽·诺爱里斯·莫夫里（Mary Noailles Murfree，1850－1922），地方主义微型小说家：《在田纳西山》。

1885～1886 年 克拉丽莎·明妮·汤普森（Clarissa Minnie Thompson）：《踹酒榨》，这是由美国黑人女作家在南北战争后创作的最早的小说之一。

1886 年 朱莉娅·A. J. 富特（Julia A. J. Foote，1823－1900）：黑人女福音传道者自传《从火中抽出来的一根柴》。

1886 年 萨拉·奥恩·朱厄特（Sarah Orne Jewett，1849－1909）：《白苍鹭及其他》。

1887 年 玛丽·E. 威尔金斯·弗里曼（Mary E. Wilkins Freeman，1852－1930）：《卑微的浪漫及其他》。

1888 年 格雷斯·伊丽莎白·金（Grace Elizabeth King，1851－1931），新奥尔良微型小说家、小说家：故事集《莫特先生》。

1889 年 玛丽·西摩·福特（Mary Seymour Foot，1846－1893）：创办《商界女性日报》。

1890 年 奥克塔维亚·罗杰斯·阿尔伯特夫人（Mrs. Octavia Rogers Albert）：《为奴之家》，一部女奴隶传记集。

1890 年 波士顿的罗伯茨兄弟（Roberts Brothers）出版社出版了艾米莉·狄金森的一部诗集，其中有她 115 首诗歌。

1890 年 埃米莉·波林·约翰生（Emily Pauline Johnson，1861－1913），开始了她在美国、加拿大和英国为期 20 年的诗歌创作生涯，在此期间她用的是自己的土著姓名"泰哈克什维克"。

1891 年 爱玛·邓哈姆·凯利（Emma Dunham Kelley），美国黑人小说家：《梅得加》。

1892 年 安娜·朱丽娅·库柏（Anna Julia Cooper，1859?－1964），教育家、学者：《来自南方的声音：一个黑人南方妇女著》。

1892 年 夏洛蒂·珀金斯·吉尔曼（Charlotte Perkins Gilman，1860－1935）：《黄色壁纸》。

1893 年 索菲亚·爱丽丝·卡拉汉（Sophia Alice Callahan）：《魏涅

玛》，可能是土著美国女作家创作的首部小说。

1894 年　首份黑人女性报刊《女性时代》，由新时代俱乐部在波士顿创刊。

1895 年　爱丽丝·M. 布朗（1857－1948），小说家、微型小说作家、剧作家、诗人：《牧草》，地方特色故事。

1895 年　爱丽丝·露丝·莫尔·邓巴-尼尔森（Alice Ruth Moore Dunbar-Nelson，1875－1935），美国黑人微型小说家、诗人、记者、政治和社会活动家：《紫罗兰及其他故事》。

1895 年　伊达·B. 韦尔斯—巴尼特（Ida B. Wells-Barnett），美国黑人作家：《红色记录：美国的列表记录以及动用私刑的所谓原因，1892－1893－1894》。

1895～1899 年　罗萨·索南斯肯（Rosa Sonneschein），编辑《美国女犹太人》，美国国内首部犹太妇女杂志。

1898 年　伊达·哈斯特德·哈泊（Ida Husted Harper，1851－1931），记者、妇女政权论者：《苏珊·B. 安东尼的生平及著作》。

1898 年　哈里特·简·汉森·罗宾逊（Harriet Jane Hanson Robinson）：《织机和纺锤》。

1899 年　凯特·肖平（Kate Chopin，1851－1904）：《觉醒》。

1900 年　波琳·E. 霍普金斯（Pauline E. Hopkins），黑人小说家、剧作家、传记作家：《针锋相对：北方和南方的黑奴生活的传奇叙述》。

1901 年　爱丽丝·黑跟·莱斯（Alice Hegan Rice，1870－1942），小说家，尤其以描写城市穷人的小说见长：《包心菜田里的威格斯太太》。

1902 年　海伦·凯勒（Helen Keller，1880－1968）：《我的生活》。

1903 年　玛丽·奥斯汀（Mary Austin，1868－1934），充满激情、直言不讳的女性主义者，美国土著及西班牙传统的支持者：《少雨的土地》。

1903 年　凯特·道格拉斯·威金（Kate Douglas Wiggin，1856－1923），儿童文学作家：《桑尼布鲁克农场的丽贝卡》。

1905 年　玛丽·博伊金·切斯纳特（Mary Boykin Chesnut，1823－1886）：《戴西日记》（死后发表）。

1905 年　伊迪丝·华顿（Edith Warton，1862－1937）：《欢乐之家》。

1908 年　玛丽·罗伯茨·莱因哈特（Mary Roberts Rinehart，1876 – 1958），小说家、侦探小说家、剧作家：《旋转楼梯》。

1932 年　格特鲁德·斯坦因（Gertrude Stein，1874 – 1946）：《三面夏娃》。

1910 年　简·亚当斯（Jane Addams，1860 – 1935），社会工作者、作家：《赫尔大厦二十年》。

1911 年　安娜·波兹芙德·康斯托克（Anna Botsford Comstock，1854 – 1930）：《自然研究手册》。

1911 年　哈丽特·门罗（Harriet Monroe，1860 – 1936），诗人、编辑：创办《诗刊：诗的杂志》，之后的 24 年她为该杂志担任编辑一职。

1912 年　玛丽·安廷（Mary Antin，1881 – 1949）：《上帝许给的地方》，讲述了一个年轻的犹太女子从俄国到美国奥德赛般的漫长冒险旅程故事。

1912 年　水仙花（Sui Sin Far），即伊迪丝·牟德·伊顿（Edith Maud Eaton，1865 – 1914），首位华裔美国作家：微型小说文集《春香太太》。

1913 年　薇拉·凯瑟（Willa Cather，1873 – 1947）：《啊，拓荒者!》。

1913 年　埃伦·格拉斯哥（Ellen Glasgow，1874 – 1945），美国南部小说家、微型小说家：《弗吉尼亚》。

1914 年　玛格丽特·安德森（Margaret Anderson，1886 – 1973）创办《小评论》。

1915 年　阿德莱德·克雷普西（Adelaide Crapsey，1878 – 1914），发明了五行诗——每段由五个诗行组成的诗歌形式：《诗篇》。

1915 年　爱丽丝·格斯滕贝格（Alice Gerstenberg，1885 – 1972），剧作家：《弦外之音》，之后心理剧的先驱，1915 年作为独幕剧在纽约公演。

1915 年　夫野渡名（Onoto Watanna），即温尼夫莱德·伊顿（Winnifred Eaton），华裔美国小说家、传记作家：匿名发表的自传《我》。

1916 年　H. D.，即希尔达·杜丽特尔（Hilda Doolittle，1886 – 1961）：一部意象派诗卷《海的花园》。

1917 年　桃乐丝·肯非尔德·费雪（Dorothy Canfield Fisher，1879 – 1958），小说家、微型小说家、批评家、翻译家、蒙特梭利教育的拥护者：

《理解贝茜》。

1917 年　格雷斯·利文斯顿·希尔（Grace Livingston Hill，1865 – 1947），创作了 107 部作品，其中包括现代传奇小说、历史传奇小说、神秘小说和非小说：《证人》。

1918 年　乔治亚·道格拉斯·约翰逊（Georgia Canfield Fisher，1886 – 1966），诗人，她是在弗朗西斯·哈珀后首位获得国家认可的黑人女作家：《女性心境及其他》。

1919 年　艾米·洛威尔（Amy Lowell，1874 – 1925），诗人：《浮世图》。

1920 年　佐纳·盖尔（Zona Gale，1874 – 1938），小说家、微型小说家、剧作家、诗人、和平主义者：《卢卢·贝特小姐》。

1920 年　安吉琳娜·艾米莉·葛罗米柯（Angelina Emily Grimké）：《雷切尔》，这是首部由黑人女剧作家发表，并由黑人演员进行专业演出的戏剧。

1921 年　格特鲁德·西蒙斯·伯宁（Gertrude Simmons Bonnin），即吉特卡拉-萨（Zitkala-Ša，1876 – 1938）"红鸟"，美国土著人人权活动家，她的母亲是一位苏族妇女：《美国印第安故事》。

1921 年　苏珊·格拉斯佩尔（Susan Glaspell，1876 – 1948），多产的剧作家和小说家：《继承人》。

1921 年　路易丝·庞德（Louise Pound，1872 – 1958），教师、女运动员、编辑、语言学家：《诗歌起源与歌谣》。

1922 年　艾米莉·波斯特（Emily Post，1873 – 1960）：《社交界、商界、政界和家庭之礼节》。

1922 年　莉莲·E. 伍德（Lillian Wood），美国黑人小说家：《容我的百姓去》。

1923 年　路易丝·博根（Louise Bogan，1897 – 1970），诗人，长期为《纽约客》担任诗歌评论员：《取死的身体》。

1923 年　凯莉·查普曼·加特（Carrie Chapman Catt，1859 – 1947）：《妇女选举权与政治》。

1923 年　米娜·罗伊（Mina Loy，1882 – 1986）：《月亮指南》。

1923 年　玛格丽特·米德（Margaret Mead，1901－1978）：《萨摩亚人的成年》。

1923 年　埃德娜·圣文森特·米莱（Edna St. Vincent Millay，1892－1950），凭借她的《用竖琴编织的人》、《从蓟上摘下的几颗无花果》，以及《美国诗歌 1922，一部杂录》中的十四行诗获得了普利策奖。

1923 年　吉纳维芙·塔加德（Genevieve Taggard，1894－1948）：诗集《夏威夷山顶》。

1924 年　玛丽安·摩尔（Marianne Moore，1887－1972）：《观察》。

1925 年　哈莉·奎因·布朗（Hallie Quinn Brown），美国黑人作家：《我们女性：过去，现在，和未来》，以及《我父亲讲的故事》。

1925 年　芭贝特·多艾奇（Babette Deutsch，1895－1982），诗人、批评家：《磐石出的蜂蜜》。

1925 年　安尼塔·卢斯（Anita Loos，1893－1981），小说家、编剧：《绅士爱美人》。

1925 年　杉本钺子（Etsu Inagaki Sugimoto），日裔美国小说家：《武士的女儿》。

1927 年　阿尔冈昆圆桌文人会的领导人多罗茜·帕克（Dorothy Parker，1893－1967）开始从事故事创作，并署名"忠实读者"为《纽约客》的一个书评栏目撰写文章。

1927 年　哀鸽（Mourning Dove），即 Hum-IShu-Ma（1888－1936），奥卡诺根部落人：《混血考格维》。

1928 年　约瑟芬·赫柏斯特（Josephine Herbst，1897－1969），无产阶级小说家：《没什么是神圣的》。

1928 年　内拉·拉森（Nella Larsen），美国黑人小说家：《流沙》。

1928 年　朱莉娅·彼得金（Julia Peterkin，1880－1961），研究南卡罗来那州嘎勒人生活和语言的专家：《不贞的玛丽》。

1929 年　米格农·埃伯哈特（Mignon Eberhart），生于 1899 年：《十八号病房》，她总共创作了约 70 部侦探小说，《十八号病房》是她的第一部侦探小说。

1929 年　杰西·拉德蒙·福塞特（Jessie Redmon Fauset，1884？－

1961），美国黑人小说家、编辑：《李子圆面包：一部没有道德的小说》。

1929 年　安格尼斯·史沫特莱（Agnes Smedley, 1892－1950）：自传小说《大地的女儿》。

1929 年　莉恩·祖格史密斯（Leane Zugsmith, 1903－1969），犹太小说家：《胜利皆相同》。

1930 年　凯瑟琳·安·波特（Katherine Anne Porter, 1890－1980）：《盛开的紫荆及其他》。

1931 年　芬妮·赫斯特（Fannie Hurst, 1889－1968），美国黑人小说家：《血洒后街》。

1932 年　赛珍珠（Pearl S. Buck, 1892－1973）：《大地》。

1932 年　洁儿达·菲茨杰拉德（Zelda Fitzgerald, 1899－1948）：《留住我的华尔兹》。

1932 年　约薇塔·冈萨雷斯（Jovita Gonzales），奇卡诺人，微型小说作家：在 J. 弗兰克·多比（J. Frank Dobie）的《轻轻摇铃》中收录了她的《我的百姓中》。

1932 年　格雷斯·兰普金（Grace Lumpkin），生于 1903 年，描写南部穷人生活的小说家：《为了生计》。

1932 年　罗兰·英格斯·怀德（Laura Ingalls Wilder, 1867－1957）：《大森林里的小屋》。

1934 年　鲁思·本尼迪克特（Ruth Benedict, 1887－1948），美国最早的女职业人类学家之一：《文化模式》。

1934 年　卡罗琳·戈登（Caroline Gordon, 1895－1981），小说家、批评家：《运动员阿莱克·毛里》。

1934 年　丽莉安·海尔曼（Lillian Hellman, 1905－84），剧作家、自传作家：《双姝怨》，该剧在百老汇上演了 691 场。

1934 年　艾丽斯·詹姆斯（Alice James, 1850－1892）：《艾丽斯·詹姆斯日记》。

1934 年　苔丝·斯莱辛格（Tess Slesinger, 1900－1975）：现代主义小说《一无所有》。

1934 年　贝蒂·史密斯（Betty Smith, 1904－1972），小说家、剧作

家：《布鲁克林生长着一棵树》。

1935 年　石元春人（Haruto Ishimoto），日裔美国自传作家：《面对两条道路：我的生活》。

1935 年　梅丽朵尔·勒·苏尔（Meridel Le Sueur），生于 1900 年，小说家、记者、诗人：《天使报喜》。

1935 年　莫瑞尔·洛凯瑟（Muriel Rukeyser），生于 1913 年：诗集《飞翔的理论》。

1935 年　玛莉·桑托斯（Mari Sandoz，1896－1966）：创作了《老朱尔斯》，开始了她 6 卷大平原系列的创作。

1936 年　杜娜·邦恩斯（Djuna Barnes，1892－1982），实验小说家、记者、剧作家：《夜林》。

1936 年　玛格丽特·米切尔（Margaret Mitchell，1900－1949）：《飘》。

1937 年　佐拉·尼尔·赫斯顿（Zora Neale Hurston，约 1901－1960）：《他们眼望上苍》。

1937 年　萨拉·梯斯苔尔（Sara Teasdale）：《诗选》（死后发表）。

1938 年　玛乔丽·金楠·罗琳斯（Marjorie Kinnan Rawlings，1896－1953）：《鹿苑长春》。

1938 年　劳拉·瑞定（Laura Riding），生于 1901 年，诗人、小说家、批评家：《诗选》。

1940 年　米尔德里德·霍恩（Mildred Haun），阿巴拉契亚作家：《老鹰飞走了》。

1940 年　卡森·麦卡勒斯（Carson McCullers，1919－1967），小说家、微型小说家、剧作家：《心是孤独的猎手》。

1941 年　尤多拉·韦尔蒂（Eudora Welty），生于 1909 年，多产的南方作家，作品有小说、微型小说、回忆录：《绿窗帘》。

1942 年　玛丽·麦卡锡（Mary McCarthy），生于 1912 年，评论家、小说家：《危险关系》。

1942 年　玛格丽特·沃克（Margaret Walker），生于 1915 年，美国黑人诗人、小说家：《为了我的人民》。

1943 年　珍·柏尔斯（Jane Bowles，1917－1973）：《两位严肃的女

人》。

1943 年　艾茵·兰德（Ayn Rand，1905 – 1982），出生于俄罗斯的小说家：《源头》。

1943 年　菲利丝·惠特尼（Phyllis Whitney），广受欢迎的儿童文学作家和成年悬疑小说作家，以及哥特传奇小说作家：《红玛瑙》。

1944 年　丽莉安·史密斯（Lillian Smith，1897 – 1966），小说家、民权倡导者：《奇异的果实》。

1945 年　约瑟芬娜·尼格利（Josephina Niggli，1910 – 1983）：故事集《墨西哥村庄》，该作可能是首部由墨西哥裔美国作家创作，并拥有大批读者的小说作品。

1945 年　珊莎·拉玛·萝（Santha Rama Rau），亚洲印度裔美国自传作家、小说家：《回到印度的家》。

1945 年　杰萨姆·韦斯特（Jessamyn West，1902 – 1984），小说家、微型小说家：《四海一家》。

1946 年　伊丽莎白·毕肖普（Elizabeth Bishop，1911 – 1979）：《北与南》。

1946 年　芬妮·库克（Fannie Cook，1893 – 1949）：《帕尔默夫人的爱人》，该书获得了首届乔治·华盛顿·卡弗纪念奖。

1946 年　丹尼斯·莱弗托夫（Denise Levertov），生于 1923 年，诗人：《重影》。

1946 年　安·佩特里（Ann Petry），生于 1908 年，美国黑人小说家：《街头》。

1948 年　雪莉·杰克逊（Shirley Jackson）：《彩票》，在《纽约客》发表。

1950 年　格温多琳·布鲁克斯（Gwendolyn Brooks），生于 1917 年，美国黑人诗人和小说家：《安妮·艾伦》，获普利策奖。

1950 年　安吉娅·耶泽尔斯卡（Anzia Yezierska，1882? – 1970），生于波兰的小说家、微型小说家：《白马上的红丝带》。

1952 年　派翠西亚·海史密斯（Patricia Highsmith），署名克莱尔·摩根（Claire Morgan）：《盐的代价》，有史以来最畅销的女同性恋小说之一。

1952 年　弗兰纳里·奥康纳（Flannery O'Connor，1925－1964），南部小说家、微型小说家：《慧血》。

1953 年　莫尼卡·曾根（Monica Sone），日裔美国自传作家：《第二代女儿》。

1954 年　哈里特·阿诺（Harriette Arnow），生于 1908 年，阿巴拉契亚小说家：《做娃娃的人》。

1954 年　爱丽丝·B.托克勒斯（Alice B. Toklas，1877－1967）：《爱丽丝·B.托克勒斯食谱》。

1956 年　张爱玲（Eileen Chang），华裔美国小说家：《赤地之恋》。

1957 年　安·班农（Ann Bannon），女同性恋小说家：《怪女孩出列》。

1959 年　洛琳·韩丝贝莉（Lorraine Hansberry，1930－1965）：《太阳下的一粒葡萄干》，这是首部由黑人女作家创作的百老汇戏剧。

1959 年　葆拉·马歇尔（Paule Marshall），生于 1929 年，美国黑人小说家、微型小说家：《褐姑娘，褐砖房》。

1959 年　格蕾斯·佩蕾（Grace Paley），生于 1922 年：《男人的小烦恼》。

1959 年　莫娜·范戴恩（Mona Van Duyn），生于 1921 年，诗人：《茫茫人世中的情人》。

1960 年　哈波·李（Harper Lee）：《杀死一只知更鸟》。

1960 年　希尔维亚·普拉斯（Sylvia Plath，1932－1963）：《巨人的石像及其他》；署名"维多利亚·卢卡斯（Victoria Lucas）"出版的《瓶中美人》于 1963 年面世。

1960 年　安·沙克斯顿（Ann Saxton，1928－1974）：诗歌《去精神病院中途返回》。

1961 年　蒂莉·奥尔森（Tillie Olsen），约 1912 年出生，女性主义者、社会活动家、小说家，抢救了许多濒临失传的女性作品：《告诉我一个谜》。

1962 年　瑞秋·卡森（Rachel Carson，1904－1964），海洋生物学家、作家：《寂静的春天》，唤起了人们对杀虫剂危害环境这一问题的关注。

1962 年　威尔玛·戴克曼（Wylma Dykerman），生于 1920 年，小说家、传记作家、阿巴拉契亚史学家：《高挑女子》。

1962 年　马德琳·英格（Madeleine L'engle），生于 1918 年，儿童幻想文学作家、自传作家：《时间的皱纹》。

1963 年　贝蒂·弗里丹（Betty Friedan），生于 1921 年：《女性的奥秘》。

1963 年　伊丽莎白·哈德威克（Elizabeth Hardwick），创办《纽约书评》。

1963 年　琳达·泰卡斯珀（Linda Ty-Casper），菲律宾裔美国小说家：《透明的太阳及其他》。

1964 年　雪莉·安·格劳（Shirley Ann Glau），生于 1929 年，小说家、微型小说家：《当家人》，该小说获得了普利策奖。

1964 年　夸雅瓦伊玛·博玲加西（Qöyawayma Polingaysi），生于 1892 年：《不要回头》，一部描述自己作为一个霍皮印第安人和美国土著教育领导者的自传。

1964 年　简·鲁尔（Jane Rule），生于 1931 年：女同性恋小说《心的沙漠》。

1964 年　卡罗琳·海布伦（Carolyn Heilbrun），用笔名阿曼达·克罗斯（Amenda Cross）创作《最后的分析》，开始了凯特·凡斯勒（Kate Fansler）系列推理小说的创作。

1965 年　梅·萨顿（May Sarton）：小说《史蒂文斯夫人听到美人鱼在歌唱》。

1966 年　爱丽丝·亚当斯（Alice Adams），小说家、微型小说家：《浅爱》。

1966 年　西尔维亚·巴尔塔撒（Silveria Baltasar），菲律宾裔美国作家：非小说《你家即我家》。

1966 年　阿奈斯·宁（Anaïs Nin），开始发表《阿奈斯·宁日记，1931–1936》。

1967 年　乔伊斯·卡洛尔·欧茨（Joyce Carol Oates），生于 1938 年，多产的小说家和微型小说家：《你将何去何从？》，《人间乐园》。

1967 年　黛安·瓦科斯基（Diane Wakoski），诗人：《乔治·华盛顿诗集》。

1968 年　琼·贝兹（Joan Baez），生于 1941 年，奇卡诺自传作家、民谣歌手：《拂晓》。

1968 年　琼·狄迪恩（Joan Didion）：《垂头丧气走向伯利恒》。

1968 年　尼奇·乔瓦尼（Nikki Giovanni），生于 1943 年，美国黑人诗人：《黑人的感觉，黑人的言语》。

1969 年　娥苏拉·勒瑰恩（Ursula K. LeGuin），生于 1929 年，科幻小说家、幻想文学作家、评论家：《黑暗的左手》。

1970 年　玛雅·安吉罗（Maya Angelou），生于 1928 年，多产的美国黑人小说家、诗人、自传作家：《我知道笼中鸟为何歌唱》。

1970 年　盖尔·高德文（Gail Godwin），生于 1937 年：《完美主义者》。

1970 年　杰梅茵·格里尔（Germaine Greer），生于 1939 年：《女太监》。

1970 年　奥德·罗德（Audre Lorde，1934–1992）：黑人女同性恋诗歌《第一城》。

1970 年　罗宾·摩根（Robin Morgan）：《妇女组织是有力的》。

1970 年　激进女同性恋者（Radicalesbians）：《女人认同女人》。

1970 年　索妮亚·桑切斯（Sonia Sanchez），生于 1934 年：《我们坏坏的人》。

1971 年　芭拉蒂·穆克尔吉（Bharati Mukherjee），亚洲印度裔美国小说家：《虎女》。

1972 年　杰西卡·海格多恩（Jessica Hagedorn），菲律宾裔小说家、诗人、剧作家：《契吉塔·芭娜娜》。

1972 年　威莉斯·金（Willyce Kim），韩裔美国诗人：《吃朝鲜蓟》。

1972 年　阿莉克丝·凯特斯·舒曼（Alix Kates Shulman），小说家：《一位前舞会皇后的回忆录》。

1973 年　凯瑟琳·渥迪威斯（Kathleen E. Woodiwiss）：影响力颇大的流行爱情小说《意外的情人》。

1973 年　莉塔·梅·布朗（Rita Mae Brown），生于 1944 年：《红果子丛林》。

1973 年　艾瑞卡·琼（Erica Jong），生于 1942 年：《怕飞》。

1973 年　玛克辛·库明（Maxine Kumin），生于 1925 年：《进村庄——新英格兰诗歌》，该诗集获普利策奖。

1973 年　艾德里安娜·里奇（Adrienne Rich），生于 1929 年，女同性恋诗人、评论家、活动家：《潜水入沉船》，该作 1974 年获国家图书奖。

1974 年　艾莉森·劳瑞（Alison Lurie），生于 1926 年：《泰特间的战争》。

1974 年　妮可拉萨·摩（Nicholasa Mohr），生于 1935 年：《尼尔达》，该作品讲述了一个半自传性的故事，记录了一个波多黎各女孩在布朗克斯的成长经历。

1975 年　乔伊·哈乔（Joy Harjo），生于 1951 年，克里克诗人：《最后一曲》。

1975 年　安哥拉·德·哈约斯（Angola de Hayos），奇卡诺诗人：《起来，奇卡诺人》、《奇卡诺人献给家园的诗歌》。

1975 年　盖伊勒·琼斯（Gayl Jones），生于 1949 年，美国黑人小说家、诗人：《考莉琪朵拉》。

1975 年　乔安娜·露丝（Joanna Russ），生于 1937 年，小说家、微型小说家，尤其以科幻小说见长：《女性男人》。

1975 年　黄玉雪（Jade Snow Wong）：记录华裔美国人生活的自传《没有陌生的华人》。

1976 年　劳丽·比嘉（Lori Higa），日裔美国剧作家：《患难珍妮遇到寿司妈妈和 BVD 孩子》。

1976 年　汤亭亭（Maxine Hong Kingston），生于 1940 年，华裔美国作家：《女勇士》。

1976 年　玛儿吉·皮尔希（Marge Piercy）：《时间边缘上的女人》。

1976 年　安妮·赖斯（Anne Rice），生于 1941 年，曾化名 A. N. 罗克莱尔（A. N. Roquelaure）和安妮·兰普灵（Anne Rampling）撰写情色小说：《夜访吸血鬼》。

1976 年　尼托扎克·尚吉（Ntozake Shange）：配舞诗剧《献给曾考虑自杀的黑人女孩 / 当彩虹已够》、小说《擦木皮、柏树枝和靛青》。

1976 年　伯妮斯·萨莫拉（Bernice Samora），生于 1938 年，奇卡纳作家：诗歌《不安的蛇》。

1977 年　米娜·亚历山大（Meena Alexander），亚洲印度裔美国诗人、小说家、剧作家、学者：诗歌《我确定我的姓名》和《无处》，独幕剧《在中土》。

1977 年　玛丽林·弗伦奇（Marilyn French）：《女厕》。

1977 年　托妮·莫里森（Toni Morrison），生于 1931 年：《所罗门之歌》，该作品获得全国书评家协会奖和国家图书奖。

1977 年　梅西·米勒（Marcia Muller）：在《古董街谋杀案》中推出了女性私人侦探秀兰·麦康（Sharon McCone）。

1977 年　莱斯利·马蒙·西尔科（Leslie Marmon Silko），生于 1948 年，美国土著诗人和小说家：《典礼》。

1978 年　E. M. 布朗纳（E. M. Broner），犹太裔美国作家：抒情小说《女织》。

1978 年　玛丽·戴利（Mary Daly），生于 1928 年：《妇女生态学》。

1978 年　贝思·亨利（Beth Henley），生于 1952 年：戏剧《心灵的罪恶》。

1978 年　黄梅（May Wong），华裔美国诗人：《迷信的诗歌》。

1979 年　奥克塔维亚·E. 巴特勒（Octavia E. Butler），生于 1947 年，美国黑人科幻小说作家：《亲属》。

1980 年　托尼·凯德·班巴拉（Toni Cade Bambara）：《吃盐的人》。

1980 年　安·贝蒂（Ann Beattie），生于 1947 年：小说《就位》。

1980 年　蜜雪儿·克利夫（Michelle Cliff）：《索求一个他们教我轻视的身份》。

1980 年　丽塔·达夫（Rita Dove），美国黑人诗人：《街角的黄房子》。

1980 年　薇莉娜·哈苏·休斯顿（Velina Hasu Houston），黑人日裔美国剧作家：《早上来了》。

1981 年　罗娜·迪·塞万提斯（Lorna Dee Cervantes），诗人：《羽毛：诗歌》。

1982 年　玛莉安·季默·布莱德蕾（Marion Zimmer Bradley）：《阿

瓦隆的迷雾》，从女性角色的角度改编了亚瑟王传奇，是一部畅销的著作。

1982 年　鲍比·安·梅森（Bobbie Ann Mason），生于 1940 年，南部的微型小说家和小说家：《夏洛依和其他小说》。

1982 年　葛罗利娅·奈勒（Gloria Naylor），生于 1950 年，美国黑人小说家：《酿酒场的女人》，该作品获得了美国国家图书奖。

1982 年　两个非常成功的系列推理小说发行，它们都以女侦探为特色：一部是莎拉·派瑞斯基（Sara Paretsky）的《索命赔偿》，其中的女侦探是 V. I. 瓦肖斯基（V. I. Warshawski）；另一部是苏·葛拉芙顿（Sue Grafton）的《不在场证明》，其中的女侦探是金西·密尔虹（Kinsey Millhone）。

1982 年　宋凯西（Cathy Song），韩裔美国诗人：《照片新娘》。

1982 年　希拉·奥蒂斯·泰勒（Sheila Ortiz Taylor），奇卡诺小说家：《裂纹线》。

1982 年　安妮·泰勒（Anne Tyler），生于 1941 年，小说家、微型小说家：《乡愁小馆的晚餐》。

1982 年　艾丽斯·沃克（Alice Walker），生于 1944 年，美国黑人小说家、微型小说家、评论家：《紫色》，该作获得了美国国家图书奖和普利策奖。

1983 年　贝姬·柏莎（Becky Birtha），生于 1948 年，美国黑人女同性恋微型小说家、诗人：《恋爱女人的故事：黑夜喜爱它》。

1983 年　帕特丽夏·恩拉多（Partricia Enrado），菲律宾小说家：《影像屋》。

1983 年　彻丽·玛拉格（Cherrie Moraga），奇卡诺微型小说家：《爱在战争年代》。

1983 年　玛莎·诺曼（Marsha Norman），生于 1947 年，剧作家：《晚安，母亲》。

1983 年　李·史密斯（Lee Smith），生于 1944 年，南方小说家、微型小说家：《口述历史》。

1983 年　埃斯特拉·波尔蒂略·特兰博利（Estela Portillo Trambley），奇卡诺剧作家、小说家：《茱丽雅及其他戏剧》。

1984 年　桑德拉·希斯内罗丝（Sandra Cisneros），生于 1954 年，奇

卡诺裔美国小说家、微型小说家、诗人:《芒果街上的小屋》。

1984 年　路易丝·厄德里克（Louise Erdrich），也曾署名齐佩瓦（Chippewa），生于 1954 年，美国土著小说家、诗人：诗歌《照明灯》，小说《爱药》。

1984 年　埃伦·吉尔克里斯特（Ellen Gilchrist），生于 1935 年，小说家、微型小说家、诗人：小说《报喜》，微型小说集《打败日本》。

1984 年　罗伯塔·希尔·怀特曼（Roberta Hill Whiteman），生于 1947 年，美国土著奥奈达部落女作家：《八角星被子》。

1985 年　杰梅嘉·金凯德（Jamaica Kincaid）:《安妮·约翰》。

1986 年　凯茜·埃克（Kathy Acker）:《唐吉珂德》。

1986 年　安娜·卡丝狄洛（Ana Castillo），奇卡诺小说家、诗人：《米花拉书简》。

1986 年　塔玛·雅诺威茨（Tama Janowitz），生于 1957 年：微型小说集《圈圈里的爱》。

1986 年　帕特·莫拉（Pat Mora），奇卡诺诗人：《边界》。

1986 年　雪莉·安·威廉姆斯（Sherley Ann Williams），生于 1944 年，美国黑人小说家：《狄莎·萝丝》。

1987 年　露西尔·克利夫顿（Lucille Clifton），美国黑人诗人、回忆录作家、儿童文学作家：《好女人：诗歌和一部回忆录——1969–1980》。

1987 年　芬妮·傅雷格（Fannie Flagg）:《小憩咖啡馆里的油炸绿番茄》。

1987 年　凯伊·吉本丝（Kaye Gibbons），南方小说家：《爱伦的故事》。

1987 年　托妮·莫里森：《宠儿》，该作获得了普利策奖和罗伯特·F. 肯尼迪（Robert F. Kennedy）图书奖。

1988 年　山本久枝（Hisaye Yamamoto），日裔美国微型小说家：《第十七个音节及其他故事》。

1989 年　泰瑞·麦克米伦（Terry McMillan），美国黑人小说家：《真爱向前行》。

1989 年　苏珊·桑塔格（Susan Sontag）:《艾滋病及其隐喻》。

1989 年　谭恩美（Amy Tan），华裔美国小说家：《喜福会》。

1989 年　温迪·瓦瑟斯坦（Wendy Wasserstein）：《海蒂编年史》，她也是首位获得最佳戏剧奖——托尼奖的女剧作家。

1993 年　玛雅·安杰洛（Maya Angelou）于总统就职仪式上诵读《于清晨的脉动中》。

1993 年　托尼·莫里森获得诺贝尔文学奖。

凯瑟琳·维斯特（kathryn West）编